Cai Jun
RACHEGEIST

CAI JUN
RACHE GEIST

Thriller

Aus dem Chinesischen
von Eva Schestag

PIPER

Mehr über unsere Autoren und Bücher:
www.piper.de

Wenn Ihnen dieser Thriller gefallen hat, schreiben Sie uns unter Nennung des Titels »Rachegeist« an *empfehlungen@piper.de*, und wir empfehlen Ihnen gerne vergleichbare Bücher.

LITPROM
LITERATUREN
DER WELT
=

Die Übersetzung aus dem Chinesischen wurde mit Mitteln des Auswärtigen Amts unterstützt durch Litprom e.V. – Literaturen der Welt

Die Übersetzerin dankt dem Deutschen Übersetzerfonds für die Förderung ihrer Arbeit am vorliegenden Buch. Darüber hinaus geht der Dank der Übersetzerin an Esther Chen Schmook, deren Antworten auf viele Detailfragen, insbesondere zur Topographie der Stadt Shanghai, sehr wertvoll waren.

Zitatnachweis:
S. 66 Yuan Zhen, *Drei Klagelieder*, Gedicht übersetzt von Eva Schestag

ISBN 978-3-492-05903-9
© CO Éditions 2018. All rights reserved
Titel der lizenzgebenden französischen Ausgabe:
»La Rivière de l'Oublie«, XO Éditions, 2018
© der deutschsprachigen Ausgabe:
Piper Verlag GmbH, München 2020
Satz: Satz für Satz, Wangen im Allgäu
Gesetzt aus der Centaur MT
Druck und Bindung: CPI books GmbH, Leck
Printed in the EU

DIE HANDELNDEN PERSONEN

Shen Ming Schlüsselfigur, Lehrer für Literatur am Nanming-Gymnasium, stirbt im Quartier der Teuflin

Si Wang (Wang Er) Hauptperson, einst Pflegesohn von Gu Qiusha

Ouyang Xiaozhi Zunächst Schülerin von Shen Ming auf dem Gymnasium, später Si Wangs Lehrerin für Literatur

He Qingying Mutter von Si Wang

Ye Xiao Polizeibeamter, ersetzt Huang Hai bei der Untersuchung der Umstände von Shen Mings Tod

Lu Zhongyue Mitschüler Shen Mings auf dem Gymnasium, Ehemann von Gu Qiusha

Gu Qiusha Freundin Shen Mings zu Lebzeiten, Tochter von Gu Changlong, einst Pflegemutter von Si Wang

Gu Changlong Vater von Gu Qiusha, früher Präsident der Universität

Huang Hai Polizeibeamter, verantwortlich für die Untersuchung der Morde an Liu Man und Shen Ming

Ma Li Schüler Shen Mings auf dem Gymnasium, Kommilitone von Liu Man und Ouyang Xiaozhi

Zhang Mingsong Mathematiklehrer am Nanming-Gymnasium, Klassenlehrer Si Wangs auf dem Gymnasium

Liu Man Schülerin von Shen Ming, auf dem Dach der Schulbibliothek tot aufgefunden

Shen Yuanchao Leiblicher Vater Shen Mings, Staatsanwalt

Shen Min Tochter Shen Yuanchaos, Shen Mings Stiefschwester, nach Shen Mings Tod geboren

Yin Yu Si Wangs einzige wahre Freundin

TEIL I

WEG ZUR GELBEN QUELLE

KAPITEL 1

Es war am 19. Juni 1995, als ich starb.

Laut Wörterbuch ist der Tod ein biologisches Phänomen, das bei sämtlichen Lebewesen auftritt. Zu den Ursachen des Todes gehören: das Altern, Gefressenwerden, Mangelernährung, Krankheit, Selbstmord, Mord, Unfall oder Verletzung. Keines der bekannten Lebewesen konnte dem Tod je entrinnen.

Die Wissenschaft geht davon aus, dass jeder Mensch im Augenblick des Todes eine Nahtoderfahrung durchlebt, indem er zum Beispiel durch einen Tunnel mit hell strahlendem Licht geht, seine Seele zur Decke schweben fühlt, den eigenen Körper aus der Vogelperspektive im Bett liegen sieht, verstorbenen Freunden begegnet oder jedes Detail aus seinem Leben Revue passieren lässt.

Aber womit lässt sich die Welt nach dem Tod vergleichen?

Mit der eisigen Kälte im Gefrierfach eines Kühlschranks? Der glühenden Hitze im Mikrowellenherd? Der Wüste in *Krieg der Sterne*? Einem Paradies, wie es Nasreddin im Munde führt?

Als wir noch in dem Keller wohnten, erbettelte ich vom alten Großvater eine vereinfachte Ausgabe der *Seltsamen Aufzeichnungen* von Pu Songling. Ich glaubte fest an all diese Geschichten von der Wiedergeburt nach dem Tod, den Folterqualen der Bösewichte in der achtzehnten Hölle, den tragischen Totengeistern, die keine Ruhe finden. Erst, nachdem wir in der Oberstufe den dialektischen Materialismus von Karl Marx durchgenommen hatten, war ich fest davon überzeugt, dass Begriffe wie Reinkarnation nur unsinniges Gerede waren.

Nach dem Tod kommt gar nichts mehr – ist das so?

Ich war sechzehn, als mir bei einem wilden Spiel auf dem Sportplatz eine Glasscheibe vor die Füße fiel. Ein paar Splitter steckten in meinen Beinen. Wäre sie eine Sekunde früher oder später vom Himmel gestürzt, hätte sie ein großes Loch in meinen Kopf geschlagen. Entweder hätte ich dann auf dem Sportplatz mein Leben ausgehaucht, oder ich hätte im Koma gelegen. Es handelte sich lediglich um eine leichte äußerliche Verletzung ab, dennoch hatte ich einen rätselhaften Brechdurchfall und lag schwer krank in einer Klinik. Nachts schreckte ich aus allen möglichen Albträumen auf. Einmal wollte mir jemand die Kehle durchschneiden, ein anderes Mal fuhr mich beim Überqueren der Straße ein Lastwagen an, wieder ein anderes Mal stolperte ich und fiel vom Dach eines hohen Gebäudes . . .

Ich hatte genauso viel Angst vor dem Tod wie jeder andere auch.

Es geschah am Montag, den 19. Juni 1995, um 10 Uhr nachts. Ich wurde ermordet.

KAPITEL 2

Ich glaube, dass der Tod sich ankündigt.

Es war am 5. Juni 1995, einem Montag, um 6 Uhr morgens, als mich schrille Schreie aus dem Schlaf rissen. Ich dachte, es wären Stimmen aus einem Albtraum, den ich viele Jahre lang nicht mehr geträumt hatte. Beim Versuch, mich aufzurichten, fehlte mir jede Kraft. Es war, als ob jemand mich mit seinem ganzen Gewicht nach unten drückte.

Wieder hörte ich draußen das Schreien. Undeutlich im Dunkeln sah ich ein Gesicht, das auf dem Torso eines kräftigen Mannes ruhte. Wie damals, als ich klein war, wollte ich schreien, aber es kam kein Ton heraus, als ob mir jemand die Kehle zuschnürte.

Durchs Fenster drang ein zweiter Schrei, ein dritter. Zuerst die traurige Stimme einer Frau, dann die raue eines Mannes ...

Der Morgen dämmerte, das Gesicht aus dem Albtraum löste sich auf, nur das Poster über meinem Bett, auf dem Maradona den Weltcup hochhielt, blieb übrig. Er war das einzige Vorbild meiner Kindheit.

Es war im Internat des Nanming-Gymnasiums, wo ich aus dem Fenster im vierten Stock aufs Dach der Bibliothek blickte und dort eine Frau in weißen Kleidern liegen sah.

Sogar aus hundert Metern Entfernung konnte ich sie erkennen – es war Liu Man. Ihr Körper war gekrümmt. Still und starr lag sie auf dem Dach. Ihr schwarzes Haar fiel wie ein Wasserfall von den Ziegeln herab, weshalb ich unwillkürlich an *Rot und Schwarz* denken musste, was ich unzählige Male gelesen hatte.

Sie war tot.

Liu Man war eine Schülerin der Oberstufe. Ich war ihr Lehrer für chinesische Literatur und ihr Klassenlehrer.

Ich heiße Shen Ming – shenming bedeutet *erklären*.

Vor drei Jahren, ich hatte gerade meinen Bachelor in chinesischer Literatur gemacht, erhielt ich eine Stelle als Lehrer am Nanming-Gymnasium. Eine Schule, die ich gut kannte.

Ich zog nur schnell Hose und Hemd an und stürzte aus meinem Zimmer. Das ganze Gebäude hallte von den lärmenden Stimmen der Schüler wider. Die meisten hatten noch nie eine Leiche gesehen. In der Hast stürzte ich auf den Stufen, rappelte mich wieder auf, ohne zu merken, dass ich an der Stirn blutete.

Der Sportplatz der Schule war ziemlich weitläufig. In der Mitte gab es ein Fußballfeld, umgeben von den Leichtathletik-Laufbahnen. Dahinter stand ein prächtiger Oleanderhain in voller Blüte. Und jenseits davon war nur noch ödes, brachliegendes Gelände.

Vor zehn Jahren hatte ich bei einem Sportfest auf dieser Laufstrecke den Sieg beim Hundertmeterlauf errungen.

Kaum bekleidet, lief ich über die gesamte Strecke. Die Zeit schien stehen geblieben zu sein. Es war, als läge zwischen mir und der Bibliothek ein tiefer, unergründlicher Fluss. Aus dem Mädchenwohnheim hinter mir drangen die schreienden und weinenden Stimmen. Die jungen Frauen beugten sich aus den Fenstern; ihre Aufmerksamkeit hatte sich offenbar von der weiblichen Leiche auf meinen Sprint über den Sportplatz verlagert.

Eine Minute und zwanzig Sekunden vom Wohnheim zur Bibliothek.

Die Gebäude des Nanming-Gymnasiums waren relativ neu, bis auf die zweistöckige Bibliothek, die seit unvordenklichen Zeiten dort stand. Sie hatte noch ein traditionelles geschwungenes Dach mit einem kleinen Speicher im Giebel. Im Fenster dieses geheimnisvollen Dachbodens war zuweilen ein schwa-

cher Lichtschein zu sehen; er war darum zu einem sagenum-
wobenen Ort geworden.

Ich stieg ins obere Stockwerk der Bibliothek, wo es nach
Tinte und Papier roch. Das Gebäude war, bis auf die Leiche
auf dem Dach, menschenleer.

Ich kletterte weiter zum Dachboden. Die kleine Holztür
war mit einem Riegel verschlossen. Ich schob den Riegel zur
Seite und stieß die Tür auf. Der Raum war völlig dunkel, nur
durchs Fenster stach ein Lichtstrahl. Stapel von alten Büchern
lagen herum; der herumschwebende Staub hinterließ einen
seltsamen Geschmack im Mund.

Das Fenster war weit geöffnet.

Der Wind blies mir ins Gesicht. Ich zögerte nicht eine
Sekunde, aufs Dach der Bibliothek zu springen. Über die mit
Gras bewachsenen Ziegel näherte ich mich der weiß gekleide-
ten Leiche mit dem schwarzen Haar.

Meine Schritte waren unsicher; beinahe wäre ich ausge-
rutscht, was die Mädchen im Wohnheim aufschreien ließ.
Ein Dachziegel löste sich und zersprang weit unten in tausend
Stücke.

Ich betrachtete das Gesicht von Liu Man. Sie war das hübscheste Mädchen am Nanming-Gymnasium, und zugleich
wurde viel über sie geklatscht. Das allerhässlichste dieser Gerüchte betraf – mich.

An ihrem starren und verzerrten Gesicht ließ sich ablesen,
dass ihr Tod schmerzhaft gewesen war. Die weit aufgerissenen
Augen blickten zum Himmel. Was hatte sie im letzten Moment ihres Lebens gesehen?

Das Gesicht ihres Mörders?

Was machte mich so sicher, dass es ein Mord war?

Selbst tot war sie schön.

Sie sah aus wie eine frisch gepflückte Rose, die in ihrer Ein-
zigartigkeit verwelkte.

Ich beugte mich vorsichtig über sie und strich über ihren
Nacken.

Die Schreie aus dem Mädchenwohnheim wurden lauter, und ich wusste nicht, ob ich ihnen männlich oder monströs erschien.

Die Haut der Toten ist eiskalt und seltsam starr. Obwohl ich innerlich darauf gefasst war, schrak ich zurück, rutschte auf den Dachziegeln aus, fiel auf den Rücken.

Mir rannen die Tränen aus den Augenwinkeln. Ich war nicht irgendein Lehrer, sondern der Klassenlehrer dieses Mädchens gewesen, insofern war meine Rührung nachvollziehbar. Liu Man und ich lagen nebeneinander auf dem Dach der Bibliothek, als wären wir beide Leichen. Ich sah weder den Mond noch die Sterne. Es gab nur die Dunkelheit des anbrechenden Tags, in der ihre Seele am Himmel schwebte. Über den in dunkle Wolken getauchten Sportplatz hinweg, versteckt zwischen den Mädchen, die sich aus den Fenstern des Wohnheims beugten, beobachtete sie mich mit ruhigem Blick.

KAPITEL 3

»Das ist ein Mordfall«, konstatierte der etwa dreißigjährige Mann mit ausdrucksloser Stimme. Er trug eine dunkle Uniform, sein sonnengegerbtes Gesicht zeigte keinerlei Regung.

»G-g-g… gibt es Spuren, die zum Mörder führen?«

Verdammt! Warum stotterte ich auf einmal? Unwillkürlich rieb ich meine Finger am Hemd. Nur er und ich waren im Lehrerzimmer im ersten Stock des Gebäudes. Draußen im Flur liefen ab und zu Schüler vorbei. Die Schaulustigen, die sich ans Fenster drängten, wurden vom Dekan der Schule verscheucht.

Es war sechs Stunden her, dass ich auf dem Dach der Bibliothek den Tod der Abiturientin Liu Man festgestellt hatte.

»Mein Name ist Huang Hai, und ich wurde mit diesem Fall betraut.«

»Es ist unvorstellbar, dass in meiner Abschlussklasse so etwas passiert. In einem Monat sind die Aufnahmeprüfungen für die Universität. Aber nun …«

Ich wollte betroffen den Blick zu Boden senken. Doch die Augen Huang Hais waren wie Magnete, vor denen es kein Entrinnen gab.

»Herr Shen, jemand hat berichtet, dass Sie gestern Abend nach der freien Lernzeit mit Liu Man allein eine private Unterhaltung im Klassenzimmer geführt haben. Ist das wahr?«

Die Langsamkeit, mit der er sprach, war von einer Kraft, die mich zwischen zwei tonnenschweren Mahlsteinen zu zerreiben schien.

»Ja.«

»Warum haben Sie das nicht gleich gesagt?«

»Ich —«

Nun stand ich also unter Mordverdacht.

»Seien Sie nicht so nervös, sondern erzählen Sie einfach, wie es war.«

»Als ich gestern Abend am Klassenzimmer vorbeiging, sprach Liu Man mich an. Sie stellte mir Fragen zu der Probeklausur im Fach Literatur.«

War das ein polizeiliches Verhör? Es war mir peinlich, aber ich spürte plötzlich den Drang zu urinieren und presste die Beine zusammen.

»Aha, worum genau ging es da?«

»Alle ihre Fragen betrafen die klassische Literatur. Wir sprachen über das *Lied der Pipa-Spielerin* von Bai Juyi. Genauer gesagt darüber, wie die Zeichen für ›Zierkamm‹ in dem Vers *Sie war hingerissen vom Tanz, und ihr Zierkamm zerbrach; sie vergoss den Wein, und ihr Kleid schien blutbefleckt* zu verstehen sind. Ich beantwortete ihr die Frage und ging dann weiter.«

Tatsächlich ging mir die Zeile *und ihr Kleid schien blutbefleckt* aus dem Pipa-Lied nicht mehr aus dem Kopf.

»Herr Shen, was für einen Eindruck hatten Sie von Liu Man?«

»Die Schülerin hatte eine seltsame Eigenart. Es gefiel ihr, alles und jeden auszuhorchen. In der Schule gab es kein Geheimnis, das ihr verborgen blieb. Aus diesem Grund wurde sie von einigen Mitschülern gehasst. Ein so hübsches Mädchen wie sie hatte unter den Jungen natürlich viele Verehrer. Wobei sie bisher offenbar noch keine Affären hatte. Sie war mutiger als so mancher Junge. Wahrscheinlich hätte sich niemand außer ihr getraut, mitten in der Nacht allein auf den Dachboden der Bibliothek zu steigen.«

»Woher wissen Sie, dass sie mitten in der Nacht allein dort war?«

»Oh, ja, natürlich war da noch der Mörder!« Ich hatte zwar niemanden ermordet, aber in den Ohren des Polizisten klang jedes meiner Worte verdächtig. »Glauben Sie, dass außer dem Mörder und dem Opfer vielleicht noch eine dritte Person dort war?«

Huang Hai schüttelte ruhig den Kopf: »Verzeihen Sie, aber ich bin nicht hier, um die Umstände des Falls mit Ihnen zu erörtern.«

»Liu Man wirkte nach außen hin fröhlich, aber in Wirklichkeit war sie eine Einzelgängerin. Das mag daran liegen, dass sie allein bei ihrem Vater aufgewachsen ist und ihr die Zuneigung der Mutter fehlte. Ihre Leistungen waren ungenügend. Sie ließ sich leicht ablenken und hatte alle möglichen sozialen Kontakte außerhalb der Schule. Unser Gymnasium ist das renommierteste Internat in der ganzen Stadt, und viele unserer Schüler studieren später an einer Eliteuniversität. Ob Liu Man allerdings die Aufnahmeprüfung für die Hochschule geschafft hätte, ist fraglich. Das bereitete mir als Klassenlehrer Sorge, und daher half ich ihr abends regelmäßig bei den Aufgaben.«

»Entschuldigen Sie bitte, aber was mich eigentlich interessiert ...«

»Ich weiß, was Sie wissen wollen«, unterbrach ich ihn und schlug mit der Faust gegen die gläserne Tischplatte. »Verdammt noch mal! Seit zwei Wochen kursieren in der Schule schamlose Gerüchte über ein Verhältnis, das ich mit Liu Man haben soll. Das ist eine Beleidigung gegen meine Person und meine Ehre als Lehrer. Das ist völlig an den Haaren herbeigezogen, das ist Verleumdung!«

»Herr Shen, über diese Sache habe ich bereits mit dem Rektor und ein paar Lehrern gesprochen. Das Gerücht entbehrt jeder Grundlage und kursiert nur unter den Schülern. Ich glaube Ihnen.« Huang Hai zündete sich eine Zigarette an und nahm einen tiefen Zug. »Also gut, ich habe gehört, Sie haben das Abitur ebenfalls an dieser Schule gemacht?«

»Ja, ich habe die drei Jahre Oberstufe an dieser Schule gemacht und kenne hier jeden Baum und jeden Strauch. Nie hätte ich gedacht, dass ich nach meinem Abschluss an der Peking-

Universität an meine Alma Mater als Lehrer für Literatur zu-rückkehren würde. Ich schätze mich glücklich, diese ehrenvolle Aufgabe als Lehrer für unser Volk zu übernehmen.«

Solche widerlichen Floskeln kommen mir über die Lippen, ohne dass ich darüber nachdenke.

»Jeden Baum und jeden Strauch?« Huang Hai zog die Augenbrauen nach oben.

Ich konnte mir keinen Reim darauf machen: »Stimmt et-was nicht?«

»Nein, nein. Herr Shen, Sie sind erst fünfundzwanzig Jahre alt und haben bereits viel Wissen angesammelt. Das ist beein-druckend.« Sein Gesicht war in den blauen Rauch der Ziga-rette gehüllt; man konnte seine Augen nicht sehen. »Ich habe gehört, dass Sie das Nanming-Gymnasium bald verlassen wer-den?«

»Nur ungern, wirklich! Ich bin erst seit drei Jahren Ober-stufenlehrer, und dies ist die erste und zugleich die letzte Klasse, die ich bis zum Abitur begleite. Im Juli, nach den Auf-nahmeprüfungen für die Universität, wechsle ich ins städti-sche Schulamt.«

»Gratuliere!«

»Trotzdem, ich bin gerne Lehrer. Es wird mir nicht leicht-fallen, mich an die Arbeit auf dem Amt zu gewöhnen.«

Völlig gleichgültig nickte er mit dem Kopf und drückte die Zigarette aus, die er nur halb geraucht hatte. »Ich muss gehen! Sie unternehmen in den nächsten Tagen keine weite Reise, nicht wahr?«

»Nein. Nächsten Monat sind die Aufnahmeprüfungen für die Universität, da kann ich meine Schüler doch nicht allein lassen! Ich wohne schon immer im Wohnheim.«

»Halten Sie sich zur Verfügung. Auf Wiedersehen!«

Huang Hai rauschte aus dem Zimmer. Durch die geöffnete Tür sah ich dem Dekan draußen auf dem Gang direkt in die Augen. Er wich meinem Blick aus und verschwand im Gefolge des Polizeibeamten.

Ich hatte den Polizisten belogen.

Liu Man liebte zwar Gedichte, in denen Nebelschleier vorkamen, aber von klassischer Lyrik verstand sie nur wenig. Nie hätte sie eine Frage nach dem Zierkamm im *Lied der Pipa-Spielerin* gestellt.

Gestern Abend sagte sie im Hausaufgabenraum zu mir: »Herr Shen, ich weiß längst, worin das Geheimnis von ihr besteht.«

Konnte es sein, dass ihre Frage in Zusammenhang mit dem *Club der toten Dichter* stand?

Mein Herz hatte wie verrückt geschlagen. Ich wollte so schnell wie möglich weg, damit uns niemand sah und Schwierigkeiten machte. Diese Schülerin hatte mir schon genug Unglück gebracht. Ich hatte tatsächlich gewünscht, sie würde noch am selben Abend vom Erdboden verschwinden. Fünf Minuten später hatte sie von Dingen gesprochen, von denen kein Lebendiger wissen konnte.

»Was hat das alles mit dir zu tun?«, hatte ich sie gefragt.

Es war nicht der leiseste Windhauch im Klassenzimmer zu spüren gewesen, dennoch hatte die LED-Röhre über unseren Köpfen nicht aufgehört zu flackern und unsere Schatten auf den Boden geworfen.

Sie hatte an der Tafel gelehnt und gesagt: »Ich kenne die Geheimnisse von jeder Person hier an der Schule.«

Das war das Gespräch, das wir wirklich geführt hatten.

Aber ich habe niemanden ermordet.

Es war der 5. Juni 1995, mittags um 12 Uhr. Alle gingen zur Mensa, nur ich saß allein in meinem Büro. Am Morgen hatte ich eine Leiche berührt, wie hätte ich jetzt etwas essen können?

Ich korrigierte die Hefte, die ich vor ein paar Tagen eingesammelt hatte. Am Nachmittag blieb im Klassenzimmer ein Platz leer. Jemand hatte eine Oleanderblüte auf den Tisch gestellt. Ab und zu hoben die Schüler den Kopf, starrten mich an und begannen zu tuscheln. Meine Stimme war kraftlos. Ich vermied es, Liu Man zu erwähnen. Es war, als wäre die Schülerin, die an diesem Tag gestorben war, nie in unserer Klasse gewesen.

Nach der letzten Unterrichtsstunde eilte ich mit gesenktem Kopf aus dem Klassenzimmer. Die Leute in den Korridoren bildeten Gruppen und schauten mich an, als hätte mir jemand das Wort *Mörder* auf die Stirn geschrieben.

Ein paar Schüler aus meiner Klasse sprachen im Untergeschoss des Mehrzweckgebäudes miteinander. Als sie mich kommen sahen, zerstreute sich die Gruppe. Nur Ma Li blieb. Er war der begabteste von allen und mein Lieblingsschüler.

»Redet ihr über Liu Man?«

»Herr Shen, haben Sie es nicht gehört?«

Ma Li war groß und schlank und hatte etwas Melancholisches an sich.

»Was?«

»Liu Man wurde vergiftet!«

»Das habe ich schon vermutet. Ich konnte keinerlei Verletzungen feststellen, als ich die Leiche heute Morgen gefunden habe.«

»Die ganze Schule spricht davon. Heute Morgen hat die Polizei den Tatort untersucht und dabei festgestellt, dass Liu Man durch das Speicherfenster auf das Dach der Bibliothek gestiegen ist. Die Tür zum Dachboden muss jemand von außen verriegelt haben, sodass Liu Man nach Einnahme des Gifts nicht entkommen konnte. Auf dem Fußboden fand man Spuren von einer Flüssigkeit. Nachdem die Polizei alle Beweismittel gesichert hatte, hat unser Chemielehrer in eigener Regie noch eine Laboruntersuchung durchgeführt. Sie wissen ja, er redet gern.«

»Was war das Ergebnis dieser chemischen Analyse?«

»Die Flüssigkeitsrückstände wiesen einen hohen Anteil an Oleandrin auf.«

»Oleandrin?«

In Wirklichkeit begriff ich sofort, doch Ma Li gegenüber täuschte ich Verwirrung vor.

»Der Chemielehrer sagte im Unterricht, dass man Oleandrin aus Oleander extrahieren könne. 0,5 Milligramm reines Oleandrin im Körper eines Lebewesens sind bereits tödlich. Darum warnte er uns davor, dem Oleander zu nah zu kommen.«

Zu beiden Seiten des Schulsportplatzes wuchs Oleander. Jedes Jahr zu den Prüfungen am Semesterende blühte er prächtig rot. Und der rote Oleander ist die giftigste Art überhaupt.

»Bevor der polizeiliche Autopsiebericht vorliegt, kennt niemand die wahre Ursache von Liu Mans Tod.« Ich klopfte Ma Li auf die Schultern und flüsterte ihm ins Ohr: »Besser, du erzählst diese Geschichten nicht überall herum.«

»Herr Shen, Liu Man muss doch einen Grund gehabt haben, um auf den gruseligen Dachboden der Bibliothek zu steigen. Bestimmt hat sich jemand mit ihr dort verabredet. Was meinen Sie, wer könnte das gewesen sein?«

Er starrte mich mit so erschreckend klaren Augen an, dass ich einen Schritt zurückwich und sagte: »Du glaubst mir wohl nicht?«

»Entschuldigen Sie, alle meine Mitschüler sagen ...«

»Schweig, still!«

Fluchtartig rannte ich davon und ließ Ma Li einfach stehen. Der starke Duft des üppig blühenden Oleanders löste einen unbegreiflichen Ekel in mir aus.

Plötzlich verstand ich, warum Huang Hai noch einmal wiederholt hatte: »Jeden Baum und jeden Strauch.«

KAPITEL 4

5. Juni 1995, finstre Nacht.

Ich war im dritten Stock des Wohntrakts für die Jungen untergebracht, im hintersten Zimmer auf dem Gang, Nummer neunzehn. Meine Verlobte, Gu Qiusha, war nur zweimal dort gewesen. Sie sagte, selbst eine Hundehütte sei besser, und versprach, wir würden einmal in einem großen und komfortablen Haus wohnen.

In einem Monat wollten wir heiraten.

Die Hochzeit sollte nach den Aufnahmeprüfungen für die Universität stattfinden, also nach meiner Abberufung vom Nanming-Gymnasium und vor meinem offiziellen Antritt der Stelle am städtischen Schulamt. Der Tag, an dem wir beide unseren Trauschein abholen würden, wäre der 19. Juni, also in zwei Wochen.

Ich hatte meine Verlobte gerade angerufen. Mir fehlte jedoch der Mut, ihr zu sagen, was vorgefallen war. Ich teilte ihr nur mit, dass ich womöglich vorübergehend in Schwierigkeiten war.

Meine Armbanduhr zeigte 10 Uhr. Sie war ein Geschenk von Gu Qiushas Vater. Die Schweizer Markenuhr, die er in Hongkong gekauft hatte, hatte im Lehrerzimmer großes Aufsehen erregt. Aus Angst, sie könnte zerkratzen, wollte ich sie eigentlich nicht tragen. Aber Qiusha zwang mich dazu.

Ich saß am Schreibtisch. Ich hatte keine Zeit mehr gehabt, die Uhr abzulegen. Wie gebannt starrte ich auf das Glas, in dem sich mein völlig erschöpftes Gesicht spiegelte. Seit meiner Rückkehr an die Alma Mater als Lehrer für Literatur vor drei Jahren lebte ich allein. Die Wände bröckelten schon ein wenig ab, die Decke war rissig und schimmelig. Es gab kaum mehr als ein klappriges Bett für nur eine Person und einen alten Farbfernseher vom Flohmarkt. Trotzdem hing ich zärtlich an diesem Zimmer, in dem ich auch in meinem letzten Jahr vor dem Abitur gewohnt hatte.

Damals war es mit drei Stockbetten möbliert gewesen, in denen insgesamt sechs Schüler geschlafen hatten. Im Jahr 1988, in der Nacht vor den Abiturprüfungen, hatte sich einer meiner Zimmergenossen erhängt. Als wir morgens aufwachten, sahen wir seinen leblosen Körper vom Ventilator an der Decke hängen. Unglücklicherweise hatte ich eines der oberen Betten, und die starre Leiche baumelte vor meinen Augen. Sein nackter Nabel blickte mich an, als wäre ich mit einem Auge im Gespräch. Die Ermittlungen der Schule führten zu keinem Ergebnis. Es hieß damals, dass er dem Prüfungsdruck nicht standhalten konnte und keinen anderen Ausweg gesehen hatte. Das war für uns Zimmergenossen schwer zu akzeptieren; nachdem wir alle unser Abitur gemacht hatten, wagte niemand mehr, einen Fuß in dieses Zimmer zu setzen. Auch über das Zimmer daneben kursierten Spukgeschichten, daraufhin wurden sie beide zugesperrt.

Vier Jahre später kehrte ich als neu berufener Lehrer zurück. Ich war der einzige Lehrer am Nanming-Gymnasium, der an der elitären Peking-Universität studiert hatte. Aber ich hatte keine Wohnung. Die Schule wusste keine andere Lösung, als mir das verhängnisvolle Zimmer zu geben.

Und in einem Monat sollte ich nun umziehen und diesem Zimmer, in dem ich sechs Jahre verbracht hatte, Lebewohl sagen.

Die neue Wohnung war ein Appartement, das mir das Schulamt zugeteilt hatte. Das war auf jeden Fall ein Privileg. Schließlich hatte ich nur drei Jahre lang als Lehrer gearbeitet. Viele unterrichten ein Leben lang, bis zur Pensionierung, und wohnen noch im hohen Alter in einer abbruchreifen Bude. Vor zwei Monaten hatte ich die Schlüssel bekommen. Zwei Schlafzimmer und ein Wohnraum im Stadtzentrum. Das Beste, was das Schulamt zu bieten hatte. Über uns würde der Direktor der städtischen Schulbehörde wohnen. Die Familie meiner Verlobten unterstützte uns bei der Renovierung. Am Vortag erst hatten wir die neu gekauften, importierten Möbel und Elektrogeräte eingeräumt, die bereits mehr als ein ganzes Jahresgehalt verschlangen.

Es war mir klar, dass mir zahllose Menschen mit Neid und Missgunst begegneten.

Obwohl ich nicht schlafen konnte, löschte ich früh das Licht und legte mich aufs Bett. Kurz darauf klopfte es. Mit einem Unbehagen öffnete ich die Tür. Es war der Polizeibeamte vom Mittag. Er blickte über mich hinweg und streifte jedes Detail in meinem Zimmer.

»Guten Abend. Herr Shen, dürfte ich Ihre Wohnung durchsuchen?«

Er zog einen Durchsuchungsbefehl aus seiner Tasche. Hinter ihm stand der Schuldekan Yan Li, der mich voller Mitleid anschaute.

»Sie … Sie verdächtigen mich?«

Der Dekan, ein Mann mittleren Alters, sagte ernst: »Herr Shen, im Unterricht sind Sie für Ihre Eloquenz bekannt, aber nun —«

Entschlossen stellte ich mich den beiden in den Weg: »Herr Yan, Sie?«

»Entschuldigen Sie, werden Sie uns nun hineinlassen?«

Die Stimme des Polizeibeamten Huang Hai war so ausdruckslos, dass ein gewöhnlicher Verbrecher wohl nervös geworden wäre.

»Bitte, sehen Sie sich um! Ich habe nichts zu verbergen, warum sollte ich eine Durchsuchung ablehnen?« Ich ließ den Polizisten ins Zimmer und zeigte auf eine Perlenkette, die am Schreibtisch hing: »Passen Sie auf, dass Sie die nicht kaputt machen!«

Niemand forderte mich dazu auf, trotzdem verließ ich das Zimmer. Ein weiterer Polizist folgte mir auf Schritt und Tritt. Hatte ich überhaupt noch eine Chance zur Flucht?

Ich ging ein paar Schritte im kalten Mondschein. Als ich mich umdrehte, sah ich die Jungen, wie sie aus dem Wohngebäude drängten. Wahrscheinlich hielt man mich längst für den Mörder. Würde mich die Polizei festnehmen und abführen?

Die wenigen Minuten des Wartens waren unerträglich, schienen sterbenslang. Ich blickte auf das Gebäude gegenüber, in dem die Mädchen wohnten. In den Fenstern war ein Gesicht neben dem anderen zu sehen. Nur ihres war nicht dabei.

Huang Hai kam aus dem Gebäude. In einer durchsichtigen Tasche trug er eine Plastikflasche. Im Dunkel der Nacht konnte ich sein Gesicht nicht erkennen, aber er sprach kein Wort mehr mit mir. Zwei Polizisten ergriffen mich von links und rechts und führten mich vors Schultor, wo ihr Wagen mit eingeschalteten Scheinwerfern wartete.

»Herr Kommissar, bitte schließen Sie meine Wohnung gut ab. Ich habe alle wichtigen Dinge darin.«

Das ist das Einzige, was ich während der Festnahme sagte.

In dem Augenblick, als ich in den Wagen gedrückt wurde, stand ein Mann am Rand der Nanminglu. Im Licht der Straßenlampe war sein Gesicht erschreckend bleich.

Sein Name war Zhang Mingsong.

KAPITEL 5

Schlaflos verbrachte ich die erste Nacht auf dem Polizeirevier.

Der Bitte, meine Verlobte anrufen zu dürfen, wurde nicht stattgegeben. Huang Hai hatte mir versprochen, Gu Qiusha zu benachrichtigen. Er kannte auch ihren Vater. Bis zum Morgengrauen hatte ich noch keine Nachricht. In der Zelle war kein Spiegel. Ich konnte mein Gesicht nicht sehen, fürchtete aber, dass ich schon schwarze Augenringe hatte. Essen konnte ich nichts. Ich hatte schreckliche Magenschmerzen. Das Mittagessen und das Frühstück standen auf dem Boden.

6. Juni 1995, vormittags. Das erste Verhör.

»Was haben Sie in meinem Zimmer gefunden?«

Ehe der Kommissar ein Wort sagen konnte, kam ich ihm mit meiner Frage zuvor. Huang Hai antwortete schwerfällig: »Die Plastikflasche auf Ihrem Kleiderschrank haben wir gefunden. Sie war leer, enthielt aber noch Spuren von Oleanderextrakt, wie die Laborprobe ergab.«

»Sie wollen also sagen, dass ich aus dem Oleander das Gift extrahiert und vorgestern Abend Liu Man ermordet habe?«

»Im Augenblick sind Sie der Hauptverdächtige. Das heißt aber nicht, dass Sie zwingend der Mörder sind.«

Es bedurfte keiner weiteren Erklärungen. Alle hielten mich für den Mörder – für sie alle stand fest, dass ich ein Verhältnis mit Liu Man gehabt hatte. Für meine Heiratsabsichten und Karrierepläne hätte sie damit zu einem Hindernis werden können. Ich wohnte auf dem Campus, was eine ideale Voraussetzung für das Verbrechen war. Außerdem wuchs auf dem

Schulareal überall Oleander; einen Extrakt daraus zu gewinnen war ein Kinderspiel. Niemand wagte es, nachts auf den kleinen Speicher über der Bibliothek zu steigen; niemand außer mir hätte vermocht, Liu Man dorthin zu locken …

»Ich habe niemanden ermordet.«

Es war zwecklos, dass ich mich verteidigte. Ich war ein Idiot.

»Ich habe mir Ihr Studienbuch angesehen und war überrascht, dass Sie als Wahlfach Toxikologie hatten. Ist das für einen Studenten im Fach Literatur nicht eher ungewöhnlich?«

»Dann haben Sie wohl auch herausgefunden, wie meine Mutter gestorben ist?«

Huang Hais Antwort kam schnell: »Sie wurde von Ihrem Vater ermordet, als Sie sieben Jahre alt waren.«

»Der Punkt ist, dass sie vergiftet wurde.« Ich hatte mich wieder gefasst und fuhr fort, als würde ich einen neutralen Bericht erstatten. »Er hat unter die Medikamente, die meine Mutter jeden Tag einnehmen musste, Gift gemischt. An dem Tag, als meine Mutter starb, vergoss ich nicht eine einzige Träne. Ich lief aus dem Haus, umklammerte den Oberschenkel des Polizisten und biss kräftig hinein. Erst dann ließ ich sie den Leichnam meiner Mutter zur Autopsie mitnehmen.«

»Gestern Abend habe ich mir die Akte bringen lassen. Ihr Vater wurde zum Tode verurteilt. Das heißt also, der einzige Grund, warum Sie an der Universität im Wahlfach Toxikologie studiert haben, war der, dass Ihre Mutter vergiftet wurde?«

»Vielleicht verfüge ich ja über hellseherische Fähigkeiten und habe vor ein paar Jahren schon gewusst, dass ich Liu Man eines Tages ermorden würde?«

»Herr Shen, in der Schule kursieren Gerüchte, dass Sie ein heimliches Verhältnis mit Liu Man hatten.«

»Nein, nie! Sie ist nur oft zu mir gekommen, um mich zum Unterrichtsstoff etwas zu fragen. Dabei sagte sie manchmal seltsame Dinge. Aber ich bin mir der Grenze zwischen Lehrer und Schüler bewusst, besonders wenn es sich um so ein hübsches Mädchen wie Liu Man handelt. Deshalb war ich auch von Anfang an äußerst vorsichtig.«

»Hat Ihnen die Aufmerksamkeit der Oberstufenschülerinnen geschmeichelt?«

Unbewusst senkte ich den Kopf und schwieg. Ich hatte nie das Gefühl gehabt, ich wäre gut aussehend. Nun ja, ich hatte ein ebenes Gesicht und ein Funkeln in den Augen und wirkte wie einer jener mustergültigen Männer, die beim Parteikongress ausgezeichnet wurden.

Konnte es sein, dass die Mädchen von heute auf einen Typen wie mich stehen?

»Ich weiß es nicht. Vielleicht liegt es daran, dass ich von Natur aus sanft bin und normalerweise nicht viel spreche. In meiner Freizeit schreibe ich Gedichte im klassischen Stil. Sie wissen ja, wie sensibel achtzehnjährige Mädchen sind und wie schnell sie jemanden wie mich bewundern. Ein paar Jahre später, wenn sie erwachsen sind, ändert sich das.«

Was redete ich da für ein Zeug? Gab ich gerade zu, dass Liu Man von mir angezogen war?

Der Protokollant neben mir schrieb sofort alles mit, und Inspektor Huang Hai nickte unmerklich mit dem Kopf: »Gut. Wechseln wir das Thema, Shen Ming. Erzählen Sie uns etwas von Ihrer Vergangenheit.«

»Von meiner Vergangenheit?«

»Beginnen Sie mit dem Abitur. Gestern haben wir uns nur kurz über diesen Punkt unterhalten. Ich habe gehört, Sie waren an der Peking-Universität?«

»Ja. Ich habe dort hart studiert, und meine Ergebnisse gehörten zu den besten. Beim Studienabschluss ging es allerdings ungerecht zu. Viele Studenten sind deutlich schlechter gewesen als ich, um nicht zu sagen, miserabel, dennoch bekamen sie ihre Stellen in den staatlichen Behörden. Und ich wurde als Lehrer an ein Gymnasium in die Heimat zurückgeschickt.«

»Aber jetzt bietet sich Ihnen doch eine wunderbare Gelegenheit.« Inspektor Huang Hai zündete sich eine Zigarette an und paffte über meinen Kopf hinweg. »Ich habe gehört, dass Sie bald heiraten. Erzählen Sie uns ein wenig von Ihrer zukünftigen Frau.«

»Vor zwei Jahren, ich saß gerade im Bus auf dem Weg zur Schule, als ich sah, wie ihr jemand die Geldbörse klaute. Niemand im Bus scherte sich darum. Da öffnete der Schaffner unversehens die Türen, und der kleine Dieb wollte flüchten. Ich bin ihm mutig nachgestürzt, habe ihn auf den Boden gezwungen, schließlich aufs Polizeirevier geschleppt. So haben Gu Qiusha und ich uns kennengelernt. Sie war so dankbar und lud mich mehrmals zum Essen ein. Damals arbeitete sie in einem Schulbuchverlag und war dort für die Lehrbücher an Gymnasien zuständig. Wir kamen sofort ins Gespräch, und bald schon war sie meine Freundin.«

»Hatten Sie davor schon eine Liebesbeziehung?«

»Nein, sie ist die erste.«

Huang Hai blies mir den Rauch seiner Zigarette ins Gesicht, und unwillkürlich lehnte ich mich zurück.

»Erst nach einem halben Jahr erfuhr ich, dass ihr Vater der ehemalige Leiter des Schulamts war und heute Präsident der Universität. Jemand wie ich, der ohne Eltern aufgewachsen ist, wird von anderen oft abgelehnt. Aber ihr Vater mochte mich, und zufällig hatte er auch an der Peking-Universität studiert. Als seine Sekretärin ihr Kind bekam, wurde ich sozusagen leihweise für drei Monate als Sekretär des Präsidenten an die Universität versetzt. Ich rieb mich für ihn auf, folgte ihm Tag und Nacht überallhin. Aber nicht nur ihm nahm ich jeden Handgriff ab, sondern auch all den anderen großen und kleinen Direktoren und Professoren. Es gab keinen, der nicht voll des Lobes für mich war.«

Ich hielt im Sprechen inne – warum schätzte mich mein zukünftiger Schwiegervater eigentlich? Einer wie ich, der aus ärmsten Verhältnissen stammt, sollte plötzlich eine Riesenchance bekommen? Herr Gu hatte nur eine Tochter. Später einmal würde er jemanden brauchen, der die Verantwortung übernahm. Um nach der Pensionierung nicht einsam und allein zu sein, war es vermutlich besser, sich selbst einen strebsamen, treu ergebenen jungen Mann heranzuziehen, anstatt eine Ehe mit dem Sprössling eines hohen Kaders zu arrangieren.

Inspektor Huang Hai brach das Schweigen: »Im März gab es eine Feier zur Verlobung?«

Nie hätte ich von einem so großartigen Verlobungsfest zu träumen gewagt! Alle waren gekommen, die Direktoren der Universität und vom Schulamt, außerdem prominente Fernsehmoderatoren und der Präsident des Schriftstellerverbands. Es war überwältigend. Mein zukünftiger Schwiegervater war darauf bedacht, mich in seine gesellschaftlichen Kreise einzuführen.

Ich hatte keine Lust, mit der Polizei über diese Belanglosigkeiten zu sprechen, und kam zum Punkt: »Vor einem Monat erhielt ich eine Benachrichtigung von meinem Vorgesetzten, dass ich von meiner Stelle als Lehrer abberufen und im kommunistischen Jugendverband des städtischen Schulamts arbeiten sollte. Es traf sich gut, dass ich bereits Sekretär im Jugendverband des Nanming-Gymnasiums war. Gu Qiusha, meine Verlobte, hatte mir gesagt, dass ich aufgrund der Beziehungen ihres Vaters inoffiziell bereits zum Sekretär des gesamtstädtischen Jugendverbands bestimmt worden war – diese Nachricht zog schnell ihre Kreise.«

»Und aus diesem Grund sind viele Leute neidisch auf Sie.« Er drückte die Zigarettenkippe aus und klopfte mit den Fingergelenken auf den Tisch. »Das ist es doch, was Sie mir sagen wollen, oder? Selbst ich ertrage es kaum, Ihnen zuzuhören. Seit über zehn Jahren setze ich täglich mein Leben aufs Spiel, habe unzählige Mörder gefasst, und mein ganzer Körper ist von Narben übersät. Aber nicht einmal eine Wohnung besitze ich! Und ein Jungspund wie Sie macht Karriere wie im Bilderbuch. So einer muss sich doch den Neid der Leute zuziehen.«

»Ich verstehe. Aber wenn jemand einen Mord begeht und einem anderen in die Schuhe schiebt, dann tut er das nicht bloß aus Neid. Können Sie mir Stift und Papier geben?«

Inspektor Huang Hai hielt mich fest im Blick, während er mir Stift und Papier zuschob. Ich nahm den Füller und schrieb zwei Zeichen darauf – Yan Li.

KAPITEL 6

Yan Li war der Dekan am Nanming-Gymnasium.

Warum wollte er mir die Schuld für das Verbrechen in die Schuhe schieben? Ich war mir tatsächlich nicht ganz sicher. Aber ich wusste, er war ein böser Mensch. Nach außen hin wirkt er, als könne er keiner Fliege etwas zuleide tun, aber sobald man sich umdreht, hat man ein Messer im Rücken.

Schuldekane sind immer ernst und stur. Und auch Yan Li vermittelte den Eindruck, als würde er niemals von der Regel abweichen – schon sein Name, yanli, bedeutet *streng*. Er war Anfang vierzig. Seit ein paar Jahren war er geschieden; das gemeinsame Kind wurde damals der Mutter zugesprochen. Das hat ihn bestimmt nicht zu einem anständigeren Menschen gemacht. Im Gegenteil, sein schütter werdendes Haar war Ausdruck eines überdurchschnittlich starken Begehrens.

Eines Nachts, ich war in meinem Büro und korrigierte Hausaufgaben, öffnete ich das Fenster, um den Sternenhimmel zu betrachten. Da fiel mein Blick auf das Dach des Mehrzweckgebäudes, wo ich den Schatten eines über die Brüstung lehnenden Menschen sah. In der Angst, es könnte ein Schüler sein, rannte ich aufs Dach des Gebäudes und erkannte den Dekan. Er hielt eine Kamera mit Teleobjektiv, das auf das Wohnheim der Mädchen gerichtet war. Es war mir unangenehm, etwas zu sagen, schließlich war er ja mein Vorgesetzter. Unbemerkt schlich ich mich weg. Und von da an hatte ich ein Auge auf Yan Li. Die Oberfenster der Badezimmer in der Schule lagen weit oben, eigentlich konnte niemand hineinblicken. Doch für den Dekan, der Zugang zu allen Schlüsseln hatte, war es ein Leichtes, aufs Dach zu steigen und einen Blick zu erhaschen. Einmal sah ich Yan Li dort bei Einbruch der Dunkelheit, als Liu Man und zwei Mitschülerinnen gerade ins Badezimmer gingen. Es war unerträglich! Ich zerrte ihn vom Dach und verpasste ihm, ohne ihn auch nur zu Wort kommen zu lassen, eine Tracht Prügel. Der Kerl leistete nicht den geringsten Widerstand. Im Gegenteil, er fiel auf die Knie und bettelte um Gnade. Er bat mich, niemandem etwas zu erzählen. Meiner Forderung, die Fenster der Badezimmer durch Milchglas zum Schutz vor heimlichen Blicken zu ersetzen, kam er nach. Am nächsten Tag waren die Scheiben ausgewechselt. Ich hatte immer schon ein allzu weiches Herz und verfolgte die Sache nicht weiter.

Was selbstverständlich ein Fehler war!

Nun, da ich kurz vor dem Wechsel ins Schulamt stand, hatte ich insgeheim den Entschluss gefasst, Ermittlungen gegen Yan Li einzuleiten, um diesen Abschaum der Menschheit von der Lehrerzunft auszuschließen. Er war sich bestimmt darüber im Klaren, dass seine Tage am Nanming-Gymnasium gezählt waren.

Drei Tage vor ihrem gewaltsamen Tod hatte mir Liu Man erzählt, dass eines Nachts, als sie aus der Toilette kam, der Dekan auf einem Gang im Wohntrakt der Mädchen auf und ab ging – gemäß Hausordnung der Wohngebäude darf aber kein Mann, selbst wenn er Lehrer ist, nachts das Mädchenwohnheim betreten. Mutig sprach sie ihn an und fragte ihn, was er dort suchte. Er wirkte nervös und murmelte irgendetwas Unverständliches, bis er ihr schließlich kraft seiner Stellung als Dekan drohte und ihr verbot, irgendjemandem davon zu erzählen, sonst werde sie es bereuen. Jedes gewöhnliche Mädchen hätte er einschüchtern können, aber Liu Man war von einem anderen Schlag. Das war auch Yan Li klar, und darum sorgte er dafür, dass ein tödliches Unglück geschah. Und am nächsten Tag hatte sich Yan Li dann möglicherweise in mein Schlafzimmer geschlichen, um dort das Fläschchen mit dem restlichen Oleanderextrakt zu verstecken und, sozusagen, zwei Fliegen mit einer Klappe zu schlagen.

Trotzdem entließ Inspektor Huang Hai mich nicht aus dem Polizeirevier, sondern nahm mich in Untersuchungshaft.

In den folgenden Tagen, die mir wie Jahre erschienen, ließ meine Verlobte sich nicht ein einziges Mal sehen. Ebenso wenig mein allmächtiger Herr Schwiegervater.

Huang Hai sagte, dass er mit Gu Qiusha gesprochen habe, erzählte mir aber nicht, worüber. Auch seine Blicke verrieten nichts. Ich hatte eine böse Ahnung, mich ergriff eine Eiseskälte, obwohl ich in einer voll belegten, stickigen Zelle saß.

War das die Rache für das, was ich im vergangenen Sommer getan hatte?

Am Freitag, den 16. Juni, ließ mich Inspektor Huang Hai frei. Er erklärte, dass die Untersuchungen der letzten Tage keinen Hinweis darauf gegeben hätten, dass ich in irgendeiner Weise mit dem Mord an Liu Man in Verbindung stand. Am Tatort seien weder Fingerabdrücke noch Haare von mir gefunden worden; auch die Autopsie von Liu Mans Leiche ergebe keinerlei Verbindung zu mir. Die Polizei tendiere zu der Annahme, dass ich tatsächlich von jemandem hereingelegt worden sei. Am liebsten wäre ich Huang Hai um den Hals gefallen.

Ich legte die Uhr, die mir Gu Qiushas Vater geschenkt hatte, wieder an und steckte mein Portemonnaie und meine Schlüssel ein, die man mir bei der Verhaftung abgenommen hatte. Zu guter Letzt schaute ich in den Spiegel und strich mit der Hand über meinen kahl geschorenen Kopf: Ich war abgemagert, hatte schwarze Ringe unter den Augen und Blutergüsse im Gesicht. An den Schläfen wuchsen erste graue Haare. Ich sah aus wie ein Greis, der schon mit einem Bein im Grab stand, und nicht wie ein fünfundzwanzigjähriger Mann.

Die zehn Tage, die ich in Untersuchungshaft verbracht hatte, waren definitiv die zehn längsten Tage in meinem Leben gewesen.

34

Nachdem ich wieder frei war, gab ich alles Geld aus, das ich bei mir hatte. Es genügte für kaum mehr als neue Kleider. Dann ging ich in ein öffentliches Badehaus, da ich mich am ganzen Körper unendlich schmutzig fühlte. Ich verbrauchte mehrere Stück Seife und rieb meine Haut fast wund. Schließlich fuhr ich mit dem Bus zu meiner Verlobten – zum Glück steckte die Monatskarte noch in meinem Portemonnaie.

Ich lief in das Gebäude des Lehrbuchverlags, in dem Gu Qiusha arbeitete. Am Empfang wurde mir mitgeteilt, dass meine Verlobte in einem wichtigen Meeting sei und mir für den Fall, dass ich käme, ausrichten lasse, dass ich nach Hause gehen und auf sie warten solle.

Nach Hause gehen?

Eine halbe Stunde später stand ich vor dem Eingang unserer neuen, nach Farbe duftenden Wohnung. Sie lag im zwölften Stock eines Gebäudes, wie eine Oase mitten im Lärm der Stadt. In den letzten zwei Monaten war ich jedes Wochenende hierhergekommen, um die Renovierungsarbeiten zu beaufsichtigen. Ich steckte den Schlüssel ins Schloss, doch er sperrte nicht, und auch mein Klopfen blieb ohne Antwort. Die alte Frau, die nebenan wohnte, kam heraus und sagte, dass das Schloss gestern ausgewechselt worden sei. Wütend trat ich gegen die Tür und strich unmittelbar danach zärtlich mit der Hand darüber, denn sie hatte eine tiefe Delle abbekommen. Das war doch mein eigenes Haus! Was ging hier vor?! Ich humpelte zum Aufzug und fuhr wieder hinunter.

Es war Sommer, über dreißig Grad Celsius, und im Bus vermischten sich die unterschiedlichsten Schweißgerüche. Schläfrig lehnte ich mich gegen das Fenster, während das Landschaftsbild draußen von dicht besiedeltem zu spärlich bebautem Gebiet überging und schließlich die rauchenden Kamine der Stahlfabrik aufragten.

Der Bus hielt an der Nanming-Straße, wo zwischen zwei endlos langen Mauern am Schultor eine Bronzetafel mit der Aufschrift »Nanming-Gymnasium« prangte.

Es war Freitag, und die Schüler fuhren übers Wochenende nach Hause. Alle waren überrascht, mich durch das Tor kommen zu sehen. Ich begegnete Ma Li und seinem Zimmergenossen, doch auch sie gingen mir aus dem Weg.

»Herr Shen, kommen Sie bitte ins Büro des Rektors.«

Hinter mir erklang eine dumpfe Stimme. Ich drehte mich um und sah dem Dekan ins Gesicht. Warum war er noch hier? Sollte nicht er derjenige sein, der ins Gefängnis kam?

Ohne ein Wort zu sagen, folgte ich ihm. Am Treppenabsatz flüsterte er: »Vor ein paar Tagen kam dieser Polizist, Huang Hai, zu mir. Sie haben ihm also alles über mich erzählt.«

Ich hatte keine Lust, irgendetwas zu erwidern, denn ich ahnte, was er sagen würde. Haben Sie Beweise? Haben Sie Fotos gemacht? Wer sollte mir, einem Mordverdächtigen, Glauben schenken?

Schweigend betrat ich das Büro. Das Gesicht des Rektors war bleich; mit einem Taschentuch wischte er sich unablässig den Schweiß von der Stirn. Vor sieben Jahren hatte er persönlich entschieden, mir eine Empfehlung für die Peking-Universität zu geben. Vor drei Jahren war es wiederum er, der mich bei meiner Rückkehr am Schultor herzlich willkommen hieß. Erst vor einem Monat hatte er gesagt, dass er meinem zukünftigen Schwiegervater einen Besuch abstatten wolle.

»Herr Lehrer, schön, Sie zu sehen. Heute habe ich dem gesamten Lehrkörper und der Schülerschaft folgende wichtige Entscheidung mitgeteilt: Angesichts des unangemessenen Verhaltens von Herrn Shen sowie aufgrund der Tatsache, dass er gegen die grundlegenden moralischen Prinzipien, die einem Lehrer des Volkes obliegen, verstoßen hat, und nicht zuletzt, um den Ruf unserer Schule zu schützen, gebe ich hiermit die Entlassung von Shen Ming aus seinem Amt im öffentlichen Dienst bekannt.«

Wie zur Statue erstarrt verharrte ich eine geraume Weile, ehe ich verstand, was er gesagt hatte. Ganz gelassen spuckte ich zwei Wörter aus: »Danke schön!«

Auf diese Antwort war der Rektor nicht vorbereitet. Nach kurzem Blickwechsel mit dem Dekan schüttelte er den Kopf und sagte: »Entschuldigen Sie bitte, ich muss Ihnen noch etwas mitteilen – aus vorgenannten Gründen werden Sie auch aus der Partei ausgeschlossen.«

»Gut. Ich will nur noch sagen, dass ich unschuldig bin und niemanden ermordet habe. Selbst die Polizei glaubt mir. Warum also diese Maßnahmen?«

»Herr Leh–« Der Rektor gewahrte, dass ich kein Lehrer mehr war. »Lieber Shen, Sie sind erst fünfundzwanzig Jahre alt, und vor Ihnen liegt noch ein langer Weg. Verlieren Sie nicht den Mut. Wir alle mussten über steinige Straßen gehen. Jemand, der wie Sie einen Abschluss von einer Eliteuniversität hat, findet immer eine angemessene Stelle. Und wer weiß, vielleicht entwickeln Sie sich auf dem freien Markt noch besser.«

»Auf wessen Betreiben wurde ich aus dem Dienst entlassen und aus der Partei ausgeschlossen?«

»Verstehen Sie mich nicht falsch. Wir folgen lediglich den Anweisungen des Direktors des städtischen Schulamtes. Hier am Gymnasium hat niemand etwas gegen sie einzuwenden.«

»Der Direktor des städtischen Schulamtes? Vorigen Monat erst hat mir sein Sekretär bestätigt, dass man mich für wichtige Aufgaben einsetzen wolle.«

Der Rektor wandte sich ab und seufzte: »Die Zeiten haben sich eben geändert.«

Er jagte mich also weg. Aber ich wollte nicht wie ein Hund vor ihm liegen und betteln.

Der Dekan brachte mich nach unten und sagte mit leiser Stimme: »Ach, Herr Lehrer, da ist noch etwas: Ihr Zimmer. Die Schule stellt es Ihnen noch bis Montagabend zur Verfügung. Packen Sie bitte in den nächsten zwei Tagen Ihre Sachen. Am frühen Dienstagmorgen wird das Zimmer in einen Tischtennisraum umgewandelt. Falls Sie meine Hilfe benötigen, lassen Sie es mich bitte wissen.«

Meine Schultern zitterten und zuckten eine halbe Minute

lang, dann drehte ich mich mit geballten Fäusten um, doch der Kerl war schon verschwunden.

Der Abendwind trug den Duft von Oleander mit sich. Wie ein Toter stand ich lange wie erstarrt.

Die Mensa hatte geschlossen, doch hungrig war ich ohnehin nicht.

Mein Zimmer fand ich völlig verwüstet. Die Bücher waren überall auf dem Boden verstreut, und die Prüfungsbögen der Schüler waren verschwunden. Aber ich war ja auch kein Lehrer für Literatur mehr. Es gab nur eine Sache, die mir etwas bedeutete – auf allen vieren kroch ich durchs Zimmer und suchte den ganzen Boden danach ab …

Ich stellte alles auf den Kopf, bis ich die dunkle Perlenkette zu guter Letzt aus einem Haufen Abfall in einer Ecke zog. Ich hielt sie fest in meiner Hand, machte sie vorsichtig sauber und küsste sie immer wieder.

In jener Nacht räumte ich mein Zimmer gründlich auf und stellte den Zustand wieder her, in dem es vor meiner Verhaftung gewesen war. Ich verwarf die Idee, meine Verlobte anzurufen. Was hätte es auch gebracht! Ich gönnte Gu Qiusha und ihrem Vater ihren Schlaf.

Ich löschte das Licht und legte mich ins Bett, das mir in drei Tagen schon nicht mehr gehören sollte.

Und was war mit meinem Simmons-Boxspringbett in der neuen Wohnung? Wem würde das in Zukunft gehören?

KAPITEL 7

Am nächsten Tag.

Am frühen Morgen des 17. Juni 1995 saß ich mit frischen Kleidern im Bus in Richtung Stadtzentrum. Eventuell konnte ich sie noch erwischen, ehe sie aus dem Haus gingen.

Bei meinem ersten Besuch damals im Haus meiner Freundin war ich blödsinnig aufgeregt gewesen. Ich war mit allen möglichen altmodischen Geschenken bepackt, was mir den Spott von Gu Qiusha einbrachte. Ihr Vater war wider Erwarten unkompliziert. Er war Rektor der Universität, und wir diskutierten Fragen zum Thema Bildung und Erziehung. Zum Glück hatte ich mich vorbereitet und konnte ihm meine ganz eigene Sichtweise darlegen, was mir seinen Respekt einbrachte.

Punkt 9 Uhr stand ich nun vor der Wohnungstür der Gus. Ich strich nochmals Hemd und Haare glatt, ehe ich zitternd klingelte.

Als nach einer Weile immer noch niemand antwortete, rannte ich hinunter, um den Concierge zu fragen. Von ihm erfuhr ich, dass Vater und Tochter am vergangenen Abend von einer Limousine abgeholt worden waren, um, wie er sagte, nach Yunnan zu reisen.

Ich warf den Kopf in den Nacken und blickte mit geschlossenen Augen in die stechende Sonne, wo in meiner Vorstellung das Gesicht meiner Verlobten schmolz.

Ich empfand plötzlich eine tiefe Sehnsucht nach dieser Frau, und mir war, als sei ich von der ganzen Welt verlassen.

Noch am Vormittag ging ich zu einem sechsstöckigen Wohnhaus. Ich klingelte an der Tür im vierten Stock.

»Wer da?«

Eine Frau Anfang vierzig öffnete. In der Hand hielt sie einen Kochlöffel und blickte mich misstrauisch an.

»Entschuldigen Sie bitte, ist Staatsanwalt Shen Yuanchao zu Hause?«

Tatsächlich kannte ich sie, doch sie schien mich nicht zu erkennen.

Noch ehe sie mir antworten konnte, trat ein Mann mittleren Alters neben sie und fragte mit zusammengezogenen Augenbrauen: »Ich weiß, warum du hier bist.«

Bevor ich antworten konnte, zog er mich in die Wohnung und schickte seine Frau zum Kochen in die Küche zurück. Dann bot er mir einen Platz auf dem Sofa an und schloss die Wohnzimmertür.

»Weiß sie, wer ich bin?«

»Ja. Aber sie hat dich seit sieben Jahren nicht gesehen.« Der Mann namens Shen Yuanchao goss mir eine Tasse Tee ein und sprach: »Du hast schon mal besser ausgesehen.«

»Hast du davon gehört?«

»Shen Ming, weiß irgendjemand außer uns etwas von der Sache?«

Auf seine todernste Miene konnte ich nur ein bitteres Lächeln erwidern.

Das war es also, worum er sich sorgte!

»Ich habe nie darüber gesprochen. Aber ich weiß nicht, warum, letzten Monat kursierte in der Schule ein Gerücht.«

»Es ist ganz offensichtlich, jemand will dir schaden.«

»Genauer gesagt, jemand will mich ermorden!«

Er ging im Wohnzimmer ein paar Schritte auf und ab: »Wer weiß von dem Geheimnis?«

»Außer den drei Menschen in dieser Wohnung nur noch meine Großmutter mütterlicherseits, sonst niemand.«

»Verdächtige nicht meine Frau! Sie würde nie etwas verraten.«

»Ich bin nicht deswegen hier.« Es fiel mir schwer, weiterzusprechen. Aber da die Situation inzwischen so verfahren war, hatte ich keine andere Wahl. »Kannst du mir helfen?«

»Dich von jeglichem Verdacht reinwaschen?«

»Die Polizei hat mich freigelassen! Die wissen ebenso gut wie ich, dass mich jemand hereinlegen will. Nur den anderen ist das noch nicht klar.«

»Nun, ich habe Angst, dass die Polizei, wenn du tatsächlich zu Unrecht verdächtigt wirst, deinen Fall an die Staatsanwaltschaft übergibt. Was soll ich als zuständiger Staatsanwalt dann tun?«

Shen Yuanchao hatte ein Gesicht wie einer der Musterhelden in den Filmen der 1980er-Jahre. Immer, wenn er so sprach, empfand ich eine gewisse Abscheu.

»Und was ist, wenn ich sterbe?«

Dieser Satz ließ ihn für ein paar Sekunden innehalten, bevor er mit hochgezogenen Augenbrauen fragte: »Was soll das heißen?«

Daraufhin erzählte ich ihm die ganze Geschichte, alles, was geschehen war, einschließlich meiner Entlassung aus dem Amt und dem Ausschluss aus der Partei und dass die Familie meiner Verlobten mich mied, bis zu dem Punkt, wo mich die Vorstellungskraft zur Beschreibung des morgigen Tages verließ.

Ich neigte den Kopf zu der Tasse hinunter und trank den Tee samt den losen Blättern aus.

Nachdem er mir ruhig bis zum Ende zugehört hatte, nahm er mir die Tasse aus der Hand und sagte sanft: »Was hast du in letzter Zeit gemacht?«

»Nichts Besonderes. Hochzeitsvorbereitungen, eine Wohnung renoviert, mit den Schülern den Stoff für die Aufnahmeprüfungen wiederholt.«

»Hast du deine Verlobte jemals betrogen?« Er klopfte mir auf die Schultern. »Du bist gerade einmal fünfundzwanzig Jahre alt und verstehst, warum ich das frage.«

»Ich —«

Sein Blick verunsicherte mich; ich wusste nicht, was ich auf die Frage antworten konnte.

»Du verheimlichst mir etwas.«

»Entschuldige bitte, ich kann darüber nicht sprechen – aber mit der Sache, in der ich jetzt stecke, hat es nichts zu tun.«

»Alle Dinge hängen letztendlich zusammen, das kannst du einem erfahrenen Staatsanwalt glauben.«

»Ich bitte dich! Ich bin kein Mörder. Im Moment bin ich das Opfer!«

»Du bist noch viel zu jung. Nur, wenn du offen mit mir sprichst, kann ich dich vielleicht retten. Das ist die einzige Möglichkeit, dir zu helfen.«

Ich knöpfte meinen Hemdkragen auf und schaute aus dem Fenster. Die Sonnenstrahlen trafen die blühende Buschlilie. Ich schüttelte den Kopf. »Nein, nein, ich kann nicht.«

»Schade.« Er stellte sich hinter mich und flüsterte mir ins Ohr: »Du bist genau wie ich, als ich jung war. Hast du Hunger? Bleib doch zum Essen.«

Ohne meine Antwort abzuwarten, ging er in die Küche, um seiner Frau Bescheid zu sagen.

Ich wusste nicht, wo ich sonst hinsollte. Also wartete ich, bis meine beiden Gastgeber das Essen auftrugen. Es war das erste Mal, dass ich hier aß.

Vor ein paar Wochen waren am Nanming-Gymnasium zwei Gerüchte über mich in Umlauf gebracht worden:

Das erste betraf die hübscheste Schülerin der Oberstufe, Liu Man, und ihren Klassenlehrer, Shen Ming, die angeblich ein Verhältnis miteinander hatten; böse Zungen behaupteten, Liu Man habe sich wegen einer Abtreibung ein paar Tage krankgemeldet.

Das zweite betraf meine Herkunft aus einfachen Verhältnissen. Der Eintrag im Geburtenregister entspreche angeblich nicht den Tatsachen, und zwischen meinem Vater, der erschossen wurde, als ich sieben Jahre war, und mir, bestünde keinerlei Blutsverwandtschaft. Meine Mutter war demnach ein Flittchen und ich ein in Schande geborenes außereheliches Kind.

Es war kein Gerücht, dass ich ein uneheliches Kind war.

Der Mann, der mich gezeugt hatte, saß beim Essen mit mir am Tisch – Staatsanwalt Shen Yuanchao.

Ich hatte mich nie als sein Sohn bekannt, und er hatte sich nie als mein Vater bekannt.

Seine Frau wusste seit Langem davon. Sie begegnete mir mit keinerlei Feindseligkeit, ganz im Gegenteil, sie legte immer wieder Essen auf meinen Teller nach. Seit meiner Verhaftung war dies die erste richtige Mahlzeit.

Nach dem Mittagessen begleitete mich Shen Yuanchao nach unten. Was hätte ich ihm noch sagen können? Wortlos drehte ich mich um und wollte gehen. Er zog mich sanft zurück und nahm mich in seine Arme.

Es war zehn Jahre her, seit er mich das letzte Mal umarmt hatte.

»Pass auf dich auf!« Es war ein Uhr nachmittags, und die Sonne schien stark. Wir standen neben den Blumenrabatten im Schatten der Oleandersträucher. Mit zitternden Lippen sagte er: »Mein Sohn!«

Verlegen nickte ich mit dem Kopf und ging davon.

Das war das letzte Mal, dass er mich sah.

Zwei Stunden später, als ich ans Nanming-Gymnasium zurückkam, rief mir der alte Mann am Tor zu: »Herr Lehrer, ein Anruf vom Krankenhaus, Sie sollen sofort kommen!«

KAPITEL 8

Die Großmutter lag im Sterben.

Der Tag dämmerte noch nicht, als ich am Bett der Großmutter saß und über ihr weißes Haar strich, bis das EKG eine
Nulllinie zeigte. Der Arzt ging schweigend hinaus und unterschrieb den Totenschein.

Es war Sonntag, der 18. Juni 1995, 4:44 Uhr morgens. Meine
Großmutter war sechsundsechzig Jahre alt geworden.

Ich vergoss keine einzige Träne. Systematisch traf ich die
Vorbereitungen für das Begräbnis.

Der Tag brach gerade an, als ich im Leichenwagen saß.
Ich empfand kein Unbehagen dabei, die Großmutter zu dem
Bestattungsinstitut zu begleiten. Außer ihr hatte ich keine
Verwandten. Niemand scherte sich um eine altgediente Haushälterin. Nur die Familie, bei der sie zuletzt angestellt gewesen war, schickte ein Trauerkuvert mit 200 Yuan für die Beerdigung. Meine Verlobte und ihre Familie hatten meine
Großmutter nie kennengelernt. Eine Trauerfeier war also nicht
nötig.

Den Tag über unterschrieb ich zahllose Papiere, bis der
schmächtige Körper der Großmutter, begleitet von meinen
Blicken, im Krematorium dem Feuer übergeben wurde. Als sie
nur noch ein Häuflein Knochen und Asche war, kam mir der
Satz »Ihr, die Ihr eintretet, lasst alle Hoffnung fahren« in den
Sinn.

Schweigend nahm ich mit der Hand ihre heißen Überreste
auf und gab sie in die Urne. Zärtlich zog ich sie an meine Brust
und küsste sie. Ich hatte kein Geld, um eine Grabstätte zu kau-

44

fen, darum gab ich die Asche, wie viele andere Leute auch, dem Bestattungsinstitut zur Aufbewahrung.

An meiner Hand klebte noch Asche von der Großmutter, und ich brachte es nicht übers Herz, sie abzuwaschen. Am Arm trug ich eine schwarze Trauerbinde; ein roter Flicken darauf war ein Hinweis auf meinen Status als Enkel. Ich stieg in den Bus und fuhr zum Nanming-Gymnasium zurück.

Tiefnachts kam ich unendlich müde in der Schule an. Als ich die Tür zu meinem Zimmer öffnete, bemerkte ich, dass jemand da war. Schnell griff ich nach einem Holzstock. In dem Moment, als ich zuschlagen wollte, drehte sich der Eindringling um und rief: »Halt! Ich bin's!«

Verdammt! Hätte er nur wenig später gerufen, wäre es noch Notwehr gewesen.

Es war dieser miese Dekan, Yan Li, der panisch ein paar Schritte zurückwich und dabei einen Schlüsselbund hochhielt: »Ich bin im Dienst und wollte nur sehen, ob hier im Zimmer alles in Ordnung ist.«

Erst, als ich den Holzstock wieder senkte, fiel ihm meine schwarze Armbinde auf: »Herr Shen, in Ihrer Familie gibt es offenbar einen Trauerfall, das tut mir sehr leid.«

Ich stand an der Tür und starrte ihn an.

Anstatt mein Zimmer zu verlassen, blieb Yan Li und sah sich um: »Ach, Herr Lehrer, Sie haben immer noch nicht gepackt? Übermorgen früh kommen die Handwerker und stellen hier eine Tischtennisplatte auf. Könnten Sie bitte pünktlich morgen Abend ausziehen?«

Kaum hatte er zu Ende gesprochen, da ging er ganz selbstverständlich zum Schreibtisch und befummelte die Perlenkette.

»Nicht anfassen!«

Außer mir vor Wut stürzte ich mich auf ihn und packte seinen Arm. Der Dekan war zwar schon in den Vierzigern, aber er war größer und kräftiger als ich. In dem Moment, als wir beide ringend in die Knie gingen, riss die Kette, und die Perlen sprangen klackernd über den Boden.

Wie wahnsinnig krabbelte ich auf allen vieren über den Fußboden und suchte nach den verstreuten Perlen. Erst nach einer vollen halben Stunde, mein Kopf schwindelte und meine Beine schmerzten, hatte ich alle wieder eingesammelt.

Yan Li hatte sich längst davongemacht, und ich war allein im Zimmer geblieben. Versteinert saß ich auf dem Fußboden und hielt einige Dutzend Perlen zwischen meinen Fingern. Es war nicht einfach, einen Faden zu finden, der dünn genug war, um die Perlen wieder aufzureihen. Die Löcher in den Perlen waren von Hand gebohrt und darum äußerst unregelmäßig. Wütend hämmerte ich gegen den Fußboden, und es war mir gleichgültig, ob die Studenten davon aufwachten oder nicht. Aus meinen Fäusten quoll Blut; der Schmerz stach bis zum Knochen. Es blieb mir nichts anderes übrig, als die einzelnen Perlen in einem Stoffbeutel, den ich zufällig fand, aufzubewahren.

Wie zu einer Leiche erstarrt, lag ich auf dem Bett, das Säckchen mit den Perlen fest in der Hand.

Morgen Abend. Ich wartete auf morgen Abend.

KAPITEL 9

Warum tötet ein Mensch einen anderen?

Erstens: um das eigene Leben zu schützen.

Zweitens: um die Habe eines anderen zu stehlen.

Drittens: um einen Rivalen im Kampf um das andere Geschlecht auszulöschen.

Viertens: um Rache an einem anderen zu nehmen.

Fünftens: um den Befehl eines höher gestellten Menschen auszuführen.

Sechstens: im Auftrag, für Geld.

Siebtens: ohne Grund.

Was war mein Grund?

Das war die Frage, die auch im *Club der toten Dichter* diskutiert worden war, und sie sollte als Inschrift auf meinem Grabstein stehen.

Es war Montag, der 19. Juni 1995, vormittags. Ich war noch am Leben. Die Sonne schien auf mein Bett. Blinzelnd öffnete ich die Augen. Hatte die dritte Stunde schon begonnen? Es war das erste Mal überhaupt, dass ich verschlafen hatte. Als ein aus dem Dienst entlassener Lehrer hatte ich das Recht zu unterrichten ohnehin verwirkt.

Ich stieg auf einen Schemel und holte aus einem Spalt in der Decke einen Armeedolch, den die Polizei glücklicherweise nicht gefunden hatte. In die Schneide waren die Zeichen *Fabrik 305* eingraviert; an der Spitze hatte er eine Blutrille. Lu Zhongyue, mein bester Freund und Klassenkamerad im Gymnasium, hatte ihn mir vor zwei Jahren geschenkt. Wir hatten früher dieses Zimmer geteilt.

Die Klinge hatte einen kalten Glanz; wie ein Zerrspiegel reflektierte sie mein Gesicht derart entstellt, dass ich mich kaum wiedererkannte.

Ich band den Dolch an mein Bein und ließ die Hose darüberfallen.

Ich drehte eine Runde durch das Schulgebäude und kam am Klassenzimmer der Abiturienten vorbei. Zufällig sah mich der Mathematiklehrer durchs Fenster auf dem Gang und grüßte mich mit einem leisen Nicken. Ein paar Schüler hatten die Geste bemerkt und drehten sich ebenfalls zu mir um. Keiner vermochte sich mehr auf die Übung zu konzentrieren. Alle begannen zu tuscheln und zu flüstern, als hätten sie eine wandelnde Leiche gesehen.

Am Nanming-Gymnasium gab es zwei Lehrer, die an einer Eliteuniversität studiert hatten. Der eine war ich mit einem Abschluss von der Peking-Universität; der andere war Zhang Mingsong mit einem Abschluss von der Tsinghua-Universität. Er war sieben Jahre älter als ich. In der Oberstufe war er mein Lehrer in Mathematik gewesen. Aufgrund seines herausragenden Unterrichts wurde er noch vor seinem dreißigsten Lebensjahr zum »Lehrer mit besonderer Auszeichnung« befördert. Seine Schüler erzielten hervorragende Ergebnisse. Und weil Mathematik so einen großen Teil in der Gesamtnote der Aufnahmeprüfung für die Universität ausmachte, standen die Eltern jedes Jahr Schlange, um Nachhilfestunden für ihr Kind zu bekommen.

Mit gestrecktem Rücken stand ich vor der Tür zum Klassenzimmer und musterte meine Schüler mit kaltem Blick. Bis vor zwei Wochen war ich noch ihr Klassenlehrer und darüber hinaus beratender Lehrer der Nanming-Gesellschaft für Literatur gewesen. Im Fensterglas spiegelte sich mein Gesicht — hager und böse, als wäre dieser Mann aus einem Albtraum herausgetreten. Mein Blick fiel auf meinen Lieblingsschüler, Ma Li. Er wich meinen Augen aus, wirkte aber traurig.

Als ich so vor dem Klassenraum mit all meinen Schülern

stand, brach ich in Tränen aus. Schließlich trat Zhang Mingsong zu mir auf den Gang und sagte mit bewegter Stimme: »Es tut mir leid, Herr Shen, aber Sie stören den Unterricht.«

»Entschuldigen Sie bitte, auf Wiedersehen.«

Als ich die Treppen hinunterging, fühlte ich, wie schwer beladen ich war. In der Hosentasche steckte die Perlenkette und im Hosenbein der Dolch.

Der 19. Juni 1995. Es war der letzte Montag in diesem Leben und auch der letzte Abend.

Ich nahm die Uhr ab, die mir Gu Qiushas Vater geschenkt hatte, aß in der Mensa meine letzte Mahlzeit. Selbst die Köche sahen mich an, als wäre ich ein Mörder. Kein einziger Schüler oder Lehrer wagte es, sich neben mich zu setzen; jeder hielt einen Abstand von mindestens zehn Metern. Ich aß nach Herzenslust, verbrauchte alle restlichen Essensmarken, bis ich satt und zufrieden rülpste.

21:30 Uhr. Am Nachthimmel grollte dunkler Donner.

Yan Li war noch in der Schule und unterhielt sich mit jemandem im Schlafsaaltrakt. Offenbar ging es ihm gut, hin und wieder war sein schäbiges Lachen zu hören. Als er wieder allein war, rauchte er eine Zigarette. In mein Zimmer war er seither nicht mehr eingedrungen. Wahrscheinlich hatte er Angst, noch eine Tracht Prügel zu bekommen. Er strich seine Kleider glatt und verließ die Schule durch das Haupttor. In der Dunkelheit unter den Bäumen folgte ich ihm auf die Nanming-Straße. Er ging in Richtung Bushaltestelle, doch bis dorthin durfte ich ihn nicht kommen lassen. An einem Ort mit zu vielen Leuten konnte ich nicht zur Tat schreiten.

An der Nanming-Straße gab es keine Laternen, nirgendwo war auch nur der Schatten eines Menschen zu sehen. Vor uns lag, im schwachen Licht vereinzelter Sterne, die halb stillgelegte Stahlfabrik. Ich holte den im Hosenbein versteckten Dolch heraus, hielt den Atem an und schloss zu Yan Li auf.

In dem Moment, als er meine Schritte hörte und sich umdrehen wollte, stieß ich ihm den Dolch in den Rücken.

Verdammt! Gestern Abend hatte ich das Zustechen an einer Weste unzählige Male geübt. Doch in der Dunkelheit der Nacht war alles anders; mir war nicht klar, wohin ich stach. Die Klinge stieß auf starken Widerstand, das konnte ich spüren. Ich musste noch fester zustoßen, tiefer eindringen. Dann hörte ich Yan Lis unterdrücktes Schreien. Er hatte enorme Kraft und war wie ein Hund, der erhängt werden sollte. Mit einem gewaltigen Ruck drehte er sich um und packte mich. Sein frisches Blut spritzte mir ins Gesicht.

Filme lassen den Eindruck entstehen, es wäre einfacher, einen Menschen zu töten als ein Huhn. Sobald man selbst Hand anlegen muss, merkt man erst, wie schwierig es ist, einen Menschen zu ermorden.

Nach sechzig Sekunden des Entsetzens fiel Yan Li zu Boden. Seine aufgerissenen Augen starrten mich an. Nach Luft schnappend beugte ich mich über ihn. Wie mein Gesicht wohl aussah? Wahrscheinlich ebenso grauenvoll wie seines.

Ich spürte ein paar Regentropfen auf meinem Kopf, kurz darauf goss es in Strömen.

Der Regen kühlte mein erhitztes Blut und ließ den Adrenalinspiegel wieder sinken.

Warum tötet ein Mensch einen anderen?

Ich empfand eine namenlose Angst. Eine Angst, als würde ich zum Schafott geführt.

Die Nanming-Straße war völlig dunkel. Man konnte die Hand vor den Augen nicht sehen. Aber Yan Li wusste, wer ich war. Er hustete heftig. Aus seinen Mundwinkeln rann unablässig Blut. »Shen ... Shen Ming ... ich ... ich schwöre ... ich ... habe dir ... habe dir nichts getan ...«

Der Regen fiel in seinen offenen Mund. Er vermochte kein Wort mehr zu sprechen und keinen Atem mehr auszustoßen.

Er hatte mir nichts angetan?

Sein Gesicht war blutverschmiert. Ich fasste an seinen Hals. Es bestand kein Zweifel: Er war tot.

Vor einem Monat hatte ich ein Video gesehen. Es war ein Film von einem französischen Regisseur, *Léon – Der Profi.* In einer Szene sagt Léon: »Es ist nichts mehr so wie früher, wenn du einmal gemordet hast.«

KAPITEL 10

19. Juni 1995. Der Abend vor den Examen. Eine Nacht, in der es bei starkem Regen gleichzeitig donnerte und blitzte.

Vor ein paar Minuten hatte ich einen Menschen ermordet.

Ehe ich mich Inspektor Huang Hai stellte, hatte ich noch etwas zu erledigen. Die Leiche warf ich an den Straßenrand. Ich kam nur humpelnd und stolpernd vorwärts. Die Gegend war mir vertraut. Die Mauern um die Fabrik drohten einzubrechen, die verlassenen Gebäude schienen im Regen zu schlafen wie Gräber, die niemand mehr besuchte. Ich ging um das größte Gebäude herum und kam rückwärtig zu einer kleinen Tür.

Die Schüler nannten diesen Ort *Quartier der Teuflin*.

Aus meiner Hosentasche holte ich die Perlenkette. Es war mir gleichgültig, ob sie Blutflecke bekam. Ich zündete ein Streichholz an, das für Licht in der faulig-feuchten Luft sorgte. Alles, was ich sehen konnte, war ein Haufen rostiger Maschinen. Ängstlich sah ich nach draußen. Ein heller Blitz schien den Himmel aufzureißen, und in dem Augenblick, in dem er in meine Pupillen stach, wurde alles wieder schwarz. Es blieb nur das monotone Klopfen des Regens.

Warum war sie noch nicht hier?

Im Inneren der Fabrikhalle führte seitlich an einer der fleckigen Wände eine Treppe zu einem unterirdischen Gang.

Eine weinende Stimme.

War da nicht ein Schluchzen oder Weinen?

An meinen Händen klebte Blut, jeder Schritt fiel mir unendlich schwer. Zitternd stützte ich mich an der Wand ab, immer mit Blick auf die Treppe, die mich an den Tunnel in Jules Vernes Roman *Zum Mittelpunkt der Erde* erinnerte.

Rollender Donner.

Mein linker Fuß nahm die erste Stufe nach unten.

Am Abend des 19. Juni 1995 um 21:59 Uhr verwandelte sich jene weinende Stimme in ein biegsames, aber dennoch festes Seil, das sich um meinen Hals legte und mich tief in den Tunnel hinunterzog.

Die Luke, sie stand offen!

Das Quartier der Teuflin ...

Seltsame Geräusche drangen aus dem unterirdischen Raum. Ich entzündete ein weiteres Streichholz und warf ein wenig Licht auf die Luke am Ende des Tunnels. In meinen Träumen war mir diese Luke immer wie ein Stein vor einem Grab erschienen.

Außen an der Luke war ein runder Griff, den man nach unten drehen musste, um den Zugang fest zu verschließen.

Warum stand die Luke nun offen?

Die kleine Flamme flackerte und warf meine Silhouette mit der schwarzen Trauerbinde an die fleckige Wand.

Jedes Mal, wenn ich in das Quartier der Teuflin kam, legte sich die feuchte Luft um mich wie eine Decke, die während der Regenzeit nicht trocknete.

Eine Wolke von ekligem Gestank wehte mir ins Gesicht und blies das Streichholz aus, das ohnehin nur im Umkreis von wenigen Metern Licht gespendet hatte.

In meiner Erinnerung war es die letzte Bewegung in diesem Leben, dass ich mich umdrehte.

Ich empfand tiefe Reue — wie die Verzweiflung eines Menschen, der in den Tod sprang und sich im Fall befand.

Ein starker Schmerz durchbohrte meinen Rücken, etwas Metallenes steckte in mir.

Die Welt drehte sich um mich.

Ich spürte, wie ich am kalten Boden lag, Bauch und Gesicht in einer schmutzigen Lache. Das Blut quoll aus meinem Rücken, die Finger zuckten ein paarmal, der Körper vermochte sich nicht mehr zu bewegen, die Lippen schmeckten etwas Salzig-Metallisches – mein eigenes Blut, das über den Boden floss.

Dicht an meinen Ohren hörte ich ein Durcheinander von Schritten. Ich riss die Augen auf, aber ich sah nicht einen Funken Licht.

Die Zeit war verschwunden. Es schien, als wären wenige Sekunden oder Jahrzehnte vergangen. Die Welt war still. Es gab keinen Geruchssinn mehr, die Lippen gehörten nicht mehr mir selbst, mein Körper schien zu schweben, der bohrende Schmerz im Herzen war verschwunden. Wo war ich überhaupt?

Ein Mörder zahlt mit seinem Leben.

Aber erfolgte in diesem Fall die Strafe nicht allzu schnell?

Am 19. Juni 1995 um 22:01 Uhr starb ich.

In der letzten Sekunde meines Lebens glaubte ich, es gebe kein nächstes Leben.

KAPITEL 11

Der 19. Juni 1995. Nach der traditionellen Zeitrechnung schrieb man das Jahr *Yihai*, den Monat *Renwu* und den Tag *Xinsi*, nach dem Bauernkalender war es der zweiundzwanzigste Tag des fünften Monats, nachts im Zeitraum zwischen neun und elf Uhr. Ein Unglück verheißendes Datum.

Das war der Zeitpunkt meines Todes.

Jedes Jahr hatte ich an zwei Feiertagen, einmal im Frühjahr und einmal im Winter, das Grab meiner Mutter besucht. Mit jedem Besuch wurde mir klarer, was der Tod bedeutete. Wenn es nach dem Tod noch jemanden gibt, der an dich denkt, dann bist du nicht gestorben, sondern lebst weiter, zumindest im Herzen dieses Menschen.

Mein Name ist Shen Ming. Einst war ich Klassenlehrer einer Abiturklasse am Nanming-Gymnasium.

Soeben hatte ich einen Menschen ermordet und war daraufhin selbst von einem Menschen ermordet worden.

Im Quartier der Teuflin, unter einer verlassenen Fabrikhalle, hatte mir jemand ein Messer in den Rücken gestochen.

Ich trug die schwarze Trauerbinde um meinen Arm. Meine Augen, so kam es mir vor, waren immer noch weit aufgerissen. Das bedeutete wohl, dass meine Seele keinen Frieden fand. Aber das Gesicht meines Mörders hatte ich nicht gesehen.

Die Leute sagen, dass der Tod immer schmerzhaft ist. Dabei soll es gleichgültig sein, wie man stirbt: ob man erstochen, erhängt oder erwürgt wird, erstickt oder vergiftet, ob man ertrinkt oder überfahren wird, ob man durch einen Sturz oder eine Krankheit stirbt … In jedem Fall folgt auf den Tod eine unendliche Einsamkeit.

Als Student an der Universität las ich in der Bibliothek ein wissenschaftliches Buch, dessen Beschreibung der Vorgänge beim Sterben mich damals stark beeindruckte:

Pallor mortis: Totenbleiche, setzt in der Regel 15 bis 25 Minuten nach dem Tod ein.

Livor mortis: Verfärbung der Haut an den abhängigen Körperpartien eines Leichnams durch Absinken des Blutes.

Algor mortis: Abkühlung der Körpertemperatur nach Todeseintritt. Die Körpertemperatur kühlt sich in der Regel stetig ab, bis sie sich der Temperatur der Umgebung angeglichen hat.

Rigor mortis: Die Gliedmaßen des Leichnams werden starr und lassen sich kaum mehr bewegen.

Verwesung: Prozess, bei dem sich der Leichnam in einfachere Organismen zersetzt, begleitet von einem starken, unangenehmen Geruch.

Mein Gedächtnis war also noch intakt.

Vor mir bohrte sich ein Lichtstrahl in die dunkle Erde. Ein bizarrer, mit weißem Marmor gepflasterter Tunnel tat sich auf, der an den unterirdischen Gang im Quartier der Teuflin oder an einen Palast aus alter Zeit erinnerte. Das Licht fiel auf einen kleinen Jungen in geflickten Kleidern, der, über seine tote Mutter gebeugt, schluchzte und weinte. Neben ihm stand ein Mann, der teilnahmslos eine Zigarette rauchte – dann ertönte ein gellender Schuss. Es gab eine weitere Leiche. Frisches Blut rann auf den Boden und über die Füße des Jungen. Eine Frau mittleren Alters führte ihn fort, brachte ihn in eine stille Straße. Auf einem Schild an einer Tür konnte man undeutlich lesen: *Anxi-Weg*. Das Haus war sehr alt. Der Junge wohnte im Keller; an dunklen Regentagen stellte er sich auf die Zehenspitzen und schaute durchs Fenster auf die nasse Straße.

Dort gab es glänzende und schmutzige Schuhe zu sehen, manchmal auch das Geheimnis unter einem Frauenrock. Der Junge hatte einen traurigen Blick. Er lachte nie. Sein Gesicht war totenbleich. Nur auf seinen Wangen waren zwei purpurrote Flecken zu sehen, die zum Fürchten waren, wenn er in Zorn geriet. Eines Nachts, als er im Keller am Fenster stand, drang aus dem Hochhaus gegenüber ein verzweifelter Schrei. Ein Mädchen kam herausgelaufen, setzte sich auf die Stufen vor dem Haus und weinte ...

Mir war auch zum Weinen zumute.

Aber ich war bloß ein Leichnam. Ich hatte keine Tränen.

Bald würde ich zu Asche verbrennen und in einer Urne aus Mahagoniholz oder Edelstahl in einer Grube drei Fuß tief unter der gelben Erde schlafen. Oder ich blieb an diesem dunkelkalten Ort im Quartier der Teuflin und zerfiel im Prozess der Verwesung in schmutzige Materie.

Wenn es eine Seele gibt ... kann ich vermutlich den Körper verlassen und mein totes Selbst betrachten. Und ich kann meinen Mörder sehen und habe vielleicht noch Gelegenheit, mich in einen Rachegeist zu verwandeln und Vergeltung zu üben.

Vielleicht gibt es unter euch ja einen klugen Kopf, der eines Tages die wahren Umstände über die Intrige, der ich zum Opfer fiel, herausfindet und meinen Mörder fasst.

Wer hat mich ermordet?

Und was, wenn es ein nächstes Leben gibt? Wenn man noch einmal wiederkehren kann? Kann man dann alle Fehler und Sünden vermeiden?

Offenbar hatte ich lange geschlafen und war wieder zu Bewusstsein gelangt. Nun fühlte ich mich ganz leicht, als ob ein Windhauch mich davontragen könnte. In mir war eine namenlose Freude. Ob nun meine Wiedergeburt bevorstand?

Ich stand auf und verließ das Quartier der Teuflin. Die Straße, die vor mir lag, war mir nicht vertraut. Lange irrte ich umher. Der von raschelnden Bäumen gesäumte Weg war finster. Im Morast stakten schemenhaft weiße Knochen; kristallklare Irrlichter tanzten durch die Nacht. Hier und dort flogen Vögel auf. Sie hatten menschliche Gesichter und Frauenkörper. Ob das die Ubume waren?

Ein Fluss versperrte mir den Weg. Die Wasseroberfläche war blutrot; vom anderen Ufer wehte ein heißer, fischiger Wind herüber. Ich hatte keine Angst und folgte dem Flusslauf, bis ich an eine verwitterte Steinbrücke kam. Dort hockte ein weißhaariges Weib, das mich an meine verstorbene Großmutter erinnerte. Wie viele Jahre die Alte auf dem Buckel haben mochte, ließ sich schwer sagen. Mit beiden Händen hielt sie eine angeschlagene Schale aus Porzellan, die mit heißer Suppe gefüllt war. Sie hob den Kopf und sah mich an, und ihre trüben Augen verrieten äußerstes Erstaunen. Mit Bedauern schüttelte sie den Kopf, und ihre trockene Stimme klang traurig, als sie fragte: »Warum ausgerechnet du?«

Sie hielt mir die Suppenschale vor die Nase; beim Anblick der Fettaugen auf der heißen Brühe ekelte ich mich. »Was ist das für ein Ort?«

»Iss die Suppe und geh über die Brücke, dann kommst du nach Hause.«

Ich konnte ihr zwar nicht ganz glauben, aber ich nahm die Schale und zwang mich, sie leer zu trinken. Der Geschmack erinnerte mich an die Tofusuppe meiner Großmutter.

Die Alte drängte: »Beeil dich! Geh über die Brücke, sonst ist es zu spät.«

»Zu spät für die Wiedergeburt?«

»Ja, mein Kind.«

Wir sprachen noch, als ich den Weg über die alte Steinbrücke antrat. Unter mir rauschte der Fluss, in dem Schlingpflanzen wie Frauenhaar trieben. Am anderen Ufer herrschte Eiseskälte, und mich überkam ein unbeschreiblicher Ekel. Ohne zu wissen, wie mir geschah, fiel ich auf die Knie und erbrach mich.

Es war zu schade! Ich spuckte die ganze Suppe wieder aus.

Noch ganz benommen, schwoll der Fluss hinter mir an, schluckte mich und zog mich an den Grund.

Über und über mit Schlingpflanzen bewachsen, lagen dort im dunklen Wasser die Gebeine der Toten. Ein Lichtstrahl kam aus dem Nirgendwo und erleuchtete das Gesicht eines Menschen.

Es war das Gesicht eines Toten, das Gesicht des fünfundzwanzig Jahre alten Shen Ming.

Ich war dabei, ein anderer zu werden.

Neben der Brücke der Ratlosigkeit sitzt ein altes Weib. Sie heißt Mengpo. Wer die Suppe aus ihrer Schale nicht trinkt, kann weder die Brücke der Ratlosigkeit überqueren noch über den Fluss des Vergessens setzen. Nur, wer eine Schale von der Mengposuppe trinkt, vermag jede Erinnerung an ein früheres Leben zu vergessen.

Fluss des Vergessens, Mengpo, Wiedergeburt.

War es wirklich möglich, alles zu vergessen?

TEIL II

FLUSS DES VERGESSENS

KAPITEL 1

11. Oktober 2004.

Ein BMW 760 fuhr in die Changshou-Straße und hielt vor der Grundschule Nummer 1. An die enge Toreinfahrt schlossen sich zwei Reihen von Unterrichtsgebäuden, die in einen großen Sportplatz mündeten. Der Rektor stand zum Empfang bereit und riss die Tür des Wagens auf. Unterwürfig sagte er: »Frau Gu, willkommen zur Besichtigung unserer Schule. Wir schätzen Ihren Rat.«

Gu Qiusha trug eine Designerhandtasche aus einer limitierten Serie und High Heels mit sechs Zentimeter hohen Absätzen, mit denen sie gar nicht so einfach aus dem Auto kam. Der Rektor führte sie über einen gewundenen und schattigen Weg zu einem entlegenen Hof. Links davon war der Kindergarten, rechts standen einige Häuser im alten Stil. Aus den Fenstern drangen die Stimmen der Grundschüler, die gerade einen Text lasen.

»Kann ich hineingehen und zuhören?«, fragte Gu Qiusha sanft.

Der Rektor führte sie in den Raum der dritten Klasse und stellte den Kindern den hohen Gast vor. Dann bat er die Lehrerin, mit dem Unterricht fortzufahren. Gu Qiusha sah einen freien Platz in der letzten Reihe und setzte sich. Unter formellen Respektsbezeugungen nahm der Rektor neben ihr Platz. An die Tafel waren nur zwei Zeichen geschrieben – Chrysanthemen-Blüte.

Gu Qiusha runzelte die Augenbrauen, der Rektor schien peinlich berührt.

Die Lehrerin schrieb noch vier Verszeilen unter »Chrysanthemen-Blüte«:

Der Herbst umwuchert mein Haus, genau wie das von Tao,
Er umschlingt den Zaun, die Sonne fällt schräg durchs Laub.
Nein, ich habe keine Vorliebe für die Chrysantheme,
Doch wenn sie verblüht, geht keine Blume mehr auf.

Da sowohl der Rektor als auch der Ehrengast dem Unterricht beiwohnten, war die Lehrerin ziemlich nervös und las das Gedicht nochmals Zeile für Zeile vor. Um die Atmosphäre ein wenig aufzulockern, fragte sie schnell: »Wer von euch Schülern kennt den großen Dichter, der dieses Gedicht geschrieben hat?«

Man hätte eine Stecknadel fallen hören, so still war es in dem Klassenzimmer. Der Rektor schien nicht gerade erfreut über die unerfahrene Lehrerin.

Da streckte sich plötzlich ein Arm in die Luft, zur großen Erleichterung der Lehrerin: »Si Wang, lass bitte hören!«

Ein Junge aus einer der hinteren Reihen stand auf. Gu Qiusha konnte ihn gut von der Seite sehen. Er hatte feine, ebenmäßige Gesichtszüge. Er war einer dieser stillen und ruhigen Menschen, die einem sofort sympathisch sind. Nur seine Kleidung war einfach und billig.

»Wer übers weite Meer gefahren ist, schätzt die See gering;
    wer den Berg Wu bestiegen hat, findet kein Wort für eine Wolke.
Viele Blumen blüh'n am Weg, doch ich lass sie steh'n;
    teils wegen der Moral, teils weil ich nach dir mich seh'n.«

Mit seiner hellen, klaren Kinderstimme hatte der Junge das ganze Gedicht rhythmisch rezitiert, ohne auch nur ein Wort auszulassen.

Dann fuhr er fort: »Dies ist das vierte Gedicht aus dem Zyklus *Fünf Gedichte über das Getrenntsein*, den Yuan Zhen aus Trauer um den Tod seiner Frau Wei Cong verfasst hat. Mit vierundzwanzig Jahren war der Dichter nur ein niedriger Beamter; Wei Cong hingegen stammte aus einer bekannten Adelsfamilie. Dennoch schaute sie nie auf ihren Mann herab. Im Gegenteil, sie führte den Haushalt sparsam und fleißig, und die beiden lebten in Harmonie. Als sie starb, schrieb Yuan Zhen mehrere Trauergedichte, die seither zu den bekanntesten dieser Gattung gehören.«

Gu Qiusha konnte es kaum glauben. Der Junge vor ihr war erst in der dritten Klasse. Die Zeilen waren ihm so natürlich über die Lippen gekommen, als hätte er ihren Inhalt tief nachempfunden.

Im ganzen Klassenzimmer herrschte Stille. Keines der Kinder hatte verstanden, wovon der Junge gesprochen hatte. Auch die Lehrerin schien fassungslos. Schwer zu sagen, ob sie selbst die Entstehungsgeschichte des Gedichts gekannt hatte.

Als es zum Ende der Stunde klingelte, nahm Gu Qiusha den Rektor zur Seite: »Ich möchte mit diesem Jungen sprechen.«

Vor dem Gebäude, draußen im Garten, brachte die Lehrerin ihn zu ihr. Er war schlank, sein Rücken gerade und aufrecht. Nicht wie viele andere Kinder, die, weil sie zu viel am Computer spielten, dicke Brillengläser trugen und einen krummen Rücken hatten. Dem Rektor und dem hohen Gast begegnete er mit natürlicher Eleganz.

Gu Qiusha beugte sich zu ihm und fragte: »Wie schreibt sich dein Name?«

»Si, wie *der Befehlshaber,* und Wang, wie *ins Weite blicken.*«

»Si Wang, du hast das Gedicht im Unterricht wunderbar vorgetragen. Woher weißt du so viel über Dichtung?«

»Ich lese viel. Außerdem gibt es das Internet.«

»Kennst du denn auch Yuan Zhens berühmten Zyklus *Drei Klagelieder?*«

»Ja.«

Der Junge sah ihr fest in die Augen. Als er zu sprechen anhob, begann ihr Herz schneller zu schlagen.

»Nichts ist geblieben als die Hoffnung auf eine gemeinsame Gruft,
In keinem anderen Leben wird das Schicksal sich glücklich fügen.
In ewiger Nacht will ich mit offenen Augen nach dir schauen,
Verzeih' mir dieses Leben mit immer sorgenschweren Brauen.«

Gu Qiusha atmete tief durch. Sie strich über das bleiche Gesicht des Jungen. Zuerst wich er zurück, dann stand er fest und ließ sie gewähren. Er strahlte eine befremdliche Reife und zugleich etwas Kaltes aus.

Als es zum Pausenende klingelte, stupste sie den Jungen an der Nase und sagte: »Gut geantwortet! Lauf schnell ins Klassenzimmer!«

Wang Si polterte mit den anderen Kindern die Treppen hinauf. Der Ausdruck von Reife, der gerade noch auf seinem Gesicht gelegen hatte, war wie abgefallen.

»Nichts ist geblieben als die Hoffnung auf eine gemeinsame Gruft,
In keinem anderen Leben wird das Schicksal sich glücklich fügen.«

Vor neun Jahren, als sie vom Tod ihres Verlobten erfahren hatte, fand sie zufällig einen von Shen Mings handschriftlichen Briefen, in dem er diese Verszeile von Yuan Zhen zitiert hatte.

Der Rektor erkundigte sich bei der Klassenlehrerin über den Hintergrund des Jungen. Er hörte, dass die schulischen Leistungen Si Wangs durchschnittlich seien, dass er schweigsam sei, sich im Unterricht kaum bemerkbar mache.

»Sind seine Eltern gebildet?«, wollte Gu Qiusha noch wissen.

»Sein Vater ist ein einfacher Fabrikarbeiter. Vor zwei Jahren ist er spurlos verschwunden. Niemand weiß, warum. Seine Mutter arbeitet auf dem Postamt. Die Familie gehört jedenfalls nicht zur gehobenen Schicht.«

»Danke. Finden Sie doch bitte noch ein paar Einzelheiten über den Jungen für mich heraus. So ein begabtes Kind muss gefördert werden, wenn Sie verstehen, was ich meine.«

Der Rektor nickte wiederholt und begleitete Gu Qiusha zu ihrem Wagen.

Ein Plakat draußen vor dem Schultor an der Straße warb für Erya, einen Konzern in der Bildungsbranche. Irgendeinem Wunderkind darauf wurden zwei Sätze in den Mund gelegt – *Entscheide dich für Erya. Entscheide dich für das Leben.*

Schon lange war Gu Qiusha nicht mehr Redakteurin in einem pädagogischen Fachverlag. Sie war jetzt CEO eines privaten Unternehmens in der Bildungsbranche, das landesweit zu den Topplayern gehörte. Ein paar Jahre zuvor war ihr Vater, Gu Changlong, von seinem Amt als Universitätspräsident zurückgetreten und hatte mit seinen Ersparnissen die Unternehmensgruppe Erya gegründet. Durch die Unterstützung von Regierungsseite machte das Unternehmen innerhalb kürzester Zeit einen enormen Entwicklungssprung. Für alle Altersstufen, von der Wiege bis zum Grab, bot Erya Kurse und Programme an. Der Kauf und die Gründung von privaten Schulen rundeten das Profil der Gruppe ab. Von Anfang an hatte Gu Changlong seine Tochter in das Unternehmen eingebunden. Eine Krankheit hatte ihn in diesem Jahr gezwungen, als CEO zurückzutreten und Gu Qiusha das Amt zu übergeben.

Eine Stunde später war sie zurück in ihrer Vorortvilla.

Gu Qiusha streifte ihre High Heels ab und entfernte ihr Make-up vor dem Spiegel. Sie sah eine vierunddreißig Jahre alte Frau mit gepflegter Haut fast ohne Falten oder Flecken. Wenn sie sich zurechtmachte, war sie durchaus attraktiv – zumindest im Licht einer Kamera. Die Leute auf der Straße drehten sich noch immer nach ihr um. Doch egal, wie sie sich schminkte, die Jugend kehrte nicht wieder. Oft dachte sie an die Zeit, als sie noch fünfundzwanzig war und kurz vor der Hochzeit stand.

Der Vater war auf Geschäftsreise im Ausland. Zum Abendessen ließ sie sich von der philippinischen Hausangestellten etwas Einfaches kochen und trank dazu ein Glas französischen

Rotwein. Dann ging sie ins Schlafzimmer und schaute im Fernsehen eine koreanische Komödie.

Kurz darauf wurde die Tür aufgestoßen, und ein Mann kam herein. Er war Anfang dreißig. In seinem Gesicht stand kein einziges Barthaar; auf seiner Stirn war schwach ein bläuliches Mal zu sehen. Schweigend zog er seinen Anzug aus, legte die Krawatte ab und ging wieder hinaus.

Gu Qiusha hatte sich an diese Abende gewöhnt. Im Rücken ihres Mannes murmelte sie: »Schwächling!«

Er hieß Lu Zhongyue.

KAPITEL 2

Gu Qiusha hatte Shen Ming zum ersten Mal im Herbst 1993 gesehen. Dass sie sich an diesem Tag von ihrem damaligen Freund getrennt hatte, erzählte sie ihm nie.

Ihr Exfreund hatte an derselben Fakultät studiert. Er war groß, sah gut aus, kam aus einer angesehenen Familie. Gleich nach ihrem Abschluss begannen sie, von Heirat zu sprechen – allerdings hatte Gu Qiusha ein Geheimnis, über das sie mit ihm reden musste.

»Da ist etwas, das ich mich kaum zu sagen traue. Ich hoffe, du verachtest mich deswegen nicht. Im Jahr vor dem Abitur bin ich wegen starker Bauchschmerzen ins Krankenhaus gekommen. Dort wurde ich von der besten Gynäkologin untersucht. Ihre Diagnose war, dass ich eine angeborene Unfruchtbarkeit habe. Mit anderen Worten, ich kann keine Kinder bekommen. Aber ich bin trotzdem eine ganz normale Frau, und unsere Beziehung bleibt davon unberührt. Wir könnten später ein Kind adoptieren.«

Noch während sie sprach, verfinsterte sich das Gesicht ihres Freundes, und er schlug vor, sich zu trennen. Es gab genug junge Frauen, die ihn heiraten wollten, und nicht wenige davon stammten aus einflussreichen Familien. Warum sollte er eine Frau heiraten, die keine Kinder gebären konnte?

Das war also das Ende von Gu Qiushas erster Liebesbeziehung. Sie weinte an seiner Schulter, ehe er sie verließ, ohne sich noch einmal umzudrehen.

Am Nachmittag desselben Tages saß sie, immer noch fassungslos, im Bus zurück nach Hause, und jemand stahl ihr

Portemonnaie. Zum Glück begegnete sie Shen Ming, der mutig für sie eintrat und sich dabei leicht verletzte. Als sie in seine klaren Augen blickte, die Bescheidenheit und Zurückhaltung in seiner Stimme hörte, da war es hoffnungslos um sie geschehen.

Shen Ming war Lehrer für Literatur am bekannten Nanming-Gymnasium und hatte sein Studium an der Peking-Universität mit Auszeichnung abgeschlossen. Die Tatsache, dass er nie über seine Eltern sprach und auf dem Campus der Schule wohnte, irritierte sie. Als sie kurz davorstand, Erkundigungen über ihn einzuholen, erzählte ihr Shen Ming die tragische Geschichte seines Lebens: Er war erst sieben, als sein Vater seine Mutter vergiftete und dafür zum Tode verurteilt wurde. Er wuchs bei seiner Großmutter in einer winzigen Wohnung auf. Mit dem Übertritt aufs Gymnasium bekam er ein Zimmer an der Schule.

Da verstand Gu Qiusha, dass Shen Ming aufgrund seiner Herkunft nur Lehrer war. Ihr eigener Vater war ehemaliger Leiter des Schulamtes und inzwischen Präsident der Universität. Ihre familiären Hintergründe hätten nicht unterschiedlicher sein können.

Ehe sie Shen Ming seinen zukünftigen Schwiegervater vorstellte, enthüllte sie ihm ihr Geheimnis …

»Nun, ich habe mich zwar immer darauf gefreut, eine geliebte Frau zu heiraten und ein Kind mit ihr zu haben. Aber natürlich ist Ziel und Zweck einer Heirat nicht die Fortpflanzung. Außerdem ist die Unfruchtbarkeit nur ein körperliches Problem und hat mit dem Wesen eines Menschen nichts zu tun. Wenn es denn sein muss, gehen wir aufs Amt und adoptieren ein Kind!«

Mit dem letzten Satz sprach Shen Ming genau den Gedanken aus, den sie kaum zu äußern gewagt hatte.

Am nächsten Tag nahm Gu Qiusha ihren neuen Freund fest entschlossen mit nach Hause. Da erst erfuhr Shen Ming, dass ihr Vater der Universitätspräsident war, von dem er schon oft in der Zeitung gelesen hatte. Der Vater verstand sich ausnehmend gut mit dem Freund seiner Tochter. Insbesondere, als sie auf die Reform des Bildungswesens zu sprechen kamen, fanden Shen Mings kühne Ideen seine Zustimmung.

Das war im Frühjahr 1994.

Etwas später, im Sommer, lieh Gu Qiushas Vater Shen Ming vom Nanming-Gymnasium vorübergehend für sein eigenes Büro aus. Er sollte drei Monate lang sein Sekretär sein. In dieser Zeit lernte er den zukünftigen Mann seiner Tochter noch mehr schätzen.

Im Jahr darauf feierten Gu Qiusha und Shen Ming eine große Verlobung. Auf Empfehlung des Vaters suchte der Leiter des örtlichen Schulamtes das Gespräch mit Shen Ming. Kurz darauf stellte er ein Schreiben aus, wonach der Lehrer vom Nanming-Gymnasium an das Jugendkomitee unter der Ägide des Schulamtes abberufen werden sollte. Seine Karriere war damit gesichert. Zwei Jahre später würde er zum Sekretär des Jugendkomitees für das gesamte Stadtgebiet befördert werden. Ein kometenhafter Aufstieg.

In den letzten Maitagen des Jahres 1995 fiel Gu Qiusha auf, dass irgendetwas auf ihrem Verlobten zu lasten schien. Bei den Abnahmeterminen der Renovierungsarbeiten ihres neuen Apartments hatte sie den Eindruck, als wäre er nicht ganz bei der Sache. Als sie ihn fragte, was ihn bedrücke, zwang er sich zu einem Lächeln und sagte, es sei vermutlich der Druck wegen der bevorstehenden Hochschulaufnahmeprüfungen.

Schließlich ging sie zur Schule, um sich ein wenig umzuhören, und erfuhr, dass er angeblich ein Verhältnis mit einer Abiturientin hätte und selbst ein Kind aus einer unehelichen Beziehung sei. Gu Qiusha konnte weder das eine noch das andere glauben. Sie wollte diesen Mann doch heiraten! Die Einladungen zur Hochzeit waren bereits verschickt. Was konnte sie tun? Die Examen rückten näher, und Shen Ming wiederholte den Stoff mit den Schülern seiner Abiturklasse fast allabendlich außerhalb des Unterrichts. Selbst die Wochenenden konnte er nicht mehr mit seiner Verlobten verbringen, was sie in noch größere Sorge stürzte.

An dem letzten Abend, den sie gemeinsam verbrachten – es war der 3. Juni –, verließen sie zusammen ihre frisch renovierte neue Wohnung, um ins Kino zu gehen. Sie sahen *Wahre Lügen* mit Arnold Schwarzenegger.

Nach dem Film fragte Gu Qiusha: »Hast du mich schon einmal angelogen?«

Shen Ming blickte seiner Verlobten in die Augen und sagte nach langem Schweigen: »Jemand will mich töten.«

Er gestand, dass er tatsächlich ein uneheliches Kind war. Der Mann, der damals seine Mutter vergiftete und dafür zum Tode verurteilt wurde, war in Wahrheit sein Stiefvater gewesen. Im Alter von zehn Jahren ließ er seinen Nachnamen im Personenstandsregister zu Shen abändern. Das war der Name seines leiblichen Vaters. Von Geburt an lastete diese Scham auf ihm wie eine Ursünde, die er vor ihr und ihrem Vater zu verbergen gesucht hatte.

Alle Anschuldigungen im Zusammenhang mit dem anderen Gerücht wies Shen Ming von sich. Er schwor beim Himmel, kein Verhältnis mit seiner Schülerin zu haben.

Gu Qiusha glaubte ihm zunächst. Trotzdem fand sie in der Nacht keinen Schlaf. Tief im Herzen fühlte sie sich ungerecht behandelt. Sie war ihm gegenüber immer absolut ehrlich gewesen, hatte ihm ihr intimstes Geheimnis anvertraut ... und er hatte sie belogen, hatte ihr die wahren Umstände seiner unehelichen Geburt erst gestanden, nachdem die ganze Schule darüber gesprochen hatte. Konnte sie ihm in Anbetracht all dessen wirklich glauben, dass das Verhältnis zwischen ihm und der Schülerin über jeden Zweifel erhaben war?

Zwei Tage später bekam sie Besuch von Lu Zhongyue, einem ehemaligen Schulkameraden ihres Verlobten. Er berichtete, dass Shen Ming in Schwierigkeiten stecke, weil eine seiner Schülerinnen, Liu Man, gestorben beziehungsweise vergiftet worden sei. Shen Mings Lage sei äußerst prekär, weil jemand ihn und das Mädchen am Abend vor dem Mord gesehen habe. Die Polizei habe einen Durchsuchungsbefehl beantragt. Ob die Beziehungen ihres Vaters in diesem Fall vielleicht hilfreich sein könnten?

Gu Qiusha fiel die Teetasse aus der Hand. War er ein Mörder? Hatte er die Schülerin ermordet, zu der er in einem zweifelhaften Verhältnis stand? Hatte er es getan, damit niemand hinter sein Geheimnis kam? Wollte er vor der Hochzeit alle Spuren beseitigen?

Shen Ming rief sie in jener Nacht an. Doch sie weigerte sich, ihn zu sehen. Sie warnte ihn auch nicht vor der Polizei.

Wieder wälzte sie sich von einer Seite auf die andere und fand keinen Schlaf. In ihr tauchten unendlich viele Erinnerungen auf. Alles hatte an dem Tag begonnen, an dem sie und Shen Ming sich zum ersten Mal begegnet waren, dann das erste Abendessen, das erste Rendezvous, die erste Umarmung, der erste Kuss, die erste ...

Liebte er sie wirklich? Oder war ihr Vater der Grund, warum er sich an sie herangemacht hatte? Hatte er noch andere Frauen? Noch andere Frauen außer der Abiturientin?

Und was war mit ihr selbst? Liebte sie ihn nur, weil er ein Mann war, der sie mit all ihren Schwächen akzeptierte, auf Kinder verzichtete oder gar ein Kind adoptieren wollte?

Liebte sie ihn wirklich?

Am nächsten Tag erfuhr Gu Qiusha, dass Shen Ming in der Nacht festgenommen worden war und die Polizei bei der Durchsuchung seines Zimmers das Gift sichergestellt hatte.

Ihr war nicht danach, zur Arbeit zu gehen. Sie fuhr nach Hause, wo ihr Vater sie wutschnaubend empfing. Er warf ihr einen Brief vor die Füße. Sie erkannte Shen Mings Handschrift. Der Adressat war ein Mann namens He Nian. Ein Kommilitone und Freund aus seiner Pekinger Studienzeit, der nach dem Abschluss aus beruflichen Gründen in der Hauptstadt geblieben war.

Shen Ming hatte in dem Brief geschrieben, dass er heiraten und die Beamtenlaufbahn einschlagen werde. Was sie nun las, ließ Gu Qiusha erschauern. Shen Ming fuhr fort, dass er seine Verlobte schon lange vor der ersten Begegnung im Bus verfolgt und ihren familiären Hintergrund recherchiert habe, bis er an jenem Tag im Bus den Taschendieb bemerkte, der ihr Portemonnaie stahl. Wie sonst wäre das bei all den Leuten in dem voll besetzten Bus ausgerechnet ihm aufgefallen? Von da an hatte er leichtes Spiel. Er gewann die Zuneigung der jungen Frau, und es gelang ihm, den Vater ebenso wie die Tochter für seine Zwecke zu benutzen. Er brachte Herrn Gu sogar so weit, dass er ihn vorübergehend zu seinem Sekretär machte.

Es war aber vor allem das Ende des Briefes, das Herrn Gu so wütend machte: »Was meinen zukünftigen Herrn Schwiegervater anbelangt, er ist ein wahrer Heuchler. Wenn ich ein Betrüger bin, dann ist er der König aller Betrüger. Eines Tages wird die ganze Welt sein schändliches Geheimnis erfahren.«

Der Vater schloss den Brief im Tresor ein und warnte seine Tochter, niemandem davon zu erzählen.

Tatsächlich zweifelte Gu Qiusha an der Echtheit des Briefes. Wer war denn dieser He Nian? Er war vor Kurzem an das örtliche Schulamt versetzt worden und womöglich eifersüchtig gewesen, weil Shen Ming den Posten des Sekretärs bekommen sollte. Andererseits, ob der Brief echt oder gefälscht war, spielte kaum noch eine Rolle. Die Mauer war eingestürzt, und es war unmöglich, sie wieder aufzubauen.

Sie ließ das Schloss zu der neuen Wohnung auswechseln, während der Vater das Hochzeitsessen in dem Restaurant absagte und alle Einladungen zurücknahm.

In der Zeit, die Shen Ming in Untersuchungshaft verbrachte, verhörte Inspektor Huang Hai Gu Qiusha zwei Mal. Sie hielt sich in ihrer Darstellung an die Tatsachen und erwähnte das auffällige Verhalten Shen Mings in letzter Zeit.

Zuletzt stellte Huang Hai ihr noch die Frage: »Frau Gu, vertrauen Sie Ihrem Verlobten?«

»Erstens vertraue ich niemandem, und zweitens ist er nicht mein Verlobter.«

Ihre Antwort klang außergewöhnlich kalt. Es schien sie nicht zu kümmern, ob sie das Urteil des Inspektors möglicherweise negativ beeinflusste. Huang Hai schien völlig in Gedanken versunken, ehe er schweigend ging.

Innerhalb einer Woche ließ Gu Qiushas Vater seine Beziehungen spielen, um das Schulamt dazu zu bringen, Shen Ming aus dem Lehrkörper zu entfernen und von der Partei auszuschließen.

Am 16. Juni kam Lu Zhongyue zum Haus der Gus, um Vater und Tochter mitzuteilen, dass Shen Ming als unschuldig entlassen werde und nun auf ihre Unterstützung hoffe. Herr Gu wirkte angesichts dieser Nachricht nervös. Die Entlassung aus dem Amt sowie der Ausschluss aus der Partei waren beschlossene Sache, beides konnte nicht mehr rückgängig gemacht werden. Es war nicht unwahrscheinlich, dass Shen Ming am Abend zu ihnen kam.

Gu Qiushas Vater sagte alle Termine ab und verreiste mit seiner Tochter noch in derselben Nacht. Ein Fahrer brachte sie zum Flughafen, wo sie eine siebentägige Reise nach Dali und Lijiang in der Provinz Yunnan antraten.

Am 19. Juni 1995 um 22 Uhr erfreuten sich Gu Qiusha und ihr Vater irgendwo zwischen Bergen und Seen am hellen Mond, während Shen Ming bei Blitz und Donner in einem Keller starb.

Wer hatte Shen Ming ermordet?

Diese Frage lässt sie seit neun Jahren nicht mehr los. Ja, sie hatte inzwischen einen anderen Mann geheiratet, doch vergessen konnte sie die Geschichte nicht.

Sie hatte das starke Bedürfnis, das Schulkind Si Wang noch einmal wiederzusehen.

KAPITEL 3

Dienstag, der 12. Oktober 2004, am Eingang zur Grundschule Nummer eins an der Changshou-Straße.

Es war 4 Uhr nachmittags, Gu Qiusha saß auf dem Rücksitz ihres BMW 760. Sie hatte die Fensterscheiben heruntergelassen und beobachtete die Schüler, die aus dem Unterricht kamen. Viele Eltern warteten am Schultor. Eine lange Schlange mit parkenden Autos hatte sich entlang der Straße gebildet, und der Parkwärter nahm vermutlich an, dass auch sie ein Kind von der Schule abholte. Hinter einer Gruppe fröhlich schwatzender Schüler ging Si Wang, schweigsam und allein. Er trug die blaue Schuluniform; sein rotes Halstuch hatte Löcher.

Gu Qiusha öffnete die Tür ihres Wagens und stellte sich dem Drittklässler in den Weg. Er blickte ihr in die Augen, ohne einen besonderen Ausdruck im Gesicht. Ausgesprochen höflich bat er: »Würden Sie mich bitte vorbeilassen?«

»Erinnerst du dich nicht an mich? Gestern habe ich euren Literaturunterricht besucht.«

»Ich erinnere mich.« Unwillkürlich zupfte und zog er an seinen Kleidern, als ob er wüsste, wie wichtig das korrekte Aussehen für eine Frau war. »Sie mögen die Gedichte von Yuan Zhen.«

»Wo wohnst du? Ich bringe dich nach Hause.«

»Machen Sie sich bitte keine Umstände. Ich gehe immer zu Fuß und brauche nicht gefahren zu werden. Danke!«

Seine Art zu sprechen, weder unterwürfig noch überheblich, rief eine vage Erinnerung in Gu Qiusha wach. Zum Glück hatte sie bequeme Schuhe an: »Gut! Ich begleite dich.«

Si Wang war es unangenehm, nochmals abzulehnen, also erlaubte er der fremden Frau, ihn zu begleiten. Hinter der Grundschule Nummer eins an der Changshou-Straße lag der Suzhou-Fluss. Die kleine Straße am Ufer entlang war eine Abkürzung. Gu Qiusha war lange nicht mehr zu Fuß gegangen. Als sie jetzt den Geruch des Flussschlamms roch und das trockene Laub sah, wurde ihr bewusst, dass es Herbst geworden war. Gurgelnd floss der Suzhou-Fluss dahin, sein schmutziges Bett lag entblößt am Ufer. Der Weg war menschenleer, nur die Spatzen zwitscherten in der Abendsonne, und schwarze Katzen liefen über die Mauern einer Fabrik. Das späte Licht warf die Schatten der beiden auf den Boden – der eine lang und der andere kurz.

»Si Wang, ich will dich etwas fragen. Warum wissen deine Lehrer und deine Mitschüler nichts von deiner Begabung?«

Er ging im selben Tempo weiter, ohne ihr eine Antwort zu geben.

Gu Qiusha schloss unmittelbar ihre nächste Frage an: »Ich habe mir deine Klausuren angesehen und dabei festgestellt, dass du manchmal absichtlich falsche Antworten gibst – du schreibst ganz deutlich eine richtige Lösung, streichst dann alles durch und schreibst etwas völlig Abwegiges stattdessen.«

»Nun, es ist so, dass ich Angst davor habe, allzu perfekt zu schreiben und dadurch die Aufmerksamkeit der anderen auf mich zu ziehen.«

»Das klingt nach einer ehrlichen Antwort. Deine Lehrerin hat mir erzählt, dass du deine Mitschüler weder zu Hause besuchst noch zu dir nach Hause einlädst. Warum ziehst du dich zurück?«

»Unsere Wohnung ist klein und schäbig. Es wäre mir peinlich, wenn jemand käme.«

»Das heißt, du versteckst dich die ganze Zeit? Aber warum hast du dann gestern in meiner Gegenwart so geglänzt?«

»Die Lehrerin hatte uns aufgefordert, über das Werk von Yuan Zhen zu sprechen, und niemand hat sich gemeldet. Ich hatte Angst, der Rektor würde sie deswegen zurechtweisen. Es war ein Zufall, dass mir das Werk von Yuan Zhen so vertraut ist.«

Er blickte ihr so ehrlich in die Augen, dass Gu Qiushas Zweifel restlos zerstreut waren. Der Junge war vollkommen ehrlich.

Die beiden gingen schweigend nebeneinanderher. An dem Stück Straße am Suzhou-Fluss, das am entlegensten war, stand ein Jeep. Der Wagen kam ihr irgendwie bekannt vor. Zwei von den vier Reifen waren platt, die Front war heruntergebrochen, das Markenschild fehlte. Das hintere Nummernschild war ortsfremd. Sie erkannte trotz allem, dass es ein alter Jeep war. Am Heckfenster war unter einer Schicht aus Staub und Schmutz ein aufgesprühtes Bild zu erkennen, das eine rote Rose zwischen Totenköpfen darstellte.

Si Wang stand neben ihr und sagte: »Dieses Auto ist seit zwei Jahren hier. Als ich in der ersten Klasse war und mich der Großvater immer nach Hause brachte, hat es schon am Straßenrand gestanden.«

Streng genommen, war es nichts anderes als der Leichnam eines Autos, der dort am verlassenen Flussufer allmählich verrottete. Plötzlich schien jemand einen Namen zu rufen …

Gu Qiusha schrak zusammen und drehte sich um. Niemand war zu sehen. Nicht der Schatten eines Geistes hatte sich an den Grüngürtel des Suzhou-Flusses verirrt. Je näher sie an den Wagen heranging, desto deutlicher war zu sehen, dass die Fenster und Türen verschlossen waren. Es gab keinerlei Anzeichen, dass jemand sie geöffnet hatte; auf den Griffen lag eine dicke Schicht Staub. Sie legte das Ohr ans Fenster und horchte. Ihr Herzschlag raste. Sie wollte diese Stimme noch einmal hören. Zitternd blickte sie sich um. Nichts als stilles, ödes Land. Auf der einen Seite der eiskalte Suzhou-Fluss, auf der anderen Seite die Außenmauern einer Fabrik.

Und dann dieser seltsame Junge.

Fünf Uhr abends.

Bisher war noch kein einziger Mensch vorbeigekommen. Sie versuchte, in den Innenraum des Wagens zu sehen – leer, auf den Sitzen Müll. Alte Zeitungen und Verpackungen von Instantnudeln, auf den Rücklehnen üble Flecken.

Da war ein unangenehmer Geruch.

Ein wirklich entsetzlicher Gestank. Doch kam er überhaupt aus dem Wagen? Gu Qiusha war besessen von dem Gedanken, das Geheimnis des Jeeps zu enthüllen. Genau so, wie man nur durch eine Autopsie die Todesursache eines Menschen feststellen kann.

Sie ging zweimal um den Wagen herum. Dabei fiel ihr Blick auf den Kofferraum. Vielleicht steckte etwas darin? Ohne sich darum zu scheren, ob sie sich schmutzig machte, suchte sie im ringsum wachsenden Gras nach einem geeigneten Werkzeug. Sie fand eine Eisenstange und versuchte, unter Aufwendung all ihrer Kraft, damit den Kofferraum aufzubrechen.

»Was haben Sie vor?«

Si Wang wunderte sich, wie es jedes andere Schulkind auch getan hätte, über das verrückte Verhalten der Erwachsenen.

»Kannst du mir kurz helfen?«

Offenbar reichten die Kräfte von Gu Qiusha nicht aus. Si Wang unterstützte sie mit ungeahnter Vehemenz bei ihrem Vorhaben. Gleichzeitig blickte er nervös um sich, ob auch niemand kam, der sie für Autodiebe halten konnte.

»Peng!«, machte es, und der Kofferraum war offen.

Eine Geruchswolke entströmte in einer Intensität, die sie beinahe umgeworfen hätte. Gu Qiusha wich ein ganzes Stück zurück und hielt sich die Nase zu. In dem Kofferraum …

Fliegen, Fliegen so groß und fett wie Schmetterlinge, flogen mit letzter Kraft heraus und fielen vor dem Jungen auf den Boden.

Wind kam auf und ließ Si Wangs rotes Halstuch flattern.

In dem Kofferraum lag ein dick zusammengerollter Teppich. Der Drittklässler tat nun, wozu jedem Erwachsenen der

Mut gefehlt hätte: Er zog an dem Teppich, um ihn zu entrollen ...

»Nein, tu das nicht!«

Gu Qiushas Stimme war noch nicht verklungen, da rollte aus dem Teppich der Leichnam eines Mannes. Genauer gesagt, ein hochgradig verwester, skelettartiger, von Maden in Besitz genommener männlicher Leichnam. Nur der schwarze Anzug und ein abgefallener Lederschuh ließen erkennen, dass es sich um einen Mann handelte.

Er musste schon einige Jahre tot sein.

Der Anblick der Leiche hatte Gu Qiusha so erschreckt, dass sie davongelaufen war und sich hinter einem Baum versteckte. Der Junge hingegen hatte die Fassung bewahrt. Auf den Zehenspitzen stehend, schloss er den Kofferraumdeckel – um den Tatort zu sichern. Mit großer Wahrscheinlichkeit war dies zwar nicht der Ort, an dem der Mord geschehen war, dennoch begann Si Wang, wie ein erfahrener Detektiv ganz vorsichtig die Umgebung abzusuchen. Er fasste nichts an, um keine Fingerabdrücke zu hinterlassen. Kaum vorstellbar, dass der Junge erst neun Jahre alt war.

Gu Qiusha wusste, wer die Leiche war.

KAPITEL 4

»Nach der Untersuchung durch den Pathologen konnten wir die Identität des Toten eindeutig bestimmen. Es handelt sich tatsächlich um den seit zwei Jahren vermissten He Nian.«

Diese Feststellung wurde mit rauer und tiefer Stimme von einem Polizeibeamten mittleren Alters getroffen, der in einem Büro der Unternehmensgruppe Erya saß. Gu Qiusha hatte sein Gesicht noch nicht vergessen. 1995, als Shen Ming des Mordes verdächtigt wurde und in Untersuchungshaft saß, war dieser Polizeibeamte zweimal bei ihr gewesen.

»Ja. Als ich den kaputten Jeep am Ufer des Suzhou-Flusses sah, musste ich sofort an He Nian denken. Es gibt nur wenige Leute, die so einen Wagen fahren, außerdem waren da noch das ortsfremde Nummernschild und das auffällige Bild mit der Rose zwischen den Totenköpfen auf der Heckscheibe – es konnte nur sein Auto sein.«

»Erzählen Sie bitte, was hat sich an dem Tag ereignet? Warum haben Sie Ihren Wagen stehen gelassen und den Jungen von der Schule zu Fuß nach Hause begleitet?«

Inspektor Huang Hai war Anfang vierzig. In den letzten neun Jahren war viel geschehen. Sein Teint schien noch dunkler als damals, doch er hatte nach wie vor eine stattliche Figur.

»Es tut mir so leid für das Kind! Nur, weil ich so neugierig war, musste der Junge diesen entsetzlichen Anblick ertragen. Ich mache mir Sorgen, dass er womöglich nachhaltig traumatisiert ist.« Gu Qiusha holte tief Atem, und dabei fielen dem Inspektor die Krähenfüßchen um ihre Augen auf.

»Ein so hochbegabtes Kind wie Si Wang trifft man vielleicht einmal in zehn Jahren. Der Junge ist wertvoll wie ein Diamant.«

»Das habe ich verstanden. Können Sie noch etwas über das Opfer sagen?«

»He Nian war zuletzt stellvertretender CEO unserer Unternehmensgruppe, nachdem er als Sekretär des Jugendkomitees des Stadtschulamtes zurückgetreten war. Er hatte wie mein Vater das sichere Beamtendasein vor einigen Jahren für eine Karriere in der freien Wirtschaft aufgegeben. Ich habe zwei Jahre mit ihm zusammengearbeitet. Er war jemand, der mitanpackt. Persönlich war er manchmal etwas eigenartig, aber er hatte zu allen ein gutes Verhältnis.«

»Gemäß dem pathologischen Bericht muss der Todeszeitpunkt im Dezember 2002 liegen, ungefähr damals wurde er auch als vermisst gemeldet. Sein Körper ist vollständig verwest, daher konnte die Pathologie keine genaue Todesursache angeben. Aber in seiner Kleidung war der Einschnitt von einem Messer. Daher ist anzunehmen, dass er durch einen Stich in den Rücken ermordet worden war. Der Mörder hat die Leiche anschließend in einen Teppich gewickelt und in den Kofferraum gepackt. Dann hat er den Wagen an der verlassensten Ecke am Ufer des Suzhou abgestellt. Dort kommt kaum je ein Mensch vorbei, und das kalte Winterwetter verzögert den Prozess der Verwesung. Bis zum Sommer hatte sich an dem Straßenstück so viel Müll angesammelt, dass der Gestank einfach niemandem auffiel.«

»Er war damals auf einmal ohne ersichtlichen Grund verschwunden. Im Unternehmen dachten wir zunächst, er wäre zu einem Wettbewerber gegangen. Erst später kam uns der Gedanke, sein Verschwinden bei der Polizei zu melden. Niemals wären wir darauf gekommen, dass ihm ein Unglück zugestoßen sein könnte.«

Die Erlebnisse am Suzhou-Fluss vor einer Woche waren Gu Qiusha immer noch unheimlich. Es konnte doch nicht mit rechten Dingen zugegangen sein, dass sie plötzlich den Jeep von He Nian entdeckte, noch dazu mit der Hilfe eines Schulkindes, das mutig den Kofferraum aufbrach, um dort den Leichnam des vermissten Managers zu finden.

»Da ist noch etwas, wonach ich Sie fragen wollte. In der Akte von He Nian habe ich gelesen, dass er sein Studium 1992 an der Peking-Universität abgeschlossen hat. Einer seiner Kommilitonen wurde hier in der Stadt geboren. Sie wissen bestimmt, von wem ich spreche?«

Unbeeindruckt von dem finsteren Blick des Inspektors, antwortete Gu Qiusha: »Shen Ming.«

»Was für ein Zufall! Als ich Shen Ming 1995 verhört habe, sagte er, dass er kurz vor der Versetzung ins städtische Schulamt stehe, wo er zum Sekretär des Jugendkomitees befördert werden sollte. Ein paar Tage danach wurde er ermordet. Zwei Jahre später ist es He Nian, der diese Stelle bekommt, nachdem er genau einen Monat vor Shen Mings Tod ins Schulamt versetzt wurde.«

»Wollen Sie damit sagen, dass es einen Zusammenhang zwischen dem Tod von He Nian und dem Tod von Shen Ming gibt? Oder umgekehrt?«

»Alles ist möglich.«

Gu Qiushas Herz schlug schneller. Natürlich dachte sie an den Brief, den Shen Ming von Hand geschrieben und den He Nian ihrem Vater geschickt hatte – nur weil er einen seiner besten Freunde verriet, hatte He Nian den Posten als Sekretär des Jugendkomitees erhalten.

Huang Hais Blick ausweichend, antwortete sie: »Ich weiß es nicht.«

»Gut. Haben Sie vielen Dank für Ihre Mitarbeit. Sollte Ihnen noch etwas einfallen, kontaktieren Sie mich bitte.«

Inspektor Huang Hai legte eine Visitenkarte auf den Tisch, ehe er ging. Ihre Hände waren feucht vor Aufregung. Das Geheimnis hatte sie jedenfalls nicht verraten.

Jener Brief von vor neun Jahren lag immer noch im Tresor

ihres Vaters. Solange er ihn nicht herausholte, würde ihre Aussage kaum etwas bewirken.

Gu Qiusha fand keine Ruhe. Aus einer Laune heraus befahl sie ihrem Fahrer, sie zur Grundschule Nummer eins an der Changshou-Straße zu bringen.

Unter den Schülern, die nach dem Unterricht aus der Schule in Richtung Ausgang drängten, entdeckte sie Si Wang mit seiner blauen Uniform und dem roten Halstuch.

Er hatte scharfe Augen und erkannte sofort ihren BMW 760, der zwischen den anderen Autos parkte. Durchs offene Fenster sagte er zu ihr: »Frau Gu, Sie suchen mich? Was gibt es?«

»Ich wollte mich für das, was neulich passiert ist, entschuldigen.«

»Sie meinen den Leichnam in dem Jeep am Suzhou-Fluss?«

»Du bist erst neun Jahre alt, und es ist allein meine Schuld, dass du so etwas Schreckliches sehen musstest.« Sie hielt ihm die Tür auf und sagte: »Komm, lass uns hier drin weitersprechen.«

Schüchtern schaute Si Wang auf die Sitze und schüttelte den Kopf: »Ich habe Angst, Ihren Wagen schmutzig zu machen.«

Es war offensichtlich, dass er noch nie in einem so teuren Auto gesessen hatte. Gu Qiusha lächelte ihn an: »Das macht nichts! Schnell, komm rein.«

Behutsam stieg der Junge zu ihr. Während er die Innenausstattung musterte, sagte er: »Frau Gu, machen Sie sich wegen der Leiche keine Sorgen. Ich bekomme deswegen keine Albträume.«

»Hast du wirklich keine Angst?«

»Es war nicht die erste Leiche, die ich gesehen habe. Letztes Jahr ist mein Großvater gestorben, und dieses Jahr die Großmutter.«

Gu Qiusha war gerührt von seiner Art, sich unbeeindruckt zu geben, und legte ihren Arm um ihn: »Du armer Junge!«

Ganz dicht an ihrem Ohr, sie konnte seinen Atem spüren, sagte er: »Jeder Mensch muss eines Tages sterben. Das Leben ist ein unendlicher Kreis zwischen Geburt und Tod, der weder Anfang noch Ende hat.«

»Si Wang, ich habe den Eindruck, dass du nicht nur die große Literatur liest, sondern auch Philosophie.«

»Kennen Sie die Sechs Daseinsbereiche?«

»Lass hören!«

»Der Bereich des Himmels, der Bereich der Menschen, der Bereich der Asuras, der Bereich der Tiere, der Bereich der hungrigen Geister, der Bereich der Hölle – die Menschen werden grundsätzlich in einen dieser Bereiche wiedergeboren. Schlechtes Karma zeigt seine Wirkung in der Wiedergeburt als Tier, als hungriger Geist oder im Bereich der Hölle. Gutes Karma zeigt seine Wirkung in der Wiedergeburt als Mensch oder im Himmel. Nur ein Arhan, Boddhisatva oder Buddha entkommt dem Kreis der Wiedergeburt innerhalb der Sechs Daseinsbereiche.«

»Das ist eine buddhistische Lehre, ich verstehe. Ich bin aber Christin.«

Sie zeigte ihm das Kreuz, das sie an einer Kette um den Hals trug.

Der Drittklässler sah sie mit einem eigenartigen Blick an und wich bis zur Tür zurück. »Sind Sie wirklich Christin?«

»Warum sollte ich dich belügen?«

»Sie glauben also, dass die Seele des Menschen nach seinem Tod weiterlebt und dass wir alle auf den Tag des Jüngsten Gerichts warten? Dass diejenigen, die an Jesus glauben, gerettet werden und in den Himmel kommen, aber diejenigen, die nicht an ihn glauben, in die Hölle?«

»Also, ich –« Gu Qiusha fühlte sich von seiner Frage in die Enge getrieben, sie war erst nach Shen Mings Tod der Kirche beigetreten. »Ich bin gläubig, ja.«

Mit leiser Stimme fragte Si Wang: »Haben Sie je einen Geist gesehen?«

Gu Qiusha senkte den Kopf und schwieg. Sie wusste nicht, was sie antworten sollte. Da ergänzte der Junge: »Ich habe einen gesehen.«

»Gut. Ich glaube dir. Aber lass uns nicht mehr von diesen Dingen sprechen, ja? Ich bringe dich nach Hause.«

Einen Moment lang zögerte er, dann nannte er die Adresse. Der Fahrer, der schon lange gewartet hatte, trat aufs Gas.

Zehn Minuten später bog der BMW in eine schmale Gasse. Nur durch ständiges Hupen konnte der Chauffeur die alten Leute draußen in der Sonne dazu bewegen, den Weg freizugeben.

»Halten Sie bitte hier an!«

Si Wang zeigte auf einen großen Perlschnurbaum, der gerade seine Blätter verlor. Er sprang aus dem Auto und rief »Danke«, ehe er in dem alten, dreigeschossigen Haus verschwand. Was waren das nur für Leute, die hinter so schmutzigen, brüchigen Mauern wohnten?

KAPITEL 5

Einen Monat später.

Si Wang war Markenbotschafter der Unternehmensgruppe Erya geworden. Der Rektor hatte ihn angeschwindelt und gesagt, man benötige ein Foto von ihm für eine Broschüre über die Grundschule an der Changshou-Straße. Man hatte ihn zu einem Fotografen geschickt. Erst später stellte sich heraus, dass es sich um eine kommerzielle Werbung handelte. Der Assistent von Gu Qiusha machte Si Wangs Mutter ausfindig, die der einzige gesetzliche Vertreter des Jungen war. Er gab ihr auf der Stelle hunderttausend Yuan in bar, damit sie den Werbevertrag unterzeichnete.

Gu Qiusha lud den Jungen zu sich nach Hause zum Essen ein. Er trug neue Kleider, die von einem Kindermode-Sponsor zur Verfügung gestellt worden waren. Als er beim ersten Besuch im Hause Gu das Wohnzimmer von der Größe eines Basketballfeldes betrat, liefen seine Wangen rot an. Diese Schüchternheit machte ihn in Gu Qiushas Augen nur noch liebenswerter. Sie nahm ihn an der Hand und stellte ihm die Mitglieder ihrer Familie vor.

»Das ist mein Vater, er ist der Vorstandsvorsitzende der Unternehmensgruppe. Davor war er Präsident der Universität, Professor Gu Changlong.«

Gu Changlong war sechsundsechzig Jahre alt. Seine Haare waren kohlrabenschwarz gefärbt. Mit Wohlwollen in den Augen sagte er: »Ah, Si Wang, ich habe schon viel von dir gehört. Du bist also wirklich ein Wunderkind! Man sieht auf den ersten Blick, dass du anders bist als die anderen Kinder.

Ich danke dir, dass du zum Markenbotschafter für uns geworden bist.«

»Professor Gu, ich danke Ihnen, dass Sie mich ausgewählt haben. Ich wünsche Ihnen Gesundheit und guten Appetit.«

Der Junge hatte genau das Richtige geantwortet, und Gu Qiusha war zufrieden. Dann stellte sie ihm den Mann vor, der ihm gegenübersaß: »Das ist mein Mann. Er ist Geschäftsführer der Unternehmensgruppe Erya, Herr Lu.«

Lu Zhongyue schien sich unbehaglich zu fühlen. Er sprach kein Wort, sondern nickte nur verlegen.

»Guten Abend, Herr Lu.«

Si Wang hatte höflich gegrüßt, doch Lu Zhongyue brachte kein Wort über die Lippen. Also sprang Gu Qiusha ihm zur Seite: »Mein Mann ist für gewöhnlich nicht sehr gesprächig. Aber er war früher Ingenieur. Solltest du also Fragen in Mathematik, Physik oder Chemie haben, kannst du dich gern an ihn wenden.«

Gu Qiusha hob ihr Rotweinglas. Das philippinische Hausmädchen hatte inzwischen eine reich gedeckte Tafel aufgetragen. Sämtliche Gerichte waren von einem bekannten Koch, der eigens für den Abend engagiert worden war, zubereitet worden.

Die Stimmung beim Essen war harmonisch. Gu Qiusha und ihr Vater stellten Si Wang abwechselnd Fragen. Den Jungen konnte nichts in Verlegenheit bringen. Egal, zu welchem Thema – sei es nun Astronomie, Geografie, Geschichte oder Philosophie –, er gab immer eine passende Antwort. Lu Zhongyue kam auf militärische Fragen zu sprechen und erwähnte die Panzer der deutschen Armee im Zweiten Weltkrieg. Selbst auf diesem Gebiet konnte niemand Si Wang etwas vormachen.

Zu guter Letzt brachte Gu Changlong das Gespräch auf die aktuelle Wirtschaftslage, woraufhin der Drittklässler sagte: »In den nächsten drei Jahren bleibt die globale Wirtschaft auf Wachstumskurs. Es ist zu erwarten, dass sich die Immobilienpreise in China verdoppeln werden. Wer Bargeld anlegen will, kauft am besten Häuser. Wer in den Finanzmarkt investieren will, dem sind eher Fondsanteile zu empfehlen.«

»So ein Sohn lässt keine Wünsche übrig!«

Der alte Mann betrachtete Lu Zhongyue, der ihm gegenübersaß, und seufzte. Der junge Mann erblasste und senkte den Kopf.

Nach dem Abendessen wollte Si Wang nicht mehr länger stören: »Frau Gu, ich möchte nach Hause gehen. Meine Mutter wartet auf mich.«

Gu Qiusha spürte, dass sie sich zunehmend wohl mit ihm fühlte. Sie musste ihm einfach einen Kuss auf die Wange drücken.

Als sie ihn in den Wagen steigen sah, berührte sie unwillkürlich ihre Lippen. Es war das erste Mal, dass sie ihn geküsst hatte, doch es schien ihr unheimlich vertraut.

In der Villa herrschte nun Schweigen. Der Vater war früh schlafen gegangen — er hatte nur auf Drängen seiner Tochter an dem Abendessen teilgenommen. Enttäuscht ging sie nach oben und begegnete auf dem Korridor Lu Zhongyue. Mit Eisesstimme sagte er: »Heute war dieser Polizist hier, Huang Hai, und wollte mich sprechen. Es ging um den Tod von He Nian.«

»Warum dich?«

»Wegen ihm.«

Gu Qiusha wusste, wen er meinte. »Ich verstehe. Du und er, ihr wart doch Schulfreunde, He Nian hat mit ihm zusammen studiert, und du bist mit mir verheiratet. Außerdem wurde He Nian ermordet, bevor er für unser Unternehmen gearbeitet hat, und ich habe seinen Leichnam gefunden.«

»Infolgedessen stehe ich unter Tatverdacht.«

»Mach dir keine Sorgen! Du bekommst keine Schwierigkeiten.« Sie wollte weitergehen, wandte sich aber noch einmal um: »Warum warst du heute meinem Kind gegenüber so unterkühlt?«

»Deinem Kind gegenüber?«

»Es könnte mein Kind sein.«

Lu Zhongyue schüttelte den Kopf: »Ich habe nichts damit zu tun.«

Er ging ohne einen Gruß in sein Arbeitszimmer, wo er für den Rest der Nacht *World of Warcraft* spielte.

Gu Qiusha zog sich in ihr Schlafzimmer zurück und legte sich auf das große Bett. Zärtlich strich sie über ihre Lippen und ihren Hals.

Seit drei Jahren hatte Lu Zhongyue nicht mehr in diesem Bett geschlafen.

Sie hatten sich im März 1995 kennengelernt. Es war auf der Verlobungsfeier von Shen Ming und Gu Qiusha gewesen. Damals saß Lu Zhongyue gemeinsam mit den anderen Schulfreunden Shen Mings am Tisch. Nach kurzer Zeit war er hoffnungslos betrunken. Als Shen Ming mit Gu Qiusha an seinen Tisch kam, um mit dem alten Freund anzustoßen, konnte er nicht mehr stehen und erbrach sich vor aller Augen.

Gu Changlongs Aufmerksamkeit war das natürlich nicht entgangen. Er und Lu Zhongyues Vater waren einst Weggefährten im Krieg gewesen. Er erhielt dann später einen Posten im Schulamt, während Herr Lu für die Bezirksregierung arbeitete, wo er es bis zum Abteilungsleiter brachte. Die beiden alten Herren waren immer gute Freunde geblieben. Gu Changlong war damals ein regelmäßiger Gast im Hause Lu, was Lu Zhongyue noch gut in Erinnerung war.

Lu Zhongyue hatte ein naturwissenschaftliches Studium absolviert. Im Anschluss daran hatte er eine Stelle in der Stahlfabrik an der Nanming-Straße erhalten, nur wenige Minuten von seiner ehemaligen Schule entfernt. Er war der jüngste Ingenieur in der Fabrik. Als die Fabrik dann die Produktion einstellte, hatte er auf einmal viel Zeit. Oft besuchte er Shen Ming, um mit ihm ein Fußballspiel zu sehen oder ein Glas Bier zu trinken.

Shen Ming hatte nicht viele Freunde. Immer, wenn er Lust hatte auszugehen, fiel ihm Lu Zhongyue ein. So kam es, dass auch Gu Qiusha ihn kennenlernte. Als sie dann ihre neue Wohnung renovierten, kam er jeden zweiten Tag und half. Shen Ming war das unangenehm.

Im Juni 1995 war es Lu Zhongyue, der Gu Qiusha von der Sache erzählte, in die Shen Ming verwickelt war.

Um Shen Ming aus dem Weg zu gehen, war sie mit ihrem Vater nach Yunnan gereist. Bei ihrer Rückkehr stand Lu Zhongyue mit rot verweinten Augen vor ihrem Haus: »Shen Ming ist tot!«

Lu Zhongyue erzählte ihnen die ganze Geschichte in allen Einzelheiten. Insbesondere, dass man den Leichnam des Dekans Yan Li an der Nanming-Straße gefunden hatte und dass feststand, dass Shen Ming sein Mörder war. Die Tatwaffe hatte noch im Rücken des Opfers gesteckt und war mit Shen Mings blutigen Fingerabdrücken übersät. Nach der Tat war er in den Keller der stillgelegten Stahlfabrik geflohen, wo er selbst durch einen Dolchstich in den Rücken gestorben war.

Gu Qiusha suchte Halt an Lu Zhongyues Schulter.

Sie fühlte sich schuldig.

Vielleicht hätte sie Shen Ming retten können! Wenn der Vater nicht alles darangesetzt hätte, ihn aus seinem Amt zu entlassen und aus der Partei auszuschließen. Wenn sie nur ein wenig Sorge für ihren verzweifelten Verlobten getragen oder ihn wenigstens im Gefängnis besucht hätte.

Aber sie hatte überhaupt nichts unternommen. Hoffnungslosigkeit und Verzweiflung waren das Einzige, was ihm geblieben war. Nie hätte sie gedacht, dass er den Weg eines Mörders wählen oder selbst einem Mord zum Opfer fallen könnte. Was für ein Mensch war er? Was für einen Hass trug er in sich?

Gu Qiusha wurde krank. Als es ihr wieder besser ging, plagte sie ihr Gewissen, und sie suchte das Gespräch mit Lu Zhongyue. Er war ein verständnisvoller Mensch und trauerte zudem um einen alten Freund. Er tröstete sie und erklärte, dass es kein nächstes Leben gebe. Jeder Mensch müsse sich abfinden mit dem, was geschehen sei. Er gestand ihr gegenüber seine eigenen Unzulänglichkeiten ein. Er habe es im Leben zu weit weniger gebracht als Shen Ming, der fleißig studiert und hervorragende Leistungen erzielt habe. Sein eigenes Abitur sei nur durchschnittlich gewesen; nach dem Studium habe er allein aufgrund der Beziehungen seines Vaters eine Stelle bekommen. Für einen ambitionierten Menschen wie ihn sei die Arbeit als Ingenieur in der Stahlfabrik absolut unbefriedigend.

An einem Tag im Sommer hatte Gu Qiusha sich mit Lu Zhongyue in einer Bar verabredet. Von Bier über Rotwein bis zu Whiskey tranken die beiden alles wild durcheinander, und der Abend endete in einem Hotelzimmer. Als Gu Qiusha aufwachte, saß Lu Zhongyue vor ihr und schämte sich. Wie hatte er nur die Frau seines verstorbenen Freundes berühren können? Sie machte ihm keine Vorwürfe, sondern umarmte ihn mit den Worten: »Bitte, sprich nie wieder von ihm.«

Ein Jahr später waren Gu Qiusha und Lu Zhongyue verheiratet.

Gu Changlong war sofort mit den Heiratsabsichten seiner Tochter einverstanden gewesen. Nicht zuletzt deshalb, weil die beiden Familien seit Langem befreundet waren. Und für seine Tochter war es nach dem Schock wichtig, die dunklen Schatten hinter sich zu lassen und einen neuen Mann kennenzulernen.

Allerdings hatte Gu Qiusha dieses Mal ihr Geheimnis nicht verraten.

Es war besser, zuerst zu heiraten und dann mit ihm zu sprechen.

Als Gu Qiusha nach vier Jahren Ehe immer noch nicht schwanger war, wurde Lu Zhongyue misstrauisch. Erst, als er auf einer ärztlichen Untersuchung bestand, erzählte sie ihm von ihrer Unfruchtbarkeit.

Lu Zhongyue machte ihr eine große Szene, die aber letztendlich nichts bewirkte. Zudem war gegen seinen Vater zwei Jahre zuvor wegen Korruption ermittelt worden, woraufhin er aus dem Amt entlassen worden war. Hätte Gu Changlong

nicht aus familiären Gründen seine Beziehungen spielen lassen, wäre der alte Herr Lu wohl für mindestens zehn Jahre ins
Gefängnis gegangen. Und damit nicht genug, die Stahlfabrik
war nun geschlossen worden. Lu Zhongyue war arbeitslos.

Wie gut hatte es sich da gefügt, dass die Unternehmensgruppe Erya in diesem Jahr gegründet wurde und Gu Changlong seinen Schwiegersohn zum Geschäftsführer ernannte.

Gu Qiusha und Lu Zhongyue entfremdeten sich einander.
Nach außen hin gaben sie sich noch als glückliches Paar. Seinem Schwiegervater begegnete Lu Zhongyue nach wie vor mit
Respekt; er arbeitete fleißig. Doch die Leute im Unternehmen
waren neidisch und sagten hinter vorgehaltener Hand, er lasse
sich von einer Frau aushalten.

Nachts, wenn es still wurde und sie schlaflos im Bett lag,
dachte sie oft an Shen Ming.

KAPITEL 6

Dezember 2004, ein Wochenende.

Es wurde immer kälter. Der große Perlschnurbaum hatte alle Blätter verloren. Einsam stand er zwischen den dreigeschossigen Häusern.

Gu Qiusha stieg aus ihrem BMW und wies den Fahrer an, auf sie zu warten. Allein ging sie durch das schwarz lackierte Tor und dann das dunkle Treppenhaus hinauf. Es roch nach Küchendunst; im zweiten Stock fiel ihr auf, dass Küche und Toilette auf dem Gang lagen.

Sie klingelte an der Tür. Eine etwa dreißigjährige Frau öffnete. Gu Qiusha erschrak. Die Frau war jünger als sie; ihr Gesicht erinnerte an das von Joey Wong oder Vivian Chow. Vorsichtig fragte sie: »Entschuldigen Sie, wohnt der Schüler Si Wang hier?«

»Ich bin seine Mutter. Darf ich fragen, wer Sie sind?«

»Guten Abend. Dann sind Sie also He Qingying? Ich bin Gu Qiusha von der Unternehmensgruppe Erya.«

Sie trat betont selbstbewusst auf und trug von Kopf bis Fuß Hermès, um sich deutlich von der Frau in Arbeitskleidung, die sie anzutreffen erwartete, abzusetzen.

»Ach, Sie sind es. Kommen Sie doch herein.« Nervös legte He Qingying ihre Stricknadeln aus der Hand und sagte mit einem Blick auf das Zimmer: »Entschuldigen Sie bitte unser schäbiges Zuhause. Was führt Sie hierher?«

»Wir sind dankbar, dass Si Wang für unser Unternehmen als Markenbotschafter auftritt. Bisher waren Sie mit meinem Assistenten in Kontakt. Diesmal wollte ich Sie selbst besuchen, um Ihnen einige Weihnachtsgeschenke zu bringen.«

Sie holte ein Schminkset von Chanel aus ihrer Tasche. Si Wangs Mutter schüttelte sofort den Kopf: »Nein danke, das kann ich nicht annehmen.«

»Frau Gu, was machen Sie hier?«

Si Wang war hereingekommen. Immer, wenn sie das Gesicht des Jungen sah, war ihr, als würde sich im Nu ein Nebel auflösen. »Junger Mann, ich besuche dich.«

»Ich habe Sie aber nicht eingeladen.«

Beschämt senkte er den Kopf. Dann brachte er mit seiner Mutter zusammen schnell das Sofa und den Tisch in Ordnung, um Gu Qiusha einen Platz anbieten zu können.

»Machen Sie sich keine Umstände. Ich bleibe nicht lange, ich gehe gleich wieder.« Ihr fiel ein kleines Bett an dem Fenster auf, vor dem der Perlschnurbaum stand. »Ist das das Bett von Si Wang?«

»Ja, dort ist mein Schlafzimmer.«

He Qingying wirkte verlegen. Sie hatte immer noch eine tolle Figur! Kaum zu glauben, dass sie schon so ein großes Kind hatte.

Obwohl sie sich vor dem Gast ganz bescheiden gab, spürte Gu Qiusha eine leise Eifersucht. Si Wang hatte das Aussehen von seiner Mutter geerbt. Kein Wunder, dass er so hübsch war.

Plötzlich kamen zwei Männer herein, äußerst unangenehme Erscheinungen, und setzten sich wie selbstverständlich an den Tisch: »Du hast Besuch?«

Si Wang und He Qingying erbleichten. Der Junge lief aus dem Zimmer, die Mutter fragte nervös: »Entschuldigen Sie, können Sie in einer halben Stunde wiederkommen?«

Einer der Kerle hatte scharfe Augen und sah das Geschenk von Gu Qiusha: »Du kannst dir Chanel leisten? Dann gib sofort unser Geld zurück!«

»Das ist doch nicht meins! Das gehört meiner Freundin,

stimmt's?« He Qingying schob das Schminkset über den Tisch und sah Gu Qiusha dabei vielsagend an.

Die hatte verstanden und nahm das Chanel-Set an sich. Sie schätzte die beiden Typen mit einem kalten Blick ab und sagte: »Sie sind ohne Erlaubnis einfach hier hereingekommen. Das ist Hausfriedensbruch. Wenn Sie nicht gehen, rufe ich die Polizei.«

Sie trat mit solcher Entschlossenheit auf, dass die beiden klein beigaben, allerdings im Gehen eine Warnung ausstießen: »Wir kommen wieder!«

Offenbar waren es Krediteintreiber. He Qingying schloss die Tür. In ihrem Gesicht stand Sorge: »Danke. Ich schäme mich so.«

»Wenn Sie Hilfe brauchen, wenden Sie sich an mich. Jederzeit.« Gu Qiusha legte eine Visitenkarte auf den Tisch und gab He Qingying das Chanel-Set: »Nehmen Sie es bitte, es passt zu Ihnen.«

Gu Qiusha wollte gerade gehen, als Si Wang aus dem anderen Zimmer hereingelaufen kam und leise zu ihr sagte: »Ich begleite Sie.«

Dann wandte er sich an seine Mutter: »Hab keine Angst. Dein lieber Wang Er kommt gleich zurück. Falls die zwei Kerle nochmals auftauchen sollten, öffne auf keinen Fall die Tür!«

Der Junge war wirklich ein sehr verständiges Kind. Als die Tür hinter ihnen zufiel, strich Gu Qiusha ihm übers Gesicht: »Jetzt kenne ich deinen Spitznamen – Wang Er.«

»Nur Mama nennt mich so.«

»Si Wang. Warum begleitest du mich nach unten? Willst du mir noch etwas sagen?«

»Bitte!« Er sah sich um und dämpfte die Stimme. »Bitte, kommen Sie nie wieder hierher!«

»Ich verstehe. Aber dann kommst du zu uns, ja? Mein Fahrer kann dich immer abholen.«

»Einverstanden.«

Nach einem kurzen Zögern setzte sie hinzu: »Du liebst deine Mutter sehr, nicht wahr?«

»Nachdem Oma und Opa gestorben sind, habe ich nur noch sie.«

»Deine Mutter ist eine gute Frau.«

Sie blickte zu dem Fenster im zweiten Stock hinauf. Die Art, wie He Qingying sprach und sich benahm, ließ darauf schließen, dass sie aus gut situierten Verhältnissen kam. Wirklich schade, dass sie offenbar dem falschen Mann begegnet war und nun mit ihrem Sohn in einer derart armseligen Umgebung lebte.

»Frau Gu, Sie wollten doch nach Hause fahren.«

Si Wang zeigte auf ihren Wagen, wo der Fahrer inzwischen eingenickt war.

»Es fällt mir schwer, dich zurückzulassen.«

Dann beugte sie sich zu ihm hinab und flüsterte in sein Ohr: »Wenn ich so einen Sohn wie dich hätte, wäre alles anders.«

Si Wang sah sie wortlos an und rannte dann plötzlich wieder nach oben.

KAPITEL 7

2005. Der Frühling verspätete sich in diesem Jahr.

Seit ein paar Tagen fühlte Gu Changlong sich kraftlos und schwach, jede Nacht musste er mehrmals zur Toilette. Was für ein hinfälliges Wesen der Mensch war! Über Nacht schien er gealtert, und ehe er sich's versah, war er eines Tages tot.

Er hatte noch nie über das Wort »Tod« nachgedacht.

»Papa, ich muss mit dir sprechen.«

Gu Qiusha trat in sein Arbeitszimmer. Der Winter war noch nicht ganz vorüber. Ihr Kinn schien etwas untersetzt.

»Ist es wichtig?«

»Ja. Ich will Si Wang adoptieren.«

»Du machst Scherze!«

»Nein, es ist mir ernst. Ich denke seit zwei Monaten darüber nach und habe mir alles gründlich überlegt. Ich muss Si Wang adoptieren. Ich liebe dieses Kind.«

Der Entschluss seiner Tochter stand fest, das wusste Gu Changlong und seufzte: »Du bist immer noch so eigensinnig wie damals, als du unbedingt Shen Ming heiraten wolltest.«

»Bitte, sprich nicht mehr von diesem Mann!«

»Gut. Aber noch ein anderes Beispiel: Du wolltest unbedingt Lu Zhongyue heiraten, und jetzt bereust du es.«

»Ich bereue es nicht.«

Gu Changlong wusste genau, dass die Ehe seiner Tochter seit Langem nur noch auf dem Papier bestand.

»Der Junge ist schon neun Jahre alt. Er wird dich nie als

Mutter annehmen. Warum adoptierst du nicht ein zwei oder drei Jahre altes Kind, das noch keine Erinnerung hat?«

»Dieses Jahr wird er zehn.« Jedes Mal, wenn Gu Qiusha Si Wang erwähnte, leuchteten ihre Augen. »Es ist ganz einfach, ein Kind zu adoptieren. Aber man weiß nie im Voraus, wie es sich entwickelt. Wenn ein Mensch wie Lu Zhongyue aus ihm wird, dann hätte man es lieber gelassen! Aber Si Wang ist anders. Er ist wie ein ungeschliffener Jadestein; klug und verständnisvoll. Sein IQ und sein Grad an emotionaler Intelligenz übertreffen jeden Erwachsenen.«

»Hast du schon mit deinem Mann gesprochen?«

»Vor ein paar Jahren. Als ich ihm erzählte, dass ich keine Kinder haben kann, sprachen wir in dem Zusammenhang auch über Adoption. Er hatte damals nichts dagegen einzuwenden.« Gu Qiusha kam näher an ihren Vater heran und legte ihre Hand auf seine Schulter: »Du weißt gar nicht, wie sehr ich mir ein Kind wünsche.«

»In seinen Adern fließt fremdes Blut.«

Gu Changlong ging im Zimmer auf und ab. »Bei einer Adoption geht es nicht nur um die Erfüllung deiner Sehnsüchte. Er muss doch auch leibliche Eltern haben?«

»Seinen familiären Hintergrund habe ich längst untersucht. Sein Vater hieß Si Mingyuan. Er war ein arbeitsloser Fabrikarbeiter. Vor drei Jahren ist er verschwunden. Dem Gesetz nach gilt er als tot. Innerhalb eines Jahres sind auch Si Wangs Großeltern väterlicherseits gestorben. Seine Großeltern mütterlicherseits sind bereits vor seiner Geburt gestorben. Ihm ist nur die Mutter, He Qingying, geblieben. Sie ist allein erziehungsberechtigt.«

»Und sie wird dir das Kind, das sie zur Welt gebracht hat, einfach überlassen?«

»Sie wird es mir nicht einfach überlassen, aber sich schlussendlich damit einverstanden erklären. Bis vor Kurzem hat sie auf der Post für nicht mehr als zwei- oder dreitausend Yuan im Monat gearbeitet. Sie wurde vor vier Wochen entlassen.

Die Familie steckt in Schulden, täglich stehen Geldeintreiber vor der Tür. Wenn sie nicht bald Arbeit findet, hält sie nicht mehr lange durch.«

»Das heißt also, er ist ein armer Wicht, der vom Leben eines reichen Mannes träumt. Das könnte durchaus der Grund gewesen sein, warum er den Kontakt zu dir gesucht hat! Qiusha, du bist wirklich naiv. Du hast aus der Geschichte mit Shen Ming anscheinend nichts gelernt.«

»Du sollst diesen Namen nicht erwähnen!«, schrie sie hysterisch, lief hinaus und schlug die Tür hinter sich zu.

Seit zehn Jahren waren die beiden Worte »Shen Ming« in diesem Haus tabu.

Wieder spürte Gu Changlong eine Beklommenheit in der Brust und wurde kurzatmig. Er öffnete die Schublade, setzte seine Brille auf, suchte aus zahllosen Arzneifläschchen das richtige heraus und schluckte seine Pillen. Dann ließ er sich auf einen Stuhl fallen und atmete tief. In seinem Kopf spukte immer noch das Gesicht, das ihn im Sommer 1995 in so vielen Albträumen heimgesucht hatte.

Shen Ming.

Wäre da nicht jene Geschichte passiert, hätte Gu Changlong einer Heirat seiner Tochter mit Sheng Ming doch nie zugestimmt! Dieser Kerl, der aus niedrigen Verhältnissen stammte und dessen Vater die Mutter ermordet hatte und anschließend selbst hingerichtet worden war, hatte der ganzen Familie nur Unglück gebracht.

Im Sommer 1994, als seine Sekretärin in Mutterschutz war, hatte Gu Changlong den hochbegabten Universitätsabsolventen vorübergehend vom Nanming-Gymnasium in das Büro das Universitätspräsidenten abberufen lassen. Shen Ming war außerordentlich fleißig, und die Entwürfe der Reden, die er für den Präsidenten schrieb, waren großartig. Mit seinen erstaunlichen Englischkenntnissen stand er Gu Changlong auch beim Empfang von ausländischen Gästen zur Seite. Ob es sich um die Buchung eines Tisches handelte oder um die Planung eines Ausflugs, alles, was in seinen Händen lag, führte er gewissenhaft aus. Jedermann war voll des Lobes für ihn.

Daraufhin beschloss Gu Changlong, dass Shen Ming ihm bei der Lösung einer bestimmten Angelegenheit behilflich sein könnte. Er gab ihm ein kleines Päckchen und sagte, es enthalte einen buddhistischen Talisman von dem heiligen Berg Putuoshan zur Abwehr von Übeln aller Art. Der damalige Vizepräsident der Universität, ein Mann namens Qian, sei in den vergangenen Jahren immer wieder krank geworden. Das liege daran, dass das Feng-Shui in seinem Haus nicht stimmt. Man müsse nun nur dieses Wunderpäckchen in der großen Vase in seinem Wohnzimmer verstecken, um allen üblen Einflüssen entgegenzuwirken. Als ein bekannter Wissenschaftler und überzeugter Materialist lehne Professor Qian die ganze Feng-Shui-Lehre allerdings ab. Würde man ihm den Talisman persönlich geben, würde er den Überbringer ganz gewiss des Hauses verweisen. Aus diesem Grund gebe es keine andere Möglichkeit, als dass Shen Ming unter dem Vorwand eines Besuchs den Talisman heimlich in die große Vase stecke. Auf diese Weise werde Vizepräsident Qian nicht einmal ahnen, warum sich das Glück wieder zu seinen Gunsten wendete. Shen Ming hatte keinerlei Bedenken und führte den Auftrag Gu Changlongs erfolgreich aus.

Nur wenige Tage später erhob die Staatsanwaltschaft gegen Vizepräsident Qian Anklage wegen Korruptionsverdachts. Jemand hatte ihn wegen Schmiergeldern denunziert, die angeblich in der großen Vase in seinem Wohnzimmer versteckt waren. Und tatsächlich fand man dort ein Päckchen mit zwanzigtausend US-Dollar. Vizepräsident Qian war ein wahrhaftiger Gelehrter, der eine solche Schmach nicht ertrug, und erhängte sich in Untersuchungshaft mit seiner Hose.

Erst im Nachhinein erfuhr Shen Ming die Wahrheit. Vizepräsident Qian und Präsident Gu hatten nie ein gutes Verhältnis gehabt. Als Qians Verdacht sich erhärtete, dass Gu Bestechungsgelder im Zusammenhang mit dem Pachtvertrag der

Mensa annahm, brachte er den Fall dem Universitätsrat zur Kenntnis. In seiner verzweifelten Lage verfiel Gu Changlong auf jene bösartige Idee, und der Einzige, der sich zu diesem Zweck leicht dienstbar machen ließ, war Shen Ming.

Und so erhielt die Heirat zwischen Gu Qiusha und Shen Ming den Segen des Herrn Schwiegervaters.

Im darauffolgenden Jahr, kurz vor der Hochzeit, verbreiteten sich in Folge mehrere schlechte Nachrichten über Shen Ming, die in dem Verdacht, er sei ein Mörder, kulminierten. Zufällig genau an demselben Tag brachte He Nian, der damals neu ans Schulamt gekommen war, Gu Changlong den von Shen Mings Hand geschriebenen Brief. Gu Changlong brach der kalte Schweiß aus. Er wusste, worauf sich der Satz »jenes schändliche Geheimnis« in dem Brief bezog, und hatte Angst, dass Shen Ming sein Wissen eines Tages gegen ihn verwenden könnte und er zur Marionette seines Schwiegersohnes würde.

Infolgedessen war ihm die Zerstörung von Shen Mings Karriere eine persönliche Angelegenheit.

Als er dann in Begleitung seiner Tochter von der Reise nach Yunnan wiederkam und vom Tod Shen Mings hörte, empfand er keinerlei Schmerz. Im Gegenteil, er atmete vor Erleichterung tief durch. Die Gefahr war gebannt; sein Geheimnis zerfiel wie ein Leichnam im Grab.

In letzter Zeit regte sich in Gu Changlong eine Unruhe – die Träume von Shen Ming kehrten zurück.

Gu Qiusha holte Si Wang oft von der Schule ab und brachte ihn mit nach Hause. Sie mietete einen Tennisplatz und trainierte an den Wochenenden mit ihm. Si Wang hatte offenbar großen Spaß daran und rief bei jedem Spiel: »Ist das nicht eine Freude!« Zum Abschluss gab es ein großes Abendessen, ehe der Fahrer ihn wieder nach Hause brachte.

Es war an einem Wochenende. Si Wang saß mit Gu Changlong in dessen Arbeitszimmer über einem Kreuzworträtsel, Gu Qiusha und Lu Zhongyue waren aus, um Besorgungen zu machen, und die philippinische Haushaltshilfe hatte sich

krankgemeldet. Der Junge und der alte Herr waren in der großen Villa ganz allein. Gu Changlong war begeistert von der
Klugheit des Neunjährigen, der das schwierige Rätsel im Nu
vollständig löste.

Plötzlich verkrampfte sich sein Magen, alles drehte sich
vor seinen Augen — er erlitt einen Herzinfarkt. Vom Schmerz
ergriffen fiel er zu Boden. Kalter Schweiß perlte von seiner
Stirn, er konnte kein Wort sprechen. Zitternd zeigte seine
Hand auf die Schublade.

Si Wang zog sie sofort auf. Sie war vollgestopft mit un-
zähligen Arzneifläschchen, die alle fremdsprachige Etiketten
trugen. Er hatte keine Ahnung, welches nun das Herzmittel
war, und beugte sich über Gu Changlong, der seine Augen bereits nach oben gedreht hatte. In den wenigen Sekunden, die
über Leben und Tod entschieden, erfasste Si Wang alle Arzneifläschchen mit einem Blick und griff genau das richtige.
Er nahm zwei Pillen heraus, steckte sie Gu Changlong in den
Mund, knöpfte ihm das Hemd auf und drückte auf seine
Brust, um ihn wiederzubeleben. Vom Tor der Hölle holte er
den alten Herrn Gu wieder ins Leben zurück.

An jenem Abend stimmte Gu Changlong dem Plan, den
Jungen zu adoptieren, zu.

KAPITEL 8

2005, nach dem Qingming-Fest, dem Tag der Toten.

He Qingying war zum ersten Mal in die luxuriöse Villa gekommen. Ihr Sohn hielt ihre Hand, während sie auf dem Sofa aus Rhinozerosleder im Wohnzimmer saßen. Er war mit dem Haus gut vertraut. Er wusste, wo die Toilette war, wie man das Licht einschaltete und wie die Fernbedienungen für die unterschiedlichen Elektrogeräte zu handhaben waren.

Gu Qiusha empfing die beiden herzlich und schenkte He Qingying eine limitierte Ausgabe von einem Dior-Parfum. He Qingying war verhältnismäßig gut gekleidet; sie war beim Friseur gewesen und trug ein leichtes Make-up, sodass jeder Mann auf der Straße sich nach ihr umgedreht hätte. Dennoch schien es ihr nicht gut zu gehen. Die Schatten um ihre Augen waren in den letzten Monaten tiefer geworden.

Auch der Vater von Gu Qiusha und ihr Mann begrüßten Mutter und Sohn. Die ganze Familie Gu machte sich ihretwegen Umstände, was He Qingying unangenehm war. Sie bedankte sich wieder und wieder.

Nach dem Austausch der Formalitäten kam Gu Qiusha direkt auf ihr Anliegen zu sprechen: »Frau He, erlauben Sie meiner Familie, Si Wang zu adoptieren.«

»Sie machen sich lustig über mich!«

He Qingyings Miene veränderte sich. Sie blickte auf ihren Sohn, der neben ihr saß und importierte Früchte aß.

»Nein. Es ist mir ganz ernst. Ich weiß, mein Ansinnen ist unverschämt und trifft Sie unvorbereitet, immerhin ist Si Wang Ihr eigenes Kind, und Sie haben unter vielen Opfern zehn Jahre lang für ihn gesorgt. Aber angesichts Ihrer derzeitigen familiären Situation kann sich sein großes Talent nicht entfalten. Finden Sie das nicht bedauerlich? Ich kann ihm ein glückliches Leben bieten und ihm die allerbeste Erziehung und Ausbildung zukommen lassen. Ist das nicht der Wunsch einer jeden Mutter?«

»Wang Er!« He Qingying schlug ihrem Sohn die Frucht aus der Hand. »Hast du dem zugestimmt?«

Ihr Sohn schüttelte den Kopf: »Nein, Mama, ich werde dich nie verlassen.«

Erleichtert nahm sie Si Wang in ihre Arme und antwortete Gu Qiusha mit fester Stimme: »Entschuldigen Sie, und haben Sie Dank für Ihr freundliches Angebot, aber wir müssen jetzt gehen. Ich bitte Sie, meinen Sohn in Zukunft nicht mehr zu sehen.«

»Frau He, vergessen Sie bitte nicht, dass Si Wang sich sehr wohl bei uns fühlt. Ich biete Ihnen eine Million Yuan dafür, dass ich diesem Kind eine glückliche Zukunft geben darf. Mit Abschluss des Adoptionsprozesses hätten Sie Ihr Kind ja nicht verloren. Selbstverständlich nennt Si Wang Sie weiterhin Mama, und Sie können ihn immer und überall sehen. Wir beide könnten Freundinnen werden. Wenn Sie eine Arbeitsstelle suchen, kann ich Ihnen dabei behilflich sein —«

»Auf Wiedersehen!«

Ohne dass Gu Qiusha noch etwas sagen konnte, nahm sie ihren Sohn an der Hand und ging.

Gu Qiusha versuchte, sie einzuholen, aber Lu Zhongyue rief ihr hinterher: »Lass es gut sein! Welche Mutter würde ihr Kind für Geld verkaufen? Vergiss deine wilden Fantasien.«

»Entweder stimmst du der Adoption von Si Wang zu, oder du verschwindest aus unserem Haus.«

Gu Qiusha war kurz stehen geblieben, um ihrem Mann diesen Satz an den Kopf zu werfen.

In den darauffolgenden zwei Wochen sah sie Si Wang nicht wieder. Im Haus schien etwas zu fehlen. Es herrschte Totenstille wie auf einem Friedhof. Sogar Gu Changlong fragte: »Wann kommt denn Si Wang und löst Kreuzworträtsel mit mir?«

Gegen Ende des Monats erhielt Gu Qiusha einen Anruf von He Qingying: »Frau … Frau Gu … Bitte entschuldigen Sie mein schlechtes Benehmen bei meinem letzten Besuch. Ich wollte noch einmal fragen: Sind Sie meinem Sohn wirklich mit ganzem Herzen zugetan?«

»Selbstverständlich!« Gu Qiusha war wie verrückt vor Freude. »Seien Sie unbesorgt! Ich werde ihn wie mein eigenes Kind behandeln und ihn nicht weniger lieben, als Sie es tun!«

»Und kann ich ihn so oft sehen, wie ich möchte?«

»Wir werden einen Adoptionsvertrag unterzeichnen, und ein Anwalt wird Ihr Zeuge sein. Sie können jederzeit kommen und ihn besuchen.«

»Gut. Dann vertraue ich Wang Er Ihrer Obhut an.«

He Qingying weinte bittere Tränen ins Telefon. Gu Qiusha versuchte, sie ein wenig zu trösten. Anschließend rief sie ihren Rechtsanwalt an und beauftragte ihn, sofort alle gesetzlich notwendigen Schritte vorzubereiten.

Tatsächlich hatte Gu Qiusha diesen Anruf bereits erwartet.

Aber das sollte ihr Geheimnis bleiben. Es war ihr gelungen, He Qingyings Kreditgeber ausfindig zu machen und ihn dazu zu bringen, sie auf jede noch so schändliche Weise unter Zahlungsdruck zu setzen und sogar so weit zu gehen, Si Wang offen zu bedrohen. Der Wucher-Kreditgeber schickte also seine Leute ans Schultor, um Si Wang auf dem Nachhauseweg zu »beschützen«. Nach zwei Wochen, in denen sie jede Nacht bedrängt wurde, war He Qingying am Rande eines Nervenzusammenbruchs.

Natürlich brachte sie es kaum übers Herz, sich von ihrem Sohn zu trennen. Aber es war besser, ihn in eine wohlhabende Familie zu geben, als ihn der Bedrohung durch die Verbrecher auszusetzen. Sie glaubte, dass Gu Qiusha ihn aufrichtig liebte und ihm tatsächlich, wie versprochen, eine glückliche Zukunft gewähren würde. Letztlich war es doch gleich, in welchem Haus Si Wang wohnte, er würde immer der Sohn von Si Mingyuan und He Qingying sein. Ein zehnjähriges Kind vergisst seine Mutter nicht.

Er würde wiederkommen.

Gu Qiusha dachte allerdings anders über die Sache.

Nach drei Wochen war der Adoptionsprozess abgeschlossen. Der Wohnsitz des Jungen war jetzt unter der Adresse der Familie Gu gemeldet; er war der Adoptivsohn von Lu Zhongyue und Gu Qiusha. Sein Name war von nun an Gu Wang.

KAPITEL 9

Die ersten Wochen waren nicht ganz einfach, wovon Wang Er sich jedoch nichts anmerken ließ. Er hatte seinen neuen Namen angenommen und nannte Gu Qiusha »Mama« und Gu Changlong »Großpapa«. Nur Lu Zhongyue nannte er nicht »Papa« – er trug ja auch dessen Namen nicht.

Manchmal war Wang Er traurig und in sich gekehrt. Gu Qiusha wusste, dass er in diesen Momenten seine Mutter vermisste und in Sorge war, ob sie sich vielleicht einsam fühlte. Großzügig, wie sie war, hatte sie He Qingying ein paarmal eingeladen. Um den Trennungsschmerz von Mutter und Sohn ein wenig zu lindern, waren sie zu dritt auf die Insel Hainan gereist. Gu Qiusha war es gleichgültig, dass der Junge He Qingying weiterhin »Mutter« nannte, denn sie hatte ihr gegenüber längst ihre Schuldigkeit getan. He Qingying hatte eine Million Yuan Entschädigung erhalten. Das war genug, um die Kreditgeber zufriedenzustellen und von dem Rest eine Rücklage zu bilden.

Dennoch, Gu Qiusha hatte als Frau einen sechsten Sinn. Ihr fiel auf, dass He Qingying bei jedem Besuch einen seltsamen Ausdruck in den Augen hatte, wenn Lu Zhongyue ihr begegnete – sie ging ihm offenbar aus dem Weg. Gu Qiusha schenkte dieser Beobachtung zunächst nicht viel Beachtung; wahrscheinlich war es nur He Qingyings Sorge um ihr Kind. Sie fürchtete wohl, dieser »Stiefvater« könnte Wang Er nicht ausstehen und würde ihm, wenn er nur konnte, das Leben schwer machen.

Lu Zhongyue war immer noch derselbe. Mit seiner Frau

108

wechselte er kaum ein Wort. Gelegentlich ging er zu seinem Schwiegervater und berichtete ihm von der Arbeit. Dem neuen »Sohn« gegenüber war er kalt; dennoch war Wang Er höflich zu ihm. Er grüßte ihn und wandte sich sogar manchmal mit einer naturwissenschaftlichen Frage an ihn, auch wenn er nie eine Antwort bekam.

All dies war Gu Qiushas Aufmerksamkeit nicht entgangen. Aber es war nicht ihre Absicht, die Haltung ihres Mannes zu ändern. Lu Zhongyue war ohnehin erledigt. Er wusste es nur noch nicht.

Wieder einmal hatte sie ein Geheimnis.

Vor einigen Jahren, nachdem sie Lu Zhongyue erzählt hatte, dass sie keine Kinder bekommen konnte, spürte sie, dass ihr Mann ein Verhältnis hatte. Sie hielt es nicht für nötig, sich scheiden zu lassen. Sie hätte im Grunde kein Problem damit gehabt, eine geschiedene Frau zu sein, aber als Erbin der Unternehmensgruppe Erya war es gut für ihr Image, einen Mann zu haben. Die Scheidung wäre zwar eine Rache für seinen Fehltritt gewesen, aber letztendlich hatte sie keinen Beweis für seine Untreue. Es ließ sich nicht eindeutig vorhersagen, ob er mit leeren Taschen aus einer Scheidung gehen oder ob ihm die Hälfte ihres Vermögens zugesprochen würde.

Gu Qiusha hatte sich eine andere Rache ausgedacht.

Es handelte sich um ein Medikament, von dem sie bei einem Arztbesuch im Ausland erfahren und das sie von der Reise mitgebracht hatte. In China war es verboten. Es enthielt das luteinisierende Hormon (LH RH), das die Hypophyse zur Ausschüttung des Gelbkörperhormons anregt. Das künstlich synthetisierte LH RH bewirkt eine Verminderung der Rezeptoren der Hypophyse und unterdrückt die Ausschüttung des Gelbkörperhormons. Dies führt zu einer Verminderung der Testosteronproduktion in den Hoden und zu einem Absinken des Testosteronspiegels auf ein Niveau, das denselben Effekt wie eine operative Entmannung hat. Es ist eine gleichsam chemische, äußerlich nicht sichtbare Kastration.

Sie gab dem Essen ihres Mannes diese Substanz bei. Im Winter mischte sie sie in seine Raupenpilzsuppe und im Sommer in die Suppe aus grünen Bohnen, die er so gern aß. Im Frühling und im Herbst reicherte sie das Essen der ganzen Familie damit an. Ihr als Frau konnte es ja nichts anhaben, und dem Vater würde eine Erlösung von seinem Begehren bestimmt ein paar zusätzliche Lebensjahre bescheren. Zu guter Letzt tröpfelte sie das Mittel ganz einfach in das Trinkwassersystem des Hauses.

Im vergangenen Jahr hatte Lu Zhongyue die verschiedensten Ärzte besucht. Und da sie seine Kreditkartenabrechnung kontrollierte, konnte sie sehen, dass es sämtlich Andrologen waren. Lu Zhongyue wusste, dass bei ihm irgendetwas nicht stimmte, aber die Ursache seiner unheilbaren Krankheit blieb unerkannt. Die Ärzte meinten, sie sei vielleicht auf schädliche Umwelteinflüsse oder einen genetischen Defekt zurückzuführen. Sie sagten, dass heutzutage viele Männer unter demselben Problem litten.

Jedes Mal, wenn Gu Qiusha das niedergeschlagene Gesicht ihres Mannes sah, auf dem kein einziges Barthaar sprießte, und sie feststellte, dass er oft stundenlang auf der Toilette brauchte, hoffte sie, dass sie ihn als Gefangenen in seinem eigenen Körper zu einer lebenslangen Strafe an ihrer Seite verurteilt hatte. Gleichzeitig war ihr völlig klar, dass er, wenn er hinter ihr Geheimnis käme, sie, ohne zu zögern, töten würde.

KAPITEL 10

6. Juni 2005

Der US-amerikanische Sender ABC berichtete in einer Nachrichtensendung, die auf den Bildschirmen eines überfüllten Waggons der Linie drei übertragen wurde, von einem Kind namens James, das, wie sich vor Kurzem herausgestellt hatte, die Reinkarnation eines im Zweiten Weltkrieg gefallenen Marinepiloten war. Dieser Junge besaß von klein an die Erinnerungen des ihm völlig unbekannten Piloten, einschließlich der einschlägigen Bezeichnungen für bestimmte Flugzeugteile und Flugzeugtypen. Laut Aussage der Schwester des Piloten hatte der Junge in ihrem Haus ein Foto von ihrer Mutter wiedererkannt, das nur sie und ihr vor vielen Jahren verstorbener Bruder kannten.

Schweigend verfolgte er den Filmbericht. Im Fenster des Waggons sah er sein Spiegelbild.

An der Station Hongkou-Stadion stieg er aus. In allen Straßen waren die Songs des taiwanesischen Popstars Jay Chou zu hören. Er ging durch ein paar kleinere Gassen, ehe er in einen von Bäumen gesäumten Weg einbog und an einem alten Haus mit grauen Mauern und roten Ziegeln läutete. Ein etwa sechzig Jahre alter, großer und schlanker Mann mit weißen Haaren öffnete das eiserne Tor und fragte misstrauisch: »Wen suchst du?«

»Entschuldigen Sie bitte – ist dies das Haus von Liu Man?«

Der alte Mann sah ihn seltsam an: »Liu Man? Du suchst Liu Man?«

»Verzeihen Sie. Ich bin anstelle meines Bruders hier. Er war ein Schulfreund von Liu Man. Da er zurzeit im Krankenhaus liegt, konnte er nicht selbst kommen und hat mich mit diesem Besuch beauftragt.«

Der Mann konnte seine Augen nicht von ihm abwenden. Ein ausgesprochen hübscher Junge von etwa zehn Jahren mit einem seltsamen Blick. Wenn man ihn ganz ruhig anschaute, bekam man fast ein wenig Angst.

»Dein Bruder war ihr Klassenkamerad? Als Liu Man von uns ging, warst du doch noch gar nicht geboren?«

»Also, mein Bruder und ich, wir haben denselben Vater, aber unterschiedliche Mütter, deshalb ...«

»Verstanden. Ich bin der Vater von Liu Man. Komm rein.«

Die Atmosphäre im Wohnzimmer war trist. Die Lichtverhältnisse in dem niedrigen Raum waren schlecht, die altmodischen Mahagonistühle wirkten erdrückend. Hier war Liu Man also aufgewachsen.

1995, am frühen Morgen desselben Tages, war Liu Man auf dem Dach der Bibliothek des Nanming-Gymnasiums tot aufgefunden worden.

Es war der zehnte Jahrestag ihres Todes.

An prominenter Stelle mitten im Raum stand ein Bilderrahmen mit einem Schwarz-Weiß-Foto des Mädchens. Die Achtzehnjährige auf einer Wiese sitzend mit einem Lächeln auf den Lippen.

Der alte Mann gab dem Jungen ein Glas Saft, das er in einem Zug leerte. »Ja, mein Bruder hat mich ausdrücklich beauftragt, heute zu kommen. Ich soll drei Räucherstäbchen für Liu Man anzünden und dafür beten, dass sie in Frieden ruhe.«

»Ich danke dir! Wer hätte gedacht, dass sich zehn Jahre nach ihrem Tod noch jemand an meine Tochter erinnert.«

Beim Sprechen liefen dem Mann die Tränen übers Gesicht. Aus einer Schublade holte er drei Räucherstäbchen, zündete sie an und gab sie dem Jungen in die Hand. Auf dem kleinen Hausaltar zu ihrem Gedenken standen schon ein Gefäß mit Räucherstäbchen und eine Schale Früchte.

Der Junge trat andächtig vor Liu Mans Altar, blickte auf das Bild, verneigte sich und steckte die drei Stäbchen in das Räuchergefäß.

Da sah ihm Liu Man aus dem Foto für einen Moment lang fest in die Augen.

Der Rauch umfing das Bild der Toten, und der Junge fragte leise: »Hat es in den vergangenen zehn Jahren irgendeinen Fortschritt in dem Fall Liu Man gegeben?«

»Nein.« Er seufzte einmal tief und setzte sich. Mit zusammengekniffenen Augen zog er ein Album mit lauter Schwarz-Weiß-Fotos heraus. Auf einem Bild war ein junges Paar mit einem Mädchen von etwa drei oder vier Jahren zu sehen. »Du ahnst nicht, wie lieb ich sie hatte – die Frau auf dem Bild ist ihre Mutter. Als das Kind sieben war, haben wir uns scheiden lassen. Liu Man ist bei mir geblieben, und ich habe sie erzogen. Deshalb war sie vielleicht ein wenig eigenartig. Seit Liu Mans Tod leidet ihre Mutter an Depressionen. In den letzten Jahren hat sie mehrere Selbstmordversuche unternommen. Jetzt ist sie in einer Klinik zur Rekonvaleszenz – ein Gefängnis.«

Die letzten Bilder in dem Album stammten aus dem Abiturjahr. Auf einem sah man den ganzen Jahrgang auf dem Sportplatz der Schule. Im Hintergrund blühte in leuchtenden Farben der Oleander – es war Ende Frühling, Anfang Sommer, und er blühte weiß und rosarot. Liu Man hatte nicht ahnen können, dass das Gift der Pflanze sie einmal töten würde.

Auf dem Bild war auch der Klassenlehrer Shen Ming zu sehen.

Der etwas über zwanzigjährige Mann im besten Alter stand damals in der ersten Reihe in der Mitte. Sein Gesicht und sein Körperbau waren schmal und schlank; seine Haare waren so lang, wie es für einen Lehrer gerade noch erlaubt war. Sein Gesicht war auf dem Bild nicht deutlich zu sehen. Nur aus seinem Blick ließ sich erahnen, wie stolz er war; gleichzeitig schien ihn etwas zu bedrücken.

Ein paar Tage, nachdem das Foto aufgenommen worden

war, lag Liu Man tot auf dem Dach der Bibliothek. Und nochmals zwei Wochen später wurde der Lehrer Shen Ming im Quartier der Teuflin ermordet.

»Na, mein Kleiner, welcher ist dein Bruder?«

»Hmm, der da!«

Der Junge zeigte auf das Gesicht eines beliebigen Schülers.

»Ein hübscher Kerl! Ich danke ihm, dass er sich noch an meine Tochter erinnert. Kurz nach ihrem Tod hat jemand gesagt, dass sie Gift genommen und Selbstmord begangen habe. Aber ich glaube das einfach nicht. Auch der Inspektor hat mir gesagt, dass es Mord gewesen sein muss und jemand sie gezwungen hat, das Gift zu schlucken. Die Tür zu dem Dachbodenzimmer war von außen verschlossen, und sie konnte nicht wieder hinaus. Da muss sie mühsam das Fenster geöffnet haben und aufs Dach geklettert sein. Aber das Gift begann zu wirken, und sie hatte keine Kraft, sich noch weiter zu bewegen. Auch schreien konnte sie nicht, und so blieb ihr nichts anderes übrig, als sich einfach auf die Ziegel zu legen und mit Blick auf den Mond zu sterben ... Der Gerichtsmediziner hat gesagt, sie hat mindestens eine Stunde lang mit dem Tod gekämpft. Meine arme Kleine! Wie viele Tränen mag sie vergossen haben? Wie viele Schmerzen musste sie ertragen? Verzeih! Du bist noch ein Kind. Ich sollte nicht so mit dir sprechen!«

»Das macht nichts.«

Verständnisvoll gab der Junge dem alten Mann ein paar Papiertaschentücher, damit er sich die Tränen abwischen konnte.

Kurz darauf verließ er das Haus, in dem der Tod wie ein Geruch in der Luft lag.

Das Handy des Jungen klingelte. Er nahm ab, und eine weibliche Stimme fragte: »Wang Er, wo bist du?«

»Der Lehrer wollte mich noch sprechen, Mama. Ich bin gleich zu Hause.«

KAPITEL 11

19. Juni 2005, abends um 22 Uhr.

Für Gu Qiusha und Lu Zhongyue war dieser Moment von größter Bedeutung.

Ihr Vater war zur Rekonvaleszenz am See Taihu, Lu Zhongyue war noch unterwegs. Gu Qiusha glaubte ihrem Mann nicht, dass er irgendwo eingeladen war. Ob er zur Nanming-Straße gefahren war? Sie wälzte sich im Bett und konnte nicht einschlafen. Da erst bemerkte sie den schwarzen Rauch vor dem Fenster, die verkohlten Ascheschnipsel, die gegen die Scheibe flogen und sie anstarrten wie Augen.

Erschrocken sprang sie auf, öffnete das Fenster und sah nach unten. In einer Ecke im Garten hinter der Villa sah sie die Umrisse eines Kindes, das ein Feuer in einem Becken entzündet hatte und Opfergeld ins Feuer warf.

»Wang Er!«

Sie stieß einen kurzen Schrei am Fenster aus, ehe sie die Treppen hinunter und in den nächtlichen Garten rannte. Sie umarmte den Zehnjährigen und nahm ihm die Papiergeldscheine aus der Hand.

Die Flammen erhitzten den kühlen Nachtwind, der die schwarze Asche zerstob und ihr in die Augen blies. Unter heftigem Husten brachte sie Wang Er ins Haus. »Sag mal, was treibst du da eigentlich?«

»Ich weiß es nicht.«

Der Junge sah sie mit seinem unschuldigen Blick an. Eigentlich wollte Gu Qiusha ihn heftig ausschimpfen, doch von einem Augenblick auf den anderen wurde sie weich, küsste ihn auf die Wange und sagte: »Nicht so schlimm, Wang Er. Aber du darfst im Haus nicht mit Feuer spielen. Ein kleiner Funke kann schon einen Brand entfachen.«

»Mama, gibt es auf der Welt jemanden, den du am allermeisten liebst?«

»Warum fragst du das?« Sie wischte sich die Tränen ab und wusch sich im Bad kurz das Gesicht. »Der Mensch, den ich am meisten liebe, bist natürlich du, Wang Er.«

»Und außer mir?«

Gu Qiusha überlegte einen Moment, ehe sie antwortete: »Meinen Vater und meine verstorbene Mutter.«

»Außer den Großeltern.«

Eigentlich wäre jetzt ihr Mann an der Reihe gewesen, aber sie schüttelte nur den Kopf und sagte: »Nein, niemanden mehr.«

»Gibt es da wirklich niemanden mehr?«

Sie wollte in dieser Nacht nicht von *dem Mann* sprechen. Ohne sich etwas anmerken zu lassen, sagte sie nur: »Komm, du musst ein Bad nehmen und schlafen gehen.«

Ein paar Wochen später ereignete sich ein weiterer Zwischenfall. Wang Er hatte den Chauffeur gebeten, ihn in die Stadt zum Einkaufen zu fahren. In einem unachtsamen Moment war ihm der Junge entwischt und in einem Kaufhaus verschwunden. An jenem Abend regnete es stark. Gu Qiusha war in größter Sorge. Als Erstes fuhr sie zu He Qingying, aber auch dort war der Junge nicht. Ob er entführt worden war? Kinder von reichen Leuten waren häufig das Ziel von Kidnappern. Sie rief also die Polizei an und bat um Hilfe. Schließlich kam Wang Er gegen 22 Uhr nach Hause. Noch zitternd vor Angst nahm sie den Jungen in die Arme und fragte ihn, wo er gewesen sei. Er sagte, er habe sich verlaufen und kein Geld bei sich gehabt. Einen Fremden anzusprechen, um zu telefonieren, habe er sich nicht getraut. Mit allen möglichen Verkehrsmitteln, einschließlich einer Schwarzfahrt in der U-Bahn, sei er letztendlich nach Hause gekommen. Gu Qiusha wies das

Hausmädchen an, ihm etwas zu essen zu machen. Doch der Junge sagte, er sei nicht hungrig, und ging in sein Zimmer schlafen.

In den Sommerferien lud Familie Gu einen Wirtschaftswissenschaftler als Privatlehrer in ihr Haus. Er unterrichtete Wang Er sechs Mal pro Woche und bekam zehntausend Yuan pro Stunde dafür. Der Stoff umfasste die neueren und neuesten Entwicklungen im internationalen Wirtschafts- und Finanzbereich. Der Wirtschaftsgelehrte sagte, er habe noch nie ein so begabtes Kind gesehen.

Ein so großes Unternehmen wie die Erya zu managen war eigentlich nicht Gu Qiushas Sache. Viel lieber hatte sie als Redakteurin im Verlag gearbeitet. Die täglichen Meetings und die ewige Finanzberichterstattung machten ihr Kopfschmerzen. Sie hätte lieber mehr Zeit auf Fitness, Reisen, Einkaufen und Wellness verwendet. Wang Er war in der Lage, jedes Problem mit einem ihrer Direktoren klar zu erkennen und eine Risikoanalyse für jedes einzelne Projekt zu erstellen. Wenn sie anschließend die Meinung ihres Vaters einholte, nickte er jedes Mal zustimmend. Die Unternehmensgruppe war zwar auf einem rasenden Expansionskurs, aber die finanzielle Lage war angespannt. Wang Er schlug vor, eine Stelle für einen Assistenten der Unternehmensführung auszuschreiben, der sich sowohl von seiner Persönlichkeit als auch von seiner Berufserfahrung her als Manager eignete und gleichzeitig geschickt im Umgang mit den Banken war.

Dieser Kandidat sollte schon bald Gestalt annehmen.

KAPITEL 12

15. Juli 2005, 8 Uhr abends.

Ma Li parkte seinen Wagen am Straßenrand, zog sein Handy aus der Tasche und las nochmals die Textnachricht: »Klassentreffen am 15. Juli, zehn Jahre Abitur, Abendessen bei Wus Feuertopf an der Changshou-Straße, jeder zahlt seine Zeche, wir sehen uns!«

Ein ehemaliger Schulfreund vom Nanming-Gymnasium hatte ihm die Nachricht, die auch online auf der Klassen-Website gepostet war, geschickt. Erst nach einigem Zögern hatte er zugesagt.

Vielerlei Gerüche und Gewürze durchzogen das Feuertopflokal. Beim Eintreten schnitt Ma Li eine Grimasse vor dem Spiegel, ehe er sein Haar nochmals kämmte und über seinen kleinen Schnauzer strich.

Die ehemaligen Mitschüler saßen bereits am Tisch; das große Fressen hatte begonnen. Unter ihnen war ein kräftiger Mann von mindestens neunzig Kilo, dessen kugeliger Bauch über den Gürtel schwappte. Ma Li brauchte eine Weile, bis er ihn wiedererkannte. Es war unvorstellbar, dass ein junger Mann von normaler Statur innerhalb von zehn Jahren so viel Fett ansetzen konnte. Er verachtete solche Menschen.

Ma Lis Anwesenheit erregte Aufsehen, besonders bei den Frauen. Eine zog ihn einfach neben sich an den Tisch, er ließ es geschehen und setzte sich: »Tut mir leid, ich bin zu spät. Zur Strafe trinke ich drei Shots!«

Er machte diese Ansage mit einer tiefen, männlichen Stimme. Dann trank er die drei Gläser, eines nach dem anderen. Er wirkte sehr selbstsicher; die Gesellschaft von Frauen schien er gewohnt zu sein.

»Seit du an der Tsinghua-Universität angenommen worden bist, machst du dich rar«, sagte der ehemalige Klassensprecher. In seinem Ton schwang Neid. Ma Li verteilte lässig seine Visitenkarten, was ihm die Bewunderung seiner ehemaligen Klassenkameraden einbrachte: »Wow! Senior Partner, du bist jetzt ein großer Boss!«

Sein Lächeln hatte er eingeübt. Es war sympathisch, aber es kam nicht von Herzen.

Man unterhielt sich über dieses und jenes. Manche trugen an der linken Hand einen Ehering, manche hatten bereits schütteres Haar. Ein paar hübsche Frauen waren noch ledig, dafür aber stylish gekleidet. Einige erzählten von ihren Kindern. Das Unglaubliche dabei war, dass diese Kinder zum Teil schon selbst alt genug waren, *um Sojasoße kaufen zu gehen*, wie es so schön heißt.

»Wo ist eigentlich Ouyang Xiaozhi?«, fragte einer.

Ein anderer sagte: »Komisch, der Kleine dort isst ganz allein einen Feuertopf!«

Es war natürlich der fett gewordene Ehemalige, der dies bemerkt hatte. Auch Ma Li sah hinüber.

Hinter dem Dampf des Feuertopfs wirkte das Gesicht des etwa zehnjährigen Jungen fahl. Die Augen und Brauen waren auffallend gleichmäßig. Sein Shirt war mit einer Mickymaus bedruckt. Er saß so ruhig und aufrecht da und strahlte etwas so Besonderes aus, dass jedes andere Kind neben ihm blass gewirkt hätte.

»Ja, er scheint ohne einen Erwachsenen hier zu sein.«

»Die Kinder von heute sind anders als wir. Das ist eigentlich nicht verwunderlich.«

Ma Li schüttelte den Kopf. Der Junge beachtete sie gar nicht, er war damit beschäftigt, seine Fleischklößchen zu essen.

Auf einmal fragte eine der Frauen: »Wer erinnert sich an Liu Man?«

Für einen Augenblick herrschte am Tisch absolute Stille. Nur der Feuertopf brodelte, als schmorten Sünder im Höllenfeuer.

»Was meint ihr – hat Shen Ming sie ermordet?«

»Ist der Fall nicht klar? Liu Man hatte den Lehrer verführt. Der aber wollte heiraten und musste sie töten. Also präparierte er den Oleanderextrakt, lockte Liu Man nachts in die kleine Dachkammer über der Bibliothek und vergiftete sie.«

»Und früh am nächsten Morgen war es wieder Shen Ming, der als Erster zu der Leiche hinaufkletterte.«

»Ja, ich erinnere mich. Ich hatte eine Woche lang Albträume!«

»Damals hat der Dekan vor der gesamten Lehrer- und Schülerschaft verkündet, dass Herr Shen aus dem Dienst entlassen würde – niemand konnte ahnen, dass er kurz darauf auch den Dekan ermordete! Und von wem ist er selbst wohl ermordet worden? Ein unlösbarer Fall!«

Ma Li hatte bis dahin geschwiegen, aber nun unterbrach er das Geschwätz: »Hört auf! Ich glaube nicht, dass Shen Ming ein Mörder ist. Habt Respekt vor den Toten, schließlich ist er ja unser Klassenlehrer gewesen. Damals mochten wir ihn doch alle, stimmt's? Ihr Mädchen fandet, dass er sehr gut aussieht. Und uns Jungs gefiel, dass er voller Energie steckte und überhaupt nicht arrogant war. Wir haben so oft Basketball zusammen gespielt. Außerdem war er beratender Lehrer der Gesellschaft für Literatur an unserer Schule und kannte jedes Gedicht, gleich, ob klassisch oder modern!«

Seine Worte ließen die Ehemaligen überrascht verstummen. Noch nie hatten sie Ma Li so temperamentvoll erlebt. Das halbe Restaurant hatte ihm zugehört. Auch der Junge am Nebentisch, der ihn merkwürdig anblickte.

»Hört auf, hört auf!« Der ehemalige Klassensprecher versuchte wieder zu vermitteln. »Das sind doch alles alte Geschichten. Es gibt keinen Grund, sich zu streiten.«

»Aber vor ein paar Tagen war Herr Shen online.«

Es war ein Mann, der diese Bemerkung betont geheimnisvoll fallen ließ, woraufhin die Frauen kreischten: »War das sein Geist?«

Ma Li fasste ihn am Arm: »Was soll das heißen?«

»Ich hab's auch gesehen, im Internet auf der Website unserer Klasse. Geh online, dann siehst du's!«

»Das muss ein fauler Trick sein.«

Nun wagte niemand mehr, den Namen »Shen Ming« auszusprechen. Die ersten Ehemaligen verabschiedeten sich und gaben dem Klassensprecher ihren Anteil an der Rechnung.

Es war halb elf, das Restaurant würde gleich schließen. Die Frauen waren schon alle gegangen. Ma Li rauchte eine Zigarette und strich über seinen Schnauzer. Er starrte trübsinnig vor sich hin.

Die Bedienung kam an den Nebentisch und fragte den Jungen: »Kleiner Freund, kommen deine Eltern, um zu bezahlen?«

Der Junge kramte in seinen Taschen, bis er zögerlich einige Zehnyuanstücke auf den Tisch legte: »Entschuldigen Sie, ich habe nur diese paar Münzen bei mir. Würden Sie mich vielleicht nach Hause gehen lassen, damit ich Geld holen kann?«

»Manager!«

Ein kräftiger Kerl kam an den Tisch und fuhr den Jungen grob an: »Hey, du mieser kleiner Zwerg, du willst wohl die Zeche prellen?«

Der Junge bekam rote Augen und fing an zu weinen. Die Bedienung und der Manager waren ratlos. Da stand Ma Li auf: »Ich bezahle die Rechnung für ihn.«

Er warf zweihundert Yuan auf den Tisch.

Erst im Nachhinein verstand Ma Li, dass der Junge ein großer Schauspieler war.

Der Manager nahm den Schein und gab das Wechselgeld zurück: »Ihr Kind?«

»Ich kenne ihn nicht. Wir sind uns nur sympathisch.«

Der Junge schluchzte und wischte sich die Tränen aus dem

Gesicht. Er sah Ma Li mit seinen ernsten Augen an und sagte zitternd: »Danke.«

»Kleiner Freund, geh jetzt schnell nach Hause.« Er drehte sich um und sagte zum Klassensprecher und den anderen: »Genug getrunken, Zeit, nach Hause zu gehen!«

Draußen begann es zu regnen. Ma Li zwängte sich in seinen Polo. Da kam der Junge ans Fenster gelaufen und klopfte an die Scheibe.

Ma Li ließ das Fenster herunter: »Was ist los, kleiner Freund?«

»Können Sie mich nach Hause fahren?«

»Warum?«

»Ich möchte Ihnen das Geld zurückgeben.«

»Nicht nötig.«

»Aber es ist schon dunkel. Ich fürchte, es ist gefährlich, allein nach Hause zu gehen. Außerdem habe ich keinen Schirm.«

Ma Li sah, wie verängstigt der Junge wirkte. Er zog die Augenbrauen zusammen und zögerte einen Moment lang, ehe er ihm die Beifahrertür öffnete. Als er dabei den Jungen am Handgelenk berührte, fühlte sich seine Hand an wie die eines Toten.

Der Sommerregen schlug gegen die Windschutzscheibe. Der Junge verriet ihm seine Adresse. Er stammte also aus einem noblen Villenvorort und war das Kind reicher Eltern? Warum konnte er dann den Feuertopf nicht bezahlen?

Die Geschichte begann Ma Li zu interessieren. Schweigend steuerte er den Wagen. Er zündete sich eine Zigarette an. Im Rückspiegel beobachtete er verstohlen das Kind. Wenn ihre Blicke sich kreuzten, schauten beide sofort zur Seite.

»Reichtum zu erlangen, ohne in die Heimat zurückzukehren, ist, wie in Brokatkleidern bei Nacht zu reisen.«

Plötzlich murmelte der Junge dieses Zitat aus dem frühen Geschichtswerk Shiji. War irgendeine Erwartung an ihn damit verbunden, oder machte er sich über ihn lustig? Ma Li warf einen Blick auf den Jungen. Der schien ganz ruhig und gefasst, als hätte er nichts gesagt.

Ma Li raste über die Hochstraßen durch die Nacht. Eine halbe Stunde später hatten sie das Tor der Villa erreicht. Der Junge stieg aus und sagte: »Warten Sie bitte, ich hole das Geld und komme gleich wieder.«

Ma Li warf die Zigarettenkippe aus dem Fenster. Er war wie in einem Dämmerzustand. Ohne auf den Jungen zu warten, wendete er den Wagen und fuhr zurück in die Nacht.

Eine Stunde später parkte er den Polo vor dem Gebäudekomplex, in dem er eine Wohnung gemietet hatte. In den Zimmern herrschte große Unordnung, alles lag in Haufen durcheinander. Nur seine Kleider hingen fein säuberlich in einem begehbaren Schrank.

Ma Li fuhr den Computer hoch und ging online. Auf der Website des Nanming-Gymnasiums fand er den Oberstufenjahrgang 1992–1995. Er las viele vertraute Namen. Nicht alle waren online, nicht alle noch am Leben.

Da war die ID des Namens »Shen Ming«.

»I WILL BE BACK.«

Wer in den Neunzigerjahren des 20. Jahrhunderts Arnold Schwarzenegger in *Terminator* gesehen hatte, verstand, was gemeint war.

Darunter waren ein paar Antworten:

»Cool, aber Herr Shen, sind Sie nicht schon tot?«

»Was für ein Idiot! Soll das vielleicht witzig sein? Hau ab!«

Ma Li registrierte sich unter seinem wirklichen Namen und tippte seine Antwort unter die anderen:

»Herr Shen, falls Sie noch am Leben sind, bitte melden Sie sich.«

Drei Tage später sah Ma Li, dass ihm jemand über QQ geschrieben hatte. Erstaunlicherweise hieß dieser jemand »Shen Ming« und hatte folgenden Satz gepostet: »Ma Li, alter Schulfreund, erinnerst du dich an deinen Lehrer?«

Sofort nahm er die Freundschaftsanfrage an und antwortete: »Wer bist du?«

Laut Zeitanzeige rechts unten auf dem Bildschirm war es 1:40 Uhr nachts. Tatsächlich war auch auf der anderen Seite jemand online: »Shen Ming.«

»Es ist schon spät, warum schläfst du nicht?«, fragte der Fremde.

»Überstunden! Ich muss einen Finanzierungsbericht vorbereiten für ein Meeting morgen in der Bank.«

»Warum tust du dir das an?«

»Das Leben ist ein ewiger Kampf!«

Ma Li empfand es als seltsam, mit dieser ID zu chatten. Wer weiß, vielleicht erlaubte sich jemand einen schlechten Scherz, oder es war ein Geisteskranker.

»Ma Li, du hast müde ausgesehen bei dem Klassentreffen. Achte darauf, dass du genügend Schlaf bekommst.«

»Klassentreffen? Im Feuertopflokal? Wer bist du?«

Er nannte ein paar Namen, aber der Unbekannte wies alle zurück.

»Wenn du nicht glaubst, dass ich Shen Ming bin, warum hast du dann meine Freundschaftsanfrage angenommen?«

»Ich weiß es nicht. Ich vermisse ihn. Er ist schon seit zehn Jahren tot.«

»Ich bin nicht tot.«

»Ich habe Ihren Leichnam bei der Trauerfeier gesehen.« Ma Li tippte mit zittrigen Fingern in die Tastatur.

»Wie sah ich aus?«

»Sie lagen in einem Kristallsarg. Ihr Aussehen war sonderbar. Jemand sagte, man musste viel Make-up aufgetragen haben, weil das Gesicht schon verwest war. In der Schule hieß es, sie hätten den Dekan ermordet. Sowohl den Schülern als auch den Lehrern war es verboten, an der Beerdigung teilzunehmen. Nur ich konnte mich hineinschleichen.«

»Großen Dank, Ma Li!«

Vor dem Fenster bewegten sich die Schatten der Bäume,

Regentropfen schlugen gegen die Scheiben: »Ich habe gesehen, wie Ihr Sarg ins Krematorium gebracht wurde. Ich habe damals so bitterlich geweint. Aber nein! Warum rede ich überhaupt mit dir? Du bist nicht mein Lehrer Shen Ming!«

»Wenn ich nicht dein Lehrer Shen Ming wäre, könnte ich nicht wissen, dass du im zweiten Oberstufenjahr deinem Banknachbarn bei den Klausuren geholfen und pro Aufgabe zehn Yuan verlangt hast. Nachdem ich den Betrug damals entdeckt habe, bist du mitten in der Nacht in mein Zimmer gekommen und hast auf Knien um Vergebung gebeten.«

Beim Lesen dieser Zeilen lief es Ma Li eiskalt den Rücken hinunter.

»Herr Shen muss jemandem von der Sache erzählt haben!«

»Im dritten Oberstufenjahr kamst du eines Abends unerwartet zu mir und sagtest, du hättest dein Notizbuch in der Bibliothek vergessen. Du wolltest, dass ich dich begleite, da ich ja den Schlüssel zur Bibliothek hatte. In jener Nacht wehte ein starker Wind, der die Tür zum Dachboden aufstieß. Wir waren neugierig und stiegen in den kleinen Raum unter dem Dach, haben außer Staub und alten Büchern jedoch nichts gefunden. Du hast aus irgendeinem Haufen *Die Elenden* von Victor Hugo herausgezogen und mitgenommen. Eine schwarze Katze ging draußen auf dem Dach im Mondschein am Fenster vorbei. Sie sah uns mit großen runden Augen an. Ich erinnere mich noch, was du damals sagtest: ›Diese Katze sieht aus wie von einem Geist besessen. Das ist kein gutes Omen. Eines Tages muss hier jemand sterben.‹«

Natürlich hatte Ma Li das nicht vergessen. Den letzten Satz hatte er damals Wort für Wort so gesagt. Aber war es nicht unwahrscheinlich, dass Shen Ming ein so gutes Gedächtnis hatte?

»Ich habe diese alte Ausgabe von *Die Elenden* immer in der Schublade meines Nachttisches aufbewahrt. Aber nach Ihrem Tod habe ich sie verbrannt.«

»Du hast oft nachts mit einer Taschenlampe in dem Buch

gelesen. Ma Li, was du bestimmt nicht weißt, ist, dass ich heimlich die Schublade aufgezogen und mir deine Ausgabe von *Die Elenden* ganz genau angesehen habe. Neben die Illustration zur Schlacht von Waterloo hatte jemand in krakeliger Schrift mit Tinte geschrieben: ›*Jeder Mensch, der dieses Buch liest, dem geschieht ein Unglück. Er stirbt entweder durch ein Messer oder eine Spritze!*‹«

»Der Fluch ist wahr geworden! Sie wurden im Quartier der Teuflin erstochen!«

»Ja, ich wurde mit einem Dolch ermordet.«

»Deshalb habe ich das Buch verbrannt! Seither habe ich panische Angst vor Nadeln. Sobald ich das Wort nur höre, wird mir übel. Selbst, wenn ich hohes Fieber habe, gehe ich nicht ins Krankenhaus. Herr Shen, sind Sie wirklich tot?«

»Du hast doch gesehen, dass ich verbrannt worden bin.«

»Wenn Sie zu Asche verbrannt wurden, wie können Sie dann mit mir über QQ chatten?«

»Ma Li, ich bin direkt neben dir.«

»Nein! Das ist eine Halluzination! Du bist nichts als eine imaginäre Person! Ich sollte wieder meine Medikamente nehmen. Verschwinde aus meinem Gehirn, aber schnell!«

In den vergangenen Jahren hatte Ma Li unter Schlaflosigkeit gelitten und war von Albträumen geplagt worden. Er war im Krankenhaus gewesen, um sich untersuchen zu lassen, und hatte lange Zeit Antidepressiva genommen.

»Das ist eine Halluzination! Ich will meine Pillen schlucken! Pillen schlucken! Pillen schlucken! Pillen schlucken!«

Der ganze Bildschirm war über und über mit diesen beiden Wörtern beschrieben.

»Was nimmst du für Medikamente?«

»Lass uns reden, wenn wir uns persönlich sehen.« Ma Lis Finger schwitzten, als er diese Zeile schrieb.

»Gut.«

»Morgen um 4 Uhr nachmittags vor dem Vision-Tower. Wenn Sie mich wirklich kennen, werden Sie mich erkennen.«

»Wir sehen uns!«

Shen Mings Geist war nicht mehr auf QQ.

Was für ein schrecklicher Traum. Schweißgebadet wachte er auf. Draußen dämmerte gerade der Morgen, als Ma Li seine Kündigung schrieb.

Um 4 Uhr nachmittags war Ma Li am Vision-Tower. Jemand zupfte ihn am Jackett. Er drehte sich um, aber es war niemand da. Erst, als er den Blick etwas senkte, sah er das Gesicht eines Jungen.

Natürlich konnte er sich noch gut an das Kind erinnern. Beim Klassentreffen in dem Feuertopfrestaurant hatte er seine Rechnung bezahlt und ihn anschließend nach Hause gefahren.

»Hallo, Ma Li!«

Beim Anblick dieses in sich ruhenden Gesichts, das ihn so stark beeindruckt hatte, verschlug es ihm die Sprache: »Du ... du?«

»Hast du nicht gesagt, um 4 Uhr nachmittags am Vision-Tower?«

Ma Li schob ihn zur Seite und sah sich ängstlich nach allen Seiten um, als ob sich ein Geist irgendwo in der lärmenden Menge versteckt hielte.

»Verschwende nicht deine Zeit. Ich bin's!« Immer noch ruhig und gelassen fragte der Junge direkt: »Was für Medikamente nimmst du?«

Ma Li war fassungslos. Er kniff die Augen zusammen und sah in das Gesicht des Kindes. Erschrocken trat er ein paar Schritte zurück. Der Junge sprach wie Shen Ming, sogar der Tonfall war gleich.

»Warte — warte —, was hast du eben gesagt?«

»Jeder Mensch, der dieses Buch liest, dem geschieht ein Unglück. Er stirbt entweder durch ein Messer oder eine Spritze!«

»Sei still!« Ma Lis Lippen wurden dunkelrot. Er sah sich nach allen Seiten um und sagte mit gedämpfter Stimme: »Komm mit.«

Die beiden gingen zu Starbucks. Er bestellte für das Kind eine heiße Zitrone und für sich selbst einen Kaffee.

»Sag, wer gibt dir Anweisungen?«

»Shen Ming.«

Er fasste sich am Kinn und fragte wie in einem Verhör: »Wie heißt du, kleiner Freund.«

»Si Wang. Si wie *der Befehlshaber* und Wang wie *ins Weite blicken.*«

»Ein interessanter Name. Wie alt bist du?«

»Zehn. Nach den Sommerferien komme ich in die vierte Klasse.«

»Als Herr Shen starb, warst du also noch gar nicht auf der Welt.«

Si Wang antwortete gleichmütig: »Ja, ich wurde ein halbes Jahr nach seinem Tod geboren.«

»Was für eine Beziehung gibt es dann zwischen dir und ihm?«

»Das wagst du dir nicht vorzustellen – willst du es wirklich hören?«

»Sag schon! Meine Geduld ist gleich am Ende.«

In einer Ecke des Starbucks-Cafés rückte er ganz nah an Ma Li und flüsterte in sein Ohr: »Ich bin vom Geist Shen Mings besessen.«

Entsetzt sah er den Jungen an, dann schüttelte er entschieden den Kopf: »Unsinn!«

»Ma Li, bitte erläutere den Hintergrund zu Lu Xuns Essay *In Gedenken an Frau Liu Hezhen.* Ma Li, kommst du mit zum Sportplatz, Basketball spielen? Ma Li, übernimmst du heute das Einsammeln der Klausuren? Ma Li, warum lernen wir eigentlich? Wir lernen für das Aufstreben Chinas! Ma Li, hast du den *Club der toten Dichter* vergessen?«

»Ich flehe Sie an, Herr Shen, hören Sie auf, so zu sprechen!«

Ma Li wäre am liebsten vom Tisch aufgesprungen. Er hielt sich mit beiden Händen die Ohren zu, als hätte er unsägliche Schmerzen.

Si Wang fuhr im Tonfall Shen Mings fort: »Ma Li, es tut mir leid. Das war nicht meine Absicht. Ich wollte nur, dass du mir glaubst. Nie habe ich euch verlassen, meine geliebten Schüler.«

»Shen Ming, was ist Ihnen passiert? Wer hat sie damals ermordet?«

»Wenn ich die Antwort wüsste, wäre ich jetzt kein rastloser Geist.«

Ma Li runzelte die Augenbrauen und sah ihn an. Zuerst nickte er, dann schüttelte er den Kopf: »Sie sind also seit vielen Jahren ein umherirrender Geist, der Rache sucht?«

»Ja. Ich habe lange über der Nanming-Straße geschwebt. Vor einigen Jahren sah ich dann ein kleines Schulkind und habe mich einfach auf seinen Rücken gesetzt. Du siehst, dieser Junge lässt immer den Kopf hängen und hat einen Buckel. Der ist durch meinen Druck entstanden.«

Der Junge senkte den Kopf, als drücke eine Last auf seinen Nacken.

»Herr Shen, jagen Sie mir nicht am helllichten Tag einen solchen Schrecken ein!«

»Entschuldige. Du ahnst nicht, wie sehr du erschrecken würdest, wenn wir uns nachts begegneten.«

Dieses Kind war also zu Shen Ming geworden. Sein Blick war der eines Erwachsenen, und sein Lächeln war sonderbar.

»Wenn ich mich ausruhen will, dann kommt das Kind mit Namen Si Wang aus mir heraus. Aber wenn ich reden will, dann nehme ich vollständig von ihm Besitz.«

»Wie lange werden Sie in diesem Zustand verharren? Wenn der Mörder nie gefasst wird, irren Sie dann ewig umher?«

»Vermutlich – ja.«

»Für dieses Kind namens Si Wang ist das ein schweres Los.«

»Man muss es als mein und sein gemeinsames Schicksal betrachten, ähnlich wie unser beider Schicksal.«

Ma Li erbleichte. Er wusste, er unterhielt sich mit dem

Geist eines Mannes, der vor zehn Jahren kaltblütig ermordet worden war. »Ja, ich habe in all diesen Jahren versucht, Ihren Tod zu rächen, und überall nach Ihrem Mörder gesucht, vergeblich.«

»Danke. Wie geht es dir im Moment?«

»Heute erst habe ich meine Kündigung eingereicht. Ich ertrage den Druck in der Finanzbranche nicht mehr.«

Mit einem Papiertaschentuch wischte er sich die Schweißperlen von der Stirn.

Si Wang klopfte auf den Tisch: »Kann ich dir irgendwie behilflich sein? Es gibt wenige Dinge, die ein Geist nicht kann . . .«

»Wie willst du mir helfen? Kannst du eine klinische Depression heilen?«

»Wie wär's mit einem neuen Job?«

Ma Li blickte dem Jungen in das ernste Gesicht und zwang sich zu einem Lächeln: »Komm mir bloß nicht mit einer Stelle als Privatlehrer!«

»Assistent der Geschäftsführung der Unternehmensgruppe Erya, dem größten chinesischen Unternehmen in der Bildungsbranche.«

Ma Li schüttelte mutlos den Kopf: »Das soll wohl ein Witz sein.«

»Muss ich dich über einen Headhunter rekrutieren lassen, damit du mir glaubst?«

Eine halbe Stunde später gingen der achtundzwanzigjährige Ma Li und der zehnjährige Si Wang getrennt aus dem Vision-Tower. Ein BMW 760 lud Si Wang ein und brauste davon.

Ma Li stand da und schaute in die Dämmerung, die die anschwellende Flut von Menschen umfing. Jeder war nur darauf bedacht, seinen Weg zu gehen. Dabei liefen sie, ahnungslos, geradewegs in den Tod. Um sie herum schwebten die Geister derer, die ihnen vorausgegangen waren.

KAPITEL 13

Am Ende der Sommerferien begann Gu Qiusha, Vorkehrungen für Wang Ers Übertritt in eine Privatschule zu treffen. Die Eliteschule war ein Investment der Unternehmensgruppe Erya und auf die Ausbildung von zukünftigen Führungskräften spezialisiert. Doch das Kind sperrte sich. Auf Teufel komm raus wollte er in der staatlichen Schule bleiben, auch wenn er auf der Grundschule Nummer eins an der Changshou-Straße keine Freunde hatte. Aus Angst, er könnte zu seiner leiblichen Mutter zurückkehren, gab Gu Qiusha seinem Willen nach, ließ ihn aber jeden Tag von ihrem Chauffeur zur Schule fahren. Dort genoss Wang Er eine Sonderbehandlung. Viele Leute kamen, um das Wunderkind zu sehen. Aus Sicherheitsgründen wurde allen der Zutritt zur Schule verwehrt; auch seine Klassenkameraden durften ihn nicht nach Belieben ansprechen.

Die Atmosphäre im Hause Gu war zunächst immer kühler geworden. Ganz unversehens hatte sich Lu Zhongyues Haltung jedoch verändert. Anders, als es sonst seine Art gewesen war, hatte er neuerdings oft ein Lächeln auf den Lippen, suchte das Gespräch mit Wang Er und schaute mit ihm Spiele der NBA oder der italienischen Serie A.

Ein harmonisches Familienleben war natürlich eine gute Sache, aber Gu Qiusha traute dem Frieden nicht.

Jedes Mal, wenn sie dem Jungen in die Augen sah, tauchte Shen Ming, der so früh verstorben war, in ihrer Erinnerung wieder auf. Sein Gesicht war zwar hübsch, aber die Haut war fahl. Seine schwarzen Augen wirkten manchmal tief versunken, manchmal blitzten sie böse von Hass. Sein Haar war nicht gänzlich schwarz, sondern mischte sich mit einem seltsamen Dunkelbraun. Es bedeckte die halbe Stirn.

Gu Qiusha wagte kaum mehr, dem Jungen direkt in die Augen zu schauen.

Ein paarmal hatten sie zusammen in einem Bett geschlafen. Beim Aufwachen hatte sie das Gefühl, Shen Ming liege auf dem Kopfkissen neben ihr, und sie sprang schreiend auf. Wang Er öffnete dann verschlafen seine Augen und fragte: »Was hast du?« Meist schob sie einen Albtraum vor.

In tiefen Winternächten hatten seine Augen einen ganz besonderen Glanz und waren nicht mehr die eines Kindes. Dann schmiegte er sich nah an Gu Qiusha, legte seine Arme um ihren Nacken wie ein sehnsuchtsvoller Geliebter, küsste sie zärtlich auf die Wangen und blies seinen heißen Atem wie ein Kätzchen in ihr Ohr. Es war, als ob dieser Junge einen bis zum Boden ausgetrockneten See nach langen Jahren belebte. Sie fühlte sich in die Zeit zurückversetzt, als sie fünfundzwanzig war.

Da wurde Gu Qiusha bewusst, dass sie ihn immer noch liebte.

Eines Morgens hörte sie ein leises Schluchzen und sah, dass Wang Er in sein Kopfkissen weinte. Sie hatte ihn noch nie so leiden gesehen. Das Betttuch war nass von Tränen. Sie widerstand dem Impuls, ihn aufzuwecken, und hielt stattdessen ihr Ohr an seine Lippen.

Er sprach mit trauriger Stimme im Schlaf: »Ich … will … nicht … sterben … ich … will … nicht … sterben … ich … will … nicht … sterben … Xiaozhi …«

Wer war Xiaozhi?

KAPITEL 14

»Wer sind Sie eigentlich?«

Lu Zhongyue rauchte eine Zigarette nach der anderen. Der ganze Aschenbecher quoll über. Seine Augen waren blutunterlaufen. Die Zeiger auf seiner Armbanduhr zeigten ein Uhr morgens. Er versuchte, sich möglichst im Schatten zu halten. Sein Gesprächspartner sollte das bläuliche Mal auf seiner Stirn nicht sehen.

»Ein Mensch wie Sie.«

Ma Li saß nah am Fenster, von wo aus er die Spitze des Jing'an-Tempels sehen konnte. Die Bedienung brachte nochmals eine Platte mit Früchten und sah ihn verstohlen an.

Vor drei Monaten hatte Ma Li die Stelle als Assistent der Geschäftsführung der Unternehmensgruppe Erya angetreten. In weniger als einem Monat war es ihm gelungen, Bankkredite im mittleren zweistelligen Millionenbereich zu bekommen. In kurzer Zeit war er ein mächtiger Mann in der Firma geworden, der nach Gutdünken Manager einstellen oder entlassen konnte. Hinter vorgehaltener Hand munkelte man, dass Gu Qiusha an ihm vor allem sein Aussehen schätze und er abends einen Nebenjob als Gigolo der Chefin habe.

Dieser Mann war, das versteht sich von selbst, Lu Zhongyue zutiefst verhasst. In der Firma sprachen sie nicht miteinander. Einem Mann wie Ma Li gegenüber fühlte Lu Zhongyue sich minderwertig.

Lu Zhongyue hatte jedoch keine Ahnung, dass Ma Li wie er selbst am Nanming-Gymnasium Abitur gemacht hatte, nur sieben Jahre später – 1995. Dasselbe Jahr, in dem Shen Ming ermordet wurde.

Seit zehn Jahren versuchte Lu Zhongyue, dessen Gesicht zu vergessen. Doch morgens in der dunklen Jahreszeit war ihm, als beobachte Shen Ming ihn und riefe ihm wie damals zu: »Steh auf und vergiss nicht, zu frühstücken!«

Lu Zhongyue und Shen Ming waren in der Schule beste Freunde gewesen. Ihre erste Begegnung lag inzwischen etwa zwanzig Jahre zurück …

Mit Unbehagen betrachtete er den jungen Mann, der vor ihm stand.

»Sie bestellen mich mitten in der Nacht hierher, um mir das zu sagen?«

»Herr Lu, ich fürchte, es gibt da etwas, das Frau Gu und Präsident Gu wissen sollten. Sie haben in Hongkong eine Firma gegründet, die in keinerlei Verbindung zur Unternehmensgruppe Erya zu stehen scheint. In Wirklichkeit aber transferieren Sie deren Vermögen dorthin.«

»Woher wissen Sie das?«

Lu Zhongyue war erblasst. Unwillkürlich strich er sich übers Kinn, auf dem nicht mehr ein halbes Barthaar sprießte.

»Frau Gu versteht nichts von Finanzen und Management, und Präsident Gu ist schon alt. Sie hatten Glück, dass Ihre Machenschaften bisher unentdeckt geblieben sind.«

»Sie wollen mich erpressen?« Lu Zhongyue drückte die Kippe aus. »Wie viel?«

Seine Direktheit überraschte Ma Li offenbar nicht: »Wie gesagt, ich bin ein Mensch wie Sie. Und Ihre Ziele sind die gleichen wie meine Ziele – Lappalien interessieren mich nicht.«

»Ich verstehe nicht.«

»Herr Lu, Sie hassen Ihre Frau und Ihren Schwiegervater, nicht wahr?«

Ma Li beobachtete, wie Lu Zhongyues Blick gefror. Dann sprach er weiter: »Ich auch.«

»Aus welchem Grund?«

»Das ist mein Geheimnis und hat mit Ihnen nichts zu tun.«

»Gut, lassen Sie uns offen miteinander sprechen – die Unternehmensgruppe Erya hat viele Geheimnisse, das dürfte Ihnen als Assistent meiner Frau wohl bekannt sein.«

»Sollten diese Geheimnisse an die Öffentlichkeit kommen, wäre Erya am Ende. Es gibt viele Leute, die nur auf die entsprechenden Beweise warten.«

Er zündete sich noch eine Zigarette an: »Ma Li, wollen Sie mit mir einen Deal machen?«

Nach nur zehn Minuten waren sich die beiden Männer einig.

Lu Zhongyue wirkte entspannt, als er ein paar Ringe aus Zigarettenrauch paffte. Tatsächlich schlotterten ihm die Knie, und auf dem Rücken hatte er eine Gänsehaut.

»Ehrlich gesagt, Sie machen einem wirklich Angst.«

»Ist das ein Kompliment?« Ma Li tat so, als würde er angestrengt nachdenken, dann setzte er hinzu: »Sie sollten sich bei dem kleinen Gu Wang bedanken.«

»Bei dem Kind?«

»Herr Lu, Sie haben den Jungen doch adoptiert.«

»Nachdem wir nun sozusagen Freunde sind, will ich offen sprechen.« Lu Zhongyue sah sich nach allen Seiten um, ob auch wirklich niemand zuhörte. »Jedes Mal, wenn ich dieses Kind sehe und in seine Augen blicke, bekomme ich Schüttelfrost. Obwohl er aussieht, als könne er kein Wässerchen trüben, habe ich dennoch das Gefühl, er will mich töten.«

»Sie irren sich. Gu Wang hat keinerlei derartigen Absichten.«

Plötzlich schimmerte Angst in seinen Augen auf: »Arbeiten Sie vielleicht für ihn?«

»Nein, ich arbeite auf eigene Rechnung. Ich will Ihnen nur einen Rat geben, Herr Lu, hören Sie auf, dem Jungen das Leben schwer zu machen. Sie und er sind keine Gegner. Wenn Sie ihn etwas freundlicher behandeln, wäre das auch zu Ihrem Vorteil.«

Ma Li hatte jedem seiner Worte Ausdruck verliehen. Lu Zhongyue nickte zustimmend: »Einverstanden.«

»Danke!«

Dann holte er ein Arzneifläschchen aus seiner Tasche und warf es Lu Zhongyue zu.

»Was ist das? Ich kann nicht lesen, was auf dem Etikett steht.«

»Die Beschreibung ist auf Deutsch. Lassen Sie es sich von irgendjemandem übersetzen. Die Buchstaben LH RH bedeuten jedenfalls, dass die Ausschüttung des Hormons zur Gelbkörperbildung unterdrückt wird.« Ma Li stand lächelnd auf und rief zu der Bedienung, die ihn vorhin verstohlen angesehen hatte: »Zahlen!«

»Warten Sie!« Lu Zhongyue fasste ihn am Arm. »Was haben Sie eben gesagt?«

»Herr Lu, ich empfehle Ihnen, das Trinkwassersystem in Ihrem Haus überprüfen zu lassen. Aber kein Wort davon zu Ihrer Frau.«

KAPITEL 15

Heiliger Abend, 2005.

Im Garten der Villa stand ein großer Weihnachtsbaum. Die bunten Lichter erleuchteten die Nacht. He Qingying stand einsam draußen vor dem Eisenzaun. Mantel und Schal vermochten den kalten Wind kaum abzuhalten. Ihr Haar war zu einem Knoten gebunden. Ein paar lose Strähnen hingen über ihre Stirn.

Vor zwei Stunden hatte sie den BMW mit Gu Qiusha und Wang Er zurückkommen sehen. Bestimmt hatten sie den Gottesdienst in der Kirche besucht. Sie blickte, ihr Gesicht im Gebüsch verbergend, direkt auf das Haus der Gus – genau wie vor ein paar Tagen, als Wang Er Geburtstag hatte. Gu Qiusha hatte ihr keine Einladung geschickt, also hatte sie allein draußen gestanden, in der Hoffnung, einen Blick auf ihren Sohn zu erhaschen.

Sie hatte Wang Er zum ersten Mal am 19. Dezember 1995 auf der Entbindungsstation des Zhabei-Krankenhauses im Stadtzentrum gesehen. Bei der Geburt wäre sie vor Schmerzen beinahe ohnmächtig geworden. Dann hörte sie ein Baby neben sich schreien.

»Es ist ein Junge«, rief die Hebamme, und ihre Stimme klang vor Freude zärtlich.

He Qingying weinte.

Sie versuchte, ihre Augen in dem weißen Licht so weit wie möglich zu öffnen und sagte mit schwacher Stimme: »Lass... lassen Sie ihn mich sehen ...«

Ein laut schreiendes Baby, frisch gewaschen, das Gesicht

noch ein wenig verkniffen. Aus den nur wenig geöffneten Augen starrte es die Mutter an.

He Qingying gingen damals absurde Gedanken durch den Kopf — was empfand das Kind? Warum weinte es so heftig? Hatte es irgendeinen Kummer mitgebracht?

Zwar war es ein paar Wochen zu früh gekommen, aber es musste nicht lange im Brutkasten bleiben. Alle Krankenschwestern meinten, es habe großes Glück gehabt und sei im Vergleich zu anderen Frühchen sehr gesund. Si Mingyuan war zum ersten Mal Vater geworden. Er herzte seinen Sohn den ganzen Tag und hatte sich extra sein Gesicht glatt rasiert. Auch die Großeltern waren unfassbar glücklich. Der Vater ließ das Kind amtlich registrieren. Seinen Namen hatte He Qingying ausgesucht. Während der Schwangerschaft blickte sie oft durch das Fenster ins Weite, denn es war ihr, als riefe sie eine leise Stimme. Deshalb hatte sie ihm diesen Namen gegeben — Wang, das bedeutet *ins Weite blicken*.

Si Wang.

Anschließend zogen sie zu He Qingyings Eltern in die alte Wohnung, wo es kaum Platz für sie gab. Sie war vier Monate zu Hause, dann nahm sie ihre Arbeit im Postamt wieder auf. Sie verdiente mehr als ihr Mann, kleidete sich gut und leistete sich hin und wieder ein Kosmetikprodukt aus dem Ausland.

Ihr Mann, Si Mingyuan, arbeitete in der Stahlfabrik an der Nanming-Straße. Jeden Morgen um 7:30 Uhr ging er zur Arbeit und kam vor Einbruch der Dunkelheit pünktlich nach Hause. Manchmal ging er mit seinen Kollegen etwas trinken, darüber hinaus pflegte er keine sozialen Kontakte. Normalerweise rauchte er Zigaretten der Marke Päonie. Er war groß und kräftig und wirkte dabei vielleicht ein wenig grob. Ob sein Sohn das wohl geerbt hatte? In der Wohnung gab es einen in Taiwan hergestellten Farbfernseher und einen japanischen Videorekorder. Wenn er nichts zu tun hatte, sah er zu Hause Videos an. Im Grunde genommen interessierten ihn nur Gewaltfilme aus Amerika und Pornos aus Hongkong. Es war ihm offenbar egal, ob das Kind etwas davon mitbekam.

He Qingying kümmerte sich nicht um ihn. Ihre ganze Sorge galt dem Kind. Sie hatte kaum Kontakt zu ihren Eltern und schien völlig in die Familie ihres Mannes integriert. Das Verhältnis zu ihrer Schwiegermutter war, entgegen dem Klischee, sehr harmonisch.

Drei Jahre später war aus dem Säugling ein hübscher und gesunder kleiner Junge geworden. Seine Mutter brachte ihn jeden Tag in den Kindergarten. Die Kindergärtnerin war eine junge Frau, die Wang Er immer lobte, weil er so klug und brav war. Er hatte es gern, wenn die Kindergärtnerin ihn in ihre Arme nahm. Dann ruhte sein Kopf auf ihrer weichen Schulter, und er roch ihr Haarshampoo und ihr Parfum.

Der große Perlschnurbaum vor dem Haus trocknete mehrmals vollständig aus und belaubte sich dann wieder. Das Gezwitscher aus den Vogelnestern in der Baumkrone weckte alle Leute am frühen Morgen auf. Si Mingyuan züchtete Kakteen auf dem Fensterbrett, die nur einmal im Jahr zwei oder drei Stunden blühten. Die Blütenblätter legte er dann dem Jungen unters Kopfkissen, sodass ihn ihr Duft in den Schlaf begleitete. Das kleine Bett stand in einer Ecke des Wohnzimmers. Drum herum lagen lauter Spielsachen und Kinderbücher, die ihm seine Mutter gekauft hatte. He Qingying wunderte sich immer, warum einem kleinen Kind so eine komische Manga-Serie gefiel. Dann gab es noch den alten Zeichentrickfilm *Die Legende vom versiegelten Buch*. Jedes Mal, wenn die Hauptfigur, der unsterbliche Yuan Gong, gefasst und in den Himmel zurückgeschickt wurde, flossen dem Jungen Tränen übers Gesicht.

Im Jahr 2000 wurde Wang Er fünf Jahre alt. Er war über einen Meter groß. Sein Profil wurde immer ausgeprägter. Er verlor allmählich sein Babygesicht, und alle sagten, er sei sehr hübsch. Beim Essen war er nie heikel. Er aß alles, was man für ihn kochte. Das war bei einem Kind damals wirklich eine Besonderheit. Dennoch verwöhnte He Qingying ihn gern mit seinen Lieblingsspeisen.

Im selben Jahr wurde Si Mingyuan betriebsbedingt gekündigt. Er erhielt eine Abfindung im niedrigen fünfstelligen Bereich und war nun arbeitslos. Zunächst war er ganz zufrieden damit, zu Hause bleiben zu können, handelte mit Aktien und sah DVDs an. Doch schon bald brachen die Kurse ein, und seine Aktien fielen von achtzehn auf acht Yuan. Sein Portemonnaie wurde immer dünner. War er zuvor mit seinem Sohn Modellautos kaufen gegangen, so konnten die beiden jetzt nur noch vor dem Schaufenster stehen. Jemand empfahl ihn für eine Stelle als Sicherheitswachmann, aber schon nach zwei Tagen kam er mit hängendem Kopf zurück. Fortan ging er jeden Abend zum Mah-Jongg spielen und kam oft erst um zwei oder drei Uhr morgens wieder nach Hause. Dabei weckte er den Jungen regelmäßig aus dem Schlaf, was zu Streit mit He Qingying führte.

Der Ehemann hatte kein Einkommen mehr, die Schwiegereltern wurden immer gebrechlicher. Alle Ausgaben des Haushalts lasteten fortan auf He Qingyings Schultern. Aber sie war nur eine einfache Postangestellte, und ihr Lohn reichte kaum, um das tägliche Leben zu bestreiten.

Unabhängig davon, welche Sorgen ihn gerade plagten, brachte Si Mingyuan zunächst große Geduld für seinen Sohn auf. Er setzte ihn auf den Gepäckträger seines Fahrrads und nahm ihn überall mit hin, sogar im Jinjiang-Vergnügungspark waren sie mehrere Male. Schach war eines der wenigen Hobbys von Wang Er. Der Junge wurde bald ein Meister dieses Spiels, und niemand konnte ihn besiegen.

Doch mit der Zeit entfremdete Si Mingyuan sich von seinem Sohn. Er umarmte ihn nicht mehr, wenn er nach Hause kam; er stand allein am Fenster und rauchte eine Zigarette nach der anderen, bis der Aschenbecher überquoll. Nie hatte er früher zu Hause getrunken; jetzt kippte er schon einen Schnaps zum Essen. Wenn er nach Tabak und Alkohol stinkend herumgrölte und dabei den Jungen mit eisigem Blick anstarrte, empfand He Qingying heftigen Ekel.

War sein Sohn für ihn zum Rivalen geworden? Oder hatte er Angst vor ihm?

Vielleicht hatte er zu viele US-amerikanische Horrorfilme gesehen. Ein Film mit Gregory Peck in der Hauptrolle handelte von einer ganz normalen Familie, die plötzlich feststellte, dass ihr Kind außergewöhnliche Wesenszüge hatte und intelligenter war als jeder Erwachsene. Alle ordneten sich ihm unter und wurden seine Sklaven – das Kind hatte angeborene böse Kräfte und verfügte über unendliche Macht, sodass es Unheil über seine Eltern brachte und eine Gefahr für die gesamte Menschheit darstellte.

An einem regnerischen Abend, He Qingying hatte Nachtschicht, war Si Mingyuan wie gewöhnlich zum Saufen und Mah-Jongg Spielen ausgegangen. Als er nach Hause kam, fand er seinen Sohn vor dem Videorekorder sitzen und den Film *Die Verurteilten* nach einem Drehbuch von Stephen King schauen.

Er schlug dem Kind ins Gesicht.

Als He Qingying spät nach der Arbeit nach Hause kam, sah sie den roten Abdruck in Wang Ers Gesicht. Si Mingyuan stand schlotternd an der Seite. Wütend gab sie ihrem Mann eine Ohrfeige und nahm ihr Kind in den Arm. Zärtlich streichelte sie seine Wange, während ihm die Tränen übers Gesicht strömten. Si Mingyuan sagte kein Wort. Er rannte aus der Wohnung und schlug die Tür hinter sich zu. Sie sah ihn draußen im Licht der Laternen allein im Regen laufen, aber was er vor sich hin schimpfte, konnte sie nicht verstehen.

Als Wang Er sieben Jahre alt war, geschah es dann.

Si Mingyuan war spurlos verschwunden. Es war in der Nacht vor dem traditionellen Neujahrsfest am frühen Morgen. He Qingying ging zur Polizei, um ihren Mann als vermisst zu melden. Die Haare ihres Schwiegervaters wurden schlohweiß, und er musste ins Krankenhaus. Sie kümmerte sich viel um ihre Schwiegereltern, und oft wurde sie für die Tochter gehalten.

Ständig kamen Leute, darunter nicht wenige Wucherer, und forderten ihr Geld zurück. Ihr Mann hatte haufenweise Spielschulden. Ein Menschenleben hätte nicht genügt, um sie zurückzuzahlen.

Si Mingyuan kehrte nie wieder nach Hause zurück.

Montag, der 2. September 2002, war Wang Ers erster Schultag.

Es regnete. Auf dem Weg zur Grundschule Nummer eins an der Changshou-Straße hielt He Qingying mit der einen Hand den Schirm und mit der anderen Wang Er. Ihre Hand war warm und weich. Sie trug den Schulranzen mit dem neuen Disney-Mäppchen, bei dem es sich vermutlich um eine Imitation handelte. Bei der Eröffnungsfeier waren alle Schüler zusammen mit ihren Eltern. Höflich begrüßte He Qingying die Lehrer und versicherte sich, dass Wang Er auf seinem Platz saß, ehe sie schweren Herzens wieder ging.

Im Sommer darauf meldete He Qingying ihren Sohn zu einem Malkurs in der Feifei-Akademie der Schönen Künste an. Der Lehrer hatte nach Künstlermanier lange Haare. Er brachte Wang Er bei, wie man Skizzen zeichnete und mit Wasserfarben malte, und fand ihn sehr talentiert. Als Belohnung für seine Erfolge beim Malkurs und weil er in die zweite Klasse aufgerückt war und als junger Pionier ein rotes Halstuch trug, machte He Qingying ihm ein Geschenk – einen Computer.

Es war Si Wangs erster eigener Computer, mit einem Intel-Celeron-Prozessor. Aufgeregt berührte er die Tastatur und die Maus. Nachdem er den Rechner hochgefahren hatte, beobachtete er die vorbeischwebende Windows-XP-Flagge und anschließend die Installation der einzelnen Programme. Breitband war noch nicht weit verbreitet, also verwendete er ein Modem in Verbindung mit dem Telefonanschluss.

Bald darauf stellte He Qingying fest, dass ihr Sohn internetsüchtig war. Er saß den ganzen Tag vor dem Computer.

142

Eigentlich hatte sie es nie übers Herz gebracht, Wang Er aus-
zuschimpfen, aber nun war es das erste Mal, dass sie ihn eine
halbe Stunde lang heftig schalt, bis sie selbst schniefte und
weinte. Das verständige Kind umarmte die Mutter.

Eines Tages, Si Wang war mit den Großeltern ausgegangen,
schaltete He Qingying den Computer ein und installierte
heimlich eine Überwachungssoftware. Dadurch stellte sie fest,
dass ihr Sohn über Google und Baidu immer nach bestimmten Begriffen suchte:

1995, Mordfall an der Nanming-Straße.
1995, Mordfall am Nanming-Gymnasium.
1995, Leichnam in der Stahlfabrik an der Nanming-Straße
    gefunden.
1995, Mordopfer Shen Ming.

Ein paar Tage später schaltete He Qingying den Computer
nochmals ein und stellte fest, dass ihr Sohn alle Inhalte gelöscht hatte.

Im Herbst desselben Jahres starb Si Wangs Großvater.

Es ging schnell. Sein Herz hörte bereits im Krankenwagen
auf zu schlagen.

Im Jahr darauf segnete auch He Qingyings Schwiegermutter das Zeitliche.

Im Herbst desselben Jahres begann Si Wang, sich zu verändern.

Da es im Haus kein heißes Wasser gab, nahm He Qingying
ihn zum Duschen an ihre Arbeitsstelle mit. Als sie eines Tages
mit noch nassen Haaren, die ganz natürlich auf ihre Schultern
fielen, aus dem Badezimmer kam, sah sie für die Kollegen un-
widerstehlich aus. Ein Mann mittleren Alters sah sie lüstern
an, woraufhin Si Wang den Kerl mit einem bösen Blick ab-
strafte. Verlegen fragte er: »Ist das Ihr Sohn, Frau He?«

»Ja, Herr Direktor.« He Qingying zwang sich zu einem
Lächeln und zog Si Wang am Ärmel. »Wang Er, was starrst du

den Herrn so an? Er ist der Leiter von unserem Postamt hier. Komm, gib ihm die Hand!«

Eigensinnig schüttelte Wang Er den Kopf: »Erst, wenn er seine Augen im Griff hat.«

He Qingying verstand ihren Sohn, wollte aber keinen Streit auslösen. Seufzend nahm sie ihre Waschsachen und ging.

Si Wang erlaubte niemandem, sich seiner Mutter zu nähern.

Während der Feiertage Anfang Oktober musste He Qingying arbeiten. An einem Abend ließ ihr Chef sie länger bleiben und lud sie dafür zum Abendessen ein. Er schenkte ihr Wein nach und sagte, er wisse, wie schwer sie es habe. Ihr Mann sei als vermisst gemeldet, sie sei eine alleinerziehende Mutter, dann die Wucherer, die immer noch ihr Geld zurückforderten. Als Direktor wolle er sie zur Leiterin des Schalterteams befördern und ihr Gehalt erhöhen. Vielleicht könne sie dann ihre Schulden zurückzahlen. Er sagte ihr, wie schön sie sei mit ihren vierunddreißig Jahren. Sie wagte nicht, ihn zurückzuweisen, außerdem war ihr schwindlig vom Alkohol. Schließlich schlug er vor, in ein Hotel zu gehen. Sie stand auf und wollte fort, doch er hielt sie gewaltsam zurück …

Erst um Mitternacht kam sie nach Hause. Ihr Haar war zerzaust; ihre Kleider rochen nach Alkohol. Ihre Lippen waren dunkelrot angelaufen; ihr Gesicht war entsetzlich bleich. Ihr Sohn hatte noch nicht geschlafen, sondern auf seine Mutter gewartet. Als sie endlich kam, stützte er sie und half ihr, sich hinzulegen. Dann gab er ihr heißes Wasser zu trinken: »Mama, was ist passiert?«

»Wang Er, es ist nichts weiter, schlaf jetzt.«

Si Wang deckte sie gut zu. Doch als er das Licht löschen wollte, sah er einen tiefroten Bluterguss an ihrem Kinn.

»War das dieser Bastard?«

»Das ist eine Angelegenheit unter Erwachsenen. Kümmere dich nicht darum.«

Er sah, dass sie Tränen in den Augen hatte.

»Mama, deine Angelegenheiten sind auch meine Angelegenheiten.«

Er umarmte sie so fest, dass sie kaum mehr atmen konnte: »Wang Er, es ist nicht, was du denkst! Ich habe nicht ... Wang Er ... ich habe nicht ...«

Si Wang küsste sie zärtlich auf die Stirn. »Mama, sei unbesorgt. Egal, was passiert, ich werde auf jeden Fall genug Geld verdienen, um dich zu unterstützen!«

Am nächsten Tag hatte He Qingying hohes Fieber und blieb im Bett. So erfuhr sie erst im Nachhinein, was geschehen war.

Ihre Kollegen erzählten ihr, dass Si Wang in das Postamt gestürmt war, wo er geradewegs auf den Direktor traf. Dann griff der neunjährige Junge nach einem Rechenschieber, der auf einem der Schalter stand, und schleuderte ihn mit unheimlicher Kraft dem Erwachsenen an den Kopf.

Der Direktor stand blutüberströmt da.

Nach diesem Vorfall war He Qingying zunächst wütend, schimpfte ihren Sohn und schlug ihn mit einem Besenstiel. Dann nahm sie ihn in den Arm und küsste ihn: »Wang Er, ich weiß, wie sehr du deine Mutter liebst! Danke! Aber du darfst so etwas nie wieder tun!«

Im Postamt konnte sie nicht länger arbeiten. Sie war gezwungen, ihre Kündigung einzureichen. Kurz darauf klingelte Gu Qiusha an ihrer Wohnungstür und nahm ihr den Sohn.

Heiliger Abend.

Seit drei Stunden stand He Qingying nun, sentimentalen Gedanken nachhängend, vor dem großen Haus. Sie spürte ihre Füße kaum noch; ihr Gesicht war erfroren.

Im Obergeschoss wurde ein Vorhang aufgezogen. Das kindliche Gesicht ihres Sohnes sah im Lampenschein gespenstisch aus. Sein Anblick hätte jeden erschaudern lassen.

KAPITEL 16

1995, die neue Wohnung von Shen Ming und Gu Qiusha war
fast fertig, und sie probierten den neuen Heißwasserboiler aus.
Die beiden saßen sich in der großen Badewanne gegenüber
und bemalten ihre Gesichter gegenseitig mit Schaum. Um-
hüllt vom aufsteigenden Dampf fühlte es sich an, als könne
dieser Moment ewig währen ...

»Qiusha, was ist für dich Verzweiflung?«

»Verzweiflung?« Sie strich über die Bartstoppeln am Kinn
ihres Verlobten, die durch das heiße Wasser weich geworden
waren. »Warum fragst du mich das?«

»Gestern Nacht hatte ich einen Albtraum, und mir scheint,
es war kein gutes Omen.«

»Shen Ming, die größte Verzweiflung wäre es, den Menschen zu verlieren, den man am meisten liebt.« Gu Qiusha gab
ihm einen Kuss. »Also dich.«

Einen Monat später war Shen Ming tot.

Was ist Verzweiflung?

Eigentlich wusste Gu Qiusha keine Antwort auf diese
Frage.

Vor ein paar Monaten, als Wang Er in ihr Haus gekommen
war, hatte sie den Jungen oft gebadet – in einer Jacuzzi-Wanne,
die groß genug war, um das Kind darin schwimmen zu lassen.
Dabei entdeckte sie auf seinem Rücken eine rötliche Narbe.
Mit einem Schwamm rieb sie vorsichtig daran und stellte fest,
dass es keine Narbe, sondern ein Geburtsmal war. Dieser Pig-
mentfleck war seltsam geformt. Es war ein etwa zwei Zentimeter langer dünner Strich, der wie ein Messerschnitt aussah.

Als ob jemand ihm ein Messer in den Rücken und bis ins Herz gestochen hätte.

Gu Qiusha erinnerte sich an ein Ammenmärchen aus ihrer Kindheit: Geburtsmale sind Narben einer tödlichen Wunde aus einem früheren Leben.

Sie fühlte einen Stich in ihrem Herzen, sie musste die Zähne zusammenbeißen, um nicht zu schreien. Sie umarmte das Kind in der Badewanne und hielt ihr Ohr an seine Brust, damit sie sein Herz schlagen hörte.

»Mama, was ist mit dir?«

Wang Er hatte entspannt im warmen Wasser gelegen und sah nun verwirrt in ihr schaumbedecktes Gesicht. Gu Qiusha sagte: »Mein Liebster, ich will, dass du ein erfülltes Leben leben kannst.«

Ihre Kleider waren durchnässt, da sie halb in der Badewanne lag. Sie war wie in Trance. Vor ihren Augen tauchte die Erinnerung an den aufsteigenden Dampf von vor zehn Jahren auf, als sie und Shen Ming zusammen in der neuen Wohnung ein Bad genommen hatten.

Januar, 2006.

Es war ein eiskalter Morgen. Wang Er stand um 6 Uhr auf, ging ins Wohnzimmer und legte eine DVD in das Heimkinosystem. Mit dem Erscheinen der ersten Bilder hallte die ganze Villa von sinfonischen Klängen wider und schien aus dem Nichts von schwarz wogendem Wasser erfüllt. Die Celli imitierten die kreisende Bewegung der Ruder eines einsamen Boots, das sich mühsam einer finster aufragenden Insel näherte …

Die laute Musik schreckte Gu Qiusha aus dem Schlaf. Im Nachthemd kam sie die Treppen heruntergelaufen und fand Wang Er war allein im Wohnzimmer, wo er mit düsterem Blick auf den Fernseher starrte. Der flimmernde Schnee auf dem Bildschirm verwandelte sich in eine Folge von fünf Ölgemälden, die nacheinander eingeblendet wurden. Jedes zeigte eine kleine Insel im Meer. Bizarre Felsen ragten aus dem Wasser. Unter dem hoffnungslosen stahlgrauen Himmel näherte sich ein winziges Boot dem Ufer. Am Bug stand ein geheimnisvoller Mann in Weiß.

»Wang Er!«, schrie sie und baute sich vor dem Jungen auf. Sie rüttelte ihn an den schmalen Schultern: »Was hörst du da?«

»*Die Toteninsel.*«

»So früh am Morgen, bist du verrückt?« Sie fasste prüfend seine Kleider an. »Frierst du denn nicht?«

Der Junge schüttelte den Kopf. Sie wollte den Ton abstellen, konnte aber weder die Fernbedienung noch den Netzstecker finden. Die Sinfonie dröhnte unverändert laut durchs Haus.

»Der Mann im Boot symbolisiert den Todesengel.«

»Mach das sofort aus!«

Ohne auf sie einzugehen, sprach er einfach weiter. »Kennst du den Acheron? Die Menschen, die nach dem Tod in die Unterwelt gelangen wollen, müssen zuerst diesen Fluss überqueren. Wenn sie das Geld für die Überfahrt nicht bezahlen, wirft sie der Fährmann, Charon, in den Fluss. Das Wasser des Acheron ist leichter als das Wasser in unserer Welt. Nur mit einem Boot aus der Unterwelt kann ein Mensch über diesen Fluss setzen. Sogar Geister würden darin schmelzen.«

In diesem Moment war ihr das Kind fremd.

»Die Musik, die wir hören, ist ein Werk des russischen Komponisten Rachmaninow. Der Gemäldezyklus *Die Toteninsel* inspirierte ihn dazu.«

Endlich hatte sie das Netzkabel gefunden und zog es aus der Steckdose.

Ein paar Stunden später kam Gu Qiusha in die Firma. Sie fand keine Ruhe und wollte eine Privatpraxis anrufen, um einen Termin bei einem Psychiater zu vereinbaren. Da stellte sie fest, dass auf ihrem Bankkonto nur noch ein paar Hundert Yuan waren.

Im selben Augenblick drang die Staatsanwaltschaft in die

Zentrale der Unternehmensgruppe Erya und versiegelte alle Akten und Unterlagen. Am nächsten Tag blieben sämtliche Bildungseinrichtungen und Trainingszentren geschlossen. Jede größere Zeitung berichtete, dass die Unternehmensgruppe Erya unter dem Verdacht stehe, in Fälle von Insider Trading und Korruption verwickelt zu sein.

Sieben Tage später meldete die Unternehmensgruppe Erya Insolvenz an.

Alle Immobilien der Familie Gu wurden zur Absicherung der Bankkredite gepfändet. Lu Zhongyue beantragte die Scheidung von Gu Qiusha, was sie, ohne mit der Wimper zu zucken, annahm. Erst, nachdem alle Formalitäten im Zusammenhang mit der Scheidung erledigt waren, erfuhr sie von seiner Firma in Hongkong. In den zwei Monaten vor dem Zusammenbruch des Konzerns hatte er schrittweise fünfzig Millionen Yuan auf mehrere Offshorekonten transferiert und letztendlich in seine Firma in Hongkong investiert.

An dem Tag, als Lu Zhongyue seine Sachen packte, fing Gu Changlong ihn am Tor ab und packte ihn am Kragen: »Wie konnte ich nur eine Schlange wie dich in mein Haus lassen!«

»Entschuldigen Sie, Präsident, Sie sind nicht mehr mein Schwiegervater.«

Der alte Herr hatte sich seit zwei Wochen die Haare nicht mehr gefärbt, und im Gesicht hatte er viele Falten bekommen. Er sah aus wie ein Greis, der schon mit einem Fuß im Grab stand. Mit aller Kraft, die er noch aufbringen konnte, gab er Lu Zhongyue eine Ohrfeige: »Du undankbarer Mistkerl!«

Lu Zhongyue rieb seine bartlos glatte Wange, auf der sich ein roter Abdruck abzeichnete: »Präsident Gu, alles auf dieser Welt ist Karma. Eventuell komme ich zu Ihrer Beerdigung. Auf Wiedersehen.«

Er stieß seinen ehemaligen Schwiegervater mit dem Fuß zur Seite, setzte sich in seinen nagelneuen Mercedes und brauste ab.

Es schneite. Die feinen Flocken fielen auf Gu Changlongs weißes Haar.

Es war die Nacht vor dem Frühlingsfest.

Erst jetzt kam Gu Qiusha aus der Haustür gelaufen und half ihrem Vater auf die Beine. Der Wind zerzauste ihr Haar; sie stand da, als hätte sie alles verloren. Wie nur sollte sie den Vater trösten? Sie legte ihm einen Mantel um die Schultern. Die philippinische Hausangestellte und den Fahrer hatte sie bereits entlassen. Morgen mussten sie das Haus räumen. Alle Wertsachen hatten sie verkauft, um ihre Schulden begleichen zu können.

Wang Er trug eine Daunenjacke. Der zehnjährige Junge war immer hübscher geworden. Sein Gesicht war von der Winterkälte rosig. Mit einer kleinen Reisetasche in der Hand ging er, ohne ein Wort zu sagen, aus dem Haus.

»Wang Er!« Gu Qiusha zog ihn am Hosenbein. »Wohin gehst du?«

»Nach Hause«, sagte er traurig.

»Wir ziehen doch erst morgen um.«

»Ich gehe heim zu meiner Mutter.«

»Aber Wang Er, ich bin doch deine Mutter.«

Gu Qiusha ließ ihren alten Vater in Schnee und Wind stehen und umarmte den Jungen fest. Er befreite sich aus ihren Armen und sagte: »Entschuldige, Qiusha.«

»Wie hast du mich genannt?«

»Es wird dunkel, ich muss mich beeilen, sonst bekomme ich den letzten Bus in die Stadt nicht mehr.« Er blickte in den tiefdunklen Himmel, ohne auch nur irgendeine Gefühlsregung zu zeigen. »Ich melde mich in ein paar Tagen. Auf Wiedersehen!«

Fassungslos sah sie die Silhouette des Jungen in der Ferne verschwinden.

Auf ihrem Gesicht schmolzen die Schneeflocken.

Eine Frage quälte sie. Warum hatte er sie Qiusha genannt?

KAPITEL 17

2006, an einem kalten Frühlingsmorgen. Auf dem schäbigen Korridor drängten sich eine Menge Menschen. Die Polizei hatte das fünfte Stockwerk mit Absperrband gesichert. Die Spurensicherung war bereits bei der Arbeit.

Gu Qiusha hatte sich drei Monate lang nicht geschminkt. Ihr Haar hing lang über die Schultern. Ehe sie ausging, wagte sie kaum mehr, in den Spiegel zu sehen. Atemlos bahnte sie sich einen Weg durch die Menge der Schaulustigen.

Inspektor Huang Hai hielt sie mit ausgestrecktem Arm ab: »Entschuldigen Sie, Frau Gu. Die Untersuchungen am Tatort sind noch nicht abgeschlossen. Sie dürfen nicht hinein.«

»Wo ist er?« Es war ihr völlig egal, was die Leute dachten; wütend schrie sie noch einmal: »Wo ist er?«

Der Inspektor blieb reglos und stumm wie ein Stein. Unter keinen Umständen würde Gu Qiusha an ihm vorbeikommen.

Ein paar Minuten später wurde die Leiche aus der Wohnung getragen.

Sie riss sich los und stürzte zu der Bahre. Das weiße Leichentuch glitt zu Boden, und das schmerzverzerrte Gesicht eines alten Mannes wurde entblößt.

Nach Shen Mings Tod im Jahr 1995 hatte sie seinen Leichnam nicht sehen wollen. Sie hatte bisher keine Vorstellung gehabt, wie ein Mensch, der ermordet wurde, aussah. Nun wusste sie es. Die Leiche war ganz frisch. Die Haut war schon kalt, aber die Muskeln waren noch nicht steif, die Gelenke noch beweglich. Das Gesicht war entsetzlich anzusehen. Scham, Reue, Zorn, Angst, Verzweiflung …

Gu Changlongs Flanke war blutverschmiert; die tiefe Wunde war mit bloßem Auge zu erkennen. Der Einstich muss von der linken Seite aus direkt ins Herz erfolgt sein.

Inspektor Huang Hai hielt sie weiter fest, um zu verhindern, dass sie hinter der Bahre die Treppen hinunterlief. Da drehte sie sich um und gab ihm eine Ohrfeige. Völlig unbeeindruckt sagte er: »Mein herzliches Beileid.«

»Wer hat das getan? Wurde der Mörder gefasst?«

Sie wischte sich die Tränen aus dem Gesicht.

»Die Adresse hier ist Ihnen nicht bekannt?«

»Was wollen Sie damit sagen?«

»Ihr Mann, Lu Zhongyue —«

»Mein Exmann.«

Es gibt nur wenige Leute, die es wagten, ihn zu unterbrechen, doch Inspektor Huang Hai ließ sich weiterhin nichts anmerken: »Er hat hier gewohnt.«

»Ich will Rache!«

Gu Qiusha spuckte die Wörter geradezu aus.

Nach der Insolvenz der Unternehmensgruppe Erya war auch Lu Zhongyues gutes Leben bald vorbei gewesen. Nach einem Monat wurden seine Bankkonten eingefroren. Seine Firma in Hongkong wurde wegen illegaler Transaktionen ebenfalls dichtgemacht. Wie aus dem Nichts tauchten auf einmal zahlreiche Gläubiger auf, und das Gericht ließ seine Immobilien und sein neues Auto beschlagnahmen. Innerhalb weniger Tage war er ein armer Mann geworden und gezwungen, in dieses elende Viertel zu ziehen.

Die Tür zu der Wohnung ging auf, und ein Polizist in einem weißen Overall trat heraus. In einem Beutel mit Beweismitteln hatte er verschiedene Dinge zusammengetragen. Ein anderer Polizist hatte einen schwarzen Sack in der Hand, in dem sich offenbar ein schwerer Gegenstand befand. Er sagte zu Huang Hai mit gedämpfter Stimme: »Wir haben die Mordwaffe gefunden.«

»Der Sachverhalt ist ziemlich eindeutig.« Huang Hai lehnte

an der Wand und zündete sich eine Zigarette an. »Die Überwachungskameras des Gebäudes zeigen, dass Ihr Vater etwa um 1 Uhr morgens hierherkam, an die Wohnungstür klopfte und dann die Wohnung von Lu Zhongyue betrat. Eine Stunde später kam Lu Zhongyue mit einer Reisetasche heraus und verließ das Gebäude wie in Panik.«

»Er hat seinen eigenen Schwiegervater ermordet?«

Kaum hatte sie diesen Satz gesagt, war ihr klar, dass es lächerlich war. Lu Zhongyue hatte Gu Changlong nie wie einen Schwiegervater behandelt, außerdem waren sie geschieden.

»Die Überwachungskameras zeigen auch, dass bis heute Morgen niemand sonst aus der Wohnung gekommen ist. Nebenan wohnt eine alte Frau, die sich auf dem Weg zum Frühsport beim Wachmann über den Lärm in der Nachbarwohnung beschwert hat. Sie meinte, es habe sich angehört, als hätten zwei Männer miteinander gekämpft. Der Wachmann alarmierte daraufhin die Polizei. So wurde letztendlich der Leichnam entdeckt.«

»Aber warum ist mein Vater mitten in der Nacht hierhergekommen?« Gu Qiusha war das Ganze nicht geheuer. Sie legte Huang Hai die Hand auf den Arm und sagte: »Kann ich die Mordwaffe sehen?«

Der Polizist öffnete den schwarzen Sack und holte einen Schweizer Armeedolch heraus, dessen Klinge groß genug war, um jemanden damit zu töten. Die Dolchspitze und der Griff waren blutbefleckt.

»Ich kenne diesen Dolch. Es besteht kein Zweifel. Ich habe ihn letztes Jahr von einer Reise in die Schweiz mitgebracht. Er wurde dort in limitierter Auflage hergestellt.«

»Hat Lu Zhongyue ihn mitgenommen?«

»Nein, ich hatte ihn meinem Vater geschenkt. Erst vor zwei Tagen hielt er ihn in der Hand und schaute mit einem eigenartigen Blick aus dem Fenster. Ich hatte das Gefühl, irgendetwas lässt ihn nicht los.«

»Das würde ja heißen, dass Ihr Vater mitten in der Nacht

mit einem Dolch zu Lu Zhongyue gekommen ist, vielleicht, um über eine wichtige Angelegenheit zu sprechen oder um jemanden zu ermorden. Jedenfalls ist er nun selbst tot, und Lu Zhongyue flüchtig. Die vermutliche Mordwaffe hat am Tatort gelegen. Ob er tatsächlich mit diesem Dolch ermordet wurde, muss die Gerichtsmedizin feststellen.«

Fassungslos sank sie auf die Knie: »Mein Vater war fünfundsechzig Jahre alt, körperlich gebrochen, jeden Tag musste er alle möglichen Tabletten schlucken, wie hätte er jemanden ermorden sollen?«

»Zumindest wäre das Motiv offensichtlich. Dem Vernehmen nach wurde der Bankrott der Unternehmensgruppe Erya durch den Verrat von Geschäftsgeheimnissen ausgelöst, und dieser Herr hier war offenbar der Schwiegersohn des CEO?«

War der Vater hierhergekommen, um sich zu rächen? Und dann im Kampf mit seinem Gegner zum Opfer seiner eigenen Waffe geworden?

»Die Polizei überwacht die ganze Stadt, einschließlich Flughafen, Bahnhof, Busbahnhof. Eine Großfahndung wurde eingeleitet. Frau Gu, wissen Sie, wo Lu Zhongyue untergetaucht sein könnte?«

»Nein. Auch vor der Scheidung haben wir zu Hause nicht viel miteinander gesprochen. Ich habe wirklich keine Ahnung, wo er sein könnte.« Sie war wie von Sinnen, zupfte an ihren Haaren und zog Huang Hai am Arm: »Inspektor Huang, dieser Mann ist gefährlich. Es ist gut möglich, dass er sich auch an mir rächen will.«

»Ich kriege Lu Zhongyue.«

Huang Hai sprach diesen Satz ruhig, aber bestimmt.

Gu Qiusha ging in dem Moment der elfjährige Junge durch den Kopf. Sie hatte soeben die Papiere zur Auflösung des Adoptionsvertrags unterschrieben.

Er hieß jetzt wieder Si Wang.

KAPITEL 18

Die Beerdigung von Gu Changlong war trostlos, kaum jemand war gekommen. Die zahllosen Schmeichler und Speichellecker, die früher seine Gesellschaft gesucht hatten, waren spurlos verschwunden. Selbst seine Familie war der Trauerfeier fern-geblieben, um möglichst keinen Ärger zu bekommen. Es war ja bekannt, dass er, bei dem Versuch, seinen Schwiegersohn zu ermorden, selbst zum Opfer geworden und der Mörder noch auf freiem Fuß war.

Am Abend, bevor ihr Vater ermordet wurde, hatte Gu Qiu-sha die ganze Nacht mit ihm geredet. Er sagte, er sei alt und habe alles verloren. Er wolle unter diesen Umständen nicht weiter-leben, aber den Menschen, der die Schuld daran trage, mit ins Verderben reißen. Die Tochter versuchte, ihn auf jede erdenk-liche Weise von seinem Plan abzubringen. Dennoch konnte sie es nicht lassen, noch einen anderen Namen zu erwähnen.

»Shen Ming?« Gu Changlong schrie sie an. »Denkst du im-mer noch an ihn?«

»Wenn du ihm damals geholfen hättest, wenn du ihn nicht verstoßen, ihm noch eine Chance gegeben hättest, wäre er dann überhaupt zum Mörder geworden? Wäre er dann in dem kal-ten Verlies gestorben? Wenn du nicht so egoistisch gehandelt hättest, könnte Shen Ming jetzt mein Mann sein. Wir könn-ten glücklich zusammen sein, und du wärest jetzt vielleicht nicht in dieser Situation.«

»Hör auf damit!«

»Vor unserer Verlobungsfeier im Jahr 1995 hat Shen Ming mir erzählt, wie Vizepräsident Qian zu Fall gekommen ist und

155

Selbstmord begangen hat. Du warst es, der Shen Ming hereingelegt und ihm etwas von einem buddhistischen Talisman vorgelogen hat. Du ahnst nicht, wie sehr Shen Ming darunter gelitten hat! Er hatte das Gefühl, Schuld an dem Selbstmord und indirekt selbst zum Mörder geworden zu sein. Aber er hat dir keine Vorwürfe gemacht, weil du mein Vater bist. Du hast Shen Ming benutzt und ihn danach weggestoßen wie einen kranken Hund. Du bist ein niederträchtiger Mensch!«

»Dieser dahergelaufene Kerl wurde gut dafür entlohnt – ich habe ihm meine teure Tochter zur Frau gegeben!«

»Scher dich zum Teufel!«

Beschämt verließ Gu Changlong das Haus; Gu Qiusha war nicht bewusst, dass er den Dolch noch bei sich trug.

Hatte sie ihren Vater in den Tod getrieben?

Gu Qiusha hörte nicht auf, sich diese Frage zu stellen, auch nachdem Gu Changlong zu Asche verbrannt worden war. Sie weinte nicht eine Träne.

Nach der Einäscherung wartete ein Mann auf sie. Es war der Inspektor mit dem markanten Gesicht, das an den japanischen Schauspieler Ken Takakura erinnerte.

»Frau Gu, die Polizei hat bestätigt, dass der Schweizer Armeedolch ihres Vaters die Mordwaffe ist. Auf dem blutverschmierten Griff des Dolches wurden die Fingerabdrücke von Lu Zhongyue gefunden. Das bestätigt im Grunde, dass er der Mörder ist.«

»Kriegen Sie ihn zu fassen, dann sprechen wir uns«, sagte sie, ehe sie sich umdrehte und ging. Inspektor Huang Hai holte sie ein: »Lu Zhongyue ist höchstwahrscheinlich irgendwo untergetaucht. Er wird im ganzen Land per Haftbefehl gesucht. Aber wir sind auf Ihre Mitarbeit angewiesen.«

»Glauben Sie denn, dass es sich um einen einfachen Mordfall handelt?«

Diese Bemerkung ließ ihn kurz innehalten: »Sie wissen ganz genau, dass Ihr Haus seit dem Fund von He Nians Leiche unter ständiger Beobachtung steht.«

»He Nian, ich, mein Vater und Lu Zhongyue, jeder von uns hatte eine Verbindung zu Shen Ming, der 1995 ermordet wurde.«

Diese vier Leute waren die engsten Vertrauten von Shen Ming, die sich im kritischsten Moment seines Lebens gegen ihn gewandt hatten. Jeder von ihnen trug eine Mitschuld an seinem Tod.

»Seit 2002 sind zwei davon eines unnatürlichen Todes gestorben, einer ist als Mörder auf der Flucht. Ich bin überzeugt, dass das alles kein Zufall ist und es eine Verbindung zu dem Mord an Shen Ming geben muss.«

»Nur ich bin als Einzige noch übrig. Vielleicht ist mein Tod ganz nah.«

»Entschuldigen Sie«, zum ersten Mal schien Huang Hai seine Gleichgültigkeit abzulegen, »es ist eine Schande für mich als Polizist.«

»Wenn Sie diesen Fall wirklich lösen wollen, dann müssen Sie eine bestimmte Person ins Visier nehmen. Er geht in die vierte Klasse und heißt Si Wang.«

»Der Junge, den Sie adoptiert haben?«

»Genau.« Sie zögerte einen Moment, dann fuhr sie fort: »Ich vermute, er kennt Shen Ming. Allerdings wurde er erst nach Shen Mings Tod geboren.«

»Das verstehe ich nicht.«

»Ich auch nicht! Aber warum ist mir dieses Kind begegnet? Warum ist er in mein Leben getreten? Hat er mich ihn lieben lassen, nur um mich dann zu zerstören?«

Huang Hai nickte und sagte: »Ich nehme ihn unter die Lupe.«

»Der Junge hat ein Mal auf dem Rücken.«

»Was?«

Gu Qiusha wollte nicht länger von dem Polizisten behelligt werden, winkte einem Taxi und ließ ihn vor dem Bestattungsinstitut stehen.

Es hatten so wenige Freunde und Angehörige an der Trauerfeier teilgenommen, dass sie das Abendessen, das im Anschluss in einem Restaurant stattfinden sollte, stornierte.

Sie lehnte sich in den Sitz des Taxis zurück und ließ die kalte Stadt draußen vor dem Fenster an sich vorbeiziehen.

In nur drei Monaten hatte sie ihre Firma, ihr Vermögen, ihre Macht, ihr Heim, ihren Mann, ihren Vater und ihren geliebten Sohn verloren.

Sie hatten sich nie vorgestellt, wie verzweifelt Shen Ming gewesen sein musste, als er aufgrund falscher Anschuldigungen ins Gefängnis kam und man ihm all das wegnahm, wofür er lange Jahre hart gearbeitet hatte, zuletzt auch seine Braut ...

Shen Ming?

Wenn es ein nächstes Leben gab, wer wäre er dann?

Der Junge, der im vergangenen Jahr am 19. Juni um 10 Uhr nachts im Garten Opfergeld verbrannt hatte?

Wang Er?

Als Adoptivsohn von Familie Gu hatte er in den letzten Monaten Zugang zu allen Geheimnissen gehabt. Es war reine Nachlässigkeit, dass sie alle Entscheidungen Lu Zhongyue und dem neuen Assistenten der Geschäftsführung überlassen hatte – sie hatte Nachforschungen über Ma Li angestellt und herausgefunden, dass er in seinem Lebenslauf ein Detail abgeändert hatte. Er hatte zwar einen Abschluss von der Tsinghua-Universität, aber er hatte das Nanming-Gymnasium besucht und dort 1995 das Abitur gemacht. Mit großer Wahrscheinlichkeit war er einer von Shen Mings Schülern.

Si Wang – Ma Li – Shen Ming.

Wie unheimlich war dieser Viertklässler!

Das Taxi hielt an. Allerdings nicht vor dem Mietshaus, wo Gu Qiushas Wohnung war, sondern in einer engen kleinen, heruntergekommenen Straße. Sie blickte auf einen Perlschnurbaum, der die ersten grünen Knospen trieb.

Am Nachmittag der Trauerfeier war es nun endlich Frühling geworden.

Vor dem Fenster im zweiten Stock eines alten Gebäudes

hingen Kleider von einer Frau und einem Kind zum Trocknen. Sie ging hinein und inspizierte die Briefkästen im Treppenhaus. In einem steckte an He Qingying adressierte Post; das meiste war Werbung. Die beiden wohnten also noch hier.

Gu Qiusha wollte nicht überstürzt hinauflaufen. Sie würde sich Tag und Nacht versteckt halten und Si Wang und seine Mutter so lange beschatten, bis sie das Geheimnis dieses Jungen entdeckt hatte.

Der Junge mit seinen 1,40 Metern und dreißig Kilo, der einst Mama zu ihr gesagt hatte, machte ihr mehr Angst als Lu Zhongyue, der ihren Vater ermordet hatte.

Gerade, als sie sich umdrehen und gehen wollte, sprach eine Stimme hinter ihr: »Frau Gu, ich freue mich, Sie wiederzusehen.«

Es war eine sanfte Frauenstimme. Erschrocken drehte Gu Qiusha sich um. Tatsächlich, die Mutter von Si Wang. He Qingying sah immer noch hübsch aus und hatte eine gute Figur. Sie trug einen Einkaufskorb mit frischen Degenfischen. Die aß Si Wang am liebsten.

»Ah, guten Tag. Ich bin zufällig hier vorbeigekommen.«

Gu Qiusha wagte kaum, die Augen zu heben. Vor einem Jahr hatte sie dieser armen Frau hochnäsig einen Besuch abgestattet und ihr mitgeteilt, dass sie ihren Sohn adoptieren würde. Nun scheinen die zwei Frauen den Platz gewechselt zu haben, und obwohl sie beide gleich alt waren, wirkte He Qingying um Jahre jünger.

»Frau Gu, gab es einen Todesfall in Ihrer Familie?«

He Qingying hatte die schwarze Trauerbinde an ihrem Arm gesehen. Gu Qiusha lächelte bitter: »Ich habe meine ganze Habe verloren.«

»Was ist passiert?«

»Tun Sie doch nicht so, als wüssten Sie von nichts!«, erwiderte Gu Qiusha brüsk. »Ich komme gerade von der Trauerfeier meines Vaters. Er ist nur noch ein Häufchen Asche.«

»Entschuldigen Sie!«

He Qingying wich einen Schritt zurück und starrte Gu Qiusha an.

»Oh, ich habe die Aura des Todes an mir, kommen Sie mir nicht zu nah!«

»Das ... das tut mir aufrichtig leid. Ich schulde Ihnen immer noch Dank für Ihre Freundlichkeit damals. Wollen Sie nicht mit hochkommen?«

»Das ist nicht nötig. Ich habe Angst, ich störe Wang —« Gu Qiusha wollte eben noch »Wang Er« sagen, aber sie korrigierte sich rechtzeitig »Si Wang«.

»Die Schule ist gerade erst aus. Ich weiß gar nicht, ob er schon hier ist.«

»Frau He, ich möchte Ihnen etwas sagen. Ihr Sohn ist ein selten begabtes Kind. Aber haben Sie nicht das Gefühl, er ist manchmal etwas eigenartig?«

»Ich weiß nicht, wovon Sie sprechen. Wang Er ist zwar intelligenter als viele andere, aber er ist ein ganz normales Kind. Wenn es kalt ist, zieht er sich warm an, wenn er krank ist, geht er zum Arzt. Er isst gern, was Mama ihm kocht. Das ist alles.«

Irgendetwas war in ihren Augen, das Gu Qiusha sagte, dass sie log.

»Glauben Sie eigentlich an ein Weiterleben nach dem Tod?«

»Frau Gu, wovon sprechen Sie?«

»Vermutlich bringt jeder Mensch bei der Geburt die Erinnerung an ein früheres Leben mit. Alle schönen, traurigen, widersprüchlichen, sinnlosen oder schmerzhaften Erinnerungen sind im Gehirn eines Säuglings miteinander verflochten — das ist der Grund, warum sie nächtelang weinen. Allmählich vergessen sie alles, bis sie sich nicht mehr an das Geringste erinnern. Ihr Hirn ist dann völlig blank, wenn sie Kleinkinder sind.« Gu Qiusha blickte zu dem Fenster im zweiten Stock hinauf, und in ihren Gedanken war das Gesicht eines anderen. »Vielleicht aber begegnet man nach vielen Jahren irgendwo einem Menschen aus einer früheren Existenz und dreht sich um, weil man meint, sich zu kennen.«

Sie wusste nicht, was sie dazu bewog, eine so hochtrabende Rede zu halten.

He Qingying war betroffen und murmelte wie zu sich selbst: »Aber die Menschen müssen vergessen, und vielleicht ist es auch besser so.«

»Kennen Sie jemanden, der Xiaozhi heißt?«

Das war der Name, den Si Wang im Traum mehrmals wiederholt hatte. He Qingying schüttelte den Kopf: »Nein.«

»Wenn Sie sein Geheimnis noch nicht kennen, dann sollten Sie vorsichtig sein. Dieser Junge bringt Unheil über jeden, dem er nahesteht. Zum Beispiel meine Familie, Ihren Mann und Sie —«

»Genug!« He Qingying war wütend geworden. »Denken Sie nicht, Sie gehen zu weit?«

»Entschuldigen Sie. Sie sind eine Mutter. Aber ich bin auch eine Frau und meine es gut mit Ihnen. Nehmen Sie sich meine Worte zu Herzen, andernfalls ... Auf Wiedersehen!«

Gu Qiusha ging, ohne sich noch einmal umzudrehen. Sie hielt ein Taxi an und kam erst nach Einbruch der Dunkelheit nach Hause.

Ihre Wohnung war gar nicht schlecht, die Miete betrug fünftausend Yuan im Monat. Sie hatte ein bisschen Geld zur Seite geschafft und ihren Schmuck verkauft, um einigermaßen anständig leben zu können.

Als sie in den Flur kam und ihre Schuhe auszog, hörte sie ein Huschen hinter sich. In dem Augenblick, als sie sich umdrehen wollte, fuhr eine Eiseskälte in ihren Rücken.

Noch ehe sie sich wehren oder schreien konnte, war ihr Herz bereits durchstoßen.

Das Letzte, was Gu Qiusha in ihrem sechsunddreißigjährigen Leben sah, war ein Foto an der Wand von sich und Shen Ming.

»Es ist nichts mehr so wie früher, wenn du gemordet hast. Das Leben hat

sich dann für immer verändert. Du musst den Rest deines Lebens mit einem offenen Auge schlafen.«

1995 hatte sie mit Shen Ming ein Video im Bett geschaut. Einen Monat später war er tot.

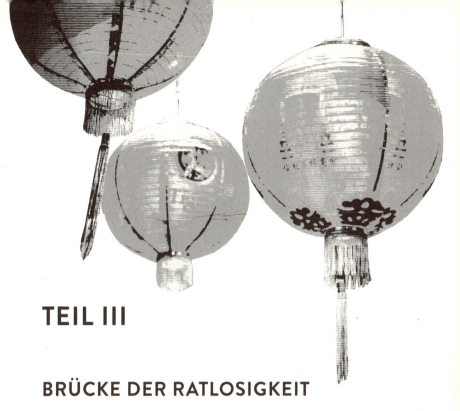

TEIL III

BRÜCKE DER RATLOSIGKEIT

KAPITEL 1

Glauben Sie an Reinkarnation?

»Menschen haben Seelen, und zwischen Seele und Atem besteht ein zugleich enges und distanziertes Verhältnis.«

Zum Beispiel sind Seele und Körper im Schlaf nur vorübergehend getrennt, während der Tod eine ewige Trennung darstellt. Tiere und Pflanzen sind gleichermaßen beseelt.

Seelen können von einem Leben in ein anderes Leben wandern.

Die alten Ägypter glaubten an die Auferstehung, aber sie wollten den Leichnam konservieren. In *Der Staat* erkennt Platon an, dass es die Reinkarnation gibt. Pythagoras ist der erste Philosoph, der sich eingehend mit diesem Begriff befasst. Das Judentum glaubt an die Auferstehung des Körpers. Eine Grundfeste des Christentums ist der Glaube, dass Jesus, drei Tage, nachdem er ans Kreuz geschlagen wurde, auferstanden ist.

Im Buddhismus nimmt man an, dass der Mensch nach dem Tod vom »siebten Bewusstsein« zum »achten Bewusstsein« gelangt, wobei er den Körper verlässt und sich in einem postmortalen Zwischenzustand befindet, ehe er als Mensch, Tier, Geist oder Gott in einem der Sechs Wiedergeburtsbereiche reinkarniert wird. Einige praktizierende Buddhisten oder Daoisten verfügen über Erinnerungen aus früheren Existenzen.

Dieser Zwischenzustand ist der Übergang von der Auslöschung dieses Lebens zum nächsten Leben. In diesem Zwischenzustand verfügt der Körper über außerordentliche Kräfte und vermag Welten zu sehen, die der fleischliche Körper nicht sehen kann. Nach dem Ableben eines Menschen dauert dieser

Zwischenzustand neundundvierzig Tage. Das ist auch der Ursprung des Totenrituals, das an den ersten sieben auf den Tod folgenden Tagen vollzogen wird. Der Zwischenzustand in der Hölle ist hässlich wie verbranntes Totholz; der Zwischenzustand im Bereich der Tiere ist wie Rauch; der Zwischenzustand im Bereich der hungrigen Geister ist wie Wasser; der Zwischenzustand im Bereich der Begierden ist goldfarben; der Zwischenzustand im Bereich der Formen ist hellweiß.

Der Zwischenzustand im Bereich der Menschen ist ähnlich dem der Kinder. In einer Gruppe von Kindern kann sich ein im Zwischenzustand befindlicher Körper verbergen.

»Was für ein Blödsinn!«

Inspektor Huang Hai wechselte den Sender von seinem Autoradio; er hielt das esoterisch-philosophische Gerede nicht mehr aus.

2006, nach dem Qingming-Fest, dem Tag der Toten.

Der Polizeiwagen hielt vor der Grundschule Nummer eins an der Changshou-Straße. Huang Hai war älter geworden. Er trug seine dunkle Uniform. Seine Schläfen begannen allmählich zu ergrauen.

Er stand in einer Ecke des Sportplatzes an der Weitsprunggrube hinter einem Jungen, der gerade eine tote Schwalbe im Sand begrub.

»Hallo, bist du Si Wang?«

Seine nach wie vor raue Stimme war einprägsam.

Der Junge ebnete den Sand mit den Füßen. Sein Gesicht war fahl. Ein paar Sandkörner klebten an seiner Nase, die als Einziges an ihm noch ein wenig kindlich wirkte.

»Herr Polizist, ja, ich bin Si Wang. Was kann ich für Sie tun?«

»Hast du vor zwei Jahren die Leiche in dem Jeep am Suzhou-Fluss entdeckt?«

Si Wang klopfte sich den Sand ab. »Ach, das ist schon lange her. Warum fragen Sie? Ich habe die Leiche nicht allein entdeckt.«

»Die andere Person war Gu Qiusha. Sie hat dich letztes Jahr adoptiert, aber vor ein paar Monaten den Adoptionsvertrag wieder aufgelöst.«

»Ja, sprechen Sie doch mit ihr – das Auto stand schon zwei Jahre dort, aber sie wollte es unbedingt aufbrechen.«

»Sie ist tot.«

Für ein paar Sekunden wirkte der Junge verlegen, dann sagte er stirnrunzelnd: »Ah ja? Wie ist sie gestorben?«

»Sie wurde letzte Woche in ihrer Wohnung ermordet. An dem Tag, an dem ihr Vater bestattet wurde. Der Mörder ist noch auf freiem Fuß.«

»Nun gut, bleibt zu hoffen, dass Sie den Fall bald lösen.«

»Du bist ja ziemlich cool.«

Der Junge nahm seinen Ranzen auf den Rücken und ging in Richtung Schultor: »Herr Polizist, ich muss jetzt nach Hause.«

Ob nun absichtlich oder aus Gewohnheit, jedenfalls nahm Si Wang die kleine Straße am Suzhou-Fluss. Huang Hai blieb ihm wie ein Pflaster an den Fersen kleben und rief warnend hinter ihm her: »Kleiner Freund, du nimmst besser einen anderen Weg. Auf dem hier treiben sich üble Gestalten herum.«

»Herr Polizist, ist es nicht Ihre Aufgabe, diese Bösewichte zu fangen?«

»Doch, und mir entkommt keiner!«

»Wirklich nicht?«

Diese Frage ließ Huang Hai verstummen. Früher war ihm tatsächlich kein Bösewicht entkommen. Aber seit 1995 war das anders.

Er nahm dem Jungen den Schulranzen ab: »Oh, heutzutage sind die Ranzen der Grundschüler wirklich schwer!«

»Herr Polizist, warum folgen Sie mir?«

»Weil mir Gu Qiusha kurz vor ihrem Tod einen Auftrag erteilt hat – sie hat mir gesagt, dass du das begabteste Kind der Welt bist, aber viele Geheimnisse in dir trägst.«

»Ich bin ein ganz normaler Viertklässler. Und ich weiß noch nicht einmal, wie Sie heißen.«

»Huang Hai – wie das Gelbe Meer. Habt ihr schon Erdkundeunterricht? An welche vier Meere grenzt China? Ich hab's vergessen. Aber du bist ja das Genie. Oder weißt du es auch nicht?«

Am öden Ufer des Suzhou-Flusses mutmaßte nun ein Mann in dunkler Uniform mit eiskalten Augen und ernster Miene, dass es zwischen diesem Viertklässler und mehreren Mördern eine Verbindung gab.

»Herr Polizist, ich bin ein Mitglied der Jungen Pioniere und könnte Ihnen bei der Lösung dieser Fälle behilflich sein!«

Bei einer solchen Antwort hätte der Inspektor vor Lachen weinen können. Huang Hai blieb stehen und zeigte auf ein Stück Land: »Hier ist es!«

Hier hatte der Leichnam von He Nian zwei Jahre lang im Kofferraum des Jeeps gelegen. Inzwischen war der Flecken Erde unter Müll und Staub begraben und kaum mehr zu erkennen.

Der Junge blieb in sicherer Entfernung stehen. »Inspektor Huang Hai, glauben Sie, dass es Geister gibt?«

»Nein, das glaube ich auf gar keinen Fall. Habt ihr das nicht in der Schule gelernt?« Er fummelte eine Zigarette heraus, zündete sie an und fügte noch schnell hinzu: »Es gibt keine Geister auf dieser Welt.«

»Ich denke, dass mich der Geist des Toten in dem Auto damals gerufen hat.«

»Unsinn!«

»Herr Polizist, ob Sie es glauben oder nicht, ich habe Geister gesehen.«

Huang Hai schnipste die Asche von der Spitze seiner Zigarette und zog Si Wang fort von dem Ort, an dem die Leiche gefunden worden war.

Zehn Minuten später hatten sie das Haus des Jungen erreicht.

»Begleiten Sie mich bitte nicht bis nach oben, sonst könnte Mama erschrecken.«

Si Wang holte sich den Schulranzen von der Schulter des Inspektors zurück, und der Inspektor gab ihm eine Visitenkarte: »Kleiner Freund, wenn dir irgendetwas Wichtiges einfällt, ruf mich sofort an!«

Huang Hai sah dem Jungen nach, wie er die Treppe hinauflief. Wieder zündete er sich eine Zigarette an, und mit dem aufsteigenden Rauch dachte er an den Leichnam von Gu Qiusha.

Sie war erst drei Tage nach ihrem Tod gefunden worden. Aus der Wohnung rann Wasser, und die Nachbarn informierten die Hausverwaltung, die dann gewaltsam die Tür öffnen ließ. Der Leichnam lag im Flur mit dem Gesicht nach unten, alle vier Gliedmaßen von sich gestreckt. Der ganze Boden stand unter Wasser. Gu Qiushas Körper war bereits etwas aufgequollen. Die tödliche Wunde befand sich im Rücken; es war ein Stich direkt ins Herz gewesen. Die Mordwaffe wurde am Tatort nicht gefunden. Offenbar hatte der Täter sie mitgenommen. Gu Qiusha hatte ein wenig Bargeld und Schmuck in der Wohnung, aber es fehlte nichts. Die Kleidung, die sie trug, war intakt; es gab keinerlei Hinweis auf ein Sexualverbrechen. Höchstwahrscheinlich war es ein Mord aus Rache.

Es wurden keine Fingerabdrücke gefunden, keine Haare und auch sonst nichts. Aufnahmen aus dem Aufzug gab es nicht. Feststellen ließ sich allein der Todeszeitpunkt, nämlich drei Tage davor – der Tag von Gu Changlongs Bestattung. Huang Hai nahm an, dass der Täter über die Treppe gekommen war, dann auf Gu Qiusha gewartet und sich in dem Moment, als sie die Tür öffnete, hinter ihr hineingeschlichen hatte, um sie mit einem Stich zu ermorden.

Was nicht in Huang Hais Kopf hineinwollte, war die Tatsache, dass er mit der Toten ein paar Stunden vor dem Verbrechen noch im Bestattungsinstitut gesprochen hatte. Er hatte sie nach dem Tod ihres Vaters trösten wollen und ahnte nicht, dass er sie auf ihrem letzten Stück Weg begleitete. Ganz deutlich erinnerte er sich an ihre Worte: »Nur ich bin als Einzige noch übrig. Vielleicht ist mein Tod ganz nah.«

Damit hatte sie ihr Todesurteil vorweggenommen.

Für einen Kommissar war das einfach nur beschämend.

Und dann hatte sie ihn noch ermahnt, das Kind im Auge zu behalten.

Am nächsten Tag stand Huang Hai wieder am Tor der Grundschule Nummer eins und fing Si Wang nach dem Unterricht ab. »Ich begleite dich nach Hause.«

»Ich kann allein heimgehen.«

»Kleiner, du weißt, dass Gu Qiusha und Gu Changlong gestorben sind. Ich habe Angst, dass auch dir etwas zustoßen könnte. Verstehst du?«

Er entriss ihm den Schulranzen und ging los. Si Wang sah aus wie ein Sträfling, der von der Polizei abgeführt wurde. Jeder Widerstand war zwecklos.

Ein paar Schüler tuschelten miteinander. Si Wang band sein rotes Halstuch ab und beschwerte sich: »Entschuldigen Sie, aber führen Sie mich bitte nicht vor aller Augen nach Hause. Meine Mitschüler müssen ja glauben, ich hätte etwas verbrochen.«

»Lass sie reden.«

»Haben Sie den Fall gelöst?«

»Welchen Fall meinst du?« Huang Hai drehte sich um und sah ihm fest in die Augen: »Ich werde diesen Bastard eigenhändig fassen!«

Der Weg über die Changde-Straße führte an der Moschee vorbei. Ein Händler verkaufte Spießchen mit Lammfleisch, die Si Wang das Wasser im Mund zusammenlaufen ließen. Inspektor Huang Hai kaufte zehn Stück und gab dem Jungen vier ab. Mit Genuss aß Si Wang seine Lammspießchen und wirkte schon viel entspannter.

»Na, Kleiner, hast du nicht Angst, dass du das Abendessen nicht mehr schaffst, wenn du jetzt so viel isst?«

170

»Keine Sorge! Meine Mama arbeitet heute Abend, und ich mache mir irgendetwas aus dem Kühlschrank in der Mikrowelle warm.«

»Und dein Papa?«

Selbstverständlich hatte Huang Hai längst die entsprechenden Informationen eingeholt.

»Mein Papa – wird seit vier Jahren vermisst.«

Der Inspektor schlug ernsthaft vor: »Si Wang, heute Abend isst du bei mir!«

»Nein, ich gehe nach Hause.«

»Komm mit.«

Das war ein Befehl. Huang Hai wohnte in einem Hochhaus in der Nähe der Moschee. Auch das Polizeirevier war gleich um die Ecke.

Beim Aufschließen der Wohnungstür kam ihnen ein säuerlicher Geruch entgegen. Huang Hai öffnete das Fenster, um frische Luft hereinzulassen, und versuchte unbeholfen, im Wohnzimmer ein wenig Ordnung zu schaffen. Auf dem Esstisch häuften sich Instantnudelpackungen; der Aschenbecher quoll über. Si Wang bewegte sich vorsichtig in der fremden Wohnung. Einen Platz zum Sitzen zu finden war gar nicht so einfach. Huang Hai holte Milch aus dem Kühlschrank und gab ihm zu trinken. Dann schaltete er den Fernseher ein, wo zum Glück eine Kindersendung lief – eine Folge der japanischen Zeichentrickserie *Detektiv Conan*.

Nach einigem Suchen fand er schließlich eine Packung Nudeln und im Eisfach tiefgefrorenes Rindfleisch. Grinsend sagte er: »Ich koche dir eine Rindernudelsuppe, einverstanden?«

Zehn Minuten später, im Fernsehen betäubte Detektiv Conan gerade den Privatdetektiv Kogoro mit einer Spritze, stand die brühend heiße Suppe auf dem Tisch.

Tatsächlich waren die Nudeln gar nicht schlecht. Als Si Wang seinen Teller restlos leer gegessen hatte, sah Huang Hai ihn mit einem komischen Lächeln an. Der Junge sprang auf, aber der Inspektor drückte ihn sanft auf seinen Stuhl zurück. »Bist du satt, Kleiner?«

»So satt, dass ich Schluckauf habe. Essen Sie nichts?«

»Keinen Hunger.«

Die Stimmung in der Wohnung war irgendwie steif geworden. Verlegen zog Si Wang an seinem Jackett: »Ich denke, es könnte eine Verbindung geben zwischen dem Fall mit der Leiche am Suzhou-Fluss, den Morden an Gu Qiusha und Gu Changlong und den ungelösten Fällen von damals?«

»Du bist nur ein kleiner Grundschüler, wozu interessiert dich das überhaupt?«

Si Wang war lange genug höflich gewesen. Er nahm seinen Schulranzen und wollte gehen. Huang Hai hielt ihn zurück: »In welchem Jahr bist du geboren?«

»Am 19. Dezember 1995.«

»Ah, die zwei ungelösten Fälle haben sich vor deiner Geburt ereignet.«

»Ebenfalls im Jahr 1995?«

»Ja«, antwortete Huang Hai bedrückt.

Si Wang fragte betont ruhig: »Der Mordfall an der Nanming-Straße?«

Huang Hai wurde totenbleich. Er packte den Jungen am Kragen und hob ihn hoch, sodass seine Füße über dem Boden zappelten.

»Woher weißt du davon?«

»Aus dem Internet …«

Die kräftigen Hände von Huang Hai hätten den Kleinen erwürgen können, aber er ließ ihn wieder herunter. »Entschuldige, Kleiner.«

»Ich habe gelesen, dass damals im Sommer drei Menschen an der Schule gestorben sind.«

»Ich bringe dich jetzt nach Hause.«

Zehn Minuten später, als sie am Eingang von Si Wangs Haus angekommen waren, zupfte der Junge den Polizisten am Ärmel: »Können Sie mir bei einer Sache helfen?«

»Das kommt drauf an.«

»Können Sie mir helfen, meinen Vater zu finden? Er ist seit dem Frühjahr 2002 verschwunden. Er heißt Si Mingyuan und wurde auf Ihrem Polizeirevier als vermisst gemeldet.«

»Gut. Ich tu mein Bestes.«

Von da an holte Huang Hai den Jungen alle paar Tage von der Schule ab. Sie gingen zusammen zur Moschee und aßen Lammfleischspießchen, und gelegentlich nahm er ihn mit zu sich nach Hause.

Aber nie erwähnte er, ob er selbst Frau und Kind hatte.

Im Mai war Gu Qiusha bereits einen halben Monat tot; in dem Mordfall gab es keinerlei Fortschritte. Die Polizei hatte Lu Zhongyue als Hauptverdächtigen identifiziert, und er wurde weiterhin landesweit per Haftbefehl gesucht.

Nach langem Zögern klingelte Huang Hai schließlich an Si Wangs Wohnungstür.

Es war ein Wochenende, und der Junge öffnete nach nur wenigen Sekunden. Überrascht fragte er: »Was machen Sie hier?«

»Was treibst du für Unfug?« Er ging geradewegs in die enge Wohnung, im Fernsehen lief ein japanischer Horrorfilm. »Allein zu Hause?«

»Nein, meine Mama ist da.«

Verlegen fragte Huang Hai: »Weiß deine Mutter von mir?«

Ein Viertklässler, der den ganzen Tag mit einem Polizisten zusammen war — jede Mutter auf der Welt wäre da in Sorge gewesen.

Si Wang war immer noch unentschlossen, da kam He Qingying schon aus dem Schlafzimmer. Sie hatte ein frisches Kleid angezogen und ihre Haare glatt gestrichen.

»Darf ich fragen, wer Sie sind?«

»Ahm, ich —«

Dem Mann, der sonst nur mit Verbrechern in Kontakt kam, hatte es die Sprache verschlagen.

»Der Herr ist Inspektor Huang Hai.«

»Wang Er, was hast du wieder angestellt?«

Die Mutter warf ihrem Sohn einen strengen Blick zu.

»Bitte, verstehen Sie mich nicht falsch, ich war so frei, hierherzukommen, weil mich Si Wang in einer Angelegenheit – seinen Vater betreffend – um Hilfe gebeten hatte.« Huang Hai bemerkte ein fast unmerkliches Aufleuchten in ihren Augen. »Soweit ich weiß, fehlt von Ihrem Mann seit vielen Jahren jede Spur. Und Ihr Sohn hat mich gebeten, den Verbleib seines Vaters ausfindig zu machen. Nun habe ich soeben in unserem System recherchiert.«

»Danke.«

»Es tut mir leid, ich konnte keinerlei Anhaltspunkte in Bezug auf seinen Aufenthaltsort finden, weder eine Hotelbuchung noch den Kauf eines Zug- oder Flugtickets. Aber, wie gesagt, ich habe Si Wang versprochen, nichts unversucht zu lassen, um ihn zu finden. Seien Sie unbesorgt!«

He Qingying servierte Inspektor Huang Hai höflich eine Tasse Tee. Er bedankte sich, schlürfte bescheiden einen Schluck Tee und hätte sich dabei fast die Lippen verbrannt.

Sie wechselte das Thema und kam auf die Schule zu sprechen: »Si Wang ist außerordentlich intelligent. Sie wissen bestimmt, dass er letztes Jahr dank Frau Gu Qiusha Gelegenheit hatte, seinen Horizont zu erweitern. Jetzt ist wieder alles beim Alten, seine Ergebnisse in der Schule sind mittelmäßig, er spricht kaum mit seinen Altersgenossen, und selbst der Rektor kümmert sich nicht mehr um ihn.«

Huang Hai nickte verständnisvoll und erzählte ihr mit einer ungewöhnlich sanften Stimme von den kleinen Geheimnissen zwischen ihm und Si Wang – dass er den Jungen oft von der Schule abgeholt und dann mit ihm bei der Moschee die Lammfleischspießchen gegessen hatte.

Der Junge errötete vor Scham und ging ins andere Zimmer. Huang Hai nutzte die Gelegenheit, um zu fragen: »Sie haben eben Frau Gu Qiusha erwähnt. Wissen Sie, dass sie tot ist?«

»Ah ja? Wann ist das geschehen?«

»Sie müssen den Kontakt wohl ganz verloren haben – es war vor vierzehn Tagen.« Huang Hais Miene wurde etwas strenger. »Wann haben Sie Gu Qiusha zum letzten Mal gesehen?«

»Vor dem Frühlingsfest in diesem Jahr, bei der Auflösung des Adoptionsvertrags.«

»Danach nicht mehr?«

»Nein.«

»Nun gut, ich muss jetzt gehen. Haben Sie herzlichen Dank für Ihre Mitarbeit. Es kann sein, dass ich noch öfter komme und Sie störe.«

Inspektor Huang Hai ging langsam die Treppen hinunter, nicht, ohne sich noch einmal umzudrehen und in den zweiten Stock hinaufzuschauen. In seinem Kopf war der Anblick von He Qingying noch präsent.

Ob sie die Wahrheit sagte?

KAPITEL 2

Frühling. Es wurde milder.

Er Hu arbeitete bereits seit zwei Jahren als Sicherheitswachmann. Auf seinem Rundgang kam er stets an dem herrschaftlichen Haus vorbei. Der große Weihnachtsbaum im Winter erregte den Neid der gesamten Nachbarschaft. Niemand hätte gedacht, dass die Familie, die dort wohnte, bis zum Frühlingsfest bankrott sein würde. Alle waren weggezogen. Der Alte, der immer am Tor des Anwesens saß und fluchte, wurde zuletzt von irgendeiner Frau weggeschafft.

Es ging das Gerücht, dass sie alle tot waren.

Besonders deutlich erinnerte sich Er Hu an den Sohn des Hauses. Ein hübscher Kerl von etwa zehn Jahren mit funkelnden Augen, der oft allein im Garten spazieren ging oder aus dem Fenster starrte. Fast immer, wenn er nachts auf Patrouille war, sah er den Jungen wie einen Geist hinter dem hell erleuchteten Fenster im Obergeschoss stehen.

Inzwischen war das Haus verkauft, und die Renovierungsarbeiten waren im Gange. Bald würden neue Eigentümer dort ein luxuriöses Leben führen.

Er Hu war überrascht, als die seltsame Frau wieder auftauchte.

Sie sah aus wie eine Studentin, in Schwarz gekleidet, einfach und schlicht. Das Haar war zu einem Pferdeschwanz gebunden, eine weiße Blüte steckte darin. Eine schöne Frau mit schneeweißer Haut und bescheidenem Blick, wie aus einer alten Wandmalerei.

Vor den Ereignissen im Hause Gu hatte er diese Frau oft

gesehen. Ihr Gesicht hatte ihn so tief beeindruckt, dass er überlegt hatte, ihr zu folgen. Oft war sie vor der Villa hin- und hergegangen und hatte versucht, aus der Ferne einen Blick ins Innere zu erhaschen. Doch sobald jemand herauskam, versteckte sie sich im Gebüsch. In seiner Funktion als Sicherheitswachmann hatte Er Hu sie ein paarmal angesprochen, doch sie antwortete mit keinem Wort und ging ruhig und gefasst ihres Wegs.

Nun stand sie also vor der Villa, die gerade renoviert wurde. Hinter ihr tauchte eine Frau in den Dreißigern auf, mit einer etwas altmodischen Dauerwelle, die einen neun- oder zehnjährigen Jungen an der Hand führte. Die beiden, vermutlich Mutter und Sohn, hatten Gepäck bei sich und wirkten erschöpft, als hätten sie eine weite Reise hinter sich.

»Verzeihung, ist das das Haus von Lu Zhongyue?«

Die Frau mit dem Kind an der Hand hatte die junge Frau in Schwarz leise angesprochen. Die drehte sich um und antwortete stirnrunzelnd: »Nicht mehr. Er ist vor Kurzem verschwunden. Was wollen Sie von ihm?«

»Was soll ich jetzt bloß machen?« Die Frau wäre beinahe in Ohnmacht gefallen; nur der Junge stützte sie. »Entschuldigung, und wer sind Sie?«

»Ich bin die Cousine von Lu Zhongyue. Ich bin hier, um ihm mit dem Haus zu helfen. Und wie stehen Sie zu Lu Zhongyue?«

Die Frau zog den Jungen vor sich und antwortete: »Das ist mein Sohn, und auch der Sohn von Lu Zhongyue.«

»Was sagen Sie da? Mein Cousin hat doch kein Kind?«

»Es ist über zehn Jahre her, dass Lu Zhongyue und ich zusammen waren. Als ich schwanger wurde, wollte er sich trennen. Er gab mir Geld, damit ich in meine Heimat zurückkehrte und das Kind abtreiben ließ. Ich wusste, dass er eine andere Frau hatte und entschlossen war, sie zu heiraten. Ich weinte tagein und tagaus und fuhr erst nach Hause, als die Schwangerschaft allmählich sichtbar wurde. Der Arzt meinte, das

Kind sei inzwischen zu groß für eine Abtreibung. Ich wollte es unbedingt behalten und habe es zur Welt gebracht. Zum Glück hatten meine Eltern Verständnis und halfen mir, den Jungen aufzuziehen. Und nun sind wir hier.«

»Und mein Cousin hat nichts davon gewusst?«

»Als Lu Zhongyue mich so eiskalt stehen gelassen hat, konnte ich ihn nicht einmal mehr hassen. Ich habe nie wieder versucht, Kontakt zu ihm aufzunehmen.« Je länger sie sprach, desto beschämter wurde sie. Dann zeigte sie auf die Stirn des Jungen und fuhr vertraulich fort: »Schau, hier, das bläuliche Mal auf seiner Stirn. Genau wie bei deinem Cousin. Es besteht kein Zweifel. Das Kind ist von ihm. Heutzutage gibt es doch Vaterschaftstests? Ich kann mit ihm einen machen lassen.«

»Hör auf damit! Ich glaube dir.«

»Letztes Jahr sind die Großeltern des Jungen beide gestorben, und unsere Ersparnisse sind fast aufgebraucht. Ich muss arbeiten gehen und wollte das Kind deshalb zu Lu Zhongyue bringen. Es war gar nicht einfach, die Adresse zu finden. Er soll sehr reich sein. Selbst, wenn er den Jungen nicht anerkennt, so kann er ihm doch etwas zu essen geben.«

Während sie sprach, rannen der Mutter die Tränen über die Wangen. »Komm, sag der Tante deinen Namen.«

Der brave Junge hatte die ganze Zeit kein Wort gesprochen. Jetzt erst sagte er schüchtern: »Tante, ich heiße Lu Jizong.«

»Es tut mir leid, aber ihr müsst wieder gehen. Ich bin selbst auf der Suche nach meinem Cousin. Ihr wisst wahrscheinlich nicht, dass er als Verdächtiger in einem Mordfall im ganzen Land gesucht wird.«

»Das geschieht ihm recht, diesem Dreckskerl, dass der Himmel ihn bestraft! Aber wo soll ich mit dem Kind nun hin?«

Die junge Frau holte dreitausend Yuan aus ihrem Portemonnaie: »Es tut mir leid. Nimm erst einmal das für die Reise zurück nach Hause.«

»Aber das geht doch nicht.«

»Ich bin die Cousine von Lu Zhongyue. Seine Angelegenheiten sind auch meine Angelegenheiten. Ich will seinen Fehler von damals wiedergutmachen. Wenn ich Nachricht von ihm habe, egal, ob er im Gefängnis sitzt oder was auch immer, sage ich dir sofort Bescheid. Gib mir deine Handynummer, dann bleiben wir in Kontakt.«

»Gut! Ich danke dir!«

Sie steckte das Geld weg, anschließend tauschten sie Telefonnummern. Die junge Frau in Schwarz fügte hinzu: »Solltest du irgendetwas von Lu Zhongyue hören, gib mir sofort Bescheid. Es könnte ihm das Leben retten.«

»Schwester, ich werde es nicht vergessen!«

Die arme Frau nahm ihren Sohn an die Hand und ging. Bei jedem Schritt wandte sie sich noch einmal um. Er Hu wurde von seinem Vorgesetzten zurechtgewiesen, dass er so jemanden nicht von Weitem schon abgewimmelt hatte.

In der Abendsonne sah die Frau in Schwarz, die ganz allein vor dem Tor der Villa stand, wie eine eiskalte Flamme aus.

Die Oleanderbüsche am Straßenrand würden bald blühen.

Ihr Name war Ouyang Xiaozhi.

KAPITEL 3

Weihnachten 2006.

Inspektor Huang Hai brachte Si Wang mit zu sich nach Hause. Er hatte verschiedene warme und kalte Gerichte gekauft sowie zwei Flaschen Reiswein für sich und eine Flasche Sprite für den Jungen.

Draußen fiel nasskalter Regen.

Si Wang war reifer geworden, die Augenbrauen buschiger; in zwei Jahren würde er ein Teenager sein.

Einmal hatte der Inspektor den Jungen in ein öffentliches Bad mitgenommen und auf seinem Rücken das Mal entdeckt, von dem Gu Qiusha gesprochen hatte. Es sah tatsächlich aus wie die Wunde von einem Messerstich. Er hatte sich nichts anmerken lassen.

Si Wang kam nun häufig. Die ganze Wohnung stand ihm offen. Nur eine kleine, mysteriöse Kammer blieb verschlossen – was sich darin verbergen mochte?

Huang Hai trank seinen Wein und rauchte eine Zigarette dazu. Erst, als der Junge anfing zu husten, drückte er die Kippe aus.

»Heute ist der zweijährige Todestag von Ah Liang.« Er stupste Si Wang mit zittrigem Finger an der Nase. »Es kommt mir vor wie ein Traum.«

»Wer ist Ah Liang?«

Huang Hai holte aus der Schublade ein Foto, auf dem er mit einem Jungen im Volkspark zu sehen war. Vermutlich war es der 1. Juni, denn die Blumenbeete waren voller Luftballons. Der Junge hatte eine gewisse Ähnlichkeit mit Si Wang.

»Das ist mein Sohn. Er wäre jetzt ein Jahr älter als du. Vor
vier Jahren wurde bei ihm Leukämie diagnostiziert. Ich habe
an allen Krankenhäusern wegen einer Knochenmarktransplantation angefragt, aber es gab keinen geeigneten Spender. Ah
Liang lag ein Jahr im Krankenhaus, durch die Chemotherapie
hatte er alle Haare verloren. Schließlich starb er in meinen Armen. Er war zehn.«

»Du vermisst ihn bestimmt sehr.«

»Damals habe ich jeden Tag geweint. Bis ich dir begegnet
bin.«

Huang Hai nahm Si Wang in die Arme und strich ihm mit
seinen großen Händen sanft über den Rücken, so, wie er das
bei seinem eigenen Sohn getan hatte, als er noch am Leben
war.

»Und die Mutter von Ah Liang?«

»Wir sind seit Langem geschieden. Sie ist mit einem reichen Typen nach Australien abgehauen. Seit dem Tod des Kindes war sie nicht mehr hier.«

»Es ist nicht deine Schuld.« Der Junge strich ihm über sein
faltiges Gesicht. »Du kannst mich jetzt Ah Liang nennen.«

Huang Hai schenkte sich noch ein Glas Reiswein ein. Si
Wang zog ihn am Ärmel. »Genug! Du bist schon betrunken!«

»Kümmere dich nicht um mich.«

Er stieß den Jungen weg und trank das Glas in einem Zug.
Si Wang half ihm zum Sofa, doch der Mann murmelte nur:
»Ah Liang, geh nicht! Ah Liang!«

Nachdem er so viel getrunken hatte, rebellierte sein Magen,
und er fiel vornüber und musste sich übergeben. Warum hatte
er es ausgerechnet heute mit dem Trinken übertrieben?

Beim Aufwischen sah er, dass die Tür zu der kleinen Kammer offen stand, und er nahm leise Schrittgeräusche wahr.

Er tastete seine Taschen nach dem Schlüssel ab, er war weg!
Si Wang musste ihn genommen haben. Er taumelte in die
Kammer, in der sich ein fauliger Geruch breitgemacht hatte.
Der Junge stand da wie ein Ölgötze und starrte an die Wand,

die über und über mit vergilbten Zetteln und Fotos beklebt war. Die Fotos zeigten Ansichten, die Huang Hai bestens vertraut waren – ödes Grasland, eingefallene Mauern, ein hoch aufragender Kamin, schäbige Gebäude, rostige Maschinen, Stufen zu einem unterirdischen Lager, eine Luke aus Metall mit rundem Griff …

Das Quartier der Teuflin, von dem die Schüler am Nanming-Gymnasium gesprochen hatten.

Der Tatort war hell beleuchtet, im Hintergrund, dunkel, die Stufen zu dem unterirdischen Lagerraum. Überall das schmutzige Wasser, in dem sich das Licht spiegelte und einen ekelerregenden Anblick bot.

Und da war auch Shen Ming.

Er war fünfundzwanzig und hatte dichtes Haar. Das Hemd, das ihm seine Verlobte geschenkt hatte, war vom Schmutzwasser schwarz geworden. Die roten Flicken auf der Trauerbinde an seinem Arm ließen sich von den Blutflecken kaum unterscheiden.

Auf diesem Foto lag das Gesicht noch im Wasser.

Auf dem nächsten Foto hatte man den Leichnam umgedreht, und das grelle Licht schien auf das fahle Gesicht.

Der Junge hielt sich die Hände vor die Augen; Tränen rannen durch seine Finger.

Inspektor Huang Hai stand hinter ihm und legte seine Hände über die des Kindes.

Shen Ming hatte, nachdem er ermordet worden war, drei Tage auf dem Boden im Wasser gelegen und begonnen, allmählich zu verwesen.

Jedes der Fotos, es waren Dutzende, genügte, um einen Menschen für den Rest seines Lebens mit Albträumen zu versorgen. Si Wang befreite sich aus dem Griff des Inspektors und starrte mit weit aufgerissenen Augen auf die Wunde auf dem Rücken des Toten. Es war ein roter Strich, nicht länger als zwei Zentimeter, aber groß genug, um das Herz in zwei Hälften zu teilen.

Die Mordwaffe sah er nicht.

Nachdem der Leichnam entfernt worden war, hatte die Polizei die Untersuchung des Tatorts fortgesetzt. Das Wasser wurde aus dem unterirdischen Raum abgepumpt; alle Beweisstücke wurden eingesammelt. Es kamen weder Gräber noch weiße Knochen zum Vorschein, wie man gemunkelt hatte, sondern nur sonderbare Schriftzeichen und Symbole an der Wand.

Schließlich holte sich Huang Hai aus der Hand des Jungen seinen Schlüsselbund zurück und sagte mit Blick auf einen Metallschrank, der in einer Ecke stand: »Seit zehn Jahren ist diese Kammer unverändert. Weißt du, warum?«

»Das ist der Fall, den du bis heute nicht gelöst hast!«

»Am Morgen des 5. Juni 1995 ist auf dem Dach der Bibliothek des Nanming-Gymnasiums die Leiche einer vergifteten Abiturientin entdeckt worden. Einen Monat später hätte sie an den Aufnahmeprüfungen für die Universität teilnehmen sollen. Der Klassenlehrer der Toten hieß Shen Ming. Als Mordverdächtigen habe ich ihn eigenhändig in Untersuchungshaft gebracht und ihn ebenso eigenhändig wieder entlassen. Am 19. Juni um Mitternacht verbiss sich ein Rudel streunender Hunde in der öden Graslandschaft am Rand der Nanming-Straße in eine Leiche, was die Aufmerksamkeit von Arbeitern erregte. Es handelte sich um Yan Li, Dekan am Nanming-Gymnasium, dessen Körper mehrere Einstiche aufwies. Die Mordwaffe steckte noch in seinem Rücken. Als die Polizei feststellte, dass Shen Ming verschwunden war, mutmaßte jeder, dass er der Täter und nach dem Mord an dem Schulleiter untergetaucht sei. Nachdem die Polizei drei Tage lang vergeblich nach ihm gesucht hatte, meldete eine Schülerin, dass der Lehrer an dem Tag, an dem er verschwunden war, ein stillgelegtes Fabrikgelände in der Nähe der Schule erwähnt hätte, das unter den Schülern das Quartier der Teuflin hieß. Erst am 21. Juni um 10 Uhr vormittags entdeckte die Polizei seinen Leichnam. Die Mordwaffe war verschwunden.«

Huang Hai hatte all dies in einem Atemzug erzählt. Er

schien wieder mehr oder weniger nüchtern. In der Kammer gab es keine Heizung, es war kalt.

Er erinnerte sich noch an den Armeedolch, mit dem Yan Li ermordet worden war. Er war in den 1970er-Jahren in einer militärischen Waffenfabrik hergestellt worden. Die fünfzehn Zentimeter lange Klinge war aus einem besonderen Stahl, hatte eine Blutrille und eine speerartige Spitze.

Fünfzehn Zentimeter, Fabrik 305, Spezialstahl, Blutrille, speerartige Spitze …

An einer anderen Wand des Zimmers waren mit einem roten Stift auf den leuchtend weißen Verputz unzählige Linien gezeichnet, die insgesamt ein kompliziertes Netz von Beziehungen zwischen den Personen darstellten. Auf den ersten Blick wirkte die schreiend rote Farbe so, als hätte Huang Hai die Zeichen mit seinem eigenen Blut geschrieben.

In der Mitte stand der Name »Shen Ming«.

Aus diesem Zentrum führten acht dicke Linien zu jeweils einem anderen Namen, nämlich: Liu Man, Yan Li, He Nian, Lu Zhongyue, Gu Qiusha, Gu Changlong, Zhang Mingsong, Ouyang Xiaozhi.

Unter jedem dieser Namen klebte ein großes Foto. Die Namen Liu Man, Yan Li, He Nian, Gu Qiusha und Gu Changlong waren ausgestrichen, denn sie waren schon tot.

Der Name »Shen Ming« schien wie ein böser Fluch. Fast jede Person, die mit diesem Namen verbunden war, hatte ein unheilvolles Ende genommen. Tatsächlich stellte sich die Frage, ob die Taten der Racheakt eines Totengeistes waren.

Nur drei Personen waren noch am Leben.

Niemand wusste, wo Lu Zhongyue untergetaucht war.

Si Wang deutete auf zwei Namen an der Wand: »Wer sind Zhang Mingsong und Ouyang Xiaozhi?«

»Zhang Mingsong war damals Mathematiklehrer am Nanming-Gymnasium. Ouyang Xiaozhi war die Schülerin, die drei Tage später vermutet hat, dass Shen Ming im Quartier der Teuflin sein könne.«

»Haben diese acht Personen alle eine direkte oder indirekte Verbindung zu dem Toten?«

»Ich habe dieses Beziehungsgeflecht einen Monat nach Shen Mings Tod skizziert. Am verdächtigsten ist Lu Zhongyue, der ja die Verlobte seines besten Freundes geheiratet hat. Er war Ingenieur in der Stahlfabrik an der Nanming-Straße und hatte an jenem Abend Dienst. Der Tatort war von seinem Büro weniger als zweihundert Meter entfernt. Sein Vater arbeitete für die Bezirksregierung. Jedenfalls behauptet Lu Zhongyue, in jener Nacht während des Dienstes geschlafen zu haben. Für eine Verbindung zu Shen Mings Tod gibt es keinerlei Beweis. Ich hatte ihn in den letzten Jahren ständig unter Beobachtung. Als He Nians Leichnam vor zwei Jahren entdeckt wurde, habe ich ihn noch ein paarmal befragt. Nie hätte ich gedacht, dass er eines Tages zum Mörder werden könnte. Jetzt hängt sein Steckbrief in jeder Polizeistation.«

»Du hast das ganze Material in dieser Kammer aufgehängt und erlaubst niemandem, hineinzugehen, weil du dich als Polizist für dein Versagen schämst?«

»Jetzt wirst du unverschämt!« Er schob Si Wang aus der Kammer und schüttete sich selbst ein Glas kaltes Wasser über den Kopf. »Heute habe ich viel zu viele Geheimnisse verraten. Wenn deine Mutter davon wüsste, würde sie dir nicht mehr erlauben, hierherzukommen.«

»Geht's dir jetzt besser?«

»Alles in Ordnung. Nur du machst mir manchmal Angst. Du wirkst nicht wie ein Kind.«

»Das sagen alle.«

»Warum interessierst du dich für diesen Fall? Du warst damals noch nicht einmal geboren!«

»Wegen dir.«

Überrascht schaute Huang Hai aus dem Fenster auf den glitzernden Weihnachtsbaum. »Du kannst einem wirklich Angst machen.«

Plötzlich klingelte es an der Tür.

Wer würde an Heiligabend zu Besuch kommen?

Huang Hai schloss die kleine Kammer ab, und Si Wang öffnete, als wäre er in der Wohnung zu Hause.

Vor der Tür stand ein etwa fünfzig Jahre alter, ehemals wohl stattlicher Mann mit leicht ergrautem Haar, faltigem und ausgezehrtem Gesicht. Verwundert schaute er nochmals auf die Nummer an der Tür: »Kleiner Mann, ist das die Wohnung von Inspektor Huang Hai?«

»Ja.«

»Entschuldige, wenn ich störe, aber ist dein Vater zu Hause?«

Er hielt Si Wang offenbar für Huang Hais Sohn. Ohne zu widersprechen, nickte der Junge: »Ja, er ist da.«

Huang Hai kam an die Tür, schob das Kind hinter sich und sagte, während er sich mit einem Handtuch die Haare trocken rubbelte: »Herr Shen? Ich habe Ihnen doch verboten, zu mir nach Hause zu kommen.«

»Verzeihen Sie, Inspektor Huang Hai. Ich habe versucht, Sie anzurufen. Es war aber immer besetzt, deshalb dachte ich, ich komme vorbei. Es ist nämlich wichtig – es gibt eine neue Spur.«

»Sagen Sie schon!«

»Gestern hat er ein Buch gekauft. Raten Sie, was – *Der Da Vinci Code!* Ich habe das Buch mehrmals gelesen. In dem Roman geht es um Religion, Geschichte, Kunst und Mord. Es kommen aber auch die Tempelritter und die Bruderschaft vom Berg Zion vor.«

Huang Hai kratzte sich am Kopf. »Was für ein Berg?«

»*Priory of Sion!*«

Dem Fünfzigjährigen kamen die englischen Worte erstaunlich flüssig über die Lippen.

»Herr Shen, Sie sind zu alt, um ein solches Kauderwelsch zu sprechen.«

Si Wang fiel auf, dass der Mann etwas Seltsames im Blick hatte, und zog Huang Hai am Hemd: »Lass ihn reinkommen und erzählen.«

Er strich dem Jungen über den Kopf und sagte: »Geh in die Küche und warte, das ist nichts für kleine Kinder.«

»Das ist nicht fair!«

Letztlich war Huang Hai jedoch Polizist, und Si Wang tat, wie ihm befohlen – in der Hoffnung, das Gespräch belauschen zu können.

»Setzen Sie sich.«

Huang Hai schenkte dem unerwarteten Weihnachtsgast eine Tasse Tee ein.

»Inspektor, ich bin ihm heimlich gefolgt. Er saß in der U-Bahn und las den *Da Vinci Code*. Gleichzeitig machte er sich detaillierte Notizen, malte Kreuze und andere sonderbare Zeichen.«

»Hat er Sie gesehen?«

»Keine Sorge! Ich war vorsichtig und habe einen Mundschutz und eine Mütze getragen. Er hat mich ganz sicher nicht erkannt.«

Huang Hai zündete sich eine Zigarette an: »Verdammt! Ich habe Angst, dass er noch einmal die 110 anruft oder sich direkt beim Chef beschwert. Die Tochter meines Chefs tritt nächstes Jahr zu den Aufnahmeprüfungen für die Universität an. Er hat ihr in letzter Zeit Nachhilfeunterricht gegeben!«

»Das Risiko ist zu groß! Sie müssen Ihrem Chef sofort sagen, dass er auf keinen Fall mit Kindern Kontakt haben darf. Ich vermute, er ist ein Mitglied bei der Bruderschaft von Sion, bei den Rosenkreuzern oder mindestens bei den Freimaurern. Sie sind ein ausgezeichneter Polizist, und ich bin ein hochrangiger Staatsanwalt. Wir beide wissen aus Erfahrung, dass dieser Kerl etwas zu verbergen hat. Ich garantiere Ihnen, der Mann ist kein gewöhnlicher Mathematiklehrer!«

»Ja, natürlich ist er kein gewöhnlicher Lehrer. Er ist als Lehrer der Spitzenklasse in der ganzen Stadt bekannt.«

Der Staatsanwalt wurde im Verlauf des Gesprächs immer aufgeregter: »Seine Augen haben den bösen Blick! Als die Polizei nach Shen Mings Tod nicht in der Lage war, den Fall zu lösen, bin ich oft in die Stadtbibliothek gegangen und habe dort Bücher über Forensik und Kriminologie studiert. Einmal ist mir der Kerl im Lesesaal begegnet, und ich habe ihm offen gesagt, wer ich bin und in welcher Beziehung ich zu Shen Ming stehe. Er hatte ganz offenbar etwas zu verbergen. Ich ließ mir die Liste der Titel geben, die Zhang Mingsong aus der Bibliothek entliehen hatte. Dabei stellte ich fest, dass es sich zum großen Teil um Bücher zur Theologie und Kryptologie handelte, sogar um forensische Fachliteratur.«

»Herr Shen, hören Sie mir kurz zu …«

»Unterbrechen Sie mich nicht! Ich habe Nachforschungen zur Familiengeschichte dieses Psychopathen bis in die dritte Generation zurück angestellt. Und was habe ich dabei herausgefunden? Sein Großvater väterlicherseits hat mit ausländischen Missionaren zusammengearbeitet und gehörte einem ähnlichen Geheimbund an wie Opus Dei im *Da Vinci Code*. Im Jahr 1949 wurde er als Spion der Imperialisten zum Tode verurteilt. Kurz vor seiner öffentlichen Exekution rezitierte er eine Folge von ausländischen Worten, offenbar ein lateinischer Fluch, der gegen die für den Tod von konterrevolutionären Elementen verantwortlichen Funktionäre gerichtet war. Inspektor Huang, verstehen Sie? Sein Großvater war Mitglied eines bösen Bunds im Ausland, was sich selbstverständlich auf den Enkel übertrug. Und sein Vater hat vor zwanzig Jahren auf merkwürdige Weise Selbstmord begangen. Er sperrte sich in ein Haus aus Stein und verbrannte sich. Ich nehme an, es war eine Art Selbstopferritual.«

»Shen Yuanchao, Sie sind ein erfahrener Staatsanwalt und sollten wissen, dass man für alles stichhaltige Beweise braucht. Ich kenne Ihre sogenannten Beweise schon in- und auswendig. Ich habe Ihre Aussagen mehrfach faktisch überprüft, und jedes Mal stelle ich nur fest, dass alles Unsinn ist. Sie rufen mich einmal pro Woche an, kommen in mein Büro im Polizeirevier, und jetzt belästigen Sie mich auch noch zu Hause.«

»Weil der gestrige Vorfall wichtig ist! Er beweist, dass es eine Verbindung zwischen ihm und dem Geheimbund im *Da Vinci Code* gibt.«

»Ich schlage vor, Sie gehen nach Hause und ruhen sich gut aus. Lassen Sie von diesen gefährlichen Unternehmungen ab. Er weiß längst, dass Sie ihn verfolgen, und hat sich bereits mehrfach beschwert. Andernfalls bin ich gezwungen, Sie in Untersuchungshaft zu nehmen.«

Shen Yuanchao war nicht davon abzuhalten, noch etwas hinzuzufügen: »Es gibt noch ein Argument. Das letzte! Hören Sie zu. Obwohl er ein Spitzenlehrer ist, ist er kein Mitglied der Kommunistischen Partei, und auch der Demokratischen Partei ist er nicht beigetreten. Seine politische Position ist äußerst dubios!«

»Dafür ist sein Alibi absolut wasserdicht. Am 19. Juni 1995 hat er an einer Konferenz über das Bildungssystem teilgenommen, die in einem Hotel auf einer einsamen Insel abgehalten wurde. Hierfür gibt es mindestens vierzig Zeugen.«

»In den letzten Jahren habe ich unzählige Kriminalromane gelesen. Selbst das perfekte Alibi kann gefälscht sein. Wer hätte gedacht, dass ein so erfahrener Polizeibeamter wie Sie sich von ihm täuschen lässt!«

»An dem Abend, als Liu Man vergiftet wurde, hat er zwei Abiturienten Nachhilfeunterricht gegeben, und zwar bis um 2 Uhr morgens. Auch dieses Verbrechen kann er nicht begangen haben.«

Shen Yuanchaos Stimme zitterte: »Ich verfolge diesen Mörder seit zehn Jahren. Niemand kennt ihn so gut wie ich. Ich mache Ihnen keine Vorwürfe, Inspektor Huang. Auch Sie suchen den Täter seit zehn Jahren. Dafür bin ich Ihnen sehr dankbar. Aber ich bin der Vater von Shen Ming, und ich spüre, dass seine Seele noch nicht wiedergeboren wurde. Heute Morgen erschien er mir im Traum. Er stand an einem Fluss, er war immer noch fünfundzwanzig Jahre alt und hielt eine Schüssel mit einer dickflüssigen Suppe in der Hand. Er wollte, dass ich ihn räche, und sagte mir, dass dieser Mann tatsächlich der Mörder ist.«

Ein Traum?

Huang Hai wusste nicht, was er sagen sollte.

»Herr Shen, gehen Sie jetzt nach Hause und ruhen Sie sich aus. Ich verspreche Ihnen, ich finde den Mörder. Es sei denn, ich sterbe vorher.«

Huang Hai öffnete die Wohnungstür und bat Shen Yuan-chao, zu gehen. Auf den Lift wartend, rief der alte Staatsanwalt mit zittriger Stimme: »Denken Sie daran, sein Haus zu durchsuchen. Sie kennen ja seine Adresse. Er wohnt im Erdgeschoss und hat einen kleinen Garten. Graben Sie die Erde um, dann finden Sie bestimmt eine Menge Knochen!«

Huang Hai wartete, bis er in den Aufzug gestiegen war, und ging dann zurück in die Wohnung. Si Wang stand bereits an der Tür.

»Hast du uns belauscht?«

Zornig stieß er den Jungen in eine Ecke. Si Wang sah ihn mit unschuldigen Augen an: »Wer ist er?«

»Si Wang, pass auf, er und ich, wir treiben unsere Späße miteinander.« Huang Hai schluckte die Flüche, die ihm auf der Zunge lagen. »Er ist bloß ein ... alter Freund.«

KAPITEL 4

Heiligabend.

Shen Min war schon ins Bett gegangen. Die Wände in ihrem Zimmer waren mit vielen kleinen Sternen beklebt, sodass sie abends, wenn das Licht aus war, wie unter dem Himmelszelt lag. Vor dem Einschlafen hatte sie sich, in die warme Decke gekuschelt, nochmals die Weihnachtskarten von ihren Schulfreunden angesehen.

Ein Junge hatte nur wenige Worte geschrieben: »Liebe Min, ich mag dich. Willst du meine Freundin sein?«

Die Fünftklässlerin hatte gekichert und die Karte unters Bett geworfen.

Nasskalte Regentropfen schlugen gegen das Fenster. Beunruhigt schaute sie auf die Uhr. Warum kam Papa nur so spät? Musste er denn heute Abend noch an einem Fall arbeiten und Verbrecher befragen?

Da hörte sie den Schlüssel im Schloss. Ein Mann kam herein und brachte die nasse Kälte mit. Er sah nicht aus wie der Vater des Mädchens, sondern mit seinem leicht grauen Haar eher wie ihr Großvater. Beim Anblick Shen Mins wichen Strenge und Ernst aus seinem Gesicht, und er strich ihr über den Kopf: »Kleine Min, schlaf jetzt, damit du morgen nicht zu spät zur Schule kommst.«

»Papa, wo bist du gewesen?«

»Ich habe einen alten Freund besucht.« Er löschte das Licht. »Gute Nacht!«

Am nächsten Tag saß Shen Min mit dem Ranzen auf dem Rücken im Bus, um zur Grundschule Nummer eins an der

Changshou-Straße zu fahren. Ihr Klassenzimmer war in einem etwas abgelegenen Garten in einem Gebäude mit blau-weiß getünchten Mauern untergebracht. Sie besuchte die fünfte Klasse.

Sie hatte mandelförmige Augen, rabenschwarze Haare, eine frische und gesunde Gesichtsfarbe, und sie trug ein dickes warmes Baumwollkleid.

Nach der Schule ging sie nach Hause und spielte mit ein paar Freundinnen aus der Nachbarschaft Federball. Dabei schlug sie den Ball tief ins Gebüsch. Die Mädchen kamen nicht durch die dichten Stechpalmen. Als sie schon aufgeben wollten, tauchte ein Junge zwischen den Büschen auf.

Er war ungefähr so alt wie Shen Min. Sie kannte ihn aus der Schule.

Ja, er ging auch auf die Grundschule Nummer 1 an der Changshou-Straße, aber in eine andere Klasse. Das Gesicht mit diesen melancholischen Augen hatte sich ihr eingeprägt. Früher war eine Zeit lang in der Schule über ihn geredet worden. Alle sagten, er sei ein Genie. Bald darauf hörten die Gerüchte auf, und kein Lehrer hob ihn mehr hervor.

Wie hieß er nur wieder? Shen Min fiel sein Name nicht ein. Im Moment war ihr der Ball wichtiger.

Der Junge klopfte sich Erde und Zweige ab. Er zeigte allen den Ball mit den bunten Federn, ehe er ihn in die Hand des Mädchens legte.

»Danke!« Das waren die ersten Worte, die Shen Min an ihn richtete. »Du gehst in die Parallelklasse? Wie heißt du?«

»Ich heiße Si Wang. Si, wie *der Befehlshaber*, Wang, wie *ins Weite blicken*. Und du?«

»Shen Min.«

Der Junge schien vor Schreck aufzuspringen.

»Stimmt irgendetwas nicht?«

»Nein, nein. Unsere Nachnamen sind ziemlich selten, nicht wahr? Ich wette, niemand sonst in der Klasse trägt den Namen Shen.«

Shen Min nickte vertrauensselig. »Wohnst du auch hier in der Gegend?«

»Nein. Ich bin zufällig vorbeigekommen.«

»Willst du mit uns spielen?«

Erst, als der Junge mit Namen Si Wang zitternd den Schläger nahm, wurde die tiefe Schürfwunde an seiner Hand sichtbar, die er sich an den Stechpalmen im Gebüsch zugezogen hatte.

»Aua! Das tut weh! Nur wegen mir hast du dich verletzt.«

»Nicht so schlimm.«

»Warte hier – geh nicht weg!«

Das Mädchen lief schnell nach oben. In weniger als zwei Minuten war sie zurück und hatte Jodtinktur, Pflaster und Alkoholtupfer mitgebracht. Sie nahm Si Wangs Hand und säuberte und verband die Wunde vorsichtig.

Die anderen Mädchen kicherten hinter vorgehaltener Hand, und der Junge lief mit hochrotem Kopf nach Hause.

Am nächsten Tag in der Schule hatte Si Wang erstmals eine Clique. Er spielte mit den Mädchen in der Pause Federball, Verstecken und Gummihüpfen. Es war ihm egal, wenn die anderen Jungs ihn auslachten.

In der zweiten Semesterhälfte der fünften Klasse mussten die Schüler für die Prüfungen lernen. Shen Mins Lieblingsfach war Musik. An einem Tag im Mai, als es langsam wärmer wurde, hatte sie nur ein dünnes, kurzärmeliges T-Shirt an und trug ein Lied der jungen Pioniere vor, bei dem die Lehrerin sie auf dem Klavier begleitete.

In Si Wangs Klasse gab es ein Mädchen, das aus einer wohlhabenden Familie kam. Nach der Schule wurde sie mit einem Audi abgeholt. Sie hatte schon oft versucht, ihn zu überreden, dass er mitfuhr. Eines Tages hielt Shen Min sich hinter einem Baum am Schultor versteckt und beobachtete, wie das Mädchen den Jungen am Hemd zog und sagte: »Si Wang, ich habe zwei Kinokarten für *Harry Potter*. Willst du mitkommen?«

Si Wang war verlegen und rannte weg. Er traf geradewegs

auf Shen Min, woraufhin die beiden lachten und im Schulgarten spazieren gingen.

»Weißt du, warum die Leute behaupten, ich wäre ein Genie?« Er sprach geheimnisvoll leise. »Weil ich übermenschliche Fähigkeiten besitze.«

»Was?« Sie sah ihn mit großen Augen an. »Übermenschliche Fähigkeiten? Das glaub ich dir nicht!«

»Zum Beispiel kann ich den Namen deines Papas erraten. Er heißt Shen Yuanchao?«

»Ja, aber das lässt sich ganz einfach herausfinden.«

»Du hast auch einen älteren Bruder. Ich meine, keinen Cousin, sondern einen richtigen Bruder.«

»Wie? Das sollte ich doch wissen.«

»Frag deinen Vater, er wird es dir erklären.«

»Hmm . . .«

Shen Min fiel ein, dass im Wohnzimmer neben dem Bild ihrer verstorbenen Mutter noch ein Schwarz-Weiß-Foto von einem jungen Mann hing. Papa hatte nie gesagt, wer er war.

»Lass uns nicht weiter davon sprechen. Wie geht es deiner Mama?«

»Sie ist tot.«

»Oh, das tut mir leid.«

»Als meine Mama mit mir schwanger war, war sie schon über vierzig Jahre alt. Der Arzt sagte ihr, dass es gefährlich sei. Aber sie wollte mich unbedingt zur Welt bringen. Am Abend des Tages, an dem ich geboren wurde, hat sie viel Blut verloren und ist gestorben.«

Während sie sprach, kamen ihr die Tränen, und sie setzte sich zitternd auf eine Bank. »Ich habe Mama getötet . . .«

»An welchem Tag wurdest du geboren?«

»Am 20. Dezember 1995.«

Nachdenklich zählte Si Wang etwas an seinen Fingern ab. »Also, dann war sie an dem Tag schon schwanger.«

»Was sagst du? Was für ein Tag?«

»Du musst mich jetzt älterer Bruder nennen, denn ich

bin am 19. Dezember geboren und demnach einen Tag älter als du.«

»Auf keinen Fall werde ich dich so nennen!«

»Auch gut. Weißt du, wann dein älterer Bruder gestorben ist?«

»Los, sag schon!«

Shen Min wischte sich die Tränen ab und sah ihn misstrauisch an.

»Am 19. Juni 1995.«

Als er dieses Datum aussprach, rollten Si Wang ebenfalls die Tränen über die Wangen.

»Warum weinst du jetzt auch?«

»Ach, nichts, der Wind hat mir ein Sandkorn ins Auge geweht.«

»Nicht reiben! Mach die Augen weit auf!«

Mit ihrer Zungenspitze leckte sie sein Auge.

»Papa hat zu mir gesagt, Mädchen dürfen heulen, aber Jungen nicht.«

Sie sagte das nicht ohne Stolz. Si Wang nickte: »Dein Papa hat recht!«

»Weinst du immer noch?«

»Nein! Ich schwör's!«

Si Wang wischte sich die Tränen ab und drehte sich um: »Ich muss gehen. Tschüss!«

Zwei Wochen später, nach den Abschlussprüfungen, gingen beide von der Grundschule ab und wechselten auf unterschiedliche Gymnasien. Sie sahen sich nicht wieder.

Manchmal stellte Shen Min sich vor, dass sie und Si Wang auf dem See im Changfeng-Park in einem Boot fuhren. Der melancholische Junge saß ihr gegenüber, und gemeinsam ruderten sie übers Wasser mit Blick auf die Sonne, die hinter den Bergen im Westen unterging.

KAPITEL 5

An einem Herbstabend, 2007.

»Kleiner, weißt du, warum ich dir letztes Jahr am Weihnachtsabend das Geheimnis von der Kammer dort erzählt habe?«

Huang Hai spielte mit Si Wang Schach. Jeder, der sie so sah, musste sie für Vater und Sohn halten.

»Du warst betrunken.«

»Pah! Ich bin für meine Trinkfestigkeit bekannt! Ich habe dir davon erzählt, weil du dein eigenes Geheimnis zu dem Tod von Shen Ming hast ...«

»Zumindest verfolgen wir dasselbe Ziel.«

»Also, machen wir einen Deal. Ich habe dir die Faktenlage der Polizei geschildert, und im Gegenzug erzählst du mir alles, was du in dem halben Jahr im Hause Gu erfahren hast – in Bezug auf Gu Qiusha, Gu Changlong und Lu Zhongyue, der immer noch verschwunden ist.«

Si Wang wollte gerade »Schach!« sagen, da zog er die Figur wieder zurück: »Kann ich auch nichts sagen?«

»Nein, das geht nicht. Denn es gibt noch mehr Geheimnisse, über die ich noch nicht gesprochen habe. Wenn du nicht mit dir handeln lässt, wirst du sie nie erfahren.«

»Schach matt!« Si Wang holte tief Atem. »Fangen wir also bei Gu Qiusha an.«

»Gut.«

»Gu Qiusha hatte ein schreckliches Geheimnis. In ihrem Zimmer war ein kleiner Arzneischrank, der immer verschlossen war. Ich habe mir heimlich den Schlüssel genommen und viele importierte Medikamente darin gefunden. Die Etiketten waren aber großenteils nicht auf Englisch. Im Internet fand ich heraus, dass es deutsche Medikamente waren, die die Produktion des Gelbkörperhormons hemmten und zu einer verminderten Testosteronausschüttung führten.«

Huang Hai unterbrach ihn: »Das verstehe ich nicht.«

»Eine chemische Kastration. Durch die Einnahme dieses Medikaments werden Männer zu Eunuchen.«

»Wie grausam!«

»Natürlich waren diese Medikamente nur für Lu Zhongyue bestimmt. Aus diesem Grund hatte Gu Qiusha mir verboten, Leitungswasser zu trinken, und gab mir immer Mineralwasser in Flaschen.«

»Kein Wunder, dass mir dieser Bastard immer so absonderlich vorkam. Ich konnte ja nicht ahnen, dass er ein Eunuch war!« Huang Hai zündete sich eine Zigarette an und ging am Fenster auf und ab. »Wenn Lu Zhongyue ihr auf die Schliche gekommen war, musste er sie abgrundtief hassen. Er hätte also ein Motiv gehabt, um sie zu ermorden.«

»Seit einem Jahr habe ich panische Angst, dass er auch mich holen kommt. Jeden Abend erinnere ich Mama daran, Tür und Fenster gut abzuschließen und niemanden hereinzulassen.«

Huang Hai gab dem Jungen einen Stups: »Mach dir keine Sorgen, solange ich am Leben bin, seid ihr beide sicher.«

»Wirklich?«

»Ich verspreche dir, sobald dieser Kerl sich nur irgendwo blicken lässt, schnappe ich ihn mir.« Der Inspektor schaute kurz auf die Uhr. »Du musst nach Hause, sonst wird es zu spät, und deine Mama ruft an.«

Nachdem der Junge gegangen war, schloss Huang Hai seine Kammer auf und betrachtete die vielen Bilder an der Wand. Er zündete sich eine Zigarette an und berührte die beiden Schriftzeichen in der Mitte, Shen Ming.

Im Juni 1995, eine Woche, bevor er ermordet worden war, hatte Shen Ming ihn aus der Untersuchungshaft angerufen.

Er sagte, er habe wichtige Hinweise. Der Inspektor war mitten in der Nacht aufgestanden, hatte seinen einjährigen Sohn allein gelassen und war ins Gefängnis gefahren.

Shen Ming war im Verhörzimmer. Er sah nicht mehr aus wie ein Mensch und noch nicht ganz wie ein Geist. Der Mann, der dort am Boden kniete, sich die Haare raufte und um Hilfe flehte, war nicht mehr der vor Kurzem noch würdevolle Lehrer. »Ich habe niemanden ermordet ... Ich habe niemanden ermordet ...«

»Welche Hinweise wollen Sie uns geben?«

»Inspektor Huang Hai, in der Schule kursieren zwei Gerüchte über mich. Davon ist eines wahr.«

»Sie hatten ein Verhältnis zu Ihrer Schülerin Liu Man?«

Er wischte sich ein paar Tränen ab, und seine Lippen zitterten: »Nein, ich bin ein uneheliches Kind.«

»Ihr leiblicher Vater ist also nicht der Mann, der seine Frau vergiftet hat und dann erschossen wurde?«

»Genau, der Kerl hieß mit Nachnamen auch nicht Shen, deshalb sagen ja auch alle, dass ich nicht sein Kind bin.« Shen Ming musste plötzlich stark husten. »Mein richtiger Vater ist ein ehrenhafter Mann wie Sie. Er hat einen anständigen Beruf. Ich habe ihm aber geschworen, seine Identität nie preiszugeben.«

»Ich verstehe. Wenn er mit diesem Fall nichts zu tun hat, respektiere ich Ihr Geheimnis.«

»Bei meiner Geburt hieß ich Shen Ming. Als ich drei Jahre alt war, heiratete meine Mutter, und ich nahm den Namen meines Stiefvaters an. Der Mann war ein Tier. Er hatte andere Frauen, aber meine Mutter kam für seinen Lebensunterhalt auf. Weil ich nicht sein leibliches Kind war, ließ er seine Wut an mir aus. Sobald meine Mama nicht zu Hause war, schlug er mich, aber ohne sichtliche Spuren zu hinterlassen. Wenn ich es meiner Mutter erzählte, sagte er, das seien Kinderfantasien. Meine frühesten Erinnerungen sind Tränen und Schreie. Jedes Mal, wenn er sich mir näherte, zitterte ich am ganzen Leib und hätte mich am liebsten unterm Bett versteckt. Ich war damals erst fünf oder sechs Jahre alt.«

Huang Hai hatte schon viele ähnliche tragische Geschichten gehört, dennoch murmelte er, mehr zu sich selbst: »Verdammt!«

»Als ich sieben Jahre alt war, vergiftete mein Stiefvater meine Mutter und wurde, auf meine Anzeige hin, festgenommen und erschossen. Die Großmutter war von da an meine einzige Familie, und da ich den Namen dieses Mannes nicht mehr tragen wollte, ging sie mit mir zum Amt und ließ ihn wieder zu ›Shen Ming‹ abändern.«

»Darüber hatte ich mich auch gewundert, als ich Ihre Akte las.«

»Meine Großmutter war nicht gebildet. Sie hat immer als Haushälterin gearbeitet und jahrelang bei ihrer Herrschaft gewohnt. Kennen Sie den Anxi-Weg? Von der ersten Klasse Grundschule bis zur dritten Klasse lebte ich dort mit ihr in einer engen und von Mäusen heimgesuchten Kellerwohnung. Damals prügelte ich mich jeden Tag. Die anderen Kinder verbündeten sich gegen mich, warfen mit Steinen nach mir, zogen mir die Hosen herunter und pissten mir ins Gesicht. Zu Hause verarztete mich die Großmutter mit Jodtinktur. Ich wurde stärker, und zuletzt konnte mich niemand mehr verprügeln. Die anderen Jungs sprengten bei meinem Anblick sofort auseinander. Die Leute sagten, ich würde später einmal ein Schlägertyp werden oder gar ein Mörder wie mein Vater. Aber meine schulischen Leistungen waren hervorragend. Mithilfe von ein paar alten Schulbüchern und Kugelschreibern bestand ich die Aufnahmeprüfung fürs städtische Nanming-Gymnasium. Nach meinem Studienabschluss wohnte meine Großmutter dann im Haus der wohlhabenden Familie, für die sie arbeitete, und ich habe eine Wohnung an der Schule bezogen.«

»Shen Ming, ich habe Mitleid mit Ihnen, aber es ändert nichts an meiner Einschätzung dieses Falls.«

»Was ich Ihnen sagen will, ist, dass dieser Mann zwar schon vor vielen Jahren erschossen und zu Asche verbrannt worden ist, aber er lebt noch in mir. Manchmal taucht die dunkle Gestalt dieses Säufers in meinen Albträumen auf, und er kommt mit schweren Schritten auf mich zu ...«

Huang Hai, der erst seit einem Jahr Vater war, wurde betrübt: »Hören Sie auf!«

»Lassen Sie mich zu Ende sprechen! Seit ich in Untersuchungshaft bin, träume ich wieder jede Nacht von ihm – wie sein schmutziges Gesicht sich mir nähert und seine Hände mir dabei den Hals zudrücken. Er kommt, um sich zu rächen. Hätte ich ihn nicht angezeigt, hätten alle gedacht, dass Mama an einer gewöhnlichen Krankheit gestorben ist, und er wäre nicht zum Tod verurteilt worden.«

Plötzlich streckte Shen Ming seine Hand durch das Gitter und fasste Huang Hai am Ärmel. Zitternd sagte er: »Gestern habe ich geträumt, dass ich sterbe. Ein Dolch wurde mir in den Rücken gestoßen, und ich habe mich in ein Kind verwandelt.«

Zwölf Jahre später hatte Huang Hai tiefe Falten auf der Stirn. Er betrachtete die mit roter Tusche an die Wand gemalte Personenkonstellation. Der Name in der Mitte, Shen Ming, stach ins Auge. Gleich darunter zog er eine rote Linie, die er mit einem weiteren Namen verband – Si Wang.

KAPITEL 6

2007, Si Wang kam auf die Realschule *Erster Mai*.

In dem Jahr hatte He Qingying eine böse Vorahnung. Vielleicht lag es daran, dass das Tierkreiszeichen ihres Sohnes wiederkehrte. Auf ihrem Konto waren noch hunderttausend Yuan, die aus dem Adoptionsvertrag mit den Gus übrig geblieben waren, nachdem sie die Forderungen der Wucherer bezahlt hatte. Mithilfe von Inspektor Huang Hai eröffnete sie deshalb in den Sommerferien in einer kleinen Straße direkt gegenüber der Realschule eine kleine Buchhandlung.

Si Wang gab ihr einen Namen: Buchhandlung Einsiedel.

In der Hitze des Hochsommers, bei achtunddreißig Grad Celsius, gingen He Qingying und ihr Sohn zum Büchergroßhandel, um ihre Regale zu bestücken. Außer Si Wangs Lieblingswerken der Literatur und Geschichte wählten sie noch zahlreiche Lehrbücher, ohne die der Laden wohl nicht überleben konnte. Bestseller wie *Tränen gegen den Strom* von Guo Jingming und *Eine Stadt* von Han Han lagen in Stapeln nebeneinander; auch Thriller, die die Schüler gern lasen, hatte sie im Sortiment.

Die Eröffnung der Buchhandlung Einsiedel war am ersten Schultag. Inspektor Huang Hai brachte ein paar Kollegen mit. Beim Anblick all der Polizisten konnte man annehmen, ein Mord sei in dem Laden geschehen.

Morgens um 8 Uhr, nachdem alles Feuerwerk abgebrannt war, ging He Qingying mit ihrem Sohn zur Anmeldung in die Schule. Si Wang trug sein rotes Halstuch, drängte aber seine Mutter, schnell zurück in die Buchhandlung zu gehen. Beim

Abschied spürte sie einen leichten Stich im Herzen, denn ihr Sohn hatte nun das Alter erreicht, wo er in der Schule nicht mehr Mama sagen wollte.

Die Realschule Erster Mai lag an der Changshou-Straße. In unmittelbarer Nachbarschaft waren exklusive Nachtclubs. Abends parkten teure Autos davor, und junge Frauen mit voller Kriegsbemalung stiegen ein und aus. Die Schule hatte einen relativ kleinen, von blühendem Oleander gesäumten Sportplatz. Die Unterrichtsgebäude waren alle in Hufeisenform um einen kleinen Hof herum angeordnet. Dem Sportplatz gegenüber war ein Trakt mit niedrigen Gebäuden, der wie eine lang gezogene Insel aussah. Dort befanden sich die Krankenstation und die Musiksäle. Schneller als alle anderen gewöhnte Si Wang sich an die neue Umgebung. Wäre er nicht absichtlich nachlässig gewesen, wäre er bestimmt bald Klassenbester.

Nach wie vor hatte er nur wenig Kontakt. In den Augen der Lehrer war er ein Einzelgänger. Niemand wusste, dass er in der dritten und vierten Klasse Grundschule Markenbotschafter für die Unternehmensgruppe Erya gewesen war. Alle Werbeplakate waren längst abgenommen. Nur in der Buchhandlung Einsiedel sprach er viel, wenn er seine Klassenkameraden mitbrachte und ihnen alle möglichen Bestseller empfahl. He Qingying gab allen Schülern einen Rabatt von zwanzig Prozent.

Der Frühling des nächsten Jahres.

Si Wangs Vater wurde seit nunmehr sechs Jahren vermisst. Mutter und Sohn hatten sich an den Alltag ohne ihn gewöhnt. Er war wie ein Verwandter aus einer anderen Zeit, auch wenn auf dem Nachttisch noch ein Familienfoto von allen dreien stand.

Die Buchhandlung lief ganz gut. He Qingying und Si Wang wirkten wie Partner, nicht wie Mutter und Sohn. Bald blieb sogar ein kleiner Gewinn, der genügte, um den Unterhalt Monat für Monat zu bestreiten. Weil Inspektor Huang

Hai seine schützende Hand über den Buchladen hielt, gab es keinerlei Probleme mit den Behörden. Ohne einen Ruhetag war He Qingying immer im Geschäft. Nur, wenn sie etwas Dringendes zu erledigen hatte, hütete jemand für sie den Laden.

Manchmal konnte sie nicht einschlafen, dann lag sie im Bett und streichelte Wang Ers Rücken. Der Junge sagte, dass er nie erwachsen werden, nie in den Stimmbruch kommen wolle, um nachts immer seine Mama im Arm halten zu können. Durch den Vorhang fiel das Licht der Straßenlaterne auf ihr Gesicht. Sie war noch nicht alt, bestimmt fanden viele Männer sie attraktiv.

Am 19. Dezember 2008 war Si Wangs dreizehnter Geburtstag.

In diesem Jahr kam Huang Hai mit Paketen und Päckchen im Arm. Er half He Qingying in der Küche und war dabei so ungeschickt, dass er die Sojasoße und den Essig umkippte. Dieser schweigsame und unbeholfene Mann war auf einmal wie verwandelt. Er war betulich und redselig, was He Qingying amüsierte. Die beiden scherzten und lachten, bis sie sich umdrehte und in Si Wangs kalte Augen blickte.

Nach der Geburtstagsfeier begleitete He Qingying Inspektor Huang Hai aus Dankbarkeit bis nach Hause. Als sie nach einer längeren Weile zurückkam, saß Si Wang allein vor dem Fernseher und sah einen Horrorfilm. Seinem Gesicht war die Enttäuschung abzulesen. Es war kein fröhlicher Geburtstag für ihn gewesen.

Drei Tage später war Wintersonnenwende.

He Qingying fuhr mit ihrem Sohn im Bus hinaus zu den Gräbern. Der Weg führte über die Nanming-Straße. Der Regen ließ den Blick aus den Fenstern verschwimmen. Si Wang schloss die Augen und öffnete sie erst wieder, als sie weit draußen waren.

Sie gingen zum Grab seiner Großeltern väterlicherseits, das von dichten Kiefern umgeben war. Auf dem Grabmal waren mit schwarzer Farbe die Namen der Verstorbenen geschrieben und mit roter Farbe eine lange Reihe von Namen der noch Lebenden – darunter auch der von Si Wang. He Qingying hatte frische Speisen als Opfergabe mitgebracht und legte sie vor das Grab. Dann brannte sie drei Räucherstäbchen ab, die die Mahlzeit zu den Seelen der Ahnen trugen.

Auf dem Nachhauseweg begann es zu schneien. Der Junge fragte mehr oder weniger überraschend: »Mama, was meinst du, wo ist Papa?«

»Ich weiß es nicht.«

Ihre Antwort war so gleichgültig, als ob sie von irgendeinem beliebigen Toten spräche.

KAPITEL 7

Das erste Mal, dass sie Si Wang begegnete, war im Herbst 2007. Yin Yu war auch an der Realschule Erster Mai, ein paar Klassen über ihm. Sie spazierte auf dem Sportplatz allein über die Aschenbahn, und als sie an der Sandgrube vorbeikam sah sie den Jungen. Er war ganz damit beschäftigt, eine Burg zu bauen, und führte dabei Selbstgespräche, als wäre er nicht ganz richtig im Kopf. Yin Yu ging neben ihm auf und ab, bis er aufschaute und mit schwermütiger Stimme fragte: »Was willst du?«

»Das ist mein Revier.«

Die Stimme des Fünfzehnjährigen hatte einen angenehmen Tonfall, aber sie sprach absichtlich rau.

»Wieso? Der Sportplatz ist doch öffentlich.«

Er hatte kaum ausgesprochen, da versetzte sie ihm eine Ohrfeige. Den Dreizehnjährigen, der in seiner körperlichen Entwicklung noch nicht so weit und sehr mager war, traf der Schlag völlig unvorbereitet, und er fiel in die Sandgrube. Sie war größer und kräftiger, und es blieb ihm nichts anderes übrig, als davonzulaufen.

Yin Yu hatte immer blaue Trainingshosen zu der weißen Schuluniformjacke an und schwarze Laufschuhe. Nie trug sie einen Rock oder hellere Farben. Sie war schlank und etwa eins siebzig groß; ihre Haare waren geschnitten wie die eines Jungen. Es war überhaupt nichts Weibliches an ihr. Sie spielte nie mit Mädchen, aber sie war auch mit keinem Jungen befreundet. Alle hielten sie für einen Freak. Keiner der Jungen mochte sie, weil sie die kleineren oft verprügelte. Manchen sagten, sie sei lesbisch, aber sie interessierte sich auch nicht für Mädchen.

205

Irgendwann merkte sie, dass der Junge aus dem Vorbereitungskurs sie verfolgte.

Eines Abends nach der Schule bog Yin Yu absichtlich in eine enge Gasse. Immer wieder blickte sie unauffällig hinter sich, um den Jungen in der Dämmerung im Auge zu behalten. Plötzlich tauchten zwei Kerle auf, die es auf den schmächtigen Schüler abgesehen hatten, und drängten Si Wang in eine Ecke. Als sie nach seinem Bargeld griffen, schrie er laut um Hilfe.

Die anderen Passanten taten so, als würden sie nichts sehen, und gingen schnell weiter.

Yin Yu drehte sofort um und schlug dem einen Kerl ihre Faust aufs Auge. Die beiden waren völlig überrumpelt und wehrten sich nicht einmal. Sie steckten noch ein paar Hiebe ein und machten sich dann wie zwei feige Ratten fort.

»Das hast du toll gemacht!«

»Keine große Sache«, sagte sie mit rauer Stimme. »Und jetzt zu dir, Kleiner. Warum verfolgst du mich? Glaub mir, ich schlag auch dich zusammen!«

»Weil du ein merkwürdiger Mensch bist.« Der Junge schien keine Angst vor Prügeln zu haben. Wie ein Mann streckte er die Brust heraus. Dann zögerte er einen Moment und sagte schließlich: »Yin Yu, können wir Freunde sein?«

Sie war zunächst überrascht. Dann sah sie ihn ernst an und sprach mit dem Tonfall einer Lehrerin: »Kamerad, das soll wohl ein Witz sein?«

»Ich bin genau wie du.«

»Bitte?«

»Ich bin genauso einsam wie du.«

Der Junge setzte die nüchterne Visage eines Erwachsenen auf.

»Kleiner, ich weiß nicht genau, was du damit meinst, aber meinetwegen, wir können Freunde sein.«

»Ich heiße Si Wang. Si, wie *der Befehlshaber*, und Wang, wie *ins Weite blicken*.«

»Okay. Ich nenne dich Brüderchen.«

206

In nur zwei Monaten begannen für Yin Yu die Aufnahmeprüfungen für das Oberstufengymnasium. Sie schien überhaupt nicht dafür zu lernen. Nach wie vor lief sie den ganzen Tag wie ein Junge in Sportklamotten herum. Die Lehrer ließen sie gewähren, da sie die Aufnahmeprüfungen fraglos bestehen würde. Es gab kaum ein Buch, das sie nicht gelesen hatte; ihre Noten waren die besten. Wäre ihr Verhalten nicht so merkwürdig gewesen, hätte man sie längst von den Prüfungen freigestellt und ihr eine Empfehlung für eines der elitären Oberstufengymnasien gegeben.

Der dreizehnjährige Si Wang war zwar in die Höhe geschossen und maß ganze 1,60 Meter, aber er war immer noch so dünn und zart wie eine Sojabohnensprosse. Yin Yu hielt nun ihre schützende Hand über ihn – gleich, ob auf dem Schulweg oder auf dem Pausenhof. Von klein an hatte sie sich in der Kampfkunst geübt, und obwohl sie nie einen Lehrer hatte, konnte es kaum jemand mit ihr aufnehmen. Ein Meister des Jingwu-Sportverbands bestätigte, dass sie die traditionelle Kampfkunst so perfekt beherrsche, als wäre sie bei dem Ahnherrn des Kung-Fu, Huo Yuanjia, in die Schule gegangen.

Einmal kamen sie auf dem Nachhauseweg an einer Statue von Alexander Puschkin vorbei, da blieb Yin Yu stehen und begann, auf Russisch zu rezitieren. Si Wang verstand natürlich kein Wort. Geheimnisvoll sagte sie: »Dieses Gedicht heißt *Wenn das Leben dich betrügt*.«

»Yin Yu, wo hast du Russisch gelernt?«

»Das ist mein Geheimnis.«

»Gut, ich habe auch ein Geheimnis. Wollen wir sie uns gegenseitig verraten?«

»Nein.«

Der Wind zerzauste ihr Stirnhaar und legte eine Schönheit frei, die sonst hinter ihrem jungenhaften Aussehen verborgen blieb.

Dann kamen sie an einem alten Gebäude vorbei, und Si Wang las am Tor »Changde-Apartmenthaus«. Leise sagte er:

»Hier hat die Schriftstellerin Eileen Chang gewohnt. Und hier hat sie auch ihren Mann, Hu Lancheng, kennengelernt.«

Yin Yu lächelte kalt und sah verächtlich zu einem der Balkone hinauf. »Hu Lancheng, dieser Dreckskerl? Ich spucke auf ihn!«

Sie schwieg einen Moment, dann strich sie über das Schild am Tor: »Um ehrlich zu sein, ich war oft in diesem Gebäude. Damals hieß es aber Eddington-Apartmenthaus.«

Sie nahm Si Wang an der Hand und zog ihn in die dunkle Eingangshalle.

Sie bewegte sich, als sei sie mit dem Ort völlig vertraut, und stieg mit ihm die Treppen hinauf, bis sie vor einer Wohnungstür standen.

Ihre Hand war kalt, wie die einer Leiche.

»Es ist genau dieses Appartement. Hier hat Eileen Chang mehrere Jahre lang gelebt. Die Wohnung ist voll mit Büchern, chinesischen und ausländischen, sowie zahlreichen Kunstbänden aus Europa. Außerdem ist ein billiges Sofa darin und der Rattansessel, auf dem sie saß, als das berühmte Foto von ihr gemacht wurde. Alles war sauber und ordentlich, weil sie sich später von ihren Honoraren Dienstboten leisten konnte. Soll ich noch weitererzählen?«

Da drang plötzlich die Stimme eines alten Mannes nach draußen: »Wer ist vor der Tür? Kinder, stört mich nicht!«

»Los!«

Sie rannten die Treppen wieder hinunter bis hinaus auf die Straße. Es war schon dunkel.

Si Wang keuchte und sah ihr in die Augen: »Du bist wirklich sehr besonders.«

Im Sommer wurden die Ergebnisse der Aufnahmeprüfungen für die Oberstufengymnasien bekannt gegeben. Yin Yu war tatsächlich die Beste und bekam einen Platz am renommierten Nanming-Gymnasium.

Zum Abschied sagte Si Wang: »Wir können uns ja weiterhin sehen.«

KAPITEL 8

Mitte Juli 2009, Geisterfest.

Die Stadt schien nicht auf das Geisterfest eingestimmt zu sein, die meisten Leute auf der Straße wussten gar nicht, welches Fest man am 15. Juli beging. Sie sah immer noch jung aus. Die meisten Leute schätzten ihr Alter falsch. Sie trug ein weißes langes Kleid, das ihre schlanken Knöchel zeigte, und hatte schwarze flache Schuhe an. Das schwarze Haar fiel ihr bis über die Schultern, Gesicht und Lippen waren geschminkt. Am Arm trug sie eine einfache Handtasche.

Ihr Name war Ouyang Xiaozhi.

Auf dem Weg von der Fußgängertreppe hinunter zur Metro wurde sie von jemandem auf der Rolltreppe beobachtet. Vielleicht lag es daran, dass ein Zug gerade in den Bahnhof einfuhr, jedenfalls hob ein Windstoß ihr langes Haar wie Seidenfäden auf, sodass es über den Handrücken der auf der Rolltreppe in die entgegengesetzte Richtung fahrenden Person strich.

Es war ein vier- oder fünfzehn Jahre alter Teenager, schlank und rank, mit einem hübschen Gesicht.

Der Teenager fuhr mit der Rolltreppe nach oben zum Ausgang, während Xiaozhi zu Fuß die Treppe zu den Bahnsteigen hinunterging.

War er es? Auf dem Bahnsteig musste sie sich einfach nochmals umdrehen. Der Teenager hatte kehrtgemacht und stürzte geradezu die Treppe hinunter.

Oyang Xiaozhi ging schneller, um ihm auszuweichen. Zum Glück kam gerade eine Bahn, und sie huschte durch die sich öffnenden Türen.

Er hatte den Bahnsteig erreicht, musste jedoch die Leute gewaltsam zur Seite schieben, um weiter voranzukommen. Sie schimpften hinter ihm. Ein Mann, den er weggestoßen hatte, schlug ihm vor Wut so fest in den Rücken, dass er stolperte und zu Boden fiel.

Auf dem Bauch liegend, hob er den Kopf und sah ihr Gesicht.

»Warte! Warte!«

Er rappelte sich auf, da ertönte das Signal zum Schließen der Türen. Xiaozhi stand im Wagen gedrängt in einer Ecke und sah ihn am Bahnsteig.

In dem Moment, wo er sich nach vorn stürzte, schlossen sich die äußeren und die inneren Türen gleichzeitig, und sie waren voneinander getrennt — er am Bahnsteig und sie im Tunnel.

Durch das dicke Glas konnte er ihr Gesicht sehen.

Der Zug rollte an. Wie ein Verrückter trommelte er mit seinen Fäusten gegen das Sicherheitsglas und lief noch zehn Meter neben ihr her, bis er schließlich abgehängt war. Die Mitarbeiter der Metro überwältigten ihn, rissen ihn zu Boden und drückten sein Gesicht gegen den Stein.

»Ouyang Xiaozhi.«

Seine Lippen berührten die Erde; er rief leise ihren Namen.

Sie fuhr im Zug durch den tiefen Tunnel und hatte ihn nicht mehr rufen gehört. Aber er war es, das wusste sie.

Es war Hochsommer und Rushhour, in dem überfüllten Waggon stank es nach Schweiß. Ob sich hinter jedem Passagier ein Geist versteckte? Heute war doch ihr Tag, das Geisterfest. Bei den Buddhisten hieß es Ulambana. Das ist Sanskrit und bedeutet: »Rette die, die kopfunter hängen.«

Eine halbe Stunde später stieg sie aus der Metrostation und fuhr mit dem Bus stadtauswärts zur Nanming-Straße.

Dort, wo früher baufällige Fabrikgebäude und ödes Land waren, standen schon seit Langem neue Immobilien. Die Straße war von riesigen Plakatwänden gesäumt, und es gab dort ein Carrefour. Statt der kleinen Lastwagen und der Fahrräder fuhren auf den Straßen jetzt importierte Autos, wie Golf, Mazda, Audi, Mercedes und BMW. Der Bus hielt immer noch an derselben Stelle, nur das alte Schild war durch ein neues ersetzt worden, auf dessen Rückseite eine Werbung für den Film *Twilight* zu sehen war. Direkt gegenüber war das Nanming-Gymnasium, das sich in den letzten vierzehn Jahren kaum verändert hatte. Hin und wieder kamen Schüler durchs Tor, die jetzt in den Sommerferien zusammen lachten oder sich unter Tränen verabschiedeten.

Plötzlich sah sie ein bekanntes Gesicht, das sich im Laufe der Jahre stark verändert hatte, aber immer noch Respekt einflößte – Zhang Mingsong.

Unter seinem Arm klemmte eine Aktentasche. Er war in den Vierzigern – das Haar akkurat gekämmt, der Bart sauber getrimmt, der Rücken gerade, die Augen ausdrucksvoll. Jeder Schüler, dem er begegnete, als er durchs Tor hinausging, grüßte ihn höflich. Er war der berühmteste Mathelehrer weit und breit. Damals schon bezahlten ihm viele Leute hohe Honorare für private Unterrichtsstunden. Seine Preise hatten sich seither bestimmt um ein Mehrfaches erhöht. Herr Zhang stieg in einen schwarzen Datsun Bluebird und brauste los, ohne sich nochmals umzudrehen.

Ouyang Xiaozhi ging ein paar Hundert Meter weiter, da entdeckte sie zwischen zwei Baustellen den von Gras überwucherten Pfad, der zum Quartier der Teuflin führte.

Es gab zwar eine provisorische Mauer, aber das große Tor stand weit offen. Die gesamte Fabrik war seit Langem geschlossen. Und ein großer Teil des ehemaligen Areals wurde nun neu entwickelt. Nur ein zwischen zwei Baustellen eingequetschter Streifen war noch übrig geblieben.

Die Ruine war ziemlich baufällig geworden. Ganz vorsichtig berührte sie die Außenmauer der ehemaligen Fabrik. Der nackte Beton und die unverputzten Ziegel fühlten sich an wie die Haut eines verwesenden Leichnams. Auf Zehenspitzen ging sie hinein. Auf dem Boden lagen überall Abfall und Müll, aus den Ecken drang der säuerliche Gestank von Exkrementen. Wahrscheinlich hatten Obdachlose und Wanderarbeiter hier übernachtet. Sie ging weiter bis zum Eingang des unterirdischen Tunnels, wo die Stufen zur Hölle im Schattendunkel verschwanden.

Als sie auf die erste Stufe trat, durchfuhr sie von den Fersen bis zur Nasenspitze eine Eiseskälte. Wie elektrisiert wich sie zurück, lehnte sich gegen die Wand und schnappte nach Luft. Wer diesen leeren Raum betritt, so geht die Sage über das Quartier der Teuflin, dem fährt ein Dolch in den Rücken.

Im Herzen spürte sie einen unbeschreiblichen Schmerz, der ihr den kalten Schweiß ausbrechen ließ.

Bereits 1988, sie war noch eine elfjährige Schülerin, war sie hier gewesen und hatte vor dieser Luke gestanden.

Seither waren mehr als zwanzig Jahre vergangen, doch die Erinnerung daran war nicht verblasst. Es war in der gleißenden Mittagssonne gewesen, als ein paar Gymnasiasten hinter dem Schultor in einen kleinen Weg eingebogen waren. Einer von ihnen hatte auf der Stirn ein bläuliches Mal. Im Schatten eines Baumes ließen sie sich zu einem Picknick nieder. Ein hungriges Mädchen war ihnen heimlich gefolgt. Als sie das Fleisch sah, lief ihr das Wasser im Mund zusammen. Da stahl sie sich ein Hühnerbein aus der Lunchbox eines der Jungen.

Sie rannte auf das brachliegende Grundstück neben der Straße zu, knabberte dabei immer weiter an dem Hühnerbein, und die Jungen, die den Diebstahl bemerkt hatten, liefen hinter ihr her. An der alten Fabrik bekamen sie das Mädchen endlich zu fassen. Außer einem abgeknabberten Hühnerbein hatte die Elfjährige nichts, was sie den Jungen geben konnte.

Sie beschlossen daraufhin, die »kleine Diebin« zu bestrafen und sie im Quartier der Teuflin einzusperren.

Es hieß, dass dieses unterirdische Lager nachts oft von Geistern heimgesucht werde. Die Jungen warfen sie hinein und drehten den runden Griff an der Luke so fest um, dass man sie selbst mit übermenschlichen Kräften von innen nicht hätte öffnen können.

Es herrschte grenzenlose Dunkelheit. Verzweifelt schlug sie gegen die Luke, in der Hoffnung, jemand würde ihr Rufen hören. Oder hatte der Junge mit dem bläulichen Mal an der Stirn vielleicht Mitleid und würde sie befreien?

Aber jenseits der Luke war keinerlei Geräusch zu hören.

Sie war in einem Grab.

Damals hatte sie noch nicht einmal gewusst, wie man das Wort »kaltblütig« schrieb.

Sie schrie sich die Kehle aus dem Hals, bis sie schließlich in Ohnmacht fiel. Die Zeit schien ewig; es war totenstill. Sie wusste nicht, ob es draußen Tag war oder Nacht. Hatte überhaupt jemand ihr Verschwinden bemerkt? Würde jemand sie suchen? Sie hatte Hunger, und ihr Hals brannte vor Trockenheit.

Da hörte sie auf einmal bruchstückhafte Laute, zuerst eilige Schritte, dann ein Drehen am Griff der Luke.

Ein gleißender Lichtstrahl brach in die Dunkelheit, und sie hielt die Hände schützend über ihre Augen.

Ein Mann beugte sich zu ihr und strich ihr zärtlich über das schmutzige Haar. Dann nahm er ihr die Hände von den Augen und leuchtete ihr ins Gesicht.

Zuerst sah sie nur schemenhaft, das Licht blendete sie. Erst, als er die Taschenlampe weglegte, konnte sie undeutlich seine Augen sehen. Sie waren wie zwei ferne, stille Kerzenflammen und verrieten nicht, was er dachte. Er war blass, aber seine Gesichtszüge waren markant.

»Hier ist tatsächlich ein kleines Mädchen!«

Das war das Erste, was er sagte. Sie hatte so lange nichts getrunken, dass sie kein Wort herausbrachte.

»Geht es dir gut? Bist du stumm?«

Sie schüttelte schnell den Kopf, dann erst verstand er: »Du bist bestimmt hungrig und müde? Komm mit mir, du Arme!«

Er wollte sie an der Hand nach draußen ziehen, aber dafür

war sie zu schwach. Sie hatte keine Kraft, um die Stufen aus dem Quartier der Teuflin hinaufzusteigen.

Er hockte sich hin, nahm das Mädchen auf den Rücken und trug sie aus dem stockfinsteren Fabrikgelände.

Am Nachthimmel standen zahllose Sterne, und es wehte ein frischer Wind. Der Kaminschlot hinter ihnen rauchte unentwegt, als würden dort Menschenknochen verbrannt.

»Hab keine Angst. Ich bin ein Schüler vom Nanming-Gymnasium.«

Mit letzter Kraft klammerte sie sich an die Schultern dieses achtzehnjährigen Jungen. Sein Rücken war kühl, sein Herz schlug schnell. Sein Hals war sauber, und er hatte keinerlei strengen Geruch an sich. Hinter den Ohren wuchs ihm dichter Flaum. Kraftlos fiel ihr Kopf nach unten gegen seine warmen Wangen. Sie hätte ewig so verharren können, selbst wenn sie dabei verhungert wäre.

Er ging und redete gleichzeitig mit sich selbst. Nachts in dieser Ödnis konnte ihn ja niemand belauschen. »Lu Zhongyue hat gesagt, dass sie ein kleines Mädchen im Quartier der Teuflin eingesperrt haben, weil es ein Hühnerbein aus seiner Lunchbox gestohlen hat. Ich habe gefragt, habt ihr es wieder freigelassen? Alle haben geantwortet, wir haben es vergessen. Wäre ich nicht mitten in der Nacht über die Mauer geklettert, wären sie zu Mördern geworden!«

Aus dem Brachland kam er wieder auf die Nanming-Straße. Er ging zu den illegal errichteten Baracken, wo er an einer Tür klopfte und um Wasser und Essen für das Mädchen bat. Er hatte ihr das Leben gerettet. Dann hatte er es eilig, zu verschwinden und über die Mauer zurück in die Schule zu klettern.

Nie würde sie sein Gesicht vergessen.

2009 kehrte sie nun in das Quartier der Teuflin zurück. Alles war verwüstet. Die Zeit schien festgefroren. Hatte sie da ein Weinen gehört?

War es ihr eigenes Weinen von damals im Jahr 1988, als sie

in dem unterirdischen Lager eingesperrt gewesen war? Oder war es die Stimme von Shen Mings rastlosem Geist nach seiner Ermordung im Jahr 1995?

Da war doch ein merkwürdiger Geruch?

Ob er sich in einer Ecke im Quartier der Teuflin verbarg?

Ouyang Xiaozhi stürzte über die feuchten, dunklen Stufen hinunter bis zu der Luke mit dem runden Griff.

Sie war nicht verschlossen!

In dem Moment, als sie die Tür aufstoßen wollte, um zu dem Ort zurückzukehren, wo Shen Ming begraben war – genau in dem Moment tauchte ein Schatten auf.

»Ah!«

Unbewusst schrie sie. Der dunkle Schatten stieß gegen sie. Sie fiel zu Boden, und ihr Hinterkopf schlug auf den kalten, harten Stein.

Sie versuchte immer noch, ihren Gegner zu packen, und griff nach seinem Arm, doch er schüttelte sie ab.

Wie im Nu war der Schatten auf den dunklen Stufen aufgetaucht, und wie im Nu war er wieder verschwunden.

Die Schmerzen an den Schultern und am Hinterkopf waren so stark, dass sie kaum aufstehen konnte. Sie stolperte in Richtung Ausgang. Sie hatte keine Chance, ihn einzuholen.

Der Schreck von diesen entsetzlichen Sekunden saß ihr noch in den Knochen, als sie einen starken Zigarettengeruch wahrnahm.

Da erinnerte sie sich, dass sie eine Taschenlampe mitgebracht hatte, und leuchtete in diesen unterirdischen Raum. Er war nicht größer als zwanzig Quadratmeter. Der Boden war mit abgestandenem Wasser bedeckt. Ob es dasselbe Wasser war, in dem Shen Ming vor vierzehn Jahren gelegen hatte? An der Wand war ein merkwürdiger Schriftzug, der mit einem harten Gegenstand eingraviert worden sein musste. Es sollte wohl »Tian Xiaomai« heißen.

Nun hatte sie also das Quartier der Teuflin gesehen. Im Rücken spürte sie einen stechenden Schmerz. Dann verließ sie den unterirdischen Raum und schwor, niemals wiederzukommen.

Zurück an der Sonne holte sie tief Atem. Sie fühlte sich wie neugeboren. Sie betrachtete die monströse baufällige Fabrik mit den hohen Kaminen, die bald einzustürzen drohten, und dann die sich im Bau befindlichen neuen Türme. Es war, als überblendeten sich Vergangenheit und Gegenwart.

Wer war der Mann, der sich im Quartier der Teuflin versteckt hatte?

KAPITEL 9

Weihnachten 2009.

Shen Yuanchao trug einen schwarzen Mantel. Der kalte Wind zerzauste sein weißes Haar. Auch sein stoppeliger Bart war weiß. Trotzig schaute er zu einem der Fenster hinauf. Vor drei Jahren war er am selben Tag hierhergekommen.

Ein Teenager kam auf ihn zu. Er war groß und schlank, seine Haut fahl. Er wirkte still. Ein Typ, auf den die Mädchen stehen. Erstaunlich, dass er an diesem Abend nicht auf einer Weihnachtsparty war.

»Verzeihung, suchen Sie jemanden?«

Überrascht trat der alte Staatsanwalt ein paar Schritte zurück. Er musterte den Jungen und erinnerte sich vage, dass er das Gesicht schon einmal gesehen hatte: »Ah, du bist doch der Sohn von Inspektor Huang Hai?«

»Ja, warum suchen Sie ihn? Gibt es einen bestimmten Grund?«

Nun, es war Si Wang, inzwischen ein vierzehnjähriger Teenager.

Das rote Halstuch trug er nicht mehr. Er ging aufs Gymnasium und steckte mitten in der Pubertät. Auf seiner Oberlippe wuchs dichter Flaum, und seine Stimme klang heiser. Er war in die Höhe geschossen und inzwischen fast so groß wie seine Mutter. In ein paar Jahren würde er so groß sein wie Huang Hai.

»Er hat das Telefon nicht abgenommen. Ist er denn zu Hause?«

»Kommen Sie doch mit nach oben.«

Si Wang führte ihn die Treppen hinauf und klingelte an der Tür, als wäre er hier zu Hause. Verschlafen öffnete Huang Hai. Zuerst sah er den Jungen und umarmte ihn wie ein Vater seinen Sohn. Dann erst sah er Shen Yuanchao.

»Warum hast du den denn mitgebracht?«

Der Inspektor wirkte sofort angespannt und sah den alten Staatsanwalt misstrauisch an.

»Ich bin seit Kurzem pensioniert und wollte mal wieder mit Ihnen sprechen.«

Er schien nicht mehr so verstockt wie vor ein paar Jahren, sondern begegnete dem Inspektor nüchtern und höflich wie ein alter Bekannter. Er zog ein kleines Geschenk aus seiner Tasche: »Frohe Weihnachten!«

Si Wang nahm das Päckchen, ohne zu zögern, an. »Danke!«

»Was machst du da, verdammt noch mal?!«

Noch ehe Huang Hai ihn bremsen konnte, hatte der Junge das Papier schon abgerissen. Es war eine gebundene Ausgabe von Hemingways *Der alte Mann und das Meer*.

»Entschuldigen Sie, ich wusste nicht, was ich als Geschenk mitbringen sollte. Aber erst neulich habe ich dieses Buch wieder gelesen. Es passt zu meinem derzeitigen Geisteszustand. Ich bin selbst wie dieser starrköpfige alte Fischer, der nicht an das Schicksal glauben will.«

»Hemingway?« Huang Hai runzelte die Stirn. »Habe ich schon mal gehört.«

Si Wang stupste ihn an: »Hey, das Buch ist wirklich gut! Nimm du es, ich hab's schon gelesen.«

»Na gut.«

Huang Hai nahm das Buch und legte es auf den Tisch. »Herr Shen, glauben Sie mir bitte, die Polizei wird den Mörder seiner gerechten Strafe zuführen. Handeln Sie auf gar keinen Fall auf eigene Faust!«

»Hatten Sie nicht einmal diesen Spitzen-Mathelehrer vom Nanming-Gymnasium erwähnt? Vor einem Jahr hat er sich ein

Auto gekauft, und es ist schwieriger geworden, ihn zu verfolgen. Aber ich bleibe ihm auf den Fersen!«

Es fiel ihm auf, dass in Huang Hais Bücherregal ein Exemplar von Dan Browns *Da Vinci Code* stand. Er war überzeugt, dass der Mörder von Shen Ming ein von Menschenopfern besessener Psychopath war. Man musste genau verstehen, wie der Täter fühlte und dachte, um ihn zu ergreifen.

»Inspektor Huang, bitte verstehen Sie mich nicht falsch. Ich bin nur hier, um Ihnen zu danken. Anstelle meines Sohnes, der im Grab liegt, danke ich Ihnen, dass Sie seit inzwischen mehr als zehn Jahren seinen Mörder verfolgen!«

»Der Mörder wird bestimmt gefasst!«, unterbrach ganz unvermittelt der Vierzehnjährige.

»Sei still! Wenn die Erwachsenen sich unterhalten, hast du nichts zu sagen.«

»Ich glaube, dass alle diese Fälle miteinander im Zusammenhang stehen. Zhang Mingsong ist ein Serienmörder!«

Huang Hai schüttelte ratlos den Kopf und schwieg.

Shen Yuanchao deutete auf *Der alte Mann und das Meer*. »Dieses Buch ist übrigens auch für Ihren Sohn geeignet. Ich mache mich auf den Weg. Auf Wiedersehen!«

Draußen auf der Straße ging ihm das Gesicht des Jungen nicht aus dem Kopf. Und diese funkelnden Augen. Hatte er ihm etwas sagen wollen?

Nachts kam Shen Yuanchao nach Hause. Wie immer wartete seine Tochter auf ihn. Die Vierzehnjährige war ein ausgesprochen hübsches Mädchen. Sie hatte die Einladung zu einer Weihnachtsparty ausgeschlagen und zu Hause einen Horrorfilm angeschaut.

Vor ein paar Tagen hatte sie Geburtstag gehabt, am Todestag ihrer Mutter.

Am 17. Juni 1995 hatte Shen Yuanchao von der Schwangerschaft seiner Frau erfahren. An dem Tag hatte er auch Shen Ming zum letzten Mal gesehen.

Er erinnerte sich noch genau, wie seine Frau an jenem Tag

ein großes Essen zum fünfundzwanzigsten Geburtstag seines unehelichen Sohnes vorbereitete. Er wusste damals, dass Shen Ming in Schwierigkeiten war. Doch anstatt zu überlegen, wie er ihm helfen könne, war er nur darauf bedacht, dass niemand von dem Geheimnis erfuhr. Er befürchtete, seine Stellung als Staatsanwalt könnte dadurch gefährdet sein.

Wie sehr er das heute bereute!

Der einzige Trost war, dass er ihn an jenem Nachmittag beim Abschied, einem Impuls folgend, in die Arme genommen hatte.

Er ahnte nicht, dass es ein Abschied für immer war.

Als er zurück in die Wohnung kam, war seine Frau sichtlich durcheinander: »Yuanchao, ich bin schwanger.«

Diese Nachricht kam völlig unerwartet. Sie waren seit mehr als zehn Jahren verheiratet, aber ihre Ehe war kinderlos geblieben. Nach jeder Untersuchung sagte man ihnen, dass seine Frau nicht schwanger werden könnte. Nie hatte er sie deswegen verachtet, sondern alle Kraft in seine Arbeit gesteckt. Unermüdlich kämpfte er als Staatsanwalt gegen die Korruption. Er war seiner Frau dankbar, dass sie es mit ihm und seinem unehelichen Sohn überhaupt aushielt. Nie hätte er gedacht, dass sie noch schwanger werden würde. War der Himmel ihm gnädig?

Wie auch immer, trotz der Gefahren für eine Spätgebärende war sie entschlossen, das Kind zur Welt zu bringen.

Fünf Tage später war ein gewisser Inspektor Huang Hai bei der Staatsanwaltschaft aufgetaucht. Er bat Shen Yuanchao nach draußen und überbrachte ihm mit ernstem Gesicht die Nachricht: »Shen Ming ist tot.«

Shen Yuanchao zeigte keinerlei Regung, nickte nur schweigend mit dem Kopf und gab, so weit er dazu in der Lage war, Auskunft. Anschließend kehrte er in sein Büro zurück und tat seine Arbeit. Erst nachts, als er allein war, fiel er auf die Knie und weinte.

Er war entschlossen, den Tod von Shen Ming zu rächen.

Ein halbes Jahr später kam das Mädchen zur Welt. Die Mutter starb bei der Geburt.

Als er ihren Leichnam in seinen Armen hielt, fragte er sich, ob es irgendjemanden auf der Welt gebe, den das Schicksal noch härter getroffen hatte.

Seiner Tochter gab er den Namen Shen Min.

Mit fünfzig hatte er nicht nur Frau und Sohn verloren, sondern er trug auch die Verantwortung für die Pflege des Neugeborenen sowie für die Verfolgung des Mörders.

Nachts, wenn das Baby in der Wiege lag, fand Shen Yuanchao, obwohl er unendlich müde war, keinen Schlaf, weil er immer wieder an Xiao Qian denken musste.

Xiao Qian war die Mutter von Shen Ming.

Shen Yuanchao hatte sie kennengelernt, als er zwanzig war. Sie war die Tochter eines Dienstboten. Nach nur wenigen Jahren brach sie die Schule ab und arbeitete in einem Frühstückslokal an der Straße. Er kaufte oft frittierte Klebreiskuchen bei ihr. Während die Klebreiskuchenstücke im siedenden Öl goldbraun brutzelten, betrachtete er ihr schönes Gesicht mit den großen Augen darin. Jeder Schlag ihrer Wimpern ließ sein Herz schneller schlagen.

Im Sommer jenes Jahres nahm er sie an den Suzhou-Fluss zum Angeln mit, dann gingen sie ins Kino, und anschließend saßen sie auf einer Parkbank ...

Das war die Vorgeschichte zu Shen Mings Geburt.

Ein paar Monate vor der Geburt seines Sohnes musste Shen Yuanchao die Stadt verlassen. Mit dem Zug wurde er als junger Intellektueller zur Landarbeit in den rauen Norden geschickt. Dort bekam er weder Briefe noch Anrufe. Er hockte den ganzen Tag im tiefen Schnee und blickte hinüber zur Sowjetunion auf der anderen Seite des Flusses. Ein Jahr später kam er zurück und besuchte seine Familie. Erst dann erfuhr er, dass Xiao Qian einen Sohn zur Welt gebracht hatte.

Er nahm das Kind in die Arme, seinen Sohn. Aber er konnte die Mutter nicht heiraten. Außerdem durfte niemand davon wissen, sonst hätten ihn die anderen mit Verachtung gestraft, und er hätte die Gelegenheit, Parteimitglied zu werden, verloren. Hartherzig verließ er Mutter und Kind und fuhr mit dem Zug wieder in den rauen Norden zurück.

Sieben Jahre später erhielt er als Vorzeigeparteimitglied die Erlaubnis, in seine Heimatstadt zurückzukehren. Nach einer langen Zeit im Exil war er endlich wieder zu Hause. Man hatte für ihn eine Stelle in der Staatsanwaltschaft vorgesehen.

Xiao Qian war inzwischen tot. Um mit dem Kind überleben zu können, war sie gezwungen gewesen, diesen Bastard zu heiraten, der sie später vergiftete. Zum Glück hatte der Sohn ihn bei der Polizei angezeigt, und der Mörder wurde hingerichtet.

Shen Yuanchao stellte fest, dass ihm der Junge mit zunehmendem Alter immer ähnlicher wurde. Die Großmutter war mit dem Kind aufs Amt gegangen, um seinen Namen zu Shen Ming abändern zu lassen. Aber sie musste über die wahren Verhältnisse Stillschweigen bewahren, sonst hätte er seine Stelle in der Staatsanwaltschaft verloren. Er besuchte seinen Sohn einmal im Monat und gab der Großmutter dann zwanzig Yuan. Das war damals sein halbes Monatsgehalt. Im Laufe der Zeit erhöhte er seine Unterhaltszahlungen, bis Shen Ming einen Platz an der Universität bekam.

Dann ging sein Traum in Erfüllung, er wurde Staatsanwalt des Volkes. Gleichzeitig heiratete er eine standesgemäße Frau. Fortan war er der unkorrumpierbare Staatsanwalt Shen.

Ein Jahr nach der Hochzeit entdeckte seine Frau sein Geheimnis. Er gestand den Fehler, den er damals gemacht hatte, ein und bereitete sich innerlich schon auf die Scheidung vor. Nie hätte er zu hoffen gewagt, dass seine Frau nur ein paar Tränen weinte, dann aber die Sache auf sich beruhen beließ. Als sie später erfuhr, dass sie wahrscheinlich keine Kinder bekommen konnte, hatte sie den Wunsch, Shen Ming zu sehen. Sie wollte wissen, wer der Sohn ihres Mannes war. Sie schlug sogar vor, dass das Kind bei ihnen wohnen sollte. Shen Yuanchao lehnte das kategorisch ab. Er hatte Angst vor einem Skandal um den unehelichen Sohn.

Seine Tochter ging inzwischen aufs Gymnasium.

Shen Ming hatte sich längst in Staub und Asche verwandelt. Er war seit vierzehn Jahren tot. Shen Yuanchao stellte sich oft vor, dass er ihn noch einmal wiedersah, aber kein Wort herausbringen konnte. Das Blut tropfte aus seinen Mundwinkeln, als hätte man ihm einen Zahn gezogen.

Wenn er wieder ins Leben zurückkäme, gleich, ob er von der Mengpo-Suppe getrunken hatte oder nicht, würde er dann, wenn er Shen Yuanchao begegnete, sich an seinen sogenannten Vater erinnern?

KAPITEL 10

An einem Abend im Herbst 2010.

Es war an einem Wochenende, als Yin Yu mit ihrem Rennrad zu Si Wang gefahren war. Sie trug nach wie vor einen blauen Trainingsanzug und sah mit ihrem Kurzhaarschnitt aus wie ein Mann. Der Fünfzehnjährige kam die Treppen heruntergelaufen. Er war inzwischen größer als sie.

»Na, Kleiner, du bekommst ja schon einen Bart. Bald bist du erwachsen!«

Sie versetzte Si Wang einen Schlag in die Magengrube. Aber der Junge war darauf vorbereitet und hatte die Bauchmuskeln angespannt.

Vor zwei Jahren hatte Yin Yu einen Platz am Nanming-Gymnasium bekommen. Bei jeder Prüfung schnitt sie als Schulbeste ab. Dennoch würdigte sie der Rektor in keiner Weise, und auch die anderen Lehrer behandelten sie nicht gerade freundlich. Am liebsten war sie in der Bibliothek, wo sie eines Tages die geheime Dachkammer mit all den alten Büchern entdeckte. Sie hatte von der Schülerin gehört, die dort mit Oleanderextrakt vergiftet worden war, und auch, dass der Mörder nie gefasst wurde. Ihr Mathematiklehrer war Zhang Mingsong, und sie hatte eine Reihe von merkwürdigen Eigenschaften an ihm festgestellt, wie zum Beispiel seine Vorliebe für sonderbare Bücher auf dem Gebiet der Symbologie und der Geschichte. Außerdem las er mit Begeisterung westliche und japanische Thriller und schaute ebenso gern Zombiefilme.

Si Wang hatte sie gebeten, ihm zu helfen, einen gewissen Lu Zhongyue zu finden, und zeigte ihr das Fahndungsfoto. Yin

Yu las den Text darunter und sagte: »Also dieser Typ hat mindestens zwei Menschen auf dem Gewissen und ist bestimmt
längst über alle Berge. Aus welchem Grund sollte er sich noch
hier in der Nähe aufhalten?«

»Intuition.«

Es war ihm vollkommen ernst, und seine Augen hatten ein
solches Feuer, dass Yin Yu sich einverstanden erklärte. Dann
sagte sie mit einem sonderbaren Lächeln: »Komm mit, ich
muss noch wohin!«

Die beiden fuhren mit ihren Fahrrädern los und bogen
nach einer Weile in einen kleinen, stillen Weg, bis sie zu einem
Grundstück mit einem Bambuszaun und einer Ziegelmauer
kamen. Durch ein schwarzes Eisentor konnte man undeutlich
ein altes, fremdländisches Haus sehen. Sie schlossen ihre Räder unterhalb der Mauer an und klingelten am Tor, das sich
daraufhin von selbst öffnete.

Hinter dem Tor war ein schmaler Hof, in dem alle möglichen Pflanzen wuchsen und der über und über mit goldenen
Blättern bedeckt war. Das zweistöckige Haus hatte schon bessere Zeiten gesehen, wovon die Eingangstreppe und einige
Skulpturen zeugten.

Si Wang zog Yin Yu an der Jacke: »Was ist das für ein Ort?«

Ohne zu antworten, ging sie weiter in die dunkle Eingangshalle, die mit Mosaiken ausgelegt war. Von den Wänden blätterte der Putz ab, doch insgesamt war es sauber. Kein Staub
und keine Spinnweben. In dem düsteren Korridor hing eine
Art Verwesungsgeruch. Es war aber nicht der Gestank, den ein
Leichnam entwickelte, sondern eher der Geruch von Orangen-
schalen, die jahrelang zum Trocknen ausgelegt worden waren.
Ein Lichtstrahl fiel aus einer halb offenen Tür. Auf Zehenspitzen gingen die beiden in das Zimmer, wo an drei Wänden
Regale standen, die vom Boden bis zur Decke mit alten Büchern gefüllt waren. Von daher kam also dieser eigenartige Geruch.

In dem Raum saß zudem eine Frau.

Es fällt schwer, sie als »Frau« zu bezeichnen. Genauso, wie man bei Yin Yu immer an einen Jungen dachte.

Wie eine Mumie war sie in einen dicken Schal gewickelt. Ihr Haar war voll, aber weiß wie Schnee. Ihre Augenwinkel waren schon schlaff, aber ließen die frühere Schönheit noch erahnen. Der Mund war eingefallen, wahrscheinlich, weil sie keine Zähne mehr hatte. Sie war mager und blass. Es war unmöglich zu sagen, wie alt sie war.

Mit »alte Dame« ließ sie sich wohl am besten beschreiben.

Yin Yu bewegte sich ganz selbstverständlich, und die alte Dame behandelte sie nicht wie eine Fremde. Aber ihre trüben Augen blitzten überrascht beim Anblick Si Wangs.

»Du brauchst keine Angst zu haben!« Yin Yu legte ihre Hände auf die Schultern der Alten und massierte sie. »Er ist ein guter Freund. Wir waren früher auf derselben Schule.«

»Ah, guten Tag! Ich heiße Si Wang. Si, wie *der Befehlshaber*, und Wang, wie *ins Weite blicken*. Ich bin im letzten Jahr der Realschule.«

»Si Wang, das ist ein guter Name. Du kannst mich Fräulein Cao nennen.«

Sie sprach reinstes Hochchinesisch. Nur ihr zahnloser Mund verschluckte ein paar Silben. Ihre Stimme klang trocken und rau, sie sprach langsam, und jedes Wort schien sie aus einem tiefen Schacht zu holen.

»Fräulein … Fräulein Cao …«

Der alten Frau gegenüber kam ihm das Wort »Fräulein« nicht ganz natürlich über die Lippen.

»Nach so vielen Jahren hast du endlich einen Freund.« Die alte Dame drehte den Kopf ein wenig, um Yin Yu hinter sich sehen zu können. »Wirklich, ich freue mich für dich.«

Yin Yu massierte die Alte immer noch, um ihren Blutkreislauf anzuregen. »Ja, ich hoffe, du magst ihn. Denk nicht, der Kleine sei dumm, er ist ein helles Kerlchen!«

Die alte Dame streckte einen Arm wie ein Zweiglein aus ihrem Schal und legte sie auf Yin Yus Hand auf ihrer Schulter.

Die eine Hand schien dem Grabe nah, die andere war jung wie der Frühling, doch in dem Moment, als sie so sanft übereinanderlagen, schienen sie zu einer Person zu gehören.

»Kleiner Freund, hast du Geschichten zu erzählen?«

Die alte Dame wandte sich an Si Wang. Ihre trüben Augen hatten etwas Böses im Blick. Sie hätte leicht zweihundert Jahre alt sein können.

»Ich, äh – leider nein.«

»Das ist kaum zu glauben! Ich bin fast neunzig Jahre alt und habe noch nie erlebt, dass Freunde von Yin Yu keine Geschichten zu erzählen haben.«

»Lass gut sein, wir wollen den Kleinen nicht in Verlegenheit bringen.«

Yin Yu nahm einen Holzkamm vom Fensterbrett, der aussah wie eine Antiquität, und kämmte das weiße Haar von Fräulein Cao. Dabei begann sie eine Unterhaltung auf Französisch, und die alte Dame wechselte mühelos die Sprachen. Die beiden wirkten wie Großmutter und Enkelin aus einer längst vergangenen Zeit. Sie sprachen miteinander wie eng vertraute Freunde.

Die alte Dame schloss die Augen und genoss es offensichtlich, die Zähne des Kamms auf ihrer Kopfhaut zu spüren. »Du kommst seit so vielen Jahren jede Woche zur selben Zeit, um mich zu kämmen. Wenn ich tot bin, wirst du jemand anderen kämmen.«

»Sei unbesorgt, du lebst mindestens noch zwanzig Jahre, und dann bin ich auch schon alt.«

Die alte Dame lächelte bei Yin Yus Antwort, dann wandte sie sich wieder an Si Wang: »Mein kleiner Freund, Yin Yu ist ein guter Mensch, lass dich von ihr nicht einschüchtern. Solltest du irgendwann einmal in Schwierigkeiten geraten, wird sie dir gewiss helfen.«

»Gut, Fräulein Cao, das bleibt unser Geheimnis.«

»Was mich betrifft, so gibt es auf dieser Welt keine Geheimnisse.«

Sie sprach mit einer außergewöhnlichen Ruhe und wirkte dabei wie ein grenzenloses Gebirge. Si Wang dagegen schien wie ein Kind, das Reisig sammeln sollte, aber den Weg nicht fand.

Yin Yu setzte heißes Wasser auf, legte mehrere Medikamente in eine Schublade, holte frisches Gemüse aus ihrem Schulranzen und legte es in den Kühlschrank. Dann entzündete sie die Gasflamme und begann zu kochen. Sie bereitete ein reichhaltiges Mahl, bei dem Gemüsegerichte im Mittelpunkt standen, was gut für alte Menschen war.

»Essen!«

Sie kommandierte Si Wang immer herum.

Yin Yu, Si Wang und Fräulein Cao saßen wie eine Familie um den Tisch. Hinter ihnen hing ein Bild aus längst vergangener Zeit. Die Szene wirkte wie aus einem alten Kinofilm.

Die alte Dame nahm die Essstäbchen und sagte: »Ach, jammerschade, dass ich keine Zähne mehr habe. Ich vermisse die Sojabohnenpaste mit den acht Gewürzen aus dem Rongshun-Restaurant.«

Nach dem Essen stand Yin Yu auf und sagte: »Wir müssen jetzt gehen. Pass gut auf dich auf!«

»Mach dir keine Sorgen! Ich werde schon nicht allein hier sterben!«

»Was sagst du da!«

Yin Yu nahm die Hand der alten Dame und hielt sie lange fest, als wollte sie sie gar nicht mehr loslassen.

»Geht jetzt!« Fräulein Cao schaute auf Si Wang: »Kleiner Freund, wenn das Wasser, das aus der Leitung kommt, einem reißenden Strom zugeflossen und dann in einer Kläranlage wieder gereinigt worden ist, ist es nicht mehr das Wasser, das über deine Hand geronnen ist.«

»Hä?«

»Eines Tages wirst du das verstehen.«

Die alte Dame hatte ein sonderbares Lächeln auf den Lippen. Yin Yu zog Si Wang aus dem Haus. Vor ihnen lag der mit

Laub bedeckte Hof. Es war Nacht. Als sie das kleine Anwesen verließen und auf ihre Räder stiegen, begann es zu regnen.

»Sollen wir zurückgehen und warten, bis der Regen aufhört?«

»Wir haben uns schon verabschiedet und stören sie nicht noch einmal.«

Nach außen hin drückte Yin Yu sich ganz unmissverständlich aus. Doch eigentlich wäre sie sehr gern noch einmal zurück ins Haus gegangen.

Der fünfzehnjährige Junge und das achtzehnjährige Mädchen saßen auf ihren Rädern und warteten im Schutz des Bambuszauns, bis es zu regnen aufhörte. Hin und wieder fielen Regentropfen auf ihre Wangen, kalt und spitz wie Nadeln.

»Du bist doch eigentlich ein Mann.«

Si Wang hatte das Schweigen gebrochen, doch sie verharrte still im Dunkeln.

»Warum sagst du nichts? Ist es wegen Fräulein Cao?«

»Sie war die letzte Frau, für die ich Zuneigung empfunden habe.«

Yin Yu sprach diesen Satz, als wäre sie ein alter Mann.

»Du hast immer noch nicht meine Frage beantwortet.«

»Gut, weil wir beste Freunde sind, will ich nichts vor dir verbergen. Nach meinem Tod behielt ich Erinnerungen aus meinem früheren Leben. Aber mein früheres Leben hatte zu lange gedauert. Als ich endlich starb, war ich froh, dass der Tod mich erlöste.«

Der Junge drehte sich um und warf einen Blick zurück auf die Baumspitzen hinter dem Zaun: »Wenigstens lebt sie noch. Was für ein Glück! Du kannst sie noch sehen.«

»Um ehrlich zu sein, ich hatte viele Frauen in meinem früheren Leben. Aber alle haben mich verlassen. Nur sie ist noch da.«

»War sie deine Frau?«

»Früher wünschte ich, dass sie es nicht wäre. Aber später wünschte ich, dass sie es wäre.«

»Das verstehe ich nicht.«

Yin Yu blickte zum Himmel und lächelte bitter, ehe sie tieftraurig sagte: »In zwanzig Jahren wirst du es verstehen. Männer und Frauen. Ein Abschiednehmen und Auseinandergehen, ein Warten und Erwarten, bis es schließlich zu spät ist. Du kannst es nicht wissen. Kurz nachdem wir uns kennengelernt hatten, wurde ich in die Wüste geschickt, ins Quaidam-Becken. Ganze dreißig Jahre lang waren wir voneinander getrennt. Als ich in die Stadt zurückkam, war ich so alt, dass ich kaum mehr laufen konnte.«

Sie streckte die Hand aus und fühlte, ob es noch regnete. Dann setzte sie die Kapuze ihrer Jacke auf, trat in die Pedale und radelte weiter.

Es war still unterwegs in dieser Regennacht. Die Räder knirschten beim Fahren über das goldene Laub der Ginkgo-Bäume, und das Regenwasser spritzte. Auf einem Schild am Straßenrand stand »Anxi-Weg«.

Si Wang radelte hinter ihr her und rief: »Kennst du dich hier aus?«

»Ja, ich habe die letzten zwanzig Jahre meines früheren Lebens hier gewohnt.«

»Zusammen mit Fräulein Cao?«

»Nein, sie hat am östlichen Ende des Wegs gewohnt und ich am westlichen. Vierhundert Meter lagen zwischen uns. Ich zeige es dir.«

Eine Minute später kamen sie an ein hell erleuchtetes zweistöckiges Wohnhaus. Nah am Boden war ein halbes Fenster, vermutlich die Belüftung für den Kellerraum.

»Ich habe im Erdgeschoss gewohnt.«

Yin Yu zeigte auf ein Fenster, aus dem durch den Vorhang Dialoge eines Fernsehstücks drangen.

Sein Blick fiel wieder auf das Kellerfenster: »Du hast wohl keine Familie mehr aus deinem früheren Leben?«

»Schwer zu sagen.« Sie seufzte tief. »Und vielleicht auch keine aus diesem Leben.«

Als Si Wang sich umblickte, sah er ein Haus auf der gegenüberliegenden Straßenseite, das dunkel und düster in der
Regennacht aufragte. Die Dachschindeln kamen herunter, der
Verputz blätterte ab, und zwischen den Fenstern rankte wildes Gestrüpp.

Yin Yu hielt sich dicht hinter Si Wang: »Das ist ein verwunschenes Haus. Da die Eigentumsrechte daran nicht geklärt
sind, steht es seit vielen Jahren leer.«

»Ein verwunschenes Haus?«

»Lass mich nachdenken. An meine Kindheit kann ich mich
gut erinnern. Aber alles, was später war, scheint ein bisschen
vage ... Ja, es war 1983, als in einer regnerischen Herbstnacht,
so wie dieser, in diesem Haus ein Mord geschah. Der ur-
sprüngliche Besitzer war ein bekannter Übersetzer, der sich
in den 1970er-Jahren hier erhängt hatte. Dann nahm ein Re-
volutionsführer das ganze Haus in Besitz. 1983 starb er unter
geheimnisvollen Umständen. Es hieß, dass seine Kehle mit
einer Glasscherbe aufgeschlitzt wurde. Damals kursierten
viele Gerüchte. Die einen sagten, dass er von der rastlosen
Seele des Übersetzers ermordet wurde. Andere behaupteten,
dass die Hinterbliebenen seiner zahllosen Opfer ins Haus
drangen und sich an ihm gerächt hätten. Die Polizei hatte
den Fall gründlich untersucht, letztendlich wurde er aber nie
gelöst.«

Si Wang schob das Fahrrad die Stufen hinauf, um das Haus
anzufassen. Er berührte das fest verschlossene und mit Rostflecken gesprenkelte Eisentor, das morsche Holz des Briefkastens und auch das fast abgefallene Türschild.

Anxi-Weg Nr. 19.

Als seine Finger über den schwarzen Eisenbeschlag glitten,
überkam Yin Yu das Gefühl, als bestünde eine Beziehung zwischen diesem verwunschenen Haus und dem Jungen.

Si Wang zog plötzlich die Hand zurück, als hätte er einen
Elektroschock bekommen, und verließ auf seinem Fahrrad
fluchtartig den Anxi-Weg.

Yin Yu folgte ihm im dichten Regen bis zu dem Perlschnurbaum in seiner Straße.

»Fahr schnell nach Hause!«

»Warte. Ich muss dir noch was sagen.«

Sie stellten sich unter das Dach am Eingang, wobei Si Wang
sich nervös nach allen Seiten umblickte, als hätte er Angst, seine
Mutter oder ein Nachbar könne sie sehen und denken, er flirte
mit dem burschikosen Mädchen.

»Si Wang, du hast mich doch gebeten, dir bei der Suche
nach Lu Zhongyue zu helfen. Vor einem Monat habe ich eine
Entdeckung gemacht. Deine Intuition war richtig. In dem
neuen Einkaufszentrum an der Nanming-Straße gibt es einen
winzigen CD- und DVD-Laden. Ich war ein paarmal dort,
aber er war immer geschlossen. Einmal hatte ich Glück, und
er war offen. Dort gibt es Kung-Fu-Filme aus Hongkong
und alte synchronisierte Filme aus Osteuropa und der Sowjetunion. Der Besitzer des Ladens ist ein Mann in den Vierzigern,
an dem überhaupt nichts Auffälliges ist. Nur an der Stirn hat
er ein blasses Mal. Ich habe bei ihm *Schlacht um Moskau* gekauft.
Er hat mein Geld gar nicht nachgezählt. Die ganze Zeit hat er
geraucht. Mindestens zwei Zigaretten in den wenigen Minuten. Da war ein riesiger Aschenbecher voller Kippen.«

In dem kalten Regenwetter musste Si Wang niesen. Yin Yu
sprach unbeirrt weiter. »Heutzutage sehen alle Leute Filme
nur noch online. In diesen Laden kommt nur selten Kundschaft. Keine Ahnung, wie er sich über Wasser halten kann.
Eines Abends, es goss in Strömen, habe ich mich draußen allein herumgetrieben. Kein einziger Mensch war auf der Nanming-Straße. Und da habe ich einen Mann mit einem großen
schwarzen Regenschirm aus dem DVD-Laden kommen sehen.
Er ist zu der ehemaligen Fabrik gegangen. Ich war neugierig
und bin ihm gefolgt. Es war tatsächlich der merkwürdige Besitzer des Ladens. Er bewegte sich auf dem Gelände ganz vertraut, selbst bei dem starken Regen und im Dunkeln hat er
nicht die Orientierung verloren. Er ist die Treppen hinunter

zu dem unterirdischen Raum gestiegen. Ich habe mich draußen versteckt und den Ausgang mindestens eine Stunde lang
beobachtet. Aber er kam nicht mehr wieder. Es war, als wäre er
unterirdisch zurück bis in die Qing-Dynastie gelaufen.«

»Hat er dich gesehen?«

»Nein, bestimmt nicht.« Yin Yu verschwand hinter einem
Schatten. »Ich kann mich unsichtbar machen. Glaubst du mir
nicht? Auf Wiedersehen.«

Es hatte die ganze Zeit nicht aufgehört zu regnen.

KAPITEL 11

2010. Huang Hai hatte das Gefühl, dass das Jahr für ihn unter einem schlechten Stern stand.

Am chinesischen Neujahrstag wartete er eine halbe Stunde lang in einer Schlange, um Karten für *Avatar* in einem IMAX-3-D-Kino zu kaufen.

Es war das erste Mal, dass er He Qingying ins Kino einlud. Im Umgang mit Verbrechern war er routiniert, aber bei dieser Einladung geriet er ins Stottern. Zum Glück war nicht passiert, was er am meisten befürchtet hatte – sie hatte Si Wang nicht erwähnt. Wahrscheinlich hatte sie dem Jungen gegenüber den Kinobesuch mit dem Inspektor verheimlicht.

Er hatte Snacks und Getränke gekauft, doch während der Vorstellung aßen und tranken sie nichts. He Qingying konnte auch nichts mit nach Hause mitnehmen, sonst hätte Si Wang es entdeckt. Es blieb ihnen also nichts anderes übrig, als alles auf dem Nachhauseweg aufzuessen.

Der Wind zerzauste ihr langes Haar. He Qingying war inzwischen vierzig, aber man sah es ihr nicht an. Huang Hai griff nach ihrer Hand. Zuerst wehrte sie ab, dann gab sie nach. Ihre Hand fühlte sich kalt an, wie die eines Leichnams bei einer Obduktion. Sie unterhielten sich angeregt, bis sie aufhörten zu sprechen, den Blicken des anderen auswichen und einander näher kamen.

In den letzten drei Jahren hatte er ihr mit dem Buchladen geholfen. Jeden Tag kam er vorbei. Wenn in ihrer Wohnung irgendetwas nicht funktionierte, war er sofort zur Stelle. Sogar den Fernseher konnte er reparieren.

Sein Verhältnis zu Si Wang wurde jedoch immer ange-
spannter.

Nach dem Frühlingsfest fuhr er mit dem Jungen vor die
Moschee, wo ein Händler Walnusskuchen anbot. Er kaufte
ein Stück für Si Wang. Als sie wieder im Polizeiwagen saßen,
sagte er: »Ich muss mit dir sprechen.«

»Arbeitest du an einem neuen Fall?«

»Nein, die letzten Fälle haben wir alle gelöst. Worüber ich
mit dir sprechen will, ist Folgendes …« Huang Hai wusste
nicht recht, wie er es angehen sollte. Er kratzte sich am Hinterkopf, fing an zu sprechen und brach wieder ab. »Si Wang, niemand weiß, wann dein Vater wiederkommt. Wärest du einverstanden, wenn ich dein Vater werde?«

Der Junge stieß die Tür auf und sprang aus dem Wagen. Er
warf das Stück Kuchen weg und rannte ans Ufer des Suzhou-
Flusses.

Es war kalt.

Von da an ging Huang Hai nie wieder mit He Qingying
allein aus.

Der Herbst zog ins Land.

Es war an einem Sonntag, feiner Regen schlug gegen die
Windschutzscheibe. Die Nanming-Straße, auf der ein Wolkenkratzer neben dem anderen in die Höhe gezogen wurde,
erinnerte kaum noch an die Morde, die vor fünfzehn Jahren
geschehen waren. Nur das Nanming-Gymnasium hatte sich
kaum verändert.

»Verdammt! Wer hat dir erzählt, dass es neue Spuren
gibt?«

Huang Hai hielt das Lenkrad fest und hatte die Augen auf
die regennasse, endlos lange Straße gerichtet, die in eine andere Dimension zu führen schien.

»Ein geheimer Informant. Ich muss seine Identität schützen!« Si Wang saß auf dem Beifahrersitz. »Glaub mir, ich bin
kein normaler Mensch. Du verstehst, was ich meine.«

Sie fuhren in einem Zivilstreifenwagen. Die Kühlerhaube

war voll Staub und Schlamm. Gestern Abend hatte Huang Hai außerhalb der Stadt einen Mörder gefasst und ihn in diesem Auto zurückgebracht. Er hatte nur drei Stunden geschlafen, dann kam Si Wang und weckte ihn mit der Nachricht, dass es einen Hinweis auf den Verbleib von Lu Zhongyue gebe. Weitere Einzelheiten erzählte er nicht. Sobald sie vor Ort wären, werde sich alles ergeben. Er betonte, dass seine Mutter auf keinen Fall davon erfahren dürfe.

Der Wagen hielt vor dem schmalen DVD-Laden, der nicht einmal ein Namensschild hatte. Er lag versteckt zwischen einem Fußmassage-Salon und einem Friseurgeschäft. Wäre an der schmalen Tür nicht ein Poster von Leslie Cheungs *Happy Together* gewesen, hätte ihn niemand bemerkt.

Der Regen wurde immer stärker.

Huang Hai trug Zivilkleidung. Er ermahnte Si Wang, dass er, egal, was passierte, im Auto bleiben müsse. Dann stieg er aus, klopfte an die Ladentür und ging hinein.

Rauch.

Dichter Zigarettenrauch, der selbst bei einem Kettenraucher wie Huang Hai einen Hustenreiz auslöste. Er hielt den Atem an und sah sich in dem Laden um. Rechts in den Regalen standen vor allem alte Filme der Shaw Brothers aus Hongkong. Links in den Regalen standen synchronisierte japanische Filme aus den 1980er-Jahren. Auf den Rücken der DVD-Covers waren Namen wie Ken Takakura, Komaki Kurihara und Tomokazu Miura zu lesen.

Huang Hai sah die Silhouette eines Mannes, der sich langsam umdrehte.

Er erkannte das Gesicht.

»Lu Zhongyue?«

Innerhalb von wenigen Sekunden war der Mann durch die Hintertür entwischt.

Inspektor Huang Hai duckte sich und zog unter dem Arm seine QSZ-92 heraus. Mit einem Fuß stieß er die Hintertür des Ladens auf. Es war düster, und der Regen fiel dicht. Er konnte das Gesicht des Mannes nicht sehen und auch seinen Rücken nur undeutlich ausmachen.

Wie ein Irrsinniger hatte er die Flucht ergriffen.

»Halt! Stehen bleiben! Polizei!«, brüllte Huang Hai, während er sich auf Teufel komm raus an die Verfolgung machte. In der Rechten hielt er die Pistole, wagte aber nicht, zu schießen.

Einen Augenblick später war der Schatten in einer Baustelle verschwunden.

In den dunklen Gängen hallten die schnellen Schritte des Fliehenden, und Huang Hai folgte ihm die Treppen hinauf bis in den fünften Stock. Dabei musste er aufpassen, nicht über die aus den Mauern herausragenden Stahlträger zu stolpern. Endlich sah er den Kerl wieder, als er durch ein unverglastes Fenster sprang.

Gleich gegenüber befand sich noch ein anderer Rohbau, und der Flüchtige hatte mit einem Satz die andere Seite erreicht.

Ohne zu zögern, sprang Huang Hai ihm hinterher …

»Nein!«

Woher kam die Stimme? Der Fünfzehnjährige schrie sich die Kehle aus dem Leib, doch der sturzflutartige Regen schluckte seine Stimme.

Huang Hai hatte die andere Seite nicht erreicht.

Der Inspektor war mit seinen achtundvierzig Jahren aus dem fünften Stock zwischen den beiden Gebäuden im freien Fall fünfzig Meter in die Tiefe gestürzt. Mit verrenkten Gliedmaßen lag er auf einem Haufen Bauschutt im Matsch.

»Nicht …«

Si Wang stieß einen schrillen Schrei aus. Er drehte sich um und lief die fünf Stockwerke hinunter.

Die QSZ-92 lag in ein paar Metern Entfernung.

Si Wang beugte sich über Huang Hai. Die Knochen seiner Gliedmaßen waren gebrochen; die Hände waren verdreht. Er lag da wie eine Marionette, bei der die Fäden durchgeschnitten waren. Es war nicht einfach, seinen Kopf anzuheben. Der

Regen und das Blut vermischten sich und rannen über sein Gesicht. Der Junge rief seinen Namen: »Huang … Hai …«

Er war noch nicht tot.

Der Körper des Inspektors war vom Regen völlig durchnässt. Si Wang schüttelte seinen Kopf, schlug ihm ins Gesicht und schrie ihn an: »Du darfst nicht sterben! Du musst durchhalten! Gleich kommt der Rettungswagen!«

Scheiße! Er hatte die 110 noch gar nicht angerufen.

Huang Hai, der aus dem fünften Stock gestürzt war, lag in seinen letzten Atemzügen. Aus seinen Augen tropfte Blut, sie waren halb geschlossen.

»Ah Liang …«

»Ich bin hier!« Si Wang strömten die Tränen übers Gesicht. »Papa, ich bin hier!«

Si Wang oder Ah Liang, das machte jetzt keinen Unterschied.

Der Junge nahm Huang Hais Hände fest in seine, um dem erkaltenden Körper etwas von seiner Wärme zu geben. Dann hielt er das Ohr an seine Lippen, um die immer schwächer werdende Stimme zu hören. Wie aus tiefster Tiefe hörte er: »Shen Ming …«

Huang Hai hatte diesen Namen wie einen hauchdünnen Faden ausgespuckt. Mit halb offenen Lidern blickte er zum bleigrauen Himmel, und der Regen spülte ihm das Blut aus den Augenhöhlen.

Im Augenblick des Todes sah er vage das Gesicht des Fünfzehnjährigen vor sich. Der Junge versuchte, ihn am Leben zu halten. Er drückte auf seine Magengrube und beatmete ihn von Mund zu Mund.

Das Wasser auf der Baustelle wurde immer tiefer, und man konnte zusehen, wie Huang Hai darin versank. Es war, als hätte er drei Tage und drei Nächte im Quartier der Teuflin gelegen.

Huang Hais Seele flog hoch hinauf, um von oben auf den verzerrten Körper zu blicken und auf den weinenden Jungen, der ihn in den Armen hielt.

Si Wang wischte sich die Tränen ab, schaute in den schwarzen Vorhang aus Regen, und in seinem Blick lag eine ungeahnte Kälte und Grausamkeit.

KAPITEL 12

Sieben Tage später.

Die Trauerfeier für Huang Hai fand in der größten Halle des Beerdigungsinstituts statt. Alle leitenden Beamten der städtischen Behörden nahmen daran teil. Der Inspektor war in diesem Monat bereits der zweite Polizist, der in Ausübung seines Amtes sein Leben ließ. He Qingying trug ein dunkles Kostüm, in den Händen hatte sie weiße Chrysanthemen, und in ihren Augen standen Tränen. Sie hielt ihren Sohn an der Hand; die beiden mischten sich ganz zuhinterst unter die Menschenmenge. Ein paar von Huang Hais Kollegen kannten sie, und einer nach dem anderen kam zu ihr, um sie, als wäre sie die Witwe, zu trösten.

Nachdem der Polizeichef die lange Trauerrede vorgetragen hatte, erklang feierliche Musik. Si Wang stützte seine Mutter. Ihre Hände waren eiskalt, und sie hörte, wie der Junge ihr ins Ohr flüsterte: »Mama, entschuldige, ich hätte nicht ...«

»Hör auf, Wang Er!« Ihre Lippen zitterten, und sie schüttelte den Kopf, als sie weitersprach. »Es ist nicht so, wie du denkst.«

Eine Parteiflagge war über Huang Hais Körper gebreitet, er trug eine perfekt gebügelte Uniform, seine Gliedmaßen waren rekonstruiert. Man konnte überhaupt nicht sehen, dass zahlreiche Knochen gebrochen waren.

He Qingying legte ihre Finger an das kalte Glas und erinnerte sich, wie sie damals seine Stirn und seine Nasenspitze berührt hatte.

Die Berührungen zwischen ihr und diesem Mann waren

nicht über Stirn und Nasenspitze hinausgegangen. In der Zeit, die sie mit Huang Hai zusammen war, gab es keinerlei körperliches Begehren. Sie hatte sich einfach durch seine Wärme wiederbelebt gefühlt.

Si Wang vergoss vom Anfang bis zum Ende der Trauerfeier keine einzige Träne.

Sie nahm ihren Sohn an der Hand und verließ mit ihm die Halle. Einmal drehte sie sich noch um und blickte auf die Masse von Polizisten. Sie konnte ihn spüren, seine beiden Augen, die sie heimlich beobachteten. Aber He Qingying konnte den Mann nicht sehen. Oder war es eine Frau?

Jeder Polizist, der an der Bestattung teilgenommen hatte, schwor, den flüchtigen Tatverdächtigen zu ergreifen, damit die Seele von Inspektor Huang Hai im Himmel ruhen möge. Wenn der Flüchtende nicht beim Anblick des Inspektors mit einem wahnsinnigen Satz auf das gegenüberliegende Gebäude gesprungen wäre, als hätte er unter Drogen gestanden, dann wäre Huang Hai nicht vom fünften Stock in den Tod gestürzt.

Von dem Tatverdächtigen fehlte jegliche Spur.

Die Polizei hatte den DVD-Laden mehrmals durchsucht. Aus den Zigarettenkippen konnten sie DNA-Proben entnehmen. Der Vermieter gab ihnen eine Kopie des Ausweises des Tatverdächtigen, der sich als Fälschung herausstellte. Eine Handynummer hatte er nicht hinterlegt. Der DVD-Laden hatte nicht viele Kunden, und der Inhaber pflegte keine Kontakte. Nur wenige erinnerten sich, wie er aussah. Die Polizei konnte gemäß der Beschreibung des Vermieters dennoch ein Fahndungsbild anfertigen.

Diese Skizze zeigten sie Si Wang und He Qingying.

Si Wang bestätigte, dass der Mann darauf Lu Zhongyue war; das blasse Mal auf seiner Stirn ließ keinen Zweifel zu. Er war ja, zumindest auf dem Papier, der Adoptivsohn von Lu Zhongyue gewesen und hatte mit ihm ein halbes Jahr unter einem Dach gelebt. Es machte also Sinn, ihn zur Identifizierung heranzuziehen. Doch He Qingying war strikt dagegen,

Si Wang in die Ermittlungen miteinzubeziehen. Sie verbot der Polizei, Kontakt zu ihm aufzunehmen. Dem Polizeichef schrieb sie einen Brief, in dem sie ihrer Sorge Ausdruck verlieh, der Junge könnte nach Huang Hai das nächste Opfer sein. Sein Leben durfte keinesfalls gefährdet werden.

Die Tränen, die sie in diesen Tagen vergoss, waren zum einen Teil wegen Huang Hai, zum anderen Teil wegen ihres widerspenstigen Sohnes. Sie warf ihm vor, unbesonnen und ungestüm gewesen zu sein und Mitschuld am Tod Huang Hais zu tragen. Hätte er nicht darauf bestanden, Lu Zhongyue zu ergreifen, wäre dieser gestandene Inspektor nicht so elendiglich gescheitert.

Si Wang setzte dem nichts entgegen, sondern murmelte bloß ständig vor sich hin: »Habe ich Huang Hai ermordet?«

In den letzten sechs Monaten hatte er begonnen, auf sein Äußeres zu achten. Auch wenn er nur die Uniform anzog, um zur Schule zu gehen, stand er vor dem Spiegel, ehe er das Haus verließ, um noch die Haare mit etwas Wasser glatt zu streichen. Erst, seit er Mitglied der Jugendliga der Kommunistischen Partei geworden war, zählte er als richtiger Teenager.

Er half seiner Mutter dabei, eine Internetbuchhandlung mit dem Namen »Quartier der Teuflin« zu eröffnen, denn der Verkauf von Büchern war schwieriger geworden. Aber mit dem Onlinebuchhandel zusätzlich zu dem herkömmlichen Laden sollten sie auskommen. Der Onlinehandel ließ sich noch um Lehrbücher ergänzen, was zu ihrer Haupteinkommensquelle wurde. He Qingying bemühte sich, die perfekte Onlinebuchhändlerin zu werden, und bat ihre Kundschaft um gute Bewertungen. Am Wochenende und abends, sobald er nur irgendwie Zeit hatte, half Si Wang seiner Mutter beim Verpacken, Versenden und bei der Auslieferung der online bestellten Bücher.

In einem halben Jahr würde Si Wang an den Aufnahmeprüfungen für die Oberstufe teilnehmen. Er wollte unbedingt einen Platz auf dem Nanming-Gymnasium bekommen.

He Qingying war aus verschiedenen Gründen strikt dagegen. Sie sagte, dass sie nach all den Jahren doch ein so enges Verhältnis hätten und es ihr schwerfalle, ihn ins Internat gehen zu lassen. Außerdem sei der Leistungsdruck an den Elitegymnasien so stark, dass die Medien immer wieder über Selbstmord an den Schulen berichteten. Ein stilles und introvertiertes Kind wie Wang Er könne sich, trotz seiner großen Begabung, nicht an eine solche Umgebung anpassen. Es sei ihr lieber, Wang Er würde einen weniger beschwerlichen Weg wählen und ein Polytechnikum oder eine Handelsschule besuchen. Nach dem Abschluss würde er dann leicht eine Arbeit finden, um seinen Unterhalt zu verdienen.

»Wang Er, hörst du mir überhaupt zu?«

Die Lampe auf dem Tisch spendete nur schwaches Licht. He Qingyings Haar fiel über ihre Schultern, es glänzte wie das einer jungen Frau. Es war nicht erstaunlich, dass oft Schüler in die Buchhandlung kamen und absichtlich mit einem 100-Yuan-Schein zahlten, um beim Herausgeben des Wechselgelds noch ein wenig länger ihre Gegenwart zu genießen. Jedes Mal, wenn das geschah, riss Si Wang die Augen auf und glotzte sie an, doch Mama blinzelte ihm zu, er solle sich nicht aufregen.

Er lag schon im Bett, drehte sich zur Wand und fragte: »Mama, warum hast du mir diesen Namen gegeben?«

»Habe ich dir das nicht schon gesagt? Als du noch in meinem Bauch warst, habe ich jeden Tag durchs Fenster ins Weite geblickt, und mir war dabei, als würde mich jemand rufen ... und deshalb habe ich dir den Namen ›Wang‹, was ›ins Weite blicken‹ bedeutet, gegeben.«

»Meine Mitschüler haben mir einen Spitznamen gegeben. Sie nennen mich Todesengel.«

He Qingying befahl ihrem Sohn, sich umzudrehen und ihr in die Augen zu schauen: »Warum?«

»Wenn man *Si Wang* etwas anders betont, klingt es wie *siwang*, sterben.«

Sie hielt ihm den Mund mit der Hand zu. »Wang Er, morgen gehe ich zu deiner Schule und sage eurem Klassenlehrer, dass niemand dich so nennen darf!«

Er befreite sich aus ihrem Griff und sagte: »Mama, mir ist dieser Spitzname nicht unheimlich. Im Gegenteil, ich finde, er klingt gut.«

»Wie ... wie kannst du nur so denken?«

»Manchmal denke ich selbst, dass ich ein Todesengel bin. Seit meiner Geburt habe ich mütterlicherseits weder Großvater noch Großmutter. Kurz nachdem ich in die Schule kam, verschwand mein Vater auf geheimnisvolle Weise. Als ich in der dritten Klasse war, erlagen meine Großeltern väterlicherseits nacheinander einer Krankheit. Am Suzhou-Fluss entdeckte ich eine Leiche in einem Jeep. Danach kam ich in das Haus der Gus, sowohl Frau Gu als auch der alte Herr wurden bald darauf ermordet. Unmittelbar danach lernte ich Inspektor Huang Hai kennen, dessen Wohnung wie ein Archiv des Todes war. Und jetzt habe ich ihn in meinen Armen sterben sehen ... Schwer zu glauben, dass das alles Zufall ist, oder?«

Er sprach so ruhig und gelassen, als halte er eine Vorlesung.

»Denk nicht darüber nach, Wang Er. Was auch immer geschehen mag, Mama wird dich beschützen.«

»Mama, ich bin erwachsen. Jetzt ist es Wang Er, der dich beschützt.«

»In den Augen deiner Mutter bleibst du ewig das Kind.«

Der Fünfzehnjährige antwortete: »Aber alle Mamas hoffen doch, dass ihr Kind an einem der Elitegymnasien angenommen wird, nicht wahr? Ich bin begabt genug, um aufs Nanming-Gymnasium zu gehen, warum sollte man sich dem widersetzen? Du hast mir doch den Namen Wang, *ins Weite blicken*, gegeben. Das bedeutet aber doch auch, dass man mit Weitblick in die Zukunft investieren muss!«

»Du irrst dich, Wang Er.« He Qingying strich zärtlich über den Rücken ihres Sohnes, und ihre Stimme wurde sanft wie Seide. »Glaub deiner Mutter! Du bist ein hochintelligentes Kind, das habe ich schon früh gesehen. Und du trägst mehr Ge-

heimnisse mit dir herum als andere Kinder. Leider heißt dein
Vater Si Mingyuan, und deine Mutter heißt He Qingying.
Wir sind arm geboren. Das ist unser Schicksal.«

»Aber ich habe doch dich und Papa deswegen nie verachtet!«

»Wenn Mama stirbt, musst du dir eine reiche Familie suchen.«

»Ich will nicht, dass du stirbst!«

Si Wang drückte sie so fest, dass sie beinahe erstickte.

KAPITEL 13

Drei Wochen später, Wintersonnenwende. In der nördlichen Hemisphäre ist dies der Tag mit den wenigsten Sonnenstunden und der längsten Nacht.

Es war außerordentlich kalt.

Der große, schlanke Mann sah nicht älter als dreißig aus. Er hatte ein gleichmäßiges Gesicht, die Haare waren lang für einen Polizisten. Die Brauen über seinen strengen Augen wirkten angespannt. Unbewusst wichen viele Leute seinem Blick aus. Er hatte Huang Hai nur flüchtig gekannt, da er erst vor drei Monaten in dieses Revier versetzt worden war.

Dennoch hatte der Polizeichef ihm die laufenden Fälle von Huang Hai übertragen.

Es gab sechs ungelöste Mordfälle, drei davon lagen fünfzehn Jahre zurück — im Juni 1995 wurde Liu Man, eine Abiturientin, auf dem Dach des Nanming-Gymnasiums tot aufgefunden, ein paar Tage später entdeckte man die Leiche von Yan Li, Dekan an derselben Schule, in einem Graben an der Nanming-Straße, und das dritte Opfer war der Lehrer Shen Ming, der zuerst unter dem Verdacht gestanden hatte, die Abiturientin ermordet zu haben, und dann aus dem Dienst entlassen worden war. Im Jahr 2002 verschwand ein Manager der Unternehmensgruppe Erya, und zwei Jahre später wurde seine Leiche in einem Jeep am Ufer des Suzhou-Flusses gefunden. Er war ehemals ein Schulfreund von Shen Ming gewesen. Im Jahr 2006 wurden Gu Qiusha, die Verlobte von Shen Ming, und ihr Vater, Gu Changlong, nach dem Bankrott ihrer Firma, der Unternehmensgruppe Erya, von Lu Zhongyue ermordet.

Lu Zhongyue war ebenfalls ein Schulfreund von Shen Ming gewesen und, nach Shen Mings Tod der Ehemann von Gu Qiusha.

Huang Hai war bei der Verfolgung von Lu Zhongyue gestorben.

Der neue Inspektor hatte auch Huang Hais Schlüsselbund übernommen. Als er damit die Wohnungstür seines verstorbenen Kollegen öffnete, spürte er die starke Zugluft. Es war kühl. Jemand musste unlängst hier gewesen sein.

Die Tür zu der Kammer stand weit offen.

Er zog seine Pistole, schlich lautlos bis an die Tür zu der Kammer und hielt die pechschwarze Mündung seiner Waffe in den schmalen Raum. Manchmal gab es besonders verwegene Verbrecher, die in Wohnungen von Polizisten einbrachen.

Da sah er das Gesicht eines Jugendlichen.

»Du bist es?«

Der Mann steckte seine Pistole wieder ein. Wie von allein spannten seine Augenbrauen sich wieder an.

Ihm war der fünfzehnjährige Junge namentlich bekannt – Si Wang, ehemals Gu Wang.

»Wer sind Sie?«

Obwohl der Mann eine Uniform trug und eine Waffe hatte, war Si Wang auf der Hut. Er duckte sich an den Metallschrank und versteckte irgendetwas hinter seinem Rücken.

Der Mann holte seinen Polizeiausweis heraus und zeigte ihn dem Jungen. Er hatte denselben Rang wie Huang Hai. Er sah genauso aus wie der Mann auf dem gestempelten Foto. Daneben stand sein Name – Ye Xiao.

»Si Wang, du bist also doch gekommen.«

»Haben Sie mich beobachtet?«

Ye Xiao nahm dem Jungen einen Stapel mit Fotokopien zu den Mordfällen an der Nanming-Straße aus dem Jahr 1995 ab. Er legte die Akten zurück in den Schrank und sagte: »Du bist mir bei der Trauerfeier aufgefallen. Vor sechs Jahren warst du es, der die Leiche in dem Jeep am Suzhou-Fluss entdeckt hat.

Und wegen dir hat Huang Hai einen Verdächtigen verfolgt und ist in Ausübung seines Dienstes gestorben, stimmt's?«

»Sie wollen damit sagen, ich hätte Inspektor Huang Hai getötet?«

»Nein, das will ich damit nicht sagen. Aber ich würde gern wissen, warum du die Schlüssel zu seiner Wohnung hast?«

»Ich war oft zu Besuch. Damit es einfacher ist, hat er mir einen Schlüssel gegeben.«

Si Wang wirkte nach außen ganz gelassen, doch Ye Xiao durchschaute ihn: »Einschließlich des Schlüssels zu dieser Kammer? Si Wang, du lügst!«

Offenbar hatte ihm ein Kollege erzählt, dass es in Huang Hais Wohnung eine stets verschlossene Kammer mit umfassendem Aktenmaterial zu den Fällen gab.

Er hatte erraten, wie es gewesen sein musste – nachdem Huang Hai im Dienst gestorben war, hatte die Polizei keine privaten Schlüssel bei dem Toten gefunden. Höchstwahrscheinlich hatte sie also der Junge an sich genommen. Nur deshalb konnte er ohne Erlaubnis in Huang Hais Wohnung eindringen und auch in die verbotene Kammer.

Der Junge hatte, um Einzelheiten zu diesen Fällen zu erfahren, den Toten skrupellos bestohlen. Aber warum?

Ye Xiao betrachtete die Wände: Die eine war nach wie vor mit entsetzlichen Fotos und Artikeln vollgeklebt, auf der anderen stand in roter Schrift »Shen Ming«. Von den beiden Zeichen dieses Namens gingen neun dicke Linien aus. Die neueste davon führte zu dem Namen »Si Wang«.

Misstrauisch sah er den Jugendlichen an. Das Geburtsdatum von Si Wang lag zwar nach dem Tod von Shen Ming, aber er war der Adoptivsohn von Gu Qiusha und Lu Zhongyue gewesen, insofern gab es eine enge Verbindung.

In dem Schrank war eine Menge Material zu den Fällen, das wohl zum Großteil unbrauchbar war. Notizen von Huang Hai in seiner unleserlichen Handschrift, mit denen er ein Heft ums andere dicht beschrieben hatte.

In einem der Hefte hatte Huang Hai die Ergebnisse seiner Recherche zu Shen Mings Familiengeschichte aufgezeichnet. Das meiste war Ye Xiao bereits bekannt. Aber erstaunlicherweise war in diesem Dokument auch ein anderer Mordfall verzeichnet, der sich zu einem Zeitpunkt, da Huang Hai noch kein Polizist war, im Anxi-Weg ereignet hatte.

Es war im Jahr 1983, in einer regnerischen Herbstnacht, als in dem von fremdländischen Häusern gesäumten Anxi-Weg ein Mädchen auf die Straße lief und weinend um Hilfe schrie. Die herbeieilenden Nachbarn und die Polizei entdeckten, dass ihr Vater ermordet worden war. Der Tote war Leiter irgendeiner Behörde und hieß mit Nachnamen Lu. Jemand hatte ihm mit einer Glasscherbe die Kehle aufgeschlitzt. Der Fall hatte damals viele Fragen aufgeworfen. Der Mann hatte sich zu Lebzeiten eine Menge Feinde gemacht, da er während der »Kulturrevolution« zahlreiche Menschen tötete. Jedermann freute sich über seinen Tod, und die Akte wurde einfach geschlossen.

Genau an dem Tag, als die Tat geschah, war der dreizehnjährige Shen Ming auch im Anxi-Weg gewesen — er wohnte damals bei seiner Großmutter mütterlicherseits, die eine arme Dienstmagd war. Sie kümmerte sich um die alltäglichen Belange eines alten Intellektuellen. Der Eigentümer des Hauses lebte im Erdgeschoss und die Dienstmagd im Keller. Im Herbst 1995 fuhr Huang Hai in den Anxi-Weg und stellte fest, dass das Haus, in dem Shen Ming als Kind gewohnt hatte, genau gegenüber dem verwunschenen Haus lag, in dem 1983 der Mord geschehen war.

Ye Xiao steckte das Dokument vorsichtig in seine Tasche. Dann schob er Si Wang aus der Kammer und schaute ihm fest in die Augen: »Sag mir, warum hast du ein so großes Interesse an Huang Hais Fällen? Was haben die Menschen, die damals gestorben sind, mit dir zu tun?«

»Meine Mutter hat einen Buchladen, und in unserem Haus liegen stapelweise Krimis. Mein Traum ist es, eines Tages ein berühmter Kommissar zu werden.«

»Du bist ziemlich mutig. Beinahe hätte ich geglaubt, der Mörder wäre hier! Hättest du nicht so brav auf dem Boden gehockt, hätte ich dir womöglich eine Kugel in den Kopf geballert.« Er formte mit Zeigefinger und Daumen eine Pistole und zielte damit auf die Stirn des Jungen. »Nur ein Spaß, so etwas würde ich nie tun.«

Seine Augen waren außergewöhnlich ruhig, so als hielte er tatsächlich eine Pistole in der Hand. Si Wang hatte offensichtlich Angst. Er kramte den Schlüsselbund aus seiner Hosentasche und sagte: »Entschuldigen Sie. Ich komme nicht wieder hierher.«

Ye Xiao blickte aus dem Fenster. Es war Nacht geworden: »Ich habe offiziell alle laufenden Fälle von Inspektor Huang Hai übernommen.«

»Bitte, versprechen Sie mir, dass sie diesen Teufel fassen und Huang Hais Tod rächen!«

»Genau das ist meine Aufgabe.«

»Ich möchte noch etwas fragen: Würden Sie mir erlauben, Ihr Assistent zu sein? Ich habe viele nützliche Informationen!«

»Wie der gottverdammte DVD-Laden vielleicht, wegen dem Huang Hai dran glauben musste?« Ye Xiao schüttelte verständnislos den Kopf.

»Ich habe es schon wiederholt erklärt, dass eine Freundin von mir die Information geliefert hat. Sie haben sie bestimmt schon befragt.«

»Ja, sie heißt Yin Yu. Ich habe sie heute Vormittag besucht.«

»Sie haben ihr aber keine Angst gemacht, oder?«

Ye Xiao lächelte: »Im Gegenteil, sie hat mir Angst gemacht! Eine wirklich ungewöhnliche Person. Sie war nicht bereit, mit uns zusammenzuarbeiten, aber alles, was sie gesagt hat, war korrekt.«

»Ich verstehe. Kann ich jetzt nach Hause gehen?«

Der Junge nahm seinen Schulranzen und ging zur Tür. Ye Xiao rief ihm hinterher: »Hey, berühmter Detektiv Si Wang!«

»Haben Sie mich gerufen?«

»Ja!« Er gab dem Jungen noch seine Visitenkarte. »Falls irgendetwas sein sollte oder du Hilfe brauchst, ruf mich jederzeit an. Ich bin rund um die Uhr im Dienst!«

Si Wang konnte gar nicht schnell genug in den Aufzug kommen. Voller Anspannung atmete er erst einmal tief aus. Dann griff er in seine Hosentasche. Zum Glück hatte ihn Inspektor Ye Xiao nicht durchsucht! Er hatte eine Perlenkette aus Huang Hais Safe mitgenommen. An der Perlenkette hing ein Etikett, auf dem in Handschrift stand:

»22. Juni 1995, Beweisstück vom Tatort des Mordes an Shen Ming, lag zum Zeitpunkt des Fundes in der Hand des Toten.«

KAPITEL 14

2011, am 15. Tag des ersten Monats nach dem chinesischen Kalender, Laternenfest.

Ma Li war lange nicht in der Stadt gewesen. Er schaute auf seinem Computer die Fernsehserie *The Walking Dead* und war von dem Film völlig absorbiert.

Sein Telefon klingelte. Er nahm ab und hörte eine helle männliche Stimme: »Hallo, hier ist Shen Ming.«

Es war die Stimme eines Jugendlichen und nicht die des Kindes in seiner Erinnerung und auch nicht die seines vor sechzehn Jahren verstorbenen Lehrers.

»Du . . .«

»Lange nicht gesehen, du hast mir gefehlt.«

Völlig verwirrt.

»Hallo, bist du noch dran?«

War es Shen Ming oder Si Wang? Die Wahl zwischen Pest und Cholera. Er zögerte, ehe er endlich antwortete: »Ja, ich bin dran.«

»Ich will dich treffen. Jetzt gleich.«

Das kam überraschend. Es war acht Uhr, und er hatte gerade gegessen. »Einverstanden.«

»Gut. Ich warte am Blumen- und Vogelmarkt auf dich. Den kennst du ja.«

»Du meinst den ehemaligen Arbeiter-Kulturpalast?«

»Genau.«

Ma Li wollte noch etwas sagen, aber der Anrufer hatte bereits aufgelegt.

Eine halbe Stunde später.

Auf dem Blumen- und Vogelmarkt wurden Blumen und Haustiere verkauft. In dieser Nacht waren überall bunte Laternen aufgehängt. Ma Li war inzwischen über dreißig, sein Bart immer noch sauber getrimmt, die Haare trug er etwas länger. Ganz allein stand er wartend am Tor und beobachtete die jungen Leute, die durch die Nacht kamen und gingen. Er war nervös.

»Ma Li.«

Panisch drehte er sich um. Der junge Mann mit den feinen Gesichtszügen war nicht wiederzuerkennen. Vor fünf Jahren war er noch ein Kind gewesen. Der Sechzehnjährige, der ihm jetzt gegenüberstand, schien ein völlig anderer Mensch. Mit seinen 1,75 Metern musste er nicht mehr zu Ma Li aufblicken.

Im Licht der bunten Laternen sah man, dass Ma Li, obwohl im besten Mannesalter, nicht mehr ganz jung war.

Sollte er ihn nun Shen Ming oder Si Wang nennen?

Ma Li hatte ihn seit fünf Jahren nicht mehr gesehen. Er hatte dem Jungen damals geholfen, an Familie Gu Rache zu üben und Lu Zhongyue um sein unrechtmäßig erworbenes Vermögen zu bringen. Er selbst hatte dabei zehn Millionen Yuan gemacht, mit denen er ein Unternehmen im Ausland gründete.

Das Konto von Si Wang und He Qingying war bei der Sache, soweit er wusste, um keinen Cent gewachsen.

»Wie du siehst, suche ich Lu Zhongyue immer noch. Die Wahrheit ist nicht so einfach, wie sie scheint.«

Er war es also. Er sah aus wie ein Teenager, aber er sprach wie ein Erwachsener, wie damals sein Lehrer Shen Ming.

Die beiden gingen über eine Brücke aus Stein. Überall waren Pärchen und Grüppchen, die nach oben schauten und die Rätsel auf den Laternen zu lösen versuchten. Zwischendurch leuchtete am Himmel Feuerwerk, und jedes Mal, wenn es wie Sternschnuppen verglühte, schienen die Gesichter der jungen Leute auf.

Si Wang sah ihn durchdringend an. »Du warst der Erste von euch Schülern, der das Quartier der Teuflin entdeckte.«

»Ja, aber das ist lange her. Wir waren damals im zweiten Jahr der Oberstufe, als ein Mädchen aus der Parallelklasse beim Schwimmen ertrank. Mitten in der Nacht liefen wir alle in die stillgelegte Fabrik, um dort die Sachen zu verbrennen, die sie zurückgelassen hatte und vielleicht im Jenseits gebrauchen könnte. Außerdem kaufte jeder von uns ein Bündel Opfergeld. Alle waren wir davon überzeugt, dass dieser Ort eine große Wirkkraft hätte. Die Toten könnten dort auf verschiedene Weise Wohltaten empfangen, glaubten wir. Das war die einzige praktische Funktion, die das Quartier der Teuflin für uns erfüllte.«

»Ja, ich wurde an diesem Ort ermordet.«

Ma Li tauchte, ohne es zu merken, in die Vergangenheit: »Als Sie unser Klassenlehrer wurden, kamen Sie jeden Tag in unseren Schlafsaal. Auf meinem Nachtkästchen lagen stapelweise Bücher – verschiedenste Sekundärliteratur, eine Biografie von Albert Einstein. Nachdem das Licht gelöscht wurde, kam ich oft in Ihr Zimmer, Herr Shen, und es war so interessant, sich mit Ihnen zu unterhalten – über die Relativitätstheorie, die Entstehung des Universums, die unendliche Milchstraße, schwarze Löcher, weiße Löcher, Wurmlöcher, Neutronensterne, Quarksterne, Waisensterne, dunkle Materie, dunkle Energie ...«

»Ah, also damals dachte ich, du bist ein merkwürdiger Schüler. Ein paar Monate vor dem Abitur hast du Tag und Nacht den Stoff wiederholt und oft Nachhilfeunterricht bei Herrn Zhang Mingsong genommen. Hättest du dir eine Universität aussuchen können, wäre es Tsinghua gewesen. Also ganz bestimmt keine Universität, die jedem offen steht. Herr Zhang Mingsong hatte aber an der Tsinghua studiert. Außerdem ist er in der ganzen Stadt als Spitzen-Mathematiklehrer bekannt. An einem Abend hast du im Hausaufgabenraum heimlich geweint. Als ich dich fragte, was dir fehlt, hast du mir nur einen Satz zur Antwort gegeben: ›Ich will nicht mehr dem *Club der toten Dichter* angehören!‹«

»Hören Sie auf!«

Ma Li hielt sich die Ohren zu.

»Ich bin Shen Ming. Seit sechzehn Jahren reite ich auf den Schultern dieses Jungen und beobachte dich!«

Der Rauch von einer ganzen Salve von Knallfröschen zog an ihnen vorbei. Si Wang war wie ein Kampfhund. Mit weit aufgerissenen Augen starrte er Ma Li an, bis der vierunddreißigjährige Mann verängstigt den Kopf senkte.

»Ich bin nicht mehr der achtzehnjährige Ma Li, aber Sie sind immer noch der Lehrer Shen Ming. Ich beneide Sie.«

»Du beneidest mich? Worum? Darum, dass ich mit fünfundzwanzig Jahren ermordet worden bin? Dass ich drei Tage und drei Nächte lang im Quartier der Teuflin im schmutzigen Wasser gelegen habe? Oder beneidest du mich darum, dass ich ewig eine rastlose Seele sein werde, die auf den Schultern eines Kindes reitet? Glaub mir, ich werde ihn jetzt verlassen und deinen Körper in Besitz nehmen!«

»Nein —«

»Du hast also immer noch Angst vor mir, ha!«

»Um ehrlich zu sein, früher sah ich in meinen Albträumen den toten Shen Ming, und jetzt sehe ich in meinen Albträumen das Gesicht des zehnjährigen Si Wang.«

Der Junge rieb seine ausgeprägten Wangenknochen: »Bin ich wirklich furchterregend?«

»2005, als du der Adoptivsohn von Gu Qiusha warst und mich bei der Unternehmensgruppe Erya eingeführt hast, hast du mir eine ganze Menge Geheimnisse der Familie Gu verraten, unter anderem, dass sie in Fälle von Insider Trading und Beamtenbestechung verwickelt war. Damals hatte ich wahnsinnige Angst, dass alles herauskommen und ich ein tragisches Ende nehmen würde. Aber du hattest alles im Griff, und die Gus waren schon längst zum Tode verurteilt.«

»Diese Menschen waren es, die mich vor sechzehn Jahren ruchlos zum Tode verurteilt hatten. Seit dem Tag meiner Geburt will ich Rache nehmen und habe vier Namen auf der

Liste: Gu Qiusha, Gu Changlong, Lu Zhongyue und Zhang Mingsong.«

Ma Li erschrak: Auch Zhang Mingsong stand auf der Liste?

»Hattest du diesen wahnsinnigen Racheplan bereits an dem Tag gefasst, an dem du Gu Qiusha das erste Mal im Jahr 2004 gesehen hast?«

»Niemand kennt mich besser als du, Ma Li. Ich habe alles getan, um die rückhaltlose Zuneigung von Gu Qiusha zu gewinnen; ähnlich, wie ich in meinem vorherigen Leben ihr Liebhaber war. Nachdem sie mich adoptiert hatte, habe ich die unterschiedlichen Probleme und Schwachstellen im Hause Gu erkannt, einschließlich Lu Zhongyue.«

»Ja, und ebenso das Arzneifläschchen, das ich Lu Zhongyue geben sollte. *Wer ein Meister in der hohen Kunst des Kung-Fu werden will, kastriere sich zuerst selbst.*«

Die Augen des Jungen blitzten boshaft: »Ich war nur ein kleiner Grundschüler und brauchte einen Komplizen, dem ich vertrauen konnte. Es musste jemand sein, der einerseits fähig war, die Situation zu steuern, und andererseits Lu Zhongyue für meine Zwecke nutzbar machen konnte. Lu Zhongyue sollte die Gus zugrunde richten und selbst dem Arm des Gesetzes nicht entgehen. Nach langer Überlegung kam ich zu dem Ergebnis, dass außer dir niemand dafür infrage kam.«

»Das Zusammenkommen der ehemaligen Abiturienten zum zehnjährigen Jubiläum und danach die Onlinechats auf QQ, das hattest du alles bis ins Kleinste arrangiert?«

»Leider habe ich Lu Zhongyue, diesen verdammten Kerl, ganz am Ende entkommen lassen! Ich habe ihn zweifellos unterschätzt. Sonst hätte nicht ein anderer Mensch sinnlos sein Leben opfern müssen.«

Ma Li wusste nicht, dass mit diesem anderen Menschen Inspektor Huang Hai gemeint war.

»Warum hasst du ihn so sehr?«

»Nachdem die Gus pleitegegangen sind, habe ich den Code zu Gu Changlongs Safe geknackt, wo ich einen Brief aus dem Jahr 1995 fand. Jemand hatte meine Handschrift gefälscht und diesen Brief in meinem Namen an He Nian geschickt. He Nian war einer meiner Studienfreunde gewesen, der später im städtischen Schulamt und danach für den Erya-Konzern arbeitete. Nachdem er zwei Jahre spurlos verschwunden war, fand ich seinen Leichnam am Ufer des Suzhou-Flusses. Ich weiß nicht, ob es Eifersucht war, jedenfalls hat He Nian mich mit Füßen getreten, als ich schon am Boden lag. Wie dem auch sei, es gibt nur einen Menschen, der meine Handschrift fälschen kann, und das ist Lu Zhongyue.«

»Lu Zhongyue und He Nian hatten sich gegen Sie verbündet?«

»Eigentlich wollte ich gar nicht, dass die beiden sterben. Sie sollten leben und leiden, damit sie all das büßen, was sie mir angetan haben.«

»Herr Shen, Sie beginnen mir Angst zu machen.«

»Menschen sind wie Tiere. Wenn die Menschen um dich herum alle grausam sind, bricht dein Killerinstinkt durch, bis letztendlich alles außer Kontrolle gerät und in Strömen von Blut versinkt.«

Als sie wieder am Eingangstor des Blumen- und Vogelmarkts unter den Laternen standen, zog Ma Li seinen Autoschlüssel aus der Tasche: »Ich fahre dich nach Hause.«

Si Wang setzte sich auf den Beifahrersitz des schwarzen Porsche-SUV und schnallte sich an.

Draußen flogen unablässig leuchtende Feuerwerkskörper durch die Luft. Die beiden Männer im Auto sprachen kein Wort mehr miteinander.

KAPITEL 15

2011, am Ende des Frühlings.

Rings um das Nanming-Gymnasium ragten zahlreiche Hochhäuser auf, und der ursprünglich weite Horizont war nun zerklüftet.

Sie hatte ihren Namen bei der Anmeldung am Eingang eingetragen und ging über den vertrauten Sportplatz. Bald würden Sommerferien sein; alle Schüler packten ihre Sachen, um nach Hause zu fahren. Jeder, der an ihr vorbeiging, drehte sich noch einmal nach ihr um. Ihr heller Teint, ihr weißes Kleid, ihre altmodischen Ponyfransen, ihre leuchtend schwarzen Mandelaugen zogen die Blicke der Leute an. Ihr Alter ließ sich schwer schätzen.

Am 19. Juni 1995 hatte es wie an jedem Nachmittag in der Jahreszeit des sogenannten Pflaumenregens geregnet. Sie war im Abschlussjahr. Als sie an jenem Tag am Zaun des Sportplatzes entlangspazierte, begegnete ihr wie durch Zufall ihr Klassenlehrer Shen Ming. Er schien völlig geistesabwesend. Aus dem Schatten eines Rosenbusches kam sie auf ihn zu.

»Herr Lehrer!«

Der Mann, der gerade alles verloren hatte, sah sie verwirrt an und trat einen Schritt zurück.

»Du darfst nicht mit mir sprechen und nicht in meine Nähe kommen.« Shen Ming vermied es, ihr in die Augen zu sehen. »Ich bin kein Lehrer mehr.«

»Wir haben gehört, dass Sie morgen schon nicht mehr an der Schule sind. Wann verlassen Sie uns?«

»Heute Abend, um acht Uhr.«

Jetzt, im Nachhinein, dachte sie, dass er den Plan zu dem Mord wohl an jenem Abend gefasst hatte.

»Geht es auch ein wenig später? Abends um zehn Uhr? Ich warte am Quartier der Teuflin auf Sie.«

»Am Quartier der Teuflin?« Er betrachtete die Blütenblätter auf dem Boden, die bald verwelken und zu Erde werden würden. »Was gibt es so Wichtiges?«

»Ich möchte Ihnen etwas sagen, aber das geht tagsüber nicht so gut.«

Sie schaute sich ständig nach allen Seiten um, damit niemand sie belauschte. Warum um zehn Uhr abends? Sie hatte wohl Angst, jemand könnte sie beobachten, wenn sie nachts über die niedrige Mauer kletterte, die den Campus umgab, und die Schule verließ.

»Einverstanden! Es trifft sich gut, denn ich muss dir auch etwas sagen.«

Die Achtzehnjährige war fast schon wieder in den Rosenbüschen verschwunden, als sie sich die Haare von der Stirn strich und sagte: »Punkt zehn am Eingang zum Quartier der Teuflin. Bis später!«

Das war das letzte Mal, dass sie Shen Ming gesehen hatte.

Ihr Name war Ouyang Xiaozhi.

Sechzehn Jahre später stand sie nun an derselben Stelle wie damals. Und er? War er wiedergeboren worden? Oder war er ein Geist? Ouyang Xiaozhi strich ihr Haar glatt und ging in das Schulgebäude. Sie klopfte an eine Bürotür im obersten Stockwerk.

»Herein.«

Selbstbewusst trat sie ein und erkannte sofort das Gesicht des Mannes, der hinter dem Schreibtisch saß.

Er war Mathematiklehrer und hatte über das Nanming-Gymnasium hinaus in der ganzen Stadt einen hervorragenden Ruf. Die meisten Leute zeigten sich erfreut beim Anblick einer so hübschen jungen Frau, doch Zhang Mingsong verzog keine Miene.

»Guten Tag, Herr Zhang! Mein Name ist Ouyang Xiaozhi. Ich melde mich, um meine Stelle anzutreten.«

»Guten Tag, Frau Zhang. Willkommen als Lehrerin an unserem Gymnasium. Ich habe Ihre Unterlagen, die mir das Ministerium übermittelt hat, bereits herausgesucht.«

»Danke!« Sie nickte Herrn Zhang freundlich zu und blickte dann durchs Fenster auf das gegenüberliegende Gebäude. »Es ist ein schönes Gefühl, an die ehemalige Schule als Lehrerin zurückzukehren!«

»Sie haben 1995 das Abitur gemacht. Ich erinnere mich undeutlich an Sie. In all den Jahren haben Sie sich kaum verändert.«

»Frau Ouyang, bei der Durchsicht Ihrer Akte fiel mir auf, dass Ihr Klassenlehrer damals Shen Ming war.«

Seine Stimme bekam einen finsteren Ton. Ouyang Xiaozhi legte die Stirn in Falten: »Ja, es tut mir leid, dass er auf diese Weise von uns gegangen ist. Aber Mord ist ein schweres Vergehen.«

»Lassen wir das Vergangene ruhen. Ich begleite Sie wegen der administrativen Angelegenheiten noch ins Sekretariat.«

Eine halbe Stunde später waren alle Formalitäten erledigt, und Ouyang Xiaozhi war nun offiziell Lehrerin für chinesische Sprache und Literatur am Nanming-Gymnasium.

Zhang Mingsong hatte ziemlich reserviert gewirkt. Er hatte ihr zum Abschied höflich die Hand geschüttelt und sie dann, ohne noch ein Wort zu sagen, einfach stehen gelassen.

Ganz allein verließ sie die Schule durch den Haupteingang und bahnte sich einen Weg durch den strömenden Verkehr auf der Nanming-Straße. Auf der anderen Seite blieb sie lange stehen, schloss die Augen und ging in Gedanken mehr als zwanzig Jahre zurück … Wie im Nu stürzten die Hochhäuser hinter ihr ein, Stahlbeton und Ziegelsteine flogen zum Himmel, es war wie der Krieg am Ende der Welt. Alles lag in Schutt und Asche, und es blieb nur ein schmutziger, elender Slum.

Es geschah im Juni 1988, nicht lange, nachdem sie Shen Ming zum ersten Mal gesehen hatte.

Das Feuer.

Ein unscheinbares Schwefelhölzchen, wie das in Andersens Märchen, hatte ein Feuer entfacht, als wären Bündel von Opfergeld in Brand gesteckt worden. Innerhalb von wenigen Minuten breitete sich das Feuer aus und geriet außer Kontrolle. Alles brannte lichterloh.

Stimmen drangen aus den Flammen, Husten, Hilferufe, Fluchen, Schreien, Weinen, Krachen …

Das Mädchen war erst elf Jahre alt. Das tödliche Gas drang unablässig in ihre Atemwege. Sie hatte immer gedacht, man würde im Feuer verbrennen, aber nun wusste sie, dass man zuerst erstickte. Instinktiv hörte sie auf einzuatmen und lief hustend weg. Ihre Nase war voll von dem Geruch nach verbranntem Fleisch. Übers Gesicht liefen ihr Tränen, teils wegen des Rauchs und teils wegen des tiefen Gefühls von Schuld und Reue. In dem Moment, als sie das Bewusstsein zu verlieren drohte … tauchte er zum zweiten Mal auf.

Wie ein Feuerball kam er auf das kleine Mädchen zugestürmt, drückte sie fest gegen seine Brust und lief mit ihr mitten durch die Flammen.

Sie hatte ihren Kopf gegen seine Brust gelehnt, spürte sein Herz schlagen und sehnte sich danach, mit ihm zusammen in den Flammen zu schmelzen.

Schließlich war sie dem Feuer in seinen Armen entkommen.

Sie öffnete ihre tränenschweren und rauchgetrübten Augen. Der Nachthimmel war flammenhell, zugleich leuchteten die Sterne und schien der Mond.

Das Mädchen holte tief Atem, um die Lunge von den giftigen Gasen und der Asche zu befreien.

Sie erkannte ihn. Er war der Junge, der sie auch aus dem Quartier der Teuflin gerettet hatte.

»Wir sind noch am Leben«, flüsterte der achtzehnjährige Shen Ming ihr ins Ohr.

Sie sah in sein rußschwarzes Gesicht. Er hatte leichte Verbrennungen an den Wangen und auf dem Kopf. Nur mit Mühe konnte sie sprechen: »Ich habe es nicht absichtlich getan.«

Sie konnte noch spüren, wie sein Herz schneller schlug, dann schüttelte er traurig den Kopf: »Denk dran, du darfst nichts sagen!«

Seit damals sind mehr als zwanzig Jahre vergangen, und nie hat sie auch nur ein Wort über diesen Vorfall verloren.

Es war ihr Geheimnis.

Am 19. Juni 2011 war Ouyang Xiaozhi in der Dämmerung an den Ort des Feuers zurückgekehrt. Hinter ihr ragten brandneue Türme auf, vor ihr war der Haupteingang zum Nanming-Gymnasium, ein paar Hundert Meter weiter draußen lag das Quartier der Teuflin.

In dem Moment, als sie zur Bushaltestelle gehen wollte, sah sie in der Ferne einen Teenager. Er machte nicht den Eindruck, als wäre er ein Schüler am Nanming-Gymnasium.

Sein Gesicht kam ihr bekannt vor. Sie erinnerte sich an das Laternenfest vor zwei Jahren.

KAPITEL 16

Der 19. Juni 2011, zur selben Zeit.

Yin Yu war auf dem Weg zur Bushaltestelle. Sie trug eine weiße Schuluniform und hatte ihren schwarzen Schulranzen auf dem Rücken. Stolz und tapfer sah sie mit ihren kurzen Haaren aus, auch wenn sich ihre weiblichen Formen nicht mehr verbergen ließen.

Der sechzehnjährige Si Wang wartete schon auf sie.

Yin Yu schien keine Eile zu haben und kam gemächlich auf ihn zugeschlendert: »Hey, Kleiner! Du bist extra gekommen, um mich zu sehen? Wie sind die Aufnahmeprüfungen gelaufen?«

»Ganz gut. Die Ergebnisse sind noch nicht bekannt. Ich hoffe, ich habe genug Punkte, um aufs Nanming-Gymnasium zu kommen. Dann wären wir Schulfreunde. Und du?«

Er stand gegen das Schild der Haltestelle gelehnt, sein Hemd war leger aufgeknöpft, und die vorbeikommenden Mädchen drehten sich nach ihm um.

»Vor ein paar Tagen haben wir die Ergebnisse bekommen. Ich denke, ich gehe nach Hongkong.«

»Ach so? Warum hast du mir nichts davon gesagt?«

»Die Universitäten hier sind nichts für mich. Selbst wenn ich an der Tsinghua- oder Peking-Universität angenommen würde, müsste ich das Studium bald abbrechen. In Hongkong ist das Studium weniger reglementiert.«

»Dann sehen wir uns also nicht wieder?«

»Ich komme dich oft besuchen!«, sagte sie und klopfte ihm auf die Schultern.

Dann lehnte sie sich gegen die Leuchtreklame neben ihm und ließ die Abendsonne auf ihr Gesicht scheinen. Das ungleiche Paar zog viele neugierige Blicke auf sich, insbesondere die der hübschen Schülerinnen. Wie waren diese burschikose junge Frau und der gut aussehende Teenager nur zusammengekommen?

Ganz unvermittelt fragte er sie mit leiser Stimme: »Warst du schon im Quartier der Teuflin?«

»Kinderkram! Ich sag dir was. Früher waren hier überall Gräber. Das Grab der Schauspielerin Ruan Lingyu war unter dem Quartier der Teuflin. Sie kam aus Kanton und wurde nach ihrem Tod auf dem kantonesischen Friedhof begraben. Manche Gräber waren nach dem Vorbild der Kaisergräber errichtet, und dunkle Gänge führten zu unterirdischen Palästen. Das Grab von Ruan Lingyu war im Vergleich dazu ärmlich. Der Grabstein war nur etwa einen Meter hoch. Auf dem ovalen Bild aus Porzellan war ihr letztes Lächeln zu sehen. Während der Kulturrevolution wurde der gesamte Friedhof zerstört, und auf dem Areal wurden die Schule und die Fabrik errichtet. Und die Bibliothek am Nanming-Gymnasium war als Teil der ehemaligen Friedhofsanlage ein Tempel, wo den Toten geopfert wurde.«

Yin Yu war sichtlich zufrieden mit ihrem Vortrag. Viele Schüler hatten ihr erstes Date in der Bibliothek, ohne zu wissen, dass dort früher ein Ahnentempel gewesen war.

»Warum kennst du so viele Details zum Grab der Schauspielerin Ruan Lingyu? Details, die eigentlich nur jemand kennen kann, der es besucht hat. Aber du hast ja gesagt, dass es während der Kulturrevolution zerstört wurde. Also kannst du es kaum gesehen haben, es sei denn, du warst bei ihrer Beerdigung?«

»Ja, das war ich«, antwortete die Achtzehnjährige trocken.

Si Wang verschlug es für einen Augenblick die Sprache, dann fiel ihm etwas ein: »Ich habe noch eine Frage. Du hast doch gesagt, dass du in einem früheren Leben im Anxi-Weg gewohnt hast und dass 1983 in dem Haus gegenüber, das seither leer steht, ein Mordfall geschehen ist?«

»Du hast gut aufgepasst! Was hast du damit zu tun?«

»Erinnerst du dich noch an ein Kind? Es war damals dreizehn? Seine Großmutter verdingte sich als Magd und wohnte im Keller eures Hauses.«

»Du meinst, den Enkel von Tante Yun?«

»Ja.«

»Nun, Tante Yun war meine Magd. Nicht, dass ich besonders reich gewesen wäre, aber ich war über achtzig und gebrechlich. Deshalb schickte das Nachbarschaftskomitee Tante Yun zu mir, die sich um meine täglichen Bedürfnisse kümmern sollte. Sie hatte nur eine Tochter, die ein paar Jahre zuvor vergiftet worden war und dieses arme Waisenkind zurückgelassen hatte. Aus Mitleid ließ ich Tante Yun und ihren Enkel im Souterrain wohnen. Den Namen des Jungen habe ich längst vergessen. Ich erinnere mich nur, dass er fleißig gelernt hat und einen Platz an einem guten Gymnasium bekam.«

Si Wang hörte schweigend zu. Er hatte dabei einen merkwürdigen Gesichtsausdruck. Yin Yu fuhr fort: »Es war interessant zu beobachten, wie aus dem Erstklässler ein Oberstufenschüler wurde. Auch ohne Maßregelungen durch die Eltern hat er sich gut entwickelt. Oft habe ich gesehen, wie er dort unten im spärlichen Licht einer kleinen Lampe seine Hausaufgaben gemacht hat. Er hat gern gelesen. Einmal habe ich ihm eine vereinfachte Ausgabe der *Seltsamen Aufzeichnungen* gegeben. Keines der Kinder vom Anxi-Weg wollte mit ihm spielen. Ein paarmal haben sie sich geprügelt, dann kam er jedes Mal mit einer blutigen Nase nach Hause. Tante Yun war abergläubisch. Sie war besorgt, denn die Gesichtszüge ihres Enkels sagten ihr, dass ihm kein langes Leben beschieden war.«

Dieser Satz machte Si Wang traurig, und er wechselte schnell das Thema: »In den letzten zwei Tagen habe ich wie wild wissenschaftliche Bücher gelesen. Ich glaube, dass es im Grunde keine Wiedergeburt gibt. Nur sind manche Menschen offenbar von Geburt an mit übernatürlichen Kräften begabt und verfügen über sämtliche Erinnerungen eines längst verstorbenen Menschen.«

Yin Yu setzte eine skeptische Miene auf, wie man sie von alten Menschen kennt: »Na gut, zugegeben, ich habe die Erinnerungen eines Mannes; eines Mannes, der 1900 geboren wurde. Meine Familie war arm, aber gebildet. Glücklicherweise hatte ich einen Onkel, der Geschäftsmann war und mich zum Studieren schicken konnte. Am 4. Mai 1919 gehörte ich zu den Studenten, die das Haus von Cao Rulin, der der Pro-Japan-Bewegung angehörte, in Brand steckten. Damals ahnte ich nicht, dass ich im Jahr darauf zum Studium nach Japan gehen und dort eine Beziehung zu einer Frau namens Anna haben würde. Sie studierte in Nagasaki und hatte sich wahnsinnig in mich verliebt. Schließlich nahm sie sich wegen mir das Leben. An ihren eigentlichen Namen erinnere ich mich nicht. Sie war Christin, und Anna war ihr Taufname.«

»Du warst wechselhaft, was Frauen anbelangt!«

Yin Yu wurde rot und senkte beschämt den Kopf: »Das war der Grund, warum ich Japan verließ und mit dem Schiff zum Studium nach Frankreich fuhr. Ich wohnte in Paris, auf dem Montmartre. In der Buchhandlung *Shakespeare and Company* sah ich regelmäßig Hemingway, Joyce und Ezra Pound. In Frankreich blieb ich vier Jahre lang. Es ist wirklich eine leidenschaftliche und zugleich dekadente Welt. Länger zu bleiben wäre eine Zeitverschwendung gewesen. Also entschied ich mich für die Stadt, die damals ganz groß in Mode war – Moskau! Ich besuchte das Lenin-Mausoleum auf dem Roten Platz und sah den Roten Stern über den Kremltürmen. Es war überwältigend. Im Jahr 1930 wurde ich in einen Vorfall verwickelt und aus der Sowjetunion ausgewiesen.«

»Bist du nach China zurückgekehrt?«

»Ja, aber ich musste inkognito leben. Hätten mich die Kuomintang gefasst, die politisch weit rechts waren, wäre ich ins Gefängnis gekommen oder erschossen worden. Um meinen

Lebensunterhalt zu verdienen, arbeitete ich als Lehrer, Journalist und Redakteur. Ich hatte immer den Wunsch, ein Buch mit dem Titel *Fluss zwischen Leben und Tod* zu schreiben.«

»*Fluss zwischen Leben und Tod?*«

»Ja! Der Fluss des Vergessens und die Mengpo-Suppe! Als dann der Widerstandskrieg gegen Japan ausbrach, war ich gezwungen, über die Berge nach Tibet zu gehen. In der unendlichen Weite dieses Hochlands lebte ich mehrere Jahre zurückgezogen wie in einem Paradies. Nachdem der Krieg gewonnen war, kehrte ich in die Heimat zurück. Ich war über vierzig, als ich ihr begegnete.«

»Du meinst – Fräulein Cao?«

»Ich war fasziniert von ihrer Intelligenz. Aber sie war verheiratet. Mit einem Bürokraten, der sie nicht liebte. In den Wirren von 1949 verließ er sie und fuhr auf einem Dampfer nach Taiwan. Eigentlich hätte sie die Möglichkeit gehabt, ihm über Hongkong zu folgen, doch sie entschied sich, zu bleiben.«

»Wegen dir?«

»Ich war ein sogenannter Verräter, und sie die Frau eines Funktionärs der Kuomintang. Sie war meinetwegen geblieben, dennoch waren wir dreißig Jahre lang getrennt. Als wir uns wiedersahen, war sie bereits achtzig und eine alte Dame. Das Haus, in dem du mit mir warst, ist das Erbe ihres Vaters. Wir wohnten in derselben Straße, aber wir konnten uns nur wenige Male sehen. Ha! Der Vorteil war natürlich, dass wir einander nie wehtaten. Es gab in meinem Leben viele Menschen, die ich liebte, und viele Menschen, die ich hasste. Ich habe in meinem früheren Leben auch keine Nachkommen in die Welt gesetzt — darüber empfinde ich allergrößtes Bedauern.«

»Willst du einmal Kinder haben?«

»Es wäre auf jeden Fall besser, als reinkarniert zu sein wie jetzt. Wenn man ein Kind hat, trägt man seine Gene in die nächste Generation. Auf diese Weise setzt sich das Leben unendlich fort.«

»Noch eine Frage, hast du *Fluss zwischen Leben und Tod* dann noch geschrieben?«

»Als ich in Tibet war, hatte ich Zeit und Muße. Ich habe dreißig Jahre lang an dem Buch geschrieben und es dann verbrannt.«

»Warum?«

»Jede Minute und jede Sekunde meiner Vergangenheit sind in dieses Buch geflossen, auch du!«

Ein Leuchten ging über das Gesicht des Jungen. Er faltete die Hände vor der Brust, wie es früher üblich war. »Yin Yu, mein Bruder, ich weiß zwar nicht, wie du in deinem vorherigen Leben geheißen hast, aber lass uns, ungeachtet unseres Alters, Freunde sein. Das Schicksal hat uns zusammengeführt. An diesem Abend müssen wir voneinander Abschied nehmen, ohne zu wissen, wann wir uns wiedersehen. Lebe wohl!«

Auch Yin Yu faltete die Hände vor der Brust: »Gut! Si Wang, mein kleiner Bruder, ich gehe jetzt in den Schlafsaal und packe meine Sachen. Wir sehen uns eines Tages wieder!«

»Es wäre schön, wir könnten darauf anstoßen!«

»Vor mehr als neunzig Jahren, als ich von zu Hause aufbrach, um in die Welt zu reisen, stand der ehrwürdige Li Shutong kurz davor, als Mönch in ein Kloster in Hangzhou zu gehen. Ein Onkel von mir war eng mit ihm befreundet. Am Tag meiner Abreise nach Peking hatte uns Li Shutong zum Essen eingeladen und trug aus diesem Anlass ein Lied vor.«

Yin Yu hob an zu singen:

*»Fern des Pavillons, an der alten Straße, berührt das duftende Gras
    den Himmel.*
*Der Wind zaust die Weiden, die Flöte verstummt, eh die Sonne in
    die Berge taucht.*
*Einsam sind unsere engsten Freunde in allen Winkeln der Erde
    verstreut.*
*Mit dem Krug Wein trinken wir die letzte Freude, bevor ein kalter
    Traum uns trennt.«*

Ohne noch ein Wort hinzuzufügen, lächelte sie, und der junge Mann sah ihre ganze Schönheit.

Yin Yu ging den Weg entlang in Richtung Schule. Nach ein paar Schritten drehte sie sich noch einmal zu ihm um.

Si Wang schrie panisch: »Pass auf!«

Ein mehrere Tonnen schwerer Laster, der aus westlicher Richtung auf der Nanming-Straße kam, raste direkt auf sie zu. Die Bremsen quietschten, aber das Fahrzeug verlor nicht an Geschwindigkeit und riss sie mit.

Kaum einen Augenblick später fiel sie hoch aus der Luft vor Si Wangs Füße auf den Asphalt.

Erst die Schreie der umstehenden Schüler rüttelten ihn auf. Er kniete sich zur Erde und schloss ihren weichen, verformten Körper in die Arme.

Blut rann aus ihrem Mund.

TEIL IV

MENGPO-SUPPE

KAPITEL 1

2011, der letzte Tag im Juli, der heißeste Tag des Jahres.

Frühmorgens um 7 Uhr, die ersten Sonnenstrahlen erwärmten die Straße, und im Perlschnurbaum zirpten Zikaden. He Qingying bügelte ein neues Hemd, das sie für ihren Sohn im Internet gekauft hatte. Als er aus dem Haus ging, strich sie seinen Kragen nochmals glatt. Gestern hatte sie ihn noch gebeten, seine Haare zu schneiden, die er nach den Examen hatte wachsen lassen.

Sie begleitete Si Wang nur bis zu der noch brandneuen Metrostation. Früher, vom Kindergarten bis zur Realschule, hatte sie ihren Sohn am ersten Tag immer zur Anmeldung begleitet. Dieses Mal war es anders.

Vor zwei Wochen hatte Si Wang die Zulassungsbestätigung für das Nanming-Gymnasium erhalten.

Als sie ihn im Metrobahnhof verschwinden sah, rief sie ihm noch zu: »Wang Er, zum Elternabend komme ich!«

Mit der Metro müsste er allerdings einmal umsteigen, um zur Schule zu kommen. Er beschloss daher, ein Taxi zu nehmen. Der Fahrer kurbelte das Fenster herunter: »Hey, du bist ein neuer Oberschüler am Nanming-Gymnasium? Zehn Yuan pauschal.«

Diese unlizenzierten Taxibetriebe waren eigentlich illegal. Aber nirgendwo war eines der offiziellen Taxis zu sehen. In dem Moment, als sich der Wagen in Bewegung setzen wollte, ging die Tür auf. Ein Mädchen in einem weißen Kleid wollte noch einsteigen. Si Wang rückte zur Seite und machte ihr den Platz neben sich frei.

»Zum Nanming-Gymnasium!« Sie hatte eine sanfte, helle Stimme. Dann entschuldigte sie sich bei Si Wang: »Verzeihung, können wir das Taxi teilen?«

Er konnte nicht einmal mehr »in Ordnung« sagen, nachdem er ihr Gesicht gesehen hatte ...

Es war kein Mädchen, sondern eine etwa dreißigjährige Frau. Doch die Zeit hatte keine Spuren auf ihrem Gesicht hinterlassen. Auf den ersten Blick konnte man sie für eine Abiturientin halten.

Ouyang Xiaozhi.

Sie hatte den Sechzehnjährigen erkannt.

»Bist du ein neuer Schüler und meldest dich heute an?«

Er nickte unbeholfen.

Sie senkte den Kopf, und plötzlich überzog eine leichte Röte das ursprünglich blasse Gesicht. Ein paar Schweißperlen rollten von ihrer Stirn, da sie aus der Metrostation gerannt war.

Der Teenager vermied es, sie anzusehen, und sprach auch die ganze Zeit über kein einziges Wort. Fünf Minuten später, das Taxi hatte eine Abkürzung genommen, standen sie vor dem Eingang zum Nanming-Gymnasium.

Xiaozhi holte schnell zehn Yuan aus ihrer Tasche und gab sie dem Fahrer. Der Junge stieg mit ihr gemeinsam aus und sprach sie das erste Mal in seinem Leben an: »Oh, ich gebe Ihnen fünf Yuan.«

»Nicht nötig! Danke, dass du das Taxi mit mir geteilt hast!«

Vor dem Eingangstor stand ein ganzer Schwarm von neuen Schülern, alle in Begleitung ihrer Eltern. Nur Si Wang war allein. Ein Privatauto nach dem anderen hielt am Straßenrand, ganze Familien kamen mit ihren Kindern angefahren, und die Schlange parkender Autos aller Marken wurde immer länger.

Xiaozhi spazierte über den Rasen zu den Oleanderbüschen, die leuchtend rot blühten. Dann ging sie in den Unterrichtstrakt. In einem Gang blieb sie vor einem bodentiefen Spiegel stehen, ordnete ihr Haar und strich ihre Kleider glatt. Sie war leicht geschminkt, zeigte trotz der hochsommerlichen Temperaturen nicht viel Haut, der Rock bedeckte die Knie, und sie trug flache Schuhe.

Da sah sie ihn.

Die neuen Oberschüler drängten sich in der sengenden Hitze auf dem Sportplatz oder waren in den Klassenräumen im Erdgeschoss. In den Korridoren im ersten Stock war es angenehm kühl. Er war ihr dorthin gefolgt.

Mit einer leichten Drehung wandte sie sich ihm zu, hob die Augenbrauen und blickte ihn streng an. Sie war es gewohnt, dass die Männer ihr folgten oder heimlich Blicke zuwarfen, und sie versuchte, sich möglichst unnahbar zu geben.

Si Wang stand da, bis der Ton einer eingehenden SMS auf seinem Handy ihn aufschreckte. Es war seine Mutter, die fragte, ob er pünktlich in der Schule zur Anmeldung angekommen war. »Alles klar«, antwortete er kurz. Dann lief er ein Stockwerk nach unten und stellte sich in die Schlange, um sich anzumelden und die Gebühren zu bezahlen.

Eine Stunde später gingen die neuen Schüler mit ihren Eltern in die große Aula zur Aufnahmefeier. Si Wang stand draußen, weitab von allen, mitten auf dem Sportplatz. Die Hitze trieb ihm den Schweiß aus den Poren; sein Hemd war bereits durchnässt.

In der Ferne sah er die Bibliothek, wo einst ein Tempel stand, in dem man den Geistern der Ahnen geopfert hatte.

»Oh, ihr Seelen, kehrt zurück!«

KAPITEL 2

Tödliche Sonne.

Es herrschte eine sengende Hitze wie in der Sahara. Auf dem Sportplatz waren mindestens vierzig Grad Celsius. Die Glut überrollte die Schüler wie eine Welle. Ein Mädchen nach dem anderen nahm ihre Menstruation zum Vorwand, um abzutreten. Einzelne Jungen gaben vor, kurz vor der Ohnmacht zu stehen, um vom Platz geschickt zu werden. Er allein stand kerzengerade in der Sonne, die Augen fest auf den Militärausbilder gerichtet. Seine ursprünglich weiße Haut war bald braun gebrannt und drohte sich zu schälen. Das war auch die größte Angst der Mädchen. Jede hatte sich deshalb das Gesicht dick gepudert.

Die Militärübung dauerte fünf Tage und war mit Beginn des goldenen Herbstes abgeschlossen. Der Ausbilder lobte ihn und sagte, er sei der Schüler mit der stärksten Willenskraft. Seine Sonnenbräune war wie ein Warnbild für die anderen, niemand wagte mehr, sich mit ihm anzulegen.

Zu Beginn des eigentlichen Schuljahres bezogen die Schüler die Wohnheime. He Qingying war mitgekommen und half ihrem Sohn, Bettdecke und Kopfkissen zu beziehen. Er erhielt eine neue Uniform, ganz cool in Schwarz, und wenn er sie anhatte, zog er nicht selten die Blicke der Mädchen auf sich.

In den Schlafsälen waren mehr Erwachsene als Schüler. Alle halfen ihren Kindern dabei, ihr Bett zu machen und ihre Sachen einzuräumen. Nachdem He Qingying alles in Ordnung gebracht hatte, riss sie sich von ihm los, nicht, ohne ihn zu ermahnen, regelmäßig zu Hause anzurufen.

»Mama, ich bin sechzehn Jahre alt und kann gut auf mich selbst aufpassen.«

Er küsste seine Mutter auf die Stirn, ohne sich darum zu kümmern, was die anderen von ihm dachten.

Es war für ihn die erste Nacht im Schlafsaal, und er hatte keine Lust, mit seinen gleichaltrigen Zimmergenossen zu sprechen. Die Schüler am Nanming-Gymnasium wohnten alle im Internat. Um den Kontakt zu den Familien einfacher zu gestalten, war es den Schülern erlaubt, Handys zu haben. Nur im Unterricht waren sie verboten. Das Uralthandy von Si Wang war schon zum Gespött seiner Kameraden geworden, die alle iPhones oder iPads hatten und am liebsten »Pflanzen gegen Zombies« spielten.

Ganz genau untersuchte Si Wang das Holzfensterbrett, in dem Kerben aus den vergangenen zwanzig Jahren eingeritzt waren – vor allem Namen, aber auch verschiedene Symbole wie Pentagramme oder Skelette. In der allerhintersten Ecke waren die vier Worte »Club der toten Dichter« kaum mehr lesbar eingeritzt.

Vor dem Fenster zirpte eine Grille, und der Wind brachte den Duft des blühenden Oleanders. Si Wang blickte ins Weite hinaus und konnte neben dem unbeleuchteten Sportplatz in der schwarzen Nacht vage die Silhouette der Bibliothek ausmachen. Plötzlich ging in der Dachkammer das Licht an.

Von der Fensterbank im dritten Stock des Schlafsaalgebäudes aus starrte Si Wang nach draußen und bedauerte es, dass er kein Fernglas hatte.

»Hey, Freund, Zeit zu schlafen!«

Die Lichter mussten um diese Stunde gelöscht werden. Ein Zimmerkamerad gähnte demonstrativ, um ihn daran zu erinnern. Ein anderer kam zu ihm und zog, ohne ein Wort zu sagen, die Vorhänge zu. Si Wang stand bereits seit zwei Stunden auf der Fensterbank, und alle hielten ihn für verrückt.

In dem Moment erhielt Ma Li, weit weg in Kanton, eine

Kurznachricht: »Ich bin zurück im Nanming-Gymnasium und schlafe in eurem ehemaligen Zimmer im oberen Bett.«

Am nächsten Morgen erhielt Si Wang einen Anruf von seiner Mutter. Sie erkundigte sich lang und breit, ob er gut geschlafen und gegessen habe. Er antwortete, dass alles in Ordnung sei. Dann fragte er sie, wie sie in der letzten Nacht geschlafen habe. Sie meinte, dass sie ohne ihren Sohn nachts keinen Schlaf finden könne.

Der erste Unterrichtstag.

Die Klassenzimmer des ersten Oberstufenjahrgangs befanden sich im zweiten Stock des weißen Gebäudes. In Si Wangs Klasse waren zweiunddreißig Leute – siebzehn Jungen und fünfzehn Mädchen. Er war relativ groß und wurde in die fünfte Reihe gesetzt. Die Distanz zum Pult und zur Tafel betrug etwas mehr als zehn Meter. Er konnte unaufmerksam sein oder träumen, ohne dass jemand es bemerkte. Sein Banknachbar war ein lebhafter Junge, der die ganze Zeit redete. In der Reihe vor ihm saßen zwei Mädchen, die eine hatte kurze Haare, die andere einen Pferdeschwanz. Beide waren freundlich zu Si Wang, der jedoch einsilbig blieb.

Ein etwa vierzig Jahre alter Lehrer betrat das Klassenzimmer. Er hatte eine schwere Aktentasche in der Hand und trug ein gebügeltes weißes Hemd, in dessen Brusttasche ein Füller steckte. Er hatte den Körper eines jungen Mannes, nur das Haar begann, sich zu lichten. Mit seinem durchdringenden Blick musterte er die Klasse, und jeder spürte, wie arrogant er war.

»Guten Tag. Ich bin euer Klassenlehrer, und mein Name ist Zhang Mingsong.«

Er drehte sich um und schrieb seinen Namen an die Tafel. Obwohl er Mathematiklehrer war, hatte er eine schöne Handschrift. Die Schüler begannen zu tuscheln. Lehrer Zhang war berühmt. Er trat in vielen Fernsehsendungen auf, in denen über Bildung gesprochen wurde. Als Lehrer war er ein Aushängeschild für das Nanming-Gymnasium.

»Ich war seit zehn Jahren nicht mehr Klassenlehrer. Vor einem Monat hat mich der neue Rektor nun inständig gebeten, diese Bürde auf mich zu nehmen und eine Klasse durch die drei Oberstufenjahre zu begleiten. Nach reiflicher Überlegung habe ich schließlich zugesagt. Und ich habe ganz bewusst diese Klasse gewählt.«

Es war kaum zu glauben, aber es gab sogar Schüler, die applaudierten. Ein paar Streber mit dicken Brillengläsern dachten, mit Zhang Mingsong als Klassenlehrer hätten sie das große Los gezogen. Sie würden gratis den besten Unterricht in der ganzen Stadt bekommen und wären den Topuniversitäten einen ganzen Schritt näher gerückt.

Zhang Mingsong begann ohne jegliche Umschweife mit dem Unterricht. Mathematik war immer trocken und langweilig, für viele Schülerinnen ein Buch mit sieben Siegeln. Doch jetzt begann sich eine nach der anderen dafür zu begeistern, und es gab kaum jemanden, der unaufmerksam war. Nach der Stunde erhielt der Lehrer nochmals viel Applaus. Streng ließ er seinen Blick über die Klasse schweifen, bis er bei Si Wangs Augen innehielt.

Er zog die Augenbrauen zusammen; irgendetwas im Blick des Jungen ließ ihn erschrecken. Es klingelte zum Ende der Stunde, und der Lehrer verließ grußlos das Klassenzimmer.

Während des Stundenwechsels blieb Si Wang auf seinem Platz und wartete, bis es erneut schellte. Zhang Mingsong hatte ein dickes Mädchen mit Brille zur Klassensprecherin ernannt. Auf ihr Kommando hin standen alle auf und riefen, »Guten Tag, Frau Lehrerin«.

Jetzt war Chinesisch-Unterricht. Die Lehrerin war Ouyang Xiaozhi.

»Guten Tag!«

Sie verbeugte sich vor der ganzen Klasse. Sie trug ein weißes Kleid, war leicht geschminkt, ihr schwarzes Haar fiel über die Schultern, und ihre Füße steckten in Sandalen. Ihre Gesten waren freundlich und warm. Einer, der in der vordersten Reihe saß, stellte mit einem Blick auf ihre Hände fest, dass sie weder an der linken noch an der rechten Hand einen Ring trug. Dann schrieb sie ihren Namen an die Tafel.

Eine Schülerin in der vordersten Reihe las leise mit und flüsterte dann ihrer Banknachbarin ins Ohr: »Wow! Sie heißt Ouyang Xiaozhi! Hast du die Bücher gelesen?«

Die neue Lehrerin stand lächelnd vor der Klasse und zog alle Schüler in ihren Bann.

»Ihr könnt mich Frau Ouyang nennen oder Frau Xiaozhi. Wisst ihr, warum ich Xiaozhi heiße? Das ist der Name einer Bambusflöte.« Mit einer eleganten Kopfbewegung warf sie ihr schulterlanges Haar in den Nacken, ohne dabei etwas von ihrer Würde einzubüßen.

»Es ist mir eine Ehre, eure Lehrerin für chinesische Sprache und Literatur zu sein. Es ist das erste Mal, dass ich am Nanming-Gymnasium unterrichte. Ich habe an der Pädagogischen Hochschule studiert und anschließend zwölf Jahre lang Chinesisch gelehrt. Vor zwei Monaten erst bin ich aus der Stadt hierhergezogen. Oh! Jetzt habe ich mein Alter verraten!«

Diese Bemerkung brach das Eis zwischen Lehrerin und Schülern endgültig. Eine der Schülerinnen in der vorderen Reihe flüsterte wieder: »Das sieht man ihr überhaupt nicht an! Ich hätte sie auf zwanzig geschätzt!«

Allerdings verschwieg Ouyang Xiaozhi den Schülern, dass sie am Nanming-Gymnasium Abitur gemacht hatte.

»Schlagt jetzt bitte den ersten Text auf, *Ch'ang-sha* von Mao Zedong.«

Die Lehrerin begann, das Gedicht auswendig vorzutragen. Dabei war ihre Stimme ebenso sanft wie zuvor. Manchmal blickte sie auf die Reaktionen der einzelnen Schüler in der Klasse, natürlich fiel ihr Blick auch auf Si Wang.

Nach fünfundvierzig Minuten läutete es zum Ende der Stunde. Xiaozhi kündigte noch das Thema der nächsten Stunde an und verabschiedete sich dann höflich von allen. Die erste Unterrichtsstunde war ein großer Erfolg gewesen. Voller Selbstbewusstsein verließ sie das Klassenzimmer.

Xiaozhi ging ins Lehrerzimmer, wo etwa ein Dutzend große Tische standen. Die Kollegen unterhielten sich freundlich und teilten eingelegte Pflaumen und andere Snacks.

Mit ihrer hellen Tasche, in die sie alle möglichen Unterrichtsmaterialien gepackt hatte, ging sie abends durch das Schultor und traf geradewegs auf ebenjenen Schüler. Schüchtern wich er ihr aus.

»Hallo!«, sprach sie ihn an. Der Wind fuhr in ihr langes Haar und strich es aus dem Gesicht.

Der Schüler zögerte lange, ehe er »Guten Tag!« herausbrachte.

»Ich erinnere mich an dich. Am Tag der Anmeldung, was auch mein erster Tag hier war, haben wir ein Taxi geteilt.«

»Ja, ich erinnere mich an Sie ...«

Er sprach so leise, dass er seine eigene Stimme nicht hörte.

»Ich habe deinen Namen auf der Liste mit den neuen Schülern gelesen – Si Wang, nicht wahr?«

»Ja.«

»Danke!«

Die Bauarbeiten vorn an der Straße dauerten noch an. Unablässig riss ein Bagger die Erde auf. Ouyang Xiaozhi ging allein in Richtung Metrostation. Einmal noch drehte sie sich um, doch er war spurlos verschwunden.

KAPITEL 3

»Sie ist in Hongkong.«

Si Wang holte eine Tasse Tee aus der Küche und öffnete die Dose mit den Mondkuchen.

»Aber sie hat mir nichts davon gesagt.«

»Es sollte eine Überraschung sein.«

»Ja, aber es ist keine –« Mitten im Satz brach sie ab und drehte den Kopf zum Fenster. Alle Pflanzen standen noch in voller Blüte, und der betörende Duft der Tuberose drang ihr in die Nase. Lange hielt sie das Wort im Mund, ehe sie es aussprach: »Überraschung.«

»Machen Sie sich keine Sorgen. Heute erst haben wir miteinander telefoniert, und sie hat mich beauftragt, an ihrer Stelle nach Ihnen zu sehen.«

Sie schwieg, ehe sie die Tasse zum Mund führte und einen Schluck Tee nahm. »Gut, danke, Si Wang.«

»Essen Sie keinen Mondkuchen?«

Sie zeigte ihm ihren zahnlosen Mund.

»Entschuldigen Sie!«

Der Teenager schnitt einen Mondkuchen nach dem anderen auseinander und reichte ihr die Füllung. Die neunzigjährige Dame nahm ein Stück und steckte es in den Mund. Sie schloss die Augen und kostete es: »Danke! Das letzte Mal, dass ich Mondkuchen gegessen habe, war beim Mittherbstfest 1948.«

Fräulein Cao sah müde aus. Wie mochte sie wohl vor sechzig Jahren ausgesehen haben? Eine Schönheit, die einen Mann dazu bringen konnte, ein Leben lang auf sie zu warten. »Ist sie wirklich in Hongkong?«

282

»Ja!«

Yin Yu war noch am Leben.

Der Lastwagen, der vor drei Monaten auf sie zugerast war, hatte sie erfasst und durch die Luft geschleudert. Sie wurde schwer verletzt, verlor viel Blut. Den Ärzten im Krankenhaus war es nach drei Tagen und drei Nächten jedoch gelungen, sie zu retten.

Yin Yu lebte, war aber nicht bei Bewusstsein. Die Gefahr war groß, dass sie dauerhaft im vegetativen Zustand blieb.

Da sie als Jahrgangsbeste bei den Aufnahmeprüfungen abgeschnitten hatte, hatte ihr die University of Hong Kong sofort eine Zusage gegeben. Ihr Vater, ein Unternehmer, wollte sie in einem Krankenhaus in Hongkong, das auf Fälle mit schweren Gehirnverletzungen spezialisiert war, behandeln lassen und hoffte, seine Tochter könne eines Tages doch noch das Studium aufnehmen.

Fräulein Cao zeigte auf das Telefon.

»Aber sie hat noch nicht angerufen.«

»Wissen Sie, die Universität in Hongkong ist außerordentlich streng. Yin Yu nimmt das Studium ernst und widmet sich ganz dem Lernen.«

Einen alten Menschen zu belügen ist manchmal genau so, als würde man ein Kind belügen.

»Nun dann, Hauptsache, es geht ihr gut und alles läuft so, wie sie es sich wünscht.«

Sie lächelte Si Wang an und nahm noch ein Stück Mondkuchen. Offenbar hatte sie heute einen guten Appetit.

»Seien Sie unbesorgt. Sie wird Sie nicht vergessen.«

»Im Gegenteil! Ich wünschte, sie würde mich vergessen! Dann könnte sie ein ganz normales Mädchen werden. Warum sollte sie eine alte Frau vermissen, die nicht loslassen kann und niemals stirbt?«

Mit ihren rauen Händen streichelte sie Si Wang: »Es wird dunkel, deine Mama wartet auf dich.«

»Fräulein Cao, bitte geben Sie gut auf sich acht. Ich werde

Sie oft besuchen kommen! Wenn Sie irgendetwas brauchen, rufen Sie mich bitte an.«

Dann verließ er das von Efeu umrankte Haus, stieg auf sein Rad und fuhr langsam den nächtlichen Anxi-Weg hinunter. Der Vollmond bewegte sich zwischen den Wolken, als treibe er zwischen weißen Seerosen. Im trüben Licht der Straßenlampen warf der Junge auf seinem Fahrrad einen langen Schatten, der sich fast bis zur anderen Straßenseite zog. In dem Briefkasten des alten Hauses, in dem Yin Yu in ihrem ersten Leben gewohnt hatte, steckte die aktuelle Abendzeitung. Es wohnten also noch Leute dort. Am Fuß der Hauswand war ein Belüftungsfenster, das zur Hälfte sichtbar war. Si Wang stieg ab und wischte mit der Hand über die Scheibe. Dann zog er eine Taschenlampe aus der Hosentasche und leuchtete hinein. Es hatte den Anschein, als wäre der Raum voll mit allem möglichen Krempel.

Er drehte sich um und blickte auf das Haus gegenüber – es war dunkel, wie in tiefem Schlaf. 1983 war hier der Mord geschehen. Wenn Licht im Erdgeschoss gewesen wäre, hätte er dann damals durchs Fenster sehen und beobachten können, was dort vor sich ging?

Si Wang stand im Mondlicht und holte tief Atem. Niemand war auf der Straße.

Ein Blatt schwebte vor die eiserne Tür des Hauses am Anxi-Weg Nummer 19. Er strich mit der Hand über die Rostflecke. Dann presste er sein Ohr an den Türspalt. Außer herabfallendem Staub war noch etwas zu hören, als wehte der Wind durchs Dach oder als kröche eine Schlange über den Boden.

Er klopfte. Ein dumpfes Echo antwortete aus dem Inneren des Hauses, das sich seit dreißig Jahren im Tiefschlaf befand.

Es war unmöglich, durch den Haupteingang hineinzukommen. Si Wang trat ein paar Schritte zurück und bemerkte zur Rechten einen kleinen, von einem Mäuerchen umgebenen Hof. Mit großer Anstrengung zog er sich auf die Mauer und ließ sich dann auf der anderen Seite wieder hinunter. Der Boden war voller Laub, Abfall und Katzendreck. An dieser Seite des Hauses waren zwei Fenster, beide hatten gebrochene Scheiben. Mühelos drückte er eines davon auf. Dann leuchtete er mit der Taschenlampe ins Innere. Die Luft roch nach Fäulnis. Jeder andere hätte Angst gehabt, doch Si Wang kletterte durchs Fenster.

Er leuchtete den leeren Raum mit seiner Taschenlampe aus und stellte fest, dass die meisten Möbel weg waren. Entweder waren sie von der Polizei konfisziert oder geklaut worden. Nur im Wohnzimmer standen ein paar mit Spinnweben überzogene Stühle. Er hielt den Atem an, um keine Giftstoffe vom Schimmel oder Staub zu inhalieren. Die Umrisse des Toten waren nicht mit weißer Kreide auf den Boden gezeichnet. Das gab es offenbar nur in amerikanischen Filmen. Aber an der Wand waren noch ein paar Striche und Symbole, die darauf hinwiesen, dass der Leichnam hier gefunden worden war. Er stand vor dem Fenster im Wohnzimmer und wischte mit einem Stofffetzen die Scheibe ab. Man sah die Nanming-Straße im Mondschein sowie das Belüftungsfenster des gegenüberliegenden Hauses. Er drehte eine Runde im Erdgeschoss, ehe er vorsichtig die Stufen ins erste Stockwerk hinaufstieg. Unter seinen Füßen knarzte es verdächtig, als ob die Treppe jeden Augenblick einstürzen könnte.

Das obere Stockwerk teilte sich in drei Zimmer. Das erste davon war das Badezimmer. Beim Anblick der dreckigen Toilette wurde ihm speiübel. Die ehemals weißen Kacheln an den Wänden waren inzwischen braun. Dann gab es noch eine unverputzte Badewanne aus Ziegelsteinen, wie man sie sonst nur in einem Rohbau sah. Im nächsten Zimmer stand ein großes Bett, das wie ein Leichnam wirkte. Es war kaum mehr als ein skelettartiges rostiges Metallgestell. Ein paar Mäuse waren bei seinem Eintreten daruntergehuscht. Er hielt sich die Nase zu, ging hinaus und öffnete die Tür zu dem dritten Zimmer.

Dort stand ein kleines Bett mit einem fast völlig vom Holzwurm zerfressenen Gestell. Scharen von Kakerlaken liefen über den Boden. An der Wand hing ein ovaler schwarzer Holzrahmen mit einem Spiegel darin. Si Wang trat langsam davor und sah sich im Schein der Taschenlampe undeutlich gespiegelt.

Aus dem staubbedeckten Spiegel blickte ihn der sechzehnjährige Si Wang an. Er wagte nicht, die Fläche abzuwischen, da ihm der Spiegel unheimlich war.

Als er sich umdrehte, sah er eine alte Kommode, vor der ein paar Spielsachen lagen. Darunter war auch eine Holzpuppe, wie sie früher viele Mädchen zum Spielen hatten. Sie trug keine Kleider und hatte die ganze Zeit nackt im Staub gelegen. Sie starrte aus ihren großen Augen, als wäre sie lebendig.

Si Wang legte die Puppe wieder zurück. In dem Moment, als er das Spukzimmer verlassen wollte, leuchtete im Strahl der Taschenlampe ein schwarzes Loch in einer Mauerecke auf. Ursprünglich war es wohl von einem Brett verdeckt gewesen, doch im Laufe der Jahre hatte die Feuchtigkeit das Holz verfaulen lassen.

Nach kurzem Zögern steckte er seine Hand hinein und ertastete etwas Viereckiges. Als er es ganz herauszog, sah er, dass es eine Keksdose aus Blech mit einem runden Deckel war. Unter der Staubschicht kam eine außergewöhnlich schöne Dose hervor, die auf allen vier Seiten mit handgemalten Bildern von Frauen in traditionellen Kleidern verziert war. Früher gab es diese Art von Blechdosen in vielen Familien, und man bewahrte Süßigkeiten und andere Naschereien darin auf. Sie wurden nur an den Feiertagen herausgeholt, die übrige Zeit des Jahres standen sie in irgendeinem Winkel im Haus.

Mit dem Fingernagel, den er in den Spalt unter dem Deckel steckte, gelang es ihm, die Dose zu öffnen. Ein muffiger Geruch wie von der Asche eines Verstorbenen strömte heraus. Si Wang griff mit der Hand hinein und ertastete Karten aus Papier. Auf einer war Guan Yu aus dem Roman *Die drei Reiche* und auf der nächsten Lü Bu im Kampf gegen die drei Helden. Ursprünglich fanden sich diese Karten als Beilage in Zigarettenpackungen – heute gab es sie nicht mehr.

In diesem Zimmer hat ganz offensichtlich ein Mädchen gewohnt. Sie war die einzige Zeugin des Mordfalles damals und auch die Tochter des Opfers gewesen. Die Karten in den Zigarettenschachteln waren typischerweise aber von Jungen gesammelt worden.

Si Wang leerte den ganzen Inhalt der Keksdose auf den Boden. Es waren noch zwei Haarspangen darin, die wohl einem zwölf- oder dreizehnjährigen Mädchen gehört hatten.

Als Letztes kam eine Kassette zum Vorschein.

1983 waren Kassetten wahrscheinlich gerade in Mode gekommen.

Das Band war beschriftet. Er konnte die feinen Zeichen mit der Taschenlampe allerdings erst entziffern, nachdem er den Staub ganz abgewischt hatte.

01. Allein auf den Westturm
02. Wären wir doch ewig
03. Wie viel Kummer
04. Duftendes Gras ist fühllos
05. In klarer, endlos langer Nacht
06. Wer kennt meine Gefühle jetzt
Flüchtige Gefühle *von Teresa Teng*

Die vereinfachten Schriftzeichen waren ein Hinweis darauf, dass es sich um die Raubkopie einer Kassette von Teresa Teng handelte. Die Originalaufnahmen konnte man damals in China gar nicht kaufen. Die Lieder auf dem Album waren allesamt zu Texten von alten Gedichten und Liedern aus der Song-Dynastie komponiert.

Wie benommen von der Fäulnis, die in der Luft lag, stand Si Wang in dem Zimmer, in dem vor dreißig Jahren ein Mädchen gewohnt hatte. Dann klingelte schrill sein Telefon.

Es war He Qingying: »Wang Er, warum bist du noch nicht zu Hause?«

»Ich, Mama … ich komme sofort.«

Ob er die Blechdose wieder in die Mauer stecken sollte? Ob sie nun mit dem Mordfall in Verbindung stand oder nicht, jedenfalls hatte die Polizei damals das Versteck in dem Mauerloch nicht entdeckt. So schnell wie möglich verließ er das verwunschene Haus und fuhr auf seinem Fahrrad im Mondlicht nach Hause. Sein langer Schatten folgte ihm.

KAPITEL 4

Das sechzehnjährige Mädchen hatte ein Gesicht wie eine Porzellanpuppe. Kaum ein Junge konnte dem Blick ihrer Augen standhalten. Sie hatte vor Kurzem die Aufnahmeprüfungen für ein Gymnasium in der Stadt bestanden und hörte auf ihrem Handy *Wären wir doch ewig* von Teresa Teng. Es würde noch zwei Stunden dauern, bis der volle Mond am Himmel stand. Sie starrte seit Tagen aus dem Fenster, und Papa vermutete, dass sie verliebt war.

An der Tür klingelte es.

Papa kochte in der Küche, darum öffnete sie selbst. Vor ihr stand ein fremder Junge, ungefähr in ihrem Alter, aber einen halben Kopf größer. Er schaute sie verlegen an.

»Wer bist du?«

Diese Frage hätte eigentlich sie stellen müssen, aber der Junge war ihr zuvorgekommen. Ohne nachzudenken, antwortete sie: »Shen Min.«

Dann wurde sie vorsichtiger und fragte kopfschüttelnd: »Entschuldige, aber kenne ich dich?«

»Ich möchte mit deinem Vater sprechen.«

»Warte!«

Shen Min runzelte die Augenbrauen, schloss die Tür und rief ihren Vater. Woher kannte sie nur dieses Gesicht?

Die Schläfen des einundsechzigjährigen Staatsanwalts im Ruhestand waren bereits ergraut, sein Gesicht war hager, aber seine Augen hatten nichts an Glanz verloren.

»Du bist –« Shen Yuanchao konnte das Gesicht nicht sofort zuordnen, »der Sohn von Inspektor Huang Hai?«

»Staatsanwalt Shen, guten Tag! Mein Vater ist Inspektor Huang Hai. Wir haben uns schon einmal gesehen. Mein Name ist Ah Liang.«

»Ah Liang! Komm herein!«

Der junge Mann nickte beim Eintreten höflich mit dem Kopf. Er hatte eine Dose mit Mondkuchen mitgebracht. »Frohes Mittherbstfest!«

Als ehemaliger Staatsanwalt lehnte Shen Yuanchao eigentlich alle Geschenke kategorisch ab. Aber einem Schüler gegenüber durfte er eine Ausnahme machen.

Als Shen Min aus der Küche heißen Tee brachte, fragte Shen Yuanchao: »Möchtest du lieber etwas Kaltes trinken?«

»Nein danke.«

»Ich habe gehört, dass dein Vater beim Versuch, den Mörder meines Sohnes zu fassen, ums Leben gekommen ist. Das beschämt mich. Ich erinnere mich noch deutlich an seine Worte: *Ich verspreche Ihnen, ich finde den Mörder. Es sei denn, ich sterbe vorher.* Er war wirklich ein ausgezeichneter Polizist! Ich hätte ihm keine Vorwürfe machen dürfen. Eigentlich wollte ich an seiner Trauerfeier teilnehmen, aber ich war verhindert.«

»Das macht nichts. Die Morde im Jahr 1995 an der Namming-Straße waren die einzigen, die mein Vater nicht mehr aufklären konnte. Er hatte mir zu verstehen gegeben, dass ich im Falle seines Todes seine Mission fortsetzen und diese Verbrechen unter allen Umständen aufklären sollte. Ich werde wohl öfter mit Ihnen in Kontakt treten, und falls Sie in Schwierigkeiten geraten, ist es meine Pflicht, Ihnen zu helfen.«

»Oh, ich wusste gar nicht, dass Inspektor Huang Hai die Sache so zu seiner eigenen gemacht hatte. Du gehst noch aufs Gymnasium, nicht wahr? Ich befürchte, du kannst mir nicht wirklich helfen.«

»Ich besuche bald die Polizeihochschule und werde später Inspektor.«

»Kaum zu glauben, dass du so ein Verantwortungsgefühl

hast. Du bist deinem Vater ein würdiger Sohn. In den drei Jahren, die wir uns nicht gesehen haben, hast du dich gut entwickelt. Mein Sohn Shen Ming würde in diesem Jahr vierzig werden.«

In dem Zimmer hingen die Porträts von Shen Ming und von Shen Yuanchaos verstorbener Frau. Darunter stand ein kleiner Schrein mit zwei frischen Mondkuchen darin. Vermutlich hatte er sie erst heute hineingelegt.

»Darf ich drei Räucherstäbchen anzünden?« Si Wang stand auf und machte ein ernstes Gesicht. »Stellvertretend für meinen verstorbenen Vater.«

Shen Yuanchao standen die Tränen in den Augen. Gerührt suchte er nach den Räucherstäbchen: »Shen Min, zünde sie ihm bitte an.«

Die junge Frau sah ihn zwar an, als wäre er verrückt geworden, aber sie war folgsam. Si Wang machte drei tiefe Verbeugungen vor den Porträts der Verstorbenen und stellte die Räucherstäbchen vor den Schrein. Dann drehte er sich um wie ein Geist und blickte dem alten Staatsanwalt mit solchem Hass in die Augen, dass dieser überrascht einen Schritt zurückwich und fragte: »Kleiner, du —«

»Herr Shen, falls Sie neue Hinweise haben, lassen Sie es mich bitte wissen.« Dann schrieb er seine Handynummer auf und gab sie Shen Yuanchao. »Ich helfe Ihnen, den Mörder zu fassen.«

»Wir sollten die Verfolgung des Mörders den Erwachsenen überlassen«, sagte der ehemalige Staatsanwalt. Er schien noch einen letzten Rest Vernunft zu haben.

»Ich erwarte Ihren Anruf«, sagte Si Wang nüchtern.

Er blickte auf Shen Min, die sich auf dem Sofa zurückgelehnt hatte. Sie errötete verlegen.

»Auf Wiedersehen.«

Si Wang radelte in der Abendsonne nach Hause.

Die schmutzige alte Gasse, in der er wohnte, war zu beiden Seiten mit kleinen Friseurläden gesäumt, in denen sich stark geschminkte und auffällig gekleidete Damen aufhielten. Die Luft stank nach dem Öl der zahlreichen kleinen Garküchen, die ihr Essen zum Mitnehmen verkauften. Seit seiner Geburt, also seit mehr als zehn Jahren, wurden in der Stadt überall Hochhäuser errichtet, aber dieser Flecken war zu einem Viertel für arme Leute verkommen. Viele Gebäude drohten zusammenzubrechen. Die meisten der ursprünglich ein- oder zweistöckigen Häuser waren von Privatleuten ohne Genehmigung gebaut und mit den Jahren um zwei bis drei Etagen aufgestockt worden. Die alten Bewohner waren zum großen Teil an den Stadtrand gezogen und vermieteten ihre Wohnungen nun an die Pendler, die oft zu fünft oder zu sechst in einem Zimmer schliefen. Seit dem Tod von Inspektor Huang Hai sagte He Qingying ihrem Sohn immer wieder, dass er an den Abenden nur ausgehen solle, wenn es notwendig sei. In der unmittelbaren Nachbarschaft kam es immer wieder zu Streit und Kämpfen, die auf der Straße ausgetragen wurden.

He Qingying hatte längst das Abendessen auf dem Tisch angerichtet und warf ihm vor, nicht früher nach Hause gekommen zu sein. Sie war inzwischen einundvierzig, und die Jahre ihrer reifen Schönheit waren allmählich vorbei. Am Mittherbstfest war sie dieses Jahr nicht gut gelaunt. Unruhig stand sie am Fenster und blickte auf den Perlschnurbaum vor dem Haus.

»Mama, was ist los?«, fragte ihr Sohn. »Komm, sag es mir.«

»Hast du die Aushänge draußen gesehen? Die Häuser werden abgerissen, und wir müssen raus. Keine Ahnung, wie viel Geld sie uns dafür geben, die Nachbarn sprechen von einer größeren Summe. Ich weiß nicht, wie es weitergeht.«

»Ich will nicht umziehen.«

»Wang Er, du bist hier geboren und hast dich an die Wohnung gewöhnt. Aber ich schäme mich, dass ich dir keine bessere Umgebung bieten kann. Nur damals, als du im Haus der Gus warst, hattest du es besser.«

Si Wang nahm sie fest in den Arm. »Mama, sprich nie wieder von Familie Gu!«

Draußen schien der Mond so hell, dass er die Augen blendete.

KAPITEL 5

Xiaozhi:

Nimm diese Zeilen statt eines Gesprächs.

Ich habe Dir nie erzählt, dass ich einmal einen Geist gesehen habe.

Du kennst doch das brachliegende Gelände in der Nähe des Nanming-Gymnasiums neben der ausgedienten Stahlfabrik.

1988, ich war im letzten Jahr der Oberstufe, habe ich dort oft mit meinen Schulfreunden Fußball gespielt. Jedes Mal, wenn der Ball über den Zaun um die Fabrik geflogen ist, habe ich ihn geholt. An einem Tag haben wir länger als sonst gespielt, und während ich über den Zaun geklettert bin, sind alle anderen abgehauen. Es war Winter. Die Tage waren kurz, und der Nordwind blies kalt. Kein einziger Mensch war auf dem Gelände. Außer dem Fabrikgebäude, wo sich das Quartier der Teuflin befand, war dort nichts als dieses wilde, öde, wüste Stück Land.

Es heißt, dass man zu so einer Zeit und Stunde am ehesten auf Geister trifft.

Und da sah ich sie.

Sie kam aus dem hohen Gras spaziert. Sie trug ein traditionelles chinesisches Kleid und schien überhaupt nicht zu frieren. Ihr Haar trug sie so, wie man es aus den alten Filmen kennt. Sie sah mich eigenartig an. Ich war damals erst siebzehn. Plötzlich sprach sie mit ihrer zarten Stimme auf Kantonesisch zu mir. Was sie genau sagte, weiß ich nicht mehr. Aber ich empfand keine Angst. Ich folgte ihr durch die Ruinen, während allmählich die Nacht hereinbrach. Sie erzählte Anekdoten von damals und auch davon, wie kurz ihr Leben gewesen war. Ihre fünfundzwanzig-jährige Gestalt war in diesem öden Brachland wie eingefroren.

Sie konnte sich weder verändern noch Leid empfinden.
In immerwährender Blüte wurde sie unter Staub und Asche
begraben.
Mit meinen siebzehn Jahren stand ich bei Eiseskälte unter dem
Neumond, mit einem Fußball im Arm, inmitten des im Wind
flüsternden Grases.
Sie schenkte mir ein Lächeln, aber mitnehmen konnte sie mich nicht.
Danach wuchs ich weiter und wurde älter wie alle anderen auch.
Ich studierte und wurde ein Teil der Gesellschaft. Ich habe die Welt
nicht verändert, aber die Welt hat mich verändert; so stark verändert,
dass sie mich nicht mehr wiedererkennen würde.
Sie war 1910 geboren und am 8. März 1935 gestorben. Nach
ihrem Tod wurde sie auf dem kantonesischen Friedhof begraben.
Später wurde dieser Friedhof zerstört und an seiner Stelle eine
Fabrik errichtet. Ihre Gebeine sind nun Teil des Quartiers der
Teuflin.
Ob ich wie sie mit fünfundzwanzig Jahren sterben muss?

Dein Lehrer Ming
8. 3. 1995

Herbst 2011, Xiaozhi war als Lehrerin für chinesische Literatur
ans Nanming-Gymnasium zurückgekehrt.

Sie saß allein in einer Ecke der Bibliothek, wo sie das ver-
gilbte Papier dieses sechzehn Jahre alten Briefs aufgefaltet
hatte, der mit Shen Mings fein säuberlicher Handschrift geschrieben war.

Am letzten Schultag vor den Ferien zum Nationalfeiertag
am 1. Oktober war Ouyang Xiaozhi in die Bibliothek gegangen. Als Schülerin war dies, trotz der Gerüchte um die mysteriöse Dachkammer, ihr Lieblingsort gewesen. Damals gab es
kein Internet; die Bücher waren völlig ausreichend, um den
Wissensdurst zu stillen. Oft hatte sie stundenlang im Lesesaal
gearbeitet und darüber sogar das Essen vergessen.

Inzwischen war die Bibliothek, die sich noch am ursprünglichen Ort befand, renoviert und das Mobiliar erneuert worden. Die Bestände waren seither beträchtlich gewachsen, aber auch die alten Bücher von vor mehr als zehn Jahren standen noch in den Regalen. Es dauerte eine Weile, bis sie die Ausgabe von *Aufstieg und Fall des Dritten Reiches* mit dem Porträt Hitlers auf dem Cover gefunden hatte. Sie blätterte es bis zur letzten Seite durch, wo die Karte mit den Namen der Entleihenden steckte. In den dicht beschriebenen Zeilen fand sie auch den Namen »Shen Ming«. Sie legte die Karte an ihre Lippen, und es war ihr, als röche sie den Geruch eines früheren Lebens. Auf den Rücken der Karte hatte jemand mit Bleistift ihr Gesicht gezeichnet.

Warum ausgerechnet *Aufstieg und Fall des Dritten Reiches?* Wahrscheinlich, weil kein Mädchen dieses Buch las.

1995 wurde im japanischen Fernsehen ein Film mit einer ganz ähnlichen Szene gezeigt.

Plötzlich kam noch jemand in die Bibliothek, und Ouyang Xiaozhi steckte schnell den alten Brief weg und stellte das Buch ins Regal zurück.

Sie verbarg sich hinter dem Bücherregal und beobachtete den Neuankömmling. War er es wieder?

Der neue Schüler im ersten Jahr der Oberstufe, Si Wang, bewegte sich mit großer Vertrautheit im Lesesaal. Seine Hand glitt Reihe um Reihe über die Rücken der Bücher und hielt genau bei *Aufstieg und Fall des Dritten Reiches* an. Er nahm es entschlossen heraus, schlug die letzte Seite auf, zog die Ausleihkarte heraus und hielt sie an seine Lippen.

Unmöglich! Dieselbe Geste! Er konnte sie doch vorhin unmöglich beobachtet haben.

Nach einer Weile stellte Si Wang das Buch ins Regal zurück, hob den Kopf und schaute in Richtung Dachkammer. Dann verließ er die Bibliothek.

Erst jetzt wagte Ouyang Xiaozhi, wieder normal zu atmen. Durchs Fenster konnte sie sehen, wie er über den Sportplatz ging.

Eine halbe Stunde später kehrte sie ins Lehrerzimmer zurück. Außer ihr war dort niemand. Einige waren noch beim Essen, andere waren früher nach Hause gefahren. Auf ihrem Tisch lag der Stapel mit den Aufsätzen, die sie am Morgen eingesammelt hatte. Auf einmal befiel sie eine große Müdigkeit. In dem Moment, wo sie sich auf den Stuhl setzen und die Augen schließen wollte, bemerkte sie, dass auf dem Stapel der Aufsätze ein Blatt Papier lag, auf das jemand mit der Hand die Verse eines Gedichts geschrieben hatte:

Wie oft haben wir Flöte gespielt inmitten von Blumen,
  die Milchstraße fern von den roten Mauern.
Andere Sterne scheinen mir heute. Für wen soll ich die Nacht
  voll Wind und Tau durchwachen?
Am Ende der Wehmut lös ich den letzten Kokon, schäle Schicht
  um Schicht den Stamm der Platane.
Fünfzehn Jahre, bei jedem Vollmond — wie schade um jedes Glas,
  das ungetrunken blieb!

Es war das fünfzehnte Gedicht aus dem berühmten Zyklus *Feine Gespinste* des Dichters Huang Jingren aus der Mitte des 18. Jahrhunderts.

Sie erinnerte sich nicht nur an die Verse dieses Gedichts, sondern auch an diese Handschrift ...

Ouyang Xiaozhi ließ sich auf den Stuhl fallen und massierte sich leicht an den Schläfen. Dann holte sie den alten Brief aus ihrer Tasche und verglich die Zeichen der Verse auf dem Zettel vor ihr mit Shen Mings Handschrift von damals. Es bestand kein Zweifel, beides war von derselben Person geschrieben!

Sie streckte die Hand aus, um nach ihrer Teetasse zu greifen. Dabei stieß sie sie aus Versehen um und verschüttete den ganzen Rosenblütentee auf dem Tisch. Hastig versuchte sie, mit Taschentüchern alles aufzuwischen, aber das Blatt war völlig durchnässt. Ob die Schrift endgültig verwischt war? Sie war untröstlich. Schließlich legte sie den Zettel mit dem Gedicht aufs Fensterbrett, damit er an der Luft trocknete.

Xiaozhi stürmte aus der Tür, ohne zu wissen, wohin. Inzwischen waren mehr Leute auf den Gängen. Jeder von ihnen hätte in das Büro eindringen können; jeder von ihnen konnte Shen Mings Geist auf seinem Nacken sitzen haben.

Dann fiel ihr Blick auf das flache Dach des Mehrzweckgebäudes, von dem aus man ihr Büro sehen konnte. Eine Zeile aus dem Gedicht ging ihr dabei nicht aus dem Sinn.

»*Andere Sterne scheinen mir heute. Für wen soll ich die Nacht voll Wind und Tau durchwachen?*«

KAPITEL 6

Tief im Herbst. Der Hof des Hauses im Anxi-Weg war mit trockenem Laub bedeckt.

Der sechzehnjährige Si Wang war wie vereinbart gekommen und hatte ein paar Sachen zum Essen mitgebracht. In den vergangenen Monaten waren die alte Dame und der Teenager trotz des Altersunterschieds gute Freunde geworden. Sie sahen sich beinahe jedes Wochenende. Beim letzten Besuch hatte sie ihn rundheraus gefragt: »Bist du so ein Mensch wie sie?«

Sie nannte Yin Yu nie beim Namen.

»Wie bitte?«

»Wer warst du in deinem früheren Leben?«

»Nur ein ganz gewöhnlicher Mensch, der mit fünfundzwanzig Jahren gestorben ist. Nicht eine so herausragende Persönlichkeit wie sie. Darum beneide ich sie – und Sie noch mehr, Fräulein Cao.«

»Fünfundzwanzig Jahre?« Ihre runzeligen Lippen schienen zu zittern. »Komm zu mir, mein Kind.« Er wirkte wie der Urgroßenkel der alten Dame, als er sich in ihren Arm schmiegte. Ihr Herz schlug langsam und schwer.

»Ich war zwar verheiratet, aber ich hatte keine Kinder. Während des Widerstandskriegs waren wir ständig auf der Flucht, und ich hatte eine Fehlgeburt.« Sie strich ihm zärtlich übers Haar. »Mein Mann ging später nach Taiwan. Dort wurde er zu einer bekannten Persönlichkeit. Er heiratete wieder und hatte Kinder. In den 1980er-Jahren kam er aufs Festland und hat mich einmal besucht. Danach hatten wir keinen Kontakt mehr. In der Zeitung las ich später die Nachricht von seinem

Tod. Ich habe in meinem Leben zu viel Mord und Totschlag gesehen, als dass ich ewig auf Vergeltung sinnen würde. Verstehst du?«

»Aber ...«

»Konfuzius stand an einem Fluss und sagte: ›Alles Vergehen ist wie dieser Fluss. Ohne einzuhalten, Tag und Nacht.‹«

Die alte Dame sagte nur noch diesen einen Satz, dann schloss sie die Augen und schlief.

Währenddessen betrachtete Si Wang Fräulein Caos Bücher. Ihm fiel auf, dass die alte Dame schlecht aussah. Völlig kraftlos schien sie im Sessel zu liegen, und die Altersflecke in ihrem Gesicht waren deutlich sichtbar.

Sie streckte ihre welke, knöcherige Hand aus und presste ein paar Wörter aus ihrer Kehle: »Sie ... sie ... sie ist nicht ... gestorben ...«

»Wer? Nein, sie ist in Hongkong, und es geht ihr gut. Beunruhigen Sie sich nicht!«

»Du belügst mich.«

»Nein, wir schreiben uns per E-Mail.«

»Ich habe gestern von ihr geträumt.«

War sie ihr im Traum erschienen? Konnte es sein, dass Yin Yu in Hongkong gestorben war?

Fräulein Cao fuhr mit trauriger Stimme fort: »Sie hat mir selbst gesagt, dass sie gestorben ist.«

Die Tränen rannen über ihr Gesicht. Si Wang blickte fassungslos auf die weinende alte Frau.

> »Wer übers weite Meer gefahren ist, schätzt die See gering;
> wer den Berg Wu bestiegen hat, findet kein Wort für eine Wolke.«

Es fiel der alten Dame schwer, die beiden Verse vorzutragen. Es war, als hauche sie dabei den letzten Atemzug ihres Lebens aus.

Still sprach der Junge die anderen beiden Verse des Gedichts:

»Viele Blumen blüh'n am Weg, doch ich lass sie steh'n;
teils wegen der Moral, teils, weil ich nach dir mich seh'n.«

Eine Woche später, als er wieder in den Anxi-Weg kam, um nach der alten Dame zu sehen, fand er das Haus fest verschlossen. Von einem Nachbarn erfuhr er, dass die alte Dame vor sieben Tagen gestorben war. Kurz nach seinem letzten Besuch.

Si Wang kniete sich auf die Stufen und verneigte sich dreimal.

Tränen rannen über sein Gesicht, als er aufs Fahrrad stieg, um ans andere Ende des Anxi-Wegs zu fahren. In dem alten zweistöckigen Haus hatte in den 1980er-Jahren ein merkwürdiger alter Mann gewohnt. Er hatte das tumultuöse 20. Jahrhundert erlebt.

Vor ein paar Tagen hatte er Inspektor Ye Xiao gebeten, die wahre Identität des alten Mannes, der in dem Haus gelebt hatte, herauszufinden.

»Er war der letzte Trotzkist in China.« Ye Xiao nahm eine winzige Regung in Si Wangs Miene wahr. »Warum fragst du?«

»Nur er kennt Shen Ming als Kind.«

»Aber er ist 1992 mit zweiundneunzig Jahren gestorben.«

»Ich weiß. Er war mein einziger Freund.«

KAPITEL 7

2011, Heiliger Abend, Samstag.

Ma Li stand auf dem Balkon im zwanzigsten Stock und beobachtete durch ein Fernglas die Situation auf der Straße. Die Stimmung war ausgelassen, überall blinkten die bunten Lichter der Weihnachtsbäume, die Pärchen der »Post-Neunziger-Generation« flanierten Arm in Arm. Sein Blick fiel auf einen etwas merkwürdigen Mann, der mit Lederjacke und Kapuze aussah wie das Klischee eines Profikillers. Er war allein und kam direkt auf das Haus zu.

Es klingelte an der Sicherheitsschranke unten am Gebäude. Ma Li ging zur Tür und schaute auf den Bildschirm des Videoüberwachungssystems. Es war tatsächliche der mysteriöse Mann. Als er seine Kapuze abnahm, kam das Gesicht eines Sechzehnjährigen zum Vorschein.

»Du?«

»Ma Li, ich bin Shen Ming.«

Es war dieser Teenager namens Si Wang.

»Wie hast du mich gefunden?«

»Ganz einfach. Ich hatte deine Handynummer und dein Autokennzeichen.«

»Woher wusstest du, dass ich zu Hause bin?«

»Intuition.«

Ma Li öffnete die Sicherheitsschranke und ließ ihn herein. Tagelang war er nicht mehr ausgegangen. Er war weder anständig gekleidet noch rasiert. Auf dem Kopf wuchsen ihm die ersten grauen Haare. Trotzdem standen die kleinen Lolitas noch auf ihn. Wenn er in einen Karaokeklub ging, kam er mit vielen Telefonnummern von jungen Mädchen nach Hause.

Eine halbe Minute später spazierte Si Wang durch seine Wohnungstür.

»Merry Christmas!«, sagte der Teenager in akzentfreiem Englisch.

Ma Li nickte blöd mit dem Kopf und kramte ewig im Schuhschrank, bis er Si Wang endlich ein Paar Pantoffeln gab. Si Wang fiel auf, dass im Flur auch Kinderschuhe standen: »Bist du verheiratet?«

»Geschieden.«

Die Antwort sollte so gelassen wie möglich klingen. Dann gingen sie in das geräumige Wohnzimmer. Die Einrichtung war gediegen: Parkettboden, eine Weinvitrine mit teurem Porzellan, ein Ledersofa.

»Wie alt ist das Kind?«

»Vier.« Vor dem Fernseher stand eine Fotografie. »Eine Tochter. Sie ist bei der Mutter in Kanton.«

»Vermisst du sie?«

»Ich hab mich daran gewöhnt. Das Mädchen kommt einmal im Monat. Sie ist mir irgendwie fremd.« Ma Li schenkte ihm eine Tasse Milch ein. »Was führt dich zu mir?«

»Es gibt zwei Gründe. Nummer eins: Ich bin ans Nanming-Gymnasium zurückgekehrt. Nummer zwei: Ich glaube, du verheimlichst mir etwas.«

»Raus!« Ma Li nahm ihm die Tasse aus der Hand und schob den schlaksigen Teenager zur Tür. »Du bringst mich völlig durcheinander. Du bist nicht Lehrer Shen Ming. Du bist ein geistesgestörter Oberschüler. Ich hätte dich gar nicht erst hereinlassen sollen!«

Der Junge stand an der Tür und machte keine Anstalten, die Wohnung zu verlassen.

»Entschuldige, aber ich habe schon genug für dich getan! Ich rufe jetzt den Sicherheitsdienst!«

»Hast du vergessen, dass du im Schlafsaal mit einem Zirkel

ins Fensterbrett ›Club der toten Dichter‹ eingraviert hast?« Si
Wang ging ins Wohnzimmer zurück, setzte sich aufs Sofa und
rezitierte mit geschlossenen Augen:

> *»Ein WORT ist tot,*
> *Wenn man es sagt,*
> *Sagen manche.*
> *Ich sag,*
> *Genau an dem Tag*
> *Beginnt es zu leben.«*

»Daran erinnere ich mich nicht.«

»Das ist ein Gedicht von der amerikanischen Lyrikerin
Emily Dickinson. Ich habe es auf den Tag genau vor siebzehn
Jahren in der Bibliothek unserer Schule vorgetragen. Außer
dir waren damals noch Liu Man und Ouyang Xiaozhi anwe-
send.«

Ma Li setzte zu einer Antwort an, ließ es dann aber bleiben.
Er holte sich eine Dose Bier aus dem Kühlschrank und trank
einen großen Schluck.

»Ist das Gedicht wirklich noch in das Fensterbrett eingraviert?«

»Ja.«

»Das grenzt an ein Wunder.«

»Jetzt ist Zhang Mingsong mein Klassenlehrer.«

»Der?« Ma Li schüttelte ungläubig den Kopf und nahm
noch einen Schluck Bier.

»Es gibt Leute, die behaupten, er hätte mich getötet!«

»Unmöglich!«

»Du weißt also, wer mich ermordet hat?«

Ma Li stieß Si Wang zur Seite und sprang vom Sofa auf.
Er öffnete das Fenster und schaute auf die glitzernde Weih-
nachtspracht. Dann holte er eine Packung Zigaretten heraus
und zündete sich eine an. Der kalte Wind trug den blauen
Rauch schnell mit sich fort: »Mein kleiner Freund, bist du

vielleicht schizophren und bildest dir ein, dass ein Geist auf deinen Schultern sitzt? Glaub mir, alles, was du soeben gesagt hast, sind Gebilde deiner Fantasie! Es gibt keinen Zhang Mingsong, es gibt keine Liu Man, und genauso wenig gibt es eine Ouyang Xiaozhi!«

Er zog ein letztes Mal an seiner Zigarette und warf die Kippe aus dem zwanzigsten Stock auf die Straße hinunter.

»Ich bin nicht dein kleiner Freund. Ich bin dein ehemaliger Klassenlehrer und Lehrer für chinesische Literatur. Ich bin Shen Ming. Wäre ich noch am Leben, wäre ich einundvierzig Jahre alt. Du glaubst, Ouyang Xiaozhi sei ein Gebilde meiner Fantasie? Ich sehe sie jetzt täglich, falls du einmal in die Schule kommen und sie sehen möchtest.«

»Nein! Ich will nie wieder dorthin zurück.«

»Ouyang Xiaozhi ist jetzt im ersten Jahr der Oberstufe meine Lehrerin für Literatur.«

»Wie kann es sein, dass sie Lehrerin ist? Warum ist sie ans Nanming-Gymnasium zurückgekehrt?«

»Sie ist erst in diesem Schuljahr gekommen, warum, weiß ich nicht.«

»Weiß Xiaozhi, dass du Shen Ming bist?« Ma Li verbesserte sich: »Weiß sie, dass du dich für Shen Ming hältst?«

»Ich habe noch nicht mit ihr gesprochen ... vielleicht werde ich das bald tun.«

Si Wang ging ein paar Schritte auf und ab. Ihm fielen die luxuriöse Heimkinoanlage ins Auge und die hübsche Sonderausgabe des Films *Lebewohl, meine Konkubine*, die davorlag.

»Du schaust das immer noch?«

»Äh ... ich habe den Film erst heute Morgen rausgeholt und dachte, ich seh ihn mir an, falls ich mich heute Abend langweile.«

Ma Li erinnerte sich, dass die Schule im Jahr 1994 einen Kinobesuch organisiert hatte, wo dieser Film gezeigt wurde. Nach der Vorstellung hatte Lehrer Shen Tränen in den Augen.

»Ich würde ihn gern noch mal sehen.«

Es klang wie ein Befehl aus dem Mund eines verwöhnten Kinds. Gehorsam nahm Ma Li die DVD aus der Hülle, legte sie ein und löschte das Licht. Dann setzten sie sich beide auf das Sofa. Auf der Leinwand erschienen der Kaiser und seine Konkubine im Kostüm …

160 Minuten später begleitete Ma Li den Jungen im Aufzug direkt in die Tiefgarage. Er fuhr immer noch den schwarzen Porsche Cayenne.

Als sie auf dem Nachhauseweg auf die Wuning-Straße kamen, die über den Suzhou-Fluss führte, schrie Si Wang plötzlich: »Halt an!«

»Hier darf man nicht halten.«

»Halt!«

Ma Li war zu gehorsam, um dem Befehl des Lehrers nicht Folge zu leisten. Er trat auf die Bremse und hielt am Rand der Brücke.

»Danke.« Si Wang öffnete die Tür, sprang aus dem Auto und winkte noch einmal: »Auf Wiedersehen!«

Ma Li ließ das Fenster herunter und fragte: »Alles in Ordnung?«

»Keine Sorge! Ich springe nicht in den Fluss! Fahr schnell zurück!«

Der schwarze Porsche Cayenne fuhr davon und verlor sich bald im nächtlichen Verkehrsstrom. Nicht einmal der Schatten eines Menschen war zu dieser Zeit auf der Brücke. Si Wang saß rittlings auf dem Geländer, blickte auf das ruhig dahinfließende Wasser und brüllte wie ein wildes Tier …

306

KAPITEL 8

2011, letzter Tag des Jahres.

»Es ist dunkel, Si Wang, du musst nach Hause gehen, sonst ruft deine Mutter mich an.« Inspektor Ye Xiao stand im Badezimmer und schaute in den Spiegel, während er sich elektrisch rasierte.

Im Spiegel sah man noch ein zweites Gesicht. Es war das Gesicht eines sechzehnjährigen Jungen, der für sein Alter reif wirkte. Seine Augen hatten einen entschlossenen und zugleich kalten Blick. In ein paar Jahren würde er noch besser aussehen als Ye Xiao.

»Ich bin Shen Ming.«

Diese vier knappen Silben kamen wie aus dem Mund eines Erwachsenen, und in der noch jungen Stimme schwang die Bitterkeit darüber, vor sechzehn Jahren gestorben zu sein.

Ye Xiao schaltete den Rasierapparat ab, und es herrschte wieder Stille. Er hatte sich nur das halbe Gesicht rasiert und blickte Si Wang über den Umweg des Spiegels ins Gesicht.

Nur für ein paar Sekunden hatte er seine Rasur unterbrochen, dann fing der Lärm wieder an. Er rasierte sich schnell noch die andere Hälfte des Gesichts und beobachtete den Jungen aus den Augenwinkeln. Er wohnte im achtundzwanzigsten Stock eines Hochhauses, genau gegenüber dem nachts hell erleuchteten Vision-Tower. Am Fenster lehnte ein Scharfschützengewehr mit Zielfernrohr. Als Si Wang die Waffe neugierig in die Hand nahm, entriss Ye Xiao sie ihm sofort: »Vorsicht! Die Knarre ist echt!«

»Wen wollen Sie damit ermorden?«

307

Im Penthouse des Vision-Towers gegenüber brannte in einigen Fenstern Licht. Ye Xiaos Wohnung wäre ein ausgezeichnetes Versteck für einen Scharfschützen gewesen.

Ye Xiao stellte das Gewehr in den Schrank und ermahnte Si Wang streng: »Du darfst niemandem davon erzählen, sonst …«

»Ich kann ein Geheimnis für mich behalten.« Si Wang nutzte die Gelegenheit, um mit dem Inspektor zu verhandeln: »Vorausgesetzt, Sie glauben mir, was ich sage …«

Ye Xiao war Junggeselle. Im Vergleich zu Huang Hai war er ordentlich, aber auch bei ihm lagen Instant-Nudelgerichte und anderes Junkfood herum. In der Wohnung gab es weder Zigaretten noch Kaffee oder Alkohol. In dieser Hinsicht lebte Ye Xiao abstinent.

»Nach Shen Mings Tod im Jahr 1995 hat sich sein Geist nicht aufgelöst, und er schwebt seit sechzehn Jahren in dieser Stadt, versteckt auf dem Nacken eines Jungen namens Si Wang.«

»Du überfällst mich hier in meiner Wohnung, um mir das zu erzählen? Und überhaupt, du hast dieses Geheimnis so lange bewahrt, aus welchem Grund erzählst du mir jetzt davon?«

»Ich befürchte, ich werde vor meinem achtzehnten Geburtstag sterben.«

»Wirst du von jemandem bedroht?« Ye Xiao blickte auf den Spion in der Tür. »Ich kann dich beschützen.«

»Nein. Aber in letzter Zeit habe ich Albträume. Ich träume, dass ich sterbe – allerdings nicht von der Hand eines Mörders, der mir die Kehle durchschneidet. Sondern ich gehe über eine Straße und werde von einem Lastwagen erfasst, oder ich stolpere und falle von einem hohen Gebäude …«

»Du befürchtest also, dass du eines Tages stirbst und dein Geheimnis mit ins Grab nimmst, ohne Vergeltung geübt zu haben?«

»Ye Xiao, Sie sind wirklich intelligent.«

»Lass die Komplimente! Wenn du tatsächlich der Geist des

1995 verstorbenen Shen Ming bist, warum hast du dann den Mörder nicht schon längst liquidiert?«

Si Wang lachte bitter: »Ich weiß nicht, wer er ist. Er hat mir einen Dolch in den Rücken gestoßen. Ich habe sein Gesicht nicht gesehen.«

»Ich werde ihn schon fassen.«

»Gibt es denn irgendwelche Anhaltspunkte? Der Mann mit dem DVD-Laden, vielleicht? Ich allein kann Ihnen helfen, den Fall zu lösen! Weil ich Shen Ming bin. Ich bin das zweite Mordopfer von damals und kenne viele Geheimnisse, von denen andere nicht einmal ahnen. Vor sechzehn Jahren, als ich als Si Wang zur Welt kam, habe ich geschworen, den Mörder zu finden. Ich habe viele Jahre mit Inspektor Huang Hai zusammengearbeitet und Ihnen gegenüber in diesem Fall einen deutlichen Vorsprung!«

»Gut. Aber du bist gleichzeitig auch ein Mörder. Du hast doch den Dekan der Schule, Yan Li, ermordet, nicht wahr?«

Si Wang begann bei dieser Frage zu zittern; sein Gesicht nahm einen schrecklichen Ausdruck an. Es war, als müsste er an den Tatort zurückkehren.

»Ja.«

»Ich habe mich selbst manchmal gefragt, ob in dir nicht eine andere Person steckt. Über deinen Augen liegt der Schatten eines Erwachsenen, der unvorstellbares Leid erfahren hat. Ich bin der Einzige, der dich verstehen kann, denn wir sind vom selben Schlag.«

»Ich vermute, der Schmerz, den Sie erfahren haben, ist der Verlust eines geliebten Menschen.«

»Ein Schmerz, der bis ins Mark ging.«

»Ye Xiao, aber Sie haben nie den Schmerz erlitten, selbst ermordet zu werden. Ich meine, nicht den körperlichen Schmerz, sondern die Erfahrung, nach dem Tod ein anderer Mensch zu werden, allen Menschen um sich herum Lebewohl zu sagen, nochmals von Kindesbeinen an groß werden zu müssen und das ganze ursprünglich gelebte Leben von mehr als zwanzig Jahren völlig sinnlos werden zu lassen!«

»Ich glaube zwar nicht, dass es Geister in dieser Welt gibt, aber trotzdem kannst du mir alles erzählen, was du weißt – egal, ob es wahr ist oder ein Gebilde deiner Fantasie. Legen Sie los, Herr Geister-Detektiv!«

»Vor sechzehn Jahren standet ihr vor einem großen Problem, nämlich der Frage: Warum ist Shen Ming am 19. Juni 1995 ohne ersichtlichen Grund ins Quartier der Teuflin gegangen und hat sich selbst in den Tod geschickt?«

»Nicht schlecht. Wenn du die Gründe dafür darlegen könntest, würde uns das bei der Lösung des Falls vielleicht einen großen Schritt voranbringen.«

»Das ist leider ein Geheimnis.«

Bei dieser Antwort schüttelte Ye Xiao enttäuscht den Kopf. Er hielt Si Wang die Tür auf und sagte: »Du kannst nach Hause gehen.«

»Warten Sie, ich habe noch eine Frage. Was ist mit Zhang Mingsong?«

»Also, ich habe tatsächlich mit Zhang Mingsong gesprochen. Er sagte mir, dass Huang Hai ihn damals oft befragt und ihn mehrmals mit aufs Revier genommen hätte. Der Direktor des Schulamtes hat ihn damals protegiert. Ob der Mann letzten Endes ein Mörder ist, kann ich nicht beurteilen.«

»Und eine Hausdurchsuchung?«

»Wir haben nicht genügend Anhaltspunkte, um einen Durchsuchungsbefehl zu beantragen. Das ist leichter gesagt als getan. Insbesondere bei einer so prominenten Persönlichkeit wie Zhang Mingsong.« Ye Xiaos Gedanken folgten einer klaren Logik. »Nichts von dem, was du sagst, lässt sich beweisen. Es sind Hirngespinste, mein kleiner Freund Si Wang.«

»Sie werden es bereuen, wenn Sie mir nicht glauben.«

Ye Xiao kam Shen Yuanchao in den Sinn, und er gab Si Wang eine letzte Chance: »Sprich doch ein wenig über Shen Yuanchao, den biologischen Vater von Shen Ming.«

»Ich bin der biologische Sohn von Shen Yuanchao. Dies ist sein größtes Geheimnis. Als ich noch am Leben war, war er ängstlich darauf bedacht, dass niemand die Wahrheit erfuhr. Auf gar keinen Fall ist er ein kaltblütiger oder mitleidloser Mensch. Jeden Monat hat er Unterhaltszahlungen geleistet. Als ich noch in der Kellerwohnung lebte, hat er mir oft Bücher geschickt. Unterschiedliche Titel, vom Comic bis zu den Klassikern der Weltliteratur. Besonders stark hat mich das Buch *Wie der Stahl gehärtet wurde* geprägt. Es war eine in Leinen gebundene, seltene Ausgabe, die er seit seiner Kindheit aufbewahrt hatte. Auf dem Umschlag war ein farbiger Druck, der Pawel Kortschagin zeigte, rittlings auf dem Pferd mit einer Mütze der Volksbefreiungsarmee und sein Blick entschlossen ins Weite gerichtet.«

»Ich habe das Buch bei Shen Yuanchao in einem Regal gesehen. Er hat es nach Shen Mings Tod aus dessen Schlafzimmer am Nanming-Gymnasium geholt, wie er sagt.«

»Er hat es für mich aufbewahrt!«

Ye Xiao studierte das Gesicht des Jungen. Es hatte vollkommen den Ausdruck eines Mannes mittleren Alters. Wenn er das mit Absicht auflegte, war er der König aller Schauspieler.

Der Inspektor nahm Papier und Bleistift und sagte: »Kannst du ein Stück Text aus dem Buch aufschreiben?«

Si Wang nickte und schrieb mit der Handschrift von Shen Ming:

»Das Wertvollste, was der Mensch besitzt, ist das Leben. Es wird ihm nur einmal gegeben, und er muss es so nützen, dass ihn sinnlos verbrachte Jahre nicht qualvoll gereuen, die Schande einer kleinlichen, inhaltslosen Vergangenheit ihn nicht bedrückt und dass er sterbend sagen kann: ›Mein ganzes Leben, meine ganze Kraft habe ich dem Herrlichsten in der Welt – dem Kampf für die Befreiung der Menschheit – geweiht.‹«

Als Si Wang das Zitat zu Ende geschrieben hatte, seufzte Ye Xiao: »Pawel Kortschagin ... mit sechzehn habe ich diese Passage auch auswendig gelernt.«

»Warum sind Sie Polizist geworden?«

»Schicksal.«

»So, wie ich nach dem Tod Si Wang geworden bin?«

»So ungefähr.«

»Akzeptieren Sie jetzt, dass ich der Geist von Shen Ming bin?«

Ye Xiao schüttelte den Kopf: »Es gibt keine Geister auf dieser Welt. Aber ich kann dir helfen, und du musst mir helfen.«

KAPITEL 9

Erstes Oberstufenjahr, zweites Semester.

Zhang Mingsong wurde bald fünfzig. Sein Haar begann sich zwar schon zu lichten, aber er wirkte noch jugendlich. Dem Gerede der Leute nach war er ein Playboy, der viele Frauen erobert hatte. Weil er aber Verantwortung scheute, wollte er sich nicht durch eine Ehe binden lassen.

Jeden Morgen kam Herr Zhang zur Schule und reinigte als Erstes sein Büro von allem Staub. Dann joggte er über den Sportplatz, um sich in Form zu halten. Er war seit mehr als zwanzig Jahren an der Schule und kannte jeden Stein unter seinen Füßen, jedes Unkraut, jede holprige Wurzel. Er wusste, von wo aus man den besten Blick in die Mädchenschlafsäle erhaschen konnte.

Auf dem Sportplatz tauchte oft ein Schüler namens Si Wang auf. Er war mager wie eine Sojabohnensprosse, einen Meter achtundsiebzig groß und wog knapp über fünfzig Kilogramm. Jeden Morgen stand er früh auf und trainierte wie ein Irrsinniger. Zuerst sprintete er zweimal um den Sportplatz, dann machte er vierzig Liegestütze und anschließend zwanzig Klimmzüge. Manchmal ergänzte er das Programm noch durch Boxen und Kung-Fu, ehe er in die Mensa ging und zwei rohe Eier verlangte. Seine Mitschüler schreckte das ab; niemand wagte, sich ihm zu nähern. Die Jungen hielten ihn für geisteskrank, die Mädchen verspotteten ihn als Muskelprotz. Er benahm sich, als hätte er einen Feind, der ihn, wenn er nicht bis zur Meisterschaft trainierte, eines Tages ermorden würde.

313

Ende Februar, nachmittags nach der letzten Stunde, sprach Zhang Mingsong ihn an: »Si Wang, komm in mein Büro.«

Ein anderer Schüler hätte einen Luftsprung gemacht – viele nahmen jede Gelegenheit wahr, um sich bei ihm einzuschmeicheln und dadurch eventuell an eine Nachhilfestunde zu kommen.

Zhang Mingsongs Büro war im obersten Stockwerk des Unterrichtstrakts. Den Spitzenlehrern wurden von der Schule eigene Büros zur Verfügung gestellt. Es war geräumig, aber dunkel. Man fragte sich, warum das Fenster nur einen Spalt geöffnet und die dicken Vorhänge zugezogen waren. Zhang Mingsong sagte streng: »Setz dich! Du weißt, warum ich dich hergebeten habe?«

»Nein.«

Si Wang saß auf einem Stuhl in einer Ecke. Die Wand hinter ihm war mit Wimpeln aus rotem Samt tapeziert, die ihm Ehemalige zum Dank geschenkt hatten; davor standen Trophäen, mit der ihn Stadt oder Staat geehrt hatten.

»Ich bin Mathematiklehrer, und normalerweise kümmere ich mich nicht um solche Angelegenheiten, aber da ich jetzt auch Klassenlehrer bin, trage ich die Verantwortung für jeden einzelnen Schüler.«

»Was habe ich getan?«

»Ich mache mir Sorgen um dich. Du bist so still und schweigsam. Du gesellst dich nicht zu den anderen und verhältst dich merkwürdig. Manche Jungen sagen, du würdest ihnen Angst machen.«

»Ich weiß nicht, was die anderen denken. Aber ich war schon immer so, und meine Leistungen werden davon nicht beeinträchtigt.«

»Jeden Morgen läufst du allein um den Sportplatz. Dabei habe ich bemerkt, dass einige Mädchen dich heimlich beobachten. Ich habe mit ihnen gesprochen, aber man munkelt, dass du keine Mädchen magst?«

»Es ist nur so, dass ich Mädchen gegenüber schüchtern bin.«

»Das ist doch kein Grund.« Zhang Mingsongs Lächeln verriet, dass er Zweifel hatte. »Es gibt noch vieles, das du vor mir verbirgst.«

»Nein.«

Si Wang setzte eine Unschuldsmiene auf, woraufhin der Lehrer ihn weiter bedrängte. »Man könnte sagen, du bist eine Ausnahmeerscheinung an unserer Schule.«

»Wahrscheinlich liegt es daran, dass ich gern lese und ein Bücherwurm bin.«

»Ein Bücherwurm, der jeden Tag Kung-Fu praktiziert?«

»Mein Zuhause liegt in einem verruchten Viertel der Stadt. Straßenkämpfe sind dort an der Tagesordnung. Ich trainiere, um mich und meine Mutter zu beschützen.«

»Si Wang, ich habe mir deine Akte angesehen. Euer Haus wird bald abgerissen, und ihr müsst umziehen.« Er nahm einen Schluck Tee und kam näher an ihn heran, als er sagte: »Seit du in der Grundschule warst, ist dein Vater verschwunden. Er hat sogar seinen Wohnsitz verloren. Du bist von deiner Mutter allein erzogen worden, und trotzdem behauptet sie am Elternsprechtag, dein Vater arbeite oft auswärts.«

»Herr Zhang, entschuldigen Sie bitte, das sind private Familienangelegenheiten. Ich bitte Sie, mit niemandem darüber zu sprechen, auch nicht mit anderen Lehrern.«

»Keine Sorge. Ich schütze jeden Schüler.« Es fiel ihm auf, dass Si Wang seinen Blick nicht auf ihn gerichtet hatte, sondern auf das große Bücherregal in seinem Rücken. »Worauf schaust du?«

Man hatte nicht den Eindruck, dass dies die Bibliothek eines Mathematiklehrers war. Dort standen Werke zur Geschichte, Religion, Kryptologie und Kriminologie. Zwischen Büchern wie *Autobiografie von Carl Gustav Jung*, *Studien zur Psychiatrie* und *Einführung in die Forensik* stand dort auch Literatur wie *Der glückliche Prinz und andere Märchen* von Oscar Wilde, *Das Porträt des Dorian Gray*, *Salome*.

»Entschuldigen Sie, ich bin nur ein wenig neugierig —«

»Das sind meine Lieblingsbücher! Ich leihe dir gern welche aus, wenn du magst.«

»Nicht nötig. Kann ich jetzt gehen?«

Nachdem Si Wang sich verabschiedet hatte, saß Zhang Mingsong lange gedankenversunken auf seinem Stuhl. Erst, als die Nacht hereingebrochen war, ging er auf die andere Seite des Unterrichtstraktes.

Er schloss die Tür zum Archiv der Schule auf. Nur er und noch zwei andere Lehrer hatten einen Schlüssel zu dem Raum. In Reih und Glied standen dort eingestaubte Metallschränke. An der Beschriftung ließen sich Art und Jahr des darin aufbewahrten Dokuments leicht ablesen, und er hatte die Unterlagen aus dem Jahr 1988 schnell gefunden – Shen Ming hatte in jenem Jahr Abitur gemacht.

Zhang Mingsong war damals sein Mathematiklehrer gewesen.

Niemand hatte die dicke Akte je herausgeholt. Sie enthielt die Anmeldeunterlagen eines jeden Schülers, das blaue Studienbuch mit allen Klausuren und Noten sowie die Abschlussbeurteilung des Lehrers. Zahlenmäßig war es kein starker Jahrgang. Es gab nur drei Parallelklassen, insgesamt etwa einhundert Schüler. Shen Ming kam 1985 an die Schule. Er war mit Lu Zhongyue in einer Klasse gewesen.

Auf Shen Mings Anmeldebogen war das Schwarz-Weiß-Foto aus seinem Schülerausweis. Es war im Licht der Taschenlampe nicht ganz deutlich zu sehen. Er hatte die Lippen zusammengebissen, als müsste er etwas zurückhalten. Selbst heute noch könnte er die Herzen der jungen Mädchen brechen.

Aus den Unterlagen ging deutlich hervor, dass Shen Ming hervorragende Leistungen erzielt hatte. Im Fach Chinesisch lag seine Benotung zwischen fünfundachtzig und neunzig Punkten. In den Fächern Englisch, Politik, Geschichte und Geografie waren seine Ergebnisse ebenso gut. Allein in Mathematik lag sein Durchschnitt nur bei etwa achtzig. Der Klassenlehrer war in seiner Beurteilung voll des Lobes und schrieb, dass Shen Ming sowohl in akademischer als auch in ethischer Hinsicht ein ausgezeichneter Schüler sei. Darüber hinaus war Shen Ming Mitglied in der kommunistischen Jugendliga und vertrat die Interessen seiner Schule bei Versammlungen auf Bezirksebene. In dieser Funktion hatte er sich großen Respekt verschafft.

Im Juni 1988, einen Monat vor den Abiturprüfungen, war in den illegal errichteten Baracken gegenüber der Schule ein Feuer ausgebrochen. An jenem Abend war Zhang Mingsong zufällig länger im Büro gewesen und wurde am Ausgang von den bis zum Himmel wütenden Flammen überrascht. Ein Schüler stürzte in die Feuersbrunst und kam nicht zurück. Als zu befürchten war, er wäre verbrannt, lief eine von Flammen umhüllte Silhouette durch die schwarze Nacht, wie ein Gott, der gerade vom Himmel gestiegen war. Sofort halfen alle, die Flammen an seinen Kleidern zu ersticken. Erst dann sah man, dass er ein kleines Mädchen in den Armen trug.

Der Lebensretter war Shen Ming. Und das Mädchen, das er todesmutig aus den Flammen gerettet hatte, war ein Kind der in den Baracken hausenden Obdachlosen. In dem Feuer waren sechzehn Menschen gestorben. Darunter auch die Eltern des Mädchens.

Shen Ming wurde für seinen Mut und seine Tapferkeit öffentlich geehrt und ausgezeichnet. Weil er als Schüler sowohl akademisch als auch ethisch brilliert hatte, erhielt er eine Empfehlung für die renommierte Peking-Universität.

Das hatte sich vor mehr als zwanzig Jahren ereignet, Shen Ming war seit über siebzehn Jahren tot. War er wirklich tot?

KAPITEL 10

1994, Frühlingsbeginn.

Zum ersten Mal betrat sie den Unterrichtstrakt des Nanming-Gymnasiums. Draußen fiel feiner Nieselregen. Das Lehrerzimmer war dunkel und feucht. Sie zitterte vor Kälte.

Sechs Jahre waren seither vergangen, und Shen Ming war ein erwachsener Mann, der von allen bewunderte Lehrer für Literatur. Ouyang Xiaozhi erinnerte sich noch an sein Gesicht.

Sie war längst nicht mehr das elfjährige Mädchen, das hungernd und obdachlos in den schmutzigen Baracken lebte. Sie trug eine schwarze Schultasche und einen langen weißen Wollpullover, der ihr fast bis an die Knie reichte. Ihr offenes Haar fiel lang über die Schultern, was damals eher selten war. Nur die Schauspielerinnen in den Filmen aus Hongkong trugen solche Frisuren. Ihre Haut war so blass, als mangele es ihr an roten Blutkörperchen. Ihre rabenschwarzen Augen waren unvergesslich.

Die siebzehnjährige junge Frau wirkte in jeder Hinsicht wie eine Tochter aus gutem Hause.

Sie war damals während des laufenden Schuljahres aufgetaucht, was ungewöhnlich war. Das Nanming-Oberstufengymnasium gehörte zu den Eliteschulen in der Stadt, und nur Schüler mit Spitzennoten bekamen einen Platz. Einen Übertritt ins Gymnasium während des Jahres gab es, außer in einzelnen Ausnahmefällen bei Neffen und Nichten von hohen Kadern, grundsätzlich nicht.

»Guten Morgen, Herr Lehrer! Mein Name ist Ouyang Xiaozhi.«

Die sanfte Stimme ihres Grußes, begleitet von einer leichten Verbeugung, berührte den Lehrer. Noch nie war Shen Ming einer so höflichen Schülerin begegnet. Leicht verlegen sagte er: »Willkommen, Ouyang Xiaozhi, mein Name ist Shen Ming. Ich bin der Klassenlehrer und gleichzeitig Lehrer für Chinesisch. Komm mit, ich stelle dich deinen Mitschülern vor.«

Im Lehrerzimmer war sonst niemand; offenbar war es ihm unangenehm, mit der Schülerin allein zu sein. Als sie in das zugige Klassenzimmer kamen, verbeugte sich Xiaozhi ebenso höflich wie zuvor: »Guten Morgen, ich heiße Ouyang Xiaozhi und bin eure neue Mitschülerin.«

Shen Ming wies ihr den Platz neben Liu Man zu.

Wie ein schwarzer Wasserfall fiel ihr Haar vor seinen Augen über die Rückenlehne ihres Stuhls. Die anderen Schüler konnten ihre Hälse gar nicht lang genug recken, um über ihre Schultern mit dem weißen Wollpullover zu beobachten, wie sie mit ihren feingliedrigen Fingern Federmäppchen und Bücher auspackte und ordentlich vor sich auf den Tisch legte. Liu Man, ihre ganz in Rot gekleidete Banknachbarin, war der neuen Klassenkameradin dabei behilflich, sich an dem Platz neben ihr einzurichten.

Feine Regentropfen schlugen gegen die Fensterscheiben, draußen zitterten die ersten Kamelienblüten in der frischen Frühlingsluft.

Ouyang Xiaozhi drehte sich um und nickte den beiden Jungen hinter sich kaum merklich zu, öffnete leicht die Lippen und schien zu sagen: »Auf gute Kameradschaft!«

Sie lebte sich schnell in der neuen Umgebung ein und schloss mit ein paar Mädchen Freundschaft, insbesondere mit Liu Man. Die Jungen waren ihr gegenüber äußerst aufmerksam, doch Ouyang Xiaozhi erteilte ihnen regelmäßig eine leise Abfuhr.

Der Klassenlehrer Shen Ming schien ihr absichtlich aus dem Weg zu gehen. Ob er sie erkannt hatte? Aber nein, zwischen dem kleinen Mädchen damals und der jungen Frau heute gab es kaum eine Gemeinsamkeit. Oder war es möglich, dass man ihr das Geheimnis an den Augen ablesen konnte? Über mehrere Wochen hinweg hatte er, außer im Unterricht, nicht ein einziges Mal mit ihr gesprochen. Dabei hatte er mit den anderen Schülerinnen und Schülern ein sehr freundliches Verhältnis. Liu Man ging oft zu ihm, um ihn etwas zu fragen, ganz zu schweigen von Ma Li und den anderen Jungen, mit denen er Basketball spielte.

Ouyang Xiaozhi sprach nie darüber, warum sie während des Jahres die Schule gewechselt hatte. Ein Lehrer verriet das Geheimnis jedoch aus Versehen – ihr Vater, ein Kommandant der Volksbefreiungsarmee, hatte vor einigen Jahren im Sino-Vietnamesischen Krieg an der Laoshan-Front im Kampf sein Leben geopfert und wurde als Held der Revolution geehrt. Xiaozhi und ihre Mutter waren auf sich allein gestellt. Da das Mädchen sowohl in akademischer als auch in moralischer Hinsicht ein Vorbild war, hatte sie zuvor eines der besten Gymnasien in der Stadt besucht. Doch aus irgendeinem Grund musste sie auf eine Schule mit Internat wechseln. Da ihr Vater als Held der Revolution gestorben war, hatte sie das Schulamt bevorzugt behandelt und sie ans Nanming-Gymnasium transferiert.

In Wirklichkeit war ihr Vater kein Held der Revolution gewesen.

2012, die ersten, noch kühlen Frühlingstage.

Sie war nicht mehr die Oberschülerin in dem weißen Wollpullover. Sie war die Lehrerin für Literatur, die einen weißen Mantel und dazu passende Stiefel trug.

Der Nachthimmel war ungewöhnlich klar, und der Oleander blühte noch nicht.

Xiaozhi ging allein über den Sportplatz und betrat dann das Mehrzweckgebäude. Im dritten Stock öffnete sie eine kleine Tür, die auf die Dachterrasse führte. Das war ein Ort, an den sie als Schülerin oft gekommen war. Heute kannte niemand mehr dieses Versteck.

Sie blickte nach unten und sah ihren Kollegen Herrn An auf dem Sportplatz hin- und hergehen. Dieser Lehrer hatte bereits mehrmals sein Interesse an ihr bekundet und wollte sie unbedingt zum Essen einladen, obwohl sie immer wieder deutlich ablehnte. Er wollte es einfach nicht wahrhaben, lauerte ihr schon morgens am Eingang zur Schule auf und brachte nicht selten ein Frühstück für sie mit, das er zu Hause vorbereitet hatte. Hier auf der Dachterrasse jedenfalls würde er sie niemals finden.

Der Mond schien hell.

Der Wind pfiff oben auf dem dritten Stock, und eine Böe zerzauste ihr Haar. Sie spürte, dass jemand hinter ihr war, drehte sich um und sah in das Gesicht eines siebzehnjährigen Jungen. Sie erkannte ihn sofort.

»Si Wang? Wie kommst du hierher?«

»Psst!« Er legte den Zeigefinger auf den Mund. »Er darf uns nicht hören!«

Xiaozhi nickte, sie hatte verstanden. Sie ging zum Geländer und blickte nach unten.

»Was will der Mann von Ihnen? Ich habe bemerkt, dass er Sie seit Tagen verfolgt!«

Mit unterdrückter Stimme, damit kein Laut nach unten drang, antwortete sie:

»Die Angelegenheiten der Lehrer gehen die Schüler nichts an.«

Sie hatte die würdevolle Haltung einer Lehrerin angenommen, es fehlte ihr nur der Zeigestab.

»Ich habe mir Sorgen um Sie gemacht.«

Obwohl sie sich nach außen hin streng gab, folgte sie Si Wangs Aufforderung und sprach ganz leise. Eigentlich war es mehr ein Hauchen als ein Sprechen, was komisch klang: »Es ist mitten in der Nacht, und ich möchte gern wissen, warum du nicht im Schlafsaal bist und im Bett liegst?«

»Ich kann nicht schlafen.«

»Beschattest du mich?«

»Nein. Aber ich habe beobachtet, wie Sie über den Sport-platz gegangen sind und Herr An Sie verfolgt hat. Da hatte ich Angst, er könnte Sie belästigen.«

»Woher hast du gewusst, dass ich mich hier verstecke?« Sie strich ihren Rock über die Knie und sah erschrocken hin-ter sich. »Es kann doch nicht sein! Niemand kennt diese kleine Tür, die zu der Dachterrasse führt!«

»Ich weiß.«

Sie bedeutete ihm mit dem Finger, still zu sein. Unter dem schwachen Licht der Laternen ging Herr An mit hängendem Kopf in Richtung Schultor.

»Si Wang, was willst du von mir?«

Er rieb am Geländer der Terrasse und antwortete: »Es ist viele Jahre her, dass ich hier war.«

»Wie alt bist du denn? Wie kommst du dazu, mir zu sagen, es sei viele Jahre her?«

»Es ist siebzehn Jahre her, dass du hier gestanden hast, zitternd und verzweifelt. Um ein Haar wärst du zu Tode ge-stürzt, wenn dich nicht jemand von hinten zurückgehalten hätte.«

»Wer bist du, Si Wang?«

Ouyang Xiaozhi wirkte wie verändert. Sie machte ein paar Schritte in Richtung Ausgang, dann drehte sie sich um und zögerte, als wolle sie noch etwas sagen.

»Du wolltest in den Tod springen.«

»Nein!« Sie senkte den Kopf und wagte dem Jungen nicht in die Augen zu sehen. »Ich … ich … ich hatte damals nur starke Kopfschmerzen und wollte noch etwas frische Luft schnappen. Einen Augenblick war ich unachtsam und bin aus-gerutscht. Das war alles …«

»Damals hast du etwas ganz anderes erzählt! Du hast ge-sagt, dass es Leute an dieser Schule gebe, die seit deinem ersten Tag Lügen über dich verbreiten. Und dies, obwohl du eigent-lich ein gutes Mädchen seist, das kaum ein Wort an einen Jun-gen zu richten wagte. Nie hättest du mit bösen Buben irgendetwas zu tun gehabt und seist dennoch belästigt worden! Das hast du doch gesagt, nicht wahr?«

»Ja, das habe ich gesagt. Woher weißt du das?«

»Im Jahr 1995, es war in einer Frühlingsnacht, da hast du dir hier auf diesem Dach deinen ganzen Kummer von der Seele geredet. Du hast gesagt, wenn die Gerüchte nur gegen dich gerichtet gewesen wären, hättest du die Situation ja ertragen können. Aber im letzten Halbjahr vor dem Abitur kamen abscheuliche Gerüchte in Umlauf, die deine Eltern in den Schmutz zogen. Du wusstest nicht mehr weiter. Solange du hier warst, gab es keine Möglichkeit, all dem zu entkommen. Und ein nochmaliger Wechsel an eine andere Schule war so kurz vor dem Abitur nicht möglich.«

In jener Frühlingsnacht im Jahr 1995 hatte er mit ihr auf dieser Dachterrasse wie mit einem erschrockenen Kätzchen gerungen. Die beiden waren auf dem Betonboden herumgerollt, seine Hände umfassten ihre Taille. Xiaozhi gab den Widerstand schließlich auf. Auf ihren kalten Wangen waren noch ein paar Tränen. Sie schaute in die Sterne, atmete tief ein und aus, bis sie den Kopf wandte und in das Gesicht des Lehrers blickte.

Shen Ming war sowohl ihr Klassenlehrer als auch ihr Lehrer für chinesische Literatur. Da er damals auf dem Schulgelände wohnte, war er gerade auf seinem nächtlichen Kontrollrundgang gewesen. Dabei war sein Blick auf die Dachterrasse des Mehrzweckgebäudes gefallen, wo er ganz undeutlich einen wankenden Schatten sah. Er vermutete, jemand wolle sich umbringen, und stürzte sofort die Treppen hinauf.

Jetzt, viele Jahre später, erinnerte sie sich noch ganz genau an das Gespräch von damals:

»Xiaozhi, du darfst nicht sterben.«

»Warum?«

»Weil ich dann traurig wäre. Vor sieben Jahren, als ich mich in die Feuersbrunst stürzte, wäre ich beinahe gestorben. Das habe ich nur getan, damit du lebst!«

»Sie haben mich also erkannt?«

»Zuerst dachte ich, es sei ein Déjà-vu. Später fiel mir auf, dass du irgendwie merkwürdig bist, und dann behielt ich dich heimlich im Auge. Kaum zu glauben, wie sehr du dich in diesen Jahren verändert hast! Oft hast du auf das brachliegende Gelände gegenüber der Schule gestarrt, einmal bist du allein zum Quartier der Teuflin gegangen. Da wusste ich, dass du das Mädchen von damals warst.«

»Und ich dachte, Sie würden mich nie erkennen, Herr Shen.«

»Das Geschenk, das du mir damals gabst, habe ich bis heute aufbewahrt.«

»Jetzt haben Sie mir zum dritten Mal das Leben gerettet. Nur, dieses Mal weiß ich gar nicht, was ich Ihnen zum Dank schenken soll?«

»Was ich mir als dein Lehrer wünsche, ist, jeden Tag zu sehen, dass du glücklich lebst.«

Ouyang Xiaozhi lächelte, dann lachte sie und lachte schließlich so laut, dass beinahe die ganze Schule davon aufgewacht wäre.

Am nächsten Tag erzählten viele Schüler, dass sie von einer Dämonin geträumt hätten, die wie irrsinnig schrie.

2012, es war eine ähnlich kalte Frühlingsnacht, in der Xiaozhi auf der Dachterrasse des Mehrzweckgebäudes stand. Ihre Tränen glitzerten im Mondlicht.

»Si Wang, wo hast du das alles her?«

Der Junge stand der aufgeregten Frau ganz ruhig gegenüber und deutete auf seinen Kopf.

»Bist du irrsinnig?«

Lange stand Xiaozhi einfach nur da und zitterte im Wind. Plötzlich hob sie ihren Arm und versetzte ihm eine kräftige Ohrfeige.

»Du bist schamlos! Ich verachte dich! Weißt du überhaupt, was du da machst?« Sie merkte gar nicht, wie laut sie schrie, und es war ihr egal, dass ihr die Tränen aus den Augen flossen.

»Ich flehe dich an, hör auf, um mich herumzuschleichen! Hast du verstanden?«

»Du bist es, die nicht versteht.«

Auf seinem Gesicht war der Abdruck von fünf Fingern, doch er zeigte keinerlei Regung.

»Es tut mir leid. Ich musste dich aufwecken!« Sie trat zu ihm und streichelte seine Wange. Ihre Hände waren ganz kalt. »Ich bin Frau Ouyang, deine Lehrerin. Ich bin fünfunddreißig, nur ein paar Jahre jünger als deine Mutter. Du bist erst siebzehn und so hübsch, dass alle Mädchen sich in dich verlieben.«

»Das ist mir nicht wichtig.«

»Hör zu, mein Kind. Alles, was du vorhin gesagt hast, ist vor deiner Geburt geschehen! Und der Lehrer, der mich gerettet hat, ist längst tot!«

»Xiaozhi, das weiß ich. Er ist am 19. Juni 1995 nachts um 22 Uhr gestorben.«

Ganz beiläufig hatte Si Wang das Datum, an dem Shen Ming gestorben war, erwähnt. So, als hätte er eine nicht besonders schwierige Prüfungsfrage beantwortet.

»Schweig!«

»Hast du Angst?«

»Si Wang, du bist ein berechnendes Kind. Hast du in den letzten sechs Monaten, seit ich am Nanming-Gymnasium bin, Informationen über mich gesammelt? Hast du vielleicht sein Tagebuch gelesen?«

»Er hat nie ein Tagebuch geschrieben.«

»Also hast du Ma Li besucht?«

»Hast du wirklich keinen Kontakt mehr zu seinen ehemaligen Mitschülern?«

»Tu nicht so, als wärst du erwachsen! Bitte, komm mir nicht zu nah, und, vor allem, verliebe dich nicht in mich. Denn – ich bin Gift.«

»Gift?«

Unwillkürlich musste Si Wang mit dem Kopf nicken.

»Vergiss bitte nicht, jeder Mann, der mir zu nahe kommt, muss sterben!«

»Das glaube ich auch.«

Der Wind hatte ihre Tränen getrocknet. Im Mondlicht sah ihr Gesicht tatsächlich wie das einer Dämonin aus. Ihre Stimme kam tief aus ihrer Kehle, als sie sagte: »Sobald die Lichter gelöscht sind, muss Nachtruhe in den Schlafsälen herrschen. Bitte verstoße nicht gegen die Regeln der Schule.«

Mit diesen Worten eilte Xiaozhi aus der kleinen Tür und ließ ihn ganz allein auf der Dachterrasse im dritten Stock stehen.

In der kleinen Dachkammer der Bibliothek, gegenüber dem Sportfeld, brannte Licht.

KAPITEL 11

Anfang April.

Seit Shen Mings Tod vor siebzehn Jahren stellte Shen Yuan-chao Nachforschungen zu verschiedenen Mordfällen an. Dabei schreckten ihn weder Leichen noch Särge oder Gräber ab.

Es war wieder ein trüber Regentag. Der Friedhof war von gelb blühendem Raps umgeben. In den Grabstein war eine Fotografie von einem Mann mit einem ernsten Gesicht eingelegt. Darunter standen die Worte: »Grab des Helden Huang Hai«. Eigentlich hätte er auf dem Heldenfriedhof bestattet werden müssen, aber zu Lebzeiten hatte er wiederholt gesagt, dass er ewig neben seinem früh verstorbenen Sohn bestattet werden wollte.

In der einen Hand trug Shen Yuanchao einen schwarzen Schirm, in der anderen einen Strauß Chrysanthemen. Vor dem Grab sah er Si Wang stehen.

Misstrauisch drehte der Junge sich um; der Rauch der drei Stäbchen in seiner Hand stieg in Spiralen auf.

»Ich bekomme diesen Teufel zu fassen und werde ihn eigenhändig töten.«

Dieser Satz kam aus dem Munde Shen Yuanchaos. Sein Haar war seit dem letzten Mal noch weißer, sein Blick noch finstrer und furchterregender geworden.

»Du bist noch größer geworden, mein Freund. Ich bin hier, weil ich das Grab deines verstorbenen Vaters fegen wollte.«

Er dachte immer noch, der Junge ihm gegenüber sei der Sohn von Huang Hai, und Si Wang spielte die Rolle weiter: »Danke, Staatsanwalt Shen!«

Shen Yuanchao hielt die Hand des Jungen, sie war kalt wie die eines Toten, und sprach zum Grab von Inspektor Huang Hai: »Lieber Huang, leider konnte ich an Ihrer Trauerfeier nicht teilnehmen, darum besuche ich Sie heute, am Tag der Toten. Alle Spuren, die ich in den vergangenen Jahren mit meinem Herzblut verfolgt habe, waren in Ihren Augen zwar falsch, dennoch bin ich Ihnen sehr dankbar.«

»Mein Vater hört uns. Seine Seele im Himmel beschützt mich bei der Suche nach dem Mörder.«

»Aber du bist noch zu jung.«

Si Wangs Gesichtsausdruck wurde etwas eigenartig: »Staatsanwalt Shen, Sie sind viel besser, als ich gedacht habe. Sie sind ein guter Mensch.«

»Ich bin schon lange im Ruhestand. Vierzig Jahre habe ich in der Staatsanwaltschaft gearbeitet und war Parteimitglied, insofern kann ich zumindest in den Spiegel schauen. Lebewohl, mein Freund.«

»Ich begleite Sie hinaus.«

Der alte Staatsanwalt warf einen letzten Blick auf den Grabstein und hielt plötzlich wie elektrisiert inne. Unter Huang Hais Namen stand mit schwarzer Tusche geschrieben: »Sein Sohn Huang Zhiliang«. Die Farbe Schwarz bedeutete, dass er schon gestorben war.

Hätte Huang Hai noch andere Kinder gehabt, wären deren Namen auch auf dem Grabstein verewigt, aber in Rot, weil sie noch leben. Auf dem Grabstein war aber nur in schwarzen Zeichen geschrieben »Huang Zhiliang«.

Si Wang war verlegen und trat ein paar Schritte zurück. Das Grab hinter ihm war genau das von Huang Zhiliang.

Shen Yuanchao war zwar schon alt, aber in die Ferne sah er gut, und er konnte deutlich die Inschrift im Rücken des Jungen lesen. Unter dem Namen des Sohnes stand auf dem Grabstein: »Vom Vater, Huang Hai, unter Tränen errichtet« sowie »1994–2004«.

Die Porzellanfotografie auf Ah Liangs Grabstein zeigte den

Zehnjährigen, der an Leukämie gestorben war. Ein klein wenig sah er Si Wang ähnlich.

Daher hielt Shen Yuanchao den Jungen, der vor ihm stand, und den vor acht Jahren verstorbenen Sohn von Huang Hai für ein und dieselbe Person.

»Du ... du ...«

Er klapperte mit den Zähnen, und Si Wangs Gesicht verfinsterte sich. Wie ein Toter sagte er:

»Ja, richtig, ich bin Huang Zhiliang und bin vor acht Jahren an Leukämie gestorben. Es gibt Menschen auf dieser Welt, die wiedergeboren werden.«

KAPITEL 12

Mit schnellen Schritten bog Ye Xiao in das Armenviertel ein. Er ließ seinen Blick nach allen Seiten schweifen. Überall baufällige, einsturzgefährdete Häuser, provisorisch errichtete illegale Bauten. Viele Leute hatten aus Protest gegen die Zwangsräumung in ihren Fenstern Spruchbänder angebracht. Manche hatten Barrikaden errichtet und waren bereit, bis zuletzt zu kämpfen. In der Dämmerung leuchteten die roten Lichter der kleinen Friseurläden, verwahrloste Jugendliche hockten am Straßenrand und rauchten. Er trug Alltagskleider, damit niemand ihn als Polizist erkannte. Nur an der Stirn hatte er einen Verband, um die Augen Blutergüsse und blaue Flecke, bei jedem Schritt schmerzten sein Rücken und seine Rippen.

Si Wang wartete auf ihn in dem kleinen Nudellokal. Der Siebzehnjährige hatte sich verändert. Die Schultern waren breiter geworden, Brust und Arme waren muskulöser; niemand hätte mehr gewagt, sich ihm in den Weg zu stellen.

»Was ist mit dir passiert?« Si Wang sah sich vorsichtig nach allen Seiten um. »Wer hat dich so zugerichtet?«

Ye Xiao winkte ab.

»Berufsrisiko. Wobei es diesmal wirklich knapp war. Es hat nicht viel gefehlt, und ich hätte das Zeitliche gesegnet.«

»Wenn du tot wärst, welcher Polizist würde mir dann helfen?«

Er sprach mit dem Polizisten, als wären sie auf Augenhöhe, aber für Ye Xiao war das absolut in Ordnung. Beide bestellten sich eine Nudelsuppe mit Lammfleisch nach Suzhou-Art.

»Warum zum Teufel bringst du mich nicht zu dir nach Hause?«

»Weil Huang Hai damals oft bei uns war und dann später gestorben ist. Ich will nicht, dass du und er das gleiche Ende nehmen.«

»Das macht vielleicht sogar Sinn. Wie geht es deiner Mutter?«

»Sie ist immer noch besorgt wegen der Zwangsumsiedelung. Die Entschädigung, die uns der Bauträger bezahlt, ist nicht genug, um auch nur eine Toilette im Stadtbezirk zu kaufen. Mama stöhnt den ganzen Tag aus Sorge, wo wir beide jetzt wohnen sollen.«

Ye Xiao deutete auf Si Wangs geschwollenen Bizeps: »Wo hast du trainiert?«

»Im *Fight Club*. Eine gemeinnützige Organisation, in der verschiedene Kampfsportarten und Muay Thai trainiert werden. Es kostet keinen Mitgliedsbeitrag, man muss nur Prügel einstecken können. Wenn Mama mich mit blutiger Nase und geschwollenem Gesicht nach Hause kommen sieht, erzähle ich ihr, ich wäre auf der Straße gestürzt. Die Leute sagen, dieses Jahr kommt der Weltuntergang. Für Menschen wie mich, die gestorben sind und wiedergeboren wurden, hat das nichts Erschreckendes an sich. Meine einzige Angst ist, dass ich meinen Mörder zu Lebzeiten nicht mehr erwische oder dass Lu Zhongyue mich bei unserer nächsten Begegnung tötet.«

»Ich werde nicht zulassen, dass es zu einer solchen Begegnung kommt!« Ye Xiao wirkte mit seinen Blessuren noch männlicher und schlürfte genüsslich seine Suppe. »Sobald meine Wunden verheilt sind, trainieren wir zusammen.«

»Aber wer garantiert mir, dass ich mich in meinem nächsten Leben, nachdem ich den Fluss des Vergessens überquert und die Mengpo-Suppe getrunken habe, noch an mein vorheriges Leben und an das Leben davor erinnere? Einer der Sechs Daseinsbereiche ist der Bereich der Tiere. Wenn ich nun als Rind oder Pferd, Husky oder Labrador wiedergeboren werde ...«

Das Gesicht des Polizisten verfinsterte sich: »Vor einer Woche war ich noch einmal bei Shen Yuanchao, um mir das Buch *Wie der Stahl gehärtet wurde*, in das Shen Ming geschrieben hat, auszuleihen. Zusammen mit dem Blatt, auf das du das Zitat von Pawel Kortschagin geschrieben hattest, habe ich es einem Grafologen an der Polizeihochschule vorgelegt. Der Vergleich hat ergeben, dass beides von derselben Person geschrieben wurde.«

»Du bist wirklich klug, Ye Xiao! Das ist der beste Beweis dafür, dass ich Shen Ming bin.«

»Der Grafologe kann sich in einem von tausend Fällen dennoch geirrt haben. Ich bleibe bei meiner Aussage – es gibt keine Geister auf dieser Welt.«

»Ich bin auch kein Geist.«

»Kleiner, darüber will ich mit dir nicht streiten. Ich bin hier, um dich zu ermahnen. Du darfst Shen Yuanchao gegenüber nicht so tun, als wärst du der Sohn von Huang Hai. Das ist erstens Huang Hai und seinem Sohn gegenüber respektlos, und außerdem machst du dich über den armen pensionierten Staatsanwalt lustig. Wenn du tatsächlich von Shen Mings Geist besessen bist, dann darfst du seinen Vater nicht so anlügen.«

»Hat er dir das gesagt?«

»Ja. Shen Yuanchao hat mir erzählt, dass er am Totenfesttag Huang Hais Grab besucht und dort Huang Hais verstorbenen Sohn getroffen hätte. Aus dem vor acht Jahren verstorbenen Kind sei ein geschickter junger Mann geworden, der keine Mühen scheut, um den Mörder von Shen Ming zu finden und gleichzeitig den Tod seines Vaters zu rächen.«

»Entschuldige! Ich hätte nie gedacht, dass er mir glauben würde.«

»Staatsanwalt Shen ist fest davon überzeugt, dass der Geist von Huang Hais Sohn noch lebt und langsam erwachsen wird. Er sucht dich.«

»Ich …« Si Wang hatte keinen Appetit mehr und legte die Stäbchen auf den Tisch. »Hast du ihm die Wahrheit gesagt?«

»Ich war kurz davor! Aber dann dachte ich, wenn ich ihm sage, dass ein Oberschüler namens Si Wang die Frechheit besitzt, so zu tun, als wäre er Inspektor Huang Hais Sohn, und er dann bei dir zu Hause oder in der Schule Krach schlägt, dann geht es dir an den Kragen. Falls deine Mutter davon erfahren würde …«

»Auf gar keinen Fall!«

»Dann solltest du dich bei mir bedanken. Ich habe nämlich zu Shen Yuanchao gesagt, dass er sich das alles nur einbilde. Seine Tochter, sie kam erst nach Shen Mings Tod zur Welt, hat allerdings bezeugt, dass du ihren Vater am Mittherbstfest zu Hause besucht hast!«

»Entschuldige.«

»Lass ihn in Ruhe. Du stürzt ihn am Ende ins Verderben.«

»In meinem vorherigen Leben ist er mein Vater gewesen. Ich will ihn nicht in Gefahr bringen.«

Ye Xiao nahm den letzten Schluck Suppe: »Si Wang, pass auf, dass du dich nicht selbst in Gefahr bringst.«

KAPITEL 13

Shen Yuanchao sah den Geist von Huang Hais Sohn nie wieder.

Einen Monat später. Es war heiß, und abends zur Stoßzeit stank es im Bus nach Schweiß. Eine Oberschülerin mit Pferdeschwanz saß am Fenster und machte ihre Englischaufgaben. In ein paar Tagen begannen die Prüfungen zum Schuljahresende.

Draußen flimmerten die Neonleuchtreklamen. Jemand betrachtete die Reflexion ihres Gesichts in der Fensterscheibe. Mit jedem Jahr war sie noch hübscher geworden. An den blassen Wangen war etwas Babyspeck, ihre Haut war wie aus Porzellan.

Da drehte Shen Min sich um und sah ihn.

Der Siebzehnjährige stand in Sportkleidern in dem übervollen Bus und hielt sich am Griff fest, damit er nicht gegen die anderen fiel.

Sie erinnerte sich an ihn, es war am Tag des Mittherbstfestes gewesen.

Ringsum standen Leute; es gab keinen Ausweg. Er sagte leise: »Hallo.«

Sie tat, als hätte sie nichts gehört. Über das Buch gebeugt, machte sie weiter ihre Aufgaben. Ihr Herz raste.

Der Bus fuhr von der Haltestelle ab. Der Junge verspürte offenbar den Drang zu sprechen: »Es ist zu dunkel, um zu schreiben.«

Draußen leuchteten der bunte Schriftzug *Haidilao-Feuertopf*. Ihr Pferdeschwanz wippte. Ohne ihn anzusehen, steckte sie die Kappe auf den Stift.

Die Luft im Wagen war schwül und stickig. Unwillkürlich wandte sie ihren Kopf in Richtung Tür. Durch die Ritzen und Spalten in dem gedrängten Bus streifte ihr Blick all die erschöpften Gesichter und fiel dabei auch auf die Augen eines Mannes mittleren Alters. Er hatte einen ganz gewöhnlichen Haarschnitt, und man hätte das Gesicht sofort wieder vergessen, wenn er nicht ein bläuliches Mal an der Stirn gehabt hätte.

Plötzlich drängte er zur Tür. Da hielt der Bus an einer Haltestelle.

Der Junge hatte den Mann beobachtet und stieß einen Schrei aus: »Stopp!« Er schubste zwei ältere Damen zur Seite und stürzte ohne jede Rücksicht in Richtung der hinteren Bustür.

»Bist du irre?«

»Verdammt!«

»Autsch! Pass doch auf!«

Der Mann war bereits durch die offene Tür nach draußen entwischt. Die Leute, die gerade von der Arbeit kamen, drängten wie eine Flutwelle in den Bus und schoben den Teenager zurück.

»Nicht die Türen schließen!«

In dem Moment, als er wie ein Verrückter brüllte, schlossen sich die Türen, und die Fahrerin zündete fluchend den Motor. Die anderen Fahrgäste schauten ihn an, als hätten sie einen Geisteskranken vor sich.

Shen Min schaute ängstlich nach draußen, wo der Mann ruhig am Straßenrand stand und zusah, wie der Bus sich langsam entfernte, ehe er weiterging und in die nächste Kreuzung bog.

Mit ausdrucksloser Miene stand sie auf und stellte sich neben den Jungen, der mit offenem Mund nach Luft schnappte.

Zwei Haltestellen später stiegen sie zusammen aus.

»Warum wolltest du den Mann verfolgen?«

Es war Shen Min, die das Gespräch begann. Er antwortete

mit trockener Kehle: »Ach, ich habe beobachtet, wie der Typ ein Portemonnaie geklaut hat.«

»Wow! Du kannst Diebe fangen?«

»Ich …«

Beim Anblick dieses hübschen Mädchens verschlug es ihm einfach die Sprache.

»Danke!«

»Wofür? Der Dieb hatte doch nicht dein Portemonnaie geklaut.«

»Ich meine das Mittherbstfest im letzten Jahr, als du für meinen Bruder Räucherstäbchen angezündet hast.«

»Ah! Das ist doch das Mindeste. Ich werde den Mörder deines Bruders eines Tages fassen.«

Hinter dem Bahnhof waren viele kleine Essensstände, die am Feierabend eine Menge hungrige Kunden hatten. Der Geruch von billigem Öl lag in der Luft.

Den Jungen zog es vor den Stand mit der Spezialität *Stinkender Tofu*. »Hast du Hunger?«

»Ein ganz kleines bisschen.«

Er kaufte ein paar Stück *Stinkender Tofu* und teilte sie mit ihr.

Shen Min starrte ihn an, während sie aß. Er senkte verlegen den Kopf: »Was ist an mir so interessant?«

»Irgendwie kommst du mir bekannt vor, als hätte ich dich schon einmal gesehen, als ich ein Kind war. Lass mich überlegen. Genau! Es war in der Grundschule Nummer eins an der Changshou-Straße. Du warst in der Parallelklasse. Alle haben damals gesagt, dass du ein Genie bist, und ich war deine einzige Freundin.«

Der Junge mit dem Namen Si Wang hatte einen unvergesslichen Eindruck auf sie gemacht.

»Stimmt! Das bin ich. Wie hast du mich nur erkannt? Wenn man mir ein Foto aus der Zeit zeigt, dann erkenne ich mich selbst nicht wieder.«

»Wie gut! Endlich bist du wieder aufgetaucht! Ich erinnere noch, wie du damals immer deinen Namen nanntest: Si, wie in *Befehlshaber*, und Wang, wie *ins Weite blicken*. Aber warum sagt mein Vater jetzt immer, dass du Huang mit Nachnamen heißt?«

In Sekundenschnelle hatte er eine Antwort parat: »Ich habe viele Namen. Zum Beispiel heiße ich auch Kleiner Ming.«

Das Mädchen aß ihren Tofu und sagte: »Warte, ich heiße auch Kleine Min!«

»Ich meine nicht Min, sondern Ming, wie das Wort für *morgen*.«

»Mein Vater sagt, dass du ein Toter bist.«

»Er hat recht. Ich bin vor acht Jahren im Alter von zehn Jahren gestorben.«

»Du lügst!«

»Gut. Ich lüge.«

Diese Gratwanderung zwischen wahr und falsch machte Shen Min Angst. Sie trat zwei Schritte zurück und sagte: »Ich möchte nach Hause gehen.«

»Die Polizei!«

Jemand hatte mit diesem Schrei die Betreiber der Essensstände gewarnt. Wie im Nu hatten alle ihre fahrbaren Buden in die dunkle Nacht davongeschoben.

In dem Chaos war auch der geheimnisvolle Junge spurlos verschwunden. Shen Min war verwirrt und hatte noch die zwei Namen auf den Lippen: »Si Wang? Kleiner Ming?«

KAPITEL 14

19. Juni 2012, der siebzehnte Todestag von Shen Ming.

Die Sichel des Neumonds stand am Himmel und beleuchtete den kleinen Weg, der von der Nanming-Straße zwischen zwei Baustellen zu der verlassenen Fabrik führte. Am Fuß des hohen Kaminschlots wucherte Gestrüpp, quakten Frösche und zirpte anderes Getier. Der Strahl der Taschenlampe leuchtete die baufällige Fabrikhalle aus. Wo man hinsah, immer noch Abfall und Schutt bis hin zu dem von Rissen durchsetzten Tunnel.

Das Quartier der Teuflin.

Eins, zwei, drei, vier, fünf, sechs, sieben Schritte waren es bis zu der Metallluke mit dem runden Griff am Ende des Tunnels. Überall hingen dichte Spinnweben.

Tief Atem holen.

Der Leichnam des toten Lehrers Shen Ming hatte in schmutzigem Blut und Wasser gelegen, der verwesende Leichnam des Fünfundzwanzigjährigen …

Sie wagte nicht, die Tür zu öffnen.

Punkt zehn Uhr.

Sie stieg zurück nach oben in die baufällige Fabrikhalle, hockte sich nieder, zog aus ihrer Tasche ein Bündel Opfergeld und zündete es an.

Die Frau trug ein weißes Kleid. Das schwarze Haar fiel ihr ins Gesicht, und die feingliedrigen Finger berührten manchmal das Feuer. Sie sah aus wie eine Dämonin aus der Mythologie, und es erstaunte nicht, dass ihre Schüler sie »Halbgöttin« nannten.

Sie hatte noch nie eine Verabredung versäumt, leider kam sie jetzt siebzehn Jahre zu spät.

Ihr Gesicht rötete sich im Schein des Feuers. Sie raffte vorsichtig das weiße Kleid, damit es nicht von den Flammen ergriffen wurde. Die Asche der verbrannten Geldscheine flog ihr in die Augen; Tränen rannen ihr übers Gesicht.

Plötzlich hörte sie etwas hinter sich.

Ouyang Xiaozhi drehte sich sofort um und sah einen Schatten, wie ein auferstandener Toter, aus dem Quartier der Teuflin steigen.

Es war der siebzehnjährige Si Wang.

Sie stieß einen markerschütternden Schrei aus, der alle Geister auf dem brachen Gelände erschreckte, und bedeckte mit dem Ärmel ihr Gesicht. »Wie ... wie ... kommst du hierher?«

»Xiaozhi.«

In der vergangenen Woche waren die Prüfungen zum Ende des Schuljahres gewesen. Si Wang war als Einziger noch nicht nach Hause gefahren. Er stieg mit einem großen Schritt über das Feuer und kam immer näher, als wollte er einer Dämonin die Maske abreißen.

»Fass mich nicht an!«

Er griff die Lehrerin am Arm. »Haben Sie keine Angst! Ich bin hier.«

»Was hast du mit der Sache zu tun?! Als er starb, warst du noch gar nicht geboren.« Sie versuchte, seine Hand abzuschütteln. »Lass mich los!«

Si Wang war sehr kräftig geworden; seine fünf Finger hielten sie wie mit einer Eisenzange fest: »Erinnerst du dich noch an den *Club der toten Dichter?*«

Die Ruhe, mit der er ihr die Frage stellte, ließ ihr Herz wie wild schlagen. Dann sah sie die Luke unten am Ende des Tunnels und wandte sich kopfschüttelnd ab: »Du meinst den amerikanischen Filmklassiker?«

Als sie noch auf dem Gymnasium war, hatte Lehrer Shen

Ming diesen Film seinen Schülern mehrmals gezeigt und wurde dafür vom Rektor und vom Dekan kritisiert.

»Nicht nur den. Erinnerst du dich nicht?«

Mit seiner hellen und klaren Stimme begann Si Wang zu rezitieren: »*Ab morgen bin ich ein glücklicher Mensch / Füttere Pferde, hacke Holz, gehe auf Reisen / Ab morgen sorge ich für Getreide und Gemüse / Ich habe ein Haus mit Blick aufs Meer und Blumen im Frühling.*«

Ouyang Xiaozhi begann zu zittern. Im Jahr 1995, in der Nacht zum Totenfesttag, war ihr Lehrer Shen Ming mit Ma Li, Liu Man und Ouyang Xiaozhi über die Schulmauer geklettert und hatte sie in das unterirdische Quartier der Teuflin gebracht, wo sie abwechselnd Gedichte von Haizi rezitierten.

Das also war Shen Mings *Club der toten Dichter*. Er war ein Geheimnis zwischen diesen vier Personen geblieben, und nicht einmal die Verlobte des Lehrers wusste davon. Wenn der Rektor davon erfahren hätte, wäre Shen Ming aus seinem Amt als Klassenlehrer entlassen worden.

Das Quartier der Teuflin war für diese vier Personen nicht ein furchterregender, mysteriöser Ort, sondern eben der *Club der toten Dichter* gewesen.

Zwei Monate später starben nacheinander zwei Mitglieder des Clubs. Eines starb auf dem Dach der Bibliothek, ein anderes starb in dem unterirdischen Lager im Quartier der Teuflin.

»Damals rezitierten wir im *Club der toten Dichter* vor allem das Werk von zwei Lyrikern. Der eine war Haizi, der andere war Gu Cheng. Beide waren tot – der eine hatte Selbstmord begangen, indem er sich auf die Bahngleise legte; der andere hatte auf einer kleinen Insel in der Südsee mit einer Axt zuerst seine Frau erschlagen und sich dann erhängt.«

»Willst du auf den Tod des Lehrers Shen Ming anspielen?«

»Am 19. Juni 1995 warst du genauso angezogen wie heute.«

Sie blickte auf ihr weißes Kleid und starrte dann in seine Augen: »Wer ... wer bist du eigentlich?«

»Xiaozhi! Wenn ich dir sagte, dass ich Shen Ming bin, würdest du mir glauben?«

Seine Stimme kam tief aus der Kehle. In dem Augenblick
war sein Gesichtsausruck genau der eines fünfunddreißigjäh-
rigen Mannes.

»Nein!«

Si Wang begann daraufhin, ein früheres Gespräch zu zitie-
ren:

»Herr Lehrer!«

»Du darfst nicht mit mir sprechen und nicht in meine Nähe
kommen. Ich bin kein Lehrer mehr.«

»Wir haben gehört, dass Sie morgen schon nicht mehr an
der Schule sind. Wann verlassen Sie uns?«

»Heute Abend, um acht Uhr.«

»Geht es auch ein wenig später? Abends um zehn Uhr? Ich
warte am Quartier der Teuflin auf Sie.«

»Am Quartier der Teuflin? Was gibt es so Wichtiges?«

»Ich möchte Ihnen etwas sagen, aber das geht nicht hier.«

»Einverstanden! Es trifft sich gut, denn ich muss dir auch
etwas sagen.«

»Punkt zehn am Eingang zum Quartier der Teuflin. Bis
später!«

Das war am 19. Juni 1995 nachmittags gewesen, dem letzten
Tag in Shen Mings Leben, vor dem Zaun am Sportplatz der
Schule. Es war ihr letztes Gespräch.

»Halt den Mund ... nein ... hör auf ... ich bitte dich ...
sprich nicht weiter ... ich flehe dich an ...«

Sie hielt sich die Ohren zu, aber murmelte immer noch vor
sich hin.

»Xiaozhi, heute vor siebzehn Jahren bin ich hierhergekommen, habe dich aber nicht gesehen.« Si Wang lockerte seinen
Griff und strich ihr übers Haar. »Es hat stark geregnet in jener Nacht, warst du überhaupt hier?«

Sie brachte kein Wort heraus, aber schüttelte verzweifelt
ihren Kopf.

»Du bist nicht gekommen?« Er nahm den Duft ihrer Haare
wahr. »Gut, ich glaube dir.«

341

»Lass mich gehen.«

Durch Abfall und Schutt bahnten sie sich einen Weg aus der Fabrikhalle ins Freie. Der Neumond ging allmählich unter. Der Sternenhimmel über dem brachliegenden Gelände erinnerte an den Frühling vor siebzehn Jahren, als Shen Ming mit seinen Schülern im wild wachsenden Gras gesessen und den Sternschnuppenregen des Sternbilds Lyra betrachtet hatte.

Ouyang Xiaozhi raffte ihr Kleid und versuchte zu entkommen, aber Si Wang hielt sie abermals fest.

Der Siebzehnjährige schleppte die Lehrerin bis zur Metro-Station, sie keuchte und kam kaum hinterher. Die letzte Bahn war abgefahren.

Xiaozhi hielt ein Taxi an, doch Si Wang ließ die Wagentür nicht los. Sie zitterte am ganzen Körper und befahl: »Lass los! Lass mich nach Hause fahren!«

Am 19. Juni 2012 um 22:45 Uhr fuhr sie mit dem Taxi ab. Durch die Fensterscheibe des Wagens blickte sie zum sternenlosen Himmel. Im Kopf ging ihr noch das Quartier der Teuflin von vor siebzehn Jahren herum – dieser kalte und finstre unterirdische Lagerraum. Lehrer Shen Ming hatte die Mitglieder des *Clubs der toten Dichter* dorthin geführt, und sie saßen im Kreis um ein paar weiße Kerzen wie bei einem alten Opferritual. An den Mauern flackerten ihre Schatten, als wären es steinzeitliche Wandmalereien. In ihrem weißen langen Wollpullover hatte Ouyang Xiaozhi damals mit perfekter Betonung ein Gedicht von Gu Cheng vorgetragen: »*Der Himmel ist grau / Die Straßen sind grau / Die Häuser sind grau / Der Regen ist grau . . .*«

342

KAPITEL 15

23. August 2012, nach dem Mondkalender der 7. Juli.

Die Schule hatte eine Reise in den Sommerferien organisiert, an der nur die Schüler des zweiten Oberstufenjahrgangs teilnahmen. Ziel der Reise war eine nahe gelegene Insel, eine beliebte Urlaubsdestination.

Xiaozhi ging allen voran zum Quai, wo zufällig eine antijapanische Demonstration stattfand. Auf allen Schildern stand: »Verteidigt die Diaoyu-Inseln!« Die Autos konnten weder vor noch zurück. Sie schalteten die Motoren ab und blieben mitten auf den von Menschen überfluteten Kreuzungen stehen. Ein junger Mann, vielleicht ein Student, klebte Sticker auf die Autofenster mit der Aufschrift: »Boykottiert japanische Waren!«

Am allerheißesten Tag des Jahres 2012 bestieg der gesamte Jahrgang, vier Parallelklassen mit über hundert Leuten, einschließlich des Klassenlehrers und der wichtigsten Lehrer, ein Ausflugsschiff. Die Schüler standen in Grüppchen zusammen und erzählten einander aufgeregt ihre Urlaubserlebnisse – einige waren gerade von einer Reise nach Taiwan zurückgekehrt, andere fuhren jedes Jahr während der Sommerferien ins Disneyland nach Hongkong, wieder andere waren mit ihren Eltern durch verschiedene Länder in Europa gereist.

Xiaozhi stand allein am Heck des Schiffes und beobachtete Si Wang. Ein paar Dutzend Meter von ihr entfernt lehnte er an der Reling und blickte ins weite Meer. Zahllose Möwen flatterten im Wind, die Luft ringsum schmeckte nach Salz. Er bedeckte die Augen mit seinen Händen, und seine Klassen-

kameraden tuschelten hinter vorgehaltener Hand: »Geisteskrank!«

Si Wang kehrte seinen Klassenkameraden den Rücken zu
und gesellte sich zu Xiaozhi. Die Sonne schien sein Gesicht
aufblühen zu lassen, und plötzlich spürte die Lehrerin, wie
gnadenlos die Zeit verging.

»Siehst du das Meer zum ersten Mal?«

Sie hatte die Frage ganz unwillkürlich gestellt, gleichzeitig
starrte sie weiter wie gebannt auf das trübe Wasser.

»Ja, ich komme mir vor wie der Frosch am Brunnenboden.
Ich habe in den siebzehn Jahren meines Lebens die Stadt nie
verlassen, empfinde aber kein Bedauern darüber. Ich habe bereits zwei Leben durchschritten und die früheren Erinnerungen bewahrt und empfinde dies wie eine endlose Reise durch
die Zeit.«

Xiaozhi hatte einen Widerwillen gegen derart mystifizie-
rende Reden und ließ ihn, ohne ein Wort zu sagen, stehen.

Ein paar Stunden später legte das Schiff an einer Insel an.
Sie war von vielen kleinen Fischerdörfern besiedelt, hatte hohe
Berge und weiße Sandstrände. Lehrer und Schüler waren in
einem Bauernhof untergebracht. Zhang Mingsong führte die
Gruppe an. Als Amateurfotograf zückte er ständig seine Kamera und hatte schon Bilder von allen Schülern gemacht, außer von Si Wang.

Herr An, der Lehrer für Politik, war anhänglich wie eine
Stubenfliege und hörte nicht auf, Ouyang Xiaozhi nachzu-
stellen. Sie war ihm gegenüber höflich und korrekt, aber nicht
mehr. Erstaunlicherweise trug sie ein buntes Kleid. Wenn der
Wind ihren Rock hob und ihre schlanken, schneeweißen Beine
zeigte, warfen die Jungen verstohlene und die Mädchen nei-
dische Blicke auf sie.

Die Insel bot verschiedene Unterhaltungsmöglichkeiten.
Doch alle Schüler, egal, ob sie schwimmen konnten oder nicht,
hatten ihre Badesachen mitgebracht und gingen ans Meer. Si
Wangs athletischer Körper war die Attraktion am Strand. Die

Mädchen aus den Parallelklassen buhlten um seine Aufmerksamkeit, doch er beachtete sie nicht. Er spazierte allein über
den Strand, sammelte Muscheln und hielt sich Seeschnecken
ans Ohr, um das Meer rauschen zu hören. Xiaozhi hatte keinen Badeanzug mitgebracht. Sie saß mit ein paar Kolleginnen
im Schatten und plauderte.

Abends wehte eine frische Brise über die Insel, und die
Hitze war wie weggefegt. Viele aßen Meeresfrüchte und bekamen hinterher Durchfall. Auch Zhang Mingsong und Herrn
An ging es nicht besser. Einige der Betroffenen lagen matt in
ihren Zimmern, andere spielten Karten.

Ouyang Xiaozhi hatte fast nichts gegessen und spazierte
abends durch das Fischerdorf. Sie ging durch menschenleere
Gassen, strich durch üppige Haine und kam schließlich an den
Strand.

Über dem Meer war der Mond aufgegangen.

Der Anblick der goldenen Scheibe war beeindruckend.

Plötzlich kam jemand von hinten und packte ihre Taille.
Xiaozhi schrie und wehrte sich, da ergriff sie noch eine Hand.
Sie setzte sich mit aller Kraft zur Wehr. Es waren offenbar
keine Fischer, sondern Stranddiebe.

»Lasst sie los!«

Aus dem Gebüsch trat ein junger Mann. Der Mond schien
auf sein Gesicht, es war Si Wang. Xiaozhi konnte sich losrei-
ßen und lief zu ihm. »Hilf mir!«

Die Angreifer waren zu viert, und einer rief, der Junge solle
sich um seine eigenen Angelegenheiten kümmern. Ohne auch
nur einen Ton von sich zu geben, trat Si Wang auf den vorlau-
ten Kerl zu und schlug ihn mit einem Faustschlag zu Boden.
Xiaozhi hatte Angst, sie könnten ihn überwältigen, und schrie
nach Hilfe. Doch der Strand war nachts menschenleer; das
Rauschen der Wellen überdeckte ihre Rufe.

Fünf Minuten später lagen zwei der Männer flach auf dem
Boden, und die anderen beiden ergriffen die Flucht.

Si Wang zog Xiaozhi an der Hand: »Lauf, schnell!«

Er war sich sicher, dass die vier Kerle Verstärkung holten. Und wer weiß, wie viele dann auftauchen würden?

Sie liefen durch die Nacht. Der Wind blies in starken Böen, und das Wirbeln ihres Haars und ihres Rocks ließ sie aussehen wie eine Meeresblüte.

Nach wenigen Schritten konnte sie nicht mehr. Si Wang zog sie hinter sich her. Ihre Handgelenke brannten.

Endlich hatten sie das andere Ende der Insel erreicht. Niemand würde sie bis hierhin an diesen wilden Strand verfolgen.

Nur der Mond folgte ihren Schatten. Das Meerwasser umspülte ihre Beine und tränkte den Saum ihres Kleids. Von seiner Stirn und seinen Armen tropfte Blut in den Sand, doch er stand aufrecht vor ihr.

Sie schaute schwer atmend zu Boden und murmelte ein kaum hörbares: »Danke.«

»Warum sind Sie allein ausgegangen?«

»Es war so bedrückend in dem Zimmer. Ich wollte das Meer rauschen hören.«

»Das Meer rauschen hören?«

»Ja! Ich höre es auch jetzt.«

Xiaozhi schloss die Augen und lauschte. Si Wang kam nah an sie heran. Noch ein paar Zentimeter, und er hätte ihren Mund küssen können.

Auf einmal trat sie einen Schritt zurück, säuberte seine Wunden und sagte dabei: »Si Wang, lass dir von deiner Lehrerin gesagt sein, dass du dich nicht prügeln darfst.«

Die Spitzen ihrer feinen Finger strichen über seine Stirn. Das Blut des Siebzehnjährigen brannte auf ihrer Hand. Im Licht des Monds über dem Meer schimmerte ihr Gesicht.

»Pflücke sie, solange sie in Blüte steht; warte nicht,
  bis am trocknen Zweig die Blüte vergeht.«

Als Si Wang leise diese beiden Verse zitierte, erinnerte sie sich an eine Frühlingsnacht im Jahr 1995, wo sie und ihr Lehrer Shen

Ming in dem brachen Gelände an der Nanming-Straße zwischen Schwärmen von Glühwürmchen spazierten und das Gedicht *Kleid aus goldenem Faden* von Du Qiuniang rezitierten. Damals quälten Ouyang Xiaozhi große Sorgen, denn in der Schule kursierten neue Gerüchte über sie. Mittags in der Kantine tuschelten die Mädchen, und zwar laut genug, dass es auch die Jungen hörten. Der Vater von Ouyang Xiaozhi sei überhaupt kein Held gewesen, sondern habe an der Front im Krieg gegen die Vietnamesen Fahnenflucht begangen und sei deswegen exekutiert worden. Die Geschichte mit dem Heldentod habe die Familie sich für teures Geld erkauft. Und die verwitwete Mutter soll es mit den Männern, die sie traf, nicht so genau nehmen ...

Xiaozhi ließ sich nicht gern auf einen Streit ein und sprach kaum ein Wort mit diesen Klatschbasen. Selbst wenn sie Beweise für den Heldenmut ihres Vaters in die Schule mitbrächte, würden alle sagen, sie seien gefälscht. Außer ihrer Banknachbarin Liu Man hatte sie in ihrer Klasse keine Freundin. Die Jungen machten ihr Avancen, sie wies sie jedoch alle ab.

Der Wind zerzauste ihr Haar. Sie wandte sich ab, damit der Schüler ihre Tränen nicht sah.

Si Wang streckte seine Hand aus, die nach dem Kampf heiße Hand, streichelte ihr Gesicht und zwang sie sanft, ihn anzublicken.

Das Blut an seinen Fingerspitzen war noch nicht getrocknet. Die Spuren, die seine blutigen Hände auf ihren Wangen hinterließen, waren wie Pflaumenblüten im Schnee.

»Xiaozhi, sieh mich an.«

Das Meer weinte. Die Tränen rannen über ihre Lippen. Sie kam ganz nah und hauchte in sein Ohr: »Bring mich zurück. Wenn dich jemand nach deinen Wunden fragt, dann antworte, es sind Kratzer von Zweigen.«

Sie verharrten so eine ganze Weile. Dann strich Si Wang mit seinen Fingern über ihr Gesicht und wischte ihr die Blutspuren ab.

347

In dieser Nacht schlief Xiaozhi mit ihren Kolleginnen in einem Zimmer und hörte draußen das wogende Meer. Im Stillen dachte sie bei sich: »Er ist tot ...«

KAPITEL 16

Im zweiten Jahr der Oberstufe. Noch zwei Jahre, dann würden sie die Abiturprüfungen schreiben. Am Nanming-Oberstufengymnasium waren nur hochbegabte Schülerinnen und Schüler. Wer auf Biegen und Brechen an einer der renommierten Spitzenuniversitäten aufgenommen werden wollte, musste sich hart an die Kandare nehmen und jeden Tag ernsthaft lernen.

Die Nachricht, dass Mo Yan der Nobelpreis verliehen wurde, löste eine neue Wertschätzung für den Chinesisch-Unterricht aus. Ouyang Xiaozhi sprach am Nachmittag im Literaturklub über das fünfte Kapitel des klassischen Romans *Traum der Roten Kammer*.

»Si Wang!«

Sie hatte den Namen ganz unerwartet aufgerufen, der Junge schnellte in die Höhe und verteidigte sich: »Ich war nicht unaufmerksam.«

»Ich will dich etwas fragen. Du hast doch den Roman *Traum der Roten Kammer* gelesen. Welche Frau der ›zwölf Schönen aus Jinling‹ magst du am liebsten?«

»Die Leute bemitleiden meist Daiyu und preisen Baochai, aber meine Lieblingsfigur ist Qin Keqing. Im fünften Kapitel hat die Hauptfigur des Romans, Jia Baoyu, einen erotischen Traum, und es passiert wohl nicht zufällig genau dann, als er in Qin Keqings Bett liegt.«

Xiaozhi hüstelte verlegen, denn die Schülerinnen und Schüler in der Klasse waren alle noch nicht erwachsen. Si Wang sprach unbeirrt weiter: »Die Fee in Baoyus Traum ist wahr-

349

scheinlich eine Verkörperung von Qin Keqing. Es war diese deutlich ältere, verheiratete junge Frau, die Baoyu aufklärte.«

»Äh, die Sitzung des heutigen Literaturklubs ist hiermit beendet. Ihr dürft gehen.«

Es war Freitag. Alle freuten sich auf das Wochenende und waren im Nu verschwunden. Nur Xiaozhi und Si Wang waren noch geblieben.

»Xiaozhi, warum hast du mich nicht aussprechen lassen?«

»Sie sind alle Kinder, es war nicht nötig, noch mehr zu sagen.«

»Ja, nur wir beide sind erwachsen.«

Sie gab ihm einen leichten Stoß. »Manchmal habe ich tatsächlich das Gefühl, dass du nicht erst siebzehn bist.«

»Ich bin zweiundvierzig, sieben Jahre älter als du.«

Diese Aussage verärgerte sie: »Hör auf damit!«

Si Wang verließ den Klassenraum, holte seine Tasche aus dem Schlafraum und ging in Richtung Schultor. Ouyang Xiaozhi kam ihm hinterhergelaufen: »Entschuldige!«

»Kein Problem.«

Schulter an Schulter gingen sie die Nanming-Straße entlang, als sie auf einmal sagte: »Si Wang, letzte Woche habe ich gesehen, dass das Hintergrundbild auf deinem Handy Jacky Cheung bei einem Konzert 1995 zeigt.«

»Ah ja, ich war damals dort.«

Sie druckste ein wenig herum, ehe sie fragte: »Heute Abend gibt Jacky Cheung ein Konzert in der Stadt. Hast du Lust hinzugehen?«

»Hast du denn Tickets?«

»Nein. Aber man kann vor der Konzerthalle Tickets auf dem Schwarzmarkt kaufen.«

»Also, ich weiß nicht so recht …«

Xiaozhi fragte betont gleichgültig: »Hast du keine Zeit, oder bist du anderweitig verabredet?«

»Nein, Zeit habe ich schon.«

Si Wang rief kurz seine Mutter an und sagte ihr, dass er am

Abend zum Lernen in der Schule bleiben und erst nach zehn Uhr nach Hause kommen würde.

»Schwindelst du deine Mutter öfter an?«

»Nein, im Gegenteil. Meine Mutter ist die beste Frau auf der ganzen Welt. Und auch die hübscheste!«

Die beiden gingen lachend zur Metro.

Am Wochenende war an den Abenden ein großes Gedränge in den Bahnen in Richtung Innenstadt. Es gab keine Sitzplätze; man musste sich an den Griffen festhalten. Zum Glück war Si Wang groß und kräftig. Xiaozhi wirkte viel jünger als ihr tatsächliches Alter. Niemand hätte die beiden für Lehrerin und Schüler gehalten, eher für ein ungleiches Liebespaar.

Die Bahn fuhr in die Station am Stadion ein, und sie hatten noch etwas Zeit, bis das Konzert begann. Zuerst gingen sie in einen Laden und kauften etwas zu essen. Es gab nur Oden, ein japanisches Eintopfgericht mit Tee-Eiern, dazu Brot. Vor dem Eingang zur Konzerthalle gab es abermals ein großes Gedränge. Xiaozhi kaufte zwei Tickets bei einem Schwarzhändler und ergatterte ziemlich gute Plätze. Von der Masse der Konzertbesucher wurden sie weiter in Richtung Eingang geschoben. Unterwegs kauften sie noch LED-Glühstäbe. Sie schrie in Si Wangs Ohr: »Ich war das letzte Mal vor zehn Jahren auf einem Konzert!«

»Bei mir ist es siebzehn Jahre her!«

Nur, wenn man am Ohr des anderen klebte, konnte man sich verstehen.

Beim Eintreten in die Arena nahm sie der Lärm wie eine Welle mit. Die Bühne war in gleißende Lichter getaucht. Si Wang schrie vor Begeisterung wie ein siebzehnjähriger Schüler, und Xiaozhi mit ihren fünfunddreißig Jahren tat es ihm gleich. Sie war über sich selbst überrascht, dass sie so ausgelassen sein konnte.

Jacky Cheung kam in einem glitzernden Anzug auf die Bühne.

Ouyang Xiaozhi ließ sich von den Fans mitreißen, tanzte

mit den bunten LED-Glühstäben, die sie in der Luft schwang. Es war verrückt. Die meisten Leute im Publikum waren in ihrem Alter, Jugendliche wie Si Wang gab es kaum. Wie ein heiserer Hahn fiel er in den Refrain ein, den Jacky Cheung auf der Bühne angestimmt hatte. Sie spürte, wie er seine Hand auf ihren Rücken legte und seine Fingerspitzen mit etwas Druck ihre Wirbelsäule hinunterglitten. Sie ließ es geschehen und schmiegte sich an ihn. Er spürte den Duft ihres Haars; ein paar Strähnen hatten sich wie ein Seidenschal auf sein Gesicht gelegt.

Fast zwei Stunden lang berührten sich ihre glühenden Wangen. Das Konzert ging dem Ende zu, und Jacky Cheung sang einen Song, den es zu Lebzeiten Shen Mings noch nicht gegeben hatte: *Sie kommt in mein Konzert.*

Xiaozhi legte die Arme um Si Wangs Hals und vergrub ihren Kopf an seiner Brust. Sie wollte nicht, dass irgendjemand ihre Tränen sah. Oder wollte sie die Songs auf der Bühne, die sie zu Tränen rührten, nicht mehr hören? Sie umarmte ihn so fest, dass er kaum noch Luft bekam. Er atmete nur noch den Duft ihrer Haare.

Zuallerletzt sang Cheung noch *Abschiedskuss.*

Sie ließ Si Wang los, wischte ihre Tränen ab und blickte ihn an. Um sie herum sangen alle im Chor: »*Du und ich, wir küssen uns zum Abschied in dieser wahnsinnigen Nacht.*« Er näherte sich ihrem Gesicht, bis seine Lippen fast die ihren berührten. Sie verharrten wie zwei Statuen, bis das Lied zu Ende war.

Er hatte ihre Lippen nicht berührt.

Erst jetzt sagte sie den ersten Satz seit Beginn des Konzerts: »Du bist nicht Shen Ming.«

Eine halbe Stunde später hatte sich die Menschenmenge im Stadion aufgelöst. Nur Xiaozhi und Si Wang waren noch übrig. Zu zweit saßen sie zwischen den Sitzreihen des verlassenen Stadions. Der Boden unter ihren Füßen war ein Riesendurcheinander von LED-Glimmstäben, Getränkedosen und Snacktüten.

Die Bühnenarbeiter bauten die Beleuchtung ab. Sie lehnte ihren Kopf gegen seine Schultern und stöhnte sanft.

»Was willst du mir sagen?«

»Ich – keine Ahnung.«

Er zog seine Jacke aus und legte sie ihr über die Knie. »Ist dir kalt?«

»Ein bisschen.«

Sie schloss die Augen und atmete tief: »Weißt du, was? In ein paar Jahren bin ich vierzig.«

»Dann bin ich siebenundvierzig.«

Mit einem bitteren Lächeln auf den Lippen schüttelte sie den Kopf. Sie öffnete die Augen wieder und blickte zum Nachthimmel.

Es war 22 Uhr.

Der Herbstwind pfiff leise, und ein welkes Blatt schwebte vor ihr durch die Luft.

Ouyang Xiaozhi nahm es in den Mund und zerkaute es: »Wenn du dich jetzt eilig auf den Weg machst, blicke nicht zur Erde, sondern nach oben zu den Sternen.«

Ehe er etwas darauf erwidern konnte, stand sie auf und sagte: »Si Wang, du musst nach Hause gehen.«

KAPITEL 17

Zwei Tage später.

Montagvormittag. Xiaozhi unterrichtete chinesische Literatur wie gewöhnlich. Sie schaute Si Wang nicht öfter an als sonst, auch er suchte nicht das Gespräch.

Am Nachmittag gab es eine Veränderung. Die Mädchen in der Klasse begannen, miteinander zu tuscheln. Auch die Jungen standen zusammen und brachen plötzlich in Gelächter aus. Alle sahen Si Wang komisch an. In ihren Blicken lag Spott, Bewunderung oder Eifersucht. Zornig packte er einen der Kerle, der ihm, nachdem er ihm mit der Faust drohte, über den Hintergrund der seltsamen Stimmung aufklärte. Ein Schüler aus der Parallelklasse war am Freitag auch auf dem Konzert von Jacky Cheung gewesen und hatte gesehen, wie Si Wang und die Lehrerin sich eng aneinanderschmiegten.

Diese Nachricht verbreitete sich wie ein Lauffeuer auf dem Campus. Die Aufregung bei den Schülern aller drei Oberstufenjahrgänge war ähnlich groß wie damals, als die intimen Fotos von Edison Chen an die Öffentlichkeit gekommen waren.

Die Lehrer tuschelten hinter vorgehaltener Hand, bis eine ältere Kollegin, genau in dem Moment, als Ouyang Xiaozhi den Gang entlangkam, mit extralauter Stimme sagte: »Heutzutage mangelt es den Schülern nicht an Selbstbewusstsein. Sie schrecken nicht davor zurück, einer Lehrerin den Hof zu machen! Ob sie zu viele Pornos aus Japan sehen? Also wirklich, wenn man sich das vorstellt, wird einem schlecht.«

Eine ganze Woche lang war Ouyang Xiaozhi kreidebleich.

Im Unterricht war sie nicht bei der Sache und machte vorzeitig Schluss. Kein Schüler wandte sich mehr mit einer Frage an sie. Es war, als hätte sie eine ansteckende Krankheit. Auch Si Wang hatte kein Wort mehr mit ihr gesprochen. Wenn sie sich auf dem Gang begegneten, lief er mit gesenktem Kopf an ihr vorbei. Nach dem Unterricht ging sie sofort nach Hause, obwohl sie wusste, dass Si Wang sich in den Oleanderbüschen versteckte und sie beim Verlassen der Schule beobachtete. Nur der Kollege Herr An lief ihr noch hinterher. Als sie ihn abermals abblitzen ließ, wurde er so wütend, dass er mit dem Fuß gegen einen Baum trat.

In den Unterrichtsstunden im Fach Politik rief Herr An Si Wang nun öfter unversehens auf und stellte ihm völlig unverständliche Fragen.

An einem Freitag zeigte er auf Si Wangs Nase und fragte: »Gibt es auf der Welt Geister? Und wenn es Geister gibt, wie verhält es sich dann mit dem Materialismus?«

Unerschrocken schaute Si Wang ihm in die Augen und antwortete: »Auf der Welt gibt es Geister. Es ist müßig, darüber nachzudenken, ob in mir ein Geist steckt oder in Ihnen, denn in jedem der hier Anwesenden steckt ein Geist. Ihr seht diesen Geist nicht, aber ich sehe ihn leibhaftig, spüre ihn, er sitzt auf meinen Schultern, jeden Tag und jede Nacht, jederzeit schaut er jeden Einzelnen von euch an!«

Er hatte kaum aufgehört zu sprechen, da brach ein Tumult im Klassenraum aus. Das Gesicht von Herrn An wurde zuerst grün und dann violett; er raste vor Wut und schlug mit seinem Zeigestab mehrmals auf Si Wangs Tisch. Dabei brüllte er ihn an: »Du verkommenes Subjekt! Scher dich hinaus!«

Doch Si Wang stand aufrecht vor ihm und antwortete, ohne sich auch nur um Haaresbreite zu bewegen: »Entschuldigen Sie, Herr Lehrer, aber dazu haben Sie kein Recht.«

»Du willst also nicht gehen? Dann gehe ich!«

Der Lehrer warf die Bücher von sich und knallte die Tür hinter sich zu.

Die Klasse war außer Rand und Band geraten. Si Wang wirkte nach außen hin ruhig, aber zitterte am ganzen Körper.

Ein paar Minuten später rief der Klassenlehrer Zhang Mingsong ihn in sein Büro. Si Wang musste eine Schimpftirade über sich ergehen lassen und sollte sich bei Herrn An entschuldigen. Er antwortete kopfschüttelnd: »Der Lehrer hatte mir im Unterricht eine Frage gestellt, und ich habe ihm wahrheitsgetreu meine Gedanken dazu dargelegt. Was ist daran falsch?«

»Si Wang, denkst du wirklich, dass es auf unserer Welt Geister gibt?«

»Es gibt einen Geist, der immer auf meinen Schultern sitzt.« Si Wang sprach wie ein Erwachsener. »Herr Zhang, glauben Sie mir?«

Der etwa fünfzigjährige Klassenlehrer schien erschrocken. »Ich sehe die Dinge tatsächlich nicht so eng, wie ihr alle glaubt. Seit vielen Jahren befasse ich mich mit Philosophie und Religion, auch mit allen möglichen außergewöhnlichen Naturphänomenen, einschließlich Geistern.«

»Ich verstehe.«

Si Wang deutete auf das Bücherregal hinter Zhang Mingsong, woraufhin das Gesicht des Lehrers einen merkwürdigen Ausdruck annahm.

»Wenn es an dir wirklich irgendeine Besonderheit gibt, dann würde ich gern davon erfahren. Als Klassenlehrer bin ich natürlich zur Verschwiegenheit verpflichtet.«

»Es gibt nichts Besonderes zu erzählen. Ich habe nur meine Gedanken dargelegt. Meine Weltanschauung.«

»Gut. Jedenfalls bin ich davon überzeugt, dass du ein Geheimnis birgst, und ich werde es herausfinden. Verbleiben wir also so.«

»Herr Lehrer, darf ich jetzt gehen?«

»Entschuldige dich bei Herrn An, dann können wir die Angelegenheit auf sich beruhen lassen.«

Mit keinem Wort hatte er Ouyang Xiaozhi erwähnt, wahrscheinlich, um ihr Gesicht zu wahren.

Nachts, sie lag schon im Bett, erhielt sie eine SMS von Si Wang: »Verzeih! Ich entschuldige mich höflich bei Herrn An und sage ihm, dass wir uns bei dem Konzert zufällig getroffen hätten, du hingefallen seist, und ich dir beim Aufstehen geholfen hätte. Deshalb waren wir nah beieinander, was zu dem Missverständnis führte.«

Ouyang Xiaozhi hielt ihr Handy so fest, dass sie beinahe das Display zerbrochen hätte. Erst eine halbe Stunde später antwortete sie: »Si Wang, egal, was passiert, fühle dich zu keiner Lüge verpflichtet.«

»Xiaozhi, die ganze Schule spricht über uns, wir sind im Herzen des Sturms. Was sollen wir tun?«

»Lass sie reden. Konzentriere dich aufs Lernen und höre auf deine Lehrer.«

»Hast du je etwas für mich empfunden?«

Diese Kurznachricht ließ Ouyang Xiaozhi unbeantwortet. Sie wusste, er würde wie sie die ganze Nacht kein Auge zumachen.

KAPITEL 18

Dezember. Die Luft gefror.

Shen Min war im zweiten Jahr der Oberstufe. Sie hatte gerade das Buch *In meinem Himmel* der amerikanischen Schriftstellerin Alice Sebold gelesen und war zu Tränen gerührt. Shen Mins Vater arbeitete längst nicht mehr als Staatsanwalt, sondern war zu Hause. Da er außerordentlich streng war, wagte Shen Min nicht, ihm zu sagen, dass sie sich verliebt hatte.

Der Junge ging auf ein anderes Gymnasium, aber sie hatte ihn noch nie in Schuluniform gesehen. Er hatte einen coolen Haarschnitt, ähnlich wie die koreanischen Stars. Sein Handy war immer das neueste Modell des iPhone. Er wusste, wie er sprechen musste, damit die Mädchen ihn mochten. Ein paar Sätze genügten, dann hatte er ihre Telefonnummer, und nach ein paar Einladungen zum Essen hatte er sie im Bett. Zum Glück war es mit Shen Min noch nicht so weit gekommen.

Sie trafen sich oft an einem Nudelsuppenstand gegenüber der Realschule Erster Mai und der Buchhandlung Einsiedel. In ihrer Schuluniform sah Shen Min bezaubernd aus.

An einem Wochenende gingen die beiden abends ins Kino. Nach der Vorstellung kamen sie Hand in Hand heraus. Er biss ihr ins Ohr und flüsterte: »Kleine Min, bist du nicht müde? Wir könnten uns in einem Hotel ein wenig ausruhen.«

Sie war kein kleines Mädchen mehr und antwortete mit einem klaren »Nein!«.

»Gut, dann geh schön nach Hause, sonst macht dein Vater sich Sorgen.«

Shen Min fiel es schwer, sich zu verabschieden. Schließlich winkte sie und stieg in den Bus.

Der Junge blieb zunächst stehen und telefonierte. Dann ging er in einen Laden und kaufte sich Zigaretten. In Shen Mins Gegenwart hatte er überhaupt nicht geraucht. Kurz darauf kam ein Mädchen angelaufen. Sie war etwa im gleichen Alter wie Shen Min, aber ziemlich aufgetakelt und längst nicht so hübsch. Frech nahm er sie in seine Arme, ohne dabei seine Zigarette aus der Hand zu legen. Sie flirteten und schmusten auf der Straße, dann gingen sie in ein nahe gelegenes Stundenhotel.

Erst kurz vor Mitternacht kamen sie wieder heraus. Es war fast niemand mehr auf der Straße. Plötzlich stellte sich ihm ein kräftiger Jugendlicher in den Weg.

»Hey! Bleib stehen!«

»Wer bist du?« Der Junge blies ihm seinen Rauch ins Gesicht: »Hau ab!«

Das Mädchen stank nach Bier und sagte: »Geisteskrank!«

»Mädel, wenn du keinen Ärger willst, dann geh jetzt nach Hause.«

Im schwachen Licht der Straßenlampen nahm Si Wang dem Jungen die Zigarette aus dem Mund und warf sie auf den Boden. Das Mädchen war nicht blöd und machte sich aus dem Staub.

»Du suchst wohl Streit!«

Der Junge schubste ihn, doch Si Wang stand fest wie eine Mauer aus Stein.

»Ich will dir nichts tun. Ich will dich nur warnen. Lass die Finger von Shen Min.«

»Ah – du bist ein Schulfreund von der Kleinen Min? Bist heimlich in sie verliebt, aber traust dich nicht, es ihr zu sagen, und läufst ständig hinter ihr her? Du bist ein erbärmlicher Loser!«

»Ich bin ihr Bruder – und nenne sie nicht Kleine Min!«

Der Scheißkerl ahnte wohl nicht, was er sich einbrockte, als er mit seiner Faust zuschlug. Si Wang wehrte den Gegner elegant mit seiner Linken ab und versetzte ihm mit der Rechten einen Hieb direkt auf die Nase. Das Blut spritzte; er stürzte zu Boden.

»Vergiss nicht: Wenn ich dich noch einmal mit ihr zusammen sehe ... Du hast verstanden!«

Von da an war der Kerl aus Shen Mins Leben verschwunden.

KAPITEL 19

»Wenn es noch ein Morgen gibt, welches Make-up wirst du dann tragen? Wenn es doch kein Morgen gibt, wie wirst du dann Auf Wiedersehen sagen?«

Sie hatte immer das Gefühl, dass Shen Ming in dem Moment, als er sich nach seiner Ermordung am 19. Juni 1995 um 22 Uhr in einen Geist verwandelt hatte, dieses Lied im Kopf hatte.

21. Dezember 2012

Tag des Weltuntergangs nach dem Kalender der Maya.

Es war tief in der Nacht, und von dem Penthouse im dreißigsten Stock konnte man die halbe Stadt sehen. Die Temperaturen waren fast am Gefrierpunkt. Xiaozhi saß mit überkreuzten Beinen auf dem Fensterbrett. Ihr Atem hinterließ auf der Fensterscheibe einen milchig weißen Schatten. Der junge Mann malte mit dem Finger zuerst die Silhouette einer Katze hinein und setzte ihr dann noch eine Brille auf.

»Si Wang, sei nicht unartig!«

Sie hauchte noch einmal gegen die Fensterscheibe, und das Kätzchen war verschluckt.

»Ich bin Shen Ming.«

»Es hat nichts mit Shen Ming zu tun, dass du heute Nacht hier bist.«

Sie waren in der Einzimmerwohnung, die Ouyang Xiaozhi in diesem Apartmentblock mietete. Alles war sauber und ordentlich.

Sie hatten seit Tagen nicht mehr miteinander gesprochen. Zwar waren sie sich im Unterricht begegnet, aber es hatte keine

Gelegenheit zu einem Treffen unter vier Augen gegeben. In der Früh hatte sie eine SMS von ihm erhalten: »Ich will dich sehen, Xiaozhi, wenn es noch ein Morgen gibt?«

Es war Freitag. Xiaozhi hatte bis zum Einbruch der Dunkelheit gewartet, ehe sie ihm ihre Adresse schickte. In dieser Nacht sollte sich nicht nur der Weltuntergang ereignen, die Chinesen feierten zudem die Wintersonnenwende, denn in der nördlichen Hemisphäre war es der Tag mit der kürzesten Nacht. Früher war man an diesem Tag zu den Gräbern gegangen, hatte sie sauber gefegt und den Ahnen Opfer dargebracht. Die Leute sagten, dass es zugleich die schaurigste Nacht im Jahr sei, da die Geister mit Einbruch der Dunkelheit herumspukten.

Nachdem Si Wang ihre SMS erhalten hatte, fuhr er nicht nach Hause, sondern kam mit der Metro hierher. Im Aufzug nach oben schaltete er die Klingelfunktion seines Telefons ab.

»Heute Vormittag hat mich dein Klassenlehrer, Herr Zhang, zu sich gerufen und mir jeden privaten Kontakt zu dir verboten. Das gilt auch fürs Lehrerzimmer.«

»Zhang Mingsong?« Si Wang malte mit dem Finger einen Hund an die beschlagene Fensterscheibe. »Warum?«

»Am Nachmittag war ich beim Rektor, der mir dasselbe mitteilte und dass das Parteikomitee der Schule diese Entscheidung getroffen habe.«

»Hat er alle darüber informiert?«

»Ja, einschließlich aller Lehrer und Schüler. Auch deine Mutter wird es bald erfahren.«

»Was hat das alles für einen Sinn, wenn es kein Morgen gibt?«

Sie beugte sich nach vorn und hauchte nochmals eine Nebelwolke an die Scheibe. »Wenn sich heute Nacht der Weltuntergang ereignete, wäre das umso besser. Verzeih, eine Lehrerin sollte wohl nicht so sprechen.«

»Xiaozhi, warum hast du in all diesen Jahren nicht geheiratet? Du hattest doch bestimmt Gelegenheiten genug?«

»Was für eine Antwort erwartest du von mir? Sollte ich jetzt sagen, dass ich Shen Ming nie vergessen habe? Oder dass mich wegen seines Todes ein schlechtes Gewissen quält? Du irrst. Einem achtzehnjährigen Jungen oder Mädchen bedeuten diese Dinge nichts.«

»Du lügst.«

Ouyang Xiaozhi zwickte ihn in die Nase, als wäre er ein Kind. »Wenn du so alt bist wie ich, wirst du es verstehen.«

»Vergiss nicht, ich bin sieben Jahre älter als du.«

»Hör auf —«

Si Wang ließ sie nicht zu Ende sprechen, er küsste sie auf den Mund.

Ganz kurz wehrte sie sich, dann gab sie nach. Beim Luftholen sagte er: »Verzeih.«

»Ich habe dich gewarnt. Jeder Mann, der mir zu nahe kommt, muss sterben.«

Si Wang hatte sie in die Lippen gebissen. Ein wenig Blut tropfte aus ihrem Mund; als sie sprach, sah sie aus wie ein Vampir.

»Kannst du mir erklären, warum?«

»Also, den Namen Xiaozhi, Zweiglein, habe ich mir selbst gegeben.«

»Der Name ist nicht von Bedeutung, zum Beispiel heiße ich Si Wang und zugleich Shen Ming.«

»Ich wurde als Baby am Ufer des Suzhou-Flusses zwischen all dem Müll dort ausgesetzt. Meine leiblichen Eltern kenne ich nicht, ich weiß nicht, wann ich geboren wurde, von welchem Alter an ich mit diesen Landstreichern durch die Gegend gezogen bin. Wir haben von der Hand in den Mund gelebt. Ich war ungefähr elf, als ich in die Baracken gegenüber der Nanming-Schule kam. Mit den anderen Obdachlosen suchte ich im Abfall nach Essbarem. Wir wurden vom Rest der Welt verachtet. Nur, weil ich Hunger hatte, habe ich damals das Hühnerbein gestohlen und bin von deinen Klassenkameraden im Quartier der Teuflin eingesperrt worden. Hättest du mich nicht gerettet, wäre aus mir ein verhungerter Leichnam geworden.«

»Ich erinnere mich noch heute an dein Gesicht damals.«

Xiaozhi lehnte den Kopf gegen das Fenster, als schwebe sie durch die Luft. Dann fuhr sie fort: »Damals hatte ich nicht einmal einen Namen. Während der Tage, in denen ich in dem unterirdischen Lager eingesperrt war, spürte ich ein so starkes Verlangen nach dem Leben; ich war dir so dankbar, dass du mich gerettet hast. Als ich dann wieder zu den Obdachlosen zurückkehrte, täglich im Müll nach Nahrung suchte, kaltes Dampfbrot aß, dazu verprügelt wurde, habe ich dich dafür gehasst, dass du mir das Leben gerettet hast. Warum hast du mich nicht unter der Erde sterben lassen? Dann hätte dieses ganze Elend ein Ende gehabt.«

»Du wolltest also sterben – und deshalb?«

»Entschuldige! Ich war es, die das Feuer gelegt hat! Mit einem Streichholz habe ich einen Müllhaufen in Brand gesteckt, und mein einziger Gedanke war, mein eigenes Leben auszulöschen. Dass dabei andere Menschen zu Schaden kommen würden, kam mir gar nicht in den Sinn. Ich war erst elf Jahre alt! Naiv und dumm, wie ich war, ahnte ich nicht, dass das Feuer sich so schnell ausbreiten, in wenigen Augenblicken außer Kontrolle geraten und das ganze Elendsviertel abbrennen würde ...«

Sie schloss die Augen.

»Das war am Abend des 6. Juni 1988. Alle Klassenkameraden kamen herbeigelaufen, die Feuerwehr war noch nicht da. Ich hörte Hilferufe aus den Flammen und stürzte mich todesmutig hinein. In Wirklichkeit ging es mir nicht um dich, sondern ich wollte mich zum Helden machen, selbst wenn es mich das Leben kostete.«

»Hattest du keine Angst, in den Flammen zu sterben?«

»Nein! Ein paar Wochen später waren die Aufnahmeprüfungen für die Universität, und ich wusste, es würde in dem Jahr sehr schwierig werden. Zumal ich ja an der Peking-Universität chinesische Literatur studieren wollte und landesweit mit Zehntausenden von Abiturienten um einen Studienplatz im Wettbewerb stehen würde. In dem Moment, als ich die Feuersbrunst sah, kam mir der Gedanke: Wenn ich ein Leben rettete, stellte ich meinen Heldenmut unter Beweis und bekam vielleicht einen Studienplatz. In Wahrheit war es purer Egoismus! Derjenige, der sich entschuldigen muss, bin ich.«

»Nein, du hast mich gerettet, und ich habe mit einem Streichholz viele Menschen getötet; nicht zuletzt die Landstreicher, die mich aufgezogen haben. Ich bin eine Mörderin, oder zumindest eine Brandstifterin. Aber dieses Geheimnis habe ich noch nie jemandem verraten.«

Er blickte hinunter auf die Straße und sah all die Sterblichen am Tag des Weltuntergangs. »Ich kenne dein Geheimnis längst. Als ich dich aus den Flammen rettete, hattest du noch eine Streichholzschachtel in der Hand. Ich nahm sie und versteckte sie in meiner Tasche. Und auch die Angst in deinen Augen und deine wirren Worte verrieten mir, was geschehen war.«

»Warum hast du nichts gesagt?«

»Ich wollte doch nicht dein Leben ruinieren. Darüber hinaus gab es noch einen anderen Grund: Wenn du kein Opfer, sondern eine Brandstifterin warst, dann hätte meine Rettungsaktion gar keinen Sinn gemacht. Wer hätte den Lebensretter einer Mörderin wegen seines Heldenmuts geehrt?«

Xiaozhi streichelte sein Kinn: »Herr Shen, vor siebzehn Jahren, es war auf dem brachliegenden Gelände an der Nanming-Straße, hast du zu mir gesagt, wir sind beide vom selben Schlag.«

»Ja, wie zwei Meteore, die gleichzeitig auf denselben blauen Planeten zufliegen, zufällig in der Atmosphäre zusammenstoßen und zu feinsten Staubteilchen verglühen.«

»Ich bin dir trotzdem dankbar, dass du mich gerettet hast, Shen Ming. Dieser Vorfall hat in der Öffentlichkeit großes Aufsehen erregt. Die Medien berichteten über den mutigen

Oberschüler, der einem armen Waisenmädchen das Leben rettete. Ein Armeeoffizier, dessen Frau keine Kinder bekommen konnte, adoptierte mich. Ich trug zum ersten Mal in meinem Leben neue Kleider, aß jeden Abend weißen Reis und musste nicht mehr die verächtlichen Blicke der Leute ertragen. Gleich am zweiten Tag in meiner neuen Familie wurde mein Adoptivvater dringend an die Front nach Vietnam abberufen. Als ich ihn das nächste Mal sah, war es auf seinem Totenbild als Held und Märtyrer.«

»Xiaozhi, du brauchst mir das nicht zu erzählen.«

Aber sie sprach unbeirrt weiter, als spräche sie zu sich selbst. »Von dem Moment an distanzierte sich meine Adoptivmutter von mir. Sie glaubte, dass dieses aus den Flammen gerettete wilde Kind Unglück über ihren Mann gebracht hätte. Aber immerhin erhielt sie als Witwe eines Offiziers eine hohe Entschädigung, und als Tochter eines Helden wurde ich protegiert. Die Grundschule Erster August machte eine Ausnahme und nahm mich an. Da ich hart und fleißig lernte, konnte ich ein paar Klassen überspringen. Ich erhielt einen Platz an einer der besten Schulen in der Stadt. Dann begannen mich diese Strolche zu belästigen, sobald ich nach dem Unterricht aus dem Tor kam, und ich war gezwungen, auf das Nanming-Gymnasium zu wechseln.«

»Und so haben wir uns wiedergesehen.«

»Ich hätte nicht gedacht, dass du mich wiedererkennen würdest.«

»Wie hätte ich dich vergessen können! Das erste Mal hatte ich dich in dem finsteren Quartier der Teuflin, das zweite Mal in den Flammen an der Nanming-Straße gesehen. Als du sechs Jahre später an die Schule kamst, war aus dir eine hübsche junge Frau geworden, und du hattest dich völlig verändert – bis auf deinen Blick.« Zärtlich strich er über ihre Augen. »Ich weiß, du bist eine Brandstifterin, aber du hast es nicht mit Absicht getan.«

»Wenn irgendjemand davon erfahren hätte, wäre ich ins

Gefängnis gewandert, und mein Leben wäre völlig anders verlaufen.«

»Liu Man wusste davon.«

Ouyang Xiaozhi musste tief Luft holen: »Ich hätte es mir denken können.«

»Am 5. Juni 1995, an dem Abend, an dem sie ermordet wurde, sprach sie mich im Hausaufgabenraum an und sagte, dass sie mein und dein Geheimnis entdeckt habe. Sie sagte, sie tue nur so, als wäre sie deine beste Freundin, in Wirklichkeit empfinde sie nur Eifersucht. Denn seitdem du an der Schule seist, hätten alle Jungen nur noch Augen für dich.«

»Liu Man hat sich also nur deshalb mit mir angefreundet, weil sie hinter mein Geheimnis kommen wollte?«

»Ich befürchte, dass sämtliche Gerüchte, die in der Schule über dich kursierten, von ihr gestreut wurden. Ein paar Tage zuvor hatte Liu Man gesagt, sie habe deine wahre Identität entdeckt und kenne die ganze Geschichte – dass du 1988 adoptiert wurdest, nachdem du als Einzige den Brand überlebt hattest, und dass ich es war, der dich aus den Flammen rettete.«

»Und der Rest des Geredes entsprang ihrer Fantasie.«

»Ja, Liu Man äußerte mir gegenüber ihre Vermutung, dass es zwischen mir und dir eine Liebesbeziehung gebe. Ich habe natürlich alles abgestritten!«

»In Wirklichkeit hatte es zwischen uns ja auch nichts gegeben. Nie war ich in deinem Zimmer gewesen, Herr Lehrer.«

Ob in ihrer Stimme Genugtuung oder Bedauern lag, ließ sich schwer sagen.

»Am Morgen des nächsten Tages fand ich Liu Man tot. Ich –«

Si Wang wollte noch etwas sagen, doch Xiaozhi legte ihm die Hand auf den Mund. »Sprich nicht weiter!«

Erst nach einer ganzen Weile brach es aus ihm heraus: »Dreizehn Tage später war auch ich tot.«

»Wie ist es mit mir im Jahr 1995 weitergegangen? Nach dem Tod meines Lehrers Shen Ming wurde ich an der Pädagogischen Hochschule angenommen. Im Anschluss an mein Studium ging ich im Rahmen eines Entwicklungsprojekts als Lehrerin an eine Schule in einem armen Bergdorf im Westen Chinas. Ich hatte die gleichen Erfahrungen wie die Kinder dort gemacht, Hunger und keine Schulbildung.«

»Du brauchst mir von deiner Vergangenheit nicht zu erzählen. Ich habe nur noch eine Frage, die mir nur schwer über die Lippen kommt. Sobald du darauf geantwortet hast, so befürchte ich, wirst du für immer aus meinem Leben verschwinden.«

Ouyang Xiaozhi bedeckte ihr Gesicht mit den Händen: »Ich weiß, was du wissen willst. Warum habe ich am 19. Juni 1995 ein Treffen mit dir für zehn Uhr abends am Quartier der Teuflin vereinbart? Warum bist du ermordet worden, während ich unsere Verabredung versäumt habe? Kann der Grund dafür wirklich nur ein Gewitter gewesen sein? Warum habe ich nach deinem Tod weder die Schule noch die Polizei benachrichtigt und stattdessen allen etwas vorgelogen?«

»Gibt es da etwas, das du vor mir verbirgst?«

Xiaozhi antwortete nicht auf Si Wangs Frage. Sie wandte den Kopf zum Fenster und blickte dreißig Stockwerke hinunter auf die Straße. Grenzenlos schien die hell erleuchtete, glitzernde Stadt in der eiskalten Nacht zu liegen.

»Wenn es wirklich noch ein Morgen gibt, werden die Dinge dann alle zu Ende gebracht? Hat sich dann alles und jedes aufgelöst in Rauch? Wenn es doch kein Morgen gibt . . .«

12 Uhr Mitternacht.

Er erwachte aus einem Traum, in dem er einen Mord nach dem anderen begangen hatte. Es war bereits der 22. Dezember morgens. Die Landschaft aus Stahlbeton draußen vor dem Fenster war mit Schnee bedeckt.

Es gab also tatsächlich noch ein Morgen.

Ouyang Xiaozhi stand vor dem Fenster. Sie hatte sich einen

Bademantel übergezogen. Ihr Haar war zerzaust und fiel übers Gesicht. Gedankenverloren blickte sie auf die weiße Stadt.

Er stand völlig nackt hinter ihr, wagte aber nicht, ihre Schultern zu berühren. Er vergrub seinen Kopf in ihrem seidenen Haar und atmete ihren Duft.

Sie drehte sich um und schaute dem Jungen in die Augen. Ihre Lippen waren einander ganz nah, doch sie schüttelte den Kopf: »Si Wang, bitte geh! Deine Mutter wartet auf dich.«

Dieses Mal sagte er nicht: »Mein Name ist Shen Ming.« Er zog sich wortlos an und ging zur Tür. Ein letztes Mal blickte er auf ihre Silhouette, die sich vor dem schneenebligen Fenster in Rauch aufzulösen schien.

Wie wirst du dann Auf Wiedersehen sagen?

Si Wang ging über den gefrorenen Schnee. Wie Papierschnipsel flogen ihm die Flocken entgegen. Die Stadt hatte den Weltuntergang überlebt; zum ersten Mal fühlte er sich hier zu Hause. Mit jedem Schritt wurden seine Füße leichter.

Am Suzhou-Fluss ging er auf die Brücke, über die die Wuning-Straße führte, und legte sich auf das schneenasse Geländer. Er blickte auf den reißenden Strom unter sich, den Fluss zwischen Leben und Tod. Zahllose Schneeflocken fielen hinein und schmolzen wie im Nu. Erst mit Einbruch der Dunkelheit kehrte er in das Elendsviertel zurück, wo er wohnte. Seine Mutter saß direkt an der Tür und schreckte auf. He Qingying hatte die ganze Nacht nicht geschlafen. Ihre Augen waren rot, und sie sah um Jahre gealtert aus.

»Wo bist du gewesen?«

Unter den Blicken seiner Mutter zog Si Wang seinen Mantel aus, schenkte sich ein Glas Wasser ein und holte sich aus dem Kühlschrank etwas zu essen.

»Wang Er, ich habe die ganze Nacht auf dich gewartet. Deinen Klassenlehrer habe ich nicht angerufen, damit er dich nicht bestraft, wenn er erfährt, dass du nicht nach Hause gekommen bist. Also bin ich aufs Polizeirevier zu Inspektor Ye Xiao gegangen. Er hat dich überall in der Stadt gesucht und ist mitten in der Nacht noch zur Nanming-Schule gefahren.«

Wütend packte He Qingying ihren Sohn am Kragen und hätte den Pullover, den sie für ihn gestrickt hatte, beinahe zerrissen. »Wenn du mir nicht sagst, wo du warst, sterbe ich hier und jetzt vor deinen Augen!«

»Ich war bei einer Frau.«

Beiläufig hatte er auf ihre Frage geantwortet, ohne dabei sein Brot aus der Hand zu legen.

Fassungslos starrte He Qingying ihn an. Nach einer Weile griff sie zitternd zum Telefon: »Hallo? Spreche ich mit Herrn Zhang? Entschuldigen Sie, dass ich Sie am Wochenende störe. Ich bin die Mutter von Si Wang. Ich möchte Ihnen etwas mitteilen. Gestern Nacht ist mein Sohn nicht nach Hause gekommen. Er sagt, er ist bei einer Frau gewesen.«

Aus dem Telefon war Zhang Mingsongs harsche Stimme zu hören. He Qingying presste den Hörer an ihr Ohr und legte nach ein paar Minuten schweigend auf. Dann ging sie zu ihrem Sohn und gab ihm eine Ohrfeige.

TEIL V

DIE ÜBERLEBENDEN

KAPITEL 1

2013, der erste Tag des Jahres.

Ye Xiao saß allein in dem kleinen Zimmer in Huang Hais Wohnung und betrachtete die mit roter Tusche skizzierte Personenkonstellation an der Wand. Die Wohnung stand seit zwei Jahren leer. Bisher hatte sich noch kein Käufer gefunden. Alles Material, das sich auf die Mordfälle bezog, war längst weggeschafft worden, nur das Gekritzel an der Wand war noch geblieben.

In der Mitte des Diagramms, das der inzwischen verstorbene Besitzer der Wohnung vor achtzehn Jahren gezeichnet hatte, prangten leuchtend rot wie eh und je die beiden Schriftzeichen des Namens »Shen Ming«, als würde aus den Ritzen im Mauerwerk Blut austreten.

An dem Abend, an dem Shen Ming getötet worden war, hatten sich der von ihm ermordete Dekan Yan Li und zudem noch einige andere Personen, die mit ihm in Verbindung standen, in unmittelbarer Nähe aufgehalten:

Erstens, der im Moment Hauptverdächtige Lu Zhongyue, ein ehemaliger Schulfreund Shen Mings am Nanming-Gymnasium. Er war damals Ingenieur in der Stahlfabrik und arbeitete zum Tatzeitpunkt in der Nachtschicht. Er hatte also für diesen Abend ein Alibi. Nach Shen Mings Tod heiratete Lu Zhongyue dessen Verlobte und wurde zum Schwiegersohn von Gu Changlong. Bei dem Bankrott von Familie Gu im Jahr 2006 spielte er eine unrühmliche Rolle und stand letztendlich mit leeren Händen da. Sein Exschwiegervater wurde bei dem Versuch, sich an ihm zu rächen, von ihm ermordet. Kurz darauf fiel auch Gu Qiusha einem Mord zum Opfer. Man vermutete, dass Lu Zhongyue der Täter auch dieses Verbrechens war. Seine geschiedene Frau hatte ihn chemisch kastriert und auf ewig fortpflanzungsunfähig gemacht, was sein Motiv gewesen sein könnte. Bis dato war er flüchtig und bewegte sich jenseits der Legalität. Bei dem Versuch, ihn zu ergreifen, war Inspektor Huang Hai gestorben.

Zweitens, auch der Name von Ouyang Xiaozhi stand an der Wand. Zum Zeitpunkt der Vorfälle war sie Abiturientin am Nanming-Gymnasium. Dem Vernehmen nach war sie mit ihrer Klassenkameradin Liu Man eng befreundet. Sie hatte als Erste gegenüber der Schule die Vermutung geäußert, dass Shen Ming möglicherweise im Quartier der Teuflin sein könnte, wo die Polizei drei Tage später seinen Leichnam fand. Nach dem Abitur studierte sie an der Pädagogischen Hochschule, ehe sie für zehn Jahre von der Bildfläche verschwand. Vor zwei Jahren kehrte sie ans Nanming-Gymnasium zurück und wurde Si Wangs Lehrerin für Literatur.

Drittens, Ma Li, dessen Name nicht an die Wand geschrieben war. Er war nie in Huang Hais Blickfeld geraten. Bei seinen Recherchen war Inspektor Ye Xiao aufgefallen, dass dieser ehemalige Schüler von Shen Ming von August 2005 bis Januar 2006 Assistent der Geschäftsführung der Erya-Unternehmensgruppe war, also genau zum kritischen Zeitpunkt des Bankrotts von Familie Gu. Danach gründete er ein Unternehmen in den USA, ehe er kurze Zeit später wieder nach China zurückkehrte, um die Mutter seiner Tochter zu heiraten. Seit seiner Scheidung lebte er wieder in der Stadt.

Wen gab es noch?

Zhang Mingsong, über den Shen Yuanchao sich so gern ausließ? Er war Si Wangs Klassenlehrer und zugleich der renommierteste Mathematiklehrer am Nanming-Gymnasium. Die Polizei hatte sein Alibi bereits mehrfach bestätigt.

Ye Xiao trug noch einen Namen in sein Notizbuch ein – Si Mingyuan.

Er war Si Wangs Vater. Im Jahr 2002 war er auf geheimnisvolle Weise verschwunden. Nachdem jegliche Spur von ihm fehlte, wurde er aus dem Melderegister gelöscht. Vor seiner Entlassung war er Arbeiter in der Stahlfabrik. Ob er zum Tatzeitpunkt dort war? Zunächst einmal gab es keinen Anlass zu dieser Annahme, und Ye Xiao hielt es nicht für nötig, He Qingying, Si Wangs Mutter, deswegen zu befragen.

Si Wang.

Er kam als Mörder von Shen Ming nicht infrage, da er erst sechs Monate nach dessen Tod geboren wurde.

Er besuchte derzeit die letzte Klasse des Nanming-Gymnasiums und war sogar ein Freund von Ye Xiao geworden. Er behauptete von sich, Shen Ming zu sein und dessen Erinnerungen, Charakterzüge und Gefühle sämtlich zu besitzen. Sogar seine Handschrift war mit der von Shen Ming identisch.

Er hatte geschworen, das Verbrechen an seiner früheren Inkarnation zu rächen und den Mörder Shen Mings höchstpersönlich zu ergreifen.

Und ihn zu ermorden.

Ye Xiao glaubte nicht, dass Si Wang Shen Ming war. Si Wang war durchaus ein bemerkenswerter Junge, aber so etwas wie Wiedergeburt existierte nicht. Vermutlich trug der Junge ein schreckliches Geheimnis mit sich herum.

Plötzlich klingelte Ye Xiaos Handy und durchbrach die Stille der leeren Wohnung. Ein Kollege teilte ihm mit, dass eine Leiche in der Nähe von Si Wangs Wohnung gefunden worden sei.

Ye Xiao eilte sofort zu der Fundstelle.

Ein Abrisskommando war gerade dabei, die zwangsevakuierten Häuser abzureißen. Im ganzen Viertel waren ratternde Planierraupen im Einsatz, und viele Menschen versuchten, die Abrissarbeiten zu verhindern, indem sie sich vor die Bulldozer warfen. Unter Schreien und Weinen wurden sie weggetragen. Vor einer der Abrissstellen hatte sich eine Traube von Schaulustigen gebildet.

Zwischen dem Schutt eines Hauses, das gerade abgerissen worden war, hatte man ein zerfallenes Skelett ausgegraben. Der Schädel war ganz geblieben, und in der Nähe lagen Rippen- und Schenkelknochen, woraus sich tatsächlich schließen ließ, dass es sich um die Überreste eines Menschen handelte.

Ye Xiao kletterte auf den Schutthaufen und hockte sich neben das Skelett, das ihn aus zwei tiefen dunklen Löchern anstarrte, als wolle es ihm etwas mitteilen.

Wer bist du?

Da spürte er, wie ihn jemand beobachtete. Er drehte sich um und erblickte in der Menschenmenge ein junges Gesicht.

Es war der achtzehnjährige Si Wang.

Am nächsten Tag wusste man bereits mehr über den Leichenfund. Zunächst war die Identität der Leiche zwar nicht festzustellen; dem forensischen Untersuchungsbericht zufolge handelte es sich jedoch um einen circa 176 Zentimeter großen Mann im Alter von fünfunddreißig bis vierzig Jahren, der vor etwa zehn Jahren gestorben war. Am Genick des Mannes hatte die Forensik eine Wunde entdeckt, die ihm durch einen spitzen, scharfen Gegenstand zugefügt worden war. Es war also anzunehmen, dass es sich um einen Mordfall handelte. Das bereits abgerissene Haus hatte mehrmals seinen Besitzer gewechselt, und die Polizei suchte nun den Verdächtigen, der vor zehn Jahren dort gewohnt hatte.

Nachts ging Ye Xiao zu dem Haus, in dem Si Wang wohnte. Ringsum waren fast alle Gebäude bereits abgerissen. Nur der kahle Perlschnurbaum ragte noch hoch auf.

Eine dunkle Gestalt huschte zwischen den Ruinen vorbei. Ye Xiao war auf der Hut, da hier, insbesondere während der Abbruchphase, alles mögliche Gesindel unterwegs war.

Im kalten Licht des Monds war das Gesicht von Si Wang undeutlich auszumachen. Der Junge hockte auf einem Schutthaufen und weinte bitterlich.

»Weswegen weinst du?«

Ye Xiao stand ungerührt hinter ihm. Si Wang sprang mit

einem Satz auf und trat mit einem Muay-Thai-Kick nach dem Bein des Inspektors. Der wich geschickt aus und packte den Jungen mit einer Hand am Genick. »Ich bin es!«

Ziemlich perplex befreite Si Wang sich aus dem Griff Ye Xiaos. »Entschuldige bitte, ich dachte, es wäre jemand von diesem verdammten Abrisskommando.«

»Wie geht es dir in letzter Zeit?«

»Schlecht.«

Es war das erste Mal, dass der Inspektor den Jungen so niedergeschlagen sah. Sie hockten sich nebeneinander auf eine zerstörte Mauer aus Ziegelsteinen.

»Es gibt noch vieles, das du vor mir verbirgst, nicht wahr?«

»Ye Xiao, ich werde dir nach und nach alles erzählen. Aber hilf mir bitte zuerst bei den Nachforschungen zu einer bestimmten Person, einverstanden? Die Überlebende des Mordes im Anxi-Weg im Jahr 1983 war das Mädchen, das den Fall auch der Polizei gemeldet hat. Sie war die einzige Tochter des Verstorbenen.«

»Warum sollte ich Nachforschungen über sie anstellen?«

»Ich bitte dich darum.«

Als Ye Xiao in die flehenden Augen des Jungen blickte, willigte er lächelnd in dessen Bitte ein.

Eine Woche später lag das überraschende Ergebnis seiner Nachforschungen vor. Die Akte des Mädchens war verschwunden. Ye Xiao hatte daraufhin die Verwandten des Mordopfers aufgesucht und dabei Folgendes erfahren: Das Mädchen, das überlebt hatte, war in Wahrheit die Adoptivtochter des Ermordeten, und niemand wollte sich damals ihrer annehmen. Schließlich wurde das Kind von einem fremden Ehepaar adoptiert, und niemand hatte seither wieder etwas von ihr gehört. Es gab nur noch eine Fotografie von dem Mädchen: eine Schwarz-Weiß-Aufnahme, die jemand von der Dreizehnjährigen in der Schule gemacht hatte.

Der Inspektor zeigte sie dem Jungen.

KAPITEL 2

2013, das Frühlingsfest fand in diesem Jahr außergewöhnlich spät statt.

Lu Jizong war achtzehn Jahre alt. Vor zwei Jahren, nach seinem Realschulabschluss, war er an einem privaten technischen Gymnasium angenommen worden. Er war davon ausgegangen, später einmal einen Arbeitsplatz in einer japanischen Automobilfabrik in Kanton zu bekommen und jeden Monat mindestens dreitausend Yuan zu verdienen. Doch während der Winterferien hatte er die Nachricht erhalten, dass die Schule wegen eines Korruptionsskandals, in den der Rektor verwickelt war, für immer geschlossen wurde.

Er lebte in einer kleinen, in einer pittoresken Landschaft gelegenen Stadt im Süden, die im Winter düster und kalt war. Die engen Gassen waren von kleinen Stundenhotels, Internetcafés und Nudelsuppenständen gesäumt. Lu Jizong kannte die Namen und Spitznamen aller Ladenbesitzer. Es hatte sich ihm nie eine Gelegenheit geboten, den Ort zu verlassen, außer einmal mit elf Jahren, als er mit seiner Mutter in eine Großstadt gereist war. Zum ersten Mal hatte er dort Wolkenkratzer und fremdländische Autos wie Mercedes und BMW gesehen. Seine Mutter hatte ihm damals ins Ohr geflüstert: »Jizong, dein Papa lebt hier. Er wird uns ein gutes Leben bieten.«

Er hatte seinen Vater nie gesehen. Seine Mutter hatte nie viel mehr gesagt als: »Dein Papa ist weit weg. Es lohnt sich nicht, an ihn zu denken.«

Erst vor sieben Jahren hatte er zufällig den Namen seines Vaters erfahren, als ihm eine Kopie von dessen Personalausweis einschließlich seiner Adresse in die Hände gefallen war. Er war mit seiner Mutter hingefahren. Es war ein großes Haus, in dem offenbar reiche Leute wohnten, doch es war leer, nur eine junge Frau hatte am Tor gestanden.

Sie war die Cousine seines Vaters und hatte ein hübsches, aber kühles Gesicht. Sein Vater war verschwunden, und das Haus hatte seinen Besitzer gewechselt. Niemand konnte ihnen helfen. Die Frau hatte Mama ein paar Tausend Yuan gegeben.

Mama hatte alle Hoffnung aufgegeben und war mit ihm zurück nach Hause gefahren.

Seit ein paar Jahren betrieb sie einen Essensstand an der Straße. Ihr Sohn wuchs heran und wurde 1,80 Meter groß. An der Stirn hatte er ein helles, bläuliches Mal.

Von einem Reisnudel-Lokal aus, gegenüber dem Internetcafé, beobachteten ihn schon eine ganze Weile lang zwei Augen.

Es war ein Mann mittleren Alters mit einem gewöhnlichen Haarschnitt und einem wenig einprägsamen, blassen Gesicht, in dem nicht ein einziges Barthaar spross. Hätte er nicht ebenfalls ein bläuliches Mal an der Stirn gehabt, wäre er in jeder Menschenmenge unbemerkt geblieben.

Als er sein scharfes Rindfleischnudelgericht aufgegessen hatte, zündete er sich eine Zigarette an und behielt dabei das Internetcafé gegenüber und den schlaksigen Jungen, der hinter dem Fenster saß und seit zwei Stunden Computer spielte, fest im Blick.

Vor zwei Tagen war er mit einem Fernbus hergekommen. Es war für ihn der erste Besuch in dieser schmutzigen Stadt. Seit sieben Jahren war er nicht mehr geflogen und, seit man zum Kauf eines Zugtickets seinen Namen angeben musste, auch nicht mehr Bahn gefahren. Gelegentlich kaufte er sich einen verloren gegangenen Ausweis, sofern die Person ihm ein wenig ähnlich sah. Damit konnte er wenigstens ein Zimmer in einer Pension oder eine kleine Wohnung mieten. An vielen Orten hatte er sein Fahndungsfoto aushängen gesehen, und nicht selten, wenn er an einem Polizisten vorbeiging, geriet er in Panik.

Er trieb sich herum, zog von einem Ort zum anderen, hielt sich mit Gelegenheitsarbeiten über Wasser. Mal hatte er Hunger, mal war er satt. Er hatte einiges riskiert, als er in die Großstadt zurückgekehrt war und dort den winzigen DVD-Laden aufgemacht hatte, der ja nur als Deckmantel für alle möglichen illegalen Geschäfte dienen sollte. Im Herbst vor drei Jahren kam plötzlich ein Mann hereingestürmt – sofort hatte er diesen Polizisten namens Huang Hai erkannt. Panisch war er durch die Hintertür ins Treppenhaus eines eingerüsteten Gebäudes geflüchtet. Er hatte gespürt, dass der Polizist seine Pistole gezogen hatte, und war oben einfach aus dem Fenster gesprungen. In den Tod zu fallen wäre besser gewesen, als gefasst zu werden. Aber wie durch ein Wunder landete er im Gebäude gegenüber, während Huang Hai in die Tiefe stürzte.

Von da an tauchte sein Name wieder auf Fahndungsplakaten auf; an vielen Bahnhöfen und in den Eingängen zu Banken hing sein Foto. Er lebte seit Jahren auf der Flucht und vermied inzwischen jeden Fehler.

Nur einmal, als er ausnahmsweise einen Bus nach Hause genommen hatte, war ihm ein Teenager aufgefallen.

Der junge Mann hatte ihn offenbar erkannt, und da wusste auch er, mit wem er es zu tun hatte.

Die Situation war wirklich gefährlich gewesen. Wäre der Bus nicht zufällig an einer Haltestelle stehen geblieben, sodass er gegen den Strom der Einsteigenden aussteigen konnte, hätte dieser Junge namens Si Wang ihn gefasst.

Hatte er es nicht überhaupt diesem Teenager zu verdanken, dass er so tief gefallen war?

Vor acht Jahren, als er Si Wang zum ersten Mal sah, hatte ihn eine namenlose Angst befallen. Seit der Begegnung mit der Mutter des Kindes kurze Zeit später suchten ihn jede Nacht Albträume heim. Es war unvorstellbar, dass dieses Kind sein Adoptivsohn werden sollte.

War es möglich, dass seine Ehe wegen ihm und seiner Frau kinderlos geblieben war?

Tatsächlich war er früher, bevor er dreißig wurde, ein potenter Mann gewesen, der sehr wohl eine Frau schwängern konnte. Was war geschehen, dass er in so kurzer Zeit seine Manneskraft verlor? Unentwegt hatte er nach der Ursache gesucht — bis ihm jemand die Arzneifläschchen mit dem Hormonprodukt zeigte.

Erst da war ihm klar geworden, dass seine Frau ihn chemisch kastriert hatte.

In dem Moment hatte er beschlossen, sie zu töten.

Er hatte zwar diesem Jungen nie geglaubt und war auch überzeugt, dass dieser Typ namens Ma Li in Wirklichkeit ein skrupelloser Karrierist war. Um jedoch an seiner Frau Rache zu nehmen, musste er nach Ma Lis Plan vorgehen.

Plangemäß richtete er zunächst das Familienunternehmen seiner Frau zugrunde, indem er mehrere Millionen Yuan veruntreute.

In dem Moment, als er seinen neuen Reichtum feiern wollte und große unternehmerische Pläne zu entwickeln begann, einschließlich eines Termins für eine Operation in Japan, geriet er in eine tödliche Falle.

Im Frühjahr 2006 war er innerhalb von weniger als einer Woche bankrottgegangen.

Ein Unglück kommt selten allein. Sein Schwiegervater besuchte ihn kurz darauf mit einem Dolch, und es kam zu einem Kampf. Er selbst überlebte knapp und konnte fliehen, während der alte Mann tot in einer Blutlache lag.

Als gesuchter Mörder war er nun auf der Flucht ...

Jahre später noch dachte er über sein Leben nach, er dachte an das Mädchen, das er mit neunzehn Jahren liebte, an die Schulkameraden, mit denen er das Zimmer geteilt hatte, und er dachte an die Schmach, die er im Jahr 1995 erfuhr, die Eifersucht und den Hass.

Unzählige Male war er kurz davor gewesen, sich das Leben

zu nehmen. Er stand auf dem Dach eines Hauses oder am Ufer eines Flusses, um mit einem Sprung alles zu beenden. Im schlimmsten Fall würde man ihn als namenlosen Landstreicher verbrennen. Oder aber die Polizei würde seine wahre Identität feststellen und in ihrem abschließenden Bericht schreiben, dass der flüchtige Mörder sich aus Angst vor der Strafe das Leben genommen hatte.

Jedenfalls hätte er dadurch gezeigt, dass er ein Mann war.

Aber Lu Zhongyue hatte beschlossen, seinem Leben noch kein Ende zu setzen. Nicht, weil ihm der Mut fehlte, sondern weil noch so vieles offen war.

Er musste mit Si Wangs Hilfe die Wahrheit herausfinden. Das war ein Grund, warum er noch am Leben war.

Es gab noch einen zweiten Grund.

Dass er auf die Unterstützung anderer angewiesen war, dass er Hab und Gut verloren und keine feste Bleibe hatte, dass ihn die Polizei aufgreifen und erschießen könnte, das alles machte ihm letztendlich nichts aus. Was ihn zutiefst bekümmerte, war jedoch, dass er in diesem erbärmlichen Leben kein Kind haben würde, das ihn überdauerte.

Er erinnerte sich an seine Freundin, von der er sich vor über achtzehn Jahren getrennt hatte. Sie war schwanger, und er hatte sie weggeschickt und von ihr verlangt, dass sie das Kind abtreiben ließ. Zum Abschied hatte er ihr noch eine hübsche Summe Geld gegeben.

Wenn er jetzt daran dachte, hätte er sich am liebsten ein Messer in die Brust gestoßen.

Im Winter des Jahres 2013 schien die Luft zu Eis zu gefrieren.

Hätte er ihre Adresse nicht zufällig aufbewahrt, wäre er nie in seinem Leben in diese Kleinstadt gekommen. Vor dem heruntergekommenen Wohnhaus sah er seine damalige Geliebte. Aus der anmutigen jungen Frau war im Lauf der Jahre eine füllige Matrone geworden. Ihr Name tauchte aus seiner Erinnerung auf – Chen Xiangtian – ebenso wie die Szene ihrer allerersten Begegnung vor mehr als zwanzig Jahren.

Gestern hatte sie gemeinsam mit einem schlaksigen Jugendlichen von etwa siebzehn oder achtzehn Jahren das Haus verlassen. Vom Aussehen her war ihm der Junge sehr vertraut, doch er wirkte betrübt und leidenschaftslos.

Auf der Stirn hatte der Junge, ebenso wie er selbst, ein bläuliches Mal.

Der Mann erschauderte. Heimlich öffnete er den Briefkasten im Haus und las den Namen des Jungen – Lu Jizong.

KAPITEL 3

2013, der letzte Abend des Jahres nach dem Mondkalender.

Ohne Klimaanlage oder Heizung fühlte sich die Wohnung an wie ein Iglu. Zum Glück stand auf dem Tisch das Stövchen mit dem hausgemachten Feuertopf und gab heißen Dampf an das enge Zimmer ab. Lu Jizong und seine Mutter saßen beisammen und aßen dieses einfache, aber wärmende Gericht. Dazu sahen sie die Liveübertragung der Neujahrsgala im Fernsehen. Beim Öffnen des Briefkastens vor ein paar Tagen hatten sie bemerkt, dass sich jemand daran zu schaffen gemacht und einen Brief von der Schule aufgerissen hatte. Welcher Scheißkerl konnte das wohl gewesen sein!

Plötzlich klopfte es an der Tür.

Wer kam am Neujahrsabend zu Besuch? Das Gesicht der Mutter gefror, und sie murmelte mehr zu sich selbst: »Kann es sein, dass er es ist?« Aufgeregt stand sie auf, strich dem Jungen übers Haar und warf einen Blick in den Spiegel. Ihr Aussehen beschämte sie. Da klopfte es wieder, dieses Mal etwas lauter.

Lu Jizong ging zur Tür. Im dunklen Treppenhaus stand, eingehüllt in einen dicken Wintermantel, eine Frau.

Sie war etwa dreißig Jahre alt, hatte ein wunderschönes Gesicht, das lange Haar fiel über ihre Schultern, und sie brachte die Kälte von draußen mit.

Der Junge trat ein paar Schritte zurück. »Ich kenne dich!«

»Ja, kaum zu glauben, wie groß du geworden bist.«

»Jizong!«, rief seine Mutter ungeduldig. »Wer ist es?«

Als Chen Xiangtian das Gesicht der Frau sah, wich ihre Vorfreude sofort Misstrauen und Enttäuschung.

»Wer, bitte schön, sind Sie?«

»Mein Neffe erinnert sich noch an mich.«

Sie trat ein und sah sich in der schäbigen Wohnung um. Die Möbel und Elektrogeräte waren alle aus zweiter Hand. Es war das Zuhause von armen Leuten.

»Du bist die Cousine von Lu Zhongyue?«

Die Frau antwortete mit einem warmen Lächeln: »Es ist sieben Jahre her, dass wir uns gesehen haben.«

»Was bringt dich am letzten Abend des Jahres hierher? Wo ist Lu Zhongyue? Was macht er?«

»Ich habe nach wie vor keinerlei Nachricht von meinem Cousin. Ich bin wegen meiner Arbeit hier und besuche bei der Gelegenheit Jizong. Damals am Neujahrstag hatte ich dir eine SMS geschickt, und du hast mir eure Adresse gegeben.«

»Ah, setz dich bitte. Wir teilen gern unsere einfache Mahlzeit mit dir, wenn du magst. Sag doch Schwägerin zu mir.«

»Gern! Ich heiße Xiaozhi.« Sie nahm wie selbstverständlich Platz. In der Hand trug sie einige Geschenke, unter anderem einen Umschlag mit Geld für den Jungen. »Was macht Jizong? Wie geht es ihm?«

»Ach! Er vertrödelt den Tag. Er war auf einer Privatschule, die leider zugemacht hat. Jetzt ist er zu Hause und hat nichts zu tun. Er spielt den ganzen Tag Computerspiele.«

Lu Jizong hatte bisher kein Wort gesagt. Er saß über den Feuertopf gebeugt und fischte die gefüllten Teigtaschen heraus. Schließlich sah er der Tante in die Augen und sagte: »Ich will arbeiten und Geld verdienen.«

»Hinausgehen, um Erfahrungen zu sammeln, ist immer gut. Ich werde dich unterstützen.«

»Wirklich?«

Lu Jizongs Augen leuchteten vor Freude.

Eine Stunde später verabschiedete sich Xiaozhi. Chen Xiangtian und ihr Sohn begleiteten sie bis ins Treppenhaus. Sie versprach wiederzukommen und gab den beiden ihre neue Handynummer.

Ringsum krachten die Böller, während Xiaozhi in das kleine Hotel ging, wo sie die Nacht zum neuen Jahr verbrachte.

Vor einem Monat war am Nanming-Gymnasium ein interner Beschluss veröffentlicht worden: Ouyang Xiaozhi trat von ihrem Amt zurück und wurde ihrem eigenen Wunsch gemäß im Rahmen eines Entwicklungsprojekts an eine Schule in einer armen Bergregion in Südchina versetzt.

Ihre Abreise war überstürzt. In dem Moment, als Si Wang am Schultor auftauchte, stieg sie ins Taxi. Der Himmel war grau und finster, und über die Nanming-Straße blies ein stechend kalter Wind. Der Junge kniete auf dem Boden im Matsch, und sie wagte nicht, sich noch einmal umzudrehen.

Gleich am nächsten Tag fuhr sie im Zug in Richtung Süden. Das Frühlingsfest würde sie in diesem Jahr bereits anderswo verbringen.

Sie schrieb eine SMS:

Shen Ming? Wenn du wirklich Shen Ming bist,
dann bist du der glücklichste Mensch auf Erden.
Bitte behandle alles, was du jetzt besitzt, mit großer
Wertschätzung. Vergiss mich! Wir werden uns nie
wiedersehen! Zuletzt möchte ich dir noch danken.
Deine Ouyang Xiaozhi, an einem weit entfernten
Ort.

Nachdem sie die SMS abgeschickt hatte, deaktivierte sie ihre Handynummer.

Da Chen Xiangtian ihr damals am Neujahrstag ihre Adresse gegeben hatte, konnte sie sich bewusst für diese kleine Stadt entscheiden. Sie hatte die Kontaktdaten von Mutter und Sohn sorgfältig aufbewahrt, um auf diesem Weg eines Tages Lu Zhongyue zu finden.

Sieben lange Jahre waren seither vergangen, und dieser Teufel hielt sich immer noch unter den Menschen versteckt. Aus welcher Perspektive sie den Fall auch betrachtete, sie kam immer zu demselben Schluss: Aus Neid und Eifersucht hatte Lu Zhongyue seinen besten Freund in eine Falle gelockt, um Shen Ming alles zu nehmen, was er besaß. Er hatte ihn am 19. Juni 1995 im Quartier der Teuflin ermordet.

Es gab nur einen einzigen Menschen, der Lu Zhongyue dazu bringen konnte, aus der Versenkung aufzutauchen, und das war dieses Kind mit dem bläulichen Mal an der Stirn: Lu Jizong, sein leiblicher Sohn. Er war, wie Si Wang, achtzehn Jahre alt und schien diesem auch vom Wesen her nicht unähnlich.

Nach den Feiertagen zum chinesischen Neujahrsfest begann sie, an einer kleinen Realschule in den Bergen zu unterrichten, wo es ein Dorf der Miao-Nationalität gab. In der Stille der Nacht, wenn der Mond hell und klar durch ihr Fenster schien, dachte sie selbst dort an den Frühling des Jahres 1995.

Es war vor achtzehn Jahren auf dem Sportplatz des Nanming-Gymnasiums, als Xiaozhi ihren Klassenlehrer Shen Ming fragte: »Herr Lehrer, was ist Ihrer Meinung nach grausamer, das Leben oder der Tod?«

Überrascht hatte er den Kopf geschüttelt: »Natürlich der Tod.«

»Ja, das Leben ist besser, viel besser . . .«

Erst dann hatte sie die Kopfhörer in Shen Mings Ohr bemerkt.

»Was hören Sie?«

Der Lehrer nahm einen der Hörer und steckte ihn in ihr Ohr. Es war Danny Chan, der mit seiner hellen Stimme einen sehnsuchtsvollen Schlager sang.

»Herr Lehrer, haben Sie noch das Geschenk, das ich Ihnen einmal gegeben habe?«

»Ja.«

Er sagte nur dieses eine Wort, aber seine Stimme klang schwach und verlegen.

»Bewahren Sie es gut auf!«

»Entschuldige, Xiaozhi, wir sollten nicht so miteinander

sprechen … Ich bin dein Klassenlehrer, und du bist meine Schülerin. Wir sollten uns so wenig wie möglich privat unterhalten, damit es keine Missverständnisse bei deinen Klassenkameraden gibt.« Shen Ming trat zwei Schritte zurück. Er hielt bewusst Abstand, als wollte er vermeiden, den Duft ihres Haars einzuatmen.

»Ist es, weil Sie bald heiraten?«

»Das eine hat mit dem anderen nichts zu tun.«

»Ihre Verlobte ist bestimmt sehr hübsch. Ja, viele meiner Klassenkameraden haben ein Foto von ihr gesehen.«

»Was willst du damit sagen?«

»Viel Glück und alles Gute! Ich und meine Klassenkameraden kommen zu Ihrer Hochzeit und schenken der Braut eine Kette aus echten Kristallperlen.«

Xiaozhi lächelte ihn zwar strahlend an, doch in ihrem Inneren sah es ganz anders aus.

»Ja, Qiusha ist eine gute Frau.« Shen Ming schaute ihr mit einem merkwürdigen Blick in die Augen: »Auch du, Xiaozhi, wirst eines Tages heiraten.«

»Nein! Nein, ich werde nie heiraten!«

Der Lehrer drehte sich um und ging vom Sportplatz. Xiaozhi rief ihm noch hinterher: »Möge sie Ihnen bald einen Sohn schenken!«

»Ob sich nach meinem Tod noch jemand an mich erinnert?«, sagte Shen Ming zu sich selbst, als er ins Unterrichtsgebäude ging.«

Zwei Monate später wurde er ermordet.

KAPITEL 4

Der letzte Tag im alten Jahr.

Draußen krachten die Böller, He Qingying drehte sich hin und her und fand keinen Schlaf. Sie hörte ein leises Weinen. Sie zog sich eine Jacke über und ging ans Bett ihres Sohnes. Die Decke über den Kopf gezogen, schluchzte er.

Sie hob die Decke, und da lag er lang und dünn wie eine Wasserschlange eingerollt auf dem Laken. Sie stieg zu ihm ins warme Bett, schmiegte sich an seinen kalten Rücken und versuchte, ihn zu trösten: »Wang Er, niemand weiß, wo sich deine Lehrerin Frau Ouyang gerade aufhält. Du kannst mir gern Vorwürfe deswegen machen. Als ich so alt war wie du, habe ich oft nächtelang unter meiner Decke geheult, noch heftiger als du jetzt.«

Der achtzehnjährige Junge drehte sich um: »Mama, vermisst du eigentlich Papa?«

»Manchmal.«

Si Wang fragte nicht weiter. Vor elf Jahren, ungefähr um diese Zeit, schien Si Mingyuan sich in Luft aufgelöst zu haben. Seither hatten verschiedene Männer He Qingying gegenüber Avancen gemacht, anständige und aufrichtige Männer, geschiedene und verwitwete, aber sie wies jeden ab, sogar den Inspektor Huang Hai.

Seit Huang Hais Tod lief die Buchhandlung Einsiedel immer schlechter. Die Kinder heutzutage lasen einfach nicht mehr gern. Si Wang ertrug es kaum, seine Mutter in Schwierigkeiten zu sehen, und wenn er Zeit hatte, half er in der Buchhandlung aus. Außerdem schlug er vor, selbst arbeiten zu gehen.

Doch die Mutter war dagegen. Sie sagte, ihre Ersparnisse genügten noch, um bis zum Abitur an der Schule zu bleiben.

Fast an jedem Wochenende, früh am Morgen oder spätnachts, gab es mysteriöse Telefonanrufe. He Qingying nahm in Si Wangs Gegenwart den Hörer ab, und in dem Moment legte der Anrufer auf. Si Wang bat Inspektor Ye Xiao, zu untersuchen, woher die Anrufe kamen. Es handelte sich um eine nicht registrierte, anonyme Handynummer aus einer anderen Provinz. Ye Xiao beruhigte die beiden und meinte, derartige Belästigungen übers Telefon seien normal; vor allem Bauentwickler würden oft von dieser Methode Gebrauch machen, um die Bewohner dazu zu drängen, sich mit Abriss und Umzug einverstanden zu erklären. He Qingying hatte jeden Widerstand aufgegeben und bereits zweimal mit den Bauentwicklern verhandelt, woraufhin sie sich auf eine lächerliche Entschädigungssumme von ein paar Hunderttausend Yuan einigten. Damit hatte sie dem Abbruch des Hauses ihren Segen gegeben.

»Mama, warum hast du dich auf einen Deal mit diesen Schweinehunden eingelassen?«

Si Wang hatte große Sehnsucht nach Huang Hai. Wäre er noch am Leben, hätte das Abrisskommando nicht vor ihrer Tür gestanden.

»Wang Er, das sind mächtige Leute. Wir zwei, ein Waisenkind und eine Witwe, können nichts gegen sie ausrichten.«

»Waisenkind und Witwe?« Stirnrunzelnd blickte er aus dem Fenster. »Ist Papa wirklich tot?«

Im Haus war kein Foto des Vaters mehr zu finden, die Erinnerung an Si Mingyuan war mit der Zeit verblasst.

»Verzeih.« Sie strich Si Wang übers Haar. »Du ahnst nicht, was für schreckliche Methoden diese Leute anwenden. Ich will nicht riskieren, dass dir irgendetwas passiert.«

»Wovor sollten wir Angst haben?« Si Wang trat ein paar Schritte zurück, ballte seine Hände zu Fäusten und vollführte mit seinem Fuß ein paar Muay-Thai-Kicks. »Sollten diese

Dreckskerle sich noch einmal vor unsere Tür wagen, bekommen sie es mit mir zu tun!«

»Sei still.« Sie hielt ihn fest am Arm und fühlte seine angespannten Muskeln. »Ich will nicht, dass du ein Raufbold wirst. Das passt nicht zu dir. Ich wünsche mir, dass du ein ruhiges und friedliches Leben führst.«

»Tu mir nichts, dann tu ich dir nichts! Das hat schon Mao Zedong gesagt.«

»Du bist doch viel reifer als andere Kinder in deinem Alter, warum willst du mich nicht verstehen? Ich fühle mich diesem alten Haus doch genauso verbunden. Aber im Winter pfeift der Wind durch die Ritzen, im Sommer ist es unerträglich heiß. Sobald man die Klimaanlage einschaltet, springen die Sicherungen raus. Du hast niemals Klassenkameraden zum Spielen mit nach Hause gebracht. Vom Tag deiner Geburt an konnte ich dir kein gutes Leben bieten, nie sind wir verreist.«

»Das macht nichts! Ich bin viel herumgekommen!«

»Ich muss mich als Mutter bei dir entschuldigen. Mit dem Geld, das ich verdiene, kann ich mir mein Lebtag keine Wohnung kaufen. Ich werde in der Nähe der Buchhandlung ein Apartment mieten, damit du ein schönes, sauberes und gemütliches Zuhause hast. Und die Entschädigungssumme des Bauträgers wirst du später für dein Studium bekommen.«

Si Wang senkte den Blick. Ganz still war er an seine Mutter gelehnt, hörte ihr Herz schlagen. Das Frühlingsfest war nicht mehr weit, und He Qingying hatte die Entschädigungssumme angenommen. Das Haus würde abgerissen werden und, wie die umliegenden Gebäude auch, bald in Schutt und Asche liegen. In zwei Jahren würde hier eine Luxuswohnanlage stehen. Si Wang fiel es schwer, sich von der alten Wohnung zu verabschieden: der blühende Kirschbaum, den er an die Wand gemalt, und die klassischen Gedichte, die er ins Fensterbrett geritzt hatte, der große Perlschnurbaum vor dem Fenster, ob er auch gefällt würde? In dieser winzigen, engen Wohnung lebte auch die Erinnerung an seinen Vater von vor sieben Jahren.

Am Umzugstag hatten sie nur noch wenige Dinge. He Qingying hatte vieles weggeworfen – einschließlich der Hinterlassenschaft ihres Mannes. Si Wang half den Umzugsleuten beim Hinaustragen der Möbel und packte an wie ein Arbeiter. Die Nachbarn sagten alle, dass er seinem Vater Si Mingyuan immer ähnlicher werde.

Am Abend waren He Qingying und Si Wang bereits in ihrem neuen Zuhause. Die Zweizimmerwohnung in der Nähe der Buchhandlung war komplett eingerichtet, auch das Badezimmer und die Küche konnten sich sehen lassen. Insgesamt war es das Heim, von dem sie immer geträumt hatten. Si Wang hatte zum ersten Mal ein eigenes Schlafzimmer, und die Mutter hatte ihm ein neues Bett gekauft.

Ein paar Tage später kam He Qingying in das Zimmer ihres Sohnes, um seine Kleider in Ordnung zu bringen. Si Wang sprang mit nacktem Oberkörper aus dem Bett und sagte: »Mama, soll ich dich kämmen?«

»Wozu, es ist doch schon Abend?«

»Lass mich dich kämmen, ich habe noch nie die Haare eines Mädchens gekämmt.«

Oh! Wann hatte ihr Sohn so zu sprechen gelernt?

He Qingying setzte sich also vor den Spiegel, und Si Wang ziepte ungeschickt an ihren Haaren, sodass sie vor Schmerz aufschrie. Sie drehte sich zu ihrem Sohn um und berührte seine nackte Brust: »Wang Er, ist dir nicht kalt?«

»Nein.«

Beim Boxen war sein Oberkörper immer unbekleidet. Er war es gewöhnt, außerdem war es seit ein paar Tagen recht warm.

»Bin ich alt geworden?«

»Nein, du bist noch jung. Dein Haar ist dicht und schwarz wie das eines Mädchens. Ich mache dir zwei Zöpfe.«

»Das ist zu schwierig für dich! Lass mich nachdenken … Ich hatte seit dreißig Jahren keine Zöpfe mehr.«

»Du warst dreizehn?«

»Mh …«

He Qingying wollte etwas sagen, ließ es aber dann bleiben. Sie schüttelte nur den Kopf und verfiel in Schweigen.

»Warum erzählst du mir nie von früher?«

»Hör auf, mich zu kämmen. Ich will schlafen gehen.«

Als sie aufstehen wollte, drückte Si Wang sie sanft zurück auf den Stuhl und fuhr fort, ihr langes Haar zu kämmen. Dann beugte er sich an ihr Ohr: »Hast du Angst, von der Vergangenheit zu sprechen?«

»Wang Er, du weißt doch, deine Großeltern sind vor deiner Geburt gestorben, und ich habe immer in dem Postamt gearbeitet. Mehr gibt es nicht zu erzählen.«

»Was war davor? Auf welcher Schule warst du? Wo hast du als Kind gewohnt? Was hast du Interessantes erlebt? Hast du noch Freunde von früher?«

»Hast du am Umzugstag heimlich in meinen Sachen herumgeschnüffelt?«

»Entschuldige bitte!«

»Dann hast du ja alles gesehen und solltest keine Fragen mehr haben.«

He Qingying wirkte zwar nach außen entspannt und gelassen, doch innerlich drohte sie zu zerspringen.

Si Wang zog unter dem Bett ein Fotoalbum heraus, dessen roter Umschlag modrig roch. Auf der ersten Seite war ein Bild in leicht verblassten Farben. Darauf war eine junge Frau in einem Kleid zu sehen, die vor der Schule für Postwesen stand.

Das war natürlich He Qingying im Alter von siebzehn oder achtzehn Jahren.

Ihr Kleid und der Haarschnitt waren altmodisch, dennoch sah man, dass sie außergewöhnlich schön war. Ihre schlanken Arme hielten den Rock des Kleids nach unten, damit der Wind nicht darunterblies. Ihr Augen schauten betrübt in die Ferne. Was hatte sie wohl im Blick?

Auf den hinteren Seiten fanden sich größtenteils Fotos von der Familie. Aus der Architektur und den Ansichten von der

Umgebung konnte man schließen, dass es sich um das Haus handelte, aus dem sie gerade ausgezogen waren. Auf vielen Bildern sah man sie mit einem Mann und einer Frau mittleren Alters, bestimmt Si Wangs Großeltern. Allerdings sah He Qingying ihnen nicht besonders ähnlich. Es waren insgesamt nur wenige Fotos, vielleicht zwanzig. Auf keinem davon war sie mit anderen Leuten als ihren Eltern, beispielsweise Schulfreundinnen, zu sehen. Es gab auch kein Bild von Si Mingyuan. Das Album stammte wohl aus der Zeit vor ihrer Ehe.

Si Wang holte unter dem Bett noch eine Keksdose aus Blech hervor. He Qingying schien zu zittern: »Die hast du auch entdeckt?«

»Das haben wir alles dem Umzug zu verdanken!«

Diese Blechdose war genau wie die andere, die er in dem Haus am Anxi-Weg in dem Wandversteck gefunden hatte, mit handgemalten Bildern von den *Zwölf Schönen aus Jingling* verziert.

Si Wang öffnete die Dose mit etwas Kraft, ein modriger Geruch strömte aus, und wieder fand sich eine Kassette darin.

Es war das Album *Flussleute* von Teresa Teng. Auf der A-Seite und auf der B-Seite waren jeweils sechs Schlager.

Die Kassette war zwanzig Jahre alt. Natürlich hatte He Qingying sie nicht vergessen. Als junge Frau hatte sie das Band immer heimlich gehört.

»Wang Er, das sind alles Dinge, die ich wegwerfen wollte. Warum hast du das alles aus dem Müll geholt?«

»Ich habe ein Foto von dir mit dreizehn Jahren gesehen. Inspektor Ye Xiao hat es mir gezeigt. Er weiß allerdings nicht, dass du die Person auf dem Foto bist.«

He Qingyings Gesicht erstarrte: »Ein Foto von mir mit dreizehn? Wo ist es aufgenommen worden?«

»Du warst im ersten Jahr an der Nanhu-Realschule, an der Kreuzung Nanhu-Straße und Anxi-Weg.«

»Du musst dich irren!«

»Lu Mingyue – sagt dir der Name etwas?«

Ihr lief die Gänsehaut den Nacken hinunter, aber sie schüttelte steif den Kopf: »Deine Fantasie geht mit dir durch.«

»Du betrügst dich selbst.« Ihr Sohn fuhr fort, mit dem Kamm aus Horn das Haar der Mutter zu kämmen. »Du weißt, dass ich hinter dein Geheimnis gekommen bin. Außerdem habe ich dein Geburtsdatum herausgefunden. Du bist am selben Tag wie Lu Mingyue geboren, und deine eigene Akte beginnt im Jahr 1983. Zu allem, was vorher war, gibt es keinerlei Information. Das hat meine Recherche im Archiv ergeben.«

»Sei still!«

»Zufälligerweise bricht die Akte von Lu Mingyue im Jahr 1983 ab. In dem Jahr gab es in ihrer Familie nämlich einen Mordfall. Ihr Vater wurde zu Hause ermordet, und sie war der einzige Zeuge. Sie war es auch, die den Mordfall bei der Polizei meldete.«

»Worauf willst du eigentlich hinaus?« Sie riss sich von ihrem Sohn los und wollte zur Tür laufen.

Si Wang packte sie am Arm, als hätte er einen Verbrecher festgenommen. »Mama, du hattest kaum Kontakt zur Familie deiner Mutter. Heute habe ich die Telefonnummer meines Onkels herausgefunden und ihn angerufen. Ich habe vorgegeben, von der Polizei zu sein, und er hat mir erzählt, dass du kein leibliches Kind der Großeltern bist.«

»Wang Er, hör mir zu …«

»Lu Mingyue! Das ist dein wahrer Name!«, schrie Si Wang ihr ins Gesicht.

»Nein! Lu Mingyue ist der Name, den ich früher verwendet habe – ich habe meinen Geburtsnamen fast vergessen.«

»Weil du auch nicht die leibliche Tochter von Lu Jingnan bist, nicht wahr?«

Si Wang sprach zum ersten Mal den Namen des Mannes aus, der 1983 im Anxi-Weg ermordet worden war.

»Wang Er, kennst du gar kein Erbarmen?«

»Ich will dich retten.«

Er beugte sich zu ihr und küsste ihren Hals.

He Qingying setzte sich wieder und gab jeden Widerstand auf.

»Du warst also am Anxi-Weg Nummer 19? Ich wurde in dem Haus geboren. Mein Vater, dein wahrer Großvater, war ein berühmter Übersetzer. Als ich vier Jahre alt war, erhängte er sich. Das ist die früheste Erinnerung, die ich habe. Kurz darauf ist meine Mutter, deine Großmutter, gestorben. Unser Haus kam in den Besitz eines Beamten namens Lu Jingnan. Seine Frau konnte keine Kinder bekommen. Sie war eine herzensgute Frau. Als sie sah, dass ich mutterseelenallein auf der Welt war, adoptierte sie mich. Von da an hatte ich eigentlich eine glückliche Kindheit in dem großen Haus am Anxi-Weg, bis zu meinem zwölften Lebensjahr. Das war der Wendepunkt. Meine Adoptivmutter fand heraus, dass ihr Mann ein Verhältnis hatte, und ertränkte sich im Fluss. Von da an gab es niemanden mehr, der mich beschützte.«

»Mama, willst du damit sagen, dass Lu Jingnan, dieser Bastard...«

»›Bastard‹ ist noch eine Untertreibung!«

»Hast du ihn ermordet?«

»Wang Er, frag nicht weiter!«

Sie flehte ihn an, doch es war zwecklos. Er flüsterte weiter in ihr Ohr: »Heute Abend war ich nochmals am Anxi-Weg, nachdem ich Huang Hais Aktenmaterial studiert hatte, und dabei habe ich herausgefunden, dass Lu Jingnan im Jahr 1983 nicht von einem Eindringling ermordet worden sein kann. Es gab zwar damals Hinweise darauf, dass jemand über die Mauer geklettert war und eine Fensterscheibe mit einem Ziegelstein eingeschlagen hatte, aber ich habe festgestellt, dass der Großteil der Glasscherben draußen vor dem Fenster gelegen hat. Das heißt, die Scheibe wurde von jemandem eingeschlagen, der im Haus war. Das war auch eine Frage, die damals von der Polizei kontrovers diskutiert wurde. Absolut niemand kam auf die Idee, dass die Tochter des Toten, der einzige Zeuge und die Person, welche die Polizei benachrichtigt hatte, der Täter sein könnte!«

»Das ist reine Spekulation. Du hast keinerlei Beweise. Wer würde schon einem Oberschüler glauben, der den ganzen Tag nur ringt und boxt?!«

»Ich werde mit niemandem darüber sprechen. Der Mord liegt dreißig Jahre zurück. Dazu kommt, dass das Opfer ein durch und durch böser Mensch war und du damals ein kleines Mädchen.«

Si Wang ließ den Kamm los und trocknete die Tränen seiner Mutter. Mit leiser Stimme sprach er: »Das Opfer war dein Adoptivvater Lu Jingnan.«

»Er war ein Scheißkerl! Wang Er, du bist erwachsen, du solltest verstehen, was ich meine.«

»Erkläre mir nicht, warum, sondern nur, was passiert ist.«

»Niemand ahnte, was er mir alles angetan hatte, und niemand hatte mich je verdächtigt. In jener Nacht hatte er sich betrunken. Im Wohnzimmer im Erdgeschoss widersetzte ich mich ihm nach Leibeskräften. Der Kampf war heftig, und als das Fenster zum Hof dabei zerbrach, griff ich nach einer Glasscherbe und schnitt ihm damit in den Hals. Sein Blut spritzte nach allen Seiten, auch in mein Gesicht. Ich warf die Glasscherbe auf den Boden, sodass sie zerbrach und als Mordwaffe nicht mehr zu erkennen war. Dann öffnete ich die Tür, setzte mich auf die Treppe und weinte. Jemand, der vorbeikam, fragte mich, was geschehen sei, und rief die Polizei ...«

»War noch jemand am Tatort, eine dritte Person?«

He Qingying schüttelte unsicher den Kopf: »Wenn mich jemand beobachtet hätte, wäre ich schon längst gefasst worden. Wang Er, ich flehe dich an, stell keine weiteren Fragen. Du hast deine Mutter genug gequält.«

KAPITEL 5

Das Qingming-Fest, der Tag der Toten.

Shen Min war achtzehn und inzwischen eine strahlende Schönheit. Feiner Regen fiel vom Himmel, mit ihrem Vater hatte sie Mamas Grab besucht. Anschließend fuhren sie mit frischen Blumen zu einem anderen Friedhof etwas außerhalb, wo das Grab ihres Bruders war, den sie nie gesehen hatte.

Zu ihrer Überraschung hockte ein junger Mann vor dem Grabstein und verbrannte Opfergeld. Die Mischung aus Regen und Feuer hing als dichter Rauch in der Luft.

»Wer sind Sie?«, rief der ehemalige Staatsanwalt. Der Angesprochene drehte sich langsam um. Wie ertappt stand er verlegen auf und wollte weglaufen.

Shen Yuanchao packte ihn am Arm und hielt ihn fest: »Bleib stehen! Bist du Ah Liang? Der Sohn von Inspektor Huang Hai?«

»Entschuldigen Sie, ich wollte nur . . .«

»Danke!« Shen Yuanchao war gerührt und schloss ihn fest in die Arme. »Mein Kind, du brauchst nichts zu sagen.«

Shen Min war misstrauischer als ihr Vater. Sie legte die Blumen vor den Grabstein mit der Inschrift: »Grab meines geliebten Sohnes Shen Ming«. Darunter stand: »Vom Vater, Shen Yuanchao, unter Tränen errichtet«, sowie das Geburts- und Todesdatum: »11. Mai 1970–19. Juni 1995«.

Der junge Mann zögerte einen Moment, dann legte er die Arme wie selbstverständlich um den Hals des Staatsanwalts.

»Ich werde diesen Teufel eigenhändig fassen!«, flüsterte er

dem Alten ins Ohr, der zurückflüsterte: »Wenn du mein Sohn wärest, wäre ich froh.«

Im Regen wurden die beiden Männer nass, und Shen Min hielt den Schirm über ihre Köpfe. Sie war es gewesen, die dem Jungen vom Grab ihres Bruders erzählt hatte, und sie befürchtete nun, der Vater würde davon erfahren. Gleichzeitig schimpfte sie innerlich: Musste dieser Kerl denn ausgerechnet jetzt auf dem Friedhof aufkreuzen?

Vor einer Woche hatte sie in der Nähe der Realschule Erster Mai allein eine Suppe gegessen, die so scharf war, dass es ihr den Schweiß aus den Poren trieb, als plötzlich jemand von hinten auf ihre Schulter klopfte. Es war ein junger Mann. Seit einiger Zeit war sie vorsichtig im Umgang mit dem anderen Geschlecht geworden; sie wollte gerade weglaufen, als sie sich plötzlich wieder an das Gesicht erinnerte. Sie legte sich die Hand auf die Brust und sagte: »Meine Güte, hast du mich erschreckt!«

»Du hast mich also erkannt.«

»Du heißt Ah Liang?«

»Stimmt, Kleine Min.« Er zeigte auf die andere Straßenseite. »An den Wochenenden arbeite ich in der Buchhandlung dort drüben.«

»Gut, dann komme ich demnächst vorbei und kaufe ein Buch.«

»Nein, die Besitzerin ist unangenehm. Wenn du kommst und wir uns unterhalten, feuert sie mich.«

»Dann besser nicht«, antwortete sie und streckte ihre Zunge in Richtung Buchhandlung heraus.

»Wie geht es deinem Vater?«, fragte der Junge.

»Er ist im Ruhestand, hat viel Zeit und liest merkwürdige Bücher.«

»Merkwürdige Bücher?«

»Ja, sie handeln alle von Mord und Totschlag. Wenn ich nur die Umschläge sehe, gruselt es mich. Ich fürchte, er wird allmählich verrückt.«

»Warst du schon einmal am Grab deines Bruders?«

»Seit ich auf der Realschule bin, schleppt Papa mich jedes Jahr am Tag der Toten zum Friedhof.«

»Kannst du mir sagen, wo es ist?«

Nie hätte Shen Min gedacht, dass der Junge am Qingming-Festtag tatsächlich zum Friedhof kommen würde.

Es nieselte. Shen Yuanchao stellte sich schützend vor seine Tochter. Erst jetzt erinnerte sich der senile Alte wieder an die letzte Begegnung mit diesem Jungen. Es war auf den Tag genau vor einem Jahr am Grab von Inspektor Huang Hai gewesen, wo er die Gedenktafel von Ah Liang gesehen hatte.

»Du – bist noch am Leben?«

Das war eine passende Frage auf dem Friedhof am Totentag.

Der Junge starrte ihn reglos an und blickte dann auf den Grabstein hinter ihm: »Erst, wenn der Mörder von Shen Ming seiner gerechten Strafe zugeführt wird, verschwinde ich von dieser Welt.«

»Ah Liang, ich kann dich sehen, oder bilde ich mir das nur ein?« Shen Yuanchao berührte sein Gesicht und seine Haare. »Nein, es kann keine Einbildung sein!«

Dann drehte er sich um und fragte seine Tochter: »Kleine Min, siehst du ihn? Oder spreche ich mit einer Wolke aus Luft?«

»Nein, ich sehe ihn auch.«

Shen Min versteckte sich hinter dem Grabstein, um dem Vater nicht ins Gesicht zu lügen.

»Ja, du bist ein ganz lebendiger Mensch! Wenn ich dich sehen kann, dann lebt mein Sohn Shen Ming womöglich auch irgendwo auf dieser Welt? Er würde dieses Jahr dreiundvierzig werden.«

Es war, als hätte Shen Yuanchao einfach den Verstand verloren. Er kniete sich vor Shen Mings Grab und sprach, während er das Opfergeld anzündete: »Kleiner Ming, wenn du noch unter den Menschen weilst, dann lass es mich bitte wissen.«

Der Junge nutzte die Gelegenheit, um sich lautlos vom Friedhof davonzustehlen. Erst, als der Vater und das Mädchen die Köpfe hoben, stellten sie fest, dass der Geist Ah Liangs entschwebt war.

KAPITEL 6

19. Juni 2013, Shen Mings 18. Todestag.

Je näher die 22. Stunde rückte, desto rast- und ruheloser wurde Zhang Mingsong. Es war ihm, als würde sein Blut plötzlich schneller fließen. Er zog sein Hemd aus, kniete sich auf eine Schilfmatte, malte Hexagramme auf seine Brust und machte merkwürdige Gesten. Angeblich ermöglichte man der menschlichen Seele dadurch, wiedergeboren zu werden.

Seit einem Jahr richtete sich seine ganze Aufmerksamkeit auf Si Wang. Der Schüler hatte ein unziemliches Verhältnis mit einer Lehrerin gehabt, Ouyang Xiaozhi, die infolgedessen der Schule verwiesen wurde. Als Klassenlehrer musste Zhang Mingsong sich öffentlich entschuldigen. Auf Verlangen des Rektors und der Eltern beobachtete er Si Wang heimlich und stellte während der Sommerferien fest, dass das Kind den ganzen Tag im Muay-Thai-Boxclub trainierte und brutal auf einen Sandsack einschlug.

Plötzlich klingelte es an der Tür.

Kam noch ein Schüler zur Nachhilfe? Er sah in seinen Stundenplan; heute hatte er keine Termine mehr. Ob es irgendwelche Eltern waren, die ihm ein Geschenk brachten?

Zhang Mingsong zog sein Hemd wieder an, rollte die Schilfmatte zusammen und öffnete die Wohnungstür.

Ein etwa sechzigjähriger Mann schaute ihn mit finsterer Miene an.

»Sie sind?«

In dem Moment erinnerte er sich an das Gesicht. An einem Nachmittag vor über zehn Jahren vor der Bibliothek, unzählige Male in der Metro, am Eingangstor des Grüngürtels hier in der Nachbarschaft …

Es war der 19. Juni, 22 Uhr.

Noch ehe er schreien oder die Tür wieder schließen konnte, hatte der Mann mit einem Holzstock mehrmals auf ihn eingeschlagen.

Erst nach über einer Stunde kam Zhang Mingsong wieder zu sich.

Vor den Fenstern hingen dicke Vorhänge, auf dem Boden, der sonst sauber war, lagen stapelweise Bücher. Er kauerte in einer Ecke des Schlafzimmers. An Händen und Füßen gefesselt, konnte er sich nicht bewegen, sein Mund war geknebelt, an der Stirn verspürte er einen stechenden Schmerz.

Shen Yuanchao sah böse aus. Mit dem Stock in der Hand ging er hin und her, als wäre er kurz davor, jemanden zu schlachten.

»Endlich bist du aufgewacht!« Der alte Staatsanwalt packte Zhang Mingsong am Kragen, sodass sein Gesicht ganz rot anlief. »Hör zu! Ich weiß, sobald ich den Knebel aus deinem Mund nehme, schreist du um Hilfe. Es genügt also, wenn du nickst oder den Kopf schüttelst. Aber lass dir nicht einfallen zu lügen!«

Zhang Mingsong nickte eifrig mit dem Kopf. Sein Gegenüber begann mit dem Verhör: »Du bist ein Mörder, stimmt's?«

Er schüttelte heftig seinen Kopf und erntete dafür eine Ohrfeige.

»In deiner Wohnung sind viele Symbole von den Freimaurern. Für wen hältst du dich? Für den Präsidenten der Vereinigten Staaten? Du befasst dich mit Hexerei und Ketzerei. Habe ich recht?«

Wieder schüttelte er den Kopf und kassierte dafür die nächste Ohrfeige.

»Am 19. Juni 1995 hast du Shen Ming ermordet. Ist das richtig?«

Beinahe hätte Zhang Mingsong den Knebel in seinem Mund

verschluckt. Er schüttelte den Kopf so vehement, dass seine Adern blau anliefen.

»Du lügst! Es ist jetzt achtzehn Jahre her, und ich kann nicht mehr länger warten. Heute Abend ist es so weit!« Der alte Staatsanwalt hielt noch einmal den Stock in die Höhe. »Du hast einen Dolch benutzt, ich bin gnädig und benutze einen Stock.«

In dem Moment, als Shen Yuanchao den Stock schwang und Zhang Mingsong die Augen schloss — er war kurz davor, die Kontrolle über seinen Schließmuskel zu verlieren —, klingelte es an der Tür.

Shen Yuanchao stand da wie zu einer Statue erstarrt; erst nach dem dritten Läuten ging er schweigend aus dem Raum, über den Flur bis zur Tür.

Durch den Türspalt drang eine dumpfe Stimme: »Staatsanwalt Shen, sind Sie in der Wohnung? Ich bin nicht die Polizei. Ich bin Ah Liang.«

»Ah Liang? Wie kommst du hierher?«

Der Junge draußen sagte leise: »Ich bin ein Geist, ich kann an jedem beliebigen Ort sein.«

»Ah Liang, das ist meine Angelegenheit. Am besten verschwindest du schnell wieder.«

»Ich habe doch gesagt, dass ich diesen Teufel eigenhändig ermorden werde, um meinen Vater zu rächen. Wenn Sie die Tür nicht öffnen, rufe ich den Sicherheitsdienst.«

Die Tür öffnete sich, aber nur einen kleinen Spalt.

Man konnte nur schemenhaft eine Gestalt erkennen. Der Junge drang gewaltsam ein und schloss die Tür dann wieder.

Shen Yuanchao wich zurück: »Kind, ich kann die Gelegenheit, diesen Menschen zu töten, nicht dir überlassen.«

»Danke, Herr Staatsanwalt, dass Sie mir den Mord nicht aufbürden wollen und die Verantwortung übernehmen. Aber ich bin ein Geist und fürchte die Gesetze der Menschen nicht.«

»Wie hast du hierhergefunden?«

»Vor einer halben Stunde hat mich Ihre Tochter angerufen

und mir erzählt, dass Sie am Morgen aus dem Haus gegangen, aber noch nicht zurückgekommen sind. Außerdem haben Sie ihr einen Brief gegeben, in dem stand, dass ihr Bruder auf den Tag genau vor achtzehn Jahren von einem Teufel ermordet worden sei und dieses Verbrechen heute gerächt werden müsse.«

»Aber ich habe doch mit keinem Wort erwähnt, zu wem ich gehe!«

»Shen Min ist ein kluges Mädchen. Eben, weil sie es nicht wusste, hat sie mich um Rat gefragt. Sie war in großer Sorge, dass ihr Vater einen Mord begehen könnte. Aber sie hatte Angst, die Polizei zu benachrichtigen. Ich habe ihr versprochen, Sie heute Abend sicher nach Hause zu bringen.«

»Du wusstest ...?«

»Außer Zhang Mingsong kam keine andere Person infrage.« Seine Stimme war noch nicht verklungen, da stürzte er schon ins Schlafzimmer.

Zhang Mingsong geriet in Panik. War das nicht sein Schüler Si Wang? Machte er gemeinsame Sache mit diesem Kerl?

»Sind Sie sicher, dass er der Bösewicht ist?«, fragte Si Wang und drehte sich zu Staatsanwalt Shen. Gleichzeitig nahm er Zhang Mingsong den Knebel aus dem Mund. Glücklicherweise konnte der nur ein paar heisere Töne von sich geben. Er hatte weder die Kraft noch den Mut, um Hilfe zu rufen. »Herr Zhang, entschuldigen Sie bitte, dass ich so spät komme.«

Der Oberschüler hockte sich vor seinen Klassenlehrer und untersuchte vorsichtig dessen Wunden.

»Bist du hier, um ihn zu retten? Kennst du ihn denn?«

Shen Yuanchao starrte ihn mit weit aufgerissenen Augen an und hob den Stock, um nochmals zuzuschlagen. Völlig furchtlos stand Si Wang auf, nahm ihm das Holz aus der Hand und schlug damit mehrmals auf seinen eigenen Kopf.

Das Blut rann über seine Stirn.

Shen Yuanchao und Zhang Mingsong schauten ihn verdutzt an. Was tat der Junge da?

»Ja, ich bin hier, um ihn zu retten.«

Er ließ das Blut über seine Wangen und über die Lippen in seinen Mund rinnen.

Shen Yuanchao dachte an jene Stunde vor achtzehn Jahren. Aus Shen Mings Rücken war das Blut gesprudelt, und es war, als würde der Junge die damaligen Ereignisse wiederholen wollen.

»Kind, du bist kein Geist, nicht wahr?«

»Geister bluten nicht, nur wahrhaft lebende Menschen können Schmerzen empfinden.« Er verschmierte das Blut auf seinem Gesicht und sah grauenvoll aus. Wie ein Teufel. »Ich habe den Mann, den Sie gefesselt haben, drei Jahre lang beobachtet und glaube nicht, dass er Shen Mings Mörder ist.«

»Du sprichst wie ein Polizist!«

»Entschuldigen Sie, ich habe Sie getäuscht. Der leibliche Sohn von Inspektor Huang Hai, Ah Liang, ist vor vielen Jahren an Leukämie gestorben. Allerdings sehen Ah Liang und ich uns sehr ähnlich, und Huang Hai hat mich an Sohnes statt genommen. Ich heiße Si Wang, Si, wie *der Befehlshaber*, und Wang, wie *ins Weite blicken*. Der Name meines Vaters ist Si Mingyuan, der Name meiner Mutter ist He Qingying. Ich bin Schüler am Nanming-Gymnasium. Nach den Sommerferien komme ich in die Abiturklasse. Dieser Mann ist mein Klassenlehrer.«

»Warum tust du das?«

»Ich tue es für den verstorbenen Inspektor Huang Hai. Er war wie ein Vater für mich. Ich habe sämtliches Aktenmaterial zu diesem Fall studiert. Der Verbrecher, der Ihren Sohn ermordet hat, ist ein anderer Mensch. Und ich weiß, wer dieser Mensch ist.«

Shen Yuanchao verfiel in langes Schweigen, ehe die Anspannung in seinem Körper nachzulassen schien. Si Wang nutzte die Gelegenheit, um Zhang Mingsong die Fesseln zu lösen. Gleichzeitig sprach er ihm ins Ohr: »Herr Zhang, bitte denken Sie jetzt nicht an Rache, und vermeiden Sie unnötige Bewegungen.«

»Ich danke dir, Si Wang.«

Der Lehrer tat, wie ihn der Schüler geheißen. Er streckte sich zwar ein wenig und rieb seine Gelenke, aber er lief weder weg noch rief er um Hilfe.

Si Wang legte die Arme um den alten Mann, der inzwischen am Boden kniete: »Heute Abend bin ich hergekommen, um das Leben dieses Mannes zu retten, aber auch, um Sie zu retten. Hätten Sie ihn getötet, wären Sie zum Mörder geworden, und man hätte Sie zum Tode verurteilt. Ich möchte den Tag nicht erleben müssen, an dem man Sie exekutiert! Wenn Sie tot wären, was würde dann aus Ihrer Tochter?«

Der alte Mann ließ den Kopf hängen, Tränen strömten über sein Gesicht: »Seit so vielen Jahren versuche ich, Shen Ming zu vergessen. Wie soll ich ihn jetzt loslassen?«

Si Wang half Zhang Mingsong beim Aufstehen. »Herr Zhang, er stellt keine Gefahr mehr für sie dar. Aber bitte, versprechen Sie mir eines.«

Der Lehrer war noch ganz schwach auf den Beinen und klammerte sich an Si Wang wie ein Ertrinkender an einen Strohhalm. »Was immer es ist, ich bin einverstanden!«

»Für das, was heute Abend geschehen ist, entschuldige ich mich bei Ihnen anstelle des alten Herrn. Er vermisst seinen verstorbenen Sohn allzu sehr. Bitte tun Sie so, als wäre nichts geschehen. Und benachrichtigen Sie nicht die Polizei, ja? Wenn Sie damit einverstanden sind, tue ich, was Sie von mir verlangen.«

»Gut, einverstanden! Lassen wir das Vergangene ruhen und begraben den Hass mit einem Lächeln.«

Bis zuletzt blieb Zhang Mingsong ein Literat. Si Wang sagte leise: »Vielen Dank! Das werde ich Ihnen nie vergessen.«

Dann nahm er den alten Staatsanwalt am Arm: »Kommen Sie, lassen Sie uns gehen.«

Beiläufig packte er den Holzstock und die Schnüre ein, mit denen Zhang Mingsong gefesselt gewesen war, um keine Spuren zu hinterlassen.

Eilig gingen die beiden aus der Wohnung im siebten Stock

und verließen die Wohnanlage im Schutz der Dunkelheit. Keiner der Wachleute schöpfte Verdacht, sie sahen aus wie Vater und Sohn, die gerade von einer Nachhilfestunde kamen.

Sie hielten ein Taxi an, und Si Wang teilte dem Fahrer Shen Yuanchaos Adresse mit. Es war 22:30 Uhr. Vor achtzehn Jahren war Shen Ming zu dieser Stunde bereits gestorben.

Die ganze Fahrt über sprach der ehemalige Staatsanwalt kein einziges Wort. Sein Haar war zerzaust. Er starrte in die schwarze Nacht und dachte daran, wie schmerzhaft es sein musste, ermordet zu werden – und an die unendliche Einsamkeit nach dem Tod.

»Bitte, versprechen Sie mir, dergleichen nie wieder zu tun. Überlassen Sie es mir, Rache zu nehmen.«

»Aber du bist doch noch ein Kind.«

»Ich bin sehr früh erwachsen geworden.«

Unwillkürlich musste Shen Yuanchao an die Zeit von vor dreißig Jahren denken. Vielleicht lag es daran, dass sich die Menschen mit zunehmendem Alter immer deutlicher an ihre Jugend erinnern ...

»Shen Ming war ein uneheliches Kind. Er und Shen Min haben denselben Vater, aber unterschiedliche Mütter. Seine Mutter starb, als er sieben Jahre alt war.«

»Ich weiß.«

»An einem ersten Mai, ich war noch nicht verheiratet, habe ich Shen Ming einmal in den Volkspark mitgenommen. Das war vielleicht der glücklichste Tag seiner ganzen Kindheit. Er ist auf einem Holzpferd mit dem Karussell gefahren, hat für fünf Fen einen Luftballon gekauft und für zwei Mao eine Flasche Orangensaft ...«

»Ich habe es nicht vergessen.«

»Was sagst du da?«

Der Alte blickte ihm fragend in die Augen. Si Wang drehte seinen Kopf zum Fenster, das Licht der Straßenlampe blendete ihn. Die feinen Härchen an seinem Nacken richteten sich auf.

Das Taxi brachte sie bis zum Tor des Wohnkomplexes. Si Wang begleitete Shen Yuanchao bis zu dem Blumenbeet am Eingang seines Hauses. In der Wohnung im dritten Stock brannte noch Licht. Wären sie nicht zurückgekommen, hätte Shen Min die ganze Nacht lang gewartet.

KAPITEL 7

Die letzten Sommerferien vor dem Abitur.

Die Oberschüler gingen alle in den Nachhilfeunterricht oder bestellten einen Privatlehrer ins Haus. Shen Mins schulische Leistungen konnten sich sehen lassen. Jedes Wochenende traf sie Si Wang, der sie immer fragte, wie es ihrem Vater ging. Nach dem Vorfall am Abend des 19. Juni verlief der Rest des Sommers überraschend ruhig und ereignislos. Ihr Vater trieb sich nicht mehr draußen herum. Er machte jetzt jeden Morgen Frühsport im Grüngürtel der Nachbarschaft und übte dann zu Hause Kalligrafie.

Shen Min mochte Si Wang.

Sie nahm ihre Dankbarkeit darüber, dass er ihren Vater vor einem Fehler bewahrt und sicher nach Hause gebracht hatte, manchmal zum Vorwand, um ihn auf eine Nudelsuppe oder ins Kino einzuladen. Das Mädchen war ganz verrückt nach Horrorfilmen. Selbst bei den oft schwachen chinesischen Thrillern schrie sie vor Schreck auf und rückte nah an Si Wang heran. Wenn sie in dem dunklen Kinosaal am ganzen Körper zitternd seinen Arm umklammerte und ihre Haare über sein Gesicht strichen, wurde ihm ganz sonderbar zumute.

Als sie einmal nach der Vorstellung aus dem Kino kamen, lud Shen Min ihn zu einem Eis ein und sagte sanft: »Papa hat gesagt, du bist gar kein Geist.«

»Entschuldige, ich habe euch belogen. Ich heiße Si Wang, Si, wie in *Befehlshaber*, und Wang, wie *ins Weite blicken*.«

»Was soll ich von dem, was du sagst, glauben?«

»Gar nichts.«

Nachdem er dies gesagt hatte, rückte sie noch näher an Si Wang, der sofort einen Schritt zurückwich. »Und wenn ich tatsächlich ein Geist wäre?«

»Ich hätte keine Angst.«

»Ich muss nach Hause gehen.«

»Morgen ist Papa auf einer Versammlung von Staatsanwälten im Ruhestand. Hast du Lust, zu mir zu kommen?«

Ihre Wangen wurden purpurrot, als sie das sagte. Es war das erste Mal, dass sie einen Jungen zu sich nach Hause einlud.

Am nächsten Tag machte Shen Min sich ganz besonders hübsch. Sie trug ein pinkfarbenes Kleidchen und kämmte sorgfältig ihr Haar.

Si Wang kam auf die Minute pünktlich.

Sie tischte eine Menge Leckereien auf. Er wurde verlegen und wagte nicht, ihr in die Augen zu sehen.

»Bestimmt gibt es viele Mädchen an deiner Schule, die dich mögen.«

»Nein.«

Seit die Sache mit Si Wang und Lehrerin Ouyang die Runde gemacht hatte, wagte kein Mädchen mehr, ihn anzusprechen. Die Jungen schauten ihn entweder eifersüchtig oder spöttisch an.

Shen Min zog ihn vom Sofa. »Willst du dich nicht in unserer Wohnung umsehen?«

Er betrachtete das Sterbebild von Shen Ming.

»Ich habe meinen älteren Bruder nie kennengelernt.«

Shen Min wirkte bekümmert, und er sagte hüstelnd: »Dein älterer Bruder ist immer bei dir.«

»Ja? Du sprichst von seinem Geist? Ich habe keine Angst.«

»Wenn es wirklich Geister gibt – auch gut! Kleine Min, lass mich dein älterer Bruder sein.«

»Warum?« Sie runzelte die Augenbrauen. »Du bist doch nur einen Tag älter als ich.«

»Lass mich dich beschützen!«

»Nein.«

411

Das Mädchen zog ihn am Arm und wollte ihn zurückhalten, doch Si Wang ging schweigend zur Tür. Schließlich holte er tief Atem und sagte: »Ich muss gehen. Meine Mutter wartet mit dem Essen auf mich.«

»Nächste Woche lade ich dich wieder auf eine Nudelsuppe ein!«

»Wir werden uns nicht wiedersehen.«

Er stellte dies mit großer Bestimmtheit fest. Shen Min erblasste. »Warum?«

»Ich habe noch wichtige Dinge zu erledigen.«

»Si Wang! Was für ein Geheimnis verbirgst du?«, fragte sie und ergriff seinen Arm.

Er schüttelte sie ab und lief, so schnell er konnte, die Treppen hinunter. Beim Anblick der Blumenbeete mit dem blühenden Oleander vor dem Haus sagte er leise: »Ich werde töten.«

KAPITEL 8

September 2013, das letzte Jahr vor dem Abitur.

Zhang Mingsong hielt sein Versprechen. Er benachrichtigte weder die Polizei noch stiftete er sonst Unruhe. Allerdings hatte er ein großes Interesse an Si Wang.

Der Schüler hingegen wurde zunehmend schweigsam. Immer, wenn er den Klassenlehrer sah, ging er ihm aus dem Weg. Eines Abends lief Zhang Mingsong hinter ihm und rief ihm zu: »Si Wang, kannst du Tischtennis spielen?«

Der Achtzehnjährige fragte verunsichert: »Ein bisschen. Warum, Herr Zhang?«

»Komm, lass uns zwei Runden spielen.«

Der Tischtennisraum war im Wohntrakt der Jungen untergebracht. Vor achtzehn Jahren hatte Shen Ming in dem Raum gewohnt.

Der Lehrer holte den Schlüssel aus seiner Tasche und sperrte auf. Auf der Tischtennisplatte lag eine dicke Schicht Staub. Lange schon hatte hier niemand mehr gespielt.

»Du bist wohl noch nicht hier gewesen, oder?«

Zhang Mingsong wählte einen Schläger, während Si Wang sich ruhig umsah. »Doch, bin ich.«

»Wann denn?«

»In einem früheren Leben.«

»Ah, du hast wirklich Humor!«

Noch während er sprach, spielte er Si Wang einen Ball zu. Der Junge spielte ihn geübt zurück und machte einen Punkt.

»Nicht schlecht!«

Dann spielten die beiden den Ball etwa zehn Minuten lang

413

hin und her, bis Zhang Mingsong schließlich aufgab. Der Fünfzigjährige war ins Schwitzen geraten und musste sich setzen. Mit großen Schlucken trank er eine Dose Soda.

Auch dem Schüler war heiß geworden. Er zog sein Hemd aus und entblößte seine kräftigen Muskeln.

»Herr Zhang, warum haben Sie mich nicht gefragt, in welcher Beziehung ich und der Staatsanwalt zueinander stehen?«

»Keine Ahnung.«

Zhang Mingsong tat nach außen hin, als wäre es ihm gleichgültig, aber eigentlich wollte er gern wissen, wie es sich verhielt.

»Er ist ein alter Freund meines Vaters. Ich besuche ihn regelmäßig. An jenem Abend hatte mich seine Tochter angerufen, um mir zu sagen, dass er zu Ihnen gegangen sei.«

»Dann bist du bestimmt auch über den Fall Shen Ming informiert. Im Jahr 1995 hat er ganz in der Nähe den damaligen Dekan unserer Schule ermordet und wurde anschließend selbst getötet.«

»Ja. Staatsanwalt Shen ist sein leiblicher Vater.«

»Er hat mich die ganze Zeit für den Mörder seines Sohnes gehalten! Das ist ein Irrtum! Die Polizei hat das alles längst untersucht.«

»Ja, er hat sich wirklich geirrt.«

Zhang Mingsong war immer noch außer Atem. Mit Blick auf die Spinnweben an der Decke sagte er: »Weißt du eigentlich, dass dieser Tischtennisraum früher einmal das Zimmer von Shen Ming war? Die Schüler denken, dass es hier spukt. Deshalb spielt niemand hier Tischtennis.«

»Hat jemand den Geist von Shen Ming gesehen?«

»Vielleicht!«

Plötzlich begann die Neonröhre über ihren Köpfen zu flackern. Es wurde dunkel und wieder hell, und auf dem schwarzen Korridor vor dem Fenster schien sich aus der Finsternis wirklich ein Geist zu manifestieren.

»Er ist schon da«, sagte Zhang Mingsong ungerührt. Er

schlug dem jungen Mann leicht auf die Brust und sagte: »Komm, zieh dich an und geh in dein Zimmer.«

Es war Herbst, und das Wetter wurde immer kälter. Ständig klopfte jemand an Zhang Mingsongs Tür, der eine Nachhilfestunde wollte. Er lehnte fast jede Anfrage ab. Er war der einzige Lehrer, der keine Angst vor dem Kontakt mit Si Wang hatte.

Die beiden gingen zufällig an der Bibliothek vorbei. Zhang Mingsong zog ein langes Gesicht und sagte: »Si Wang, in letzter Zeit lassen deine Ergebnisse in Mathematik zu wünschen übrig.«

»Ah ja, Mathematik war immer schon meine schwache Seite.«

»Du brauchst Nachhilfeunterricht.«

Si Wang blieb stehen und blickte auf das Dach der Bibliothek: »Das ist eine Chance, von der die meisten Schüler nur träumen.«

»Heute Abend korrigiere ich Hausarbeiten und habe erst nach zweiundzwanzig Uhr Zeit. Komm zur Bibliothek, dann gebe ich dir eine Nachhilfestunde.«

Zhang Mingsong ging direkt in das Gebäude.

Die Aufsicht hatte schon Feierabend, und der Lehrer saß allein in dem leeren Lesesaal. Er hatte überhaupt keine Hausarbeiten zum Korrigieren mitgebracht. Stattdessen nahm er *Illuminati* von Dan Brown aus dem Regal und blätterte in dem Buch.

22 Uhr.

Wie vereinbart, war Si Wang gekommen und hatte auch seine Mathematikbücher mitgebracht. Zhang Mingsong lächelte ihn an: »Gut. Hier ist es ein wenig kalt, lass uns nach oben gehen.«

»Nach oben?«

Die Bibliothek hatte insgesamt nur zwei Stockwerke. Oben bedeutete also die geheime Dachkammer.

Am Fuß der Treppe sah Zhang Mingsong, dass Si Wang zögerte, und fragte: »Hast du Angst?«

»Nein.«

Si Wang ging voraus, und Zhang Mingsong folgte ihm. Die Dachkammer war voller Staub. Das Mondlicht schien schwach durch das kleine Fenster und legte sich auf die Lider des Jungen.

Der Lehrer machte die Tür hinter sich zu. Verriegeln konnte man sie nur von außen. Wäre ihnen jemand gefolgt und hätte den Riegel vorgeschoben, wären die beiden eingeschlossen gewesen und hätten nur durch das kleine Fenster übers Dach entkommen können.

Überall in der Kammer stapelten sich Bücher. Es gab nur zwei Stühlchen zum Hinsetzen. Si Wang sah sich aufmerksam um. »Herr Zhang, ich habe gehört, dass hier vor achtzehn Jahren jemand gestorben ist.«

»Ja, ein Mädchen namens Liu Man, am Abend vor dem schriftlichen Abitur, dort auf dem Dach. Die Polizei sagte, sie sei in dieser Kammer mit einem Extrakt aus blühendem Oleander vergiftet worden.«

»Wurde der Mörder gefasst?«

»Manche Leute glauben, dass es Shen Ming war, der Lehrer, der ein paar Tage später selbst ermordet wurde. Wer weiß?«

Si Wang drückte sich in eine Ecke: »Sollen wir mit der Nachhilfestunde beginnen?«

»Unterhalten wir uns zuerst ein wenig. Du bist ein außergewöhnliches Kind. Das habe ich sofort gespürt, als ich dich vor zwei Jahren zum ersten Mal sah.«

»Alle sagen das.«

»Die Sache zwischen dir und Frau Ouyang hat mich überrascht und zugleich enttäuscht.«

Erst nach längerem Schweigen antwortete Si Wang: »Ich möchte darüber nicht sprechen. Wahrscheinlich sehe ich sie nie wieder.«

»Eigentlich bist du noch zu jung, um zu wissen, dass es auf der Welt viele Dinge gibt, die wir uns zwar sehnlichst wünschen, aber nicht bekommen.«

»Herr Zhang, wovon sprechen Sie?«

»Du weißt vermutlich selbst nicht, was du willst.«

Zhang Mingsong schlich sich von hinten an ihn heran und kam ihm so nah, dass er seinen Atem auf dem Nacken spüren konnte.

»Herr Lehrer ...«

Irritiert drehte der Schüler den Kopf, als Zhang Mingsong ihm noch näher kam und mit samtweicher Stimme sprach: »Si Wang, du bist ein hübscher Junge. Viele Mädchen stehen wohl auf dich? Und nicht nur die Mädchen.«

Zhang Mingsong strich mit der Hand über sein Gesicht, sein Kinn, sein Ohr, seine Nase, zuletzt über seine Lippen und steckte ihm seine Finger in den Mund.

»Haben Sie keine Angst, ich könnte in Ihre Finger beißen?«

Bis dahin hatte Si Wang sich ihm nicht widersetzt.

»Beiß ruhig, wenn du beißen willst.«

Sogar durch das Gewebe seines dicken Mantels konnte Zhang Mingsong seinen eigenen Schweiß riechen.

»Herr Lehrer, entschuldigen Sie!«

In dem Moment, als die Hand des Lehrers an seiner Hüfte einhielt, sprang Si Wang auf und stürmte aus der Kammer.

Im kalten Mondlicht saß Zhang Mingsong wie leer gebrannt auf dem Boden. Er nahm eine Handvoll Staub und warf ihn in die Luft. Mit einem Papiertaschentuch wischte er sich die Finger ab, steckte sie dann in seinen Mund, als haftete noch Si Wangs Geruch an ihnen.

Er war überzeugt, Si Wang würde wiederkommen.

KAPITEL 9

2014.

Im Winter diesen Jahres hing eine dichte Dunstschicht in der Luft. Das Nanming-Gymnasium lag zwar am Rand der Stadt, aber dennoch hatte man, zum Beispiel vom Sportplatz aus, keine klare Sicht. Wenn man an manchen Tagen von einem der Büros im obersten Stockwerk hinausblickte, schien das Dachgeschoss der Bibliothek wie von einer Nebelwolke umhangen.

Zhang Mingsong hatte das Gefühl, Si Wang nicht ganz zu durchschauen.

Der Schüler hatte zwar bei der letzten Begegnung in der Dachkammer panisch die Flucht ergriffen, aber danach war er ihm nicht bewusst aus dem Weg gegangen. Mehrmals hatte Zhang Mingsong ihn angesprochen, als sie allein waren, und er hatte ganz normal geantwortet, als wäre nichts geschehen. Wenn niemand in der Nähe war, berührte Zhang Mingsong manchmal seine Finger. Anfangs hatte Si Wang sie noch zurückgezogen, dann aber ließ er es zu.

Am Abend vor Beginn der Prüfungen im Januar erhielt er eine SMS von Si Wang: »Herr Zhang, kann ich heute Abend zu einer Nachhilfestunde zu Ihnen kommen?«

»In Ordnung, ich erwarte dich.«

Zhang Mingsong ging früh nach Hause, räumte auf, wischte Staub und zog die Vorhänge zu. Dann nahm er ein Bad und besprühte sich mit einem Männerduft. Der Blick in den Spiegel bestätigte ihm, dass man ihm nicht ansah, dass er schon fünfzig war. Er wirkte vielmehr wie ein belesener Bohemien.

Es klingelte.

Durch den Spion war ein bemerkenswerter junger Mann zu sehen. Zhang Mingsong öffnete mit einem Lächeln: »Herzlich willkommen, Si Wang!«

»Guten Abend, Herr Lehrer.«

Si Wang trat höflich ein. Es war sein zweiter Besuch in der Wohnung. Er sah sich vorsichtig um.

Im vergangenen Monat war er neunzehn geworden. Nach dem Gesetz galt er nun nicht mehr als minderjährig.

Zhang Mingsong klopfte ihm auf den Arm: »Du bist einen halben Kopf größer als ich.«

Die Heizung war an, und im Zimmer war es stickig und heiß. Zhang Mingsong nahm ihm den Mantel ab. »Willst du etwas trinken?«

Ohne Si Wangs Antwort abzuwarten, holte er aus dem Kühlschrank zwei Bier, öffnete sie und hielt ihm eines hin. Der Junge, der seine Handschuhe anbehalten hatte, lehnte ab: »Danke, ich habe keinen Durst.«

Zhang Mingsong schlich sich wieder von hinten an ihn heran, begann, sich auszuziehen, und entblößte seinen Oberkörper. »Lass uns mit der Nachhilfe anfangen.«

Plötzlich spürte er einen unbeschreiblichen Schmerz im Bauch, gerade so, als würden seine Eingeweide zerbersten. Si Wang hatte ihm einen Stoß mit dem Ellbogen versetzt. Noch ehe er sich zur Wehr setzen konnte, hatte er schon die Faust des Jungen im Gesicht. Er fiel zu Boden und sah goldene Sterne. Weder Hände noch Füße konnte er bewegen.

Zehn Minuten später war er mit einer Nylonschnur gefesselt, und alle seine Kleider waren abgestreift.

Si Wangs Miene war finster. Er sah nicht aus wie ein Neunzehnjähriger, sondern wie ein erwachsener Mann. Mit einem Fuß trat er auf Zhang Mingsongs Brust und sagte grob: »Herr Lehrer Zhang, Sie haben sich in mir getäuscht.«

»Verzeih mir, Si Wang! Es war nicht recht von mir als Lehrer. Bitte lass mich frei. Das ist eine rein private Angelegenheit zwischen Erwachsenen in gegenseitigem Einvernehmen. Ich habe nie jemanden zu etwas gezwungen.«

»Ich verstehe jetzt, warum Xiaopeng im Jahr 1988 keinen Ausweg mehr sah und sich im Schlafsaal hier an der Schule erhängte.«

»Xiaopeng?«

»Erinnern Sie sich noch an ihn? Der Kleine mit dem hellen Teint, der oft für ein Mädchen gehalten wurde.«

»Ah, der –« Zhang Mingsong war, als würde er am ganzen Körper mit Nadeln durchbohrt. »Wo … woher kennst du ihn?«

»Zwei Monate vor seinem Tod hat er Nachhilfeunterricht bei Ihnen genommen, nicht wahr? Immer am Abend, und meist kam er erst um Mitternacht zurück. Von da an hat er kaum noch gesprochen. Wir dachten alle, der Examensdruck sei zu groß. Wir konnten ja nicht ahnen, dass Sie …«

»Wer bist du eigentlich?«

»Wer ich bin, ist völlig gleichgültig. Aber es ist nicht gleichgültig, was Sie vor zwanzig Jahren getan haben.« Si Wang holte aus einer Schublade ein feines Messerchen und rieb es leicht an Zhang Mingsongs Wange. »Wenn Sie nicht gestehen, ritze ich ein paar Wörter in Ihr Gesicht. Sobald Sie dann ans Pult treten, wissen alle Schüler Bescheid.«

»Nein!«

»Nachdem sich Xiaopeng erhängt hatte, wollte kein Junge mehr in dem Zimmer schlafen, und es stand viele Jahre leer. Shen Ming war der Erste, der wieder dort gewohnt hat. An dem Tag, an dem Sie mich zum Tischtennisspielen dorthin mitgenommen haben, kam mir sein Gesicht wieder in den Sinn und sein toter, vor meinen Augen baumelnder Körper.«

»Ich gebe es zu!«

»Waren Sie mit ihm auch in der Dachkammer?«

»Ja, ich habe ihn in die Bibliothek gelockt, unter dem Vorwand, ihn zu unterrichten. Aber in Wirklichkeit …«

»Sprechen Sie weiter!«

»Ich habe ihm versprochen, dass er mir nur zu folgen bräuchte, um seine Mathematiknote zu verbessern. Ich konnte doch nicht ahnen, dass er völlig überfordert war und keinen andern Ausweg mehr sah.«

»Xiaopeng war ein introvertiertes Kind. Er hatte nicht den Mut, sich uns anzuvertrauen, von seinen Eltern ganz zu schweigen. Darum hat er sich selbst aus dem Leben gerissen.« Si Wang steckte das Messerchen weg. »Wer noch?«

»Er war der Erste. Danach gab es keinen mehr.«

»Das glaube ich nicht.«

Si Wang durchsuchte Kästen und Schubladen, und nach etwa einer halben Stunde entdeckte er im Kleiderschrank ein geheimes Fach. Darin fand er mehrere nach Datum geordnete Briefumschläge.

»Staatsanwalt Shen hatte recht. Sie sind wirklich pervers.«

Er öffnete einen beliebigen Umschlag und fand ein paar Fotografien von einem nackten, etwa siebzehnjährigen Jungen darin. In einer Ecke des Bildes stand ein Datum, September 1992. Der Hintergrund ließ erkennen, dass das Foto in der Dachkammer der Bibliothek aufgenommen worden war.

Si Wang öffnete noch einen Umschlag. »Herr Lehrer Zhang, Sie sind Hobbyfotograf, nicht wahr?«

Der junge Mann auf dem Bild kam ihm bekannt vor. Si Wang betrachtete es aufmerksam. Es war Ma Li!

Das Foto war im Mai 1995 aufgenommen worden.

Er ertrug es nicht, das Bild nochmals anzusehen, es schmerzte zu sehr.

Zhang Mingsong lag am Boden und murmelte vor sich hin: »Hätte ich diese Fotos nicht aufgenommen, hätten mich die Schüler nach der Zulassung an einer der Eliteuniversitäten womöglich angezeigt.«

In dem letzten Umschlag steckte noch ein Brief. Si Wang holte ihn heraus und las laut vor:

Ma Li, gestern Nacht habe ich mich in der Bibliothek versteckt und bin dabei hinter das Geheimnis zwischen Dir und unserem Lehrer Zhang Mingsong gekommen. Es ist immer noch unvorstellbar für mich, aber ich nehme an, Du wurdest dazu gezwungen? Ich hoffe, ich muss nicht mitansehen, dass Du auch so wirst. Der Zug fährt auf den Abgrund zu, und Du musst ihn stoppen, bevor es zu spät ist. Falls Dir der Mut dazu fehlt, tue ich es statt Dir.

Liu Man, 1. Juni 1995

Si Wang las den Brief drei Mal. Dann blickte er Zhang Mingsong mit eiskalten Augen an.

»Du weißt, wer Liu Man ist, nicht wahr?« An diesem Punkt war dem Lehrer völlig klar, dass er am Ende war, deshalb sprach er jetzt ganz offen. »Ma Li hat mir diesen Zettel gegeben.«

»Und daraufhin haben Sie Li Man getötet?«

Zhang Mingsong lächelte bitter: »Nein, sie wurde vergiftet. Wie hätte ich sie denn hinters Licht führen können? In beiden Fällen, dem Mord an Liu Man und dem Mord an Shen Ming, habe ich für den Tatzeitpunkt ein Alibi.«

»Ich verstehe, das genügt.«

»Si Wang, du bist wirklich schön.«

Selbst jetzt, da er am Boden gefesselt war, starrte der Lehrer ihn noch an, und ein sonderbares Lächeln umspielte seine Lippen.

»Dich interessiert das Jahr 1995, nicht wahr? Lass dir also noch etwas erzählen. Ich war eifersüchtig auf Shen Ming. Er war jünger als ich. Zwar war er weniger gebildet als ich, und meine Alma Mater, die Tsinghua-Universität, ist nicht um einen Deut schlechter als seine, aber weil er der zukünftige Schwiegersohn des Präsidenten war, hatte er eine kometenhafte Karriere vor sich. Und ich war und bin auch heute noch nur ein Mathelehrer an einem Gymnasium.«

»Haben Sie deshalb die Gerüchte an der Schule verbreitet?«

»Das unziemliche Verhältnis zwischen Shen Ming und seiner Schülerin Liu Man hatte ich frei erfunden, weil es plausibel war. Das Geheimnis, dass Shen Ming ein uneheliches Kind war, hatte mir Lu Zhongyue verraten.«

»Lu Zhongyue?«

»Er war mit Shen Ming in einer Klasse, und die beiden waren beste Freunde. Sie teilten ein Zimmer mit Xiaopeng. Damals verstand ich nicht, warum er mir das erzählte. Als ich später hörte, dass er Shen Mings Verlobte heiratete, war es mir völlig klar.«

»Dann war er es also!« Si Wang rammte seine Faust mehrmals gegen die Wand und warf noch einen letzten Blick auf das erbärmliche Gesicht von Zhang Mingsong. »Auf Wiedersehen, Herr Lehrer.«

Ehe er ging, durchsuchte er nochmals die Wohnung und nahm alle Briefumschläge mit den Fotografien aus unterschiedlichen Jahren mit. Zhang Mingsong ließ er nackt und gefesselt auf dem Boden zurück. Die Wohnungstür ließ er offen stehen.

KAPITEL 10

Zur selben Zeit kam Ma Li, frisch geduscht, gerade aus dem Badezimmer. Sein Handy klingelte. Es war eine unbekannte Festnetznummer. Er zögerte ein paar Sekunden, ehe er abnahm: »Ma Li, ich bin's, Si Wang.«

»Es ist mitten in der Nacht. Was ist los?«

»Ich komme gerade von Zhang Mingsong.«

»Ah, ja?« Bei diesem Namen begann sein Herz wie wild zu schlagen. Er versuchte, die Ruhe zu bewahren.

»Ich kenne euer Geheimnis.«

Draußen schneite es. Beinahe wäre Ma Li das Handy aus der Hand gefallen. »Wovon sprichst du?«

»Zhang Mingsong hat alles zugegeben. Ich habe die Fotos von dir gesehen.«

Ma Li verschlug es die Sprache. Es war ihm, als kniete er völlig nackt in Schnee und Eis, den Blicken der Menschen ausgesetzt.

Si Wang fügte hinzu: »Außerdem habe ich noch den Brief, den Liu Man dir geschrieben hat.« Er nannte ihm eine Adresse und legte auf.

Ma Li öffnete das Fenster und holte tief Atem. Er streckte seine Arme in den fallenden Schnee hinaus. Die Sünde, die er achtzehn Jahre lang verborgen hatte, war ans Licht gekommen.

Sollte er mit allem Schluss machen?

Nein! Zuerst musste er noch diesen Schritt tun, diese eine Sache erledigen.

Ma Li zog sich an und ging aus der Wohnung.

Mit seinem Porsche-Cayenne-SUV brauste er auf die eisige Straße.

Er klappte die Sonnenblende mit dem Kosmetikspiegel über dem Fahrersitz herunter und betrachtete sein Gesicht. Im vergangenen Jahr hatte er ein paarmal einen Nachtklub besucht. Die Ausbeute war nicht schlecht gewesen. Aber bisher war keine Frau jemals länger als eine Nacht bei ihm geblieben.

Auf dem Gymnasium war Ma Li der Traumliebhaber vieler Mädchen gewesen, auch von Liu Man. Sie hatte das Fach Politik zum Vorwand genommen, um Ma Li um Hilfe bei den Hausaufgaben oder der Prüfungsvorbereitung zu bitten. Abends, in der Zeit des freien Lernens, nahm sie ihn oft wegen der Matheaufgaben in Beschlag. Besonders nah kamen sie sich im Sommer 1994, als sie ihn ins Kino einlud. Er aber wollte unbedingt noch einen Freund mitbringen, und sie musste schließlich drei Karten kaufen. Liu Man war auch Mitglied in Shen Mings *Club der toten Dichter*, doch in Wahrheit ging es ihr nur um den Kontakt zu Ma Li, insbesondere bei den Treffen im Quartier der Teuflin, wo sie Gedichte rezitierten.

Er hatte Liu Man nicht wirklich abgewiesen, aber empfand seinen Körper als zu schmutzig und des reinen Mädchens nicht würdig.

Das erste Mal hatte Zhang Mingsong ihn im zweiten Oberstufenjahr in die Kammer der Bibliothek bestellt. Da erst wurde ihm klar, dass Zhang Mingsong es war, der das sagenumwobene Irrlicht in dem mysteriösen Dachfenster anzündete, wenn er Nachhilfestunden gab. Als ihn die Hand des Mannes zum ersten Mal berührte, war er wie gelähmt und wusste nicht, ob er um Hilfe rufen oder Widerstand leisten sollte …

Danach weinte er, ohne wirklich zu verstehen, was geschehen war. Zhang Mingsong besaß die Gemeinheit, noch ein paar Fotos von ihm zu machen. Er tröstete ihn und erklärte ihm, dass dies eine Methode zur Entspannung bei all dem Leistungsdruck sei.

Seit Ma Li am Nanming-Gymnasium war, hatte er nur einen Traum – einen Studienplatz an der Tsinghua-Universität zu bekommen und ein allseits respektierter Mensch der gehobenen Schicht zu werden.

Zhang Mingsong hatte einen Abschluss von der Tsinghua-Universität, und es hieß, er habe schon vielen Schülern zu zusätzlichen Punkten verholfen. Innerhalb eines Jahres würde er ihm kontinuierlich Extrapunkte gutschreiben lassen, der Preis dafür war, dass er einmal wöchentlich nachts »Nachhilfeunterricht« bei Herrn Lehrer Zhang nahm.

Eines Abends hatte sich Liu Man heimlich in die Bibliothek geschlichen und war auf das Dach gestiegen. Sie beobachtete die beiden durch das kleine Fenster und entdeckte das Geheimnis.

Liu Man versuchte, mit Ma Li zu sprechen, aber er ging ihr aus dem Weg. Also schrieb sie ihm einen Brief.

Er brach beim Lesen der Notiz fast zusammen und zeigte sie Zhang Mingsong. Der sagte nur, ohne die Miene zu verziehen: »Du weißt, was du zu tun hast.«

Ma Li war völlig klar, dass absolut niemand von der Sache erfahren durfte, sonst hätte er die Chance, an der Tsinghua-Universität angenommen zu werden, verspielt.

Innerhalb weniger Tage hatte Ma Li den Mordplan ausgearbeitet. Er extrahierte aus den Oleanderbüschen am Sportplatz den giftigen Saft und bereitete daraus das Gift.

Am 5. Juni 1995 hatte er Liu Man den ganzen Abend lang beobachtet und gesehen, wie das Mädchen und Shen Ming sich im Hausaufgabenraum allein unterhielten. Er wartete, bis sie herauskam, und tauchte dann wie aus dem Nichts im Gang neben ihr auf. »Heute um 22 Uhr treffen wir uns in der geheimen Kammer über der Bibliothek«, flüsterte er ihr zu.

Er wartete dort voller Unruhe auf sie. Endlich kam sie wie ein Geist die Treppen heraufgestiegen.

Sie ermahnte ihn, sich nicht mehr mit Zhang Mingsong zu treffen. Außerdem schlug sie vor, ihn zur Polizei zu begleiten, damit der Lehrer festgenommen werde. Während sie sprach, schlich Ma Li sich von hinten an sie heran, zog Handschuhe an, holte das Gift heraus und zwang sie, es zu trinken. Liu Man hatte es geschluckt, ehe sie es wieder ausspucken konnte. Ma Li floh eilig aus der Kammer und schob von außen den Riegel vor.

Liu Man klopfte an die Tür, bestimmt eine halbe Stunde lang. Ma Li kauerte unterhalb der Stiege und wartete, bis das Klopfen verstummte.

Am Abend, bevor er den Schlafraum verlassen hatte, hatte er unter seinem Bett Rauchkegel angezündet. Das darin enthaltene Triazolam ließ seine Zimmerkameraden besonders tief schlafen. Keiner von ihnen hatte bemerkt, dass er heimlich fortgegangen war.

Erst am nächsten Tag um 6 Uhr morgens sahen sie Liu Man auf dem Dach der Bibliothek liegen.

Ein entsetzlicher Schreck durchfuhr ihn. War sie noch am Leben?

Dann stieg Shen Ming aufs Dach und untersuchte den Leichnam. Dabei kam Ma Li ein Gedanke. Es ging doch das Gerücht herum, dass Shen Ming und Liu Man ein Verhältnis hatten. Außerdem waren die beiden am Abend zuvor tatsächlich allein zusammen gewesen. Würde der Lehrer nicht der Hauptverdächtige sein?

Am Abend desselben Tages, als Shen Ming gerade in der Mensa aß, stahl Ma Li sich in dessen Zimmer und versteckte das Fläschchen mit dem übrig gebliebenen Gift im Kleiderschrank. Niemand würde mehr ihn verdächtigen.

Kurz darauf kam die Polizei, durchsuchte das Zimmer des Lehrers und nahm Shen Ming als Tatverdächtigen fest.

Dreizehn Tage später starb Shen Ming im Quartier der Teuflin.

Wer den Lehrer getötet hatte, wusste Ma Li nicht.

Der Porsche Cayenne hielt vor dem Haus von Zhang Mingsong. Er fuhr mit dem Aufzug in den sechsten Stock. An der Wohnungstür war ein Freimaurerzeichen. Sie stand einen Spalt offen; von drinnen strömte heiße und stickige Luft heraus. Er stieß die Tür auf und ging auf Zehenspitzen ins Schlafzimmer. Dort fand er seinen ehemaligen Lehrer Zhang Mingsong splitternackt und gefesselt auf dem Boden liegend.

»Sie sind –?«

Zhang Mingsong hatte das Gesicht von Ma Li in all den Jahren vergessen. Sein eigenes Gesicht war jedoch für immer Ma Lis Gedächtnis eingeschrieben, egal, wie viele Jahre inzwischen vergangen waren.

»Herr Zhang, erinnern Sie sich noch an mich? 1995 waren Sie mir dabei behilflich, einen Studienplatz an der Tsinghua-Universität zu bekommen.«

»Ma …«

»Ja, genau, ich heiße Ma Li. Mein Klassenlehrer war Shen Ming.«

Zhang Mingsong kniff die Augen zusammen, um deutlicher zu sehen. Dann nickte er: »Warum bist du hier?«

»Jemand hat mich angerufen.«

»Si Wang! Hat er dich geschickt, um mich zu retten?«

Ma Li hielt einen Augenblick inne, dann schüttelte er den Kopf. »Nein, er hat mich geschickt, um Sie zu töten.«

»Was?«

»Sie waren es doch, der Liu Man ermordet hat. Und Sie waren es auch, der Shen Ming ermordet hat.«

»Soweit ich mich erinnere, hast du Liu Man ermordet. Und du warst auch derjenige, der den Verdacht auf Shen Ming gelenkt hat – das Giftfläschchen?« Zhang Mingsong wand sich nackt auf dem Boden. »Wie dem auch sei, ich habe dich nie dazu veranlasst, jemanden zu töten.«

»Nach so vielen Jahren schäme ich mich, außer vor Liu Man, die ich tatsächlich ermordet habe, am allermeisten vor Herrn Shen Ming!« Ma Li konnte die Tränen nicht mehr zurückhalten. »Seit mir sein Geist in dem Jungen erschienen ist, wusste ich, dass der Tag kommen würde, auf den ich neunzehn lange Jahre gewartet habe.«

»Wovon sprichst du? Shen Mings Geist? Was für ein Junge?«

Zhang Mingsong starrte Ma Li mit großen Augen an, der aber brach in wildes Gelächter aus. »Ja, er hat es geschafft! Ist das nicht verrückt? Ihr habt ihn hereingelegt, ihn zum Verzweifeln gebracht, unter den Toten bestattet, und er schickt einen nach dem anderen in die Hölle!«

»Si Wang? Sprichst du von Si Wang?«

Ohne seine Frage zu beantworten, hockte Ma Li sich vor den fünfzigjährigen Mann. »Herr Zhang, seit mehr als zehn Jahren habe ich einen Traum – Sie zu töten.«

Dann stand er auf und ging in die Küche, wo er ein scharfes Messer fand. »Ich hasse mich. Hätte ich Sie ein paar Jahre früher getötet oder Ihre Schandtaten öffentlich gemacht, hätten Sie nicht die Leben von so vielen anderen Jungen zerstört. Meine Reue kommt zu spät. Damals dachte ich nur daran, an eine der Topuniversitäten zu kommen, dafür nahm ich jede Erniedrigung und Demütigung in Kauf. In Wirklichkeit habe ich alles verloren.«

Die Messerspitze, die kalte Messerspitze stach von der Seite in Zhang Mingsongs Kehle.

Ma Lis Finger zitterten. Er vermochte nicht, tiefer zu stoßen, obwohl er den Mord im Traum schon unzählige Male erlebt hatte.

Er hatte schon einen Menschen vergiftet, aber jemanden mit eigenen Händen zu töten war ein ganz anderes Gefühl.

Er ließ das Messer fallen, gab sich selbst eine Ohrfeige.

»Mein kleiner Freund, du brauchst nicht zu zögern, töte mich nur!« Es war nicht zu glauben, Zhang Mingsong bettelte ihn an. »Si Wang hat alles Beweismaterial mitgenommen. Morgen kennt die ganze Schule die Wahrheit. Selbst, wenn der Rektor und die Lehrer ihm nicht glauben, wird es Untersuchungen bei den damaligen Abiturienten geben. Wenn auch nur einer von ihnen aussagt, kommt alles ans Tageslicht.«

»Ja, hätte ich nicht selbst einen Mord begangen, hätte ich die Fassade längst eingerissen.«

»Es macht mir nichts aus, von der Polizei festgenommen zu werden. Aber ich fürchte mich davor, von der Schule verwiesen zu werden, wie damals Shen Ming, von allen verlassen zu werden … Ich habe unzählige Hochbegabte ausgebildet, mehr als zehn davon gehören zu den besten Wissenschaftlern der Stadt. Ich bin der hellste Stern am Bildungshimmel über unserer Stadt, jeder begegnet mir mit größtem Respekt. Selbst die hochnäsigsten Funktionäre suchen nach einer Möglichkeit, ihre Kinder zu mir in den Nachhilfeunterricht zu schicken.«

Ma Li biss sich in die Lippe und nahm nochmals das Messer. »Ich habe verstanden, und auch Si Wang hat längst verstanden, was Ihre größte Schwäche ist – Ihre Eitelkeit.«

»Ein sauberer Tod ist mir lieber, als meine Würde und mein Ansehen zu verlieren und dem Spott der Menschen ausgesetzt zu sein. Nackt werden wir geboren, nackt sterben wir … Komm schon, töte mich! Hast du etwa Angst? Alle hübschen Knaben sind so feige wie kleine Mädchen.«

Ma Li stieß Zhang Mingsong, noch während seiner Tirade, das Messer in die Kehle.

KAPITEL 11

Frühling.

Es hatte viele Vorteile, sich in der kleinen Stadt im Süden zu verstecken. Erstens war die Luft sauber, was ihn gesundheitlich stärkte, auch wenn er seine ehemalige Manneskraft nie wiedererlangen würde; zweitens konnte er gelegentlich für einen der kleinen Läden an der Straße arbeiten und Elektrogeräte reparieren, als Ingenieur war er ja ein Experte; drittens hing hier sein Fahndungsplakat nicht aus, er musste also nicht befürchten, entdeckt zu werden.

Immer noch schreckte er mitten in der Nacht oder in den frühen Morgenstunden aus Albträumen auf, in denen ihm das Gesicht des Fünfundzwanzigjährigen erschienen war.

Lu Zhongyue sah im Traum, wie er von diesem Mann erdolcht wurde.

Das Blut strömte von seinen Lidern, färbte seine Kleidung rot, er fiel auf die Straße, und die schaulustige Menge starrte ihn an wie einen räudigen Köter, der von einem Auto überfahren wurde.

Jedes Mal, wenn er so aufwachte, stürzte er vor den Spiegel und sah in sein über vierzig Jahre altes Gesicht, sah die Falten und Fältchen, die täglich spärlicher werdenden Haare, die blutunterlaufenen Augen.

Als Lu Zhongyue den Jungen zum ersten Mal sah, waren sie beide fünfzehn Jahre alt. Im Jahr 1995, so erinnerte er sich, lag das Nanming-Gymnasium inmitten von brachliegendem Land. Abgesehen von der Stahlfabrik schien dieser Flecken Erde vom Rest der Welt vergessen zu sein. Obwohl nur der

Unterrichtstrakt und der Wohntrakt neu waren, gab es damals einen harten Wettbewerb um die Plätze – Lu Zhongyue, dessen Leistungen nur mittelmäßig waren, wurde allein deshalb aufgenommen, weil sein Vater Beziehungen zum Schulamt hatte und eine hübsche Summe Geld spendete.

Als Shen Ming zum ersten Mal zur Schule kam, trug er ein grobes weißes Hemd, eine blaue Hose und ausgewaschene Turnschuhe. Sein Schulranzen war gebraucht. Aber er hatte etwas Besonderes in seinen Augen. Zwar wich er anderen absichtlich aus, aber wenn man doch einmal von seinem Blick getroffen wurde, machte er einem Angst.

Im Vergleich zu den anderen Schülern wirkte sein Gesicht sehr reif.

Sie kamen mit noch vier anderen Jungen in dasselbe Zimmer, wobei Shen Ming der ärmste von ihnen war. Er hatte nur ein paar Pfennige Taschengeld und konnte sich meistens nicht einmal ein Eis leisten. Aber seine Leistungen waren ausgezeichnet, er lernte mit großem Fleiß, und jede Nacht arbeitete er beim Licht der Taschenlampe unter dem Moskitonetz. Seine Aufnahmefähigkeit war enorm. Der Lehrer brauchte nur etwas zu sagen, dann hatte er es schon verstanden. Besonders in den Fächern Englisch und Chinesisch überragte er alle anderen. Außer dem jungen Mathematiklehrer Zhang Mingsong mochte jeder Lehrer ihn gern.

Lu Zhongyue verblasste neben ihm. Dennoch war er Shen Mings bester Freund. Immer, wenn Lu Zhongyue in Schwierigkeiten war, hatte Shen Ming ihm geholfen. Umgekehrt war Lu Zhongyue großzügig, wenn Shen Ming einen finanziellen Engpass hatte.

Es war im zweiten Jahr der Oberstufe, als er Shen Ming einmal in die Yaoshui-Gasse zum Billardspielen mitschleppte. Dort trafen sie auf ein paar Gauner, die sie bestehlen wollten. Sheng Ming gelang es, sie in die Flucht zu schlagen, er trug jedoch eine stark blutende Wunde am Kopf davon. Lu Zhongyue brachte den Freund ins Krankenhaus, wo man ihn nachts

432

mit sieben Stichen nähte. Als sie zurück in der Schule waren, schwindelte er und sagte, er sei unvorsichtig gewesen und gestürzt.

An jenem Abend lag Shen Ming mit dem Kopf auf Lu Zhongyues Schoß, die Augen zum sternklaren Himmel gerichtet. Er erzählte ihm, dass sein Leben von Kindheit an schwierig gewesen und er immer nur herumgeschubst worden sei. Kein Kind wollte mit ihm spielen, sogar die Stifte für die Hausaufgaben musste die Großmutter sich von ihrem Herrn leihen.

Abschließend sagte er: »Ich will mich nicht damit abfinden, mein ganzes Leben so zu verbringen.«

Am Abend vor den schriftlichen Abiturprüfungen schien Shen Ming besorgt. Als ersten Wunsch hatte er die Peking-Universität angegeben und würde landesweit mit Tausenden und Abertausenden Wettbewerbern in Konkurrenz stehen. Er war alles andere als zuversichtlich.

Lu Zhongyue war besorgt, ob er überhaupt an irgendeiner Universität angenommen würde.

An einem Abend im Juni brannten die Obdachlosenbaracken gegenüber der Schule. Lu Zhongyue war einer der vielen Schaulustigen. Wer hätte gedacht, dass Shen Ming sich wie ein Wahnsinniger in die Flammen stürzen, wie ein Feuerball wieder herauskommen und ein Mädchen retten würde?!

Lu Zhongyue ahnte nicht, dass er vor nicht allzu langer Zeit um ein Haar den Tod dieses Mädchens verursacht hatte.

Schließlich bekam Shen Ming eine Empfehlung für die Peking-Universität und erhielt, als einer von Zehntausenden, einen Studienplatz.

Nach dem Abitur stand er vor der Abreise nach Peking, während Lu Zhongyue in der Stadt blieb, um an der Technischen Universität zu studieren. An der Nanming-Straße sagten sie einander schweren Herzens Lebewohl und umarmten sich unter Tränen.

Das alles lag sechsundzwanzig Jahre zurück.

Nun war Lu Zhongyue ein flüchtiger Verbrecher, der sich an einem entlegenen Ort versteckt hielt. Rückblickend fragte er sich, ob es nicht sein mit fünfundzwanzig Jahren verstorbener Freund war, der ihm sein Leben lang all die Steine in den Weg legte?

Doch er war wegen eines anderen Menschen hierhergekommen. Er hieß Lu Jizong, war neunzehn Jahre alt und sein Sohn, sein einziger.

Er würde in diesem Leben keine weiteren Kinder mehr haben, das war sicher.

In dem Jahr, in dem er sich hier in dem Städtchen versteckt hatte, hatte er Lu Jizong und seine Mutter Chen Xiangtian regelmäßig beobachtet. Die Frau, die er damals geliebt hatte, war unansehnlich geworden. Sein unehelicher Sohn dagegen, den er um ein Haar abgetrieben hätte, war frisch und kräftig wie Frühlingsgras. Und, das Allerwichtigste, er war Lu Zhongyue wie aus dem Gesicht geschnitten.

Lu Jizong hatte den ganzen Tag nichts zu tun. Entweder schaute er aus Langeweile Pornos, oder er spielte PC-Spiele im Internetcafé, bis ihn die Mutter an den Ohren auf die Straße zog. Er sprach selten mit anderen Leuten und hatte, außer seinen virtuellen Waffenbrüdern, keine Freunde.

Es war unwahrscheinlich, dass irgendein Mädchen auf ihn stand.

Er hielt den Kopf immer gesenkt, um das bläuliche Mal an seiner Stirn nicht zu zeigen. In seinen Augen flackerte etwas Grausames, das den Leuten Angst machte. Eines Abends war er wieder im Internetcafé und spielte am Computer, als ein Typ zu ihm sagte, er sei ein vaterloser Bastard und seine Mutter ein billiges Flittchen. Wie besessen stürzte sich Lu Jizong auf ihn und schlug ihn nieder. Der Kerl, der zu einer kriminellen Untergrundorganisation gehörte, die die Stadt tyrannisierte, wagte nach dieser Tracht Prügel nie wieder, ihm unter die Augen zu treten.

Lu Zhongyue widerstand dem Drang, seinen Sohn anzusprechen. Er hatte Angst, erkannt zu werden und sich in Gefahr zu bringen.

Gelegentlich war eine Frau bei Lu Jizong und dessen Mutter zu Besuch. Jedes Mal brachte sie Früchte oder eine andere Aufmerksamkeit mit. Sie sah aus, als wäre sie noch keine dreißig. Ihre Kleidung war einfach, aber edel. Sie war ausgesprochen hübsch. Lu Zhongyue konnte sich nur schwer vorstellen, dass Chen Xiangtian so jemanden zur Freundin hatte.

Lu Jizong schien ihr zu vertrauen. Manchmal gingen die beiden zusammen spazieren, wobei man sie für ein ungleiches Liebespaar halten konnte.

Lu Zhongyue war der Frau ein paarmal heimlich gefolgt und hatte herausgefunden, dass sie Lehrerin in einem Bergdorf der Miao-Nationalität war. Dort hatte er auch zufällig ihren Namen gehört – Ouyang Xiaozhi.

In letzter Zeit beunruhigte ihn, dass er seit nahezu einem Monat Lu Jizong nicht mehr gesehen hatte. Gleichzeitig war auch die Frau wie vom Erdboden verschluckt.

Wohin war sein Sohn verschwunden?

Er trug diese Frage ein paar Tage mit sich herum, bis er es nicht mehr aushielt und in einer lauen Frühlingsnacht an Chen Xiangtians Wohnungstür klopfte.

»Wer sind Sie?«

Nahezu zwanzig Jahre waren vergangen, die Frau erkannte ihn nicht mehr.

Lu Zhongyue hatte den Kopf gesenkt und stand mit dem Gesicht im Dunklen vor der Tür: »Wo ist dein Sohn?«

Die Frau geriet sofort in Panik: »Ist Jizong etwas zugestoßen?«

»Nein.«

Er machte einen Schritt auf sie zu, und sein ganzes Gesicht, insbesondere das bläuliche Mal an seiner Stirn, erschien nun im Lichtkegel der Lampe.

Chen Xiangtian wich einen Schritt zurück und kniff die

435

Augen zusammen. Dann schüttelte sie geistesabwesend den Kopf: »Du bist – nein, das kann nicht sein!«

»Ich bin es.«

Er trat vorsichtig ein. In der Wohnung herrschte Chaos; in der Luft hing der Gestank von erhitztem Öl.

»Lu Zhongyue?« Die Frau fasste ihn an den Schultern und sah sich sein Gesicht genauer an. Erschrocken ließ sie ihn wieder los und wich in eine Ecke des Zimmers zurück. »Du bist mein Fluch!«

»Ein Wiedersehen nach langer Trennung. Freust du dich nicht?«

Chen Xiangtian zitterte am ganzen Körper. »Ich … ich … es ist nur … ich hatte nicht erwartet …«

»Du dachtest, ich wäre tot?« Lu Zhongyue streckte die Hand aus und streichelte ihr grobes Gesicht. »Manchmal denke ich noch an dich – es war 1995, als ich dich in der Bar zum ersten Mal gesehen habe, wir hatten eine wirklich gute Zeit.«

»Nimm deine Hand weg!«

»Hast du mich nie vermisst in all den Jahren?«

Die Frau gab ihm eine Ohrfeige: »Ich hasse dich!«

»Entschuldige.« Er suchte sich ein sauberes Plätzchen und setzte sich. »Aber ich bin dir trotzdem dankbar, dass du mir einen Sohn geboren hast.«

»Du bist es nicht wert, sein Vater zu sein!«

»Wo ist Jizong?«

Er packte Chen Xiangtian am Hals. Nach Luft schnappend, sagte sie: »Vor einem Monat ist er weggegangen, um zu arbeiten.«

»Wo?«

»In der Stadt, in der wir uns kennengelernt haben! Er meinte, er könnte dort seinen Vater finden.«

»Er ist weggegangen, um mich zu suchen?«

Unwillkürlich lockerte er seinen Griff, und die Frau hustete vor Schmerz. »Ja, er wollte wissen, wie sein Papa aussieht.

Ich habe ihm gesagt, dass sein Papa an derselben Stelle an der Stirn ein bläuliches Mal hat wie er.«

»Gib mir seine Telefonnummer.«

»Ein paar Tage, nachdem er weg war, wurde seine Nummer deaktiviert. Seither hat er nicht mehr angerufen. Ein paar Wochen schon habe ich keinen Kontakt mehr zu ihm. Ich mache mir große Sorgen.«

»Das brauchst du nicht.« Lu Zhongyue ging nachdenklich auf und ab. »Diese Frau, die junge Frau, die oft hierherkommt, wer ist sie?«

»Du meinst Xiaozhi? Sie ist doch deine Cousine?«

»Meine Cousine?«

Lu Zhongyue hatte überhaupt keine Cousine. War es möglich, dass sie …? Nein, auf keinen Fall.

»Hast du ihre Telefonnummer?«

»Ja.« Chen Xiangtian holte ihr Handy heraus und gab ihm ihre Telefonnummer. »Ich habe sie angerufen und gefragt, wo Jizong steckt, aber sie hat gesagt, sie wüsste es auch nicht.«

»Sie lügt.«

Als Lu Zhongyue gehen wollte, rief ihm Chen Xiangtian leise hinterher: »Zhongyue, bitte mach dich nicht auf die Suche nach meinem Sohn.«

Er drehte sich um und sah die Frau grimmig an. In ihren Augen stand unverhohlene Angst. In dem kleinen Ort hing zwar kein Fahndungsplakat, aber Chen Xiangtian schien zu wissen, dass er auf der Flucht war. Würde sie womöglich, sobald er weg war, die Polizei anrufen?

Lu Zhongyue setzte ein seltsames Lächeln auf, schlich sich hinter Chen Xiangtian und streichelte ihren Nacken: »Xiangtian, vielleicht hast du mich ja wirklich nicht vermisst, aber ich habe oft an dich gedacht.«

»Hör auf damit!«

»Es tut mir wirklich leid, dass ich dich damals verlassen habe!«

Bei den letzten Worten drückte er Chen Xiangtians Hals mit beiden Händen fest zu.

Diese Hände hatten bereits getötet, und die zehn groben Finger legten sich um ihren Hals wie ein Fahrradschloss.

Kurz darauf war sie tot.

Lu Zhongyue trat einen halben Schritt zurück, steckte sich eine Zigarette an und betrachtete die tote Chen Xiangtian.

Verzeih mir, Mutter meines Sohnes.

Er nahm das Festnetztelefon und wählte die Nummer, die ihm Chen Xiangtian gegeben hatte.

»Hallo, spreche ich mit Ouyang Xiaozhi?«

Auf der anderen Seite erklang eine angenehm sanfte Frauenstimme, die einer Schülerin gehören könnte.

»Ja, am Apparat. Mit wem spreche ich?«

Lu Zhongyue legte wieder auf. Er kehrte in sein gemietetes Zimmer zurück, packte seine Sachen und nahm noch in derselben Nacht einen Fernbus zurück nach Hause.

Genau zwei Monate später war der neunzehnte Jahrestag von Shen Mings Tod.

KAPITEL 12

Ouyang Xiaozhi spazierte über den Sportplatz. Sie drehte sich um und sprach mit einer Schülerin, die hinter ihr ging. Das Mädchen würde in weniger als zwei Monaten ihr Abitur schreiben, und sie erinnerte sich an die Zeit, als sie selbst achtzehn Jahre alt gewesen war.

Anfang Frühling, nachdem sie das Jahr in dem Entwicklungsprojekt abgeschlossen und sich von der Kleinstadt und den Kindern der Miao in den Bergen verabschiedet hatte, war Ouyang Xiaozhi in die Großstadt zurückgekehrt. Sie war als Lehrerin für chinesische Literatur an ein Gymnasium im Zentrum berufen worden und unterrichtete die Abiturklasse.

»Shen Min, warum läufst du immer hinter mir her?«

»Frau Lehrerin, Sie sind ein ganz besonderer Mensch.«

Diese Schülerin hatte ein auffallend großes Interesse an ihr und vergötterte sie geradezu. Wahrscheinlich war es die Pubertät oder eine Art Melancholie.

»Ah ja, alle sagen das, die Jungen ebenso wie die Mädchen.«

Shen Min nahm all ihren Mut zusammen und stellte eine Frage: »Frau Lehrerin, warum sind Sie nicht verheiratet?«

»Ich liebe nur einen einzigen Mann, aber er kann mich nicht zur Frau nehmen.«

»Ist er verheiratet?«

Die Mädchen heutzutage waren wirklich frühreif. Xiaozhi lächelte bitter: »Er ist tot.«

Das Gesicht der Schülerin wurde ernst. »Ich liebe auch jemanden, der nicht mit mir zusammen sein kann. Er sagt, er sei ein Geist.«

Ouyang Xiaozhi flüsterte ihr ins Ohr: »Glaub nicht alles, was die Männer sagen! Geh jetzt zurück in den Hausaufgabenraum.«

Sie sah dem zarten Mädchen noch eine Weile nach. Dann hob sie eine Handvoll Blütenblätter vom Wegrand auf, hielt sie gedankenverloren an ihre Lippen, blies sie in die Luft und schaute zu, wie der Wind sie forttrug.

Sie hatte Si Wang nicht wiedergesehen. Sie hatte kein einziges Mal versucht, ihn anzurufen. Er wusste nicht, dass sie zurück war.

Das Einzige, was sie beunruhigte, war – würde sie ihm eines Tages zufällig auf der Straße begegnen?

Nachmittags um vier Uhr verließ sie in Arbeitskleidung die Schule und fuhr mit der Metro in die Altstadt. Dort gab es an der Straße viele verschiedene Essensstände und kleinere Restaurants. Abends wurde das Viertel lebendig, wenn die Leute aus der Nachbarschaft zum Einkaufen oder zum Essen kamen.

Sie ging zu einem Restaurant mit Fujian-Küche, das gut und sauber aussah. Es war noch nicht Abendessenszeit, und die Ober standen herum oder spielten Karten. Sie ging hinein und bestellte sich einen Teller Wonton.

Der Ober, der ihr die Suppe brachte, war ein schlaksiger junger Mann. Ouyang Xiaozhi legte das Geld auf den Tisch und sagte: »Wenn du Zeit hast, setz dich kurz, dann unterhalten wir uns.«

Der Bursche glotzte sie an, dann wurde er rot und setzte sich. »Tante, du bist es tatsächlich!«

»Hast du dich an das Leben hier gewöhnt?«

»Es ist gar nicht schlecht.«

Der Bursche schien noch keine zwanzig zu sein und hatte ein bläuliches Mal an der Stirn. Er trug eine einfache Jacke, seine Haare waren vom Küchendunst fettig, insgesamt machte er keinen schlechten Eindruck. Doch irgendwie war er seltsam. Wie jemand, der etwas sagen wollte, aber dem die Worte nicht über die Lippen kamen.

»Hey! Deine hübsche Tante ist wieder da!« Einer der Köche machte sich über ihn lustig und klopfte ihm auf die Schulter. »Es gefällt ihm hier! Er arbeitet jeden Tag mit Begeisterung. Keiner weiß, woher er die Energie nimmt.«

»Jizong, ich freue mich wirklich für dich!«

Er lachte verlegen und kratzte sich am Kopf. Lu Jizong war ein völlig anderer als noch vor ein paar Monaten. Damals spielte er den ganzen Tag Computerspiele, prügelte sich mit anderen Leuten auf der Straße, hatte keine Freunde, sprach mit seiner Mutter kaum ein Wort und musste in den Augen eines Fremden wie ein zum Tode verurteilter Mörder gewirkt haben.

Ouyang hatte während des Jahres in der Kleinstadt gehofft, über den Kontakt zu diesem Jungen Lu Zhongyue auf die Spur zu kommen. Wenn der flüchtige Verbrecher noch am Leben war, dann war dieses Kind mit dem bläulichen Mal an der Stirn vermutlich die einzige Person auf der Welt, die ihm etwas bedeutete.

Damals hatte sie tatsächlich das Gefühl gehabt, als wäre Lu Zhongyue ganz in der Nähe, als hocke er in irgendeiner dunklen Ecke. Der Mann war wie ein Geist, der stets vor ihren Augen auftauchte.

Vor einem Monat hatte sie seinen Sohn schließlich aus der Kleinstadt gebracht. Seine Mutter wusste auch, dass sie ihren Sohn nicht halten konnte. Deshalb vertraute sie ihn Ouyang Xiaozhi an, der »Cousine« von Lu Zhongyue.

Lu Jizong verließ zum ersten Mal die kleine Stadt. Aufgeregt saß er im Bus, stieg dann um in den Zug. Ungeduldig rutschte er auf seinem Sitz hin und her, denn die Fahrt dauerte über zehn Stunden. Xiaozhi hatte für ihn die Stelle in dem Fujian-Restaurant gefunden. Der Besitzer war ein grundanständiger Mann aus dem Süden, und er half bei der Suche nach einem Zimmer. Es hatte zwar nur ein winzig kleines Fenster, aber dafür einen Blick auf einen Wolkenkratzer aus Glas.

Lu Jizong wechselte sofort die Handynummer, um den

Kontakt zu seiner Mutter abzubrechen. Er hatte auch Xiaozhi angewiesen, seiner Mutter zu sagen, dass sie nichts über seinen Verbleib wisse. Sie kam der Bitte des Jungen nach, da sie fürchtete, sein Vertrauen und womöglich endgültig den Kontakt zu ihm zu verlieren.

»Jizong, ich will dich etwas fragen.« Xiaozhi überlegte hin und her, aß ihren Suppenteller leer und blickte dann auf das bläuliche Mal an der Stirn des Jungen. »Ist dir in letzter Zeit in deiner näheren Umgebung irgendeine merkwürdige Person aufgefallen?«

Er legte die Stirn in Falten und dachte angestrengt nach. Dann schüttelte er den Kopf.

»Falls irgendeine merkwürdige Person dich ansprechen oder sonst irgendetwas Merkwürdiges vorfallen sollte, ruf mich bitte sofort an.«

»Gut! Ich werde daran denken.«

Plötzlich durchfuhr Lu Jizong ein schöner Gedanke. Morgen würde ihn das Mädchen aus dem Nudellokal von nebenan nach der Arbeit abholen.

Dieser junge Mann war Xiaozhis Köder.

KAPITEL 13

6. Juni 2014.

Auf den Tag genau vor neunzehn Jahren war Liu Man am frühen Morgen tot auf dem Dach der Bibliothek gefunden worden.

Es war Freitagabend, noch vor 21 Uhr, draußen war es außergewöhnlich kühl. Ye Xiao saß in bequemen Kleidern allein in einem Lokal an der Straße und aß gebratene Nudeln mit Meeresfrüchten. Schon von Weitem sah er Si Wang auf sich zukommen. Der junge Mann wurde immer muskulöser. Er war eine völlig andere Person als der zarte Knabe, den er bei der ersten Begegnung kennengelernt hatte. Der Junge war zwar aus dem Armenviertel weggezogen, aber nach wie vor prügelte er sich oft. Am Nanming-Gymnasium legte sich niemand mehr mit ihm an, und auch in der neuen Nachbarschaft ging man ihm lieber aus dem Weg. He Qingying war in großer Sorge um ihn und jammerte den ganzen Tag, aber sie war die Einzige, die sich noch traute, ihn zu ohrfeigen.

Wäre Ye Xiao nicht mehrmals für ihn eingetreten, wäre Si Wang längst festgenommen und von der Schule verwiesen worden. Ye Xiao hatte ihn immer wieder eindringlich gewarnt und einmal sogar ohne Oberkleider mit ihm gekämpft – mit dem Ergebnis, dass Si Wang besiegt auf dem Boden lag. Er hatte als menschlicher Sandsack gedient, aber auch der Inspektor hatte ein paar Kratzer davongetragen.

Si Wang bestellte sich bei der Frau des Besitzers einen Fleischspieß. Dann setzte er sich zu Ye Xiao und sagte: »Ich bin aus der Wohnung geflüchtet.«

»Wenn deine Mutter das erfährt, macht sie dich um einen Kopf kürzer.«

Am nächsten Tag waren die ersten Abiturprüfungen. Alle Schüler hatten sich zu Hause zum Lernen eingesperrt. Nur Si Wang konnte auf die Idee kommen, Ye Xiao anzurufen und ihn zum Essen einzuladen.

»Kein Grund zur Aufregung. Ich habe nur Angst, dass ich mich in den nächsten drei Tagen nicht zurückhalten kann und aus Unaufmerksamkeit das stadtbeste Abitur in Geisteswissenschaften schreibe.«

»Viel Glück bei den Klausuren …«

»Ich bin nicht hier, um mit dir über die Schule zu reden!«, unterbrach Si Wang das Geplauder. »Seit ein paar Tagen habe ich das Gefühl, dass mich jemand beobachtet.«

»Wer?«

Aus Gewohnheit sah Ye Xiao sich nach allen Seiten um. Die Straßenlokale waren am Abend voll mit den Damen aus den Nachtklubs im Quartier und den Leuten, die von der Arbeit kamen.

»Ich weiß es nicht. Mein Gefühl sagt mir, dass es Lu Zhongyue ist.«

Bei diesem Namen hoben sich Ye Xiaos Augenbrauen. »Würde er wirklich so dreist sein?«

»Ich dachte eigentlich, du würdest dich freuen, wenn es so wäre.«

»Da hast du eigentlich recht.« Der Inspektor zerdrückte einen Pappbecher zwischen seinen Fingern. »Wenn ich mich nicht täusche, ist in dreizehn Tagen der neunzehnte Todestag von Shen Ming.«

»Es war am 19. Juni 1995 um 22 Uhr im Quartier der Teuflin.«

»Lu Zhongyue ist der gerissenste Verbrecher, der mir je begegnet ist. Und derjenige, der am meisten Dusel hat. Er kann nicht so blöd sein, dass er uns ausgerechnet an diesem Tag in die Falle geht.«

»Ich warte schon lange auf diesen Tag.«

Als Ye Xiao den grimmigen Blick in den Augen des Jungen sah, fasste er ihn am Arm: »Kleiner! Hör mir gut zu! Am 19. Juni brauchst du nirgendwohin zu gehen. Du bleibst brav zu Hause und passt auf deine Mama auf.«

»Und du?«

»Ich weiß zwar genau, dass dieser Kerl nicht auftaucht. Dennoch werde ich zum Nanming-Gymnasium fahren und mich auf dem Gelände der stillgelegten Fabrik, insbesondere im Quartier der Teuflin, umsehen.«

»Sprechen wir nicht mehr davon. Ich will dich etwas anderes fragen. Ist Ma Li verurteilt worden?«

»Heute Vormittag hat der Mittlere Volksgerichtshof ein erstinstanzliches Urteil gefällt.«

Der Inspektor war am frühen Morgen zum Gericht gegangen, um der Verhandlung beizuwohnen. Die Untersuchung des spektakulären Falles hatte in seiner Verantwortung gelegen: Vor etwa einem halben Jahr war ein stadtbekannter Elitelehrer, Zhang Mingsong, in seiner Wohnung ermordet worden. Der Täter war sein ehemaliger Schüler Ma Li, Abiturjahrgang 1995, der durch Zhang Mingsongs Empfehlung an die Tsinghua-Universität gekommen war.

Am frühen Morgen des Tages, an dem die Tat geschehen war, wählte Ma Li die 110 und stellte sich selbst. Als Motiv gestand er der Polizei, dass Zhang Mingsong ihn von 1994 bis 1995 sexuell belästigt habe. Seine Mitschülerin Liu Man hatte das Geheimnis entdeckt, und Ma Li hatte sie deshalb in der Dachkammer über der Bibliothek mit Oleanderextrakt vergiftet. Am Tag darauf hatte er durch ein Beweismittel den Tatverdacht auf seinen Lehrer Shen Ming gelenkt. Weil der Mord an Zhang Mingsong mit den beiden schrecklichen Fällen aus dem Jahr 1995 in Zusammenhang stand, wurde Inspektor Ye Xiao sofort in die Untersuchungen miteinbezogen. Er verhörte den Tatverdächtigen, der sofort verhaftet wurde, eine ganze Nacht lang.

Ma Li wirkte erstaunlich gefasst. Er empfand tiefe Reue darüber, was er seinem Lehrer Shen Ming angetan hatte. Zhang Mingsong hasste er abgrundtief. Er war nachts in dessen Wohnung eingedrungen, hatte ihm zuerst die Kleider ausgezogen, ihn gefesselt und ihm schließlich ein Küchenmesser in die Kehle gestoßen. Warum war am Tatort alles durchwühlt worden? Er wollte die Fotos finden, die Zhang Mingsong damals aufgenommen hatte. Erst zuletzt hatte Zhang Mingsong ihm gesagt, dass er die Fotos weggeworfen hätte. Eine andere Möglichkeit war, dass sie auf irgendeine Weise in Umlauf gebracht worden waren.

In den darauffolgenden Tagen hatte sich die Nachricht vom Skandal um den Elitelehrer Zhang Mingsong wie ein Lauffeuer verbreitet. Kurz darauf traten mehrere seiner Schüler im Alter zwischen fünfundzwanzig und vierzig Jahren, die er zum Abitur begleitet hatte, aus eigenem Antrieb in Erscheinung, um die Wahrheit offenzulegen. Es waren insgesamt fünf Männer, die zugaben, von Zhang Mingsong sexuell belästigt worden zu sein. Vielleicht gab es noch mehr, die ihr Geheimnis jedoch auf ewig für sich bewahrten.

Die wesentlichen Beweisstücke in diesem Fall, die obszönen, von Zhang Mingsong aufgenommenen Fotos, tauchten allerdings nicht wieder auf.

Ye Xiao und seine Kollegen untersuchten den Tatort mehrmals, und ihre Ergebnisse bestätigten das Geständnis Ma Lis. Die Mordwaffe und die Wunde an der Kehle des Opfers passten zueinander. Das Messer war voll von Ma Lis Fingerabdrücken. Das Blut, mit dem er über und über besudelt war, war das des Toten.

Dennoch, so wandte Ye Xiao aufgrund seiner langjährigen Erfahrung im Umgang mit Mordfällen ein, lasse die Spurenlage der Wohnungstür noch einige Fragen offen. Allem Anschein nach hatte doch jemand absichtlich die Tür für Ma Li offen gelassen? Ma Li hielt zwar an seiner Behauptung fest, dass er den Mord allein ausgeführt hätte, doch konnte er keine eindeutigen Angaben dazu machen, woher er die Nylonschnur hatte, mit der das Opfer gefesselt worden war.

Zuerst sagte er, er habe sie online gekauft, dann änderte er seine Meinung und behauptete, er habe sie auf der Straße gefunden.

»Kommt dir das nicht fadenscheinig vor?«

Ye Xiao hatte Si Wang die Frage gestellt, obwohl das Urteil in dem Fall bereits gefällt war.

»Doch, irgendetwas stimmt nicht.«

Si Wang war für seine neunzehn Jahre außergewöhnlich reif und besonnen.

Ye Xiao wollte ihn deshalb aushorchen, hatte jedoch keinerlei Beweise gegen ihn. Am Tatort waren weder Fingerabdrücke noch Haare von einer dritten Person sichergestellt worden. In dem Gang vor Zhang Mingsongs Wohnung war keine Überwachungskamera installiert, und dem Sicherheitsdienst war nur Ma Li aufgefallen. Eine andere Person könnte die Überwachungskameras absichtlich gemieden und den Weg über die Tiefgarage und den Aufzug zum Tatort gewählt haben.

»Ich habe die Anrufchronik von Ma Lis Handy untersucht. Den letzten Anruf hat er eine Stunde vor dem Mord empfangen. Die Nummer gehört zu einem öffentlichen Telefon in der Nähe des Tatorts. Ma Lis Aussage hierzu ist, dass es jemand war, der sich verwählt hatte. Ich habe die Aufnahme von der Überwachungskamera auf der Straße geprüft, aber leider liegt diese Telefonzelle in einem toten Winkel, und der Anrufer ist darauf nicht zu sehen.«

Während Ye Xiao sprach, war Si Wang erschreckend schweigsam.

»Hör zu! Bei der Untersuchung von Ma Lis Anrufchronik der letzten paar Jahre haben wir auch deine Telefonnummer gefunden, ungefähr vor zwei Jahren.«

»Ich kenne ihn aus der Zeit, wo ich im Haus der Gus gewohnt habe.«

»Also gut. Ma Li hatte früher eine Position bei der Unternehmensgruppe Erya inne, und vor dem Niedergang des Hauses Gu war er Assistent der CEO Gu Qiusha. Als ich ihn in dem Zusammenhang verhörte, sagte er, dass du damals ein Grundschüler warst und er keinen privaten Kontakt zu dir haben durfte.« Ye Xiao hielt einen Augenblick inne, um Si Wangs Gesichtsausdruck zu beobachten. »Ich möchte, dass du mir bestätigst, ob er lügt.«

»Ich würde zuerst gern wissen, was das Ergebnis des Urteilsspruchs heute war.«

»Die Todesstrafe.«

Als Inspektor, der schon unzählige Mörder festgenommen hatte, sprach Ye Xiao dieses Wort sehr ernst aus.

»Hat Ma Li Berufung eingelegt?«

»Er hat vollumfänglich gestanden, geht nicht in Berufung und hofft, dass die Todesstrafe so schnell wie möglich vollzogen wird.«

Si Wangs Lippen wurden leicht violett, er bekam einen Hustenreiz und sagte stirnrunzelnd: »Diese Rindfleischspieße sind zu scharf!«

»Du hast meine Frage noch nicht beantwortet.«

»Meine Antwort spielt jetzt keine Rolle mehr. Wann ist Ma Li dran?«

»Innerhalb von sieben Tagen, nachdem der Oberste Volksgerichtshof den Befehl zum Vollzug der Todesstrafe gegeben hat.«

»Wird er erschossen?«

Der Junge biss wild an einem zähen Stück Fleisch herum.

»Nein. Heutzutage ist die Methode eine Giftspritze.«

Si Wang biss sich in die Zunge und hielt sich vor Schmerz den Mund. »*Die Elenden*«, sagte er.

»Was?«

»*Jeder Mensch, der dieses Buch liest, dem geschieht ein Unglück. Er stirbt entweder durch ein Messer oder eine Spritze!*«

KAPITEL 14

19. Juni 2014.

Früh am Morgen. Der Tag brach gerade an. Si Wang stand schweigend auf, wusch sich und betrachtete sich im Spiegel. Mit seinen neunzehn Jahren sah er aus wie ein Erwachsener, insbesondere wegen seiner tiefen, schwarzen Augen.

Vor zehn Tagen hatte Si Wang die letzte Abiturprüfung geschrieben. In fast jedem Fach hatte er als Erster seine Arbeit abgegeben und den Klausurraum unter den staunenden Blicken der Lehrer und Schüler verlassen.

In den Tagen danach blieb er zu Hause und schaute Horrorfilme. He Qingying war zwar besorgt, aber es war immer noch besser, als wenn er sich draußen herumprügelte. Außerdem hatte Inspektor Ye Xiao sie besucht und sie eindringlich ermahnt, Si Wang am 19. Juni unter keinen Umständen zu erlauben, aus dem Haus zu gehen, und sofort die Polizei anzurufen, falls er es dennoch tun sollte.

Sie hatte die ganze Nacht vor dem Fernseher sitzend gewacht und war erst um vier Uhr morgens, als sie sich nicht mehr aufrecht halten konnte, eingeschlafen. Ihre regelmäßigen Atemzüge waren vom Sofa her zu hören. Wenn er noch ein paar Minuten wartete, würde es hell sein, und er hätte keine Gelegenheit mehr, das Haus zu verlassen.

Geräuschlos ging er die Treppen hinunter und fuhr auf seinem Fahrrad aus dem Viertel, in dem sie wohnten. Es war Regenzeit und die Luft so feucht, dass man Schwierigkeiten beim Atmen bekam.

Si Wang kaufte sich zwei Eierkuchen, um seinen Hunger

zu stillen, und blickte geistesabwesend auf die Leute, die frühmorgens auf dem Weg zur Arbeit waren. Er zögerte kurz,
dann radelte er in Richtung Anxi-Weg.

Nach zehn Minuten rasanter Fahrt hatte er das ruhige
Sträßchen erreicht. Ginkgo-Bäume wuchsen üppig am Wegrand, Efeu bedeckte das Mauerwerk der niedrigen Gebäude
im fremdländischen Stil, hier und da zwitscherte ein Vogel.

Er blickte auf ein altes Haus an der Straße, aus dessen Fenstern die Geräusche der Bewohner drangen. Sie waren gerade
aufgestanden, wuschen sich oder putzten sich die Zähne. Das
Belüftungsfenster unmittelbar über dem Boden war von einer
dicken Staubschicht bedeckt. Er dachte an Yin Yu und den Alten aus ihrem früheren Leben.

Auf einmal drehte Si Wang sich um und sah auf der gegenüberliegenden Straßenseite das seit dreißig Jahren leer ste-
hende Spukhaus.

Anxi-Weg Nummer 19.

Er überquerte die schmale Straße. Das rostige Schild am
Tor, das mit einer Eisenkette verschlossen war, würde bald ab-
fallen. Ringsum war kein Mensch zu sehen. Er kletterte über
die niedrige Mauer, was für seinen durchtrainierten Körper ein
Kinderspiel war. Als er den Hof des Spukhauses betrat, empfand er auf einmal Übelkeit. Unwillkürlich sah er hinauf zum
ersten Stock, ehe er durch ein zerbrochenes Fenster einstieg.
Die ersten Strahlen der Morgensonne schienen in das dunkle
Wohnzimmer und beleuchteten den Staub am Boden. Im Vergleich zum letzten Mal hatte sich eigentlich nichts verändert.

Im Jahr 1983, in einer regnerischen Herbstnacht, hatte seine
Mutter, He Qingying, hier ihren Adoptivvater ermordet.

Die Symbole an der Wand und die Linien stachen immer
noch ins Auge, nur die alten Blutspuren waren allmählich verblasst.

Mit zugehaltener Nase stieg er ins obere Stockwerk. Es fiel
ihm sofort auf, dass das Fenster im ersten Stock geöffnet worden war. Ein leichter Wind zog durch den Gang. Er hatte den

Eindruck, als hätte jemand die Spinnennetze und den Staub weggefegt.

Hinter der ersten Tür befand sich das schmutzige Badezimmer. In dem zweiten Raum war ein großes Bett, das aussah wie eine Leiche. Hinter der dritten Tür war das Mädchenzimmer von He Qingying.

Ganz behutsam öffnete er diese Tür. Ein vertrautes Gefühl befiel ihn, ähnlich dem in der Nacht vom 19. Juni 1995.

War dies das Quartier der Teuflin, nur im ersten Stock?

In dem Moment, als er sich umdrehen und weglaufen wollte, spürte er einen kühlen Luftzug im Rücken. An der gegenüberliegenden Wand bewegte sich der Schatten eines Menschen.

Si Wang konnte nirgendwohin fliehen. Er neigte sich nach vorn, um sich umzudrehen und einen Aufwärtshaken zu schlagen, doch zu spät. Jemand hieb ihm mit einer Eisenstange mehrmals auf den Kopf.

Ihm war, als würde das Metall durch seinen Körper dringen.

Die Welt schien sich in seinem Kopf zu drehen. Er lag auf dem schmutzigen Fußboden. Blut strömte aus seiner Stirn bis in seinen Mund.

Salzig, bitter, der Geschmack des Todes.

Schwere Schritte hallten und ließen sein Trommelfell am Boden erbeben. Er versuchte, die Augen aufzureißen, aber das Blut tauchte alles in ein schmieriges Rot.

Jemand packte Si Wangs Handgelenke und schleifte ihn ins Zimmer. Brust und Wangen rieben gegen den Boden und brannten im Schmerz.

Vor seinen Augen stand eine Holzkommode. Davor saßen nackte Holzpuppen, die Kinderspielzeuge seiner Mutter. Jede einzelne starrte ihn mit großen Augen an. Er war halb bewusstlos nach den Schlägen.

Neben der Kommode stand ein kleines Holzbett mit einer dünnen Bambusmatte, Kopfkissen und Decke. An der Wand standen ein Reisekoffer, ein Haufen leerer Instantnudelsuppen-Becher, ein Campingkocher und ein großer Bottich Trinkwasser.

Unter enormer Anstrengung gelang es ihm, seinen Hals so zu strecken, dass er den Spiegel an der Wand im Blick hatte. Jemand hatte offenbar den ovalen schwarzen Rahmen abgewischt.

Endlich spiegelte sich die Gestalt eines Menschen.

Si Wang erkannte in dem von Rostflecken durchsetzten trüben Glas das Gesicht eines Mannes.

»Lu Zhongyue?«

Der Mann wandte sich zum Fenster, zog die dicken Vorhänge auf, reckte den Kopf und schaute nach draußen. Er holte das Handy aus Si Wangs Jackentasche, lief die Treppen hinunter und versicherte sich, dass nicht noch jemand gekommen war. Dann ging er wieder nach oben.

Si Wang war körperlich stärker als der andere. Die Wunde an der Stirn hatte von selbst zu bluten aufgehört. Nur schwindlig war ihm noch immer. Er hatte nicht die Kraft, sich aufzurappeln. Der Mann setzte ihn auf einen Stuhl und fesselte ihn von Kopf bis Fuß mit einem festen Seil.

Dabei wurde das bläuliche Mal an der Stirn des Mannes deutlich sichtbar.

Er keuchte vor Anstrengung und hockte sich vor Si Wang nieder. In seinen Augen lag ein Anflug von Bedauern: »Endlich sehen wir uns wieder.«

»Du ... du ... bist also noch am Leben ...«

Si Wang brachte mühsam ein Wort nach dem anderen über die Lippen. Sein Kopf tat höllisch weh, als würde er gleich explodieren.

»Ich habe deinen Besuch nicht erwartet. Seit acht Jahren bin ich auf der Flucht, das heißt, ich schrecke beim leisesten Windhauch auf und vermute hinter jedem Busch einen Feind, und nur deshalb sind meine Ohren wachsam wie die eines Hasen. Sonst wäre ich jetzt derjenige, der gefesselt und blutend am Boden liegt.«

»Hast … du hier … auf mich … gewartet?«

Er packte Si Wang am Kinn und antwortete: »So tolldreist bin ich nicht! Wenn ich an den Herbst von vor vier Jahren denke, als du mit diesem Polizisten in meinen Laden gekommen bist, erschrecke ich mich noch heute zu Tode.«

Si Wang schloss die Augen und murmelte vor sich hin. »Für Huang Hai …«

»Ich bin vor zwei Monaten aus dem Süden zurückgekommen. Weil ich als Verbrecher im ganzen Land gesucht werde, habe ich drei verschiedene Ausweise. Trotzdem traue ich mich nicht, ins Hotel zu gehen. Dieses Häuschen hat meinem Onkel mütterlicherseits gehört. Vor etwa dreißig Jahren wurde er unten im Wohnzimmer ermordet. Seither gilt es als Spukhaus, in das niemand mehr einen Fuß zu setzen wagt. Ich hielt es für unwahrscheinlich, dass du oder die Polizei mich hier finden würde. Deshalb bin ich jetzt wirklich gespannt, was dich hierherführt?«

»Heute ist der 19. Juni. Hast du dieses Datum etwa vergessen?«

Inzwischen vermochte Si Wang wieder einen ganzen Satz am Stück zu sprechen.

»Du hältst dich also wirklich für Shen Ming? Mein lieber Wang Er, wenigstens ein halbes Jahr lang war ich damals dein Adoptivvater. Du bist wahnsinnig. Du bist ein kleines Kind, das ständig Lügen erzählt, und wirst von Intriganten an deiner Seite kontrolliert. Zum Beispiel von deiner Mutter He Qingying oder diesem Bastard Ma Li, die meine Zerstörung in Kauf genommen haben, um an das Geld von Gu Qiusha zu kommen.«

»Lu Zhongyue, das Gegenteil ist wahr. Du solltest mir dankbar dafür sein, dass ich herausgefunden habe, dass Gu Qiusha dich chemisch kastriert hat.«

Das berührte in der Tat sinen wunden Punkt. Er wurde böse und schlug Si Wang ins Gesicht. Dann streichelte er seine

Wange: »Entschuldige bitte. Du bist so groß geworden. Bestimmt gibt es viele Mädchen, die auf dich stehen?«

»Ich hatte wirklich nicht erwartet, dich hier zu finden. Heute Morgen bin ich in den Anxi-Weg gefahren, denn in dem Haus gegenüber ist der Keller, in dem Shen Ming gewohnt hat. Dieses in einen Tiefschlaf gefallene Spukhaus hingegen gehörte früher einmal der Familie meiner Mutter. Dort auf der Kommode sind noch ihre Spielsachen. Am Nachmittag hatte ich geplant, zum Nanming-Gymnasium zu fahren und bis 22 Uhr zu warten, um dann ins Quartier der Teuflin zu gehen – wie Shen Ming zu seinen Lebzeiten.«

»Shen Ming zu seinen Lebzeiten?« Lu Zhongyue lachte merkwürdig. »Mein kleiner Freund, wird dein Wahn denn immer schlimmer? Auf dieser Welt gibt es niemanden, der Shen Ming besser kennt als ich. Ich kenne ihn besser als er sich selbst.«

»Wie meinst du das?«

»Es war vielleicht das Beste für ihn, an jenem Abend im Jahr 1995 im Quartier der Teuflin zu sterben.«

»Was soll das heißen?«

»Glaubst du denn wirklich, dass Shen Ming, selbst wenn er Gu Qiusha geheiratet hätte und der Schwiegersohn von Gu Changlong geworden wäre, jemals zu den Reichen und Schönen gehört hätte? Dass er jemals in der Lage gewesen wäre, seine niedrige Herkunft abzuschütteln? Weder in der Familie Gu noch im Schulamt gab es auch nur eine Person, die Shen Ming respektierte oder schätzte. Er war nur eine Schachfigur für Gu Changlong, die der Alte opferte, wie es für ihn zum Vorteil war. Gu Changlong hatte ihn doch, als er 1995 des Mordes verdächtigt wurde, einfach fallen lassen! Früher oder später wäre das ohnehin passiert, auch wenn Shen Ming keine Fehler gemacht hätte. Auf dieser Welt hatte Shen Ming nur einen einzigen Freund, nämlich mich, Lu Zhongyue.«

»Hältst du ihn immer noch für einen Freund?«

»Bis auf den heutigen Tag denke ich an ihn wie an einen

Bruder.« Lu Zhongyue kniete sich auf den Boden und betete zur Wand: »Entschuldige bitte, Shen Ming, ich habe dir deinen Erfolg immer gegönnt – als du einen Studienplatz an der Peking-Universität bekamst, als du mir von deiner Verlobung erzähltest, als du ein allseits geachteter Lehrer wurdest. Ich wusste, dass du allen anderen weit voraus warst und niemand dich mehr geringschätzen würde. Doch diese Welt ist nicht für Menschen wie dich gemacht! Selbst wenn du dein Leben lang hart gearbeitet hättest, dich stets vorsichtig vorgetastet hättest, akademisch und moralisch vorbildlich gewesen wärst, alles wäre am Ende wie ein Traum vergangen. Das Schicksal des Menschen ist von Anfang an vorherbestimmt. Wer versucht, es zu ändern, zerbricht. Du hast keine Ahnung, was die Leute hinter vorgehaltener Hand über dich gesprochen haben. ›Shen Ming ist ein uneheliches Kind, ein Bastard! Er wurde in einem Keller von einer Magd aufgezogen, dort gehört er hin!‹«

»Hast du die Geschichte mit dem unehelichen Kind verbreitet?«

»Auf dem Gymnasium war ich neugierig auf alles, was dich betraf. Ich hatte keine Ahnung, was für ein Mensch du warst. Nie hast du deine Eltern erwähnt oder uns zu dir nach Hause eingeladen. Einmal bin ich dir heimlich gefolgt und habe herausgefunden, dass du im Haus anderer Leute wohntest und deine Großmutter nur eine Hausangestellte war. An dem Tag kam ein Mann mittleren Alters zu dir zu Besuch. Er steckte dir heimlich Geld zu und nannte sich Papa. Erst später fand ich heraus, dass er Staatsanwalt war.«

»So bist du also hinter mein Geheimnis gekommen?«

»Ja. Aber ich habe dir nie davon erzählt, weil wir beste Freunde waren. Hätte ich dir gegenüber erwähnt, dass du ein uneheliches Kind bist, hätte dein Selbstwertgefühl gelitten, und unsere Beziehung wäre zerbrochen. Ich wollte dich aber nicht als Freund verlieren. Deshalb habe ich dein Geheimnis auch dir gegenüber immer bewahrt.«

»Aber schließlich hast du es dann doch verraten.«

Lu Zhongyue ging ans Fenster und steckte sich eine Zigarette an. Langsam blies er den blauen Rauch aus. »1995, nach deiner Verlobungsfeier mit Gu Qiusha, verspürte ich zum ersten Mal Neid. Alle hatten sie dir gratuliert, diese Leute, die dich eigentlich hassten. Nach außen hin waren sie alle unterwürfig wie Hunde; sie brannten darauf, sich auf den Boden zu werfen und dir die Schuhe zu lecken! Du hattest bald alles erreicht: Status, Macht, Reichtum und eine schöne Frau – doch für wie lange? Und was war mit mir? Mein Vater war ein Beamter. Ich dagegen, als Ingenieur in einer Fabrik, die kurz vor dem Bankrott stand, war ohne irgendeine Perspektive. Als wir zusammen auf dem Gymnasium waren, hatte ich immer alles für dich bezahlt. Wenn ich neue Kleider in der Schule trug, stand dir der Neid im Gesicht. Jetzt war auf einmal alles genau andersherum.«

»Entschuldige bitte! Ich hätte wissen müssen, wie du dich fühltest.«

»Dann gab es noch einen Grund: Gu Qiusha. Als ich sie auf eurer Verlobungsfeier sah, musste ich an die langjährige Freundschaft denken, die ihre und meine Familie verband, und dass wir schon als Kinder miteinander gespielt hatten. In jener Nacht träumte ich von ihr. Danach zwang ich mich dazu, nicht mehr an sie zu denken. Doch das Verlangen nach ihr wurde immer stärker. Dann begann ich, mich draußen herumzutreiben und zu trinken. Dabei begegnete ich einer Frau. Rückblickend war das eine Fügung des Schicksals, denn sie gebar meinen einzigen Sohn.«

Si Wang schaute auf sein bartloses Kinn und fragte erstaunt: »Du hast ein Kind?«

»Ja, er heißt Lu Jizong und ist wie du neunzehn Jahre alt. Er ist ein hübscher, schlanker Junge. Ein Typ, auf den die Mädchen stehen.« Unwillkürlich musste er lächeln. Dann blickte er Si Wang in die Augen, und sein Gesicht verschloss sich wieder. »Aber zurück ins Jahr 1995. Meine Haltung gegenüber Shen Ming begann sich zu verändern, und ich hasste ihn nun aus ganzem Herzen. Als er auch anfing, sich um meine Arbeit und mein Liebesleben zu kümmern, wünschte ich, er würde vom Erdboden verschwinden.«

»Daraufhin hast du überall verbreitet, dass er ein uneheliches Kind ist?«

»Ich habe es nur unserem damaligen Mathematiklehrer, Zhang Mingsong, erzählt. Aber das war, als hätte ich es der ganzen Welt erzählt. Denn er empfand genauso tiefen Neid gegenüber Shen Ming wie ich.«

»Du hast Shen Ming aber noch mehr angetan als nur das. Zum Beispiel der Brief, den er angeblich von Hand geschrieben hat.«

Lu Zhongyue drückte seine Zigarette aus. »Ich habe den Brief geschrieben. Außer mir konnte niemand Shen Mings Handschrift fälschen, weil ich eben sein bester Freund war. Ist das nicht lustig? Ich hatte mich mit seinem ehemaligen Kommilitonen He Nian verbündet, der damals wegen eines Fehlers von der Hauptstadt in das örtliche Schulamt versetzt worden war. Gemeinsam heckten wir den Inhalt des Briefes aus, ich schrieb ihn mit der Hand, und er gab ihn Gu Changlong.«

»Und du hast He Nian ermordet?«

»Richtig. Ich und He Nian haben Shen Ming gemeinsam hereingelegt. Ich wurde Gu Changlongs Schwiegersohn, während er nur einen Managerposten bei der Unternehmensgruppe Erya bekam. Er war der Meinung, wir hätten nicht gerecht geteilt, und drohte damit, unser Geheimnis zu verraten. Als er mich erpresste, habe ich ihn ermordet. Seine Leiche habe ich im Kofferraum seines Jeeps versteckt und den Wagen anschließend in einer entlegenen Ecke am Ufer des Suzhou-Flusses abgestellt. Ich konnte doch nicht ahnen, dass du ihn zwei Jahre später entdecken würdest. Von dem Moment an hast du mir Angst gemacht.«

»Hast du auch Gu Changlong ermordet?«

»Ich hatte nicht vor, ihn zu töten. Er war es, der Streit mit mir suchte. Eines Morgens drang er in meine Wohnung ein und hielt mir ein Messer an die Brust. Wie der Kampf im Einzelnen verlief, weiß ich nicht mehr. Aber als ich wieder zu Bewusstsein kam, lag der Alte über und über mit Blut besudelt auf dem Boden. Es war zwar Notwehr, aber ich hatte bereits einen Mord auf dem Buckel. Ich entschied mich dafür, zu fliehen. Doch nachts war überall Polizei, und einen Bahnhof oder Flughafen anzusteuern war ausgeschlossen. Außerdem hatte ich in der Stadt noch etwas zu erledigen.«

»Du wolltest Gu Qiusha ermorden?«

Si Wang spürte, dass sein Körper allmählich wieder zu Kräften kam.

»Ich habe nie jemanden so gehasst wie diese Frau! Sie hat mich kastriert. Kein Mann hätte ihr das vergeben. Ich habe diese Frau ermordet. Sie war unfruchtbar, deshalb sollte auch ich keine Kinder haben. Zum Glück hatte ich vor meiner Heirat mit ihr eine andere Frau geschwängert, die mir einen Sohn gebar. Wenn Jizong nicht wäre, wüsste ich nicht, warum ich überhaupt noch lebe.«

»Das Kostbarste in deinem Leben ist also dein Sohn?«

Er steckte sich wieder eine Zigarette an. Seine Lippen waren leicht violett. »Ich führe ein Leben wie eine Ratte oder ein räudiger Hund. Würde man mich erschießen, wäre ich erlöst. Aber wer soll meinen Sohn nach meinem Tod beschützen? Er wäre auf ewig ein vaterloses Kind und würde als solches immer diskriminiert werden. Wie damals Shen Ming. Und ich werde nicht zulassen, dass mein Kind so wird wie Shen Ming.«

»Du wirst ihn zugrunde richten.«

»Nein, ich werde mit Jizong zusammenleben.« Lu Zhongyue lachte unvermittelt auf. »Das kannst du nicht verstehen.«

»Noch eine Frage: Wie konntest du mich auf den ersten Blick erkennen? Ich habe mich seit der Grundschulzeit doch ziemlich verändert.«

»Seit ich hierher zurückgekommen bin, schlafe ich tagsüber und treibe mich nachts herum. Ich hatte deine frühere Adresse noch in Erinnerung, bin dorthin gefahren und fand nur noch eine Baugrube. Also habe ich mich, so weit ich konnte, umgehört und herausgefunden, wo du wohnst. Ich bin dir heimlich gefolgt, zum Beispiel vorgestern Abend, als du mit jemandem in dem Straßenlokal essen warst.«

»Merkwürdig. Ich hatte die ganze Zeit das Gefühl, dass ich beobachtet werde.«

Si Wang empfand unendliches Bedauern darüber, dass er an jenem Abend Ye Xiao nicht aufgefordert hatte, nach dem Verbrecher zu suchen.

»Mein kleiner Freund, ich muss dir noch für das nette Gespräch danken. Ich habe seit acht Jahren nicht mehr so viel gesprochen.«

»Ich bin nicht dein kleiner Freund.«

»Entschuldige bitte. Ich muss noch jemanden suchen. Bleib schön brav hier. Wir sehen uns.«

Noch ehe Si Wang protestieren konnte, war sein Mund schon wieder verklebt. Lu Zhongyue tätschelte seine Wangen und warf noch einen prüfenden Blick auf das Zimmer und das Fenster, ehe er ging.

KAPITEL 15

19. Juni 2014, 19 Uhr.

Es wurde allmählich dunkel. Über der Stadt hatten sich mehrere Schichten schwerer Wolken zusammengezogen. Den ganzen Tag war noch kein Tropfen Regen gefallen; die feuchte Luft war zum Ersticken.

Wie alle Lehrer, die gerade Sommerferien hatten, traf Ouyang Xiaozhi Reisevorbereitungen. Sie überlegte, ob sie zur Nanming-Straße fahren sollte, wie an genau demselben Tag vor zwei Jahren, als sie Opfergeld für ihn verbrannte, doch sie fürchtete, sie könne Si Wang dort begegnen …

Auf einmal fehlte er ihr.

Sie strich über ihre Lippen, ihren Hals, und es war ihr, als spürte sie die langen Finger des jungen Mannes eiskalt über ihre Haut gleiten. Sie lief ins Badezimmer, beugte sich übers Waschbecken zum Spiegel und betrachtete ihr siebenunddreißig Jahre altes Gesicht. Es war ihr unmissverständlich klar, dass sie alterte und Si Wang sie in ein paar Jahren vielleicht nicht mehr erkennen würde.

Langsam drehte sie den Wasserhahn auf und wusch sich gründlich ihr Gesicht. Dann sprühte sie ein Tonikum auf, massierte eine Feuchtigkeitscreme ein und trug eine Grundierung auf. Sorgfältig puderte sie ihre Wangen mit Rouge und pinselte Lippenstift auf ihren Mund. Man sah ihr Make-up kaum, aber es würde seinen Zweck, einen jungen Mann zu verführen, erfüllen.

Xiaozhi packte das Opfergeld, das sie vor ein paar Tagen gekauft hatte, und ging aus dem Haus.

Ihre neue Wohnung lag in einer altmodischen Nachbarschaft in einem Vorort. Nachts gingen die Leute hier nicht aus, und keiner ihrer Kollegen kannte ihre Adresse.

Als sie den dunklen Korridor entlangging, befiel sie ein beklemmendes Gefühl. Sie blieb stehen und horchte.

War da nicht ein Weinen? Nein, sie wusste, es war nur Einbildung.

Unten angekommen, legte sich plötzlich eine Hand auf ihren Mund und ein unverwechselbarer Geruch drang in ihre Nase. Alles ging viel zu schnell, sie konnte sich nicht mehr wehren. In dem Moment, als sie das Bewusstsein verlor, blitzte ein Wort in ihr auf – »Äther«.

Ouyang Xiaozhi erwachte in dem Spukhaus am Anxi-Weg Nummer 19.

Ihr war immer noch schwindelig, als hätte sie unendlich lange geschlafen oder wäre von den Toten wiederauferstanden. Sie öffnete die Augen und sah das ausgezehrte Gesicht eines Mannes. Sein Kinn war ganz zart, nicht ein halbes Barthaar wuchs darauf. Auf der Stirn hatte er ein bläuliches Mal.

Sie hatte ihn das letzte Mal vor sechsundzwanzig Jahren gesehen. Trotzdem erkannte sie ihn wieder.

Es war 1988, am Ende des Frühjahrs, gegenüber dem Nanming-Gymnasium. Damals war er ein junger Mann, der kurz vor dem Abitur stand, während sie selbst ein schmutziges, armes Mädchen war.

Sie hatte ihm ein Hühnerbein aus seiner Lunchbox gestohlen. Dafür bestrafte er sie und sperrte sie im Quartier der Teuflin ein.

Hätte Shen Ming sie nicht drei Tage später befreit, hätte sie als ausgemergeltes Skelett unter der Erde geendet.

Seit acht Jahren suchte sie diesen Mann, denn sie wollte ihn töten.

Für Shen Ming.

Xiaozhi wollte aufstehen und etwas sagen, da erst bemerkte

sie, dass ihre Hände und Füße an einen Stuhl gefesselt waren.

Sie drehte ihren Kopf zur Seite und sah das Holzbett und die Kommode, auf der nebeneinander ein paar alte, nackte Puppen saßen. Als sie keine zehn Jahre alt gewesen war und bei den Obdachlosen lebte, hatte sie nach solchen Spielsachen im Müll gesucht.

Schließlich sah sie Si Wang.

Er war groß geworden mit seinen neunzehn Jahren, noch kräftiger. Wie es ihm wohl bei den Abiturprüfungen ergangen war? An welcher Universität war er angenommen worden? Er war wie sie gefesselt. Sein Kopf war blutverschmiert, sein Mund zugeklebt. Seine Augen blickten grimmig hin und her. Sie waren voll Sorge.

»Si Wang!«

Laut rief sie seinen Namen. Lu Zhongyue stieß sie in den Nacken, woraufhin sie vor Schmerz zusammenzuckte. Si Wang schien wahnsinnig zu werden. Unter dem Klebeband drang Blut hervor. Wahrscheinlich hatte er sich in die Zunge gebissen.

»Ouyang Xiaozhi, es hat ein paar Wochen gedauert, ehe ich herausgefunden habe, wo du wohnst. Ich hatte mich den ganzen Tag vor deinem Haus versteckt und schon befürchtet, du würdest erst morgen ausgehen. Doch du wolltest offenbar zur Nanming-Straße ins Quartier der Teuflin fahren, wie man an dem Opfergeld sieht.«

»Dieser merkwürdige Anruf vor zwei Monaten kam also von Ihnen?«

»Ja, ich hatte Chen Xiangtian nach deiner Nummer gefragt.«

»Sie haben sie letztendlich doch besucht.«

Lu Zhongyue zündete sich eine Zigarette an: »Ich habe sie ermordet.«

Xiaozhi erschauderte und blickte in Si Wangs Augen, ehe sie sagte: »Dann ermorden Sie auch mich, aber lassen Sie den Jungen frei. Er ist unschuldig.«

»Ich suche noch einen anderen Jungen, und du solltest wissen, wo er sich aufhält?«

»Ich habe keine Ahnung.«

Er holte ein Handy aus Xiaozhis Tasche, wo er im Adressbuch schnell den Namen fand, den er suchte: Lu Jizong.

Er schlug sie ins Gesicht. »Du hältst meinen Sohn also versteckt.«

Dann versiegelte er auch ihren Mund mit Klebeband und sah die Angst in ihren Augen. Anschließend holte er sein eigenes Handy heraus und wählte die Nummer von Lu Jizong.

»Hallo, guten Tag, spreche ich mit Lu Jizong?«

»Wer sind Sie?«

Aus dem Telefon kam die Stimme eines jungen Mannes. Lu Zhongyue konnte seine Freude kaum unterdrücken, antwortete aber ganz gefasst: »Ich bin der Anwalt von Frau Ouyang Xiaozhi. Sie hat mich gebeten, in ein paar Angelegenheiten für sie tätig zu werden. Darf ich fragen, wo Sie sich derzeit aufhalten?«

»Sie meinen, jetzt?« Lu Jizong zögerte, im Hintergrund hörte man Nebengeräusche. »In dem kleinen Fujian-Restaurant an der Qixian-Brücke.«

»Gut. Sind Sie um 21:30 Uhr noch dort?«

Lu Zhongyue sah auf die Uhr, es war 20:15 Uhr.

»Da habe ich noch nicht Feierabend.«

»Bitte warten Sie auf mich. Auf Wiedersehen.«

Ouyang Xiaozhi versuchte, die Fesseln abzustreifen, doch das Seil schnitt nur noch tiefer in ihr Fleisch. Es tat so weh, dass ihr die Tränen kamen. Als sie kurz einhielt, sah sie, dass auch Si Wang Tränen in den Augen standen.

Ein paar Minuten später kam Lu Zhongyue mit ein paar Kanistern Benzin und einem seltsamen schwarzen Gerät, in das er zwei Batterien einlegte. Als ein rotes Licht aufleuchtete, sagte er: »Das genügt für mindestens vierundzwanzig Stunden.«

Dann packte Lu Zhongyue seine Sachen, suchte den Abfall zusammen, einschließlich der Zigarettenkippen. Offenbar wollte er keine Spuren hinterlassen – außer den zwei lebenden Menschen und den Benzinkanistern.

In dem Spukhaus am Anxi-Weg waren nur Si Wang und Ouyang Xiaozhi übrig geblieben.

Durch einen Spalt im Vorhang sah man draußen in der Nacht im Licht der Straßenlampe die Schatten der im Wind schaukelnden Ginkgo-Blätter.

Der stechende Geruch von Benzin erfüllte den Raum.

Si Wang schnaubte durch die Nase. Das Blut aus seinem Mund rann und stockte, stockte und rann. Er versuchte, das Klebeband über seinen Lippen mit der Zunge zu durchbohren.

Plötzlich musste er an seine Mutter denken.

Er wand sich in seinen Fesseln, um den Stuhl zu bewegen. Seine Muskeln explodierten fast, doch es gab keine Möglichkeit, sich Xiaozhi zu nähern. Der Abstand zwischen den beiden war weniger als ein halber Meter. Ihre Lippen waren fest verklebt, und es blieben ihnen nur die tränenbenetzten Augen, um miteinander zu kommunizieren –

Du bist Shen Ming!

Er hatte ihren Satz sofort verstanden und antwortete: Ja!

Ouyang Xiaozhis dachte an den 21. Dezember 2012. In jener Nacht, in der die Temperaturen bis auf den Gefrierpunkt gefallen waren, hatte sie Si Wangs Körper gesehen, seinen nackten Körper. Links oben auf seinem Rücken war die rötliche Wunde von einem Messereinstich.

Ob die Wunde aus einem früheren Leben stammte?

Am Tag des Weltuntergangs hatte Xiaozhi nichts gesagt, sondern nur voller Mitleid seinen Rücken geküsst, ehe sie beide in die Welle ihrer Leidenschaft eintauchten …

Sie riss ihre Augen weit auf und sah in Si Wangs Gesicht. Sie vermochte ihn nicht mehr klar von Shen Ming zu unterscheiden. Angesichts des Todes wollte sie ihm noch etwas sagen –

Herr Shen, ich weiß, Sie wollen mir noch eine letzte Frage stellen: Warum habe ich mich vor neunzehn Jahren, am Mittag des Tages, an dem Sie gestorben sind, für 22 Uhr nachts mit Ihnen im Quartier der Teuflin verabredet? Weil ich beim Abschied in Ihren Augen las, dass Sie vorhatten, jemanden zu töten. Deshalb wollte ich mich, noch bevor es dazu kam, mit Ihnen dort verabreden, wo wir uns das erste Mal gesehen hatten …

Si Wang hatte die Sprache ihrer Augen verstanden und wollte ihr zurufen: Aber warum?!

Idiot! Xiaozhi hätte ihm am liebsten eine Ohrfeige gegeben.

Sie fuhr fort, mit ihren Augen zu sprechen –

Ich wollte mich Ihnen schenken! Es wäre das erste Mal für mich gewesen. Leider, Herr Lehrer, wurden Sie an jenem Abend ermordet, und ich konnte Ihnen mein erstes Mal nicht schenken. Das bedaure ich in meinem Leben am allermeisten. Die ganze Stadt wusste, dass Ihre Verlobte sie fallen gelassen hatte! Und auch alle anderen hatten sich von Ihnen abgewandt. Sie Ärmster, Sie hatten doch alles verloren. Wenn ich mich Ihnen in jener Nacht geschenkt hätte, hätten Sie keinen Mord begangen. Denn dann wäre Ihnen wenigstens noch Xiaozhi geblieben. Nicht wahr, Herr Lehrer?

Tränen rollten über Si Wangs Gesicht, er hatte verstanden: Sie hatte die Absicht gehabt, ihm einen Grund zu geben, weiterzuleben. Gibt es auf dieser Welt eine Medizin gegen das Bedauern?! Das war der Ausdruck in Si Wangs abgrundtiefen Augen.

Am 19. Juni 1995, abends um 21 Uhr, wollte Xiaozhi sich auf den Weg zu der Verabredung machen und aus der Schule entwischen. Bisher waren die Schülerinnen immer aus einem Fenster im Erdgeschoss nach draußen geklettert. Doch nun war es verriegelt. Seit Liu Mans Tod hatte die Schule die Sicherheitsvorkehrungen zum Schutz des Mädchenwohnheims verstärkt. Die Lehrer hielten die ganze Nacht vor dem Tor des

Wohntrakts Wache. Es gab nicht die geringste Möglichkeit für sie, zu entkommen.

In jener Nacht hatte Ouyang Xiaozhi sich in ihrem Bett verkrochen und geweint. Draußen tobte das Unwetter. Sie machte die ganze Nacht kein Auge zu und war in Sorge, dass Shen Ming etwas zustoßen könne.

Am nächsten Tag wurde der Leichnam des Dekans Yan Li gefunden, und zweifelsohne war Shen Ming der Mörder. Das gesamte Polizeiaufgebot der Stadt suchte nach ihm, hatte ihn jedoch nach drei Tagen immer noch nicht gefunden. Da schlich Xiaozhi sich zum Quartier der Teuflin und entdeckte dort die Leiche Shen Mings.

Xiaozhi wagte nicht, am Tatort irgendetwas zu berühren. Sie kniete auf dem nassen Boden nieder und brach in Tränen aus. Als sie zurück in der Schule war, wusch sie sich und erwähnte geflissentlich, dass Shen Ming eventuell im Quartier der Teuflin sein könne.

KAPITEL 16

19. Juni 2014, 21:30 Uhr.

Lu Zhongyue, sein Gepäck auf dem Rücken, hatte den Nachtmarkt an der Qixian-Brücke erreicht. Je dichter das Gedränge wurde, desto sicherer fühlte er sich. Das beste Versteck für einen Tropfen Wasser war das Meer.

Er berührte das Telefon in seiner Hosentasche. Ein einziger Tastendruck würde über das Schicksal zweier Menschen entscheiden.

Bevor er das Spukhaus am Anxi-Weg verlassen hatte, hatte er mehrere Kanister Benzin und einen Mini-Detonator aufgestellt. In den letzten zwei Monaten hatte er jedes noch so kleine Detail geplant. Alles, was er brauchte, waren zwei Handys und einige ausgediente Platinen. Ein Anruf von Handy A an Handy B würde die Explosion auslösen. Wenigstens war sein Studium zum Elektroingenieur nicht ganz umsonst gewesen.

In dem ganzen Viertel gab es nur ein Fujian-Restaurant. Die Tür war mit gelben und roten Lichtern geschmückt. Küchengeräusche drangen nach draußen. Ein paar Haareschneider vom Friseurladen nebenan hatten ihre Nachtschicht beendet und aßen gedämpfte Teigtaschen und in Sojasoße gebratene Nudeln.

Er setzte sich und bestellte Nudelsuppe mit Wonton. Mit gesenktem Blick schaute er sich nach allen Seiten um. Jemand kam aus der Küche – ein erschöpft aussehender junger Mann mit einem bläulichen Mal auf der Stirn.

»Lu Jizong.«

Seine Stimme war weder leise noch laut; der Junge drehte sich misstrauisch um. Lu Zhongyue hob den Kopf, damit das Neonlicht auf das bläuliche Mal auf seiner Stirn fiel.

»Haben Sie mich vorhin angerufen?«

»Ja. Hast du Feierabend?«

»Gerade eben.« Lu Jizong setzte sich ihm gegenüber. Der Junge war ein ganzes Stück größer als er. Sein Gesicht war noch sehr kindlich, viele Leute hielten ihn für einen Oberschüler.

»Was ist mit Tante Xiaozhi?«

»Um ehrlich zu sein, ich bin kein Anwalt.«

Lu Jizong schwieg einen Moment und betrachtete den Mann ihm gegenüber. Er hatte einen sonderbaren Blick und starrte ihn an, als wolle er ein Loch in sein Gesicht bohren.

Es war unmöglich, den bläulichen Fleck auf seiner Stirn zu übersehen.

Als er klein war, hatte Mama immer zu ihm gesagt: »Jizong, dein Papa hat genauso einen Fleck auf der Stirn wie du.«

Lu Jizong hatte zwar seinen Vater nie gesehen, aber dieses Gesicht war in seinem Kopf immer wieder aufgetaucht.

»Sie sind ...«

Lu Zhongyue nickte und lächelte. Dann sagte er: »Mein Sohn, ich bin dein Vater.«

»Sehen wir uns zum ersten Mal?«

Jizong ballte die Hände unter dem Tisch zu einer Faust und hörte am Ohr die raue Stimme seines Großvaters: »Dein Vater ist ein egoistischer Mistkerl. Er wollte nicht, dass du geboren wirst. Später einmal wirst du dich an meine Worte erinnern!«

Er war damals in der vierten Klasse gewesen. Der Großvater hatte im Sterben gelegen und ihm diese letzten Worte ins Ohr geflüstert.

Jetzt, in dem kleinen Fujian-Restaurant, wo tausenderlei Gerüche und Geschmäcker schwebten, strich Lu Zhongyue seinem Sohn über den Kopf und sagte: »Jizong, ich habe dich groß werden sehen.«

»Aber ich habe dich nie gesehen.«

468

Lu Zhongyue log, und auch Lu Jizong hielt sich nicht ganz an die Wahrheit. Seine Mutter hatte ein Foto von Lu Zhongyue aufbewahrt. Manchmal hatte sie es mitten in der Nacht herausgeholt und angesehen. Doch seit der Zeit, als ihr Sohn in die Realschule gekommen war, war es verschwunden. Verzweifelt hatte sie es überall gesucht. In Wirklichkeit hatte Lu Jizong es heimlich gestohlen und verbrannt. Er hatte zugesehen, wie das Foto von »Papa« sich in den Flammen aufdrehte und zu schwarzer Asche verkohlte. Er hatte ein schwer zu beschreibendes Gefühl am ganzen Körper empfunden, als hätte er seinen Vater eigenhändig in den Ofen des Krematoriums geschoben.

»Entschuldige. Ich hatte früher eine Ehefrau, und danach war ich viel auf Reisen.«

»Weil du ein mehrfacher Mörder und auf der Flucht bist?«

Zum Glück hatte das Kind seine Stimme gesenkt. Lu Zhongyues Gesicht verfinsterte sich: »Wer hat das gesagt?«

»Tante Xiaozhi.«

Bei diesen vier Silben steckte Lu Zhongyue unwillkürlich die Hand in die Hosentasche, jederzeit bereit, die Taste zu drücken.

Doch er bewahrte die Haltung und sagte lächelnd: »Ja, das ist meine Cousine. Sie leidet ein wenig an Paranoia, und wenn sie spricht, redet sie oft ohne Nachdenken drauflos.«

Lu Zhongyue bestellte zwei Dosen mit Getränken. Er machte eine davon auf und gab sie seinem Sohn. Der Junge trank sie mit ein paar Zügen leer und fragte: »Was willst du von mir?«

»Ich will dich treffen, mich mit dir unterhalten, und dann verschwinde ich wieder.«

»Hast du in letzter Zeit meine Mama gesehen?«

»Ja, sie vermisst dich.«

Lu Jizong konnte nicht ahnen, dass seine Mutter von dem Mann ihm gegenüber bereits ermordet worden war.

»Weißt du, ich hatte von klein an keinen Vater. Alle haben

mich Bastard genannt. Den anderen Kindern hat es Spaß gemacht, mich herumzuschubsen oder in eine Pfütze zu drücken und dann zu verprügeln. Nie, wenn ich übel zugerichtet nach Hause kam, hat sich Mama getraut, sich zu beschweren. Sie hat mich nur in die Arme genommen, und wir haben zusammen geweint. In diesen Momenten habe ich mich gefragt, was mein Vater eigentlich für ein Mensch ist.«

Der Junge blickte drein wie ein Hund, der auf den Metzger wartet.

»Entschuldige bitte. Es gibt Dinge auf der Welt, die wir nicht ändern können.«

Als Lu Jizongs Blick auf das bläuliche Mal an der Stirn des Mannes fiel, erinnerte er sich wieder daran, dass Xiaozhi ihn ermahnt hatte, auf der Hut zu sein. Er lehnte sich zurück und fragte: »Wo ist Tante Xiaozhi eigentlich? Warum ist sie nicht mitgekommen?«

»Sie hatte noch etwas zu erledigen.«

»Aha. Manchmal fehlt sie mir.«

Während des Gesprächs hatte Lu Jizong mit seinen Händen unter dem Tisch sein Handy schon entsperrt. Er tat so, als müsste er seine Kleider glatt streifen, und wählte dabei die ihm vertraute Nummer.

Zwei Sekunden später hörte er Hikaru Utada *First Love* singen.

Das war der Klingelton von Ouyang Xiaozhis Handy.

Der Klingelton kam aus dem Gepäckstück von Lu Zhongyue. In aller Ruhe machte der die Tasche auf. Der Name des Anrufenden erschien auf dem Display, Lu Jizong. Er tat so, als hätte er nichts gesehen und machte das Handy von Ouyang Xiaozhi schnell wieder aus. Außerdem nahm er die Batterie heraus. In seiner Reisetasche war auch noch das Handy von Si Wang. Er entfernte auch aus diesem die Batterie, damit niemand seine Spur verfolgen konnte.

Lu Jizong stand langsam auf und sagte mit ausdrucksloser Miene: »Ich will dir etwas zeigen.«

»Warte, Jizong.« Er streichelte seinen Sohn am Hals und fragte: »Kannst du mich Papa nennen?«

»Ja! Aber komm zuerst mit.«

Lu Jizong ging mit ihm in die Küche. Zwischen Rauch und Dampf und Dunst bückte sich der Junge und nahm etwas in die Hand.

»Papa.«

Lu Jizong hatte dieses Wort zum ersten Mal in seinem Leben ausgesprochen. Mit fünf oder sechs Jahren hatte er sich so gewünscht, diesen Tag einmal zu erleben. Er umarmte seinen Vater und roch den Schweißgestank seiner Haare.

»Mein Sohn!«

Das Glück kam allzu plötzlich, und der Ort, an dem Vater und Sohn einander fanden, war allzu komisch – die Küche eines Fujian-Restaurants. Er umarmte ihn so fest, dass seine Wange an der seines Sohnes schmerzte. In der gesamten grausamen Zeit seiner Flucht weinte er jetzt die allerersten Tränen. Müsste er jetzt sterben, er wäre dazu bereit.

Plötzlich durchfuhr Lu Zhongyues Brust ein heftiger Schmerz.

Er wollte etwas sagen, doch seine Kehle war wie verstopft, als steckte ihm etwas im Hals. Sein Gesicht lief rot an, und eine heiße Flüssigkeit quoll aus ihm hervor.

Schließlich ließ der Sohn den Vater los. Er lehnte sich gegen die Arbeitsplatte und keuchte. Seine Kleidung war mit Blut besudelt, und in der Hand hielt er ein Küchenmesser.

Auch an Lu Jizongs Lippen klebte Blut. Er wusste nicht, ob es seines war oder das des Vaters. Der Junge ging langsam aus der Küche. Sein Vater presste eine Hand gegen die Brust und stolperte schwankend hinter ihm her. Die Gäste im Restaurant schrien gellend auf, die Kellner rannten vor Schreck davon. Lu Jizong hatte ein schlechtes Gewissen gegenüber dem Besitzer des Lokals. Ob der den Laden jetzt wegen ihm schließen musste?

Vor drei Jahren, in den ersten Sommerferien auf der Realschule, hatte er nach langem Zögern einem Nachbarmädchen, Xiaomei, die er über ein Online-Computerspiel kennengelernt hatte, einen Strauß Rosen geschenkt. Er hatte dafür das Taschengeld von einem halben Jahr ausgegeben. Xiaomei hatte die Rosen angenommen, ging dann aber doch lieber mit einem hübschen Kerl von der Polizeischule aus. Vor dem Abschied machte sie noch eine Bemerkung: »Mein Freund hat gesagt, dass es einen gesuchten Verbrecher gibt, der aussieht wie du. Mit achtzigprozentiger Wahrscheinlichkeit ist es wohl dein Papa.«

Lu Jizong hatte sich heimlich geschworen, dass er seinen Vater, wenn er ihm in diesem Leben begegnete, töten würde.

Schwankend ging er aus dem Fujian-Restaurant hinaus ins bunte Treiben des Nachtmarkts. Krachende Donner rollten am Himmel, aber es fiel kein Tropfen Regen. Der Junge ließ den Kopf hängen und sah auf das Messer in seiner Hand. Der Vater, den er in Gedanken unzählige Male totgestochen hatte, lag blutüberströmt auf der Straße. Von den zahllosen Schaulustigen am Nachtmarkt wagte niemand, ihm zu Hilfe zu kommen.

Lu Zhongyue blinzelte und blickte in den lichtverseuchten Nachthimmel mit den regenschwangeren dunklen Wolken. Er sehnte sich zwanzig Jahre zurück in die Zeit mit den sternenklaren Nächten über dem Brachland an der Nanming-Straße und dem Jungen namens Shen Ming. Seither hatte er nie aufgehört, über den Tod zu rätseln. Was für einen Schmerz und was für eine Verzweiflung mochte jemand empfinden, dem ein Messer das Herz durchstieß?

Er konnte das Gesicht des Neunzehnjährigen nicht sehen, nur die Gesichter der Passanten, die verängstigt oder gleichgültig dreinschauten oder sich fröhlich unterhielten.

Er wollte ihnen zurufen: »Ich habe mich selbst erstochen. Es war nicht dieser Junge. Er ist kein Mörder!«

Doch das Blut verstopfte seine Luftröhre; er war nicht mehr in der Lage, auch nur ein Wort zu sagen.

»Die Polizei!«, schrie jemand aus der Menschenmenge.

Lu Zhongyues blutverschmierte Hand fühlte nach dem Handy in seiner Hosentasche. Er brauchte bloß eine Taste zu drücken …

Ist es zu spät für die Wiedergeburt?

Bald hatte er seinen letzten Tropfen Blut verloren. Verschwommen sah er die Mütze des Polizisten, der sich über ihn beugte, um zu prüfen, ob er noch atmete.

Ein letztes bisschen Kraft war ihm noch geblieben.

Er drückte auf die Taste.

KAPITEL 17

19. Juni 2014, 21:55 Uhr.

Anxi-Weg Nummer 19, im Kinderzimmer von He Qingying im ersten Stock des Spukhauses.

»Wenn es noch ein Morgen gibt, welches Make-up wirst du dann tragen? Wenn es doch kein Morgen gibt, wie wirst du dann Auf Wiedersehen sagen?«

Plötzlich erklang dieser vertraute Klingelton.

Si Wang verstand zwar nicht, was das zu bedeuten hatte, doch obwohl sein Mund mit Klebeband fest versiegelt war, summte er den Song in seinem Herzen mit.

Ouyang Xiaozhi ahnte etwas. Ihre Augen waren vor Angst weit aufgerissen, und mit letzter Kraft versuchte sie, ihre Fesseln abzustreifen.

Der Klingelton spielte für etwa zehn Sekunden, dann gab es einen gewaltigen Lärm, etwa so, als würden Neujahrskracher explodieren, Funken sprühten in alle Richtungen und fielen auch auf die Benzinkanister.

Im Nu griffen die Flammen im Zimmer um sich und hatten bereits Si Wangs Hosenbein erreicht.

Er wollte schreien vor Schmerz, aber sein Mund war nun einmal zugeklebt. Er schloss die Augen: Nun verbrenne ich also zusammen mit Xiaozhi, wenn nur unsere beiden verkohlten Leichen zusammengebunden wären!

Dieses Spukhaus hatte über dreißig Jahre lang leer gestanden. Es konnte jeden Augenblick zusammenfallen; der Großteil des Gebälks war aus Holz. Die Flammen würden in kurzer Zeit das gesamte Gebäude verschlungen haben. Rauch und

Qualm machten sich in dem Zimmer breit. In der Regel ersticken die Menschen bei einem Brand an den giftigen Gasen, aber Ouyang Xiaozhi hatte noch nicht aufgegeben. Unter größter Anstrengung gelang es ihr, den Stuhl umzukippen, und schließlich lag sie auf dem Boden.

Die Flammen ergriffen ihre auf den Rücken gebundenen Hände, versengten ihre Haut, brannten gleichzeitig das Seil durch. Sie trotzte dem brennenden Schmerz und kämpfte sich aus den Fesseln frei.

Si Wangs Augen waren weit aufgerissen. Hoffnung stand darin. Ohne sich erst das Klebeband vom Mund zu reißen, stürzte sie zu ihm, um seine Fesseln zu lösen. Lu Zhongyue hatte das Seil bei Si Wang so kompliziert geknotet, dass sie es nicht aufbekam. Also kippte sie Si Wangs Stuhl um, damit die Flammen auch seine Fesseln durchbrannten. Wie sich herausstellte, waren Si Wangs Fesseln jedoch aus einem anderen Material als ihre und widerstanden dem Feuer!

Um nur irgendetwas zu tun, riss sie das Klebeband von Si Wangs Mund ab und dann das ihre. Sein Mund war voller Blut. Zärtlich küsste sie seine Lippen, als vermochte sie den Schmerz dadurch zu lindern.

Si Wang stieß sie mit seinem Kopf von sich. Aus seinem Mund, der über zehn Stunden fest versiegelt war und vor Schmerz fast zerriss, kam nur der Satz:

»Xiaozhi, lauf weg!«

»Nein!«

Über ihren Köpfen war ein Krachen zu hören. Das Feuer hatte einen tragenden Balken zum Einsturz gebracht; gleich würde das ganze Gebäude zusammenbrechen.

Wenn sie jetzt allein hinausliefe, hätte sie vielleicht noch eine Chance, mit dem Leben davonzukommen.

21:59 Uhr.

Xiaozhi hörte, wie Glas zerbrach. Da schob sie den Stuhl, an den Si Wang gefesselt war, mit allerletzter Kraft durch die Flammen zum Fenster.

475

Ohne ein Wort zu sprechen, katapultierte sie Si Wang samt Stuhl durch die Luft ins Freie.

Woher sie die Kraft dazu genommen hatte, blieb unerklärlich. Der junge Mann wog über siebzig Kilo.

Bei seinem Flug in Richtung Anxi-Weg steckten Teile des Fensterrahmens und Glassplitter in seinem Körper, und an seinen Hosen und Haaren hingen Flammen.

Dann landete er.

Bei dem Sturz aus dem ersten Stock auf die Straße war der Holzstuhl gebrochen, und die Fesseln hatten sich gelöst.

Fast in derselben Sekunde, in der er aus dem Fenster geflogen war, brach das von den Flammen in Besitz genommene Spukhaus mit einem Krachen in sich zusammen und wurde zu einem Berg aus Schutt und Asche. Xiaozhi hatte den Sprung ins Freie nicht mehr geschafft.

Si Wang wollte aufstehen und zurücklaufen, um Xiaozhi zu retten. Doch sein rechtes Bein schmerzte; er konnte es nicht anheben. Allem Anschein nach hatte er sich die Knochen bei seinem Sturz gebrochen.

Viele Schaulustige waren zusammengelaufen und schrien aufgeregt durcheinander.

Als der Zaun einzustürzen und auf ihn zu fallen drohte, kamen zum Glück zwei tapfere Männer herbeigestürmt, packten ihn am Arm und zogen ihn auf die andere Straßenseite.

Si Wang lag auf dem Gehsteig und blickte auf das Belüftungsfenster zum Keller. Die Scheibe, die bisher immer von einer dicken Schicht Staub und Schmutz bedeckt war, glänzte auf einmal, und darin spiegelte sich das abgebrannte Gebäude auf der gegenüberliegenden Straßenseite – oder vielmehr, was davon übrig geblieben war. Und plötzlich war ihm, als sähe er die Gestalt eines zehnjährigen Mädchens auf den Stufen vor dem Spukhaus hocken, die Arme verschränkt und bitterlich weinend.

19. Juni 2014, 22 Uhr.

Erbsengroße Regentropfen fielen auf seinen Kopf und verdichteten sich im Nu zu einem Wolkenbruch. Die Menge der Schaulustigen zerstreute sich.

Beim Anblick des allmählich schwächer werdenden Feuers wollte er lauthals ihren Namen rufen. Doch seine Kehle war von Qualm und Rauch so wund, dass er keinen Ton herausbrachte.

Als die Feuerwehr mit blinkenden Sirenen in den Anxi-Weg einbog, waren die Flammen nahezu erloschen.

Vor ein paar Minuten, als der Regen noch nicht auf die wütenden Flammen prasselte, war Ouyang Xiaozhi in den Ruinen verschüttet worden. Sie war hinübergegangen in ein ewiges, grenzenloses Schweigen.

Eine Flamme entzündete sich und loderte zum Himmel. Überall lagen Müll und Schutt. Sie trug zerrissene Kleider und war plötzlich ganz klein. Sie berührte ihr Haar und ihre Brust und verstand erst dann, dass sie wieder zu dem elfjährigen Mädchen geworden war.

1988, Nanming-Straße.

In dem Moment, als das Feuer sie zu verschlingen drohte, tauchte er auf und rettete sie aus den Flammen, wie der sagenhafte Held, der auf einer siebenfarbigen Wolke herbeigeritten kam und seine junge Braut in die Arme nahm …

KAPITEL 18

Mitternacht.

Ye Xiao war kurz davor durchzudrehen. Er hatte soeben die Untersuchung der Tatorte von zwei Morden abgeschlossen, die sich fast zum gleichen Zeitpunkt ereignet hatten.

Der erste Mord geschah am Nachtmarkt bei der Qixian-Brücke. Ein junger Angestellter in einem Fujian-Restaurant hatte mit einem Gemüsemesser einen Mann mittleren Alters erstochen. Die Identität des Toten wurde soeben bestätigt. Es handelte sich um den seit acht Jahren polizeilich gesuchten Verbrecher Lu Zhongyue, der mehrere Morde auf dem Gewissen hatte. Der Tatverdächtige wurde bereits verhaftet. Es handelte sich um den neunzehnjährigen Lu Jizong, der behauptete, der uneheliche Sohn von Lu Zhongyue zu sein. Ye Xiao nahm Kontakt mit der Behörde des Ortes auf, wo er gemeldet war, und erfuhr, dass seine Mutter, Chen Xiangtian, vor zwei Monaten in ihrer Wohnung ermordet worden war. Die lokale Polizei hatte überall nach Lu Jizong gefahndet, der offenbar in einer anderen Provinz arbeitete.

Der zweite Mord geschah am Anxi-Weg Nummer 19 in einem alten Haus, das seit dreißig Jahren leer stand und in dem damals ein Verbrechen geschehen war. Um 21:55 Uhr war in dem Spukhaus plötzlich ein Feuer ausgebrochen. Das Gebäude war innerhalb von wenigen Minuten vollständig abgebrannt und eingestürzt. Die Feuerwehr hatte zwischen Schutt und Asche einen verkohlten Leichnam entdeckt. Eine etwa dreißigjährige Frau. Im Moment arbeitete man mit Hochdruck daran, ihre Identität festzustellen. Nach ersten Ermittlungsergebnissen handelte es sich um Brandstiftung. Am Tatort gab es Spuren von einer großen Menge Benzin. Außerdem fand man einen ferngesteuerten Detonator. Am Brandtatort gab es auch einen Überlebenden. Der junge Mann war aus dem ersten Stock durchs Fenster geflogen. Bei dem Sturz hatte er sich ein Bein gebrochen und war ins Krankenhaus gebracht worden. Sein Name war Si Wang.

Den ganzen Tag hatte He Qingying ihren Sohn gesucht. Sie hatte Inspektor Ye Xiao angerufen, und gemeinsam waren sie zum Quartier der Teuflin an der Nanming-Straße gefahren und hatten dort bis 22 Uhr gewartet. Als es zwischen Blitz und Donner anfing, in Strömen zu regnen, fiel ihr noch ein Ort ein – das Haus am Anxi-Weg. Im selben Moment wurde Ye Xiao per Telefon über den Mordfall an der Qixian-Brücke informiert. Er fuhr sofort zum Tatort. Gleichzeitig nahm He Qingying sich ein Taxi zum Anxi-Weg. Das Haus, in dem sie als Kind gewohnt hatte, lag bei ihrer Ankunft bereits in Schutt und Asche. Feuerwehr und Polizei räumten gerade den Tatort auf. Jemand erwähnte, dass es einen Überlebenden gegeben habe, einen jungen Mann, der mit Knochenbrüchen ins Krankenhaus gebracht worden sei.

He Qingying hörte sich noch ein wenig um und eilte dann ins Krankenhaus. Endlich fand sie ihren Sohn. Die Hälfte seiner Haare war verbrannt, und um den Kopf und die Lippen hatte er einen weißen Mullverband. Am ganzen Körper hatte er Wunden. Der rechte Unterschenkel war am schwersten verletzt. Der Arzt legte ihm gerade einen Gips an. Die Krankenschwestern flüsterten und sagten, wenn er nicht so jung und kräftig wäre, läge er mit so vielen Verletzungen längst auf der Intensivstation. In seinem Arm hing eine intravenöse Infusion, da er in der Notaufnahme ohnmächtig geworden war. In dem Moment, als er erwachte, sah er seine Mutter, und ein paar dicke Tränen rannen über sein Gesicht.

Ganz vorsichtig, um nicht an seine Wunden zu stoßen, flüsterte sie ihm ins Ohr: »Wang Er, alles ist vorbei.«

Ye Xiao kam zu ihnen ins Krankenhaus. Als er Mutter und Sohn zusammen sah, wollte er wieder kehrtmachen, doch Wang Er bat ihn, zu bleiben. Trotz seiner schmerzenden Lippen fragte er: »Ist sie noch am Leben?«

Ye Xiao wusste, wem die Frage galt. Die Identität der Frau, die in dem Spukhaus an der Anxi-Straße verbrannte, war bereits festgestellt worden. Es handelte sich um Si Wangs ehemalige Lehrerin für Literatur, Ouyang Xiaozhi. Früher war sie Schülerin in der Abiturklasse von Shen Ming gewesen.

Ye Xiao verzog keine Miene und schüttelte den Kopf. Si Wang brach in Tränen aus. Der Inspektor zog sich zurück und wartete in der Notaufnahme. Draußen tobte ein Gewitter. Wie viele Menschen mussten wohl ohne Dach über dem Kopf schlafen?

Eine Stunde später kam He Qingying heraus und sagte: »Inspektor Ye Xiao, Wang Er möchte Sie sprechen. Aber bitte fassen Sie sich kurz, er ist enorm geschwächt.«

Der Inspektor und der junge Mann unterhielten sich bis zum Morgengrauen. Es hatte aufgehört zu regnen.

Si Wang bestand darauf, aus dem Krankenhaus entlassen zu werden. Ye Xiao brachte ihn und seine Mutter mit dem Polizeiwagen nach Hause. Dort wollte er den jungen Mann, der ja einen Gips am Bein hatte, nach oben tragen. Doch He Qingying lehnte höflich ab. Si Wang meinte, es genüge, wenn seine Mutter ihn stütze; er könne auf einem Bein die Treppe hinaufhumpeln.

Es war 6 Uhr morgens. He Qingying, die ihren Sohn stützte, was sich als ziemlich schwierig erwies, war oben angekommen. Vor der Wohnungstür sah sie eine dunkle Gestalt. Sie erschrak und machte Licht.

Sie rieb sich die Augen; der Mann ihr gegenüber war ihr wohlbekannt und sah sie erschrocken an, und dann war da noch der Junge mit seinem Gipsbein.

»Zwölf Jahre ist es her.«

Der Mann schüttelte traurig den Kopf. Er war vielleicht

fünfzig Jahre alt. Sein Haar war grau meliert. Auf seiner Stirn waren tiefe Falten, in der Hand trug er einen großen Reisekoffer.

Si Wang konnte sich nur mit Mühe vorwärtsbewegen, er musste sich immer wieder anlehnen und festhalten. Obwohl er die ganze Nacht nicht geschlafen hatte, fühlte er sich auf einmal hellwach, als er dem Mann ins Gesicht blickte: »Papa?«

»Wang Er.«

Zitternd nahm er Si Wang in die Arme. Wer hätte gedacht, dass der Junge so groß werden und ihm über den Kopf wachsen würde? Voller Mitgefühl streichelte er sein Gesicht. Er wusste nicht, woher seine Verletzungen stammten.

He Qingying holte schweigend den Schlüssel heraus und sperrte Vater und Sohn die Tür auf.

Es war zwölf Jahre her, aber sie erinnerte sich immer noch an sein Gesicht. Ende 2002 war ihr Mann überstürzt nach Hause gekommen, und es gab Streit. Dann hatte er seine Sachen gepackt, um vor den Wucherern, die am nächsten Morgen kommen würden, an einen weit entfernten Ort zu fliehen.

Seither war er nie wieder zurückgekehrt.

Si Mingyuan hatte sich mehrere Monate herumgetrieben. Er wollte seine Spielschulden so schnell wie möglich zurückbezahlen, um seiner Frau und seinem Sohn das Leben nicht noch schwerer zu machen. Es ergab sich die Möglichkeit, illegal nach Südamerika zu reisen. Dort bekam er einen Lohnarbeitsvertrag und musste im Regenwald Zuckerrohr schneiden. Nach acht Jahren hatte er genug Geld, um sich freizukaufen. Doch mit leeren Taschen wollte er nicht nach Hause zurückkehren und seinem Sohn unter die Augen treten. Er blieb also noch in Brasilien und eröffnete in Sao Pãulo einen Laden. Er arbeitete Tag und Nacht, bis er das Geschäft vor einem Monat verkaufte. Er hatte fünfhunderttausend Dollar gespart.

Vor drei Tagen war er mit dem Geld nach China zurückgekommen. Dort, wo ihr altes Haus gestanden hatte, wurde nun ein Wolkenkratzer gebaut. Nach langem Suchen und Herumfragen hatte er endlich hierhergefunden. Er wollte seine Frau überraschen. Hatte Si Mingyuan damals als Ehemann versagt und zum Vater nicht getaugt, so kam er nun geläutert zurück und konnte seiner Familie ein würdiges Leben bieten.

Si Wang lag auf dem Bett und hörte den Geschichten zu, die sein Vater von dem Leben in Südamerika erzählte. Es war nicht einfach gewesen, und die schweren Jahre hatten sein Gesicht gezeichnet.

Si Wang erinnerte sich, dass er als Grundschüler den Verdacht gehegt hatte, seine Mutter hätte seinen Vater ermordet.

Diesen Zweifel hatte er immer mit sich herumgetragen und nie mit jemandem darüber gesprochen, schon gar nicht mit seiner Mutter.

Oft hatte er den Wunsch verspürt, mit Huang Hai oder Ye Xiao darüber zu sprechen. Doch irgendwann hatte er beschlossen, dieses Geheimnis in seinem Herzen zu begraben.

Als ihr altes Haus im letzten Jahr abgerissen wurde, hatte man einen Leichnam entdeckt. Erst vor Kurzem hatte die Polizei bestätigt, dass es sich bei dem Toten nicht um Si Mingyuan handeln konnte.

Si Wang schlief benommen in den Armen seines Vaters ein. Ye Xiao hatte ihm erzählt, dass Lu Zhongyue, der das Benzin über ein ferngesteuertes Handy in Brand gesteckt hatte, gleichzeitig von seinem eigenen Sohn mit einem Messer ermordet worden war.

KAPITEL 19

Es war der 7. Juli nach dem traditionellen Kalender.

Si Wang hatte die Mitteilung über die Zuteilung eines Studienplatzes erhalten. In den geisteswissenschaftlichen Fächern hatte er beim Abitur als Bester abgeschnitten. In ein paar Wochen würde er sich einschreiben. Der Gips am rechten Bein war vor Kurzem abgenommen worden, er musste sich aber noch schonen. Das Training im Boxclub durfte er noch nicht wiederaufnehmen, und die Sommerferien versprachen langweilig zu werden. Allerdings war Lu Zhongyue nun tot, und eigentlich gab es keinen Grund mehr für das Muskeltraining.

Sein Vater eröffnete neben der Buchhandlung Einsiedel einen Franchise-Supermarkt. In den vergangenen Tagen war er ausschließlich damit beschäftigt gewesen, den Laden auszustatten und Leute einzustellen. Der Vater spielte mit dem Sohn jeden Tag zwei Partien Schach. Doch der Jüngere war dem Älteren weitaus überlegen.

Obwohl ihr verschwundener Ehemann nach zwölf Jahren wieder zurückgekehrt war, sah man He Qingying nie lächeln. Si Wang war klar, dass die beiden nicht in einem Bett schliefen.

Am Abend kam Inspektor Ye Xiao zu ihnen nach Hause und sprach kurz unter vier Augen mit Si Mingyuan und erklärte ihm, dass er mit seiner Frau und seinem Sohn einen Ausflug unternehmen wolle.

»Solange Sie die beiden nicht festnehmen, ist es in Ordnung.«

Nach so vielen Jahren im Ausland hatte Si Mingyuan gelernt, praktisch zu denken.

Ye Xiao stieg mit Si Wang und He Qingying in das Polizeiauto, und zu dritt fuhren sie zur Nanming-Straße.

»Was hast du vor, sag schon!« Si Wang saß auf dem Beifahrersitz und schien beunruhigt. »Was sollen wir dort?«

Auch He Qingying saß auf dem Rücksitz und blickte mit ernstem Gesicht aus dem Fenster. Als sie am Tor des Nanming-Gymnasiums vorbeikamen, kurbelte sie das Fenster herunter und schaute zum Himmel. Die Nacht war sternklar.

Der Polizeiwagen hielt auf dem brachliegenden Gelände außerhalb des Quartiers der Teuflin. Ye Xiao stieg aus und schaute zu dem hohen Kaminschlot. Er ging voraus und schaltete seine Taschenlampe ein, damit niemand in Müll oder Exkremente trat. Mit zugehaltener Nase beleuchtete er den Weg zu dem unterirdischen Gang.

Er drehte sich um und sah, dass He Qingying und Si Wang zögerten. Er winkte ihnen: »Kommt mit! Oder habt ihr etwa Angst?«

Seine Stimme hallte in der leeren Fabrikhalle.

»Los, kommt!«

He Qingying klopfte ihrem Sohn auf die Schultern und folgte dem Inspektor in den Tunnel. Der Lichtkegel der Taschenlampe fiel auf eine fleckige Luke.

Da stürmte Si Wang nach vorn und stieß die Tür auf. Das Scharnier quietschte. An der Innenseite klebte eine dicke Schicht Rost und Staub, sie ließ sich nur halb öffnen. Er nahm Ye Xiaos Taschenlampe zwischen die Zähne und schlüpfte gebückt durch die Tür. Der Lichtschein traf auf dichte Dunstschwaden. Irritiert konnte er kaum die Augen offen halten, und die Taschenlampe wäre beinahe zu Boden gefallen.

Als sich die Dunstschwaden verflüchtigt hatten, betraten die drei das unterirdische Lager im Quartier der Teuflin. Tief im Inneren des düsteren Gemäuers hatte sich Wasser angesammelt und stank; vielleicht stammte der Geruch auch von den Kadavern der Ratten oder anderer Tiere.

»Entschuldigt bitte, dass ich euch hierhergebracht habe, um euch Folgendes mitzuteilen. Seit dem Tod von Lu Zhongyue habe ich mehr als einen Monat damit verbracht, Nachforschungen über eine Reihe von Menschen anzustellen und eine Menge Material zu durchforsten. Dabei habe ich erstaunliche Entdeckungen gemacht. Das, was ich euch mitzuteilen habe, wird vielleicht hier an diesem Ort besser verständlich.«

»Verrate uns endlich, worum es geht, Ye Xiao!«

Si Wang stellte sich neben die Tür, damit er notfalls schnell weglaufen konnte.

»Das Opfer in dem Mordfall in dem Spukhaus am Anxi-Weg im Jahr 1983 war ein Direktor namens Lu Jingnan. Der Name des Vaters von Lu Zhongyue war Lu Jingdong. Er hatte ebenfalls ein Amt in einer Regierungsbehörde. Aus den Personenstandsregistern geht hervor, dass Lu Jingnan und Lu Jingdong leibliche Brüder waren. Das heißt, das Opfer des Mordes in dem Spukhaus war ein Onkel von Lu Zhongyue.«

»Nicht schlecht. Das hat Lu Zhongyue mir auch erzählt, und genau deshalb hielt er sich dort versteckt.«

»Die einzige Überlebende und Augenzeugin des Mordes war die Tochter des Opfers, Lu Mingyue. Merkwürdig ist, dass alle Unterlagen zu ihrer Person später verschwunden sind. Ich habe ganze drei Nächte im Archiv verbracht, bis ich die verschwundene Akte gefunden habe. Sie war von irgendjemandem in einem anderen Register abgelegt worden. Lu Mingyue war die Adoptivtochter des Ermordeten. Ihr leiblicher Vater war ein Übersetzer, der in den 1970er-Jahren in ebendiesem Haus Selbstmord begangen hatte. Nachdem der Mordfall sich im Jahr 1983 ereignet hatte, wurde das Mädchen von einem Ehepaar adoptiert. Von da an distanzierte sie sich von ihrer Vergangenheit. Die Akte war absichtlich in einem anderen Register abgelegt worden, um ihre wahre Identität zu verbergen. Der Vater ihrer Adoptiveltern arbeitete bei der Post, die

Mutter im Archiv. Aus diesem Grund war die Sache ganz einfach.«

He Qingying sagte aus der Dunkelheit heraus mit tiefer Stimme: »Ja, mein Adoptivvater hatte mir die Stelle bei der Post besorgt. Meine Adoptivmutter hatte meine Akte falsch abgelegt, sodass ich mich für immer und ewig von meiner Vergangenheit verabschieden konnte.«

»Im Jahr 1994 stellte ihr ein Kollege Si Mingyuan vor, und die beiden verliebten sich. Er arbeitete damals in der Stahlfabrik, also an dem Ort, an dem wir uns gerade befinden. Im Jahr darauf haben die beiden geheiratet. Im Frühling jenen Jahres veranstaltete die Stahlfabrik eine Feier für alle Mitarbeiter. Nach der Erinnerung der daran teilnehmenden Leute waren Sie als frisch verheiratete Ehefrau von Si Mingyuan auch dabei. Auf der Party war noch jemand, nämlich der jüngste Ingenieur der Stahlfabrik, Lu Zhongyue.«

»Was willst du damit sagen?«

Si Wang baute sich vor Ye Xiao auf. Der Inspektor schob ihn zur Seite und schaute He Qingying fest in die Augen: »Ich habe viele Mitglieder der Familie Lu befragt. Im Sommer 1983 hatte der dreizehnjährige Lu Zhongyue zwei Monate in dem Haus seines Onkels am Anxi-Weg verbracht. Die beiden Kinder waren damals wie gleichaltrige Geschwister und haben unter einem Dach gelebt. Es ist doch sehr unwahrscheinlich, dass Sie Ihren Cousin vergessen haben?«

He Qingying zögerte lange, ehe sie sprach. »Ich erinnere mich an ihn.«

»Auch Ihrem Mann, Si Mingyuan, ist Lu Zhongyue noch gut im Gedächtnis geblieben. Er hat gesagt, dass Sie nach dieser Feier in der Fabrik beunruhigt schienen. Er hat sie damals aber nicht bedrängt, obwohl Sie offensichtlich etwas zurückhielten. Ich habe Sie oft nach Lu Zhongyue gefragt. Jedes Mal haben Sie geantwortet, Sie würden ihn nicht kennen und hätten seinen Namen nie gehört. Selbst wenn er ein Kollege Ihres Mannes war, Sie seien nur selten in die Fabrik gegangen und hätten zu Ihrer Hochzeit nur wenige Gäste eingeladen. Ganz offenbar haben Sie gelogen.«

»Mama, du brauchst nicht zu antworten.«

He Qingying schüttelte den Kopf und sagte: »Entschuldigen Sie bitte. Ich habe Sie angelogen. Ich kenne Lu Zhongyue. Wir kennen uns von Kindheit an. Nach dem Mordfall, der sich ereignete, als ich dreizehn Jahre alt war, haben wir uns allerdings bis 1995 nicht mehr gesehen.«

»Ich möchte wissen, warum Sie gelogen haben.«

»Das ist mein Geheimnis.«

»Hier ist das Ergebnis meiner Analyse: Ich denke nicht, dass Lu Zhongyue der Mörder Shen Mings ist. Er hatte sein Ziel ja bereits erreicht: Shen Ming war völlig zugrunde gerichtet und hatte alles verloren. Außerdem hatte er in der Nacht des 19. Juni einen Mord begangen. Es war nur eine Frage der Zeit, bis er gefasst und zum Tode verurteilt würde. Aus diesem Grund fehlte Lu Zhongyue jegliches Motiv für die Tat.«

»Meine Mutter hatte auch kein Motiv, ihn zu ermorden! Zwischen ihrem Leben und dem von Shen Ming gibt es nicht die geringste Überschneidung!«

»Falsch. Die Wege der beiden haben sich zweimal gekreuzt. Erstens hat Shen Ming als Kind in der Anxi-Straße in der Kellerwohnung gegenüber dem Spukhaus gelebt, und vielleicht hatte er mit Lu Mingyue und Lu Zhongyue Kontakt. Zweitens, nicht nur die Wege von He Qingying und Lu Zhongyue haben sich gekreuzt, sondern es gab auch Gefühle. Laut Aussage deines Onkels und deiner Tante hat Si Mingyuan, als du fünf oder sechs Jahre alt warst, gemutmaßt, dass Si Wang nicht sein Kind war. Aus diesem Grund wirkte er dir gegenüber gleichgültig, und die Beziehung zu seiner Frau verschlechterte sich zunehmend. Wen von beiden hatte er in Verdacht? Den Lehrer Shen Ming oder den Ingenieur Lu Zhongyue? Ich denke, Letzteren, schließlich waren Si Mingyuan und Lu Zhongyue ja Arbeitskollegen.«

Si Wang schlug mit der Faust gegen eine imaginäre Person

und packte He Qingying am Arm: »Mama, wer ist mein Vater? Erzähle mir nicht, dass es dieser Verbrecher ist!«

»Bitte, zweifle nicht an deiner Mutter! Du bist der Sohn von Si Mingyuan. Ich schwöre es beim Himmel!«

Ye Xiao hatte das alles einkalkuliert: »Entschuldigung, hierüber besteht meines Erachtens überhaupt kein Zweifel. Aber warum würde Si Mingyuan Sie und Lu Zhongyue verdächtigen? Hat es vielleicht damit zu tun, dass ihr als Kinder zusammen gewohnt habt? Ich kann diesbezüglich nur spekulieren. Um den Mordfall im Jahr 1983 am Anxi-Weg gab es damals zahlreiche Kontroversen. Die vorherrschende Meinung war, dass der Mörder von draußen durchs Fenster gekommen sein muss, aber niemand hatte die Tochter des Toten verdächtigt. Ich aber komme jetzt zu dem Schluss, dass der Mörder entweder He Qingying oder Lu Zhongyue oder Shen Ming war – einer von den dreien oder möglicherweise sogar alle drei zusammen. Dieses Geheimnis lag zwölf Jahre lang begraben, bis jemand es ausgraben wollte – nämlich Lu Zhongyue, als er He Qingying wiedererkannte. Anschließend gab es auf der einen Seite Bedrohung und auf der anderen Angst. Der eine wollte das Geheimnis für seine eigenen Zwecke ausnutzen. Der andere wollte das Geheimnis hüten, auch wenn man dafür einen Zeugen aus dem Weg räumen musste ...«

»Sie haben keinerlei Beweise.«

»Ja, wie gesagt, es sind alles nur Spekulationen. Die Person, die am 19. Juni 1995 nachts um 22 Uhr im unterirdischen Quartier der Teuflin Shen Ming ermordet hat, ist hier unter uns.«

Ye Xiao leuchtete mit der Taschenlampe auf das Gesicht von He Qingying.

»Nein.«

Si Wang nahm ihm die Taschenlampe aus der Hand, legte die Arme schützend um seine Mutter und sagte mit weinerlicher Stimme: »Ye Xiao, du spekulierst nicht, sondern du fantasierst. Das ist keine anerkannte polizeiliche Methode.«

»Ich gebe es ja zu!«

Ye Xiao warf Si Wang mit leichter Hand zu Boden. Dann holte er sich seine Taschenlampe zurück und leuchtete in das unterirdische Lager. »Die wichtigsten Beweisstücke sind alle verschwunden, einschließlich der Waffe, mit der Shen Ming ermordet wurde. Sie ist in all den neunzehn Jahren nicht aufgetaucht. Und der wichtigste Zeuge, Lu Zhongyue, hat alle seine Geheimnisse mit ins Grab genommen. Insofern könnt ihr alles rundheraus abstreiten. Ich habe keinerlei Beweise, um einen Verdächtigen festzunehmen. Bis heute Nacht hat das wie ein Stein auf meiner Brust gelastet, und ich musste mich davon befreien. Schließlich kenne ich euch beide seit Langem, und es war Zeit für ein offenes Wort. Sonst sagt Ihr Sohn später einmal – Inspektor Ye Xiao ist seines Ruhmes nicht würdig.«

»Können wir jetzt nach Hause fahren?«

»Selbstverständlich! Entschuldigt bitte, dass ich euch heute, am Tag der Liebenden, so viel Zeit geraubt habe. Schnell, nach Hause, zur Familie!«

Si Wang nahm die zitternden Hände seiner Mutter. Beim Hinausgehen schüttelte sie ihn an der Luke ab und trat wieder in den Lichtkegel von Ye Xiaos Taschenlampe. Dicke Tränen rannen der vierundvierzigjährigen Frau über ihr schönes, reifes Gesicht – wie Regentropfen über Birnenblüten.

Wieder schüttelte He Qingying ihren Sohn ab, der sie an der Hand hinausziehen wollte. Sie hob den Kopf und sprach ruhig und gefasst: »Ich war es, die am 19. Juni 1995 um 22 Uhr abends Shen Ming hier ermordet hat.«

KAPITEL 20

1983 hörte man überall auf den Straßen die Schlager von Teresa Teng. Auch aus dem Fenster im ersten Stock des Hauses am Anxi-Weg drang gelegentlich einer ihrer Songs.

Das war das Geburtstagsgeschenk des Onkels für Lu Mingyue – ein aus Japan importierter Kassettenrekorder. Der Onkel arbeitete für eine Regierungsbehörde und brachte immer die tollsten Sachen mit. Die Teresa-Teng-Kassetten hatte sie sich selbst gekauft, an dem kleinen Kiosk in ihrer Straße. Jeden Abend wollte sie sie zum Einschlafen hören.

Lu Mingyue war gerade dreizehn geworden. Sie war kein kleines Mädchen mehr. Manchmal kam es schon vor, dass sie einem Jungen hinterherschaute; wie zum Beispiel dem, der im Haus gegenüber im Keller wohnte. Die anderen Kinder in der Straße spielten nicht mit ihm. Die Leute sagten, sein Vater habe seine Mutter vergiftet und sei daraufhin erschossen worden. Doch in vielen Nächten konnte sie von ihrem Zimmer im ersten Stock aus beobachten, wie das Belüftungsfenster des Kellers schwach beleuchtet war und der Junge davorsaß und las. Das dämmrige Licht verlieh seinem Gesicht einen goldenen Schimmer.

Einmal hörte sie den uralten Mann auf der anderen Straßenseite den Namen des Jungen rufen. Er hieß Shen Ming. Der uralte Mann war über achtzig Jahre alt. Man erzählte sich viele Geschichten über ihn. Oft kamen Parteifunktionäre aus Peking zu ihm zu Besuch. Auch Journalisten aus dem Ausland reisten an, um ihn zu interviewen. Am anderen Ende des Anxi-Wegs wohnte eine sechzigjährige Frau. Alle Welt nannte sie

Fräulein Cao. Der uralte Mann und sie gingen oft zusammen im Schatten der Ginkgo-Bäume spazieren. Gelegentlich warfen sie ins Gespräch ein paar Sätze in einer Sprache ein, die niemand verstand. Dann sahen sich die beiden an, lachten und gingen wieder auseinander.

Ein Jahr zuvor hatte sich die Adoptivmutter von Lu Mingyue im Suzhou-Fluss ertränkt, weil der Adoptivvater diverse Beziehungen außerhalb der Ehe führte. Nach dieser Entdeckung war die Mutter nie wieder froh geworden. Dazu kam, dass der Adoptivvater regelmäßig abends betrunken war.

Lu Mingyue wollte ihn töten.

In den Sommerferien war ein Junge in ihr Haus gezogen. Lu Zhongyue, der Sohn ihres Onkels. Seine Eltern gingen für zwei Monate ins Ausland, und in dem Haus am Anxi-Weg gab es genug Platz.

Lu Zhongyue hatte ein bläuliches Mal an der Stirn.

Der Junge lernte nicht gern. Er sammelte die Bilder aus Zigarettenschachteln, und wenn er sich langweilte, tauschte er die Karten mit den Kindern auf der Straße. Er war ziemlich neugierig, und nach kurzer Zeit hatte er das Geheimnis von Lu Mingyue entdeckt – nämlich, dass sie nur ein Adoptivkind war und keinerlei Blutsverwandtschaft zwischen ihr und ihm bestand.

Eines Abends flüsterte der dreizehnjährige Lu Zhongyue ihr zu: »Du gefällst mir.«

Dafür erntete er eine Ohrfeige.

Der lange Sommer war zu Ende, und Lu Zhongyue kehrte zurück zu seiner Familie. Aber hin und wieder kam er in den Anxi-Weg, um seine »Cousine« zu besuchen. Es machte ihm keinen Spaß, das Haus durch die Eingangstür zu betreten, er sprang lieber über das Mäuerchen und erschreckte sie.

Jedes Mal, wenn sie Lu Zhongyue ins Haus einbrechen sah, hatte sie Angst.

Herbst 1983.

Es war an einem regnerischen Abend, als der Adoptivvater

betrunken war und das Mädchen packte. Sie wehrte sich nach Leibeskräften, griff nach einer Glasscherbe und durchschnitt seine Kehle.

Der Adoptivvater war tot.

Sie starrte halb wahnsinnig vor Angst auf die Leiche, da bemerkte sie ein Gesicht draußen vor dem Fenster.

Lu Zhongyue.

Auch dieses Mal war er heimlich über das Mäuerchen gesprungen, um sie zu überraschen, und dabei unwillkürlich zum Zeugen eines Mordes geworden.

Mit blutbesprengtem Gesicht, die tödliche Glasscherbe noch in der Hand, stürzte sie zum Fenster. Lu Zhongyue war kreidebleich vor Schreck und triefend nass vom Regen. Er schüttelte den Kopf und sagte: »Ich habe nichts gesehen! Ich schwöre es! Nie werde ich darüber auch nur ein Wort verlieren!«

Dann sprang er wieder über das Mäuerchen und war verschwunden.

Sie säuberte den Tatort und zertrat die Glasscherbe, mit der sie getötet hatte. Die Spuren, die Lu Zhongyue beim Einsteigen hinterlassen hatte, wurden von der Polizei fälschlich als die des Mörders interpretiert.

Lu Mingyue ging aus dem Haus, setzte sich auf die Treppe zum Anxi-Weg und weinte. Sie konnte nicht ahnen, dass ein Junge im Keller des Hauses gegenüber sie ruhig beobachtete.

Die Polizei verhörte sie viele Male, aber sie gab keine Antwort auf die Frage, wer ins Haus eingebrochen sei. Sie sagte nur, mitten in der Nacht habe sie im Erdgeschoss Schreie gehört, sei hinuntergelaufen und habe den Vater in einer Blutlache liegend gefunden. Weil sie versucht hatte, ihn aufzuheben, sei sie am ganzen Körper blutbesprengt.

Niemand zweifelte ihre Aussage an. Nur darüber, wie der Mörder in das Haus eingebrochen war, gab es kontroverse Meinungen. Schließlich kam man zu dem Schluss, dass es sich um einen Rachemord handelte.

Im Winter wurde Lu Mingyue von einem kinderlosen Ehepaar adoptiert. Sie änderte ihren Namen zu He Qingying und zog in das alte Haus, in dem später Si Wang geboren wurde.

Am Abend vor dem Auszug aus dem Spukhaus am Anxi-Weg steckte sie eine Kassette von Teresa Teng und die Sammelbilder aus den Zigarettenschachteln von Lu Zhongyue in eine Keksdose aus Blech, die sie in einem Loch in der Mauer ihres Zimmers versteckte.

Eine zweite Keksdose bewahrte sie zusammen mit der anderen Teresa-Teng-Kassette auf und nahm sie heimlich mit in ihr neues Zuhause.

Ihre Adoptivmutter war Verwaltungsangestellte im Archiv. Das Mädchen flehte sie an, sie möge ihre Akte manipulieren und aus Lu Mingyue und He Qingying zwei völlig voneinander unabhängige Personen machen.

Sie wollte endgültig mit ihrer Vergangenheit brechen.

Obwohl die Familie in einfachen Verhältnissen lebte, waren ihre neuen Adoptiveltern gut zu ihr und ließen sie bis zum Realschulabschluss eine technische Schule besuchen, ehe sie eine Stelle bei der Post bekam. Seither war ihr Leben leichter geworden. Nie sprach sie über ihr früheres Leben, und nie kam ein alter Bekannter sie besuchen. Zum Glück hatten ihre Adoptiveltern keine große Familie, und so wusste niemand von ihrer Vergangenheit.

Als sie vierundzwanzig war, starben ihre Adoptiveltern bei einem Autounfall. Und im selben Jahr lernte sie auch Si Mingyuan kennen.

He Qingying wusste nicht, ob sie ihn wirklich liebte, er aber liebte sie sehr.

Im April 1995 heiratete sie ihn.

Zwei Wochen nach der Hochzeit ging sie zu einer Betriebsfeier in die Stahlfabrik, in der ihr Mann arbeitete. Ganz überraschend wurde sie von jemandem erkannt.

»Mingyue?«

Der junge Mann mit dem bläulichen Mal an der Stirn

starrte sie an und bedrängte sie mit Fragen, bis Si Mingyuan einschritt.

Sie hatte zwar nicht zugegeben, dass sie Lu Mingyue war, aber in jener Nacht träumte sie von dem Spukhaus am Anxi-Weg.

Lu Zhongyue drang in ihr Leben ein. Er fing sie am Tor des Postamts ab, in dem sie arbeitete, oder folgte ihr, wenn sie allein nach Hause ging. Eines Tages gab er ihr einen Briefumschlag. Der Adressat war in Peking. Er bat He Qingying, einen Poststempel auf die Briefmarke zu setzen und das Datum um ein halbes Jahr zurückzudatieren. Sie lehnte rundheraus ab. Das Fälschen eines Poststempels sei illegal. Sie würde entlassen werden, wenn man sie entdeckte.

»Schwesterherz, ich erinnere mich ganz deutlich an das, was du vor zwölf Jahren in dem Haus am Anxi-Weg getan hast.«

Angesichts dieser unverhohlenen Drohung musste He Qingying sich beugen und war gezwungen, das Datum des Poststempels zu ändern und diesen auf den Briefumschlag, den ein gewisser Shen Ming an einen He Nian geschrieben hat, zu setzen.

Doch damit nicht genug, Lu Zhongyue wollte sie zur Übergabe in der Stahlfabrik an der Nanming-Straße treffen. Sie sollte in das Lager unter der stillgelegten Fabrikhalle hinabsteigen. Dort sei er mit seinen Schulfreunden früher oft gewesen. Die Leute nannten diesen bösen Ort das Quartier der Teuflin.

»Mingyue, in meinen Augen bist du eine Teuflin.« Er strich über He Qingyings Haar und glotzte in ihre beschämten Augen. »Du hast einen Menschen getötet, ich bewundere dich dafür und kann dein Geheimnis bewahren, vorausgesetzt, du bist bereit ...«

Da trat sie ihm mit dem Fuß zwischen die Beine und rannte aus dem Quartier der Teuflin ins Freie.

Sie wusste, ihr Geheimnis würde nun nicht länger gewahrt

bleiben. Lu Zhongyue lechzte nach ihrer Schönheit und würde sie weiterhin erpressen. Auf keinen Fall konnte sie ihrem Mann von dieser Angelegenheit erzählen. Wenn Si Mingyuan wüsste, dass seine Frau einen Mord begangen hatte ...

He Qingying musste das Problem allein lösen.

Sie schrieb Lu Zhongyue einen Brief und verabredete sich mit ihm am 19. Juni um zweiundzwanzig Uhr. Es sollte ein Rendezvous im Quartier der Teuflin sein. Sie schrieb ihm, dass sie ihren Mann, Si Mingyuan, nicht mehr liebe und sich in Zukunft anders orientieren wolle.

In Wirklichkeit hatte sie ein Messer bei sich.

Am 19. Juni 1995 ging He Qingying am frühen Morgen aus dem Haus. Das Messer gut versteckt stieg sie noch am hellen Tag ins Quartier der Teuflin und blieb dort bis in die Nacht. Sie hielt sich in dem stockdunklen unterirdischen Lager verborgen und wartete.

Zweiundzwanzig Uhr. Draußen in der finsteren Nacht rollte der Donner, und der Regen prasselte dumpf. Dann waren die hastigen Schritte eines Mannes zu hören.

In dem Moment, als die Luke aufgestoßen wurde, sah sie den Schatten eines jungen Mannes. Er drehte sich herum, und sie stieß ihm das Messer in den Rücken.

Die Klinge traf genau ins Herz.

Sie blickte auf den Leichnam des Mannes, aus dem noch Blut floss, das sich auf dem ganzen Boden verbreitete. Dann leuchtete sie ihn nochmals mit der Taschenlampe an und bemerkte zu ihrem Entsetzen, dass es nicht Lu Zhongyue war.

Er war nicht gekommen. Es war gleichgültig, ob er den Brief erhalten hatte oder nicht. Fest stand nur, dass sie nochmals einen Menschen ermordet hatte.

He Qingying kniete sich neben den toten Mann und betete zu seiner zu Unrecht verstorbenen Seele, sie möge ihr vergeben. Aber sie musste auch dieses Geheimnis verbergen und alles genauso machen wie damals vor zwölf Jahren am Anxi-Weg. Sie zog das Messer aus dem Rücken des Toten und suchte jede Ecke des Tatorts penibel ab, um keinerlei Spuren zu hinterlassen.

Dann rannte sie eilig hinaus und überließ den Toten dem Kreislauf der Wiedergeburt.

Als sie nach Hause kam, war es schon Mitternacht. Si Mingyuan war noch unterwegs und spielte Mahjong. Das hatte sie für ihren Mann so arrangiert. Sie wusch alle ihre Kleidungsstücke mehrfach. Nur die blutbefleckte Jacke verbrannte sie.

Eigentlich dachte sie, sie würde die ganze Nacht nicht schlafen können, doch dann schlummerte sie ein und sah ein unvergleichlich deutliches und wirkliches Traumbild: Ein einfach gekleideter junger Mann mit betrübten Augen und einer Kerze in der Hand stand neben ihrem Bett und weinte leise . . .

He Qingying erinnerte sich an das Gesicht. Er wohnte am Anxi-Weg im Keller des alten Hauses gegenüber und hieß Shen Ming.

Si Mingyuan kam erst am frühen Morgen nach Hause. Dieser Grobian merkte gar nicht, dass irgendetwas anders war.

Genau an dem Tag stellte sie fest, dass sie schwanger war. Ihr Mann begleitete sie ins Krankenhaus. Sie war schon im zweiten Monat.

Der Brief, den sie an Lu Zhongyue geschrieben hatte, kam am nächsten Tag aufgrund eines Zustellungsfehlers in der Stahlfabrik ans Postamt zurück. Lu Zhongyue hatte ihn nie erhalten.

Er hatte sich nie wieder bei ihr gemeldet.

Je dicker ihr Bauch wurde, desto mehr begann sich das Leben in ihr zu regen. Gleichzeitig ergriff sie in ihrem Innersten eine namenlose Angst.

Ihr Mann hatte beiläufig erwähnt, dass der Mann, der im Quartier der Teuflin gestorben war, ein soeben aus dem Dienst entlassener Lehrer für Literatur am nahe gelegenen Nanming-Gymnasium war und Shen Ming hieß.

Sie hatte durchaus an eine Abtreibung gedacht. Doch als sie

am Eingang zum Krankenhaus stand, bekam sie weiche Knie. Es war ihr, als würde sie das Baby leise weinen hören. Da zwang sie sich mit Tränen in den Augen, wieder nach Hause zurückzukehren.

Der voraussichtliche Geburtstermin war im Januar 1996. Überraschenderweise kam das Kind schon früher zur Welt. In der Nacht des 19. Dezember 1995 wurde ihr und Si Mingyuans Sohn im Krankenhaus geboren.

Als die Krankenschwester ihr das Kind mit dem runzeligen Gesicht brachte, musste sie weinen.

Sie gab ihm den Namen Si Wang.

Ein paar Tage nach Si Wangs Geburt bemerkte die Mutter, dass er auf der linken Seite des Rückens, auf Höhe des Herzens, ein winziges Mal hatte. Es sah aus wie eine Narbe, als wäre er in der Gebärmutter mit einem Messer verletzt worden. In ihrer Erinnerung blitzte die stürmische Nacht vor mehr als fünf Monaten auf, in der sie in dem unterirdischen Lager in der stillgelegten Stahlfabrik einen Mann von hinten erdolcht hatte. Die Klinge des Messers war an genau der Stelle in den Rücken des Mannes gedrungen.

Im Kindbett wurde sie jede Nacht von Albträumen heimgesucht.

He Qingying hatte ihrem Sohn nie davon erzählt, und auch nicht ihrem Mann. Der Blick auf den eigenen Rücken war dem Menschen ohnehin verwehrt.

Das Kind lernte früher als andere zu laufen und zu sprechen. He Qingying hatte immer mehr das Gefühl, dass irgendetwas nicht stimmte. Er war ein stilles und schweigsames Kind. In der Wohnung häuften sich die Spielsachen, die der Vater für ihn kaufte. Doch der Junge schien sich nicht wirklich für die Autos oder Spielzeugpistolen zu interessieren. Er rannte nicht herum wie andere Kinder und stellte auch keinen Unfug an.

Eines Tages, als sie schlief, krabbelte das Kind zum Bücherregal und warf ein Exemplar der *Sammlung von Liedern aus der*

Song-Dynastie heraus. Als He Qingying ihn damit fand, hatte er bereits die Hälfte der Seiten herausgerissen, und sie wies ihren Sohn streng zurecht. Manchmal starrte er aus dem Fenster und murmelte dabei leise vor sich hin. Sein Blick war anders als der von anderen Kindern. Er konnte sich stark auf das Wesentliche konzentrieren, und man hatte den Eindruck, als könnte er schon lesen.

Oft sprach das Kind nachts im Traum. He Qingying hielt dann ihr Ohr an seinen Mund und lauschte. Er sprach wie ein Erwachsener, und sie schnappte Worte wie Nanming-Straße, Quartier der Teuflin, Anxi-Weg ... und den Namen Xiaozhi auf.

Als Si Wang fünf Jahre alt war, ging die Stahlfabrik pleite. Si Mingyuan wurde entlassen und blieb nun zu Hause. Er wurde immer reizbarer. Ein Arbeiter im Ruhestand erzählte einem ehemaligen Kollegen beim Trinken, dass er im Frühjahr vor fünf Jahren gesehen habe, wie der Ingenieur Lu Zhongyue mit der Frau von Si Mingyuan in das unterirdische Lager gegangen sei. Es war also wahr. Doch He Qingying stritt alles ab. Zwischen ihr und ihrem Mann herrschte von da an kalter Krieg, bis er wegen seiner hohen Spielschulden verschwand.

Zu Hause blieben nur der Waise und die Witwe.

Eines Tages hörte sie im Fernsehen einen Schlager von Chris Yu, *Mengpo-Suppe:*

»Wenn es wirklich ein Wasser gibt / das wir trinken, ohne uns zu betrinken / Dann gibt es vielleicht auch Tränen / die wir weinen, ohne Schmerz zu empfinden / Allzu perfekt sehen wir die Liebe / diese Wette mit dem hohen Einsatz an Gefühl / Die Versprechen aus früheren Leben sind in dieser Welt verspielt / und ich merke, das Wasser hat still meine Tränen unterspült / Obwohl ich nichts sehe und nichts höre / gibt es kein Entfliehen und kein Vergessen / Und selbst die Spitzen deiner Haare auf dem Kissen / quälen mich jetzt / Obwohl du weißt und ich weiß / liegt mein Herz offen, treiben die Tränen fort / Nach dieser einen

Sekunde, diesem einen Lächeln / trinke ich die Schale mit dem
Gegengift / Und habe alle Schönheit, alle Einsamkeit vergessen . . .«

Da hörte sie ein leises Schluchzen und sah, dass ihrem sieben-
jährigen Sohn die Tränen übers Gesicht strömten.

»Wang Er, warum weinst du?«

Er wand sich aus der Umarmung der Mutter und schloss
sich im Schlafzimmer ein. He Qingying sperrte die Tür wieder auf und fand ihn bitterlich weinend auf dem Boden vor
dem Ankleidespiegel liegen.

Mengpo-Suppe?

Drei Jahre später war sie in ihrer Rolle als Si Wangs Mutter
zu Gast im Haus von Gu Qiusha und begegnete dort ganz
überraschend Lu Zhongyue. Die beiden sahen sich verlegen
an, wechselten aber kein Wort mehr miteinander.

Obwohl sie absolut dagegen war, dass ihr Sohn bei Familie
Gu wohnte, hatten sie ihre Lebensumstände dazu gezwungen.
Nur damit Si Wang nicht von den Wucherern behelligt wurde
und in Ruhe und Frieden aufwachsen konnte, ließ sie ihn
schweren Herzens in die unmittelbare Nähe dieser Angst ein-
flößenden Person ziehen.

Lu Zhongyue hatte ihr heimlich einen Besuch abgestattet.
Er wirkte matt und müde und war nicht mehr derselbe Mann.
Der Vorfall in dem Haus am Anxi-Weg liege mehr als zwanzig
Jahre zurück, sagte er, und er sei nicht gekommen, um ihr zu
drohen. Außerdem verspüre er keinerlei Verlangen mehr nach
Frauen und hoffe, zwischen ihr und ihm gebe es keinerlei
Missstimmung mehr.

Selbstverständlich wusste er nicht, dass sie es war, die Shen
Ming 1995 getötet hatte.

Kurz darauf kehrte Si Wang zu seiner Mutter zurück, und
Lu Zhongyue war zu einem landesweit gesuchten Mörder geworden.

Der einzige Mensch, den sie in ihrem Leben je geliebt hatte,
war jedenfalls Si Wang. Dieser Junge, der sich für den Hort

allen Wissens hielt und zehn Jahre lang dachte, seine Mutter tappe wie eine Blinde im Dunkeln.

Wang Er, Mama kennt alle deine Geheimnisse.

Du hingegen kennst Mamas Geheimnisse nicht.

In Wirklichkeit bist du gar kein Genie.

Du bist nur ein dummes Kind.

Und wisse, auf der Welt gibt es keine Eltern, die ihre Kinder nicht verstehen, es gibt nur Kinder, die ihre Eltern nicht verstehen.

KAPITEL 21

Shen Mings Mörder war kein Mann, sondern eine schöne Frau. Die Frau, die Si Wang das Leben geschenkt hatte.

An jenem Abend im Juli, als Ye Xiao He Qingying und Si Wang aus dem Quartier der Teuflin führte und sie an dem höchsten Kaminschlot vorbeikamen, zeigte He Qingying auf eine baufällige Mauer, auf der die zwei Wörter »Zutritt verboten« standen. »Nach der Tat habe ich die Mordwaffe hier vergraben.«

Ye Xiao wollte gerade eine Schaufel oder einen Spaten suchen, da hatte Si Wang schon mit seinen beiden Händen zu buddeln begonnen. In den Tagen davor hatte es ständig geregnet, und die Erde war locker und weich. Schnell hatte er einen halben Fuß tief gegraben, dabei aber nichts als verrottete Wurzeln und Knochen zutage gefördert.

»Lass mich suchen!«

He Qingying schob ihren Sohn zur Seite und konzentrierte sich ganz aufs Graben. Mit blutigen Händen holte sie schließlich ein schwarzes Ding aus der Erde. Mit dem Zipfel ihrer Jacke wischte sie die Erde von dem Messer ab. Es war voller Rostflecke, aber im Lichtschein der Taschenlampe war es deutlich zu erkennen. »Das ist die Waffe, mit der ich Shen Ming ermordet habe.«

Ye Xiao steckte das Messer in einen Beweismittelbeutel. Er brachte die Tatverdächtige zum Polizeiwagen und fuhr mit ihr direkt aufs Revier.

Der Polizeichef kam persönlich zu dem Verhör, Ye Xiao machte Notizen. He Qingying legte ein umfassendes Geständnis für den Mord 1983 am Anxi-Weg und den Mord 1995 an der Nanming-Straße ab.

Die Antwort auf eine letzte Frage blieb sie schuldig: In all den Jahren war sie so bedacht darauf gewesen, ihre Geheimnisse zu bewahren. Warum hatte sie jetzt, ohne dass konkrete Beweise vorlagen, ein volles Geständnis abgelegt?

Ye Xiao vermutete, dass He Qingying in den vergangenen zwanzig Jahren Angst gehabt hatte, Wang Er würde allein zurückbleiben, wenn sie ins Gefängnis käme. Sie konnte sich nicht vorstellen, wie ein Kind ohne Mutter aufwachsen sollte. Sie wollte nicht, dass ihr Sohn auf die schiefe Bahn geriet.

Heute war das Kind erwachsen, und auch der Vater war durch eine Verkettung verschiedenster Umstände wieder bei ihm, sodass sie als Mutter sich nicht mehr zu sorgen brauchte. Das Geständnis hatte He Qingying von einer schweren Last befreit, und sie fühlte sich wohl erleichtert.

Erst am frühen Morgen kam Si Wang nach Hause. Auch der Vater hatte die ganze Nacht nicht geschlafen. Er war bereits von Ye Xiao informiert worden. He Qingying hatte mit ihrem Mann telefoniert. Fortan würde er die Verantwortung für Si Wang tragen.

Si Wang legte den Kopf auf die Schulter seines Vaters und sagte mit sanfter Stimme: »Papa, ich bin dein leiblicher Sohn.«

»Weißt du was, als ich in Südamerika Zuckerrohr geschnitten habe, wurde mir bewusst, dass, selbst wenn du nicht mein leibliches Kind wärest, ich dich dennoch als meinen Sohn ansehen würde. Du ahnst gar nicht, wie glücklich ich bei deiner Geburt war!«

Dann zog Si Mingyuan ein Portemonnaie aus seiner Tasche. Es sah ziemlich alt aus und war an einigen Stellen durchgerieben. He Qingying hatte es ihm vor der Hochzeit geschenkt. In all den Jahren im Ausland hatte er es immer bei sich getragen. Er bewahrte ein vergilbtes Foto von Si Wang im Alter von einem Monat darin auf. Das zu früh geborene

Baby war ausnehmend hübsch, hatte aber den düsteren Blick eines Erwachsenen.

»Du bist so groß geworden …«

Beim Betrachten des Fotos hielt Si Mingyuan seinen Sohn fest im Arm.

Am nächsten Tag ging Si Wang zu Shen Yuanchao.

Ye Xiao war ihm jedoch zuvorgekommen. Er hatte dem Staatsanwalt in einem Telefonat den Stand der Dinge mitgeteilt. Nicht zuletzt, um der Familie des Toten eine Erklärung zu geben.

Shen Min hatte einen Studienplatz an der Universität ihrer Wahl bekommen, allerdings in einer anderen Stadt. Sie packte gerade ihre Sachen für die große Reise. Vor zwei Monaten war ihre Lehrerin für chinesische Literatur ganz unerwartet in einem alten Haus am Anxi-Weg verbrannt. Shen Min war untröstlich. Auf dem Nachtkästchen in ihrem Zimmer hatte sie ein Foto von der Lehrerin und sich aufgestellt.

Si Wang zündete gemeinsam mit Shen Min drei Räucherstäbchen vor dem Porträt der Toten an.

Beim Abschied nahmen Si Wang und Shen Yuanchao einander fest in die Arme. Über die Schulter des alten Mannes flüsterte Si Wang ihm ins Ohr: »Ich bitte dich um einen Gefallen …«

Nachdem sie eine halbe Minute miteinander leise gesprochen hatten, verfinsterte sich die Miene des Staatsanwalts im Ruhestand, und er antwortete mit hängendem Kopf: »Du weißt, dass ich diesen Menschen immer eigenhändig töten wollte.«

»Ich weiß.«

»Geh nach Hause, Kind, ich will dich nie wiedersehen.«

Si Wang war schon in der Tür, da drehte er sich nochmals um und beharrte: »Bitte! Ich warte auf deinen Anruf.«

Shen Yuanchao lehnte an der Tür und sagte kein Wort. Nur Shen Min lief hinter Si Wang her, zog ihn am Arm und fragte: »Worüber hast du mit meinem Vater gesprochen?«

»Das ist ein Geheimnis.«

»Wann sehen wir uns wieder?«

»Sobald du dein Studium abgeschlossen hast!«

»Darf ich dir einen Kuss geben?«

Si Wang schloss die Augen, und Shen Min küsste ihn auf die Wange. Ohne sich noch einmal umzudrehen, fuhr er auf seinem Fahrrad fort. Tränen strömten über das Gesicht des Mädchens hinter ihm.

Einen Monat später begann das Semester.

Es war Herbstanfang, ein heller, klarer Tag, an dem Si Mingyuan von der Buchhandlung Einsiedel aus ein Taxi rief, um seinen Sohn zu der am Meer gelegenen S-Universität zu begleiten.

Si Wang stieg aus, zog seinen großen Koffer aus dem Wagen und winkte dem Vater: »Papa, fahr zurück! Ich komme allein zurecht.«

Er betrat den Campus, über dessen Eingangstor ein breites Banner mit einem Willkommensgruß an die Studenten hing. Auf einen großen Bildschirm wurden die Porträts aller früheren Präsidenten der Universität projiziert. Darunter war auch Gu Changlong.

Den ganzen Weg entlang drehten sich die Mädchen nach ihm um, manche sprachen ihn an und fragten, welches Fach er studiere. Eine ältere Studentin, die ihn willkommen hieß, begleitete ihn charmant zu dem Bereich, wo er sich einschreiben und die Gebühren bezahlen musste. Außerdem zeigte sie ihm das Unterrichtsgebäude und das Wohnheim.

Wie in Trance sah Si Wang sie an und fragte schließlich: »Yin Yu?«

»Kennst du mich denn, Studienkollege?«

Die Studentin vor ihm hatte schulterlanges schwarzes Haar, ihr Gesicht war leicht geschminkt, und sie trug ein knielanges Streublümchenkleid. Sie hatte überhaupt nichts Burschikoses an sich, sie war eine grazile junge Frau.

Doch ihr Gesicht war unverändert. Als sie vor mehr als drei Jahren an der Nanming-Straße voneinander Abschied genommen hatten, war sie von einem Lastwagen erfasst und durch die Luft geschleudert worden. Damals war sie ein Mädchen mit kurzen Haaren gewesen.

»Hast du am Nanming-Gymnasium Abitur gemacht?«

»Ja, woher weißt du das?«

»Ich war auch am Nanming-Gymnasium, und wir waren beide auf der Realschule Erster Mai. Früher waren wir Freunde.«

»Wirklich?« Die Begegnung mit dem gut aussehenden Jungen machte sie ganz aufgeregt. Sie fuhr sich durchs Haar und sagte fast schüchtern: »Entschuldige bitte! Ich habe das ganz vergessen. Vor drei Jahren, kurz nach dem Abitur, hatte ich direkt vor dem Schultor einen schweren Autounfall.«

»Es war ein Baustellenfahrzeug, das außer Kontrolle geraten war, nicht wahr? Ich war damals dabei und habe dich ins Krankenhaus gebracht.«

»Du warst das also! Ich fiel in ein Koma und kam erst nach vier Monaten wieder zu Bewusstsein. Wegen der schweren Erschütterung des Gehirns habe ich alle Erinnerungen verloren. Ursprünglich war ich an der Hongkong-Universität eingeschrieben, doch ich konnte mich einfach nicht an die Enge und das Gedränge in Hongkong gewöhnen. Deshalb bin ich wieder aufs Festland zurückgekehrt. Da ich eine der Besten meines Abiturjahrgangs war, bot mir diese Universität hier sofort einen Studienplatz an. Es ist mir wirklich peinlich. Ich habe gehört, dass die Leute früher gesagt haben, dass an mir ein Junge verloren gegangen sei. Ist das wahr? Ich fühle mich überhaupt nicht so!«

»Yin Yu, hast du alles vergessen?«

»Manchmal blitzen in mir merkwürdige Bilder oder Stimmen auf, aber mehr nicht.«

Si Wang sah, wie Yin Yu errötete, blickte zum Himmel und stieß zwischen seinen Zähnen hervor: »Gib mir noch eine Schale Mengpo-Suppe!«

Es musste so guttun, zu vergessen.

EPILOG 1

Drei Monate später. Montag, der 22. Dezember.

Morgens um 7 Uhr, es war noch dunkel. Der Wolkenkratzer gegenüber war lange schon verschwunden. Ye Xiao zog eine Polizeiuniform mit Wollkragen an. Er hatte sie gestern extra bügeln lassen. Beim Blick in den Spiegel entdeckte er ein graues Haar.

Seine Mundwinkel verzogen sich zu einem Lächeln. Graues Haar lässt einen Mann noch interessanter aussehen. Ordentlich gekleidet ging er aus dem Haus und war pünktlich am Mittleren Volksgerichtshof. Heute begannen die erstinstanzlichen Prozesse in zwei vorsätzlichen Mordfällen.

Morgens um 9 Uhr begann die Verhandlung in der Mordsache Lu Zhongyue, der von seinem eigenen Sohn getötet worden war. Ye Xiao war der mit den Untersuchungen betraute Polizeiinspektor und saß in der ersten Reihe. Der Tatverdächtige Lu Jizong war mit achtzehn Jahren volljährig. Sein Verteidiger plädierte dafür, dass der Junge nicht vorsätzlich, sondern fahrlässig getötet habe. Lu Jizong sei von Kindheit an von der virtuellen Welt des Internets absorbiert gewesen und habe, als er seinem Vater zum ersten Mal begegnete, unter einem emotionalen Schock gestanden, der zu der tragischen Tat führte.

Am Nachmittag wurde die vorsätzliche Mordtat von He Qingying verhandelt. Laut Anklage der Staatsanwaltschaft hatte die Frau im Jahr 1983 am Anxi-Weg ihren Adoptivvater Lu Jingnan ermordet und im Jahr 1995 an der Nanming-Straße den Lehrer Shen Ming. In seinem Untersuchungsbericht führte Ye Xiao den Umstand an, dass sie sich selbst gestellt habe.

Ye Xiao saß in der hintersten Reihe und beobachtete genau, wer alles zu der Verhandlung kam. Wie erwartet war auch Si Mingyuan unter den Anwesenden. Er hatte den Verteidiger für diesen Termin beauftragt. Auch Shen Yuanchao war unter den Zuhörern. Der vierundsechzigjährige Staatsanwalt saß in der vordersten Reihe. Schweigend blickte er auf die Angeklagte He Qingying. Sie wirkte gefasst. Ihr Haar war kurz geschnitten. Ruhig saß sie dem Richter und dem Staatsanwalt gegenüber.

Aber er konnte Si Wangs Gesicht nicht sehen.

Wo war er?

Im Verlauf der langwierigen Anhörungen legte die Verteidigung eine Erklärung vor, die von dem Staatsanwalt im Ruhestand, Shen Yuanchao, unterzeichnet war. Im Vorfeld hatten sowohl die Polizei als auch das Gericht bestätigt, dass er der einzige direkte Verwandte des Ermordeten war.

Der Verteidiger las die Erklärung laut vor. Shen Yuanchao hatte He Qingying den Mord an seinem Sohn vollständig vergeben und bat das Gericht ihr gegenüber um Milde. Die Erklärung schloss mit den folgenden Sätzen:

>*Ich bin ein selbstsüchtiger Staatsanwalt. Ein Mann, der es nicht wert ist, Vater genannt zu werden. Der wahre Mörder ist nicht He Qingying, sondern ich.*
Wenn jemand zum Tode verurteilt werden soll, dann verurteilen Sie bitte mich.
Wegen meines Sohnes und auch ihres Sohnes wegen.«

EPILOG 2

Wintersonnenwende.

In jedem Jahr der kürzeste Tag und die längste Nacht. Die spärlichen Sonnenstrahlen erwärmten das Gemüt und vertrieben zeitweilig die Kälte des Nordwinds.

Er war gerade am Grab von Ouyang Xiaozhi gewesen.

Zum ersten Mal seit einem halben Jahr war er in den Anxi-Weg zurückgekehrt. Si Wang trug eine schwarze Daunenjacke. Den ganzen Weg lang war seine Hand um etwas Spitzes fest geschlossen.

Das einstige Spukhaus am Anxi-Weg Nummer 19 war nur noch eine Ruine. Der Brand hatte seine Spuren hinterlassen. Es hieß, der Leichnam von Ouyang Xiaozhi sei am Fuß einer Mauer ausgegraben worden.

Er saß auf den Resten des niedergebrannten Gebäudes, und die Kälte fuhr ihm bis in die Knochen. Er schloss die Augen und lächelte fast unmerklich: »Komm mit mir.«

Den Anxi-Weg entlangzugehen war, wie den Fluss zwischen Leben und Tod zu überqueren.

Das alte Haus auf der Straßenseite gegenüber mit dem Belüftungsfenster zum Keller war unverändert. Ganz ruhig saß er dort eine halbe Stunde lang, dann stand er auf und ging. Wenn erst der Frühling kam, würde um die Ruine alles grün sein.

Si Wang saß in der überfüllten Metro und fuhr bis zur Nanming-Straße. Bald würde es dunkel sein. Seine Hand war immer noch so fest verschlossen, dass sein halber Arm schon taub war. Schnell ging er am Tor des Nanming-Gymnasiums vorbei. Der Oleander wucherte über die Mauer, die den Campus umgab.

Als er an dem brachliegenden Gelände an der Nanming-Straße vorbeikam, kniete er sich auf das eiskalte Trottoir und sagte in tiefer Reue: »Verzeihen Sie, Herr Dekan Yan Li.«

Mit schmerzenden Knien erhob er sich wieder und ging, mit Blick auf die hohen Kamine, den schmalen Weg zwischen den zwei Baustellen entlang.

Im Winter wirkten die verfallenen Fabrikgebäude noch schauriger als sonst, wie verlassene Ruinen aus alter Zeit. Schritt für Schritt ging er nur zögerlich voran, bis er am Eingang zu dem unterirdischen Quartier der Teuflin stand.

Die Luke schien zu ihm zu sprechen.

Eine Minute später stieß Si Wang die Tür auf.

Das Quartier der Teuflin.

Nachdem der Staub, der vom Boden aufgewirbelt war, sich wieder gelegt hatte, kniete er in der tiefen Dunkelheit nieder. Er hauchte auf seine fest verschlossenen Fäuste, ehe er sie öffnete: »Ich bin da.«

Es war stockfinster, nicht der kleinste Lichtfunke war zu sehen. Dennoch konnte Si Wang jede einzelne Perle in seiner Hand zählen. Es war die Perlenkette, die viele Jahre lang in Shen Mings Zimmer gehangen hatte und die, am Tag bevor er ermordet wurde, zerrissen und nicht wieder aufgefädelt worden war.

Am 19. Juni 1995 um 22 Uhr, nachdem er den Dekan Yan Li ermordet hatte, dachte er nicht daran, zu fliehen, sondern war, die Perlenkette fest in der Hand, ins Quartier der Teuflin getaumelt.

Dann wurde er ermordet.

Die Perlenkette hatte er immer in der Hand gehalten. Sie war auch während der drei Tage bei ihm gewesen, die er in dem stinkenden Abwasser gelegen hatte. Als die Polizei den Leichnam entdeckt hatte, vermochte niemand, seine Faust zu öffnen. Schließlich brach man ihm zwei Finger, um die Perlenkette herauszuholen.

Es war Inspektor Huang Hai, der ihm die Finger gebrochen hatte.

Später wurde die gesamte Hinterlassenschaft des Toten Shen Yuanchao ausgehändigt.

Nur diese Kette war bei Huang Hai geblieben. Er hatte sie in seiner Wohnung im Safe eingeschlossen. Erst, nachdem er in Ausübung seines Amtes gestorben war, hatte Si Wang sie an sich genommen.

Si Wang hielt sich die Perlenkette ans Ohr. Aus diesen seltsamen kleinen Perlen konnte er die fröhliche Stimme des kleinen Mädchens hören:

»Wie heißt du, Bruder?«

»Mein Name ist Shen Ming.«

Der Oberschüler saß im Gestrüpp und schaute gedankenverloren in den weiten Himmel.

»Danke, dass du mich gerettet hast.«

Das kleine Mädchen mit den zerlumpten Kleidern war wohl nicht älter als zehn Jahre und sah aus wie ein mageres Kätzchen. Sie hing sich an den Rücken des achtzehnjährigen Jungen und kitzelte ihn.

»Lass den Unsinn. Wie heißt du?«

»Ich habe keinen Namen.«

»Also gut, dann gebe ich dir einen Namen. Du heißt …« Der Junge senkte den Kopf und dachte kurz nach. Dann zwickte er sie in den Arm, der so dünn wie ein Streichholz war. »Xiaozhi! Zweiglein!«

»Der Name gefällt mir!«

»Als ich dich zum ersten Mal gesehen habe, musste ich an ein Gedicht von Gu Cheng denken.«

»Ich verstehe nicht, was du sagst, aber ich möchte dir etwas schenken!« Sie machte ihre Hand auf, in der eine sonderbare Perlenkette lag. Dann streckte sie die Zunge heraus. »Bruderherz, schau mal die Perlen. Manche sind aus Glas, manche sind aus falscher Jade, die aus Holz sind von einer buddhistischen Gebetskette … insgesamt sind es neunzehn Perlen. Ich

habe sie alle aus dem Müll gefischt. Es hat mich drei Tage ge-
kostet, sie aufzufädeln.«

»Oh!«

Der Junge hielt die Perlenkette ins Sonnenlicht. Sie schimmerte in allen Farben des Regenbogens.

Mit ihren dünnen Ärmchen umfing das Mädchen seinen
Hals wie eine Wasserschlange, sodass er fast erstickte: »Bruderherz, kannst du mir etwas schwören?«

»Was soll ich schwören?«

»Du sollst diese Perlenkette immer bei dir tragen, bis in den
Tod.«

Er lächelte verständnisvoll und nahm die Perlenkette fest
in seine Hand. Dann umarmte er das Mädchen und erklärte
mit lauter Stimme: »Ich, Shen Ming, schwöre beim Himmel,
dass ich die Perlenkette, die mir Xiaozhi gegeben hat, immer
bei mir tragen werde, bis in den Tod.«

Bis in den Tod …

Plötzlich verbarg sich die Sonne hinter einer rabenschwarzen Wolke, und die Welt wurde grau. Es begann zu regnen.

Der Himmel ist grau
Die Straßen sind grau
Die Häuser sind grau
Der Regen ist grau

Durch dieses Grau
Gehen zwei Kinder
Eines hellrot
Eines mattgrün